HEYNE <

Das Buch

Die Zeit rinnt dahin: Wenn es Dubhe nicht gelingt, das Rätsel ihrer Herkunft zu lösen und sich vom Siegel des Todes zu befreien, wird sie die Gilde der Assassinen auf ihrem Siegeszug nicht mehr aufhalten können. Begleitet von Theana, der jungen Magierin, macht sich Dubhe auf den Weg ins Land der Sonne, wo sie ein geheimnisvolles Dokument zu finden hofft. Mittels eines Zaubertrankes nehmen sie die Gestalt von Bäuerinnen an, und es gelingt ihnen, sich unerkannt durch die Kriegsgebiete zu schlagen. Doch sie geraten in einen Hinterhalt und werden auf einen Sklavenmarkt verschleppt. Ein junger Prinz kauft sie frei. Es ist Learco, der Sohn des grausamen Königs Dohor. Dubhe überzeugt ihn, sie und Theana an Dohors Hof zu schmuggeln. Ein gefährliches Unterfangen, doch Dubhe weiß, dass es ihre einzige Chance ist, die Gilde aufzuhalten. Wird Dubhe ihre Mission beenden können? Wird sie ihre Welt vor der düsteren Macht des Bösen bewahren?

Die Autorin

Licia Troisi, 1980 in Rom geboren, ist Astrophysikerin und arbeitet bei der italienischen Raumfahrtagentur in Frascati. Von ihrer ersten Trilogie, der international erfolgreichen Drachenkämpferin-Saga, wurden mittlerweile mehrere Hunderttausend Exemplare verkauft. »Die Schattenkämpferin – Der Fluch der Assassinen« ist der dritte Teil der Schattenkämpferin-Saga, die in vielen Ländern bereits die Bestsellerlisten erobert hat.

Lieferbare Titel

Die Drachenkämpferin – *Im Land des Windes*
Die Drachenkämpferin – *Der Auftrag des Magiers*
Die Drachenkämpferin – *Der Talisman der Macht*
Die Schattenkämpferin – *Das Erbe der Drachen*
Die Schattenkämpferin – *Das Siegel des Todes*

LICIA TROISI

DIE SCHATTENKÄMPFERIN

DER FLUCH DER ASSASSINEN

ROMAN

Aus dem Italienischen
von Bruno Genzler

WILHELM HEYNE VERLAG
MÜNCHEN

Die Originalausgabe LE GUERRE DEL MONDO EMERSO –
UN NUOVO REGNO erschien bei
Arnoldo Mondadori Editore S.p.A., Mailand

FSC
www.fsc.org
MIX
Papier aus verantwortungsvollen Quellen
FSC® C014496

Verlagsgruppe Random House FSC-DEU-0100
Das für dieses Buch verwendete FSC®-zertifizierte Papier
Holmen Book Cream liefert Holmen Paper, Hallstavik, Schweden.

Vollständige deutsche Taschenbuchausgabe 01/2011

Printed in Germany 2011
Umschlagillustration: Paolo Barbieri, © 2007 Arnoldo Mondadori
Editore S.p.A., Mailand / Nele Schütz Design, München
Satz: Christine Roithner Verlagsservice, Breitenaich
Druck und Bindung: GGP Media GmbH, Pößneck

ISBN: 978-3-453-53362-2

www.heyne.de

You could be my unintended
Choice to live my life extended.

MUSE, *Unintended*

Inhaltsverzeichnis

ERSTER TEIL

ZWEITER TEIL

DRITTER TEIL

Meinen Eltern

AUS DEM TAGEBUCH DER ZAUBERIN THEANA

Ich habe Angst. Gerade habe ich meine Sachen gepackt. Die Tasche liegt auf dem Bett, darin alle Bücher, die ich wahrscheinlich brauchen werde. Daneben Ampullen, Fläschchen und alles Notwendige für die Zauber. Die Stille dröhnt so laut, dass es mir in den Ohren wehtut.

Ich habe einen sonderbaren Entschluss gefasst, einen Entschluss, der nicht zu mir passt. Vielleicht ist es ein Fehler. Ich bin doch eine Schülerin des angesehenen Meisters Folwar, ich bin Theana, eine Hofmagierin. Wie komme ich dazu, mit einer Mörderin durch die Aufgetauchte Welt zu ziehen, und das mit dem Ziel, den König des Landes der Sonne zu töten?

Diese Schattenkämpferin ist klein und hat kurz geschnittenes kastanienbraunes Haar und dunkle Augen. Außergewöhnlich schön finde ich sie nicht. Ihr Name ist Dubhe.

Sie gehörte zu jener Sekte, die im Namen meines Gottes, im Namen Thenaars, den Mord verherrlicht und die Lehre verbreitet, dass Töten ein gottgefälliger Akt sei. Soweit ich weiß, hat die Gilde sie durch eine heimtückische List an sich gebunden und mit einem Fluch belegt. Dabei handelt es sich um ein Siegel, das die schlimmsten Seiten ihrer selbst zutage treten lässt und sie zu einer blutrünstigen Bestie macht. Man hatte ihr erklärt, nur in der Gilde könne sie davon geheilt werden, eine Lüge, mit der man sie zu einer gefügigen Mitstreiterin machte. In Wirklichkeit nämlich kann das Siegel nur von jenem Magier gebrochen werden, der es ihr auferlegt hat. Doch obgleich Dubhes Schicksal so entsetzlich ist, nehme ich keinerlei Anteil daran.

Auch wenn ich mich bemühe, ihre Lage und ihren Schmerz zu verstehen, will es mir nicht gelingen, auch nur einen Hauch von Mitleid mit ihr zu empfinden. Und ich habe noch nicht einmal ein schlechtes Gewissen deswegen. Vielleicht bin ich ein niederträchtiger Mensch. Vielleicht bin ich im Grunde böse.

Aber die Wahrheit ist, dass ein Mann zwischen uns steht: Lonerin, der mit mir zusammen bei Meister Folwar die Magie erlernt hat und mir immer ein wenig voraus war. Kennengelernt hat er sie, als sie noch in den Katakomben der Gilde lebte und er vom Rat der Wasser dort als Späher eingeschleust wurde. Uns war nämlich zugetragen worden, dass Dohor, der König des Landes der Sonne, einen geheimen Pakt mit der Mördersekte geschlossen hatte. Ganz auf sich allein gestellt wäre es Dohor sicher unmöglich gewesen, fast alle Länder der Aufgetauchten Welt zu erobern.

Lonerin hatte sich freiwillig dafür gemeldet, die Gilde auszukundschaften. Weil er aus dem Land der Nacht stammt, wo der Bau der Sekte liegt, und er sich daher in der Gegend gut auskennt, war man im Rat schließlich bereit, ihn mit dieser Aufgabe zu betrauen. Um ins Herz der Gilde zu gelangen, gab er sich als Postulant aus, als einer jener bedauernswerten Menschen also, die sich zum Tempel der Assassinensekte aufmachen und dort ihr eigenes Leben Thenaar opfern, um damit das Leben eines anderen zu retten. Ich kenne Lonerin, meinen Lonerin, so gut, dass mir das Herz wehtut, wenn ich an den wahren Grund für seine Entscheidung denke. Neben ihm bin ich die Einzige im Rat, die die Wahrheit kennt. Er tat es wegen seiner Mutter. Als er noch ein kleiner Junge war, opferte sie sich für ihn im Tempel und erflehte von dem Schwarzen Gott, dass er Lonerin vom Roten Fieber heilen möge. Seit damals hat der Gedanke, einmal Rache zu nehmen, niemals sein Herz verlassen. Ich brauche ihm nur in die Augen zu schauen, um das zu erkennen.

Dort, im unterirdischen Bau der Gilde, sind sich Lonerin und Dubhe dann begegnet. Und sie schlossen einen Pakt: Sie würde für ihn ermitteln und er im Gegenzug nach einem Weg suchen, sie von dem Siegel zu befreien. Zusammen flohen sie, nachdem sie herausgefunden hatten, dass die Ketzer planen, Aster wiederauferstehen zu lassen, jenen Tyrannen, der vierzig Jahre zuvor fast die gesamte Aufgetauchte Welt unterjocht hatte. Für die Gilde ist er ein Messias, der Einzige, dem es gelingen könnte, jene von Blut und Gewalt beherrschte Welt zu errichten, die sich die Sekte erträumt. Zurzeit schwebt Asters Geist bereits in einer Art Vorhölle zwischen unserer Welt und dem Jenseits, in einer Kugel an einem geheimen Ort tief im Herzen der Gilde, während die Sekte emsig bemüht ist, einen geeigneten Körper zu finden, in den sich sein Geist verpflanzen lässt: einen Körper, in dem Halbelfenblut fließt, so wie in seinem. Und dafür kam nur einer auf der ganzen Welt infrage: Nihals und Sennars Sohn.

Es wühlt mich immer noch auf, wenn ich an die gemeinsame Flucht von Dubhe und Lonerin aus dem Tempel bis zu uns nach Laodamea denke, wie sie zusammen unterwegs waren, sich gegenseitig unterstützten und halfen in Todesgefahr. Damals hat alles begonnen. Als ich ihn hier dann wiedersah, hatte sich etwas verändert in seinem Blick. Bevor er aufgebrochen war, hatte er mich noch geküsst, doch plötzlich gab es für ihn nur noch Dubhe.

Wäre es dabei geblieben, hätte es mir sicher nicht so viel ausgemacht. Wäre diese Mörderin nach dieser Reise verschwunden, wäre sie in das Schattenreich zurückgekehrt, das sie ausgespuckt hatte, hätte ich vielleicht damit leben können. Doch leider kam alles anders.

Nachdem Lonerin dem Rat der Wasser alles berichtet hatte, was er herausfinden konnte, beschloss man, Sennar um Hilfe zu bitten, jenen Magier also, der zusammen mit Nihal bereits einmal den Tyrannen besiegt hatte. Nur dieser, so die Überzeugung des Rats, könne einen Weg finden, Aster in das Totenreich zurückzuschicken.

Auch für diese Mission meldete sich Lonerin sogleich wieder freiwillig. Es schmerzte mich fürchterlich, dass er erneut sein Leben aufs Spiel zu setzen plante. Die Sicherheit, mit der er seine Entscheidung vertrat, machte mir klar, dass sich zwischen uns eine tiefe Kluft aufgetan hatte. Für mich bedeutet Lonerin alles, während ich für ihn wohl die ganze Zeit nicht viel mehr als eine Mitschülerin war. Ein unbedarftes Mädchen, das sich nur in den Sälen des königlichen Palastes sicher zu bewegen weiß.

Schlimmer noch war dann aber zu erfahren, dass Dubhe ihn begleiten würde, um Sennar nach einem Mittel zu fragen, mit dem sich der Fluch von ihr nehmen ließ. Wie entsetzlich machtlos ich mich doch in diesem Moment fühlte! Ich war dabei, Lonerin für immer zu verlieren. Und das alles nur wegen dieser Dubhe.

Und während sich Ido aufmachte, Nihals und Sennars Sohn Tarik zu suchen, sah ich Lonerin erneut das große Tor durchschreiten, um vielleicht niemals wiederzukommen.

Ich verstehe das nicht. Ich verstehe nicht, was sie mir voraushat, warum es ihn zu ihr zieht und es mir nicht gelungen ist, ihn hier bei mir zu halten. Aber vielleicht sind diese Fragen völlig sinnlos. Um mich hier nicht zu quälen, habe ich mich ebenfalls entschlossen, in die Welt zu ziehen.

Was zwischen den beiden auf ihrer Reise vorgefallen ist, weiß ich nicht genau. Sie haben die Unerforschten Lande durchquert, viele geheimnisvolle Orte gesehen und sich der Assassinen erwehren müssen, die ihnen die Gilde nachgesandt hatte. Vielleicht waren es auch nur diese Dinge, die sie teilten, oder vielleicht mache ich mir auch etwas vor, und in Wirklichkeit geschah noch sehr viel mehr zwischen ihnen. Doch egal wie, schon die Art, wie sie sich ansehen, wie sie sich berühren, die Vertrautheit zwischen ihnen, bringt mich aus der Fassung. Ich bin blauäugig, bin es immer gewesen. Innerhalb von zwei Monaten ist Dubhe das gelungen, was ich im Lauf von zwei Jahren nicht geschafft habe.

Der Rat der Wasser trat erneut zusammen. Ido brachte San, Nihals und Sennars Enkel, von seiner abenteuerlichen Reise mit. Auf ihn hatte es die Gilde nämlich eigentlich abgesehen. Ein außergewöhnlicher Junge, der über erstaunliche Kräfte verfügt. Dies spürte ich bereits, als ich ihn zum ersten Mal berührte, damals am Rand der Wüste, als ich den beiden zu Hilfe geeilt war und sie tatsächlich retten konnte. Der Gnom war durch das Schwert

Learcos, Dohors Sohn, vergiftet worden, nachdem er San zuvor aus der Gewalt Shervas, eines Assassinen der Gilde, hatte befreien können. Der hatte die Eltern des Jungen getötet, ihn dann aus seiner Welt herausgerissen und entführt. Als ich den vergifteten Ido dort behandelte, wandte ich zum ersten Mal mein Können als Priesterin an. Es war eigenartig, endlich einmal das Gefühl zu haben, wirklich gebraucht zu werden. Gewiss, ich hatte Angst, und meine Hände zitterten, aber es war auch eine Genugtuung. Wer weiß, vielleicht hat damit alles begonnen …

Jedenfalls hat Ido nun die Aufgabe übernommen, San an einen sicheren Ort zu bringen, während sich Lonerin mit Sennar auf den Weg machen wird, um den Talisman der Macht zu finden, das einzige magische Artefakt, dem nach den Worten des erfahrenen Magiers ausreichend starke Kräfte innewohnen, um Asters Geist ins Totenreich zurückzuzwingen. Es ist eben jener Talisman, mit dessen Macht Nihal einst den Tyrannen vernichten konnte.

Dieses Mal jedoch werde ich nicht untätig bleiben. Das ist meine Entscheidung, eine Entscheidung, die mich dermaßen mit Angst erfüllt, dass meine Hände und mein Herz zittern. Aber ich würde es nicht schaffen, noch einmal auf Lonerin zu warten. Ich muss selbst etwas tun.

So habe ich also beschlossen, Dubhe zu begleiten. Sennar hat ihr erklärt, was sie tun muss, um sich von dem Siegel zu befreien. Der Fluch war eigentlich nicht gegen sie gerichtet, sondern gegen Dohor, und war an gewisse Dokumente gebunden, die sie im Auftrag des Königs entwenden sollte. Dubhe muss nun zumindest eines dieser Dokumente wiederfinden, damit ein komplizierter magischer Ritus ausgeführt werden kann, den ich jedoch beherrsche. Und sie muss Dohor umbringen – nur dann kann sie frei sein.

Auch jeder andere Magier hätte sich dazu bereit erklären können, Lonerin etwa, aber nun tue ich es.

Warum, weiß ich selbst nicht so genau. Plötzlich kann ich mich nicht mehr an die genauen Gedankengänge erinnern, die mich dazu bewogen haben, Dubhe meine Hilfe zuzusagen.

Ich habe eigentlich kein Interesse daran, dass sie von dem Fluch befreit wird. Ihr Schicksal ist mir gleich. Im tiefsten Innern hasse ich sie vielleicht sogar.

Aber ich habe dieses Leben auch satt. Viele Jahre habe ich nun schon in diesem Palast zugebracht und meine magischen Künste niemals wirklich angewandt. Immer habe ich gewartet, habe zugeschaut, wie Lonerin sein Leben aufs Spiel setzte. Ich habe ihn geliebt und bewundert. Aber er hat mich abgewiesen. Nun ist es genug. Es ist Zeit, etwas zu verändern, etwas zu tun, was eigentlich nicht meinem Wesen entspricht, von dem ich aber spüre, dass ich es versuchen muss.

Ich werde mich Dubhe anschließen, werde ihr helfen, einen Menschen zu töten, werde meine Magie für etwas Unfassbares benutzen, für etwas, das mir zutiefst widerstrebt.

Hätte ich doch die Kraft, die Tränen zurückzuhalten. Ich möchte nicht mehr an Lonerin denken, an unsere Begegnung vorhin, wie er sich von mir verabschiedet hat, an die Worte, mit denen er mich bat, nicht loszuziehen, an den Kuss, den ich immer noch schmerzhaft auf der Stirn spüre. Er muss aus meinem Leben verschwinden, er darf für mich nicht mehr existieren. Es ist seine Schuld, dass ich in den vergangenen Jahren nichts zuwege gebracht habe, seine Schuld, dass ich mich nicht weiterentwickelt, keinen eigenen Weg gefunden habe. Ich werde ihn vergessen auf meiner Reise. Die volle Konzentration auf meine Aufgabe wird alles auslöschen, was ich einmal für ihn empfunden habe. Und dann werde auch ich endlich frei sein.

Morgen muss ich sehr früh aufstehen. Viele Meilen liegt er entfernt, der Königspalast in Makrat im Land der Sonne.

Erster Teil

Learco ist dem Volk gezeigt worden. Als sein Vater ihn in die Höhe hob, jubelten alle wie aus einer Kehle. Die Königin hat sich ein Kissen auf die Ohren gepresst, um die Begeisterung nicht mit anhören zu müssen.

Anfangs glaubte ich, dieses Kind könnte ihr nach dem, was vorgefallen ist, wieder neue Freude am Dasein schenken. Gewiss, er wurde mit Gewalt gezeugt, ist aber dennoch Fleisch von ihrem Fleische. Doch ich irrte. Sulana lehnt ihr Kind ab. Sie will es nicht sehen und auch nicht stillen.

Ich verstehe, dass die Wunde, die der Tod des ersten Learco gerissen hat, unheilbar ist. Er war ein wunderbares Kind … Doch die Götter hatten ihm ein grausames Schicksal zugedacht, den Tod durch das Rote Fieber … Kann es etwas Schlimmeres geben, als den Tod des eigenen Kindes miterleben zu müssen?

Heute Abend jedoch geht mir dieses jüngste Kind nicht aus dem Kopf. Die Frucht einander hassender Eltern, von seiner Mutter zurückgewiesen – wie soll seine Zukunft aussehen?

Neue, immer düsterere Wolken ziehen sich über diesem Königreich zusammen. Verflucht seiest du, Dohor. Tod und Verderben bringst du mit allem, was du tust.

AUS DEM TAGEBUCH VON SIBILLA,
HOFDAME
DER KÖNIGIN SULANA

1

Dubhe und Theana

Das Dorf war menschenleer. Der beißende Rauch schnürte den beiden Mädchen die Kehle zu und hüllte alles in eine gespenstische Wolke. Die Kadaver verbrannter Tiere lagen am Wegesrand.

Mit der Hand vor dem Mund und Tränen in den Augen stand Theana wie erstarrt da. Dubhe betrachtete sie mit einer Mischung aus Mitleid und Spott. Dabei hatte sie selbst ganz ähnlich reagiert, damals vor vielen Jahren, als sie zum ersten Mal die Schrecken des Krieges erblickt hatte. An jenem Tag hatte sie auch ihren Meister kennengelernt. Jetzt sah sie ihn wieder vor sich, wie er sich durch den Rauch entfernte, seinen Mantel, der sich nur wenig blähte, als er durch die fast windstille Luft von ihr fortging.

»Wir sollten sehen, dass wir hier wegkommen«, sagte sie leise zu Theana, während sie instinktiv die Hand zur Seite führte, an der sie gewöhnlich ihren Dolch trug.

Verflucht.

Die Waffe war nicht mehr an ihrem Platz, befand sich jetzt, unerreichbar für ihre Finger, in einer Geheimtasche ihres Rockes.

Theana antwortete nicht, schien wie betäubt durch die Bilder des Grauens, und unsanft fasste Dubhe sie am Arm und zog sie fort.

Es war keine gute Idee gewesen, in dieses Städtchen an der Grenze zwischen dem Land des Meeres und dem Land der Sonne zu reiten, denn die Front des Krieges, den der Rat der Wasser gegen Dohor führte, war nahe, und Dubhe wusste nur zu gut, was ihnen hier blühen konnte. Auch abgelegene Orte wie dieser blieben von den Kämpfen nicht verschont und konnten gefährlich werden, gerade für zwei Frauen, die wie sie beide gekleidet waren.

Aber ihre Vorräte waren zur Neige gegangen, und sie hatte nicht die Kraft gefunden, sich Theanas Wunsch zu widersetzen. Ihr Kopf war benebelt und ihre Sinne wie betäubt.

So suchten sie nun, zwischen den Leichen umherirrend, den schnellsten Weg hinaus aus dieser Hölle. Theana begann zu schluchzen, und Dubhe reagierte unwirsch, indem sie die Gefährtin noch fester am Arm packte. Mit ihrer mädchenhaften ängstlichen Art stellte Theana ihre Geduld auf eine harte Probe.

Sie hatten schon fast die Stadtmauer erreicht, als schwere metallische Schritte sie aufschreckten. Jetzt schnell von der Straße fort, sich ein Versteck suchen und den Dolch hervorholen. Alles Dinge, die sie im Nu hätte erledigen können, wären ihre Reflexe nicht so verlangsamt gewesen, ihre Beine kraftlos, ihre Muskeln erstarrt. So presste sie sich nur in die Nische einer Hauswand, zog Theana an sich und bedeutete ihr, keinen Laut zu machen.

Langsam kamen Stimmen näher, wurde das Scheppern der Schwerter, die gegen Rüstungen schlugen, immer deutlicher. Soldaten. Dubhe hielt den Atem an und zog sich noch weiter zurück.

»Wer ist hier durch?«, fragte jemand.

»Malga und seine Leute, glaube ich«, antwortete ein anderer.

»Sieht so aus, als würden wir auch in diesem Dorf leer ausgehen.«

»Ja, sie haben alles in Brand gesteckt, und wenn es hier was zu holen gab, haben sie es sicher weggeschleppt.«

Dubhe hörte sie dicht an der Mauer entlanggehen, hinter der sie sich versteckten, und spürte, wie Theanas Arm unter ihrer Hand zitterte. Und wieder einmal fragte sie sich, warum dieses Mädchen mitgekommen war, warum es darauf bestanden hatte, sie zu begleiten bei dieser so heiklen, gefährlichen Mission. Sich in das Schloss des mächtigsten Herrschers ihrer Zeit einzuschleichen und ihn zu töten, damit eine Mörderin sich von dem Fluch, der auf ihr lastete, befreien konnte – das war mit Sicherheit keine passende Aufgabe für die Schülerin eines Magiers aus dem Rat der Wasser.

Die Soldaten begannen die Türen einzutreten und die wenigen Häuser, die nicht niedergebrannt waren, zu durchsuchen. Dubhe wusste nicht, wie viele es waren, aber gewiss zu viele, als dass sie sich ihnen allein hätte entgegenstellen können.

Warte, bis sie fort sind. Es gibt keine andere Möglichkeit. Warte …

Als sie glaubte, dass sich die Männer weit genug entfernt hatten, trat sie aus der Nische hervor, gab Theana ein Zeichen, es ihr nachzutun, und schlich langsam und vorsichtig an der Wand entlang.

»Schau mal einer an, wen haben wir denn da?«

Vor ihnen tauchte das Gesicht eines rüstigen Mannes in voller Kampfmontur auf.

Den Dolch ziehen und kämpfen. Den ersten am Hals treffen, sich ducken, um dem Hieb des zweiten, hinter ihm, auszuweichen. Die Wurfmesser ziehen und sich dann ganz auf den Instinkt verlassen, wie sie es schon so häufig im Kampf getan hatte, auf die Erinnerung des Körpers, der für sie handelte, während ihr Geist völlig leer wurde. Das war es, was sie tun musste, und wie von allein fuhr ihre Hand zum Dolch, doch nur langsam, zu langsam. Zwei starke Arme packten sie von hinten. Sie sah einen zweiten Soldaten, der Theana, die verzweifelt schrie, um die Taille fasste und hochhob, sah, wie sie sich wand und strampelte, während der Mann nur höhnisch lachte.

Nein! Nein!

Sie langte nach dem Schwert des Feindes, erreichte das Heft, und fast gelang es ihr, die Waffe zu ziehen.

»Willst du wohl stillhalten, du Giftnatter!«, rief der Mann, der sie festhielt, während sein nach Bier stinkender Atem warm über ihr Gesicht strich.

Sosehr Dubhe auch versuchte, sich zu befreien, ihr Körper wollte ihr nicht gehorchen. Fast schon erwartet traf sie der Schlag in den Nacken, der alles um sie herum auslöschte.

Drei Wochen zuvor waren sie zu Pferd aufgebrochen, Dubhe voran und Theana hinter ihr her. In den ersten Tagen wechselten sie kein Wort miteinander. Sie machten Rast, wenn Dubhe es für richtig hielt, und aßen dann schweigend, wobei jede versuchte, dem Blick der anderen auszuweichen. Früh am Morgen, wenn Dubhe im Dickicht des Waldes verschwand, um ihre Übungen zu machen, stand auch Theana auf, holte ihre Bücher hervor und lernte. Sennar hatte ihr die Werke gegeben, in denen alle Zauberformeln standen, die sie für den Ritus beherrschen musste, jenen Ritus, der Dubhe vom Joch des Fluches befreien sollte. Auch wenn sie ihr Lager aufschlugen, saß Theana immer über ihre Bücher gebeugt da, las hochkonzentriert und unterstrich gewissenhaft die wichtigsten Stellen auf den Pergamentseiten.

Je länger Dubhe ihre Reisegefährtin beobachtete und zu verstehen versuchte, desto klarer wurde ihr, dass Theana ein völliges Rätsel für sie war, so als gehöre sie einer anderen Rasse an. Es war nicht die gewohnte Distanz, die sie von allen anderen Menschen trennte. Es war mehr. Etwas anderes.

Während der letzten Sitzung des Rats der Wasser war sie überzeugt gewesen, sie einschätzen zu können. Theana war einfach nur eine junge, sehr behütet aufgewachsene Magierin, hatte sie gedacht, an ein Leben voller Müßiggang gewöhnt und mit allen typisch weiblichen Eigenschaften ausgestattet, mit anderen Worten, die perfekte Frau an Lonerins Seite.

Dann jedoch hatte es sich Theana in den Kopf gesetzt, sie bei ihrer Mission zu begleiten, und nun saß sie da, mit Blasen an den Füßen vom langen Laufen, klagte aber nicht. Was mochte eine Frau wie sie dazu bringen, eine Mörderin zu begleiten, einen Menschen, dem gegenüber sie zudem noch einen tiefen Groll empfand?

Wenn sie Theana so versunken am Feuer sitzen sah und ihre Formeln sprechen hörte, musste sie manchmal an Lonerin denken. Auch die gemeinsame Reise mit ihm hatte im Zeichen des Schweigens begonnen. Dennoch hatte sie auch etwas verbunden, etwas, das dafür sorgte, dass sie sich mit der Zeit näher gekommen waren, zu nahe sogar. Was aber hatte sie mit diesem Mädchen hier gemeinsam?

Seit sie den Abschiedsbrief ihres Meisters im Dorf der Huyé zurückgelassen hatte, kam sich Dubhe innerlich betäubt und verlassen vor. Aber zu lange hatte die Erinnerung an ihn ihre Sehnsucht nach Zuneigung erfüllt und war ihre einzige tiefere Verbindung mit anderen Menschen gewesen. In der Leere, die danach entstanden war, flammte nun auch immer wieder die Erinnerung an Lonerin auf, an seine Küsse, seine Worte. Eine Erinnerung, die in mancher Hinsicht peinlich war, aber auch unendlich süß. Mit den Jahren würde sich die Trauer vielleicht legen, und auch die Schuldgefühle, und zurückbleiben würde ein ferner Traum, der ihr in Augenblicken größter Einsamkeit Gesellschaft leisten könnte. Aber wenn sie etwas gelernt hatte aus dieser Geschichte, dann die Erkenntnis, dass ihr ein einsames Leben vorherbestimmt war. Niemand auf der ganzen Welt würde die Last ihrer Sünden mit ihr teilen können, und Lonerin war da keine Ausnahme. Vielleicht hätte der Meister es vermocht, doch der hatte einen anderen Weg gewählt.

Sie war überzeugt, dass ihre Zukunft, falls sie überhaupt eine hatte und den Fluch überlebte, nur aus einer endlosen Aneinanderreihung trüber Tage, abgeschottet von der Welt, bestehen konnte. Denn auf die große Frage, die sie mit sich herumschleppte, seit sie damals als achtjähriges Mädchen Gornar unabsichtlich im Spiel getötet hatte, hatte sie noch immer keine Antwort gefunden.

Schon vom ersten Abend an spürte Dubhe, dass mit Theana irgendetwas nicht stimmte. Die Magierin hatte seltsame Angewohnheiten, die sie vor ihr zu verbergen versuchte. Stets vor ihr selbst legte sie sich zum Schlafen nieder, wickelte sich dazu fest in ihren Umhang ein und tat bald so, als sei sie eingeschlafen. Aber Dubhe wusste sehr genau, dass sie nur so tat, kümmerte sich aber anfangs nicht darum. Irgendwann aber wurde die Neugier zu groß, und sie blieb wach, um Theana zu beobachten. Sie traute dieser Frau nicht, vielleicht weil sie ebenfalls Lonerin geliebt hatte. Es war schon lange stockdunkel, als sie sah, wie sich Theana leise und verstohlen wie eine Katze erhob. Ihre Bewegungen besaßen eine natürliche Eleganz, um die Dubhe sie fast beneidete. Für Männer strahlte sie gewiss eine große Sinnlichkeit aus.

Sie hängte sich eine Schnur um den Hals, mit einem Anhänger daran, den sie jetzt zur Hand nahm. Dabei stimmte sie leise eine Litanei an und begann, sich in regelmäßigen Abständen zur Erde hinabzubeugen. Bald schon verbanden sich ihre Worte wie ein hypnotisierender Tanz mit dem Rhythmus ihrer Bewegungen.

Dubhe spürte, wie ein mächtiger Zorn sie erfasste. Sie ballte die Fäuste unter dem Umhang, während sich ein anderes Bild vor den Anblick Theanas schob, nämlich das der versammelten Assassinen, die sich während der Zeremonien im unterirdischen Bau der Gilde im Gleichklang zu ihren Gebeten bewegten. Sie konnte fast wieder das süßliche Blut riechen, mit dem die beiden Becken zu Füßen der mächtigen Thenaar-Statue gefüllt waren, und sie dachte an Rekla, die Wächterin der Gifte, und ihre vor Hass glühenden Augen.

Ja, Theana betete, so wie Dubhe es viele Male bei den Priestern Thenaars gesehen hatte. Sie war empört und dachte daran, Theana zu unterbrechen und ihr eine Wahrheit ins Gesicht zu brüllen, die sie in den Jahren ihrer Einsamkeit erkannt und die der Meister sie um den Preis seines Lebens gelehrt hatte: Religiöser Glaube konnte einen in den Wahnsinn treiben und war in den meisten Fällen nur nutzloser Tand, an den die Menschen sich klammerten, um dem Tod zu entfliehen. Da sie selbst aber den Tod bereits in sich trug, konnte sie der ungeschminkten Wahrheit direkt ins Auge sehen. Doch sie hielt sich zurück. Es wäre ein Fehler gewesen, sich den einzigen Menschen zum Feind zu machen, der ihr vielleicht helfen konnte, sich von dem Fluch zu befreien. Auch wenn sie noch so verschieden waren, war es klüger, sich weiterhin nicht groß zu beachten, so wie sie es bis dahin getan hatten.

Die ersten Worte, die sie an Theana richtete, waren barsch und knapp.

»Mit dem Lernen musst du dich beeilen. Wir müssen bald unser Gepäck loswerden.«

Es war Abend, und sie saßen zusammen vor dem Feuer. Theana hatte sich schon zum Schlafen fertig gemacht und schaute Dubhe jetzt verwundert an. »Wieso?«, fragte sie etwas langsam, in einem Tonfall, der Dubhe auf die Nerven ging.

»Weil wir uns irgendwie in Dohors Palast schleichen müssen«, erklärte sie ruhig. »Eine andere Möglichkeit, ihn zu töten und die Dokumente mitzunehmen, die wir brauchen, um den Fluch zu brechen, haben wir nicht.«

Theana erschauderte leicht. »Ja, sicher ... aber ich verstehe nicht, wieso wir deshalb unsere Sachen zurücklassen müssen.«

Dubhe lehnte sich zu ihr vor und blickte ihr in die Augen. »Glaubst du denn, wir kämen so, wie wir jetzt aussehen, in den Palast hinein? Wir können uns doch wohl schlecht am Tor als eine Magierin des Rats der Wasser und eine Assassinin der Gilde vorstellen.«

Theana errötete und senkte den Blick. »Du hast ja Recht, aber ich muss noch so viel lernen ... Der Ritus ist kompliziert und ...«

»Du hast noch zwei Tage. Dann müssten wir Shilve erreicht haben. Dort kaufe ich alles, was wir brauchen, um uns zu verkleiden. In Shilve lassen wir unsere Namen und unsere Sachen zurück. Wir werden zwei vollkommen andere Menschen und vergessen, wer wir einmal gewesen sind.«

Als Antwort holte Theana nur die Bücher aus ihrer Tasche hervor, entzündete ein kleines magisches Feuer und machte sich wieder daran, ihre Rituale und Formeln zu lernen.

Was mochte sie denken? War sie verärgert oder erschöpft? Bereute sie es bereits, sich mit ihr auf den Weg gemacht zu haben?

Kopfschüttelnd registrierte Dubhe Theanas nachgiebiges Verhalten, fügte aber nichts mehr hinzu, hüllte sich nur in ihren Umhang ein und legte sich schlafen. In dieser Nacht hörte sie keine Gebete von ihrer Reisegefährtin.

Die Kleider mussten so unauffällig wie möglich sein. Danach galt es, eine Salbe zu finden, mit der sie ihre Gesichtsfarbe verändern konnten, und schließlich eine Art Gift, das die Hände altern ließ.

Verstohlen und geschmeidig, wie es ihre Art war, bewegte sich Dubhe durch die Gassen und betrat zielstrebig die Läden, die für sie infrage kamen, während Theana ihr einfach nur folgte.

Auch dieses Mal hatte sie die Zauberin nicht in ihre Pläne eingeweiht. Dubhe war wortkarg und abweisend, und immer häufiger fragte sich Theana, wie Lonerin nur so lange mit ihr hatte unterwegs sein können. War sie ihm gegenüber auch so schroff gewesen? Aber wieso hatte er sich dann in sie verliebt? Oder verhielt sie sich jetzt nur so abweisend, weil sie doch eine Art Rivalin in ihr sah?

Stumm stand sie dabei, als Dubhe einem Kaufmann erklärte, was sie an Kleidern brauchten, und in einem anderen Laden nach bestimmten Kräutern und Salben verlangte.

Ihre verständige Sachlichkeit hatte etwas Beängstigendes und gleichzeitig Faszinierendes. Wie viele Menschen mochte sie wohl mittels dieser Kenntnisse schon ins Jenseits befördert haben?

Vor dem Laden hatte Dubhe sie kurz zur Seite genommen. »Du musst mir einen Zaubertrank brauen, der meine Haare wachsen lässt.« Ihr langes Haar hatte sie bei einem Ritual der Gilde opfern müssen. »Was brauchst du dazu?«

Theana schluckte. Mit solcherlei Zaubern kannte sie sich nicht aus. »Keine Ahnung, so was habe ich noch nie gemacht ...«

Dubhe blickte sie streng an. »Los, überleg schon, wir haben keine Zeit zu verlieren.«

Es war schon dunkel, als sie sich außerhalb des Ortes zu verkleiden begannen. Es war nicht mehr so weit bis zu ihrem Ziel, und jetzt mussten sie vorsichtig sein. Bis zu diesem Zeitpunkt waren sie, um Patrouillen oder Söldnertrupps aus dem Weg zu gehen, nur durch Wälder und über einsame Pfade geritten. Nun jedoch mussten sie ihre Deckung verlassen und das, ohne erkannt zu werden.

Sie zogen die gerade erstandenen Kleider über, und Dubhe warf ihre alten Sachen ins Feuer, ohne lange nachzudenken, ihrer Sache gewiss. Theana aber zögerte. Das Kleid, das sie getragen hatte, besaß einen besonderen Wert für sie. Es war ein Gewand, wie es kein anderer Magier in der Aufgetauchten Welt trug, denn Theana war keine beliebige Magierin. Es war das Gewand der früheren Priester des Gottes Thenaar, ein Kleid, das sie von ihrem Vater geschenkt bekommen hatte.

»Jetzt mach schon!«, rief Dubhe, während sie Theana anblickte.

Die Zauberin nahm das Gewand noch fester in die Hand. »Gibt es denn wirklich keine andere Möglichkeit?«

Dubhes Blick war eiskalt. »Nein, unsere Tarnung muss perfekt sein. Wenn wir die Kleider im Wald verstecken, hinterlassen wir Spuren.«

»Dieses Gewand bedeutet mir aber sehr viel ...«, entgegnete Theana leise.

»Tut mir leid für dich«, antwortete Dubhe nur. Ihr von den Flammen erhelltes Gesicht verriet keinerlei Gemütsregung.

Langsam, fast trotzig, zog Theana sich aus und musste die Tränen zurückhalten bei dem Gedanken, dass dieses Stück nun in Flammen aufgehen würde.

Wie die Feuer der Gilde den wahren Kult Thenaars vernichtet haben, dachte sie, im Geist ein Wort ihres Vaters zitierend, während sie die letzte Berührung des Stoffes auf ihrer Haut voll und ganz auskostete. Da nahm ihr Dubhe das Kleid aus der Hand und warf es ins Feuer, während sich Theana mit dem Gedanken an das ähnliche Gewand, das sie noch in ihrem Zimmer bei Meister Folwar hängen hatte, über den Verlust hinwegzutrösten versuchte.

Dem Blick der Schattenkämpferin ausweichend, zog sie ihre neuen Sachen über und trocknete sich die einzige Träne, die sie nicht hatte zurückhalten können. Dann war sie fertig.

Sie trat zu Dubhe, die am Boden hockte und mit den gekauften Kräutern herumhantierte. Mit sicheren Bewegungen verteilte sie einige Salben auf ihrem Gesicht, andere auf ihren Händen. Ihre Haare hingegen hatte sie mit einer Art Umschlag bedeckt, der einen leichten Moosduft verströmte. Sie reichte Theana einige Schälchen. »Hier, nimm. Mach es so wie ich.«

Immer wieder diese trockenen Anweisungen, so als sei sie ihre Untergebene. Theana setzte sich nicht und nahm auch keins der Schälchen zur Hand. »Wozu soll das gut sein?«

»Deine Hände sind zu glatt. So nimmt dir niemand die Bäuerin ab. Und auch dein Gesicht ist nicht wettergegerbt. Das Zeug lässt dich älter wirken. Und das andere ist zum Färben der Haare.«

Es war nicht das erste Mal, dass Theana ihr Aussehen veränderte. Sie kannte Zauber, mit denen das möglich war. Allerdings hielt deren Wirkung nur kurz, und sie hatte sie auch nur zur Übung angewendet. Es waren gewöhnliche Zauber, die sie bei Meister Folwar lernte, und keine Praktiken, wie der Vater sie ihr beigebracht hatte. Nun jedoch ging es darum, für lange Zeit ein Aussehen anzunehmen, das eigentlich nicht das ihre war. Und das erschreckte sie.

Aus den Augenwinkeln beobachtete sie Dubhe, die immer noch Salben auf ihrer Haut verteilte. Entsetzlich allein fühlte sie sich, als sie die Hand nach den Tiegeln ausstreckte.

»Das Zeug für die Hände musst du nur kurze Zeit drauflassen, das fürs Gesicht die ganze Nacht. Damit bekommst du ein paar Runzeln. Die Wirkung hält einen Monat lang an. Danach müssen wir uns etwas Neues besorgen. Auch der Umschlag für die Haare sollte am besten eine ganze Nacht lang einwirken.«

Theana betrachtete die Substanzen, die sie sich gleich auf die Haut streichen würde. Es handelte sich um Kräuterprodukte, die sie sehr gut kannte, Kräuter, die nur ein Pflanzenkundler richtig anzuwenden und zu dosieren wusste.

»In meiner Tasche findest du die Zutaten, die du mir genannt hast. Bereite mir den Trank zu, den ich brauche«, fügte Dubhe hinzu.

Theana warf einen flüchtigen Blick auf die Tasche. Sie nahm alles an sich und entfernte sich ein wenig. Obwohl in diesem Wald weit und breit niemand außer ihnen beiden zu erblicken war, wollte sie für sich sein. Was sie sich jetzt zu tun anschickte, würde den endgültigen Bruch bedeuten mit der Theana, die sie einmal gewesen war, jener Theana, die Lonerin geliebt hatte, die sich nach ihm verzehrt und die Zauberei beim Rat der Wasser erlernt hatte. Sie würde zur neuen Theana, einer Frau, die ihr Geschick in die eigenen Hände nahm, auf der Suche nach sich selbst, einer Frau, die ihrer Feindin half, einen Menschen zu töten.

Unter einem dunklen Himmel, an dem die Sterne ihr kaltes Licht abgaben, seufzte sie tief und tauchte dann entschlossen zwei Finger in den ersten Tiegel.

Am anderen Morgen waren sie beide nicht mehr wiederzuerkennen. Dubhe hatte nun fließendes blondes Haar, das zu einem langen, weichen Zopf geflochten war. Ihr jetzt sanfter Blick, der die Strenge ihrer dunklen Augen abmilderte, die zu einem züchtigen Lächeln verzogenen Lippen und die im Schoß gefalteten Hände – all das ließ sie wie einen neuen Menschen aussehen.

Auch Theana war fassungslos, als sie sich im Wasser eines kleinen Tümpels betrachtete. Ihre Hände waren nun schwielig und ihre Stirn durchzogen von kleinen Runzeln, wie sie sie häufig bei Bäuerinnen gesehen hatte, die die Feldarbeit entkräftet oder das lange Warten auf ihre im Krieg dienenden Männer entmutigt hatte. Zum ersten Mal fiel ihr auf, wie sehr sie ihrem Vater glich. Er hatte das immer betont, doch sie hatte ihm nicht glauben wollen. Anfangs, weil sie es nicht wahrhaben wollte, denn sie hielt ihn für einen Versager, der einem vergessenen Glauben anhing und von allen verachtet wurde, sogar von seiner eigenen Tochter, später, kurz vor seinem Tod, als sie ihn zu bewundern begonnen hatte, weil sie sich seiner nicht würdig fühlte. Nun aber, da das Kraut sie hatte altern lassen, zeigte ihr Gesicht in vielen Nuancen die Züge ihres Vaters.

Ich folge seinem Weg, sagte sie sich mit einem Anflug von Furcht. Doch sie kam nicht mehr dazu, länger darüber nachzudenken. Denn mit dem Dolch in der Hand war Dubhe hinter sie getreten und packte ihre Haare.

»Was tust du da?«, rief Theana, wobei sie sich ihr entzog.

»Die müssen ab.«

»Wieso denn? Die Haare haben doch jetzt eine andere Farbe.«

»Das reicht aber nicht. Sie sehen zu glänzend und gepflegt aus … Das passt doch nicht zu einer Bäuerin …«

Theana spürte Zorn in sich aufflammen. Diese Erniedrigung wollte sie nicht auch noch hinnehmen.

»Nein, das will ich nicht«, erklärte sie fest und wandte Dubhe das Gesicht zu. Sie nahm ihre Locken in die Hand, so als wolle sie sie beschützen, und verspürte dabei einen Stich, weil sie sich so weich anfühlten.

Dubhe schien nicht verärgert, nur entnervt, was für Theana vielleicht sogar noch verletzender war. »Jetzt hör mal zu«, sagte sie, »wir gehen nicht zum Spielen in den Palast. Wenn wir auffliegen, erwartet uns der Tod, verstehst du das? Auf nichts anderes als unsere Tarnung können wir uns verlassen, und deshalb muss die einfach perfekt sein. Du bist eine Magierin aus dem Rat, man könnte dich wiedererkennen.«

»Wieso? Ich bin nur die Schülerin eines Rats. Wer sollte mein Gesicht schon kennen? Die meisten haben mit Sicherheit noch nie von mir gehört.« Theana drückte ihre Haare noch fester.

Dubhe seufzte und ließ den Dolch sinken. Ihr Blick wirkte betrübt, als sie fragte: »Warum bist du eigentlich mit mir gekommen? Du wusstest doch, dass dir Opfer abverlangt würden. Meine Rettung interessiert dich nicht – was ich verstehen kann. Und möglicherweise hasst du mich, und auch das könnte ich verstehen. Warum also?«

Theana biss sich auf die Lippen. Langsam lösten sich die Finger von den Locken und die verkrampften Schultern entspannten sich. Sie wich Dubhes Blick aus, deren Augen wie ein Strudel waren, ein Abgrund, der sie hinabzog. Auch Lonerin hatte sich von diesen Augen hinreißen lassen.

»Ist das wirklich nötig?«

»Ja.«

Theana drehte sich ab und wandte Dubhe den Nacken zu.

»Dann tu es eben!«

Kaum lagen die Haare am Boden, baute sich Dubhe vor Theana auf und legte all ihre Waffen zu einem Häufchen zusammen. Aus irgendeinem seltsamen Grund hatte sie das Gefühl, ihr etwas beweisen zu müssen. Da lagen die Wurfmesser, die Pfeile, der Bogen und natürlich auch der Umhang, den sie damals von dem ersten Geld, das ihr der Meister für ihre Dienste gab, gekauft hatte. Kurzum, alles Dinge, die ihr ganzes Leben ausmachten.

»Die lasse ich auch hier«, erklärte sie und blickte Theana in die Augen. Dabei hatte sie das Gefühl, ganz kurz so etwas wie Verständnis darin aufblitzen zu sehen.

Nur den Dolch konnte sie unmöglich zurücklassen. Zumindest eine Waffe würde sie ja brauchen, und außerdem würde sie ihn in der kleinen Tasche unter ihrem Rock gut verstecken können, sagte sie sich. In Wahrheit wollte sie sich aber nicht von ihm trennen. Von ihrem Meister hatte sie ihn erhalten, und lange Zeit war die Erinnerung an ihn das Einzige gewesen, was sie am Leben erhielt.

»Und den nimmst du mit?«

Es lag keine Feindseligkeit in dieser Frage. Es war einfach nur Neugier, doch Dubhe fühlte sich ertappt.

»Ja, es ist einfach besser, wenn wir auch eine Waffe dabeihaben, mit der wir uns notfalls verteidigen können«, antwortete sie.

Und das stimmte. Sie mussten für mögliche Zwischenfälle gerüstet sein. Ihre Sinne waren immer noch benebelt von dem Ritual, das die Magierin einige Abende zuvor bei ihr vollzogen hatte, und mit Sicherheit war Theana nicht in der Lage zu kämpfen.

Dann machten sie sich schweigend wieder auf den Weg.

Kurz nach dem Beginn ihrer Reise hatte die Bestie erneut ihre Fratze gezeigt.

Zur Sicherheit hatte Theana eine ausreichende Menge des von Lonerin hergestellten Mittels eingepackt, wohl wissend, dass es unterwegs unweigerlich Rückfälle geben würde. Alle sieben Tage musste Dubhe ein wenig davon einnehmen, um die Bestie, die an ihrem Brustbein kratzte, ruhigzustellen, aber bald schon war ihr klar geworden, dass da irgendetwas nicht stimmte. Bereits in der zweiten Woche verlor der Trank an Wirkung. Dubhe fühlte sich schlecht, hätte dies aber um keinen Preis der Welt Theana gegenüber eingestanden. Lonerin wäre sofort auf ihren Zustand aufmerksam geworden. Er hätte ihren Arm ergriffen und sie untersucht, woraufhin sich dann wieder jenes unerträgliche Mitleid in seinen Blick geschlichen hätte. Das war letztendlich der Grund gewesen, warum sie sich von ihm getrennt hatte.

Theana hingegen lebte in ihrer eigenen Welt, war eine Fremde, mit der sie der Zufall zusammengeführt hatte. Deswegen beschloss Dubhe, die Zähne zusammenzubeißen und sich nichts anmerken zu lassen. Doch irgendwann ging es nicht mehr. Die Schmerzen wurden immer schlimmer, die Wut der Bestie in ihr steigerte sich beständig, und immer häufiger träumte sie von Blut und Gewalt. Und so beschloss sie irgendwann, endlich den Mund aufzumachen.

»Es gibt da ein Problem«, begann sie, wobei ihr die eigene Stimme fremd und rau vorkam. Auch Theana, die am Feuer neben ihr saß, schien das aufzufallen, denn sie blickte verwundert zu ihr auf. Für einen kurzen Augenblick trauerte Dubhe der übertriebenen Fürsorge Lonerins nach.

In wenigen knappen Worten erklärte sie Theana die Situation. Sie schämte sich. Zum ersten Mal zeigte sie sich schwach vor der Magierin, und ihr war, als müsse sie einer Unbekannten ein entsetzliches Geheimnis anvertrauen.

Theana schaute sich verloren um, und Dubhe hatte das deutliche Gefühl, dass sie nicht wusste, was sie tun sollte.

»Hätte ich nur meine Sachen dabei …«, murmelte die Zauberin nach einer Weile und stand dann auf. »Warte hier auf mich«, fügte sie hinzu und verschwand im Dickicht eines nahen Waldes.

Bald war sie zurück mit einer Handvoll Kräutern und einigen Zweigen, von denen sie geschwind die Blätter abstreifte. »Mach den Arm frei«, forderte sie die Gefährtin auf.

Dubhe gehorchte und fühlte sich dabei nackt und wehrlos wie immer, wenn sie von jemandem behandelt wurde.

Ausgiebig betrachtete Theana das Symbol, fuhr mit den Fingerspitzen darüber, während sie mit leiser Stimme einen Sprechgesang murmelte. Dann kaute sie die Kräuter, die sie gesammelt hatte, und verrieb das Mus auf dem Oberarm. Ihre Augen waren halb geschlossen, und während sie mit dem Zweig über das Siegel strich, wiegte sie langsam den Kopf hin und her.

»Dein Körper hat sich an das Mittel gewöhnt«, erklärte

sie schließlich, während sie mit sanften Bewegungen den Arm von der grünlichen Masse reinigte.

Das war für Dubhe nichts Neues. Ähnlich war es im Bau der Gilde gewesen. Auch der Trank, den Rekla ihr verabreicht hatte, hatte mit der Zeit immer kürzer gewirkt, und nach ihrer Flucht hatte Lonerin ihr ein ganz neues Mittel gegeben.

»Ich dachte, Lonerins Trank hätte dieses Problem beseitigt ...«

Theana schüttelte den Kopf. »Das ist schließlich ein Siegel, und bei einem Siegel wirkt jedes Gegenmittel nur für eine gewisse Zeit. Irgendwann hat sich dein Körper daran gewöhnt, und angesichts der Tatsache, dass kein Trank den Fluch auf Dauer beseitigen kann, wird das auch immer so sein.«

Dubhe schlug die Augen nieder. Sie hatte diese ganze Geschichte so gründlich satt. Dabei dachte sie an Dohor und wie sehr sie sich danach sehnte, ihn endlich in die Finger zu bekommen und zu töten.

»Aber ich kann dir helfen.«

Dubhe horchte auf.

»Ich kenne magische Künste, die man in der Aufgetauchten Welt eigentlich schon lange vergessen hat. Wenn mich nicht alles täuscht, müsste es mir gelingen, die Folgen des Siegels mit etwas anderem als einem Trank aufzuhalten.«

Dubhe staunte nicht schlecht. Seit ihrer Abreise hatte sie immer geglaubt, Theana könne ihr lediglich bei dem Ritus nützlich sein, der sie vielleicht endgültig von dem Fluch befreien würde. Wie eine Frau der Tat war sie ihr wirklich nicht vorgekommen, und wie eine mächtige Zauberin sah sie auch nicht aus.

»Mit meiner speziellen Magie kann ich einiges gegen fremde Zauber, gegen Gifte und sogar gegen nicht allzu schlimme Krankheiten ausrichten.«

»Und das könnte dir auch bei meinem Siegel gelingen?«

Theana nickte. Jetzt, da sie über ihre magischen Künste

sprach, wirkte ihr Blick entschlossen. »Zudem können wir dadurch auch die Kräfte, die dein Siegel ausstrahlt, vor anderen Zauberern verbergen. Wegen der magischen Aura, die dich umgibt, könnte dich im Moment jeder Magier leicht aufspüren.«

»Und wieso hast du das nicht schon vorher gesagt?«

Dubhes Ton schien ein wenig spöttisch zu klingen, denn sofort verhärteten sich Theanas Züge. Aber sie ging nicht darauf ein, sondern fuhr fort.

»Aber du hast dabei auch Nachteile in Kauf zu nehmen. Die ersten Male wird dieser Zauber deine Sinne betäuben.«

»Was willst du damit sagen?«

»Nun, du wirst dich benommen fühlen, verwirrt, und deine Reaktionen werden verlangsamt sein. Es handelt sich nämlich um einen ziemlich starken Zauber, der deinen Körper angreift; du wirst dich matt fühlen, wie erschlagen, ja, ein paar Tage lang wird es dir schlecht gehen. Nach und nach aber gewöhnst du dich daran, und nach den ersten Malen wirst du die Wirkung weniger spüren.«

Dubhe seufzte. »Und wenn ich weiter nur den Trank zu mir nehme? Wie lange kann ich es damit noch schaffen?«

»Den müsstest du in immer kürzeren Abständen einnehmen; wie du selbst sagst, nimmst du ihn jetzt schon alle fünf Tage, und so wird sich das immer weiter verkürzen. Deine Lage wird sich rasch dramatisch verschlechtern.«

»Und mit deiner Magie?«

»Nun, dieses Ritual muss alle fünfzehn Tage wiederholt werden, aber vielleicht kann ich die Abstände auch noch ausdehnen.«

Dubhe überlegt einige Augenblicke. »Einverstanden«, erklärte sie schließlich, unter anderem auch, weil sie nicht erwartete, bei ihrer Mission auf Feinde zu stoßen, also kämpfen zu müssen. Alles hing nur davon ab, wie gut ihre Tarnung war. Und dazu passten körperliche Einschränkungen eigentlich ganz gut.

»Streck den Arm aus.«

Dubhe machte den Oberarm frei und legte das Symbol frei. Die Farben wirkten noch greller als gewöhnlich, die Wärme, die die Zeichnung abgab, war zu ertasten, und die Haut darum herum gerötet. Die Bestie, die langsam ihren Geist verzehrte, war allgegenwärtig: eine tägliche Qual, die Dubhe nicht länger zu ertragen gewillt war.

Theana hatte wieder den Zweig zur Hand genommen, mit dem sie auch den Arm untersucht hatte, tauchte ihn jetzt in die erlöschende Glut, um die Spitze einzuschwärzen, und prüfte dann die Temperatur mit einem Finger.

»Es wird ein wenig dauern und dir wehtun«, erklärte sie.

Dubhe erlaubte sich ein spöttisches Lächeln. Was wusste Theana schon von Schmerzen? Sie, die wohl noch nie im Leben verletzt worden war und erst recht keinen so entsetzlichen Fluch mit sich herumschleppte.

Theanas Miene war undurchschaubar, und Dubhe fragte sich, ob sie wohl so etwas wie Genugtuung spürte angesichts der Schmerzen, die sie ihr zufügen würde.

»Schließ die Augen und versuch, an gar nichts zu denken. Im ersten Moment wird der Fluch kurz zum Durchbruch kommen, aber du wirst gelähmt sein und dich nicht rühren können. Mach dich also auf etwas gefasst.«

Theanas Blick wirkte außerordentlich ernst, und fast wunderte sich Dubhe darüber. Dann schloss sie die Augen und bereitete sich tatsächlich auf das Schlimmste vor.

Theana stimmte eine getragene Litanei an, die ganz ähnlich klang wie die Gebete, die sie nachts summte, wenn sie sich unbeobachtet glaubte. Unwillkürlich spannte Dubhe die Armmuskeln an.

Nach einer Weile berührte die Magierin mit der Zweigspitze die Haut und begann, mit dem Ruß eigenartige Zeichen, winzige, für Dubhe unverständliche Runen auf ihren Arm zu malen.

Zügig ging sie vor, mit geschlossenen Augen, wobei sie imaginären Lichtlinien folgte, die sich durch den Zauber vor ihren geschlossenen Lidern abzeichneten. So war es immer, wenn sie ihre Kunst ausübte. Dann sah sie die Körper, die sie behandelte, als ein Geflecht leuchtender Bahnen, die Energieflüsse und Körperflüssigkeiten transportierten. Es war, als hebe sie die Haut der Welt an und enthülle deren Geheimnisse. Dies hatte ihr Vater ihr beigebracht, dies war die Macht, die Thenaar seinen wahren Priestern verlieh.

Neugierig machte Dubhe ein Auge auf, während sie weiter diesen Singsang im Ohr hatte, der sie langsam betäubte. Ihr Arm war voller Symbole, denen Theana immer noch neue hinzufügte. Und bei jedem neuen Zeichen spürte Dubhe, wie ihr Körper noch schwächer wurde und sich die Bestie wie verärgert zurückzog. Sie spürte, wie ihre Muskeln langsam nachgaben, sodass ihr nichts anderes übrig blieb, als sich auf dem Boden auszustrecken. Theana folgte ihr mit dem ganzen Körper, um den Kontakt nicht zu verlieren, und ließ ihren Arm keinen Moment los.

Schließlich zog sie die Zweigspitze zurück und holte tief Luft. Dubhe lag am Boden, ihr Körper vollkommen schlaff. Sie war es nicht gewohnt, die Kontrolle über sich zu verlieren, und dieser unbekannte Zustand beunruhigte sie. Immer schneller hob und senkte sich ihr Brustkorb.

»Ich bin fast fertig«, murmelte Theana, deren Stimme entfernt klang.

Dubhe war benommen. Sie spürte, wie die Magierin erneut mit dem angespitzten Zweig die bereits gezeichneten Linien nachfuhr, und bei jeder einzelnen ein anderes Wort in einer für Dubhe unbekannten Sprache murmelte. Der Bestie allerdings schien sie nur allzu bekannt zu sein.

Denn bei jeder dieser Anrufungen spürte Dubhe, wie ihr das Ungeheuer die Krallen zeigte und sich zum Angriff bereit machte. Das Verlangen zu töten wurde übermächtig, und Dubhe versuchte, dagegen anzukämpfen, indem sie sich die Bilder der Massaker in Erinnerung rief, zu denen der Fluch sie genötigt hatte: die im Wald zerfleischten Soldaten, als sich zum ersten Mal die Auswirkungen des Siegels gezeigt hatten; und dann Rekla, das unheimliche Knacken, als sie ihr das Genick gebrochen hatte; schließlich Fillas brutales Ende. Aber es nützte nichts. Das Grauen dieser Erinnerungen verschwand, wurde verdrängt von dem Blutgeruch, der ihr bei all diesen Gräueltaten in die Nase gestiegen war: ein einladender Duft, der sie neu belebte.

Da explodierte ihr Geist, und durch ihren Kopf hallte das entsetzliche Brüllen der Bestie. Während ihr Körper bebte und von Zuckungen geschüttelt wurde, schienen sich einen Augenblick lang ihre Gliedmaßen zu verformen und in die eines Untieres zu verwandeln. Ein nacktes, urzeitliches Entsetzen packte sie. Denn sie wusste sehr genau, dass sie dieser Abgrund für immer verschlucken konnte, wusste, dass sie verloren wäre, dass nur ein Biss genügen würde, um ihr Bewusstsein auszulöschen. Obwohl sie nun schon so lange mit dem Fluch lebte, begriff sie erst in diesem Moment voll und ganz, wie ihr Ende aussehen konnte, das Ende, das ihr Dohor und Yeshol zugedacht hatten.

Mit konzentrierter Miene kniete Theana weiter neben ihr, ließ sich nicht erschrecken von diesem sich windenden, von einer wilden Gier erfassten Körper, ließ sich nicht beeindrucken von dem Ungeheuer.

War es das, was du liebtest, Lonerin? Diese Bestie, diesen unheimlichen Fluch? Doch sogleich schämte sie sich für diesen gemeinen Gedanken. Außerdem musste sie weiter konzentriert bleiben während dieses sehr mächtigen Zaubers, bei dem ihr die Kontrolle jeden Augenblick entgleiten konnte. So schloss sie die Augen und beendete das Ritual mit dem letzten Wort. Da verschwanden die Runen, die sie auf Dubhes Oberarm gezeichnet hatte, und das Symbol des Siegels wurde rasch wieder heller.

Dubhe spürte, wie die Bestie sich zurückzog, wie eingesaugt in die Tiefen ihres Geistes, während sie selbst langsam die Kontrolle über ihren schmerzenden Körper zurückgewann. Sie atmete tief durch und drehte sich hustend auf die Seite. Endlich war sie wieder sie selbst.

Ebenfalls mitgenommen, hockte Theana reglos neben ihr.

Während sie beobachtete, wie Dubhe sich hinzusetzen versuchte, fragte sie sich wieder einmal, wieso sie sich entschlossen hatte, ihr zu helfen, und wohin diese Entschlossenheit nun entschwunden war. Dann wischte sie sich den Schweiß von der Stirn und machte sich ein Nachtlager zurecht.

Dubhe hatte nicht erwartet, dass das Ritual sie dermaßen auslaugen würde. Nicht allein ihr Körper war furchtbar träge geworden, sondern auch ihr Geist. Hatte sie bis zu diesem Zeitpunkt ihre Mission geleitet und entschieden, wann und wie sie vorzugehen hatten, so war sie nun wahrscheinlich zu schwach und verwirrt dazu und musste sich ganz auf Theana verlassen.

»Du hattest mir verschwiegen, dass das Ritual auch das Denkvermögen in Mitleidenschaft zieht«, sagte sie vorwurfsvoll an Theana angewandt.

Die blickte schuldbewusst. »Es tut mir wirklich leid, aber die Wirkung ist von Person zu Person verschieden, und es hängt auch von dem Siegel ab …«

Diese Entschuldigung nützte Dubhe nun auch nichts mehr. Ihr machte es große Sorgen, nicht im Vollbesitz ihrer geistigen Kräfte zu sein.

Und so kam es, dass sie sich nicht durchsetzen konnte, als Theana unbedingt in diesem Ort an der Grenze haltmachen wollte. Bei anderer Gelegenheit wäre sie mit Sicherheit standhaft geblieben. Sie wusste nur zu gut, dass zwei Frauen niemals einen gerade überfallenen und geplünderten Ort durchziehen sollten. Auf so eine Gelegenheit warteten die Söldner nur. Doch sie war nun einmal nicht wach genug gewesen, um angemessen zu reagieren. Ebenso wie jetzt, als der Soldat sie von hinten überraschte und fortschleppte.

2

Dohors Truppen

Dubhe hörte das Klirren aneinanderstoßender Waffen, Stimmen, die lachten und krakeelten.

Ihr Kopf schmerzte, und das nicht nur von dem Schlag, den sie abbekommen hatte. Sie war noch verwirrt, und es dauerte eine Weile, bis sie wusste, wo sie sich befand und was geschehen war.

Ihre Wange lag in feuchtem Stroh, und vor sich sah sie ein Paar Füße, das mit einem Strick zusammengebunden war.

Den Kopf schüttelnd, versuchte sie, ihre Gedanken zu ordnen. An den Grund für ihre Benommenheit erinnerte sie sich gut. Gemächlich, fast ersterbend, pulsierte das Symbol auf ihrem Arm.

Verflucht …

»Alles in Ordnung?«

Nach dieser schrillen, aber besorgten Stimme tauchte fast augenblicklich ein Gesicht in Dubhes Blickfeld auf. Es dauerte etwas, bis sie es erkannte. Theana war es, in der Verkleidung, die sie einige Abende zuvor angelegt hatten. Diese Erinnerung zog unmittelbar weitere nach sich, langsam, wie Perlen an einer Schnur.

Dubhe nickte matt. »Hilf mir mal auf …«

Theana kroch zu ihr und ergriff mit beiden Händen ihren Arm. Jetzt erst fiel Dubhe auf, dass man ihnen beiden die Handgelenke hinter dem Rücken zusammengebunden hatte.

Mühsam schaffte sie es, sich aufzusetzen. Blass und zerzaust hockte Theana neben ihr und blickte sie erwartungsvoll an. Dubhe sah sich um. Sie befanden sich auf einem mit Stroh ausgelegten, vergitterten Karren, einem Käfig mit einigen aufeinandergestapelten Fässern und Kisten in einer Ecke.

Als Dubhe den Kopf zu drehen versuchte, musste sie gegen die Übelkeit ankämpfen, die sich in ihrem Magen ausbreitete. Was sie sah, war nicht sehr ermutigend. Überall um sie herum waren Soldaten, aber das Bild in ihrem Kopf wurde nun klarer.

»Du warst lange bewusstlos, und ich habe mich nach Kräften gewehrt, aber viel konnte ich nicht ausrichten. Dann bin ich selbst in Ohnmacht gefallen, und als ich wieder zu mir kam, fand ich mich gefesselt hier in diesem Käfig wieder. Ich hab schon alles Mögliche versucht, um meine Hände freizubekommen, hab mich dabei sogar verletzt und …«

Theana sprach hastig, verängstigt und ließ beim Reden ständig den Blick hin und her schweifen.

»Leise«, sagte Dubhe nur.

Sie befanden sich in einem Militärlager. Dutzende weiße, schäbig wirkende Zelte waren zu sehen sowie ein größerer Pavillon unweit des Karrens, in dem sie gefangen waren. Einige Soldaten streiften durch das Lager, während andere nur untätig vor ihren Zelten hockten. Dubhe betrachtete die Wappen auf den Planen und musste noch nicht einmal ihr angeschlagenes Gedächtnis um Rat fragen. Es waren unverkennbar Dohors Truppen.

»Wann ist das passiert?«, fragte sie.

»Gestern Nachmittag.«

Dubhe blickte zum Himmel. Nachmittag. Sie musste einen ordentlichen Schlag abbekommen haben. Als sie die Arme zu bewegen versuchte, um an ihren Dolch zu kommen, merkte sie rasch, dass dies unmöglich war. Sie spannte ihre Muskeln an. Immer noch war sie nicht im Vollbesitz ihrer Kräfte, aber ihre Geschicklichkeit würde vielleicht ausreichen. Mit einer einzigen fließenden Bewegung ihrer Schultern und indem sie gleichzeitig die Knie fest gegen die Brust presste, gelang es ihr, die Hände unter den Beinen hindurchzuführen. Nun hatte sie die Arme vorn.

»Wie hast du das denn geschafft?«, fragte Theana verdutzt.

»Langes Training«, erwiderte Dubhe knapp, um dann noch mit leiser Stimme, sich verstohlen umblickend, hinzuzufügen: »Das gehört übrigens zur Ausbildung in der Gilde.« Einmal mehr musste sie sich bei Sherva bedanken, dem Wächter der Gilde, bei dem sie es gelernt hatte, ihren Körper so ungeheuer geschmeidig und gelenkig einzusetzen.

Sie führte die Hände zu der verborgenen Tasche. Ein Glück, der Dolch war noch an seinem Platz.

»Haben sie uns durchsucht?«, fragte sie.

Theana schüttelte den Kopf. »Keine Ahnung, wie gesagt, war ich auch eine Zeit lang nicht bei Bewusstsein ...« Ihre Stimme klang atemlos, und Dubhe merkte, wie groß ihre Angst war.

Plötzlich kam die Magierin mit dem Gesicht ganz nahe an sie heran und flüsterte mit vor Furcht weit aufgerissenen Augen: »Wir müssen schnell von hier fliehen.«

»Nur die Ruhe, vielleicht wäre das gar nicht so klug.«

»Das ist nicht dein Ernst? Und was ist mit unserer Mission?«

Dubhe legte ihr rasch eine Hand auf den Mund. »Leise«, zischte sie. »Unsere Mission hat doch schon begonnen. Vergiss also keinen Augenblick, wer wir sind und was wir vorhaben.« Ihre Stimme war nur noch ein Hauch. »Wir beide sind die Bäuerinnen Sanne und Lea und haben in dem überfallenen Ort gelebt. Verstanden? Während der ersten Plünderung haben wir uns in einem Stall versteckt und ihn verlassen, als wir glaubten, dass die Luft rein sei. Klar?«

Theana nickte.

In diesem Moment wurde die Tür des Karrens aufgerissen. »Los! Runter mit euch beiden!«

Es waren zwei Soldaten. Der eine, jüngere, war ein hagerer Bursche, der andere muskulös. Theana brauchte nur die Stimme des älteren zu hören, um sogleich wie Espenlaub zu zittern. Dubhe versuchte gar nicht, sie zu beruhigen, denn ihre Angst passte gut zu ihrer Verkleidung. Deshalb gab sie sich gleichfalls erschrocken, während der Soldat, der die Tür geöffnet hatte, sie am Arm packte. Das Theater gelang ihr besonders gut, weil sie sich ohnehin schwach fühlte. Sie taumelte und ließ sich von dem Mann stützen.

»Aha, ihr wolltet fliehen. Gib's zu!«, knurrte der Soldat, als er einen Blick auf Dubhes Hände warf. Sie antwortete nicht, versuchte nur, so bemitleidenswert dreinzuschauen, wie es ihr möglich war. Daran hatte sie überhaupt nicht gedacht, es war alles viel zu schnell gegangen. Aber solch ein Schnitzer passte einfach nicht zu ihr.

Der Soldat drängte die beiden auseinander und kam ganz dicht an Dubhes Gesicht heran, zog sein Schwert und kniff ihr mit der freien Hand so fest ins Gesicht, dass sie vor Schmerz zusammenzuckte. »Versuch das ja nicht noch einmal, sonst bist du tot«, zischte er, wobei er sie grimmig anstarrte. Seine Schwertspitze strich seitlich über Dubhes Hals, und sie begriff, dass er es ernst meinte.

Bei diesem Anblick schrie Theana auf, und der andere Soldat, der sie gepackt hatte, schüttelt sie heftig. »Brav!«, rief er, so als gelte es, ein Tier zu zähmen. »Sonst überlegen wir's uns noch mal.«

Die beiden Männer warfen sich einen kurzen Blick zu und führten sie hinaus und dann über einen schmalen Trampelpfad durch niedriges, recht dichtes Gestrüpp. Hier lag nicht mehr, wie bislang noch, der für das Land des Meeres typische durchdringende Duft von Jod und Salz in der Luft, sondern es roch mehr nach Gras und Moos. Das Wäldchen, durch das sie geschleppt wurden, hatte nichts Besonderes, aber Dubhe wusste sofort, wo sie sich befanden. Es war das Land der Sonne, ihre Heimat. Sie hatten die Grenze überquert und waren bereits unterwegs in dem Reich, wo Dohor König war. Der Gedanke war eigenartig, aber sie war zu Hause.

Ihr kurzer Marsch endete bei einem Flüsschen. Dubhes Herz begann schneller zu schlagen. Es kam ihr bekannt vor, und es gelang ihr kaum, ihre Verstörung zu verbergen.

Am Ufer zwangen die beiden Männer sie auf die Knie. Dubhe hörte Theanas Zähne klappern und blickte sie an. Die Gefährtin weinte. Wer hätte es ihr übelnehmen können?

Ihre Hände kribbelten immer noch, aber trotzdem schaffte es Dubhe, eine Hand auf den Dolch zu legen, für alle Fälle.

»Wascht euch das Gesicht und trinkt etwas. So wie ihr jetzt ausseht, wird euch niemand kaufen wollen.«

Dubhe beeilte sich zu gehorchen, doch der Soldat packte sie an den Haaren und zog ihr Gesicht zu sich heran. »Aber macht bloß keine Dummheiten, verstanden?«, rief er und lachte roh.

Dubhe schaffte es, ihre Augen feucht werden zu lassen. Der Mann lockerte ein wenig seinen Griff, zwang sie aber, den Kopf unter Wasser zu tauchen.

Das kühle Bachwasser, das sanft ihre Haut umströmte, tat ihr gut. So war es immer schon bei ihr gewesen, wenn sie im kalten Wasser badete, ein altes Ritual, dem sie früher nach getaner Arbeit gern nachgegangen war. Nun war es hilfreich, um einen klaren Kopf zu bekommen. Ihr war, als löse sich der Nebel jetzt langsam auf, der ihr Gehirn umwaberte, seit Theana sie mit ihrer Magie behandelt hatte. Sogar ihr Körper schien ein wenig von seiner alten Spannkraft zurückzugewinnen.

Sie trank, so viel sie konnte – ihre Kehle war ganz ausgetrocknet –, und nutzte die Gelegenheit, sich den Nacken nass zu machen, wo sie eine schmerzende Wunde verspürte.

Da zog der Soldat mit einem brutalen Ruck ihren Kopf aus dem Wasser hoch. »Das reicht jetzt, los!«, herrschte er sie an und versetzte ihr einen Stoß.

Theana beobachtete sie, wie sie sich vom Ufer entfernten. Wurden sie etwa getrennt? Wenn man Dubhe jetzt fortbrachte, war es um sie selbst geschehen. »Nein!«, schrie sie,

Während sie so schlaflos dalag, hörte sie, wie Theana über das Stroh kroch, niederkniete und die Stirn auf den Boden legte. Wie immer betete sie, und ihre Worte wurden begleitet von einem kaum wahrnehmbaren Stöhnen.

Dubhe lauschte und versuchte, etwas von dieser seltsamen Litanei zu verstehen. Da ließ ein Wort unter den vielen sie plötzlich hochfahren: Thenaar. Geflüstert voller Hingabe, voller Hoffnung und Glauben. Plötzlich war sie hellwach. Theana rief tatsächlich Thenaar an.

Die Arme unter den Knien durchführend, machte sie sich frei und war im nächsten Augenblick bei ihr. Theanas Kopf gegen das Gitter zu stoßen und ihr die Kette über der Kehle zusammenzuziehen, war eins. Die Zauberin stieß einen erstickten Klagelaut aus.

»Was hast du gesagt?« Dubhes Stimme war voller Zorn.

Theana hatte die Augen vor Furcht weit aufgerissen und schnappte verzweifelt nach Luft. Dubhe lockerte den Griff nur so weit, dass sie atmen konnte.

»Du hast beim Beten eben einen Namen gemurmelt. Ich habe es genau gehört: Thenaar.«

Die Verblüffung schien aus Theanas Blick zu weichen, nicht aber die Furcht. »Lass mich los.«

»Nicht, bevor du mir das erklärt hast.«

Fragen über Fragen rasten Dubhe durch den Kopf. War Theana eine Spionin der Gilde? Hatte sie sich deshalb dazu bereit erklärt, sie auf ihrer Mission zu begleiten? Um sie schließlich wieder in den Bau der Gilde zurückzuführen? War sie eine Verräterin?

»Er ist mein Gott«, erklärte Theana jetzt. Es klang stolz.

Dubhe zog die Kette am Hals der Zauberin fester an und nahm ihr den Atem. »Verräterin«, zischte sie und zog die Kette noch heftiger zusammen. Theana schaffte es kaum noch, den Kopf zu schütteln, ihre Augäpfel traten hervor, sie stammelte irgendetwas, während ihre Lippen blau anliefen.

Die Erinnerung an ihren Aufenthalt in der Gilde, das Grauen, das sie in der Sekte erlebt hatte und jetzt noch durch sie erlebte – all das vermengte sich in Dubhes Geist und blendete sie.

Dennoch lockerte sie langsam den Griff. Nein, ein Assassine der Gilde würde sich doch nicht auf so banale Weise verraten. Theana musste ja bedenken, dass sie selbst vielleicht wach war. Warum also hätte sie den Namen ihres Gottes aussprechen und damit dieses Risiko eingehen sollen?

»Gib dir bloß Mühe, mich zu überzeugen«, zischte sie drohend.

Theana hustete und landete mit dem Gesicht im Stroh, doch Dubhe zog sie wieder hoch.

»Thenaar ist eine antike elfische Gottheit, nämlich Shevraar«, begann sie.

»Das weiß ich.«

Die junge Zauberin atmete ein paarmal keuchend ein und aus, bevor sie fortfuhr. »Im Lauf der Zeit veränderte sich sein Name und mit ihm sein Kult. Nach und nach verlor die Shevraar-Verehrung alles, was sie einmal ausgezeichnet hatte, und wurde von einigen Ketzern zu jenem blutrünstigen Irrglauben verfälscht. Seine Anhänger töten zu Ehren ihres Gottes, weil sie nur noch seine zerstörerische, düstere Seite sehen wollen und darüber vergessen, dass Thenaar auch ein Gott ist, der erschafft und seine Schöpfung liebt.«

»Dieser theoretische Hintergrund interessiert mich wenig. Erklär mir lieber, wer du bist und was du vorhast.«

Theana riss die Augen weit auf. Jetzt erst wurde ihr das Missverständnis klar. »Glaubst du wirklich, ich bin eine von denen? Glaubst du wirklich, ich bin eine Anhängerin dieses abartigen Kultes und begleite dich, um dich an die Mördersekte zu verraten?« Plötzlich klang Theana sehr entschlossen, fast wütend. »Du bist wie die, die meinen Vater auf dem Gewissen haben«, raunte sie.

Dubhe verstand nicht. »Was willst du damit sagen?«

»Ach, du verstehst eben nichts von Magie und hast gar nicht gemerkt, was es mit meinen magischen Praktiken auf sich hat. Ich bin eine Priesterin des wahren Thenaar. Mein

Vater zählte zu seinem Orden und war irgendwann der Letzte, der diesen Kult ausübte. Die Gilde sah in ihm ein Hindernis, ein Überbleibsel der Vergangenheit, das man zu vernichten trachtete, und verfolgte ihn unerbittlich. Denn er predigte die Liebe und pries die Größe Thenaars in seiner Eigenschaft als Gott der Schöpfung und der Veränderung. Vor allem aber erklärte er öffentlich, dass der Kult der Gilde Ketzerei sei, abartig, eine entsetzliche Abweichung von der wahren Verehrung Thenaars.«

Dubhe verstand nicht alles, hörte jetzt aber aufmerksam zu.

»Es war die Macht Thenaars, mit der ich auf dein Siegel Einfluss nehmen und seine Folgen verlangsamen konnte. Ich übe eine Magie aus, die sich auf Riten des wahren Thenaar-Glaubens gründet: Mein Vater hat sie mich gelehrt.«

»Du meinst also, das Treiben der Gilde ist nicht der einzige Thenaar-Kult?«

Theana schüttelte den Kopf. »Nein, ihre Rituale sind eine Perversion des echten Glaubens. Zudem weißt du bestimmt auch, dass Nihal eine Geweihte Shevraars war und in dieser Eigenschaft unsere Welt von dem Tyrannen befreien konnte.«

Dubhe lehnte sich mit dem Rücken gegen die Gitterstäbe. Das alles kam ihr so absurd vor. Die Menschen töteten sich gegenseitig, um ihrer eigenen Deutung eines göttlichen Willens Geltung zu verschaffen. »Trotzdem ist es hart für mich, dass du jede Nacht neben mir zu Thenaar betest, nach dem, was die Gilde mir angetan hat«, fügte sie schließlich hinzu.

»Du sagst es ja selbst ganz richtig: Es war die Gilde. Thenaar hat mit der Sekte der Assassinen gar nichts zu tun. Der Glaube an Thenaar ist etwas ganz anderes.«

Dubhe blickte Theana spöttisch an. »Dann bist du also mitgekommen, um die Dinge geradezurücken? Um zu beweisen, dass dein Glaube echt und der der Gilde verfälscht ist?«

Theana verstand nicht genau, worauf Dubhe hinauswollte. »Ich weiß es nicht. Ich wende einfach nur das an, was mein Vater mir beigebracht hat.«

»Eben ...« Dubhe hob den Kopf und lachte.

»Was ist daran so komisch?«

»Findest du es nicht komisch, dass ich mich im Kampf gegen die Gilde selbst mit einer Fanatikerin dieses abartigen Gottes zusammentue?«

Theana schien beleidigt. »Ich bin keine Fanatikerin. Wirf mich bitte nicht in einen Topf mit Leuten, die einen wertvollen, lebendigen Glauben in einen Kult des Todes verwandelt haben.«

»Aber wenn du betest, siehst du ganz ähnlich aus«, erklärte Dubhe erbarmungslos. »Du und die Assassinen, ihr wiederholt beide diese blöde Litanei so lange, bis sie auch für euch jeden Sinn verloren haben müsste.«

»Das stimmt nicht«, erwiderte Theana und blickte Dubhe kalt an. »Auch meine Gebete sind ganz anders, auch diese haben mit der Gilde nichts zu tun. Du hast diese Fanatiker doch selbst beim Gebet gesehen und müsstest das wissen.«

Dubhe blickte aus dem Käfig hinaus, in die tiefe, finstere Nacht. »Aber es ist nun einmal so, dass mich der Thenaar-Glaube hierhergebracht und mir ein Ungeheuer in den Leib gepflanzt hat, dessen Grauen sogar deine Vorstellung übersteigt. Schlimmstenfalls bringt eine Religion solches Leid, ja den Tod, und bestenfalls ist sie ein falscher Trost für die Schwachen.«

»Du beziehst dich nur auf das, was du im Bau der Gilde erlebt hast«, widersprach Theana. »Aber mein Glaube hat nichts mit dem Tod zu tun, dafür aber sehr viel mit dem Leben. Er hat meinem Vater und mir Halt gegeben in den Jahren des Exils und mir die Macht verliehen, mit diesen Händen deinen Fluch einzudämmen.«

Dubhe ging nicht darauf ein. »Ich weiß nur, dass die Priester davon schwatzen, den *Sinn* erkannt zu haben, das, was die Welt zusammenhält. Dabei habe ich mein ganzes Leben lang immer nur Menschen sterben sehen. Für mich ist das Leben ein einziges Chaos.«

Theana hielt ihrem Blick stand, widersprach aber nicht und zeigte sich auch nicht entrüstet. »Das liegt daran, dass du deinen Weg noch nicht gefunden hast.«

»Du etwa?«, fragte Dubhe leicht verärgert zurück.

Theana schluckte. »Nein, aber ich weiß, dass es ihn gibt.«

Ein bedrückendes Schweigen folgte diesen Worten. Dubhe blickte zum Himmel auf, an dem die Sterne glitzerten. Eine Myriade kalter Lichter sah Nacht für Nacht dem seltsamen Treiben auf der Erde zu. So als könne kein Übel ihrem Glanz etwas anhaben.

»Wann wollen wir eigentlich fliehen?«, fragte Theana unvermittelt.

»Erst einmal gar nicht. Wir sind auf dem Weg mitten hinein ins Land der Sonne. Das heißt, die Richtung stimmt schon mal. In drei Tagen müssten wir Selva erreicht haben, und dort sehen wir weiter. Aber bis dahin ist doch nichts dagegen einzuwenden, auf einem Karren zu fahren, statt zu Fuß zu laufen.«

»Ja, schon …«

»Sie werden uns schon nichts antun«, fügte Dubhe in überzeugtem Tonfall hinzu. »Und außerdem komme ich allmählich wieder zu Kräften und werde uns zu verteidigen wissen.«

Besorgt und ein wenig verlegen schlug Theana die Augen nieder. »Danke für vorhin übrigens«, sagte sie. »Ich habe verstanden, was du getan hast, sowohl am Fluss als auch danach …« Wieder blickte sie zu Boden. Offenbar fiel es ihr schwer, weiterzusprechen.

Und ebenso wenig fühlte sich Dubhe zunächst in der Lage, ihr zu antworten: Auf dieses deutliche Eingeständnis von Schwäche war sie nicht vorbereitet gewesen.

»Ich habe es nicht nur für dich getan«, erklärte sie dann.

»Aber du hast dich für mich schlagen lassen.«

Dubhe erwiderte nichts.

»Es wird nicht mehr vorkommen«, fügte Theana hinzu. »Ich will mich zusammennehmen und keine Last mehr für dich sein.«

Dubhe blickte zu Boden. Auch wenn sie nicht erwartete, dass sich ihr Verhältnis grundlegend änderte, freute sie sich doch über Theanas Aufrichtigkeit. »Denk nicht mehr daran und schlaf lieber«, sagte sie nur knapp und versuchte dann, es sich, so gut es ging, auf dem Stroh bequem zu machen. Kurz darauf hörte sie, wie Theana es ihr nachtat.

3

In die Tiefe hinab

Ido und San kamen nur langsam vorwärts. Zumindest hatte San diesen Eindruck, seit sie unterwegs waren in die Untergetauchte Welt.

Auf diese Reise hatte er sich gefreut. Die Vorstellung, einen sagenumwobenen Ort wie diese Unterwasserwelt zu besuchen, die Aufregung angesichts eines neuen Abenteuers an der Seite von Ido, jener lebenden Legende, all das hatte dazu beigetragen, San in Begeisterung zu versetzen. Gerade nach den langweiligen Wochen im Palast vom Rat der Wasser, wo er unter ständiger Beobachtung eines Soldaten gestanden hatte, war der Junge in der Überzeugung aufgebrochen, dass ihn nun etwas Grandioses erwarte. Und danach stand ihm der Sinn, denn Ruhe zu haben, an einem Ort zu bleiben, hieß für ihn eben auch, sich mit dem Aufruhr in seinem Herzen auseinandersetzen zu müssen.

Es tat ihm wohler, sich zu betäuben, an nichts zu denken. Zu viele Dinge waren in den vergangenen Monaten geschehen, die sein Leben vollkommen auf den Kopf gestellt hatten. Zunächst hatte die Gilde sein Zuhause überfallen und seine Eltern ermordet; dann hatten die Schergen ihn entführt und Ido ihn daraufhin gerettet; und schließlich hatte er selbst entdeckt, über enorme Kräfte zu verfügen, wie er sie sich niemals hätte vorstellen können. Es war, als habe sich in dem Augenblick, als Sherva und sein Kumpan die Tür zu ihrem Hause eintraten, die Wirklichkeit aufgelöst und dem unsicheren Terrain eines Traumes, eines Albtraumes weichen müssen.

Die Gilde war ihm auf den Fersen, weil sie seinen Körper als eine Art Gefäß für Asters Seele verwenden wollte. Und wenn ihre Pläne aufgingen, würde die Hölle neu beginnen, die die gesamte Aufgetauchte Welt schon einmal erlebt und die seine Großmutter Nihal vierzig Jahre zuvor erfolgreich bekämpft hatte. Aber auch die magischen Kräfte, die er so plötzlich machtvoll in sich strömen spürte, hatten etwas Beunruhigendes.

Er fühlte sich so allein wie noch nie zuvor in seinem Leben. Ido war sein einziger fester Halt, bedeutete für ihn Sicherheit und Rettungsanker. Der Gnom war der Einzige, der in diesem Wirrwarr die Richtung kannte und ihm den rechten Weg weisen konnte. Während er auf den trotz des hohen Alters immer noch geraden Rücken des Gnomen blickte, überlegte San, dass er einmal so wie er werden wollte. Um ihn herum herrschten nur Chaos und Finsternis, doch bei Ido, auf dem Rücken des Drachen, der sie in die Untergetauchte Welt brachte, sah er Licht.

Es war atemberaubend, als sie mit dem Drachen aufgestiegen waren: die Schönheit der Landschaft unter ihnen, der Wind, der seine Haare flattern ließ und ihm eisig über die Wangen strich, die Farben und Gerüche des nahenden Frühlings.

Doch die wahre Erfüllung seiner Abenteuerlust erlebte er erst, als sie den Ozean erreichten. Nie zuvor hatte er das Meer gesehen. Mit seiner Familie war er aus dem Land des Windes nie herausgekommen und hatte nur in Büchern von mächtigen, unendlich langen Flüssen und grenzenlosen Wasserflächen lesen können. Und nun sah er ihn. Der Ozean war weit und endlos und veränderte sich ständig.

Als er ihn am ersten Morgen am Horizont erblickte, war er nur ein leuchtender Streifen unter dem Himmel. Mittags hatte er sich schon in ein dunkelgraues Band verwandelt, über dem schwarze, regensatte Wolken hingen. Und als sie sich dann abends den Ascose-Klippen näherten, lag er wie ein Teppich aus unzähligen Blaustufen unter ihnen.

Ido gönnte dem Drachen eine Pause und ließ ihn oben auf den Klippen aufsetzen. Es stürmte, und der Geruch von Meer und Salz war unglaublich intensiv. Doch das Rauschen der Brandung beeindruckte den Jungen am meisten.

Eilig sprang San vom Drachen ab. Doch bevor er davonstürmen konnte, packte Ido ihn am Kragen. »He, nicht so wild!« Der Gnom musste lächeln, als er Sans ungeduldige Miene sah. Er deutete auf den Abgrund, nicht weit von ihnen entfernt. »Weißt du, wie hoch die Klippen sind?«

San blickte zu der Stelle, wo die Felsen plötzlich abbrachen, und schüttelte den Kopf.

»Fast tausend Ellen«, erklärte Ido. Und der Junge spürte, wie sein Mund trocken wurde. »Also, schau dich ruhig etwas um, wenn dir danach ist, aber pass gut auf dich auf«, brummte der Gnom, bevor er ihn losließ.

Vorsichtig näherte sich San dem Klippenrand. Das Tosen, das von unten heraufklang, war ohrenbetäubend, voller und mächtiger noch als der Wasserfall in Laodamea, über dem der dortige Königspalast errichtet war und der ihn ebenfalls gehörig beeindruckt hatte.

Als er die Kante erreicht hatte, blickte er nur einen kurzen Moment auf Meer und Himmel und verspürte dabei einen schmerzhaften Stich. Ob es wohl etwas jenseits davon gab, fragte er sich, und ob ein Mensch wohl jemals diese Weite ganz durchmessen hatte? Vielleicht hatte das Blau gar kein Ende, vielleicht spiegelten sich Meer und Himmel bis in alle Ewigkeit ineinander, ohne aber jemals ineinander überzugehen. Es war etwas zu Gewaltiges, um es auch nur denken zu können, es war die Unendlichkeit, und er fühlte sich winzig und erdrückt davon.

Dann fand er den Mut, nach unten zu schauen, in den Abgrund, der sich nur eine Handbreit vor seinen Füßen auftat. Unter ihm, in atemberaubender Tiefe, brachen sich die Wogen hoch aufschäumend am Fels. Das Meer, das zuerst blau gewesen war, wurde fast schwarz, um sich dann in weißen Schaum zu verwandeln. Fast wie ein Tier, das versucht, die Steilwand zu erklimmen und eine Beute zu packen, kletterte das Wasser den Fels hinauf.

»Überwältigend, nicht wahr?«

Ido war hinter ihn getreten und schaute ebenfalls hinunter. San blickte ihn an und wusste, dass der Gnom die gleichen Dinge wie er selbst dachte, war sich sicher, dass diese leere Weite auch für Ido eine tiefere Bedeutung hatte.

Er und ich, wir sind uns ähnlich, denn wir sind beide allein.

San verbrachte eine schlaflose Nacht. Sie hatten Aufnahme bei einem Fischer gefunden, der oben auf den Klippen wohnte. Er war ein wortkarger Mann mit dunkler, wettergegerbter, lederner Haut und schwieligen Händen, die ihm die tägliche Arbeit mit den Netzen eingetragen hatte. San hatte schon häufig von der Gastfreundschaft im Land des Meeres erzählen hören und sich die Bewohner immer als gutmütige Menschen mit rötlicher Haut vorgestellt. Schon Sennar war ihm anders vorgekommen, aber dieser Fischer hier wirkte nun alles andere als leutselig.

Er bot ihnen eine warme Suppe an, wünschte ihnen eine gute Nacht und zog sich in seine Kammer zurück.

San schlief in einem Bett, Ido am Boden auf einem Strohlager. Der Junge konnte sein leises Schnarchen hören. Doch es war etwas anderes, was seine Aufmerksamkeit fesselte. Das unaufhaltsame Rauschen des Meeres. In der vollkommenen Stille des Hauses hörte es sich fast dröhnend an, und er dachte, wenn Gefühle einen Klang hätten, wäre sein Schmerz so dröhnend wie dieses Meeresrauschen.

Der blaue Drache stieg in die klare Morgenluft auf, entfernte sich zusammen mit dem Drachenritter, der sie begleitet hatte.

»Und nun?«, fragte San, während er sich fester in seinen Umhang einhüllte. Es war kalt und vor allen Dingen sehr stürmisch.

»Jetzt kommt das Schönste«, erklärte Ido rätselhaft. Dann blickte er auf das Meer hinaus. »Wir werden abgeholt. Aber wir müssen ihnen entgegengehen.«

Auf einem Pfad, der so steil und schmal war, dass man ihn von oben nicht hatte sehen können, stiegen sie die Klippen hinunter. Es handelte sich um eine Art Treppe, gewunden und in den Fels geschlagen, die von der Spitze bis zum Wasser hinunterführte und bei einem kleinen Ankerplatz endete, der genügend Platz bot, dass ein mittelgroßes Schiff dort anlegen konnte.

Unten angekommen, warteten sie lange. Der Wind zerrte an ihren Umhängen, während die Sonne ihre gewohnte Bahn auf das Wasser zeichnete. Dann endlich sahen sie sie kommen.

San hatte einiges über sie in der *Geschichte der Drachenkämpferin* gelesen: Menschen mit weißer Haut, die unter dem Meer lebten, die Nachfahren jener Abenteurer, die, der vielen Kriege überdrüssig, die Aufgetauchte Welt verlassen und sich unter dem Meeresspiegel ein neues Reich geschaffen hatten.

Es war aufregend, sie nun leibhaftig vor sich zu sehen. Die meisten waren sehr dünn, hatten schneeweiße Haut, hellblaue Augen, die sich in kalten Blicken verloren, und langes, glänzendes Haar. Sie wirkten wie Gespenster mit eleganten, derart verlangsamten Bewegungen, als befänden sie sich noch unter Wasser.

Das Schiff, mit dem sie anlegten, machte einen ähnlichen Eindruck: Geschmeidig, mit breiten, bläulichen Segeln und spitzem Bug schien es über das Meer gleiten zu können.

Bei ihnen angekommen, beugten sie vor Ido das Knie und begrüßten auch San mit einer respektvollen Geste.

»König Tiro sowie die Gräfin entbieten Euch ihren Gruß«, sagte der Mann, der der Anführer zu sein schien.

Ido beschränkte sich auf ein kurzes Nicken und fragte: »Wie lange brauchen wir bis in Euer Reich?«

»Zwei Wochen über das Meer, und dann noch weitere drei Tage bis zur Grafschaft.«

Die ersten Tage war die Überfahrt für San eine aufregende Sache. Die meiste Zeit stand er an Deck und verfolgte das Wechselspiel des Lichts. Jede Stunde des Tages hatte ihre eigene Farbe, und mit der Sonne, die am Himmel ihre Bahn zog, schien das Wasser in einem fort sein Aussehen zu verändern. Wenn er dann nachts die Sterne betrachtete, geriet er oft in eine melancholische Stimmung, und die Wunde, die der Tod der Eltern ihm gerissen hatte, begann wieder heftig zu schmerzen. Dann stieß er sich von der Reling ab und machte, dass er in seine Kajüte kam.

„Erzähl mir von meinem Großvater«, bat er Ido dann häufig, und der Gnom tat ihm den Gefallen, berichtete, was er mit Sennar erlebt hatte und was er von dessen Abenteuern wusste. Obwohl San die Geschichten alle auswendig kannte, war es doch etwas ganz Besonderes, sie aus dem Mund eines Mannes zu hören, der selbst dabei gewesen war. So nahm der Schmerz langsam ab, und seine Aufmerksamkeit richtete sich auf andere Dinge. Deswegen war es so schön, den Gnomen bei sich zu haben. Weil der ihn verstand.

Nach ungefähr einer Woche aber verfinsterte sich Sans Miene mehr und mehr. Jetzt empfand er es als beklemmend, auf solch engem Raum eingesperrt zu sein. Hier konnte er sich selbst nicht entfliehen, und wenn er sich langweilte, geriet er unweigerlich ins Grübeln.

So kam er auf die Idee, zum Zeitvertreib ein wenig zu zaubern. Lichter und Flämmchen ließ er entstehen. Wäre sein Vater noch da gewesen, hätte er sich das nicht erlauben können. Nun jedoch schienen Richtig und Falsch, Gut und Böse durcheinandergeraten zu sein. Gleich zweimal hatte er Ido und sich auf der Flucht vor den Assassinen mit seinen Kräften das Leben gerettet. Warum also sollte er sich nun nicht ein wenig darin üben? Für einen zwölfjährigen Jungen wie ihn war es ganz großartig, über solche Fähigkeiten zu verfügen. Sogar einen Drachen hatte er schon vom Himmel geholt. Aber dieses Können in der Öffentlichkeit zu zeigen, kam nicht infrage. Er schämte sich, und obwohl Ido von seinen Kräften wusste, wartete er mit dem Zaubern lieber, bis der Gnom anderswo war oder sich schlafen gelegt hatte.

»Auch in der Untergetauchten Welt gibt es Magier, ebenso wie bei uns, weißt du das?«, sagte Ido eines Abends zu ihm, während er, jeden Zug genießend, in Ruhe seine Pfeife rauchte.

San ging nicht darauf ein.

»Du könntest dich *ernsthaft* darin ausbilden lassen, wenn wir dort unten sind.«

Ein langes Schweigen war die einzige Antwort.

»Hast du mal darüber nachgedacht, Magier zu werden?«

»Ein wenig«, antwortete der Junge achselzuckend.

»Ich will dich ja nicht drängen, aber ich bin sicher, dass es dir noch mehr Spaß machen würde als die Zauberspielchen, mit denen du dich vor dem Schlafengehen beschäftigst«, erklärte der Gnom mit einem schelmischen Blick.

Ja, San hatte sich nicht getäuscht. Ido kannte ihn wirklich sehr gut.

Gegen Ende der zweiten Woche gelangten sie endlich zu einer Insel. Kein Haus stand darauf, nur seltsam anmutende Bäume und Blumen in allen Farben, die San noch nie gesehen hatte.

»Sennar ist damals durch den Wasserkrater in die Untergetauchte Welt gelangt. Das wäre auch möglich, aber diesen Zugang benutzen wir nie, weil er zu gefährlich ist, es sei denn in höchster Not. Dieser erste Eingang wurde angelegt, als wir noch nicht daran dachten, jemals wieder in die Aufgetauchte Welt zurückzukehren. Später errichteten wir noch weitere, sicherere Zugänge. So wie diesen hier«, erklärte der Mann, der sie führte. Für einen Bewohner von Zalenia, wie die Untergetauchte Welt auch genannt wurde, wirkte er fast zu schwer; von mittlerem Alter, hatte er einen Bauch und schien von seinem Volk nur die hellblauen Augen und die weißen Haare mitbekommen zu haben.

Für San war es seltsam, wie sachlich hier alle von seinem

Großvater und dessen so lange zurückliegendem Abenteuer sprachen, das für ihn etwas Mythisches hatte. Alle Einzelheiten von Sennars Mission kannte er in- und auswendig, wusste von Aires, der Piratin, die ihn auf dem Schiff ihres Vaters über das Meer gebracht hatte, dem verheerenden Sturm, dem Seeungeheuer und auch dem Wasserkrater. Niemals hätte er gedacht, dass er diesen Weg selbst einmal zurücklegen würde.

So war er ein wenig enttäuscht, als er merkte, dass es durch einen Tunnel weiterging, der von einer Stelle der Insel tief unter die Erde hinabzuführen schien. »Hier entlang?«, fragte er unsicher.

»Ja, nach Euch«, antworteten die Männer, die sie begleiteten. »Unten stehen Pferde für uns bereit.«

Immer tiefer stiegen sie ins Erdinnere hinunter, bis irgendwann die Felswände des Ganges in Glas übergingen.

»Herzlich willkommen in der Untergetauchten Welt«, sagte ihr Führer.

San blickte sich um. Kein Zweifel, sie befanden sich dicht über dem Meeresboden. Vielleicht zehn Ellen unter ihnen sah er Fels und Algen. Aber um sie herum war nur ein tiefes Blau, in dem hier und dort Fischschwärme in den betörendsten Farben umherschossen. Und über ihnen, weit entfernt, funkelte das Sonnenlicht auf der Wasseroberfläche.

Mit offenem Mund stand San staunend da. Obwohl er so viel darüber gelesen hatte, war er doch überwältigt von dieser faszinierenden Welt.

Bald schon mündete der Tunnel in eine Amphore, von denen es in dieser Welt unzählige gab. Zunächst war San noch beeindruckt: In dieser enormen Glashülle war eine ganze Stadt mit ihren Häusern, bestellten Äckern und geisterhaft wirkenden Bewohnern eingeschlossen. Doch der ersten Amphore folgte eine weitere und dann wieder eine. So reisten sie bald durch immer gleiche, eintönige Orte.

Das ganze Unterwasserreich war in Grafschaften aufgeteilt, und wenn ihre Gruppe eine Grenze zu überschreiten hatte, verloren sie fast einen ganzen Tag, während sie darauf warteten, dass die Wachen alle notwendigen Genehmigungen erhielten und sie endlich durchließen. Offenbar war man hier von einer Art Sicherheitswahn befallen, vor allem Fremden gegenüber, die, wie sie selbst, aus der Aufgetauchten Welt kamen.

Die Blicke der Leute, die ihnen begegneten, waren voller Misstrauen gegenüber »denen von oben«, wie sie hier auch genannt wurden. San fühlte sich beobachtet, verdächtigt und machte sich verlegen ganz klein hinter Idos Rücken.

Immer mehr befiel ihn nun auch eine gewisse Unruhe. Natürlich war er sich über die Bedeutung ihrer Reise im Klaren und dass es unverzichtbar war, sich in Sicherheit zu bringen, denn wenn die Gilde ihn fand, würde das sein Ende bedeuten. Doch gleichzeitig entzog er sich damit der Auseinandersetzung mit seinen Feinden, ja, mehr noch, er floh vor den Leuten, die seine Eltern umgebracht hatten. War es richtig, dass diese unbehelligt dort oben auf der Erde herumliefen, während er selbst sich unten auf dem Meeresgrund verkriechen musste? War es richtig, dass, während der Rat der Wasser alles daransetzte, die Gilde zu besiegen, er selbst nichts anderes tun konnte, als sich unter Idos Fittichen zu verkriechen?

Nach dieser endlos langen Reise gelangten sie irgendwann doch ans Ziel.

»Das ist die Stadt, in der dein Großvater damals Aufnahme fand, nachdem er den Wasserkrater überwunden hatte«, erklärte Ido und deutete mit einem Finger nach oben. San hob den Blick. Wie alle anderen Amphoren, die sie bereits durchquert hatten, war auch diese hier durch eine lange Glasröhre mit der Wasseroberfläche verbunden. Ganz weit oben sah er etwas Gewaltiges, Unvorstellbares.

»Der Wasserkrater?«, murmelte San, starr vor Staunen.

Ido nickte mit einem zufriedenen Lächeln. »Richtig.«

»Dann regiert hier doch Graf Varen«, bemerkte San freudestrahlend.

»Regierte«, verbesserte ihn Ido. »Du weißt doch, die wenigsten haben das Pech, wie viele von uns Gnomen über hundert Jahre alt zu werden. Ich bezweifle, dass er noch unter den Lebenden weilt ...«

San dachte wieder an die *Geschichte der Drachenkämpferin*, die er viele Male gelesen hatte, dachte an die Reise seines Großvaters, an die Furcht und Erregung, die dieser mit Sicherheit empfunden hatte, als er sich in dieser Unterwasserwelt aufhielt, und fast verwundert erinnerte er sich des alten Mannes, den er in Laodamea getroffen hatte. Es wollte ihm nicht gelingen, diesen strengen, von den Jahren gebeugten Mann mit der Gestalt des tatendurstigen, kühnen Jünglings in Zusammenhang zu bringen, der all diese Abenteuer bestanden hatte.

Gewaltig und gleichzeitig nüchtern zeichnete sich der Palast der Gräfin vor ihnen ab. Es handelte sich um ein schnörkelloses rechteckiges Gebäude, dessen Fassaden von unzähligen Fensterreihen durchbrochen waren. Vor dem Tor wachten zwei Soldaten.

Auch im Innern wirkte der Palast großzügig und in allem auf das Wesentliche beschränkt. Er war sehr hell mit seinen strahlend weißen Wänden, die das blendende Licht reflektierten und dabei noch den kleinsten Winkel ausleuchteten. Es dauerte nur einen Moment, dann beugten die beiden Wachen, die sie begleitet hatten, das Knie.

»Erhebt Euch«, befahl die Gestalt, als sie bei ihnen war.

Es war eine Frau in einem langen Gewand, das ihre Arme unverhüllt ließ. Sie war gewiss über fünfzig Jahre alt, wie die zahlreichen Falten um ihre Augen bezeugten, hatte sich aber auch kindliche Züge bewahrt, wodurch sie einerseits etwas Unschuldiges, Unbedarftes ausstrahlte, andererseits aber auch große Festigkeit und eine bemerkenswerte innere Stärke erkennen ließ. San fühlte sich eingeschüchtert.

Wie alle Bewohner dieser Welt hatte sie auffallend helle blaue Augen. Was sie aber besonders machte, war ihre Frisur:

Ihre Haare waren nicht vollkommen weiß, sondern von grauen, unterschiedlich hellen und dunklen Strähnen durchzogen.

Ido kniete nieder.

Sofort legte ihm die Frau eine Hand auf die Schulter und bedeutete ihm aufzustehen. »Ich bitte Euch … dazu besteht kein Anlass.«

Dann wandte sie sich San zu und schaute ihn so durchdringend an, dass der Junge erneut die Augen niederschlagen musste.

»Willkommen in Zalenia, San«, sagte sie mit einer Stimme, die für ihr Aussehen fast zu sanft war. »Ich hoffe, dein Aufenthalt wird friedlicher als der deines Großvaters verlaufen.«

San wagte es, den Blick zu heben.

»Das ist Ondine, die Gräfin der Grafschaft Sakana«, stellte Ido vor.

Sie gingen hinaus, um sich den Palastgarten anzuschauen. San fühlte sich unsicher, orientierungslos, aber das war verständlich nach all dem, was er durchgemacht hatte. Ondine konnte den Blick nicht von ihm abwenden, betrachtete forschend seine Gesichtszüge, so als suche sie etwas.

Ido neben ihm rauchte genüsslich seine Pfeife. Er konnte verstehen, was in der Frau vorging. Immer wieder in seinem Leben hatte er sich plötzlich mit seiner Vergangenheit konfrontiert gesehen. »Findest du, dass er ihm gleicht?«

Sie waren übereingekommen, alle Formalitäten beiseitezulassen, und hatten einander das Du angeboten. Nicht zuletzt, weil sie auf Anhieb etwas Verbindendes zwischen sich gespürt hatten, wodurch schnell eine Art geschwisterliche Vertrautheit entstand, die eigenartig war für zwei Geschöpfe, die sich nie zuvor begegnet waren – jedoch viel über einander gelesen hatten.

Ondine riss sich aus ihren Gedanken. »Ja, wie er sich bewegt, seine Haltung …«

Sie hatten sich bereits eine Stunde über die Vergangenheit und über Sennar unterhalten. Noch bevor sie sich nach der Lage der Aufgetauchten Welt erkundigte, hatte Ondine alles über den Magier wissen wollen. Der Gnom spürte, welche Gefühle die Frau bewegten; denn auch er hatte erlebt, dass die Erinnerung gerade in den kleinen Dingen lebendig bleibt, in flüchtigen, alltäglichen Details, die den anderen erst unverwechselbar und lebendig machen. So ließ er sich nicht lange bitten und erzählte ihr, so viel er wusste.

»Ich könnte mir vorstellen, dass du Nihal in ihm siehst«, sagte Ondine irgendwann zu ihm.

Ido nickte und nahm die Pfeife aus dem Mund. »Ja, auch im Charakter ist San ihr ähnlich. Für mich ist es fast, als stände sie wieder vor mir. Und ihre Augen sind fast gleich.«

Ondine seufzte, und ihr Blick wirkte unendlich traurig. »Wir suchen wohl alle beide in ihm das, was wir verloren haben, nicht wahr?«

Ido zog lange an der Pfeife. Ondine war viel jünger als er selbst und hatte wohl nie miterleben müssen, wie die eigene Welt in Scherben fiel. Dennoch erfüllte die gleiche schmerzliche Sehnsucht sie nach dem, was einmal war und nie mehr wiederkommen würde. Das war es, was sie verband, hier auf dieser Bank, auf der sie jetzt Platz genommen hatten.

»Hast du ihm gesagt, dass du hierherreisen würdest?«

Ido nickte.

»Und wie hat er reagiert?«, fragte Ondine zaghaft mit kaum vernehmlicher Stimme.

Der Gnom schloss kurz die Augen. Beim Abschied hatte er mit Sennar darüber gesprochen und dabei aus irgendeinem Grund das seltsame Gefühl gehabt, dass sie sich niemals wiedersehen würden.

›Richte ihr aus, dass ich sie nie vergessen habe, und vor allem, dass kein Tag verging, an dem ich mir nicht bittere Vorwürfe gemacht habe wegen dem, was ich ihr angetan habe. Sage ihr, dass sie für mich immer noch das junge Mädchen ist, das vor so vielen Jahren am Wegesrand zurückblieb, am Rand jenes Weges, den ich mit ihr gemeinsam zu gehen ablehnte. In meiner Erinnerung ist sie immer noch so schön wie damals, steht dort und wartet weiter auf mich. Vielleicht habe auch ich selbst sie niemals so ganz aufgegeben, aber ich weiß es nicht. Versichere ihr jedenfalls, dass ich ohne ihre Hilfe dieses Abenteuer niemals erfolgreich hätte bestehen können und dass ich ihr mein Leben verdanke – und noch viel mehr. Und richte ihr schließlich aus, dass ich versucht habe, mein Versprechen zu halten, doch das Leben war stärker, und ich habe es nicht geschafft.‹ Das waren Sennars Worte.

Ido nahm einen tiefen Zug, behielt den Rauch genüsslich im Mund und stieß dann eine zarte Rauchwolke aus.

»Du siehst, er erinnert sich noch an das Versprechen, das er dir gab, das Versprechen, glücklich zu werden an Nihals Seite. Dafür hat er alles gegeben, aber, wie er selbst sagte, das Leben war stärker.« Ondines Augen füllten sich mit Tränen. »Und er hat dich wirklich nicht vergessen und denkt immer noch an die Tage hier unten mit dir.«

Langsam rannen die Tränen über Ondines Wangen, aber ohne dass sie schluchzte. Sie atmete ruhig, gefasst, den Blick fest auf San gerichtet. Eine starke Frau, abgehärtet durch lange Jahre stiller Trauer. Ido dachte an die vielen ihr ähnlichen Frauen, die er kennengelernt hatte, dachte an Sulana am Tag ihrer Hochzeit und an ihren Leichnam im Sarg am Tage ihrer Bestattung, und dann Soana, an ihre erhabene Ruhe, ihre Gefasstheit angesichts des Todes, an ihre Stärke. Und es tat weh.

Welche Einsamkeit musste diese Frau ertragen, welch schwieriges Leben geführt haben.

»Es ist mir nicht gelungen«, sagte sie in das Schweigen hinein. »Dabei habe ich es wirklich versucht, aber es gibt eben Begegnungen, die das Leben verändern, und die mit ihm war eine solche Begegnung. Es ist mir nicht gelungen, ihn zu vergessen, nicht in der Arbeit für den Grafen als Dienerin an seinem Hof und auch nicht in den Armen anderer Männer. Immer hat mir etwas gefehlt. Vielleicht lag es an mir, vielleicht habe ich einfach nicht begreifen wollen und törichterweise an etwas festgehalten, was ich hätte loslassen sollen.«

Mit einem Finger wischte sie sich eine Träne aus dem Auge.

»Schließlich die Adoption, durch die ich die Tochter Graf Varens wurde. So geriet ich ins Getriebe der Politik: Staatsangelegenheiten, der Kampf gegen Missstände, gegen Gesetze, nach denen Neuankömmlinge in dieser Welt ausgegrenzt und wie Diener behandelt wurden. Vielleicht war auch dies nur mein Weg, Vergessen zu finden, um diese Sehnsucht, die mich innerlich verzehrte und mir keine Ruhe ließ, in eine andere Richtung zu lenken.«

Ido blickte zu Boden. Wie oft schon hatte er nach Soanas Tod versucht, seine eigene Trauer im Kampf zu ersticken. Auch er selbst hatte dem Unausweichlichen entfliehen und einem Schmerz Luft machen wollen, den er anders nicht ausdrücken konnte.

»Nun bin ich also Gräfin und weiß selbst nicht so genau, wie ich dazu kam. Ich bin die erste ›Neue‹, die es so weit gebracht hat, ein großer Erfolg, um den mich viele beneiden. Stolz sollte mich erfüllen, wenn ich höre, dass wieder ein ›Neuer‹ in ein mächtiges Amt gelangt ist oder einfach nur ein normales Leben führen kann. In Wirklichkeit aber kommt mir alles, was ich in den zurückliegenden Jahren erreicht habe, ganz unbedeutend vor.«

Welchen Sinn hat es noch zu kämpfen? Welchen Sinn hat noch das, was ich tue? Die Beharrlichkeit, mit der ich weiter in die Schlacht ziehe, obwohl mein Arm immer schwächer und mein Blick trüber wird? Das hatte Ido sich schon vor vielen Jahren zu fragen begonnen, und so konnte er sich jetzt Ondines inneren Aufruhr nur umso besser vorstellen.

Ondine lächelte. »Verzeih, ich langweile dich sicher mit meinem trübsinnigen Gerede. Wie komme ich auch dazu, dich mit meinen Angelegenheiten zu behelligen?« Ihre Augen waren gerötet, und sie blickte ihn durch den Schleier ihrer Tränen an.

Ido nahm noch einen Zug. Der wohlvertraute Tabakgeruch beruhigte ihn. »Nein, nein, ich verstehe dich nur zu gut. Wer wie du und ich schon einen langen Weg zurückgelegt hat und auf jenes letzte Stück bergab einbiegt, das zum Ende führt, macht sich eben solche Gedanken. Doch glaube ich, dass nichts von dem, was wir tun, sinnlos ist, auch wenn es mit Schmerzen verbunden ist. Sosehr man sich vielleicht auch bemüht, Vorwürfe macht sich wohl jeder beim Blick auf die Vergangenheit. Aber man sollte doch auch objektiv die Erfolge betrachten, oder meinst du nicht?«

Ondine lächelte wieder und wischte sich mit dem Handrücken über die Wange. Irgendwie schien sie erleichtert. Ido dachte, dass sie wirklich schön war, trotz der in Einsamkeit zugebrachten Jugend. Sie hatte es geschafft, ihre Schwäche in eine Stärke zu verwandeln.

»Später wird man euch die Räume zeigen, die ich für euch habe vorbereiten lassen«, wechselte sie das Thema.

»Oh, vielen Dank.«

Sie schickte sich an aufzustehen.

»Weißt du eigentlich, dass der Junge großes Talent auf dem Feld der Magie zu besitzen scheint?«, fügte der Gnom hinzu, während er ihr Handgelenk ergriff.

»Er ist eben Sennars Enkelsohn …«

»Ich habe mir überlegt, dass sich hier im Palast vielleicht jemand um seine Ausbildung kümmern könnte. Er wirkt sehr nervös und ist immer noch sehr mitgenommen vom Tod seiner Eltern. Wenn er etwas hätte, das ihn ablenken würde …«

»In meiner Grafschaft gibt es eine Reihe tüchtiger Magier. Ich bin sicher, wir werden jemand Geeigneten finden, der sich seiner annimmt«, antwortete die Gräfin mit lächelnden Augen.

Ido lächelte zurück. »Du bist wirklich eine fantastische Gastgeberin.«

Ondine errötete ein wenig. »Und du ein Schmeichler«, antwortete sie und entfernte sich lautlos.

Ido beobachtete ihren entschlossenen Gang. Vielleicht

hatte sie vorher noch nie so ehrlich über ihre Gefühle geredet, und ihm wurde klar, dass sie ihm damit ein kostbares Geschenk gemacht hatte. Tief im Herzen empfand er ein starkes Mitgefühl mit dieser einsamen Frau, die doch in ihrem Leben so viel geleistet hatte, und ihr Bild überschnitt sich mit dem seiner Soana. Und wieder wurde ihm bewusst, wie alt und müde er war.

Es ist bald Zeit zu gehen, dachte er, fühlte sich aber nicht nur erleichtert, sondern auch niedergedrückt von der Gewalt dieses Gedankens.

Er sah zu San hinüber. Sein Schützling lag unter einem Baum und war eingeschlafen.

Der Blutgeruch war an diesem Tag besonders stark. Es hatte eine große Opferfeier gegeben, und eine gewisse Euphorie durchzog den Bau der Gilde. Yeshol, der Höchste Wächter, kannte sie gut, diese Stimmung. Es war die Ekstase des Tötens. Ein Rausch, der die Assassinen besonders in jungen Jahren überkam, wenn das Morden sie noch mit einem ungeheuren Allmachtsgefühl erfüllte. Im Alter hatten sich nur wenige diese Leidenschaft erhalten. Rekla war unter ihnen gewesen. Der Anblick und der Geruch von Blut hatten ihr Lust bereitet, und nur Thenaar allein hatte ihrem Leben einen Sinn gegeben.

Yeshol würde sie nie vergessen und immer betrauern. Niemals sonst hatte er sich einem der Assassinen wirklich verbunden gefühlt: Sie waren für ihn nichts weiter als Werkzeuge, derer sich ihr Gott nach seinem Willen bediente. Nur Thenaar zählte.

Doch Rekla hatte er geliebt, wie ein Bruder eine Schwester zu lieben vermag. Er war schon Anführer der Gilde gewesen, als das dürre verschreckte Mädchen damals bei ihnen in den Katakomben Aufnahme fand, hatte dann miterlebt, wie sie zu einer Frau heranwuchs, die ihrer selbst und ihrer Fähigkeiten immer sicherer wurde, hatte gesehen, wie sie reifte im festen Glauben an Thenaar.

Sie war mehr als eine Untergebene. Sie war der einzige Mensch in der Gilde gewesen, dem er sich zugehörig gefühlt hatte.

Yeshol wusste, dass sie tot war. Irgendwann waren ihre magischen Botschaften, in denen sie von der Jagd durch die Unerforschten Lande berichtete, ausgeblieben. Seit ihrer letzten Mitteilung waren bereits Wochen vergangen, und so etwas hatte es bei ihr nie gegeben. Yeshol spürte immer, wenn einer der Seinen hinabstieg in Thenaars Reich. Die Bestie musste sie getötet haben.

Um sie und ihren Tod zu ehren, hatte er dieses Massenopfer beschlossen. Zu Füßen der Thenaar-Statue waren zahlreiche Postulanten massakriert worden, die ihnen unten in den Katakomben gedient hatten. Es war ein Blutbad, wie man lange keines erlebt hatte, ein wahnsinniger Blutrausch. Nacheinander wurden sie zur Statue gezerrt, wo ihnen dann auserwählte Assassinen die Klingen ins Herz stießen. Die erloschenen Blicke der Todgeweihten bildeten einen herrlichen Kontrast zu den glühenden Augen ihrer Schlächter, und die Halle war erfüllt von Jubelgeschrei, fanatischem Gebet, Gelächter und Gesängen.

Nur Yeshol stand aufrecht mit regloser, doch zufriedener Miene neben der Statue. Alle hatten sich gehen lassen, alle außer ihm. In der allgemeinen Euphorie war er der Einzige, der kühlen Kopf bewahrte. Nicht einen einzigen Moment vergaß er ihre große Aufgabe und die schwierigen Zeiten, die sie durchlebten.

Seine Leute hatten ihm berichtet, dass der Junge, der den Geist Asters aufnehmen sollte, in Laodamea gesehen worden und dann plötzlich verschwunden war. Niemand wusste, wohin.

Nun war es wieder Sherva gewesen, der für ihn in der Sache ermittelt hatte, Sherva, der zuvor gescheitert war, als ihm dieser Junge entschlüpfte. Aber selbst Versager konnten noch zum Ruhm Thenaars beitragen. Und in der Tat hatte dieser herausgefunden, was geschehen war. Ido brachte den

Jungen fort. Doch die Zeit drängte, und die Schritte, die nun getan werden mussten, waren riskant.

Als das Blutfest beendet war, rief er vier seiner Getreuen zu sich, die nun vor seinem Schreibtisch niederknieten. Ihre Haut verströmte den säuerlichen Geruch, mit dem die Luft im großen Saal gesättigt war.

»Ich habe eine Aufgabe für euch. Eine Aufgabe von so großer Bedeutung, dass ein Scheitern nicht in Betracht kommt.«

Die vier Assassinen schauten kurz auf.

»Ihr werdet in die Untergetauchte Welt aufbrechen und mir den Jungen, San, hierherbringen.«

»Ist er dorthin geflohen, nach Zalenia?«, fragte einer.

Yeshol nickte. »Ja, an der Seite von Ido. Mit dem Gnomen könnt ihr anstellen, was ihr wollt. Er gehört euch. Aber den Jungen schafft ihr mir her, koste es, was es wolle.«

Die vier neigten die Häupter. Blinder, unbedingter Gehorsam. Genau das war es, was Yeshol von ihnen erwartete.

»Geht nun«, sagte er schließlich, wobei er sich zu der Thenaar-Statue umwandte. Die vier erhoben sich und verließen auf leisen Sohlen den Raum. Yeshol schloss die Augen. Zum ersten Mal seit vielen Jahren fürchtete er eine Niederlage. Und er hatte Angst. Die Bestie schien sich der Kontrolle der Gilde zu entziehen: Rekla hatte durch sie den Tod gefunden, und auch San war nicht so leicht zu ergreifen, wie er geglaubt hatte. Und wenn alles fehlschlug? Er musste einen Notfallplan ausarbeiten – und hatte bereits damit begonnen. Einige Abende zuvor war er mit Dohor zusammengetroffen und hatte mit ihm darüber gesprochen.

»Ich brauche noch weitere Bücher.«

»Und ich noch weitere Morde«, hatte der König mit einem höhnischen Grinsen geantwortet.

»Dann ergänzen sich unsere Interessen«, erwiderte Yeshol und neigte das Haupt.

»Sag mir, was du brauchst.«

Texte von Asters Hand, uralte elfische Schriften, die verschollen waren seit der Zerstörung Enawars, der sagenumwobenen Stadt im Großen Land, die Aster als ersten Akt seiner blutigen Herrschaft hatte in Schutt und Asche legen lassen. Nur Dohor hatte Zugriff auf solche Kostbarkeiten, denn sein war die Festung, die er auf den Grundmauern der antiken Stadt errichten ließ. Als Gegenleistung hatte Yeshol dem König immer wieder seine Assassinen zur Verfügung gestellt und Dohor sogar an einigen der Rituale, die im Tempel gefeiert wurden, teilnehmen lassen. Und wenn er ihn bei diesen Gelegenheiten sah, dachte er sogar bei sich, dass der König, wäre er nur ein wenig idealistischer und etwas weniger machtgierig, durchaus ein guter Glaubensbruder hätte sein können. Schade, dass er ganz dem Kult um seine eigene Person und seinem Ehrgeiz ergeben war.

4

Der Menschenhändler

Als Dubhe erwachte, stand die Sonne schon hoch am Himmel. Der Frühling kündigte sich an, sie roch es am Duft der Gräser, der Blüten und Blumen. Seit zwei Tagen war ihr Tross unterwegs, und Selva konnte nicht mehr weit sein.

Mit einer langen Kette war sie an den Gitterstäben des Karrens befestigt, auf dem sie hockten, aber es gelang ihr, die schmerzenden Arme ein wenig zu strecken.

Reglos saß Theana vor ihr, mit leerem Blick, in irgendwelche Gedanken vertieft. Offenbar war sie bei Tagesanbruch erwacht. Vielleicht betete sie still zu ihrem Gott, denn seit ihrem Streitgespräch über Thenaar hatte Dubhe nicht mehr mitbekommen, dass die andere ihn mit lauter Stimme anbetete. Sie verhielt sich jetzt besonnener, wehrte sich auch nicht mehr gegen ihre Kerkermeister und schien, im Interesse ihrer Mission, auf alle Schwierigkeiten mit größerer Geistesgegenwart zu reagieren. Dubhe bemerkte es mit Zufriedenheit.

»Guten Morgen«, wünschte ihr die Magierin lächelnd.

Dubhe antwortete mit einem Kopfnicken. Sie fühlte sich besser, ihr Körper begann ihr wieder zu gehorchen, ihr Geist war klarer. Als Erstes betrachtete sie Theana genauer. Es schien alles in Ordnung, die Tarnung hielt.

»Sehe ich auch noch so aus wie vor ein paar Tagen?«, fragte sie, während sie sich hochzog.

Theana nickte.

»Gut. Wenn wir jetzt noch einmal diese ganzen Salben herstellen müssten, wären wir nämlich geliefert.«

»Aber in neun Tagen muss ich noch einmal dein Siegel behandeln.«

Dubhe fuhr herum. Sie hatte absolut keine Lust, sich erneut dieser Folter auszusetzen. Nicht jetzt, da sie endlich wieder zu Kräften kam.

Die junge Magierin lächelte sie an. Sie hatte Dubhes Gesichtsausdruck bemerkt. »Keine Sorge. Diesmal wird es nicht so schlimm. Dein Körper hat sich daran gewöhnt, es wird dich nicht so stark angreifen, und in zwei, höchstens drei Tagen hast du dich ganz erholt.«

»Hoffentlich«, antwortete Dubhe, »denn dann werden wir mit Sicherheit auf der Flucht sein.«

Mit einem Mal öffnete sich die Zellentür. »Los, kommt, ihr Hübschen, es ist Zeit für ein Bad!«, forderte sie einer der Soldaten auf.

Abrupt schwiegen die beiden Mädchen, augenblicklich bereit, wieder in ihre Rollen zu schlüpfen.

Es war nun schon zehn Jahre her. Damals war die Zukunft noch voller Hoffnungen, und gerade so wie an diesem Morgen schien die Sonne freundlich vom hohen Himmel.

Als die Soldaten sie zum Flussufer führten, erkannte Dubhe sofort den Felsblock wieder, gegen den sie Gornars Kopf geschleudert hatte. Unverändert, vielleicht noch etwas runder abgeschliffen, ragte er aus dem Boden. Einen kurzen Moment hatte sie wieder ganz deutlich das Bild ihrer blutigen Hände vor Augen. Sie hatte damals eine Weile gebraucht, um zu begreifen, was sie getan hatte. Gornars Kopf lag schwer in ihren Armen, aber sie konnte nicht fassen, was da geschehen war, konnte nicht glauben, dass sie gerade jemanden getötet hatte. Das konnte nicht wahr sein. Unmöglich.

»Was ist? Macht schon!«

Einer der Soldaten stieß sie zum Wasser hin, und Dubhe

schloss die Augen. Sie musste diese Erinnerungen auslöschen, sie hatte eine Mission zu erfüllen und konnte sich keinen Fehler erlauben, denn Selva war nicht mehr als eine Etappe auf dem Weg zu ihrem Ziel, zu Dohor. So versuchte sie, sich zu konzentrieren, konnte aber nicht verhindern, dass ihre Hände zitterten.

Rot kam ihr das Wasser vor, und sie musste sich überwinden, ihr Gesicht darin zu waschen. Aus den Augenwinkeln sah sie, dass Theana sie mit fragender Miene beobachtete. Sie ging nicht darauf ein, sondern fuhr fort, sich das kalte Wasser über das Gesicht laufen zu lassen und die Schauer zu genießen, die ihren Körper durchzogen.

»Zieht euch aus!«, herrschte der Soldat sie nun an, als sie ihre Gesichter gereinigt hatten.

Dubhe erstarrte.

»In diesen Lumpen wird euch auf dem Markt niemand haben wollen. Wascht euch gründlich und zieht die Sachen hier an.« Damit warf der Soldat zwei recht knappe lederne Leibchen vor ihnen auf den Boden, und dazu zwei nur aus Schleiern bestehende Röcke, wie sie Tänzerinnen trugen.

Theana betrachtete die Sachen und warf dann Dubhe einen verzweifelten Blick zu. Diese zögerte nur einen Moment, führte dann, sich von dem Soldaten abwendend, die Hände zu den Schnürbändern ihrer Jacke und begann, sie nacheinander zu lösen. *Auf, auf, jetzt ist der Moment gekommen, mir zu zeigen, wie ernst es dir damit war, mir zu folgen.*

Einen Augenblick, der ihr unendlich lang vorkam, verharrte Theana reglos. Dann drehte sie sich um und zog sich ebenfalls aus, langsam, verzweifelt. Und zum ersten Mal, seit sie zusammen unterwegs waren, empfand Dubhe tatsächlich Bewunderung für sie. Bald schon standen beide nur noch in den kurzen dünnen Hemden da, die sie unter ihren Kleidern trugen.

Obwohl der Zauber sie verändert hatte und insbesondere Theana hatte altern lassen, stierte der Soldat sie auf eine Weise an, die keinen Zweifel an seinen Regungen zuließ.

»Schade, dass wir euch verkaufen müssen … Fast hoffe ich, dass euch niemand nimmt«, brummte er und kam näher.

Er streckte eine Hand aus, griff unter Dubhes Hemd und strich über ihre weiße Haut. Das Mädchen schloss die Augen und versuchte, die blinde Wut zu beherrschen, die in ihr aufstieg. Fast übermächtig war das Verlangen, den Dolch zu ergreifen, der in der Innentasche ihres Rockes, der am Boden lag, versteckt war.

»He, du hast doch den Befehl, die Ware nicht anzufassen!«

Der Schlag kam unerwartet und brutal. Beide Mädchen standen reglos da und hielten gebannt den Atem an. Ein anderer Soldat hatte den Mann überrascht und ihm ins Genick geschlagen.

Der zuckte aber nur mit den Achseln und grinste schmierig. »Ich komme ja schon«, sagte er fast belustigt und wandte sich ab.

Dubhe nutzte die kurze Ablenkung der beiden Männer, bückte sich blitzschnell, riss den Dolch aus der Rocktasche und nahm dazu noch zwei Fläschchen aus den Kleidern ihrer Gefährtin an sich. Das geschah so rasend schnell, dass niemand etwas davon bemerkte, noch nicht einmal Theana, die weiter beschämt vor sich hin starrte.

»Gut gemacht«, raunte Dubhe ihr zu, als sie an ihr vorbeiging.

Das Städtchen war voller Soldaten, und Stimmengewirr hallte durch die Gassen. Überall sahen sie Sklaven in Ketten, Männer, vor allem aber Frauen und Kinder. In Selva herrschte ein Betrieb wie nie zuvor. Aber unter den vielen Leuten sah die Schattenkämpferin nicht ein einziges bekanntes Gesicht. »Ihr« Selva schien im Lauf der vergangenen zehn Jahre vollkommen ausgelöscht worden zu sein, so als seien alle Menschen, die sie kannte, in dieser Zeit nach und nach von völlig Unbekannten ersetzt worden.

Dabei waren die Häuser immer noch dieselben, die Mauern identisch, die Straßen verliefen wie eh und je.

Der Soldat trieb die Mädchen durch Scharen von Menschen, die sie neugierig, angewidert oder auch lüstern anstarrten. Nur hier und dort blickten sie in Augen voller Mitleid, die sich dann aber schnell wieder abwendeten.

Einen Sklavenmarkt hatte es in Selva früher nicht gegeben. Dazu war der Ort zu klein gewesen, nicht viel mehr als ein verlassenes Dorf.

Nun jedoch war die Kriegsfront näher gerückt, und diese Nähe machte Selva zu einem idealen Umschlagplatz für derartige Geschäfte. Aus dem Dorf war ein Städtchen geworden mit neuen Häusern an den Rändern, während der Kern unverändert geblieben war.

Dubhe dachte an ihre Verhandlung vor zehn Jahren zurück. Damals hatte sie denselben Weg wie jetzt zur Urteilsverkündung zurückgelegt. Ob Trarek, der Dorfälteste, der damals über sie gerichtet hatte, noch am Leben war? Oder der junge Bursche, der sie nach einer langen Fahrt schließlich im Wald freigelassen hatte? Was mochte aus dem geworden sein? Mit Sicherheit hatte er damals nicht gewusst, dass aus dem Mädchen, dem er das Leben rettete, eine Assassinin der Gilde werden würde, eine Frau, die sich nun anschickte, seinen König zu töten.

»Alles in Ordnung?«, fragte Theana.

Dubhe nickte.

»Du siehst mitgenommen aus. Vielleicht macht dir schon wieder das Siegel zu schaffen …«

Mit einem Blick brachte Dubhe sie zum Schweigen. »Nein, nein, es ist schon gut …« Aus irgendeinem Grund fiel es ihr schwer, Theana die Wahrheit zu sagen.

»Es ist nur so, dass ich hier auf die Welt gekommen bin«, erklärte sie dann aber doch in einem Atemzug und ging rasch weiter, damit Theana ihr keine weiteren Fragen stellte.

Bald darauf erreichten sie den Markplatz. Dubhe hatte ihn sehr groß in Erinnerung, als einen Ort, der ihr immer als etwas Besonderes vorgekommen war, fast elegant, auf dem an Feiertagen die Leute in schönen Kleidern zusammenkamen. So war sie überrascht zu sehen, dass es sich bloß um ein schmuckloses Quadrat von noch nicht einmal dreißig Ellen Länge handelte. Das Holzpodest, das die Sklavenhändler hatten errichten lassen, nahm fast eine ganze Seite ein, und die Leute, die sich davor versammelt hatten, standen dicht an dicht. Einige Kunden hatten sogar nur noch in den Seitengassen Platz gefunden, wo sie sich auf Zehenspitzen stellen mussten, um die Ware genauer in Augenschein nehmen zu können.

Der Soldat brachte sie in das Zelt hinter dem Podest, wo ihnen sofort ein strenger Geruch von Menschen und Angst entgegenschlug. Eine Gruppe weinender Frauen hockte zusammengedrängt in einer Ecke, andere bemühten sich, irgendwie Haltung zu bewahren, wieder andere starrten mit leerem Blick vor sich hin.

Zwischen ihnen saß ein Mann aufrecht auf einem Stuhl, wahrscheinlich der Händler. Dubhe brauchte eine Weile, bis sie ihn erkannt hatte. Er war fett geworden und sah sehr viel älter aus als die zwanzig Jahre, die er jetzt alt sein musste. Aber sein Blick war unverwechselbar: Es war Renni, ihr Spielkamerad.

Er war bei dem Prozess dabei gewesen, und Dubhe wusste noch genau, dass er sie als Erster beschuldigt hatte. Mit kreischender, nervtötender Stimme hatte er ihr Dinge vorgeworfen, die sich wie Säure in ihr ohnehin schon belastetes Gewissen gefressen hatten. Erschrocken blickte sie ihn nun an. Wie gelähmt fühlte sie sich und wusste in dem Moment nicht, wie es weitergehen könnte.

Der Soldat hinter ihr versetzte ihr einen Stoß. »Tritt näher! Was stehst du da und glotzt?«

Renni drehte sich um. Sein Hals versank im Fett, und seine feisten Hände krallten sich um die Armlehnenknäufe eines Stuhles, der ihn kaum zu fassen vermochte. Dubhe erinnerte sich, dass er ein schlanker, flinker Junge gewesen war, der wenig mit diesem Fettkloß vor ihr gemein hatte. Sie war wie betäubt von seinem schmierigen Blick, und während er sie so musterte, fiel ihr wieder ein, was er ihr damals vor der Urteilsverkündung zugezischt hatte: ›Du wirst deine gerechte Strafe schon noch bekommen, da kannst du sicher sein.‹

»Probleme?«, fragte Renni den Soldaten. Seine Stimme hatte sich nicht verändert.

»Nein, alles in Ordnung. Aber diese Flittchen machen eben nichts als Ärger.«

Renni lächelte selbstgefällig. »Na wenn schon, das kann uns doch egal sein. Den Ärger haben nur die Leute, die sie kaufen.«

Der Soldat löste die Ketten, und kaum hatte sich Dubhe von Theana gelöst, war ihr, als sei ihre Haut durchsichtig, als seien ihre innersten Organe für alle sichtbar. Er musste sie doch wiedererkennen, musste den Gestank ihrer Untat in der Nase spüren. Mit Sicherheit erinnerte er sich an diese Hände, die voller Blut waren, denn schließlich war er es gewesen, der vor dem ganzen Dorf ihre Schuld bezeugt hatte, schuldig, ohne mildernde Umstände, ohne Gnade.

Renni war aufgestanden und wanderte jetzt um sie herum, um sie wie ein Stück Vieh von allen Seiten zu begutachten. Er betastete ihren Arm, forderte sie auf, den Mund zu öffnen, ließ seinen fleischigen Finger über ihren Körper wandern, bis seine Hand die Stelle berührte, wo ihre Sünde sichtbare Gestalt angenommen hatte: bei dem Symbol. Sie wurde unruhig und versuchte, den Arm zurückzuziehen. Doch im Nu streifte Renni ihren Ärmel hoch und entblößte die sich überschneidenden Pentagramme.

»Und was ist das?«

Er blickte ihr fest in die Augen, und Dubhe brachte kein Wort heraus.

»Was ist das?«, tönte er.

»Das Symbol einer Priesterkaste.«

Dubhe drehte sich um. Es war Theanas Stimme. Unsicher, zitternd, doch sie war es, die das Wort ergriffen hatte.

»So was hab ich noch nie gesehen«, erklärte Renni und betrachtete das Zeichen genauer.

»Als kleines Mädchen wurde meine Freundin einem Gott geweiht, um sie vor dem Roten Fieber zu retten.«

Er schaute Dubhe bewundernd an. »Ach so! Dann bist du also eine Überlebende …«

Dubhe nickte verwirrt. Er hatte Recht. Er hatte so verdammt Recht.

Nun wandte sich Renni Theana zu, begutachtete auch sie und überlegte dann, was er sich die beiden kosten lassen könnte. Schließlich ließ er sich wieder auf seinen Stuhl fallen und sprach sein Urteil: »Hundert Denar für jede.«

Der Soldat verzog das Gesicht. »Bist du wahnsinnig? Die beiden sind doch beste Ware!«

»Mehr kann ich dir nicht geben. Das ist mein letztes Angebot. Entscheide dich!«

Wie von fern hörte Dubhe ihre Stimmen. Zauber hin oder her, sie konnte es immer noch nicht glauben, dass ihr alter Spielkamerad sie nicht erkannt hatte. Fast war sie versucht, ihm zu verraten, wer sie war, um zu erfahren, ob er ihr mittlerweile verziehen hatte. Ob die anderen sie auch vergessen hatten? Oder galt sie immer noch als vermisst? Diese Gedanken kreisten ihr durch den Kopf, und dabei fühlte sie sich immer verwirrter.

Irgendwann fasste Theana sie unter und half ihr, sich hinzusetzen. »Den sind wir wenigstens los«, flüsterte sie ihr erleichtert ins Ohr.

Tatsächlich war der Soldat mit einem Säcklein Münzen in der Hand abgezogen, aber Dubhe hatte es noch nicht einmal bemerkt. Mittlerweile hatte die Vergangenheit sie fest im Griff, und die Erinnerungen waren plötzlich lebendiger als die Wirklichkeit.

Renni kettete sie wieder an, an den einzigen freien Pfahl im Zelt, und entfernte sich dann wortlos.

Theana schien Dubhes entgeisterte Miene aufzufallen, denn mit einer Kopfbewegung deutete sie auf den Zeltausgang, durch den der Sklavenhändler gerade verschwunden war, und fragte: »Kennst du den vielleicht?«

Dubhe nickte und legte die Stirn auf die angezogenen Knie. »Ja, wir haben als Kinder zusammen gespielt. Er gehörte zu denen, die mich damals aus dem Dorf vertrieben haben.«

Theana schwieg.

Dubhe nahm den Kopf hoch. »Ich kann dir das jetzt nicht genauer erklären. Die Geschichte ist zu lang, und du würdest sie nicht verstehen.«

Die Gefährtin schien ein wenig gekränkt, drang aber nicht weiter in sie.

»Es wird schon alles gut, mach dir keine Gedanken«, sagte Dubhe. Dabei war der Aufenthalt in diesem Zelt für sie selbst die reinste Qual. Und die Schuldgefühle – die lange Jahre nicht mehr als ein leichtes Ziehen irgendwo im Unterleib gewesen waren, eine Art Glasscheibe, die sie von der Welt trennte – waren hier, unter Rennis Blick, wieder zu einer unerträglichen Last geworden.

In diesem Moment öffnete sich das Zelt. Entschlossenen Schritts trat ein junger Soldat ein und löste einigen Frauen die Ketten, um sie auf das Podest zu führen, wo man sie anpreisen, ihre Vorzüge herausstellen und versteigern würde. Bangen Blickes beobachtete Theana die Szene und fragte sich, wann sie wohl selbst an der Reihe wären und was sie dann erwartete.

Nach und nach wurden die Leidensgenossinnen hinausgeführt, und immer wenn der Soldat hereinkam, wichen die Frauen ängstlich zurück, einige murmelten Gebete, aber die meisten schluchzten nur.

Dubhe kapselte sich vollkommen von diesen Vorgängen ab. Sie hielt ihre Knie fest umklammert und fühlte sich dabei wie in jenen Tagen nach Gornars Tod, als sie sich in ihre Kammer unter dem Dach verkrochen und in ein beharrliches Schweigen gehüllt hatte. Nichts also hatte sich seit damals geändert, obwohl doch nunmehr zehn Jahre vergangen waren und sie in der Zwischenzeit Menschen kennengelernt hatte, denen sie etwas bedeutete, ihren Meister und Lonerin vor allem. Während der Reise in die Unerforschten Lande hatte sie sich vorgemacht, dass sie eine andere geworden oder zumindest einen winzigen Schritt vorangekommen war. Damals hatte sie sich dazu durchgerungen, einen Auftrag im Interesse eines anderen Menschen zu Ende zu führen, und in sich das Aufkeimen eines Gefühls verspürt, das nichts mit ihren Verfehlungen oder dem Fluch zu tun hatte. Doch hier, in der Trostlosigkeit dieses Zeltes, wurde ihr nun klar, dass das alles nichts genutzt hatte: Nichts würde sie von dem Schuldgefühl befreien, das sie innerlich zerriss.

»Los, steh auf!«

Gedankenverloren hob Dubhe den Blick und sah, dass der Soldat nun auf sie deutete. Sie gehorchte wortlos. Dann ergriff der Mann Theanas Kette und zog sie ebenfalls mit sich.

Als sie schließlich auf das Podest stiegen, erhoben sich laute Rufe aus der Menge. Theana drückte krampfhaft Dubhes Arm, doch diese reagierte nicht.

Nun gab der Auktionator ein Zeichen, woraufhin die Wache, die sie hinaufgeführt hatte, die beiden zu trennen versuchte. Doch Theana begann, wie von Sinnen zu schreien und wild um sich zu schlagen. Da traf ein brutaler Peitschenhieb sie beide an den Knöcheln, und die Magierin kauerte sich vor Schmerz am Boden zusammen. Dubhe biss sich nur auf die Lippen. Immerhin brachte der körperliche Schmerz sie endlich wieder zu sich.

Stell dich nicht so an! Du hast eine Mission zu erfüllen, wies sie sich selbst zurecht.

»Eine wunderschöne, sechzehnjährige Priesterin, für nicht weniger als fünfhundert Denar. Wer bietet fünfhundert Denar?«, rief der Auktionator, während der Soldat Theana von Dubhe wegzuzerren begann.

»Ich flehe euch an, trennt uns nicht!« Wie ein Ruf aus der Ferne erreichte Theanas Stimme Dubhe, während sie den Blick über die Menge schweifen ließ in dem Versuch, sich nicht von der Vergangenheit überwältigen zu lassen. Theana war dabei, die Nerven zu verlieren. Sie musste sich etwas überlegen, und das schnell. Doch ein weiterer Peitschenhieb, jetzt auf den Fußspann, riss sie aus ihren Gedanken. Sie fiel auf die Knie. Um sich herum hörte sie das Feixen der Männer und spürte deren lüsterne Blicke über ihren Körper wandern.

»Tausendfünfhundert für jede, und ich will beide.«

Auf dem Platz wurde es still. Selbst der Auktionator war sprachlos. Dubhe hob nur ein wenig den Kopf, um zu sehen, wer da gesprochen hatte.

Die Stimme kam aus einer der hinteren Reihen, wo ein junger Mann, groß gewachsen, aus der Menschenmenge hervorragte. Er trug einen langen Umhang, von dem man nur den kunstvoll gearbeiteten silbernen Kragen erkennen konnte. Dubhe betrachtete sein Gesicht. Es kam ihr bekannt vor.

Feine Gesichtszüge und solch blondes Haar, dass es weiß wirkte. Sogleich fiel ihr jene schauderhafte Gegebenheit wieder ein, die sich zur Zeit ihrer Ausbildung zugetragen hatte: Forra, der Schwager Dohors und Befehlshaber der Truppen im Land des Feuers, trat auf die leblos am Boden liegenden Körper der Rebellen ein, die er gerade hatte hinrichten lassen, und ein junger Kerl neben ihm sah dem Treiben vom Rücken seines Pferdes aus zu. Dies war das erste Mal gewesen, dass sie Learco, den Königssohn, gesehen hatte.

Nicht lange, und der Auktionator hatte sich wieder gefangen. »Es ist eigentlich nicht üblich, solche Sklavinnen gemeinsam zu verkaufen …«

»Zehntausend Denar, und lass endlich die Peitsche unten.«

Ein erstauntes Raunen durchlief die Menge. Der Mann hatte sein Angebot fast verzehnfacht. Sogar Theana jammerte nicht mehr und wohnte der Szene mit entgeisterter Miene bei, während sich Dubhe fragte, was der Prinz an einem solchen Ort zu suchen hatte und wieso er eine solche Summe zu zahlen bereit war für zwei Sklavinnen, die sich noch nicht einmal sonderlich attraktiv präsentierten.

Der Auktionator verneigte sich tief, hatte den Prinzen aber offenbar nicht erkannt, denn er sagte: »Der Herr möge es mir nachsehen, wenn ich ihn bitte, mir das Geld zu zeigen.«

Mit raschen, eleganten Bewegungen bahnte sich Learco einen Weg durch die Menge, erreichte das Podest und warf ein Säcklein auf die wackligen Planken. Es öffnete sich, und glitzernde Münzen kullerten in alle Richtungen über das Holz: Es waren sicherlich fünftausend Denar.

»Den Rest erhältst du, wenn wir unter uns sind. Sobald du mir die Frauen übergeben hast.«

Da knarrten die Bretter des Podests unter schweren Schritten. »Das ist nicht nötig, Hoheit!«, rief eine kreischende Stimme. Renni stürmte auf den Auktionator zu, riss ihn fast zu Boden und zwang ihn mit einer Hand, sich zu verneigen. »Verfluchter Tölpel, erweise deinem Herrscher die Ehre!«, fuhr er ihn an, wobei er sich selbst so tief verbeugte, dass seine Stirn den Boden berührte.

Es war, als sei plötzlich ein Zauber gebrochen. Jetzt erst wurde den Leuten klar, wen sie vor sich hatten, und schon verwandelte sich der ganze Platz in eine einzige Fläche aus geneigten Häuptern.

»Ich bitte Euch, Hoheit, erweist mir die Ehre und nehmt diese beiden Sklavinnen als Geschenk von mir an. Steckt nur Euer Geld wieder ein, ich bitte Euch.« Renni schob den noch halb mit Goldmünzen gefüllten Beutel von sich fort, nicht ohne jedoch noch einen letzten begierigen Blick darauf zu werfen.

Der Prinz ließ sich nicht dazu herab, schaute den Mann nur mitleidig an. »Nein, nein, behaltet es, aber dafür möchte ich auch die Peitschen.«

»Alles, was Ihr wünscht, Hoheit«, erwiderte Renni und versetzte dem Auktionator einen Tritt, der sofort zu den Peitschen griff und sie ihm reichte.

Learco stieg auf das Podest, half Theana und dann Dubhe aufzustehen. Ob er sie wohl wiedererkannt hatte? Dubhe ihrerseits hatte sie nie vergessen, diese Augen, in denen ein unterdrückter Groll loderte. Der Prinz jedoch sah sie nicht einmal an.

Natürlich, wie soll er mich nach der langen Zeit und mit meinem jetzigen Aussehen auch erkennen?, dachte sie erleichtert.

Renni reichte Learco die Ketten.

»Löse sie!«, befahl der Prinz, und der andere nickte eilfertig und begann, in seinen Taschen nach dem Schlüssel zu kramen.

»Hoch lebe der Prinz«, rief jemand aus der Menge. Ein anderer tat es ihm nach und wieder ein anderer, bis der ganze Platz applaudierte und den künftigen König feierte, der so großherzig war, so stattlich und schön.

Learco schenkte dem keine Beachtung und führte die beiden Mädchen von dem Holzpodest herunter.

»Danke, Hoheit, danke ...«, murmelte Theana mit heiserer Stimme, sichtbar erleichtert.

»Ich habe nichts Besonderes getan«, erwiderte Learco.

Dubhe fiel auf, dass sein Blick noch trauriger und erloschener wirkte, als sie ihn in Erinnerung hatte. Doch jetzt musste Schluss sein mit diesen wehmütigen Gedanken. Kein Zweifel, das Glück hatte ihnen eine einmalige Chance zugespielt, und die mussten sie ergreifen.

»Fühlt euch in keiner Weise an mich gebunden«, fügte der Prinz, sich an beide wendend, hinzu. »Kehrt nach Hause zurück, ihr seid frei.«

Er hatte noch nicht zu Ende gesprochen, da wandte er sich schon ab und entfernte sich. Sein Umhang blähte sich in der klaren Morgenluft, und Dubhe erinnerte sich an eine ähnliche Situation, einen anderen Umhang, einen anderen Mann, der versucht hatte, sie ihrem Schicksal zu überlassen.

»Wartet!«

Learco blieb stehen und drehte sich um.

»Wir haben keinen Platz mehr, wo wir hingehen könnten«, sagte Dubhe mit stockender Stimme, während sie sich die Handgelenke massierte. »Unser Dorf wurde niedergebrannt, und hier sind wir der Front so nahe ... Ihr wisst ja selbst, welche Gefahren Frauen drohen, die in Kriegszeiten allein unterwegs sind. Was hätte es für einen Sinn, uns zunächst zu retten und uns dann wieder unserem Schicksal zu überlassen?«

Der junge Prinz blickte sie durchdringend an. Seine tiefgrünen Augen glänzten, doch diese kräftige Farbe stand in merkwürdigem Kontrast zu der Resignation, die sie ausstrahlten. »Ich bin nur ein Soldat und bringe mein Leben auf dem Schlachtfeld zu. Ich kann euch nicht beschützen.«

Da fiel Dubhe auf die Knie und umklammerte seine Stiefel. »Ihr seid doch der Sohn des Königs! Ich bin sicher, bei Hof kann man zwei Mädchen wie uns immer gebrauchen. Wir sind sehr fleißig und mit vielen Arbeiten vertraut: Meine Schwester hat nach dem Tod unserer Mutter allein den Haushalt geführt. Habt Erbarmen, ich flehe Euch an ...«

Theana verstand sofort, was Dubhe im Sinn hatte, und so warf sie sich ebenfalls vor dem Prinzen nieder.

Statt einer Antwort wich dieser aber nur verlegen zurück. »Erhebt euch«, befahl er.

Dubhe gehorchte nicht, sondern sah mit kummervollem Blick zu ihm auf. An dem Mitleid in seiner Miene erkannte sie, dass er sich davon beeindrucken ließ.

Er zögerte kurz und erklärte dann: »Ich bin unterwegs zu unserem Heerlager in Karva. Bis da könnte ich euch mitnehmen und dort jemandem anvertrauen, der euch zum Hof nach Makrat bringt, mit einer Empfehlung von meiner Seite. Zwar kann ich euch nichts versprechen, aber ...«

Dubhe sprang auf, ergriff seine rechte Hand und küsste sie. »Danke, danke!«

»Genug jetzt«, erwiderte der Prinz, zog seine Hand zurück und rückte sich dann den Umhang auf seinen Schultern zurecht. »Ich mache mich heute Abend auf den Weg. Wenn ihr mir wirklich folgen wollt, dann findet euch bei Sonnenuntergang wieder hier ein.« Damit nahm er einige Münzen aus dem Quersack, den er an der Seite trug. »Kauft euch davon etwas zum Anziehen, etwas Richtiges «, sagte er, wobei er einen Blick über ihre Kleider schweifen ließ. Dann entfernte er sich und tauchte ein in die Menge.

Dubhe beobachtete, wie sich seine schlanke Gestalt in dem Gewusel auf dem Platz verlor. Ohne sich über den Grund im Klaren zu sein, fühlte sie sich benommen, und ihr war schwer ums Herz. Wieder war es Theana, die sie auf den Boden der Tatsachen zurückbrachte. Das Mädchen ergriff ihren Arm. »Du hast doch gesagt, dass wir freikommen würden«, sagte sie mit banger Stimme.

Dubhe wandte ihr den Blick zu. Ihre Erleichterung war bereits verflogen. »Worüber beschwerst du dich? Wir wollten doch zu Dohors Palast in Makrat, und wer könnte uns besser dort Zugang verschaffen als der Königssohn?«

Theana seufzte und ließ Dubhe los.

»Sei doch nicht so ängstlich, bei ihm wird uns sicher nichts geschehen.«

Nun jedoch spürte Dubhe das Bedürfnis, allein zu sein, um in Ruhe nachdenken zu können. Die Vergangenheit war zurückgekehrt und hätte beinahe ihre Pläne zum Scheitern gebracht.

5

Zu dritt auf Reisen

Kaum hatte Dubhe Selva hinter sich gelassen, meinte sie, schon wieder freier atmen zu können.

Geschwind und verstohlen, ähnlich wie damals in Makrat zu ihrer Zeit als Einbrecherin, war sie, ohne auch nur einmal stehen zu bleiben, durch die verwinkelten Gassen gelaufen. Zuvor hatte sie Theana rasch gebeten, alles zu besorgen, was sie brauchten, einschließlich der neuen Kleider, und sich dann eilig davongemacht.

Nun genoss sie den würzigen Duft, den der nahe Wald verströmte. Bei einem Baum setzte sie sich nieder, lehnte sich zurück und versuchte zu meditieren. Wie ihr der Meister beigebracht hatte, war dies der beste Weg, den Geist freizumachen.

Seit ihrer Gefangenschaft in der Gilde war jedoch diese Angewohnheit, im Morgengrauen aufzustehen und auf diese Weise den Geist zu erfrischen, immer mehr in Vergessenheit geraten.

Jetzt schloss sie die Augen und nahm den Kopf zurück in der Hoffnung, dadurch ein wenig Ruhe zu finden, doch die Bilder ihrer Vergangenheit standen ihr nun noch lebhafter vor Augen. Dieser Ort war ein Teil von ihr. So schmerzhaft es auch war, dieses Gefühl wurde sie einfach nicht los. Aber wie hätte es auch anders sein können? Dies waren ja die Wälder, die sie von klein auf mit ihrem Vater durchstreift hatte. Vielleicht schwebte sein Geist auf der ruhelosen Suche nach seiner Tochter immer noch hier umher. Nach ihrer Verbannung aus dem Dorf hatte ihr Vater sich sofort auf die Suche nach ihr gemacht und dann irgendwann den Tod gefunden bei dem vergeblichen Versuch, sie heil nach Hause zurückzubringen.

Sie selbst hatte nie Gelegenheit gehabt, wirklich um ihn zu trauern. Jetzt fehlte er ihr entsetzlich. Sie merkte, dass ihre Augen feucht waren, und stand auf.

Plötzlich wurde ihr klar, dass sie nicht fliehen konnte. In ihrem Leben hatte es nie Abkürzungen gegeben, nur steinige, steile Pfade, auf denen sie immer noch unterwegs war. Auch wenn es noch so schmerzhaft war, konnte sie sich nicht wehren gegen die Erinnerungen, die sie hier so machtvoll überkamen, sondern musste sie hinnehmen.

Als sie noch sehr klein gewesen war, hatte sie mit ihrem Vater genau an dieser Stelle einmal einen Hasen aus der Schlinge eines Jägers befreit. Ihr Vater hatte ihr zugelächelt, während das Tier im Gebüsch verschwunden war.

›Das ist ein Geheimnis zwischen uns beiden, einverstanden?‹

Sie hatte genickt. Es war nicht recht, was sie da getan hatten, jedenfalls wäre der Jäger wütend geworden, wenn er sie ertappt hätte. Dennoch war sie sehr stolz gewesen, stolz auf dieses Geheimnis, das sie mit ihrem Vater teilte.

Und dort hinten, zwischen diesen Büschen, hatte sie sich einmal einen ganzen Nachmittag versteckt, um ihrer Mutter ein schlechtes Gewissen zu machen. Diese hatte ihre gesamte Insektensammlung in den Fluss geworfen, und aus Trotz war sie in den Wald gerannt. *Hier werden sie mich nicht finden, sie werden glauben, dass mir etwas Schlimmes zugestoßen ist, und dann sehen sie, was sie davon haben, wenn sie mich so schlecht behandeln*, hatte sie gedacht.

Ein schwaches Lächeln stahl sich in ihre Miene.

Immer näher kam sie jetzt der Stelle, wo alles begonnen hatte. Es war wie ein Zwang.

Als sie aber die Höhle erreichte, blieb sie überrascht stehen. Sie hatte sie ganz anders in Erinnerung, immens, Furcht einflößend und endlos tief. Aber in Wirklichkeit war es nicht mehr als ein dunkles, feuchtes, moosbewachsenes Loch. *Für Kinder genau die richtige Größe*, dachte sie, bevor sie vorsichtig eintrat. Eben dort hatten sie sich immer verkrochen, sie und ihre Freunde – Mathon, Renni, Pat und Gornar – während der heißesten Stunden des Tages. Dort hatten sie ihren Schatz aufbewahrt.

Mit dem Gefühl, gescheitert zu sein, schlängelte sie sich hinein. Was hatte es gebracht, so viel umhergewandert zu sein in den vergangenen zehn Jahren, so viel gekämpft und erlitten zu haben, wenn sie sich im Grunde doch nicht von hier gelöst hatte?

Im Innern war alles, wie sie es kannte. Nichts war verändert worden. In einer Ecke lagen das verrostete Schwert, ihre kostbarste Beute, und sogar noch das vermoderte Holz ihrer Angelruten. Dubhe gelang es, sich ihre Freunde vorzustellen, wie sie vor der Höhle standen, nun ohne Gornar und ohne sie selbst. Vielleicht hatten sie vor, den Schatz in Sicherheit zu bringen, aber dann waren ihnen Zweifel gekommen, als Erstem Renni, und sie hatten in diesem Moment erst in aller Deutlichkeit begriffen, dass nun alles ganz anders war, für immer.

Zum ersten Mal spürte Dubhe nun in vollem Maß die ganze Tragweite ihrer Tat. An jenem Tag hatte sie nicht nur Gornar getötet. An jenem ersten Sommertag waren sie in gewisser Weise alle mit ihm gestorben. Nach diesem Tag war niemand mehr der, der er vorher gewesen war, alles war zu Ende gegangen, dort bei der Höhle, und das durch ihre Schuld.

Ohne es recht zu merken, fiel sie auf die Knie, während sie die Finger in den Fels krallte. Alles hätte sie dafür gegeben, noch einmal neu beginnen zu können, sich von der Schuld rein zu waschen, doch nichts, noch nicht einmal das Flusswasser, das alles abschliff und davontrug, konnte das Blut von ihren Händen spülen.

Sie kroch aus der Höhle und kniete, von Schluchzern geschüttelt, am Flussufer nieder.

»Vergebung«, murmelte sie, den Blick auf das Wasser gerichtet. »Vergebung, das habe ich nicht gewollt …«

Da ließ das Geräusch von Schritten sie zusammenzucken. Wie von selbst fuhren ihre Finger zu dem Dolch unter dem knappen Leibchen, das ihr der Soldat aufgenötigt hatte. Als sie aber den Blick hob, lockerte sich auf der Stelle ihr Griff. Am gegenüberliegenden Ufer sah sie Learco. Reglos stand er da in seiner funkelnden Rüstung und betrachtete sie, doch obwohl er wie ein großer Heerführer gekleidet war, strahlte sein Gesicht nichts von der Selbstsicherheit aus, die man von einem Mann erwartet hätte, in dessen Händen das Schicksal so vieler Soldaten lag. Mit trauriger, fast verständnisvoller Miene beobachtete er sie.

Dubhe musste wieder an jenen schon so lange zurückliegenden Tag denken, an dem sie sich zum ersten Mal begegnet waren. Damals hatte sie gespürt, dass sie beide angesichts dieser Gräuel das Gleiche empfanden, dass dieser entsetzliche Moment sie von allen anderen trennte und gewissermaßen miteinander verband. Ähnlich war es auch jetzt wieder. Fast war ihr, als verstehe Learco den Grund für ihren Schmerz und teile ihn mit ihr.

Eilig wischte sie sich die Tränen aus dem Gesicht, während er den schmalen Fluss durchwatete, dessen Wasser ihm bis zur Mitte seiner Stiefel stand.

Als er bei ihr war, beugte er sich zu ihr herab und fragte: »Hattest du in der Stadt nichts zu tun?«

Verwirrt schüttelte Dubhe den Kopf. »Nein, ich …«

Ein verlegenes Schweigen entstand, doch Learco wandte den Blick nicht ab. »Egal, was es war, jetzt ist es vorbei«, sagte er zu ihr.

Dubhe blickte in eine andere Richtung, schluckte, um die Tränen zurückzuhalten. Es lag etwas Tröstliches im Klang seiner Stimme, und doch spürte sie, dass sogar er selbst nicht an diese Worte glaubte.

Ihr die Hand reichend, half er ihr auf. Dubhe ließ es geschehen und blickte ihm schließlich in die Augen.

»Nutze doch noch die letzten Stunden in der Stadt«, sagte der Prinz zu ihr. »Da kommst du auf andere Gedanken. Das Alleinsein tut nicht gut.«

»Ihr seid doch auch allein hier«, erwiderte sie.

Learco lächelte. »Hierin solltest du meinem Beispiel nicht folgen«, erklärte er, wandte sich dann ab und entfernte sich still. Kurz darauf war er im Dickicht verschwunden.

Dubhe überkam ein seltsames Gefühl. Ebenso wie sie selbst hatte der junge Prinz das Bedürfnis, mit sich allein zu sein.

Zum ersten Mal seit langer Zeit spürte sie, dass sie etwas mit jemandem teilte. Er hatte sie dabei beobachtet, wie sie im Kiesbett gekniet und um Vergebung gefleht hatte. Das war fast so, als habe sie ihm die unerträgliche Last ihres Geheimnisses anvertraut. Aber vielleicht trug auch der Prinz schwer an irgendwelchen Geschehnissen.

Als Dubhe und Theana sich wiedertrafen, überflutete das goldene Licht der Abendsonne den Marktplatz von Selva. Die Händler hatten die Zelte abgebaut, und nur die leeren Holzpodeste und überall verteilter Unrat waren zurückgeblieben. Ein trostloser Anblick, und dennoch fühlte sich Dubhe seltsamerweise erleichtert.

Obwohl sie noch mitgenommen war von dem Abstecher zu der Höhle, hatte es ihr gutgetan, in diesem so intimen Moment überrascht worden zu sein. Vielleicht hatte es doch einen Sinn gehabt, dass sie dorthin gelaufen war, und es war mehr gewesen als ein bloßes Eintauchen in die Vergangenheit.

Unter der Last schwankend, kam Theana näher. Sie hatte zwei prall gefüllte Wandertaschen umgehängt und zwei Bündel mit neuen Kleidern unter dem Arm. »Ich habe versucht, alles zu besorgen, was wir brauchen, und das in ausreichender Menge«, stellte sie klar und setzte alles auf dem

Boden ab. Sie keuchte von der Anstrengung, schien aber guter Dinge.

Dubhe blickte sie spöttisch an: Offenbar hatte ihre Gefährtin immer noch nicht begriffen, dass sie keine Vergnügungsreise machten, sondern eine Mission zu erfüllen hatten, eine Mission als Mörderinnen. »Das sehe ich«, antwortete sie kühl.

Theana blickte sie fragend an.

»Verstehst du nicht? Je mehr Zeug wir mitschleppen, desto schwerer wird es, Learco etwas vorzumachen. Das müsste dir doch mittlerweile auch klar sein«, fuhr Dubhe sie an.

Besorgt blickte Theana auf das Gepäck. Das hatte sie tatsächlich nicht bedacht. Es fiel ihr furchtbar schwer, sich von ihrer Rolle als Schülerin Meister Folwars zu lösen. Denn in ihrem Denken bewegte sie sich immer noch eher zwischen den Destillierkolben ihres Laboratoriums als auf einem Kriegsschauplatz.

Als Dubhe Theanas betroffene Miene sah, tat ihr dieser Ausbruch sofort leid. Sie hatte die andere mit dieser Aufgabe ja auch ganz allein gelassen. »Sehen wir eben zu, dass wir so viel wie möglich von dem Zeug unter unseren Kleidern verstecken können«, sagte sie daher mit einer gleichgültigen Handbewegung.

Sie suchten sich eine ruhige Ecke, wo sie sich umziehen konnten, während sich der Himmel jetzt violett färbte und rasch immer dunkler wurde.

Die violette Stunde. Dubhe seufzte. Als sie noch ein kleines Mädchen gewesen war, hatte sie einige Male dieses Naturphänomen miterlebt. Die schon untergegangene Sonne tauchte plötzlich alles noch einmal in ein unwirkliches, violettes Licht, in dem einem die ganze Welt wie verzaubert vorkam. Es war ein besonderer Moment, den sie immer sehr geliebt hatte.

»Glaubst du, es ist klug, mit dem Prinzen unterwegs zu sein?«

Dubhe fuhr herum. Glücklicherweise verhinderte Theanas Stimme, dass sie erneut in den Erinnerungen an ihre Kindheit versank. »Warum nicht? Wenn wir sein Vertrauen gewinnen, haben wir leichtes Spiel«, antwortete sie im Brustton der Überzeugung. Dennoch überkam sie dabei ein seltsames Unbehagen. Bemüht, sich nichts anmerken zu lassen, zog sie sich weiter um, doch als sie den Blick hob, sah sie ihre Gefährtin immer noch reglos dastehen und sie beobachten.

Theana errötete leicht, und Dubhe verkrampfte sich. Sie wusste sehr genau, wo das Problem lag.

»Es stört dich, nicht wahr? Meine Art ... wie ich eben bin.« Sie hielt im Binden ihres Rockes inne und blickte Theana mit herausfordernder Miene an. »Du fragst dich, wie ein Mensch nur so kalt sein, wie er andere mit solch einer Selbstverständlichkeit ausnutzen kann. Gib's ruhig zu!«

Dubhes Stimme klang hart, aber es lag ihr daran, den Abstand klarzumachen zwischen ihr, der Mörderin, und dem braven, am Hof der Magier behütet aufgewachsenen Mädchen.

Theanas Miene verfinsterte sich, aber sie reagierte anders als gewohnt. Sie richtete sich auf und hielt Dubhes Blick stand. »Ich überlege mir nur, wie schwer es für dich sein muss, die Last dieses Fluches ständig mit dir herumzutragen«, erklärte sie dann.

»Dein Mitleid kannst du dir sparen«, erwiderte Dubhe, ohne lange nachzudenken. »Das von Lonerin brauchte ich nicht, und noch viel weniger ist mir an deinem gelegen.«

»Das ist kein Mitleid. Aber auch wenn ... was wäre schlecht daran? Mitleid bringt uns anderen Menschen näher, ermöglicht es uns, sie besser zu verstehen.«

Dubhe fühlte sich ertappt. Am Flussufer hatte sie das Gleiche gedacht. Dies jetzt aber zuzugeben, hätte bedeutet, sich verletzbar zu zeigen, und das wollte sie sich nicht erlauben. »Nichts als schöne Worte, die du wahrscheinlich von deinen Priesterfreunden gelernt hast«, bemerkte sie höhnisch.

Theana versuchte, den aufkommenden Zorn zu unterdrücken, doch Dubhes Provokationen ließen sie immer mehr verzweifeln, und so platzte es jetzt aus ihr heraus: »Mach dich nur lustig! Aber ich habe wenigstens einen Glauben. Und zudem sind das auch keine Priesterworte: Ich bin eben so. Gewöhn dich endlich daran. Ich bin eine Frau, die abends betet und die Hoffnung niemals aufgibt.«

Dubhe war beeindruckt, wie stolz sich Theana plötzlich zeigte. Dennoch wollte sie nicht klein beigeben. »Ich brauche das nicht, weder das Beten noch das Hoffen.«

»Ach tatsächlich?«, antwortete Theana mit zorniger Miene. »Und wohin hat es dich bisher geführt, dieses Nichts, das dir so lieb ist? Was hast du schon getan, was hast du schon erreicht in deinem Leben? Du hast nur getötet und dich irgendwie durchgeschlagen!«

Wie eine glühende Klinge schnitten diese Worte in Dubhes Herz. Ihr Mund wurde trocken, und sie wusste nicht mehr, was sie sagen sollte.

»Ich habe ein Ziel«, fuhr da die Magierin immer noch wütend fort. »Aber du? Gewiss, du willst Dohor umbringen, aber welche Pläne hast du darüber hinaus?«

Dubhe fühlte sich zutiefst getroffen, denn auf diese Frage hatte sie tatsächlich keine Antwort. So beließ sie es dabei, ihre alten Kleider zusammenzuraffen, sie in die Wandertasche zu stecken und sich diese um die Schulter zu hängen. Ohne ein Wort.

»Es wird Zeit«, sagte sie endlich mit leiser Stimme. Doch als sie Theana ansah, stellte sie fest, dass deren Blick nichts Triumphierendes hatte, sondern eher etwas wie Verständnis darin lag.

»Glaub mir, für mich ist es auch nicht leicht, mit dir unterwegs zu sein«, seufzte die Magierin. »Es ist ja offensichtlich, dass wir einander nur schwer ertragen können. Aber das ist doch kein Grund, diesen unterschwelligen Kleinkrieg weiter fortzusetzen.«

Diese klaren Worte verblüfften Dubhe. Sie hätte nicht gedacht, dass Theana so entschlossen auftreten könnte. Noch nicht einmal um Verzeihung gebeten hatte sie für ihre harten Worte, auch wenn sie ihr vielleicht leidtaten.

»Vielleicht habe ich die Sache falsch eingeschätzt und hätte mich dir nicht anschließen dürfen. Doch jetzt bin ich hier und glaube an unsere Mission. Du müsstest doch auch schon gemerkt haben, dass ich mich wirklich bemühe, der Aufgabe gerecht zu werden. Also hör endlich auf, mich zu verspotten und die Dinge lächerlich zu machen, die mir wichtig sind. Schließlich hast du es auch meinem Glauben zu verdanken, dass du noch lebst.«

Dubhe wandte den Blick ab und hatte wieder einmal das Gefühl, dass alles unter ihren Füßen zerbröselte.

Learco stand allein mitten auf dem Platz, in derselben Rüstung, die er am Morgen getragen hatte, und wartete mit verlorenem Blick auf die Mädchen. Bei seinem Anblick krampfte sich Dubhes Magen seltsam zusammen. Am Flussufer war sie einen kurzen Moment versucht gewesen, sich ihm zu offenbaren, und das versetzte sie jetzt in eine unterlegene Position. Sie verlangsamte ihren Schritt, ließ es geschehen, dass Theana die Sache in die Hand nahm und den Prinzen mit einer formvollendeten Verneigung begrüßte. Dubhe merkte, dass die junge Magierin an den Umgang mit Herrschern gewohnt war. Die Schattenkämpferin tat es ihr nach und verneigte sich tief.

»Das ist nicht nötig. Ich sagte es bereits.«

Learcos matte Stimme erinnerte sie sofort an die Worte, die er am Flussufer zu ihr gesagt hatte. ›Egal, was es war, jetzt ist es vorbei.‹ Und es war ihr unangenehm.

»Wir werden einige Tage zusammen reisen. Und diesen förmlichen Umgang können wir uns sparen.« Der junge Prinz schaute sie beide an, ließ auf keiner den Blick länger ruhen. »Obwohl wir uns hier im Reich meines Vaters befinden, können wir jederzeit auf Feinde stoßen. Darüber müsst ihr euch im Klaren sein. Diese Reise wird kein Spaziergang.«

Nun war es Dubhe, die das Wort ergriff. »Mein Herr, wir haben bereits viel Schlimmes durchmachen müssen, und da wir nun kein Zuhause mehr haben, seid Ihr unsere einzige Hoffnung. Keine Gefahr kann so entsetzlich sein wie das, was unseren Freundinnen und Verwandten bei uns im Dorf widerfahren ist.«

Sie hätte schwören können, dass Learco sie nun genauer anschaute, als er es zuvor bei Theana getan hatte.

Bleib ruhig. Er kann nichts von dir wissen. Am Fluss hat er bestimmt geglaubt, dass du wegen des Überfalls auf dein Dorf weinst.

Er nickte kurz. »Dann sollten wir uns nun unverzüglich auf den Weg machen. Ich werde in fünf Tagen in Karva erwartet, und zumindest heute Nacht werden wir wohl gefahrlos vorwärtskommen. Dieses Gebiet hier ist relativ sicher.«

Er legte eine Hand auf das Heft seines Schwertes und marschierte los, ohne sich nach ihnen umzuschauen.

Fast die ganze Nacht wanderten sie. Am nächsten Morgen machten sie halt in einem kleinen Ort. Learco brachte die beiden Frauen auf eigene Kosten in einem Gasthaus unter und verschwand dann für den Rest des Tages.

Dubhe und Theana nutzten die Zeit, um das Ritual, das die Bestie im Zaum hielt, zu erneuern. Sie hätten auch noch sechs Tage warten können, aber sie wussten nicht, ob die Gelegenheit noch einmal so günstig sein würde. Vor Erschöpfung zitterten Theana die Hände, doch ihr Wille war stark genug, der Wille, Dubhe zu zeigen, aus welchem Holz sie geschnitzt war. Den Wortwechsel auf dem Markplatz von Selva hatte sie nicht vergessen. Dabei beschäftigten sie weniger die Beleidigungen und verächtlichen Bemerkungen von Dubhes Seite als vielmehr die Tatsache, dass die Gefährtin es geschafft hatte, sie selbst zu solch brutalen Äußerungen zu verleiten, für die sie sich sogleich geschämt hatte. Das konnte sie ihr schlecht verzeihen. Sie hatte sie zum Äußersten getrieben, in eine Wut, die sie nicht von sich kannte.

Dennoch ließ sie es nicht zu, dass diese Stimmung sie während des Rituals beeinflusste. Wie immer vor einem Zauber leerte sie ihren Geist und zwang sich, in Dubhe nichts anderes zu sehen als in irgendeiner der Personen, die sie in Laodamea im Lauf der zurückliegenden Jahre behandelt hatte.

Diesmal war alles viel einfacher. Als sie fertig waren, überprüfte Dubhe sogleich ihre Kräfte und ihr Reaktionsvermögen, indem sie ein paar Fechtbewegungen mit dem Dolch vollführte. Sie schien zufrieden. Währenddessen lehnte sich Theana, vollkommen erschöpft und mit Schweißperlen auf der Stirn, zurück an die Wand, an der ihre Pritsche stand: Solche Behandlungen kosteten sie stets eine Menge Kraft.

»Ich fühle mich viel besser als nach dem letzten Mal«, murmelte Dubhe. »Danke …«

»Ich hab nur meine Pflicht getan«, antwortete Theana verlegen. Dann schwieg sie.

Dubhe legte sich auf ihr Bett und starrte zur Decke hinauf. »Ich habe dich ja schon mal vor einiger Zeit gefragt, aber damals hast du mir keine Antwort gegeben«, begann sie, »aber ich frage es mich jedes Mal unwillkürlich, wenn ich dich ansehe. Seit wir unterwegs sind, bist du Dingen ausgesetzt, die doch ganz furchtbar für dich sein müssen. Und das nur für einen Menschen, den du doch eigentlich hassen müsstest. Warum das alles?«

Theana errötete. Diese Frage hatte sie nicht erwartet.

»Wir haben uns gegenseitig das Leben gerettet. Damit verbindet uns doch etwas, oder findest du nicht?«, ließ Dubhe nicht locker. »Warum verrätst du mir nicht mal den wahren Grund, weshalb du dich auf diese Mission eingelassen hast …«

Theana nahm eine Haarsträhne zwischen die Finger und überlegte einen Moment lang, dass sie besser nicht antworten sollte. Aber dann fiel ihr dieses »Danke« wieder ein, das sie gerade von Dubhe gehört hatte.

»So ganz genau weiß ich das auch nicht«, antwortete sie

verlegen. »Vielleicht hatte ich nur Lust, mal etwas ganz anderes zu tun und zu sehen, was in mir steckt. Oder vielleicht … ja, vielleicht war ich es auch leid, wieder einmal auf Lonerins Rückkehr zu warten, während er durch die Welt zieht und Heldentaten vollbringt.«

Ich hab's gesagt, ich hab's ihr wirklich gesagt, dachte sie, fast verärgert über sich selbst. Lonerin war doch eigentlich ein Tabuthema zwischen ihnen beiden. Zwar wusste sie nicht genau, was zwischen Dubhe und Lonerin gewesen war, doch mit Sicherheit war es etwas, was sie selbst sich schon sehr lange Zeit ersehnt, aber nie bekommen hatte.

Nun fürchtete sie Dubhes Reaktion, doch die blickte sie an mit einem Lächeln, das etwas in ihrer Kehle löste.

»Ja, vielleicht wollte ich wirklich nur vor ihm weglaufen«, fügte sie mit einem verlegenen Seufzer hinzu.

»Das solltest du nicht tun«, erwiderte Dubhe ernst. »Denn in gewisser Weise läuft er wohl auch vor dir davon.«

Theana war fast gerührt. Wie schlimm hätte Dubhe sie jetzt verletzen, wie leicht sich für die harten Worte rächen können, die sie von ihr auf dem Markplatz zu hören bekommen hatte. Stattdessen ging sie sogar auf sie ein. Am liebsten hätte sie jetzt irgendetwas Nettes zu ihr gesagt, ihr gedankt, doch bevor sie den Mund aufmachen konnte, kam ihr die andere zuvor.

»Schlaf jetzt. Morgen erwartet uns ein harter Tag, und du solltest wieder zu Kräften kommen.«

Dann stand Dubhe auf und zog die Klappläden zu, während sich Theana auf der Pritsche ausstreckte und die Augen schloss. In dem schummerigen Halbschatten des Zimmers kam mit der Müdigkeit die süße Erinnerung an Lonerin auf sie herab.

Learco holte sie erst am nächsten Morgen ab. Zur Verwunderung der beiden trug er keine Rüstung mehr. »Mir ist es lieber so«, erklärte er, »in den edlen Gewändern erkennt man mich zu leicht, und ich mag es nicht, stets von Leuten umgeben zu sein, die mich bejubeln oder um irgendeine Gunst bitten. Ganz zu schweigen von den Feinden meines Vaters ...«

Er trug einen Quersack über der Schulter, in dem er offenbar seine Sachen verstaut hatte. Ansonsten war er jetzt wie ein ganz normaler junger Mann gekleidet mit einer Stoffhose und einem leinenen Wams, das um die Taille mit einem breiten Gürtel gerafft war, an dem sein kunstvoll geschmiedetes Schwert hing. Dubhe war erstaunt, wie schlank er war. Er musste wohl ein paar Jahre älter sein als sie selbst, doch seine Figur war die eines gerade erblühten Jünglings. Seine straffen Muskeln, durch den militärischen Drill trainiert, zeichneten sich nur leicht unter dem Stoff ab.

Schweigend machten sie sich auf den Weg. Nach dem vertraulichen Gespräch im Gasthaus gingen die beiden Mädchen nun wieder so distanziert wie zuvor miteinander um. Sie sprachen kaum miteinander, und Theana machte eigentlich nur den Mund auf, um ihre Gebete an Thenaar zu richten. Dubhe beachtete es nicht mehr und empfand auch keinerlei Groll, wenn sie die Litaneien hörte, sondern sogar eher Trost.

Der Umgang mit Learco fiel ihr schwerer. Angefangen hatte es mit ihrer zufälligen Begegnung am Flussufer. Ohne dass sie es wollte, empfand sie so etwas wie eine unwillkürliche Sympathie für diesen jungen Mann, und gleichzeitig eine merkwürdige Dankbarkeit, die sie fast ärgerte. Es kam so ungelegen. Learco war doch nichts weiter als der Sohn des Mannes, den sie töten musste, also nur ein Werkzeug, um ein Ziel zu erreichen. Was sie nun empfand, war hinderlich für ihre Mission. Sie durfte sich nicht ablenken lassen, musste sich darauf besinnen, klug und skrupellos zu handeln.

›Die Person, die du töten willst, ist nicht mehr als ein Stück Holz für dich.‹ Diese Worte von Sarnek, ihrem Meister, gingen ihr nicht aus dem Kopf. Es war ihr nie gelungen, diesen Grundsatz zu beherzigen, aber jetzt war es überlebenswichtig.

Learco war der Sohn ihres Todfeindes. Denn Dohor war der erste Mensch, den sie wirklich umbringen *wollte*. Zu töten hatten ihr nie Spaß gemacht, und wenn jemand durch ihre Hand den Tod fand, hatte sie selbst immer unendlich darunter gelitten. Bei Dohor war das anders. Diesem Mann hatte sie den Fluch zu verdanken, die Bestie, die in ihrer Brust wütete, eine unverzeihliche Schandtat, für die keine Strafe grausam genug sein konnte. Deshalb wünschte sie sich, dass er leiden möge. Gab es da einen besseren Weg, als ihm den Sohn zu nehmen?

Dubhe war sich darüber im Klaren, dass es jetzt sehr unklug gewesen wäre, Learco aus dem Weg zu räumen. Denn schließlich war er ihr Passierschein für den Hof. Ihn jedoch zu töten, früher oder später, würde bedeuten, ihren Feind mitten ins Herz zu treffen. Aber das war nicht mehr als eine finstere Fantasie, etwas, das ihr half, mehr Abstand zu gewinnen zu diesem Jüngling und ihn nur als das zu betrachten, was er wirklich war.

Eines Nachts jedoch stand sie plötzlich auf. Learco schlief nur wenige Schritte von ihr entfernt mit dem Schwert in der Hand. Dubhe erkannte den leichten Schlaf eines Menschen, der zum Krieger erzogen worden war. So stand sie da und beobachtete ihn, blickte auf seinen weichen Hals. Ihn töten. Den unheimlichen Faden durchtrennen, der sie verband. Den einzigen Menschen töten, der sie schwach gesehen hatte. Dieser Gedanke wühlte sie auf, erfüllte sie mit einer Mischung aus Schuldbewusstsein und Verlangen.

Es war die lange Erfahrung in den Heerlagern an der Front, die dafür sorgte, dass Learco erwachte, mit dem diffusen Gefühl einer drohenden Gefahr, der Anwesenheit einer Person in nächster Nähe. Er schlug die Augen auf und fuhr herum. Die jüngere der beiden Frauen, die er gerettet hatte, saß nur wenige Schritt von ihm entfernt auf ihrem Lager und umfasste die angezogenen Knie mit den Armen. Er entspannte sich.

»Kannst du nicht schlafen?«

Fast erschrocken drehte sich das Mädchen zu ihm um. Dabei offenbarte es einen Blick, den Learco nur zu gut kannte, einen ihm vertrauten Blick, den er häufig gesehen hatte, wenn er sich einfach nur im Spiegel betrachtete. Es versetzte ihm einen Stich.

»Nein, Herr.«

Sie hatte diese Worte in einem bemüht einfachen Ton gesprochen, doch darunter lag etwas, das ihm nicht entging: ein Hilferuf, fast ein Schrei. Ganz plötzlich fühlte sich Learco diesem erschrockenen Geschöpf seltsam nahe.

Es geht ihr wie mir in den langen Nächten, als ich vor der verschlossenen Tür meiner Mutter auf ein Zeichen von ihr gewartet habe. Es geht ihr wie mir nach einer Schlacht, wenn ich in der Dämmerung allein bleibe in meinem Zelt, nur umgeben von den Geistern all der Männer, die ich habe sterben sehen.

Eine feine Falte des Kummers durchzog seine Stirn. Es war nicht das erste Mal, dass er eine Gemeinsamkeit mit diesem Mädchen verspürte. Auch am Flussufer hatte er das erlebt.

»Ich kann auch nicht schlafen«, sagte er mit einem Lächeln. Er betrachtete sie im blassen Licht der Mondsichel: Sie wirkte zierlich und verstört. »Ist es immer noch dasselbe wie vor ein paar Tagen?«, fragte er.

»Ja«, murmelte sie.

Plötzlich hatte er das Bild von sich selbst vor Augen in den unzähligen Nächten, die auch er schlaflos verbracht hatte. Damals war niemand bei ihm gewesen, der ihn getröstet hatte, niemand, dem er von seinem Schmerz hatte erzählen können. »Ja, den Dämonen seiner Vergangenheit kann man eben nicht entkommen. Alle unsere Taten ritzen sich in unsere Haut ein und hinterlassen Narben, die für immer bleiben.«

Das Mädchen schien nicht überrascht von dieser Bemerkung. Ihr Blick sagte ihm, dass sie nur zu gut verstand.

Und doch ist es so, als würde ich zu mir selbst sprechen.

»Immerhin bin ich jetzt in Sicherheit«, murmelte sie.

Als er das hörte, überkam Learco ein seltsamer Zorn. Bevor er mit dreizehn Jahren auf den Schlachtfeldern seine Ausbildung zum Krieger begonnen hatte, war er niemals in Berührung gekommen mit dem Volk, über das sein Vater herrschte.

Die Untertanen waren für ihn nur so etwas wie eine unförmige, wirre Masse, über die Dohor nach Belieben bestimmte, indem er kühl festlegte, wer sterben musste und wer leben durfte. Und er war nicht auf den Gedanken gekommen, dass daran etwas schlecht sein könnte. Sein Vater war der König, und dies war sein Recht.

Dann hatte ihn der Krieg von Dorf zu Dorf geführt, wo er dem wahren Gesicht dieses Volkes begegnete, dessen Leben und Sterben auch einmal in seiner Hand liegen sollte. Scharen leidender Gesichter; Männer, Frauen und Kinder, die, nur noch vom Selbsterhaltungstrieb angespornt, bei den Heerlagern herumvegetierten.

»Die dürfen dich nicht interessieren, das ist nur unbedeutendes Fußvolk«, schärfte ihm Forra, sein Onkel, immer wieder ein.

Aber dieses Mädchen hier vor ihm war aus diesem Volk. Die Hände zitterten ihm vor Zorn. »Es tut mir leid, dass ich nicht früher da war. So konnte ich nicht verhindern, dass dein Dorf zerstört wurde.«

»Das ist der Krieg, Herr.«

»Ausreden«, erklärte er entschlossen. »Das ist ein sinnloser Krieg. Er hätte niemals begonnen werden dürfen. Immer neue Länder erobern … Wozu? Zu welchem Zweck?«

»Vielleicht zum Wohl unseres Volkes …«, warf Dubhe ein.

Learco musterte sie aufmerksam. »Glaubst du das wirklich? Dann schau dir doch an, was aus dir und deiner Schwester geworden ist: Geschah das etwa zu eurem Wohl? Ihr hattet ein Zuhause, eine Familie. Und nun folgt ihr jemandem, der euch Knechtschaft versprochen hat, nur in einer weniger brutalen Art und Weise. Wo ist da euer Wohl?«

Er fühlte sich erleichtert, als er das gesagt hatte. Diese Gedanken waren ihm in den zurückliegenden acht Jahren häufig durch den Kopf gegangen, aber ausgesprochen hatte er sie noch nie. Nun fühlte er sich befreit.

Das Mädchen schien zu verblüfft, um zu antworten, und Learco fragte sich, was sie wohl denken mochte. Bedauerte sie ihn? War sie empört?

Darauf kam es nicht an. Sie hatten etwas geteilt einige Tage zuvor, und er hatte sie gerettet. Der Damm war gebrochen. Sie war die Richtige, sie war der Mensch, dem er diese Dinge endlich sagen konnte.

»So viel Leid, so viel Grausamkeit habe ich gesehen, so viel vergossenes Blut … Vielleicht dachte ich anfangs wirklich noch, das alles habe schon seine Richtigkeit. In diesem Geist war ich ja auch erzogen worden. Aber mehr und mehr wurden alle Ideale, alle Träume von diesem Blut ertränkt. Ich sehe nur noch Tod um mich herum und wandele über Leichen.«

Er sah, dass sie leicht schauderte in der kühlen Nachtluft: In ihren Augen las er, dass sie ihn verstand. Und er fühlte sich getröstet davon.

Was würde mein Vater sagen, wenn er mich hier sähe? Ein Thronerbe, der einer Sklavin sein Herz ausschüttet …

Es war ihm gleich.

»Ein Herrscher sollte anders reden … Oder was meinst du, …? Wie heißt du eigentlich?«

Das Mädchen schien einen Moment lang zu zögern, ihre Lippen öffneten sich kurz und schlossen sich wieder.

»Sanne«, antwortete sie dann leise.

»Ja, Sanne, ein Herrscher sollte wohl so nicht reden …«

Learco fühlte sich leer, doch in gewisser Hinsicht auch im Frieden mit sich selbst. Er hatte das Unvorstellbare getan, hatte eine Last abgeworfen, die seit Langem schon sein Herz bedrückte.

»Versuche, dein Leid zu vergessen, zumindest heute Nacht«, sagte er zu ihr. »Das Leben ist eine ständige Flucht vor sich selbst und vor den anderen. Dagegen lässt sich nichts tun.« Dann drehte er sich wieder auf die Seite, sein Schwert immer noch in der Hand. Er spürte den Blick des Mädchens in seinem Rücken, ihren Blick, der so leidend war und so tief. Lange lag er noch wach, bis er endlich hörte, dass auch sie sich niederlegte.

6

Ein endgültiger Abschied

Salazar zeichnete sich vor ihnen ab. Wie aus einem übervollen Geldsack hervorgequollene Münzen standen die Häuser um die Reste der alten Turmstadt herum verstreut in der Ebene. Es war das erste Mal, dass Lonerin diese legendäre Stadt sah, über die er so viel gelesen hatte. Dennoch spürte er keine Erregung, vielleicht weil ihn nichts mit diesem Ort verband. Ganz im Gegensatz zu Sennar. Je näher sie Salazar kamen, desto nervöser schien der alte Magier zu werden. Vielleicht hatten die langen einsamen Jahre, die er nur in Erinnerung an Nihal verbracht hatte, jeden einzelnen Ziegelstein, jeden Felsblock, jeden Grashalm dieses Ortes in sein Gehirn eingebrannt.

Lonerin wandte sich zu ihm um und sah ihn an, blickte aber nur in ein kühl und undurchschaubar wirkendes Gesicht.

So war es schon seit Beginn ihrer Reise. Zwei Tage nach dem Beschluss des Rats in Laodamea waren sie im Dunkeln aufgebrochen, um in der Stadt, in der man Tarik getötet hatte, nach dem Talisman zu suchen. Mitten in der Nacht hatte Sennar an die Tür seiner Kammer gepocht, während er im Bett lag und zur Decke starrend an Theana dachte. Sie hatte so entschlossen gewirkt, während sie ihre Sachen zusammenpackte, um Dubhe zu begleiten, dass er sie kaum wiedererkannt hatte. So vollkommen anders war sie als die unsichere, zerbrechlich wirkende Gehilfin von Meister Folwar, an die er gewöhnt war. Sie waren zusammen herangewachsen, hatten alles geteilt in den zurückliegenden Jahren, in denen sie gemeinsam die magischen Künste erlernten, waren miteinander verbunden gewesen durch ein feines Band, über das sie beide sich vielleicht noch nicht einmal klar gewesen waren.

Erst in diesem Augenblick hatte Lonerin verstanden, wie sehr sein Leben durch Theana geprägt war, wie sehr er durch sie, in dem merkwürdigen Terzett, das sie zusammen mit Folwar bildeten, zu einem inneren Gleichgewicht gefunden hatte. Er kam nicht dahinter, was sie zu ihrer Entscheidung veranlasst hatte. Theana war keine Frau der Tat, zumindest kannte er sie nicht als solche. Und die Distanz, die er jetzt bei ihrem letzten Gespräch gespürt hatte, machte ihn völlig ratlos.

Während er so dalag und diese Gedanken immer heftiger schmerzten, hatte Sennar seine Kammer betreten. »Pack deine Sachen«, hatte er nur lapidar erklärt.

Lonerin brauchte eine Weile, bis er die Situation erfasst hatte. »Was … was meint Ihr damit?«

»Nun, ganz einfach … Dass wir jetzt aufbrechen. Ich erwarte dich draußen auf der Befestigungsmauer. Beeil dich.«

Noch ganz benommen hatte Lonerin hastig alles zusammengepackt und war dann atemlos hinausgestürmt mit seinem unförmigen Bündel unter dem Arm. Schon von weitem zeichnete sich Sennars Gestalt im fahlen Licht des Mondes zwischen den Zinnen über dem Wasserfall ab. Er hatte kein Gepäck dabei.

»Du hast dir aber Zeit gelassen«, sagte er, ohne eine Miene zu verziehen.

»Verzeiht, aber ich war nicht darauf vorbereitet, dass wir im Dunkeln aufbrechen …«

Sennar blickte ihn stirnrunzelnd an, machte dann eine einfache Handbewegung, und schon tauchte hinter ihm eine riesenhafte düstere Gestalt auf, die den Mond verfinsterte.

Zwei mächtige, durchscheinend wirkende Flügel breiteten sich in der Dunkelheit aus.

»Bis zur Grenze fliegen wir. Die Zeit drängt, und wir sollten uns nicht mit sinnlosen Fußmärschen aufhalten.«

Oarf richtete seine glutroten Augen auf Lonerin und musterte ihn misstrauisch. Gut erinnerte sich der junge Zauberer an ihre erste Begegnung in den Unerforschten Landen, als der Drache sie beide, Dubhe und ihn, fast getötet hätte. Auf dem Flug zurück nach Laodamea hatten sie dann irgendwie gelernt, leidlich miteinander auszukommen, doch der Drache konnte es nicht lassen, Lonerin immer wieder grimmig anzustarren. Es war überdeutlich, dass er nur seinem Herrn gehorchte.

Wegen seines steifen Beines, das ihn dazu zwang, sich mit einem Stock fortzubewegen, bereitete es Sennar einige Mühe, in den Sattel zu steigen. Lonerin eilte herbei, um ihm hinaufzuhelfen, doch der alte Magier bremste ihn mit einem strengen Blick. »Lass mich. So alt bin ich nun auch wieder nicht«, erklärte er kühl. »Steig hinten auf.«

Lonerin gehorchte, doch kaum hatte er die Hände aufgesetzt, um sich auf Oarfs Rücken zu schwingen, da spürte er, wie sich die Muskeln des Drachen unter seiner Berührung anspannten. Es war schwierig, an den glatten Schuppen einen Halt zu finden, aber schließlich gelang es ihm, und gleich darauf schwebten sie in den Lüften.

Den ganzen Flug über hatte Lonerin das Gefühl, dass Sennar vor etwas auf der Flucht war. Ohne Vorankündigung waren sie aufgebrochen, und nun flogen sie so schnell, als sei der Teufel hinter ihnen her. Mit rhythmischem, imposantem Flügelschlag legte Oarf Meile um Meile zurück, doch Sennar wirkte die ganze Zeit über unzufrieden und nervös. Oder brannte er nur darauf, endlich zu handeln?

Als sie abends dann vor dem Lagerfeuer saßen, wanderte sein Blick ständig hin und her, und das einzige Thema, über das sie sprachen, war die Magie.

Sennar begann sogleich mit dem Unterricht. »Der Zauber, der dir gelingen muss, ist sehr schwierig. Du hast zunächst Aster aus dem Kerker zu befreien, in dem er im Moment gefangen ist, und das geschieht, indem du seinen Geist in den Talisman, der als Katalysator wirkt, hinüberziehst. Dafür musst du deine Seele einsetzen, und das verlangt Kräfte, über die du im Moment noch nicht verfügst.«

Lonerin wunderte sich über diese Bemerkung. Er war der Überzeugung gewesen, schon seit Jahren den Gipfel seiner Fähigkeiten erreicht zu haben, eine Höchstgrenze, die jedem Magier angeboren ist, ähnlich wie die Haarfarbe oder die Körpergröße. Nun gehe es nur noch darum, neue Zauber zu erlernen, hatte er gedacht, und dass sich am Umfang seiner Kräfte nichts mehr ändern würde.

»Was soll ich denn tun, wenn ich diese Kräfte gar nicht besitze?«

»Jeder Magier verfügt über Energien, die er nie vollkommen ausschöpft. Jetzt kommt es darauf an, sie zur Geltung zu bringen.«

»Verzeiht, aber ich glaube, alles, was mir möglich ist, bereits entwickelt zu haben, und auch mein Meister …«

Mit einer Handbewegung brachte ihn Sennar zum Schweigen. »Das ist Unsinn. Auch wenn ich selbst einen Großteil meiner Kräfte eingebüßt habe, weiß ich doch genau, dass du dein Potenzial noch überhaupt nicht ausgeschöpft hast. Du glaubst, manche sehr mächtige Zauber seien dir verschlossen, dabei liegen sie auch im Bereich deiner Möglichkeiten. Es ist bloß eine Frage des richtigen Unterrichts.«

Sie begannen mit den Grundlagen, mit den elementarsten Konzentrationsübungen. Lonerin nahm alles fleißig auf, und sogar im Flug auf Oarfs Rücken erklärte ihm Sennar nun Dinge, die wichtig für ihn werden konnten.

»Da der Ritus viele Jahrhunderte alt ist, wirst du die Formel in elfischer Sprache sprechen müssen. Du musst sie auswendig können genau wie die Gesten, die dabei zu vollführen sind. Du musst deine Seele vom Körper trennen, während du dich mehr und mehr in eine mystische Ekstase hineinsteigerst. Es ist wie eine Art Scheintod, schwierig und schmerzhaft, der aber auch Wirklichkeit werden kann …«

Immer wenn sie abends ihr Lager aufschlugen, brachte Sennar ihm etwas Neues bei oder forderte ihn auf, das zu wiederholen, was sie am Vorabend durchgenommen hatten. Einige dieser Übungen kamen Lonerin allerdings etwas zu elementar vor.

»Konzentriere dich auf den Atem der Welt.«

»Das kann ich doch schon längst …«

»Aber nicht auf dem Niveau, das nun von dir verlangt wird«, erwiderte Sennar trocken.

Andere Übungen wirkten ganz einfach bizarr.

»Ich möchte, dass du diesem Blatt dort den Lebenssaft entziehst. Schau, so.« Sennar ergriff ein Blatt, legte es sich auf die Hand, bedeckte es mit der anderen Handfläche und runzelte für einen Augenblick die Stirn. Als er die Hände wieder löste, lag in der einen ein trockenes Blatt, in der anderen strahlte ein grünes Licht.

Das erinnerte Lonerin an einen verbotenen Zauber, an dem er sich einmal versucht hatte, und er wurde unruhig.

Sennar merkte es. »Sei nicht so kleinlich. Auch der Tugendhafteste kann in die Lage geraten, dass er auf solche Mittel zurückgreifen muss. Und zudem ist das eigentlich gar kein verbotener Zauber.«

So verhielt sich Sennar die ganze Zeit. Er war schroff und abweisend und zeigte nicht das kleinste bisschen Geduld.

»Tut mir leid, dass ich nicht so weit bin, wie Ihr vielleicht dachtet«, sagte Lonerin eines Abends zu ihm.

»Ja, leider hat mir der Zufall einen Schüler zugespielt, der doch etwas langsam ist«, antwortete Sennar mit der eindeutigen Absicht, ihn zu verletzen.

Doch Lonerin nahm es ihm nicht übel. Seine Bewunderung für diesen Mann war grenzenlos. Sennar war schon immer sein leuchtendes Vorbild gewesen, sein Held. Von ihm ließ er sich sogar schikanieren, denn er war sich bewusst, welchen Abgrund des Leids der alte Magier durchschritten hatte.

Zudem hatten sie jetzt die Grenze zu einem Land erreicht, das Sennar seit vierzig Jahren nicht mehr gesehen hatte. Lonerin fragte sich, was er bei dem Anblick wohl fühlen mochte. Dort drüben hatte er Geschichte geschrieben, und vor allem hatte sich dort Nihals Schicksal erfüllt. Die Gegend gab beredtes Zeugnis davon ab; die große Steppe, die Nihal, Sennar und Soana auf der Flucht nach der Zerstörung Salazars durchquert hatten, nachdem Nihal damals nur durch großes Glück mit dem Leben davongekommen war, oder der Bannwald, kaum auszumachen am Horizont, wo einst der letzte Stein gehütet worden war, der den Talisman der Macht vervollständigte, der Elfenstein des Landes des Windes.

Lonerin betrachtete Sennars Gesicht und erwartete, dort eine Gefühlsregung zu erkennen, der Spannung, der Trauer. Doch dieses von Falten durchzogene Antlitz blieb eine undurchschaubare Maske.

Sie ließen Oarf an einer Grenzstation zurück und setzten zu Pferd, in lange Umhänge gehüllt, ihre Reise fort. Fast die gesamte Steppe im Norden des Landes des Windes unterstand mittlerweile der Kontrolle des Rats der Wasser, doch der größte Teil des Territoriums wurde immer noch von Dohor und seinen Verbündeten beherrscht.

»Ein alter Kaufmann und sein junger Gehilfe, wer soll da schon Verdacht schöpfen!«, sagte Sennar, als er Lonerin seinen Plan erklärte.

Die Augen des alten Magiers blitzten kurz auf, und Lonerin glaubte, den Grund dafür zu erraten. Sennar hatte sich schon einmal, vor langer, langer Zeit, einer solchen Verkleidung bedient. Und zwar, als er und Nihal damals in das Land der Tage vorgestoßen waren und sie einen Umweg gemacht hatten, damit sie sich die Ruinen Seferdis anschauen konnte.

Vielleicht begann für Sennar nun mit diesem Besuch die

einzige ihm mögliche Erlösung, nachdem er sich so lange Jahre in Stille und Einsamkeit gequält und über die Vergangenheit nachgegrübelt hatte. Vielleicht würde ihn, wie Lonerin hoffte, der Aufenthalt an diesem Ort nach und nach gesprächiger machen.

Doch leider blieb es dabei. Dies war der einzige Moment, in dem sich Sennar einmal öffnete. Darüber hinaus kein Kommentar, kein einziger Seufzer.

Als sie Salazar noch ein gutes Stück vor sich liegen sahen, hielten sie an. Der alte Magier brachte als Erster sein Pferd zum Stehen und betrachtete lange, mit dem erfahrenen Blick des Strategen, die Umfassungsmauer der Stadt. »Komm«, rief er dann ungerührt, »wir müssen bei Tariks Haus anfangen.« Und schon gab er seinem Pferd wieder die Sporen.

Salazar wirkte chaotisch und sehr arm. Alles hatte sich verändert, es war nicht mehr die Stadt, in der Sennars Geschichte begonnen hatte.

In einem Wirtshaus kehrten sie ein, um kurz etwas zu essen und den Pferden ein wenig Ruhe zu gönnen.

»Ido sagt, dass Tarik im Haus seiner Mutter gewohnt hat.«

Lonerin wunderte sich über die sichere Stimme, mit der der alte Magier dies aussprach.

Hat er den Tod seines Sohnes wirklich schon verwunden?

»Das heißt, wir müssen in den Turm hinauf. Wenn du nichts dagegen hast, machen wir uns gleich auf die Suche. Ich glaube nicht, dass wir auf Hindernisse stoßen werden.«

Lonerin konnte nicht anders, als den Magier lange anzuschauen, worauf dieser mit einem fragenden Blick reagierte.

»Was ist denn?«

Lonerin schlug die Augen nieder und schaute in seinen Bierkrug. »Nichts, nichts, ich bin einverstanden.«

Sennar fügte nichts mehr hinzu, und auch Lonerin schwieg, stierte nur auf sein Bier, ließ einen Finger über den Rand des Kruges wandern.

Wie gern hätte er die Distanz zu Sennar überbrückt, doch

der schien nicht gewillt, ihm entgegenzukommen. Hastig aß er seine Suppe, löffelte fast zornig die Brühe in sich hinein.

Langsam stiegen sie den Turm hinauf. Kaum hatten sie das Eingangstor passiert, wurden Sennars Schritte unsicher. Seine Augen verschleierten sich, und sein Blick schweifte über die wohl von einer Feuersbrunst geschwärzten schweren Quadersteine der Mauern. Lonerin verspürte einen Kloß im Hals.

Die Treppen, die von Stockwerk zu Stockwerk führten, waren so uneben, dass Sennar Mühe hatte, mit seinem Stock einen Rhythmus zu finden. »Reich mir deinen Arm, dieses verfluchte Bein macht alles nur noch schwieriger«, sagte Sennar missmutig, und Lonerin kam seinem Wunsch sofort nach. Im ersten Augenblick kam ihm der Griff der Hand an seinem Arm eisern vor, tatsächlich aber klammerte sich Sennar eher fast verzweifelt an ihn, und Lonerin spürte es bald an dem leichten Zittern der knöchernen Finger.

»Tarik wohnte gleich über dem Tor, also dort entlang«, erklärte der Magier und bog in einen Seitengang ein. »Auch die Fammin kannten diese Abkürzung, deshalb konnten sie an jenem schicksalhaften Tag so rasch dort sein. Und wenn ich zu Nihal wollte, habe ich selbst diesen Weg benutzt.«

Plötzlich beschleunigte er seine Schritte und ließ Lonerins Arm los. Sogar sein Stock berührte den Boden nicht mehr, während er nur mit der Hand an den Hauswänden Halt suchte. Lonerin beeilte sich, ihm zu folgen.

»Livon, Nihals Adoptivvater, hatte aus praktischen Erwägungen dieses Haus über dem Stadttor bezogen. Mit der Waffenschmiede im Haus war es für ihn als Handwerker und Händler ideal, beim Stadttor zu wohnen. Letztlich aber wurde ihm diese Entscheidung zum Verhängnis.«

Aufgeregt marschierte Sennar voran, überwand problemlos alle Steine, die im Weg lagen, alle Risse und Löcher, die sich im Boden auftaten. Die ganze Kraft und Flinkheit seiner

Jugend schien er wiedergefunden zu haben, und sogar sein lahmes Bein schien ihm keine Last mehr zu sein. Lonerin sah nur seinen Rücken, der in regelmäßigen Abständen erhellt wurde vom Licht, das aus Fensteröffnungen und Breschen in der Außenmauer einfiel. Währenddessen erzählte er, immer lauter und schneller, in einem fort.

»Hier hat Nihal mit ihren Freunden gespielt, zwischen den Tonkrügen der Händler und den mit Obst beladenen Marktständen.« Er drehte sich zu Lonerin um und schaute ihn mit glänzenden Augen an. »Hier lebten die Leute dicht an dicht, ganz anders als heute!«

Es schien, als tauche er unvermittelt in seine Vergangenheit ein: Er sah das Salazar seiner Jugend, das Salazar Nihals, das Salazar des Goldenen Zeitalters, jener Epoche also, als Aster das Land des Windes noch nicht erobert hatte.

»Nicht so schnell, ich bitte Euch«, versuchte Lonerin ihn zu bremsen, doch Sennar war so eingenommen von seinen Gedanken, dass er ihn nicht hörte. Eine weitere Hausecke, und schon hatte Lonerin ihn aus den Augen verloren.

Verdammt!

Er beschleunigte seine Schritte, folgte nur noch Sennars Stimme. Dann Stille. Abrupt und undurchdringlich.

»Wo seid Ihr?«

Er bog in den nächsten Seitengang ein und sah ihn wieder. Da stand er. Eingerahmt vom Rechteck einer Tür, hinter der sich ein trostlos wirkendes Halbdunkel ausbreitete. Sich der Situation bewusst, verlangsamte Lonerin seine Schritte. Ido hatte dem Rat der Wasser das Haus von Nihal, oder genauer von Tarik, zwar in allen Einzelheiten beschrieben, dabei jedoch nicht die schauderhafte Atmosphäre dieses Ortes wiedergeben können, der erstarrt war in dem Moment, da alles passierte. Von der Tür aus blickte Lonerin in einen größeren Raum, in dem ein unglaubliches Durcheinander herrschte: zerborstenes Mobiliar, der Boden mit Glasscherben übersät und alles voller Blut. Große Flecken breiteten sich auf dem Holzfußboden aus, während verwischte Spuren bis zur Tür führten. Lonerin wusste nicht, was er sagen sollte, welche Worte jetzt nicht unpassend gewesen wären, doch Sennar kam ihm zuvor. Nur kurz ließ er den Kopf hängen, schüttelte ihn dann, hob den Blick und schaute Lonerin entschlossen an.

»Trennen wir uns. Du schaust in der Küche nach, und ich gehe ins Schlafzimmer hinauf. Weißt du, wie der Talisman aussieht?«

Lonerin brachte kein Wort heraus. Erschüttert schaute er Sennar an, und das so lange, dass der Magier ärgerlich wurde.

»Was starrst du mich denn so an? Antworte lieber. Wir haben wenig Zeit. Also, was ist? Weißt du es?«

»Ja. Ich habe viel über ihn gelesen«, antwortete Lonerin leise.

»Dann such jetzt.«

Entschlossen trat Sennar ein, schob mit den Füßen die Scherben am Boden zur Seite und wandte sich dem Schlafzimmer zu.

Eher unsicher folgte ihm Lonerin kurz darauf. Es war ein seltsames Gefühl, dort einzutreten. Der Gestank der Gilde lag noch in den Räumen. Wo sie auch auftrat, überall hinterließ die Mördersekte eine Atmosphäre von Tod und Verzweiflung. Um den großen Blutfleck machte er einen Bogen, merkte aber bald schon, dass es unmöglich war, sich in diesem Haus zu bewegen, ohne auf das geronnene Blut von Tariks Familie zu treten.

Allein diese Farbe weckte wieder die unauslöschliche Erinnerung an die Leiche seiner Mutter, die unter einem ganzen Berg weiterer, von der Gilde niedergemetzelter Toter gelegen hatte. Und wie immer, wenn er daran dachte, überkam ihn unbändiger Zorn. So schnell er auch davonlief, dem Hass entkam er nicht; dieser war ein Feind, den er nicht vernichten konnte.

Er schloss die Augen und versuchte, sich von den Gedanken loszureißen. Aus einem anderen Raum drangen die Geräusche aufgezogener Türen, verschobener Truhen, beiseite geräumter Gegenstände zu ihm. Erneut schaute er sich um, bemühte sich, alles auszublenden, was nichts mit dem Talisman, den er suchte, zu tun hatte: Es handelte sich um ein goldenes Medaillon mit einem großen Auge in der Mitte und acht Vertiefungen mit acht verschiedenfarbigen Edelsteinen. Anstelle der Iris hatte er einen in Regenbogenfarben schillernden Stein gehalten, den Nihal zerstört hatte, als sie, damals in den Unerforschten Landen, beschloss, ihr Leben zu opfern, um das ihres Mannes und ihres Sohnes zu retten.

Lonerin suchte zwischen zerborstenem Holz und Glasscherben, stöberte unter den wenigen noch heilen Möbeln herum und untersuchte sogar den Kamin für den Fall, dass es dort geheime Nischen gab. Wie ein Dieb kam er sich vor, als er dort mit den Händen herumtastete.

Ob Dubhe sich wohl auch so gefühlt hat, wenn sie fremde Häuser ausräumte?, fragte er sich, und ohne dass er es wollte, hatte er plötzlich mit brutaler Klarheit das Bild des Mädchens vor Augen. Es schmerzte wie eine Wunde, die nicht heilen wollte. Oder war es nur noch verletzter Stolz, die Demütigung, so barsch abgewiesen worden zu sein. In seinen Gedanken ging alles durcheinander: Liebe und Zuneigung, Freundschaft und Hass. Sogar die Gesichter der beiden Frauen, die sein Leben prägten, überschnitten sich: Dubhe und Theana; und mittendrin die verschwommenen Konturen des Gesichtes seiner Mutter.

Wo mögen sie jetzt sein?

Lonerin suchte alle Wände ab, betastete jede Vertiefung, klopfte auf jeden einzelnen Ziegelstein. Doch alles war fest. Er hob die Holzbretter des Fußbodens an und schaute darunter nach: nichts.

Irgendwann wurde das Gepolter im Nebenzimmer immer lauter, bis er plötzlich einen Schrei hörte und hinüberlief. Als er auf der Schwelle stand, erstarrte er. Am Boden hockte Sennar in einem Berg von Kleidern. Er schien die ganze Truhe ausgeräumt und aus Wut umgeworfen zu haben. Nun lag er auf den Knien, seine Hände krallten sich in ein blutbeflecktes Leintuch, und seine Züge waren wutverzerrt.

»Er ist nicht da, verdammt, er ist nicht da!«, rief er, verzweifelt zu Lonerin aufschauend, während ihm die Tränen über die Wangen liefen. Als er aufzustehen versuchte, gab sein lahmes Bein nach und zwang ihn erneut auf die Knie. »Verflucht!«, schrie er.

Doch unversehens ging seine brüllende Stimme in ein herzzerreißendes Wimmern über, und er vergrub den Kopf in dem Leintuch.

Langsam, fast auf Zehenspitzen, trat Lonerin näher. Er beugte sich nieder und legte Sennar sanft eine Hand auf die Schulter. Der drehte sich ruckartig um und umarmte ihn. Wie betäubt erlebte der junge Magier diese unerwartete, bewegende Geste.

»Hier hat er gelebt, verstehst du? Und hier, auf diesem Bett, ist er gestorben, und ich war nicht bei ihm! Ido war da an jenem verhängnisvollen Tag, doch sein Vater nicht. Ich hatte noch nicht einmal Gelegenheit, ihm zu sagen, wie es mich zerriss, als er damals im Streit von mir fortging ... Ich habe ihm nie sagen können, wie sehr er mir gefehlt hat, konnte ihn nicht um Vergebung bitten, konnte ihn nicht anflehen, mir zu verzeihen, dass ich unsere Nihal sterben ließ, ohne irgendetwas dagegen zu unternehmen.«

Lonerin spürte, wie ihm die Augen brannten, während er plötzlich seine Mutter vor sich sah, die in heller Verzweiflung zum Tempel Thenaars unterwegs war, um dort ihr Leben zu opfern, um seines zu retten. Er verstand, welch ungeheurer Schmerz sie gequält, welch unendliches Leid sie dazu getrieben haben musste, diesen Schritt zu tun. Sagen konnte er nichts, es gab keine Worte für solch ein Drama, keinen Trost für so etwas Ungeheures wie den Tod des eigenen Kindes.

Die Arme um die Schultern des greisen Magiers gelegt, hockte er reglos da.

Lonerin führte ihn aus dem Turm. Nach diesem Moment der Verzweiflung gab sich Sennar nun wieder wie zuvor. Ärgerlich hatte er sich die Tränen aus dem Gesicht gewischt und sich bemüht, seine Fassung wiederzufinden, doch körperlich war er von dem Ausbruch gezeichnet, war entkräftet auch von den wiederbelebten Schuldgefühlen, die er über viele Jahre in sich begraben hatte.

»Du hast auch nichts gefunden?«, fragte er noch einmal, während er stehen blieb und sich in einer Seitengasse gegen eine Hauswand lehnte.

Lonerin schüttelte den Kopf.

»Nein, der Talisman war nicht da«, überlegte Sennar, wobei er in die Höhe blickte, »oder vielleicht war er mal da, und man hat ihn mitgenommen. Im Haus waren nur noch Gerümpel und alte Kleider, nichts von Wert, das man mit Gewinn verkaufen könnte.«

»Glaubt Ihr, die Wertgegenstände wurden alle weggeschafft?«

Sennar nickte. »Tarik hatte ja auch das Schwert seiner Mutter von zu Hause mitgenommen. Auch das war nicht da.«

Lonerin dachte an Nihals Schwert aus schwarzem Kristall, das in allen Büchern als Waffe von unschätzbarem Wert beschrieben wurde. Vielleicht hatte Sennar Recht, allein schon das so kunstvoll gefertigte Heft musste ein Vermögen wert sein.

Der alte Magier stieß sich von der Hausmauer ab. »Wir müssen mit dem Mann sprechen, der Tarik noch behandelt hat. Wahrscheinlich weiß er, ob wegen des Verbrechens ermittelt wurde und wer meinen Sohn und seine Frau begraben hat.«

Nur ein wenig humpelnd, schlug er den Weg zum Stadtzentrum ein.

Lonerin ging eine Weile neben ihm her, gab sich dann einen Ruck und sagte: »Ich glaube, er wusste es.«

Sennar drehte sich zu ihm um.

»Tarik wusste, wie sehr Ihr ihn liebtet, er wusste alles. Und auch er liebte Euch aus tiefstem Herzen.«

Die Augen des Magiers blitzten bewegt auf. Er sagte nichts, blickte Lonerin nur eine Weile an und setzte dann seinen Weg fort.

»Völlig aufgelöst stand der Gnom vor meiner Tür und brachte mich sogleich zu diesem Mann. Ich tat mein Bestes, um ihn zu retten, doch es war zu spät.«

Der Heilpriester, der sich um Tarik gekümmert hatte, wirkte ein wenig heruntergekommen in seinem an vielen Stellen geflickten Gewand. Mit einem Blick wie ein verwundetes Tier schaute er sie an. Er schien gar nicht so alt zu sein, zumindest seiner Stimme und seiner Art zu sprechen nach, hatte sich aber nicht gut gehalten. Lonerin und Sennar saßen mit ihm am Tisch, in einer Wirtsstube in Salazar, umgeben von einer Wand aus Biergeruch und dem Rauch zu vieler Pfeifen.

»Die Frau war bereits tot«, fügte er hinzu, »und der Mann zu schwer verwundet, als dass man noch etwas hätte tun können. Und als ich dann am nächsten Morgen wieder nach ihm sehen wollte, war er bereits gestorben. Ich versprach dem Gnomen, dafür zu sorgen, dass die Toten begraben würden, und das tat ich dann auch.«

Lonerin fiel auf, dass Sennars Hände wieder, fast unmerklich, zitterten. »Hast du sie begraben?«, fragte der Magier bemüht gleichgültig.

Der Heilpriester nickte zögernd. »Ja, am Tag darauf. Sie hatten ja sehr abgeschieden gelebt, und es gab wirklich nur wenige Leute, die sie kannten. Ich habe mich ein wenig umgehört, fand aber niemanden, der die Bestattung übernehmen wollte. Also habe ich mich darum gekümmert. Zu der Feier sind höchstens ein Dutzend Leute gekommen.«

»Wo?«, fragte Sennar. Der Priester sah ihn verständnislos an. »Wo hast du sie begraben?«, präzisierte der Magier.

»Auf dem Friedhof vor der Stadtmauer. Ich selbst habe die

Grabsteine beschriftet und die beiden nebeneinander begraben. Aber kanntet Ihr sie denn?«

»Nein«, antwortete Lonerin rasch und fragte dann: »Gab es eine Untersuchung? Und was wurde aus ihren persönlichen Sachen?«

Der Priester ließ seinen Blick zwischen den beiden Magiern hin- und herwandern. Er hatte unverkennbar Angst und wog seine Worte sorgfältig ab. Wahrscheinlich fragte er sich nach dem Grund für dieses Verhör, und wer die beiden wohl sein mochten. »Da gab es nicht viel zu untersuchen. Ein Raubüberfall, der mit einer Tragödie endete, zumindest formulierte es der Beauftragte des Stadtältesten so. Und was ihre Sachen angeht, so fand sich niemand, der ein Recht auf sie hatte. Ich meine, Freunde hatten sie kaum, und Verwandte, zumindest hier in Salazar, keinen einzigen. Die Frau stammte nicht aus dem Land des Windes, und niemand konnte uns sagen, wo sie herkam. Und die Eltern von ihm …« Er machte eine unbestimmte Handbewegung.

Sennars Finger verkrampften sich so stark, dass seine Fingerknöchel weiß wurden.

»Und weiter?«, fragte Lonerin.

»Was soll weiter sein? Es wurde alles verkauft, was sich verkaufen ließ. Aber die Kleider, die Möbel und verschiedene Kleinigkeiten müssten immer noch dort sein. Wer ist schon interessiert an den Sachen von Leuten, die auf so barbarische Weise umgebracht wurden?«

»Und wer hat sich um den Verkauf gekümmert?«, fragte Sennar.

»Molio, ein Kaufmann, der auch im Turm wohnt, auf der untersten Ebene. Er hat alles an sich genommen, wahrscheinlich wird er auch einiges verkauft haben. Ich kenne ihn nicht besonders gut, doch sein Laden ist ziemlich bekannt. Man findet dort wirklich alles.«

Lonerin lehnte sich auf seinem Stuhl zurück. Das hörte sich nicht gut an. Tariks Sachen konnten nun überall sein. »Vielen Dank, du hast uns sehr geholfen«, sagte er mit einem

Seufzer, und der Heilpriester schien sich etwas zu entspannen.

»Es würde mich interessieren, ob hinter der Sache etwas Größeres steckt. Ihr müsst wissen, dieser Gnom war im Nu auf und davon. Noch nicht einmal seinen Namen hat er mir gesagt ... Und außerdem, diese bestialische Art, wie die beiden umgebracht wurden ... Eigentlich habe ich nie so recht an die offizielle Version glauben wollen und immer vermutet, dass an der Sache etwas faul ist.«

Sennar blickte ihn grimmig an, und sofort machte sich der Priester etwas kleiner auf seiner Bank.

»War ja nur eine Frage ...«

»Schon gut. Aber was soll Größeres dahinterstecken? Wir sind Sammler«, beeilte sich Lonerin zu erklären, »und hatten gehört, dass dieser Mann einige sehr interessante Stücke in seinem Besitz hat, Waffen vor allem, und die wollten wir erwerben. Als wir ihn dann aber aufsuchten, erfuhren wir, dass er tot ist.«

»Ich verstehe«, antwortete der Heilpriester ausweichend.

Lonerin und Sennar verabschiedeten sich rasch, bezahlten das Bier und verließen dann nachdenklich die Wirtsstube.

Sie nahmen sich ein Zimmer in einem Gasthaus am Stadtrand, um dort die Nacht zu verbringen. Beide waren sie erschöpft, und Sennar fühlte sich nicht in der Verfassung, sogleich diesen Kaufmann aufzusuchen.

Dennoch drängte es ihn, noch etwas zu erledigen. »Wo ist hier der Friedhof?«, fragte er den Wirt. An den alten erinnerte Sennar sich, aber der hatte in der Stadt gelegen und wurde wohl nicht mehr genutzt.

»Richtung Westen, eine halbe Meile außerhalb der Wohngebiete. Ihr könnt ihn nicht verfehlen, er liegt hinter einer hohen, dunklen Mauer.«

Sennar wandte sich Lonerin zu. »Ich muss da allein hin.«

Der junge Magier blickte ihn besorgt an. »Ihr seid doch

erschöpft, und von hier aus sind es mindestens zwei Meilen bis dorthin …«

Sennar brachte ihn mit einer Handbewegung zum Schweigen. »Das schaffe ich schon. Unterschätz mich nur nicht.«

So bewegte er sich durch das Chaos der Stadt, mit einem schmerzenden Bein, vor allem aber mit blutendem Herzen, wegen dem, was er hatte sehen müssen. Die Bilder aus Tariks Haus, das ruchlose Meuchelmörder entweiht hatten, quälten ihn immer noch. Er sah seinen Sohn tödlich verletzt, um Atem ringend, auf dem Bett liegen, während Ido seine Hand hielt. Ido – nicht er selbst, der Vater.

Er wusste, dass er sich nicht mit Selbstvorwürfen zerfleischen durfte, sondern sich mit ganzer Kraft auf ihre Mission konzentrieren musste, denn Nihal hatte die Aufgetauchte Welt geliebt und sein Sohn hier den Großteil seines kurzen Lebens verbracht. Aus diesen Gründen, und nur aus diesen, verdiente diese Welt es auch, gerettet zu werden. Doch wie sollte er jetzt seine niederschmetternden Gedanken vertreiben?

Nach und nach begannen sich die Häuserreihen zu lichten, und bald sah er vor sich die dunkle Mauer, von der der Wirt gesprochen hatte, hoch und mächtig, ewig wie der Tod. Schwer atmend nach dem Fußmarsch, passierte er das Tor. Er war aufgeregt, auch wenn er sich das nicht eingestehen wollte. Die Sonne würde bald untergehen hinter der hohen Mauer und warf im Innern lange, düstere Schatten.

Langsam humpelte Sennar über die angelegten Wege zwischen den Gräberreihen wie durch einen melancholischen Garten, in dem jeder Baum für ein verlorenes Leben stand.

Im Vorbeigehen las er die Namen. Ganze Familien lagen dort. Er fragte einen Mann, der eine Grube aushob, wo er Tariks Grab finden könne. Dieser blickte ihn nur flüchtig an und erklärte es ihm mürrisch mit wenigen Worten. Niemand in der Aufgetauchten Welt kannte ihn noch. Gewiss erinnerte man sich noch an Nihal und Sennar, die den Tyrannen besiegt hatten, wie ihre Statuen in vielen Städten an Kreuzungen und Plätzen belegten. Aber wer hätte schon in diesem humpelnden Alten den Helden erkannt, der einst die Welt rettete?

Noch langsamer näherte er sich der Stelle und blieb dann ganz stehen. Zwei Grabmäler, keine Blumen. Er sah, dass die Erde erst kürzlich bewegt worden war, aber es waren auch noch nicht einmal drei Monate seit ihrem Tod vergangen. Unauffällig und abgeschieden hatten die beiden in Salazar gelebt, und nun legte ihnen niemand Blumen auf das Grab.

Erschöpft fiel Sennar auf die Knie. Talya und Tarik. Wie mochte sie, Talya, wohl gewesen sein? Er hatte keine Ahnung, welcher Typ Frau seinem Sohn wohl gefallen haben mochte. Wenn er an ihn dachte, hatte er immer noch das Bild eines grünen Jungen im Kopf, der allerdings schon in der Lage gewesen war, eine Entscheidung von ungeheurer Tragweite für sein Leben zu fällen. Wie mochte er als erwachsener Mann gewesen sein? Wie mochte er ausgesehen haben? Ob er ihm selbst ähnlich war, oder war es das Gesicht seiner Mutter, das man in ihm wiedererkannt hätte? Welchen Beruf er wohl ausgeübt hatte? War er glücklich in der Zeit vor seinem Tod, gab es bestimmte Entscheidungen in seinem Leben, die er bereute, und hatte er zumindest teilweise das erreicht, was er sich vorgenommen hatte?

»Ich nicht«, murmelte er. »Zu kurz war die Zeit, in der ich mich an dem freuen konnte, was ich hatte, und nach dem Tod deiner Mutter verlor ich dann alles. Sogar dich.«

Der Mann, der hier liegt, ist ein Fremder für mich. Könnte ich ihn jetzt auf der Straße sehen, würde ich ihn noch nicht einmal erkennen, dachte er. Und dieser Gedanke verschlug ihm den Atem.

»Es tut mir so leid, dass ich nicht bei dir war, mein Sohn«, sagte er mit zitternder Stimme und starrte auf die lockere Erde. »Du hattest Recht, jetzt erkenne ich es in aller Klarheit. Vielleicht ist es zu spät, aber ich möchte etwas gutmachen. Diese letzten Jahre, die mir noch bleiben, will ich darauf verwenden, deine Träume zu erfüllen. Siehst du? Ich habe den Kampf wieder aufgenommen, ich glaube wieder an etwas. Das war es doch, was du von mir erwartet hast.«

Er spürte, wie ihm die Tränen in die Augen stiegen, doch er hielt sie zurück. Sogar das Weinen hatte er satt.

»Dein Sohn ist in Sicherheit, bei Ido und einer Frau, die mir früher einmal sehr geholfen hat. Niemals werde ich zulassen, dass ihm etwas zustößt. Das schwöre ich dir. Er ist das Einzige, was mir geblieben ist, und ich werde ihn mit allen Kräften beschützen.«

Als Abschiedsgruß legte er eine Hand auf die kalte Erde. Tarik war von ihm gegangen, für immer. Eine kurze Zeitspanne hatte es gegeben, da er sich ihm wieder hätte annähern können, doch stattdessen hatte er ihn ziehen lassen. Ob er sich jetzt gerade San gegenüber ganz ähnlich verhielt? Er seufzte. Lange genug hatte er gelebt, um zu wissen, dass es keine vollkommen richtigen oder falschen Entscheidungen gab. Letztendlich führte einen das Leben immer nach eigenen Plänen.

Für ihn war aber nun die Zeit gekommen, sich wieder in den Kampf zu stürzen: Das war er dem Andenken seines Sohnes schuldig und dem Gedenken an Nihal.

Mühsam erhob er sich, wandte sich ab und humpelte in die Stadt zurück.

7

Zwei Mörder

Karva war ein Städtchen, wie es sie im Land der Sonne viele gab, oder war es zumindest einmal gewesen. Die üblichen Häuser aus Quadersteinen, die gepflasterten Straßen und das ruhige Chaos waren typisch für das Land, in dem Dubhe geboren war. Nicht einmal eine Meile von der Stadtmauer entfernt hatte man jedoch ein mächtiges Militärlager errichtet, und dadurch war alles anders geworden. In der Stadt wimmelte es nun von Soldaten aus allen Teilen des großen Reiches, das Dohor direkt oder indirekt beherrschte. Nur mit Mühe ertrugen die Einwohner Karvas deren Gegröle und Gebrüll oder die dreiste, ordinäre Art, mit der sie die Bedienungen in den Schenken und die Händler auf der Straße behandelten. Am Rand des Lagers wiederum hausten Flüchtlinge, die dem Heer in der Hoffnung auf eine warme Mahlzeit oder irgendeine Gelegenheitsarbeit folgten. Das Bild erinnerte Dubhe an das neue Makrat. Offensichtlich veränderte der Krieg nach und nach das Gesicht des Landes der Sonne und schien jede Stadt in einen militärischen Vorposten zu verwandeln.

Sie blickte zu Learco, der irgendwie verstört wirkte. *Das kann dir doch egal sein*, wies sie sich selbst zurecht. Hier endete ihr gemeinsamer Weg mit dem Prinzen, und das konnte ihr nur guttun, denn sie fühlte sich unwohl an der Seite dieses jungen Mannes, auch wenn sie den Grund dafür nicht verstand.

Am Eingangstor des Lagers verneigten sich die dort postierten Wachen, während Learco, ohne sie eines Blickes zu würdigen, schnurstracks an ihnen vorbeiging und auf einen vorüberkommenden Soldaten zuhielt.

»Wo finde ich Forra?«

Als sie diesen Namen hörte, lief Dubhe ein Schauer über den Rücken. Forra war Dohors treuester Vasall, jener Mann, der Jahre zuvor in ihrer und auch Learcos Gegenwart diese Massenhinrichtung im Land des Windes befohlen hatte. Und Forra war es auch, von dem der Auftrag für jenen verhängnisvollen Einbruch gekommen war und der sie damit indirekt mit dem Fluch belegt hatte. Einen Moment musste sie gegen die aufkommende Panik ankämpfen, atmete tief durch und zwang sich zur Ruhe: Unmöglich, dass er sie erkannte mit ihrem veränderten Aussehen, und zudem hatte sie, wenn sie sich getroffen hatten, immer eine Kapuze tief ins Gesicht gezogen.

»Immer geradeaus, Herr, im Zelt der Kommandanten.«

Rasch schritt Learco in die angegebene Richtung. Bei dem großen Zelt angekommen, blieb Dubhe stehen und hielt Theana am Arm fest. Der Prinz schien ihr Zögern zu bemerken, denn er drehte sich zu ihnen um. »Kommt mit. Ich habe vor, euch ihm anzuvertrauen.«

Das hat gerade noch gefehlt. Dubhe nickte nur.

Das Zelt war mit allem erdenklichen Luxus ausgestattet. Überall lagen Kissen, und die Feldpritsche an einer Seite wirkte so prunkvoll wie das Bett eines Königs. In einer Ecke standen auf einem Klapptisch Schalen mit den herrlichsten Früchten sowie ein silberner Krug. Forra saß im hinteren Teil des Zeltes auf einem kunstvoll gedrechselten Sessel. Er hatte seinen Oberkörper entblößt und zeigte seine stählernen Muskeln, die für einen Mann seines Alters – er hatte die fünfzig weit überschritten – tatsächlich unfassbar prall und durchtrainiert wirkten. Hinter ihm stand ein feingliedriges Mädchen, das ihm mit einem Schwamm die Schultern wusch und dabei den Nacken massierte.

Dubhe schaffte es nicht, einen Schauder zu unterdrücken. Sein brutales Gesicht, das nun zu einer Grimasse genießerischer Lust verzogen war, versetzte sie in einen unbändigen Zorn. Dieser Mann war es gewesen, der den Verrat gegen sie ins Werk gesetzt, der Dohors Plan ausgeführt und das Urteil über sie gesprochen hatte.

Das Symbol auf ihrem Oberarm vibrierte, und die Bestie stimmte einen Klagelaut an, der ihr durch Mark und Bein ging. Sie schloss die Augen, um sich zu beruhigen, denn sie wusste, dass der Blutdurst, den sie verspürte, nicht nur mit dem Fluch zu tun hatte.

Learco beugte das Knie, und Theana, dann auch Dubhe, taten es ihm nach.

»Onkel …«

»Da bist du ja, mein Lieblingsneffe«, rief Forra, wobei er die Augen öffnete und die Dienerin grob von sich fortstieß. »Erhebe dich, bis zum Beweis des Gegenteils bist du immer noch der Prinz«, setzte er mit einem Lachen hinzu, das wie ein Donner durch das Zelt hallte.

Learco gehorchte, hielt aber den Kopf weiter gesenkt. Forra versetzte ihm einen kräftigen Schlag auf die Schulter und warf dann einen vieldeutigen Blick auf seine Begleiterinnen. »Wer sind denn die beiden?«

Ohne eine Antwort abzuwarten, bewegte er sich auf Theana und Dubhe zu, fasste sie beide am Arm und zwang sie aufzustehen. Dann beäugte er sie aufmerksam und strich dabei mit seinen mächtigen, schwieligen Händen hier und dort leicht über die Haut der beiden. »Keine schlechte Beute, vor allem die hier«, brummte er dann, zeigte auf Dubhe und brach erneut in schallendes, unflätiges Gelächter aus. »Das hätte ich dir gar nicht zugetraut … Nicht, dass ich daran etwas auszusetzen hätte. Ganz im Gegenteil. Es freut mich, dass du dich offenbar auch endlich den angenehmen Seiten des Lebens hingeben möchtest.«

Learco verzog keine Miene. »Ich habe sie auf dem Sklavenmarkt in Selva gesehen und gekauft. Sie sind Schwestern, die jüngere der beiden kennt sich sogar ein wenig mit priesterlichen Heilkünsten aus.«

Im Geist dankte Dubhe ihrer Gefährtin, dass sie Hemden mit langen Ärmeln gekauft hatte, sodass das Symbol auf ihrem Oberarm verdeckt war. Was hätte geschehen können, wenn Forra darauf aufmerksam geworden wäre?

»Das interessiert mich nicht, Hauptsache, sie gefallen dir«, erwiderte er, während er wieder Platz nahm und der Dienerin bedeutete, mit der Massage fortzufahren. »Allerdings muss ich dir sagen, dass ich doch einen besseren Geschmack habe als du …«, fügte er noch hinzu, drehte sich kurz zu dem Mädchen hinter ihm um und schnalzte mit der Zunge.

»Ich suche Arbeit für sie.«

Forra blickte ihn fragend an. »Ja, gut, lass sie nur hier im Lager, die Truppe wird ihre Anwesenheit sicher zu schätzen wissen.«

»Nein. Ich möchte, dass man sie nach Makrat bringt, zu meinem Vater.«

Learcos Onkel schwieg eine Weile und erklärte dann mit einem höhnischen Lachen. »Unglaublich, dass sich manche Dinge niemals ändern. So viele Jahre kümmere ich mich nun schon um deine Ausbildung, aber du bist und bleibst so ein Kindskopf, wie du es immer gewesen bist.«

Ohne sich zu rühren, schluckte Learco die Beleidigung. »Ich habe sie gekauft, und damit gehören sie mir. Ich kann mit ihnen machen, was ich möchte.«

»Gut, dann tu, was du nicht lassen kannst«, antwortete Forra mit einer gleichgültigen Handbewegung und fügte dann nach einer Pause hinzu: »Aber du weißt doch wohl, dass dein Vater das gar nicht gern sehen wird.«

Die Fäuste ballend, hielt Learco den Blick gesenkt.

»Du hast schon so vieles auf dem Kerbholz, und das hier ist mit Sicherheit nicht das Schlimmste.« Forra blickte die beiden Mädchen von oben herab an. »Nun gut, Küchenhilfen werden bei Hof immer gebraucht, auch wenn ich persönlich mir eine bessere Verwendung für diese Schätzchen vorstellen kann.«

»Sie stehen unter meinem Schutz«, gab Learco zurück.

»Ja, ja, ich hab verstanden«, antwortete sein Onkel mit gelangweilter Miene. »Aber nun habe ich noch etwas mit dir allein zu bereden.«

Die Frau hinter ihm legte den Schwamm zur Seite und trat auf die Mädchen zu. »Folgt mir«, sagte sie nur.

Langsam zog Forra sich wieder an. »Hilf mir«, befahl er, und Learco gehorchte. Stück für Stück legte er ihm die Rüstung an und schnürte sorgfältig alle Riemen. Schon seit Jahren erfüllte er immer wieder diese Aufgabe, auf allen Schlachtfeldern, auf denen sie zusammen kämpften.

Reglos kniet der Greis da und sieht zitternd zu ihm auf. Seine Augen sind angsterfüllt. Um Gnade würde er flehen, wenn er noch könnte, doch der panische Schrecken hat ihn stumm gemacht. Learco spürt, dass er das Schwert nicht fest im Griff hat. Seine Hand ist mit kaltem Schweiß bedeckt.

Forra steht hinter ihm und starrt ihn an. »Los«, befiehlt er.

Es ist schon das zweite Mal, dass er ihn auffordert, und seine Stimme klingt immer gereizter. Seit zwei Monaten ist er für seine Ausbildung verantwortlich, und er selbst ist erst dreizehn Jahre alt. Bis zu diesem Zeitpunkt war Learco der festen Überzeugung, niemand könne unbeugsamer und unbarmherziger als sein Vater sein. Jahrelang schon hat er versucht, es ihm recht zu machen, hat sich im Schwertkampf bis zur totalen Entkräftung geübt und hart an sich gearbeitet, um seinen schmächtigen Körper für die Anforderungen des Krieges zu stählen. Doch sein Vater hat nie gelächelt, hat nie die leiseste Andeutung von Zufriedenheit gezeigt.

»Du bist ein Schwächling«, sagt er nur immer wieder mit schneidender Stimme. Worte, so kalt und scharf wie die Klinge einer Streitaxt.

Seine Mutter gibt es für ihn kaum. Er sieht sie nur, wenn sie an den wichtigsten Zeremonien teilnimmt. Darüber hinaus führt sie die Existenz einer Einsiedlerin, lebt nur in den Gemächern, in die sie sich schon Jahre zuvor freiwillig zurückgezogen hat. Es ist ihm nie gelungen, aufrichtig mit ihr zu sprechen oder sie zu berühren. Sie ist abweisend, fast eine

Fremde für ihn. Zu jener Zeit ist Forra, sein Onkel, so etwas wie ein unerreichbarer Mythos, ein imposanter, bärenstarker Mann, mit dem er nie etwas zu tun hat.

Dann fällt eines Tages die väterliche Entscheidung.

»Du wirst in den Kampf ziehen, an die Front im Land des Windes, unter der Führung deines Onkels. Es ist an der Zeit, dass du lernst, wie es im Krieg wirklich zugeht.«

Als er dies hört, versucht Volco, sein treuer Diener, ihm zur Seite zu springen. »Aber, Herr, er ist doch noch ein Kind …«

»Ich war noch ein Jahr jünger als er, als ich in die Akademie eintrat.«

»Aber der Krieg …«

»Schluss. Ich bin der König und entscheide, was für meinen Sohn am besten ist.«

So ist Forra sein Lehrer geworden, und Learco hat ihn in alle Schlachten, zu allen Fronten begleitet. Stets in einer zu schweren Rüstung, stets ein Schwert schwingend, das ihm immer fremd geblieben ist.

Seit dieser Zeit sieht er täglich Blut und abgetrennte Gliedmaßen, hat er den Gestank von Tod und Verwesung in der Nase. Und er selbst ist immer mittendrin, immer im Rücken dieses Onkels, der ihn in jedem Augenblick zu Rachsucht und Grausamkeit anstachelt.

Sie haben keine Angst, dass er verwundet werden, dass er fallen könnte. Wie einen beliebigen Fußsoldaten werfen sie ihn ins Getümmel. Dass er bis jetzt immer mit dem Leben davongekommen ist, hat er auch einigen seiner Kameraden zu verdanken, die in der Schlacht an seiner Seite bleiben und für ihn töten. Zwei Monate, und immer noch kann er von sich sagen, dass er niemanden getötet hat.

Learco weiß, dass sein Vater wieder enttäuscht von ihm sein wird, weiß, dass dieser die Erbarmungslosigkeit eines Mörders von ihm erwartet. Er ist dreizehn Jahre alt, hat aber schon begriffen, dass die Grundmauern großer Reiche aus Knochen errichtet werden und der Mörtel das Blut unzähliger gefallener Männer ist. Aber er kann nicht. Er will nicht.

Forra bestraft ihn für jedes Versagen. Fünfzig Peitschenhiebe jedes Mal, die seinen Rücken mit blutigen Striemen überziehen.

»Ich will, dass du immer der Erste bist in der Schlacht, verstanden?«

Eine endlose Leier, die mit der gleichen Brutalität in seinen Kopf eindringt, wie die Peitsche seine Haut aufreißt.

Und schließlich dieser Tag.

»Heute haben wir ein paar Rebellen zu töten. Ich will, dass du dabei bist.«

Learco hat den Kopf gesenkt. Nicht zum ersten Mal wohnt er einer Exekution bei. In den zurückliegenden Monaten hat es schon mehrere gegeben, aber er hat sich nie daran gewöhnt. Er schließt immer die Augen, wenn das Schwert niederfährt, und in diesem Moment steigert das plötzliche Aufheulen der Zuschauer seine Qual. Aber er hat keine Wahl. Wortlos folgt er Forra zum Schauplatz der Hinrichtungen.

Unerbittlich senkt sich das Schwert auf die Nacken von fünf armen Teufeln. Jetzt bleibt noch der letzte, der alte Mann.

»Den übernimmst du.«

Die Worte des Onkels hallen ihm drohend durch den Schädel.

»Aber ich ...«

»Du wirst niemals ein Mann werden, und erst recht kein Soldat, solange du nicht wirklich getötet hast.«

Wie in einem Traum lässt sich Learco auf das Holzgerüst führen. Man hat ihm das Schwert in die Hand gedrückt, das der Henker üblicherweise für Exekutionen benutzt, ein Schwert, in das wenige, aber bedeutungsvolle Verse eingraviert sind. »Nehmt auf, ihr Götter, die Seele dieses Mannes, welchen ich nun töten werde.«

Er blickt nicht auf die Klinge. Er blickt in die entsetzten Augen des Alten und empfindet Mitleid.

»Ich will nicht«, murmelt er da an Forra gewandt. Er weiß, dass der Onkel kein barmherziger Mensch ist, aber er ist überzeugt, dass sein Blick in diesem Moment sogar seinen Vater erweichen könnte.

»Tu es!«

»Ich bitte Euch ...«

»Los jetzt!«

Learco spürt die Blicke der Menge, die erwartungsvoll auf ihn gerichtet sind.

Der Henker stößt den Alten auf die Knie, zwingt ihn, den Kopf auf den Hauklotz zu legen. Der Mann beginnt zu kreischen wie ein Kalb, und seine Schreie lassen die Hand des Prinzen noch weiter erlahmen. Dieser Greis hat ihm nichts getan, und nun kniet er da und wartet auf ein Los, das er nicht verdient hat.

»Nein, ich kann nicht, unmöglich«, schafft er schließlich zu sagen.

Ein Tritt ins Kreuz schleudert ihn zu Boden. Die kalte Klinge an seiner Haut beißt sich mit dem warmen Blut, das aus seiner aufgeschürften Wange dringt.

»Tu es!«

Forras Worte tönen so endgültig, dass er sich unmöglich entziehen kann.

Learco weint lautlos. Greift zu dem Schwert. Stemmt sich hoch. Der Greis bettelt um Gnade, kreischt wieder. Und Learco findet nicht den Mut, zur Tat zu schreiten. Da packt ihn Forra, zerrt ihn zu sich heran, nimmt seine Hände und presst ihm das Heft des Schwertes so fest hinein, dass es wehtut. Zusammen holen sie zum Schlag aus, doch Learco allein lässt das Schwert auf den Hals des Opfers niederfahren. Er kann nichts dagegen tun, das Schwert ist zu schwer und stürzt hernieder. Um es nicht mit ansehen zu müssen, kneift er die Augen zu, doch im selben Moment, da er spürt, wie die Klinge das Fleisch durchdringt, weiß er, dass er von nun an nicht mehr derselbe sein wird. Diese Hinrichtung bedeutet das Ende seiner Kindheit.

Die Peitsche.

Ein Hieb, fünf, zehn.

Learco nimmt sie freudig hin. Er versucht, nicht das leiseste Stöhnen von sich zu geben, und ist überzeugt, dass er die Peitsche verdient hat. Er hat einen Entschluss gefasst: Er will nie wieder töten. Nur bei Forra würde er vielleicht eine Ausnahme machen. Ihn möchte er tot sehen, ohne Kopf, sehnt sich danach, ihn zu töten, mit einem verfluchten Schwert, auf dass seine Seele auch in der Ewigkeit nicht zur Ruhe kommen möge.

»Wage es nie wieder, so feige zu sein! Wage es nie wieder, dich wie ein kleines Mädchen anzustellen, verstanden?!« Forra brüllt ihm ins Ohr, während Learco sich den Mund vom Blut säubert. Er hat sich so lange fest auf die Lippen gebissen, bis sie bluteten, nur um Forra die Genugtuung zu verwehren, ihn schreien zu hören. Dann blickt er ihn von der Seite her an, voller Auflehnung, und sein Onkel lacht darüber.

»Na endlich mal ein Blick, der zu einem Königssohn passt! So musst du mich anschauen! Nichts darf dich daran hindern, deine Macht auszuüben. Und nun hilf mir, die Rüstung anzulegen.«

Learco rappelt sich hoch, kann die Hilfe nicht verweigern, nimmt die verschiedenen Teile, und während er die Riemen und Bänder schnürt, dröhnen ihm wieder die herzzerreißenden Schreie des alten Mannes auf dem Schafott durch den Kopf.

Learco löste die Finger vom letzten Knoten, mit dem er das Oberteil befestigt hatte. Obwohl mittlerweile acht Jahre vergangen waren, hatte sich an diesen Dingen nichts geändert.

Forra nahm wieder auf seinem Sessel Platz und blickte ihn an. »Setz dich.«

Learco holte sich einen Hocker und gehorchte. Es machte ihn selbst wütend, wie sehr er diesem Mann noch ergeben war.

»Dein Vater will, dass du nach Makrat zurückkehrst.«

Learco war überrascht. Als Strafe für sein Versagen in der Auseinandersetzung mit Ido, den er geschont und nicht getötet hatte, war er an die Grenze versetzt worden. Learco hatte nicht erwartet, dass man die Bestrafung so bald schon aufheben würde.

»Aus welchem Grund, wenn ich fragen darf.«

»Wegen Neor. Er wurde begnadigt.«

Ungläubig riss Learco die Augen auf. Er hatte Neor, einen Vetter Dohors, schon sehr lange nicht mehr gesehen und sich von ihm das Bild eines mitgenommenen, fast leidenden Mannes bewahrt.

›Lass dich nicht unterkriegen, Learco, tu es für mich‹, hatte er beim Abschied zu ihm gesagt und sein Gesicht in beide Hände genommen. Er selbst war damals noch ein Kind gewesen und hatte sich keinen Reim darauf machen können. Dann hatte sein Vater ihn an Forra überstellt, und Neors Worte hatten eine Bedeutung erhalten.

»Du scheinst überrascht zu sein«, sagte der Onkel mit einem Lächeln.

»Nun, ich hätte nicht geglaubt, dass man ihn jemals begnadigen würde. Das ist alles.«

»Ach weißt du, das alles ist ja lange her, und da nun seine Gattin gestorben ist …«

Sibilla. Learco erinnerte sich noch gut an sie: Als ihr Gemahl außer Landes verbannt wurde, war sie ganz für seine Mutter Sulana da gewesen, hatte ihr in allem beigestanden, sie über alles auf dem Laufenden gehalten, was im Palast vor sich ging, und ihre Wünsche der Dienerschaft mitgeteilt.

Als Sulana dann – Ironie des Schicksals – selbst auch wie ihr Erstgeborener am Roten Fieber gestorben war, hatte Sibilla beschlossen, in die Gemächer der Verstorbenen zu ziehen, und sich dann selbst immer mehr von der Außenwelt abgekapselt. Learco hatte sie kaum kennengelernt, doch die Sympathie, die er für ihren Gatten Neor empfand, übertrug sich auch auf sie.

»Du bist ein erwachsener Mann und kannst gewisse Hintergründe verstehen. Ohne die ständige Drohung, dass seiner Gemahlin bei Hof etwas zustoßen könnte, wird Neor nun wieder gefährlich. Eine Verschwörung hat er bereits angezettelt, und ein weiteres Mal könnte er es versuchen. Indem Seine Majestät ihn nun aber großzügig an den Hof zurückholt und ihn mit dem einen oder anderen Adelstitel bedenkt, wird der böse Wolf urplötzlich sanft wie ein Lamm.«

Forra brach in höhnisches Gelächter aus. Learco beobachtete ihn, ohne seine Heiterkeit zu teilen. Neor war nicht der Typ, der sich kaufen ließ, zumindest hatte der Prinz ihn nicht so in Erinnerung.

»Ist eine Feier geplant?«, fragte er.

Sein Onkel nickte. »Ja, in großem Stil. Und bei dieser Gelegenheit wird die ganze Familie wieder vereint sein. Sogar ich werde kommen, stell dir mal vor. Der Schlächter des Landes der Sonne legt Festgewänder an und besucht eine Zeremonie.«

Forra war mit Sicherheit Dohors wichtigster Mann, seine rechte Hand, doch liebte er es, sich als Außenstehender des Hofes darzustellen: Er war der uneheliche Sohn des vorherigen Königs und wusste, dass er Dohor alles zu verdanken hatte. Ohne ihn, der ihn aufgenommen hatte, obwohl er nur der Stiefbruder Sulanas war, hätte es mit Forra sicher ein schlechtes Ende genommen.

»Und auch du wirst in der ersten Reihe stehen.«

Ohne noch etwas hinzuzufügen, stand Learco auf, verneigte sich, wie er es gewohnt war, und ging hinaus.

»Ihr werdet morgen aufbrechen«, sagte die Frau an Theana und Dubhe gewandt. Ihr Gesicht war schön, aber eiskalt, so als habe sie seit Langem schon jede Regung daraus getilgt. »Mit dem Prinzen«, fügte sie hinzu.

Dubhes Herz machte einen Sprung, doch es gelang ihr, ihre Gefühle zu verbergen. »Wieso das?«, fragte sie bemüht gleichgültig.

»Der Vetter des Königs hat Gnade gefunden vor seinem Souverän. Es wird ein großes Fest gegeben, und der Prinz soll an der Zeremonie teilnehmen.«

Die Frau verließ das Zelt, in dem die beiden untergebracht waren.

»So ist es doch besser«, sagte Theana, als sie allein waren. »Ich bin lieber mit dem Prinzen unterwegs als mit einem dieser Männer hier. Von denen würde ich keinem so recht trauen.«

Dubhe nickte, wenig überzeugt. Die Vorstellung, jetzt weiter mit Learco zu reisen, bereitete ihr Unbehagen. In seiner Nähe kamen eigenartige Gefühle bei ihr auf, die sie nur schwer entschlüsseln konnte: Es war Anziehung und Ablehnung zugleich.

Andererseits gab es keinen anderen Weg, ja mehr noch war dies die einzige Möglichkeit, eine sichere Stellung bei Hof zu erhalten, eine Stellung, die es ihr ermöglichte, sich so frei zu bewegen, wie sie es brauchte. Deswegen versuchte sie auch jetzt wieder, an nichts anderes als ihre Mission zu denken.

Dennoch wälzte sie sich in der Nacht lange hin und her, bis sie endlich der Schlaf überkam.

Am nächsten Morgen waren sie schon früh wieder gemeinsam unterwegs in Richtung Makrat, erneut zu dritt, denn Learco hatte jegliche Eskorte abgelehnt. Seine Rüstung sowie ihr Gepäck waren in zwei großen Säcken untergebracht, die er auf sein Pferd gebunden hatte. Theana und Dubhe hingegen mussten sich den wenigen Platz auf dem Sattel eines anderen Pferdes teilen.

Während sie so dahinritten, wirkte Learco irgendwie nachdenklich, so als quäle ihn etwas in der Seele. Dubhe fragte sich, ob die Begegnung mit Forra der Grund dafür war. Sie verspürte eine unerklärliche Versuchung, mit ihm zu sprechen, und ein seltsames Interesse an dem, was er fühlte. Um diese müßigen Gedanken zu vertreiben, unterhielt sie sich leise mit Theana über ihr weiteres Vorgehen.

In einer Nacht stand der Mond hoch am Himmel, und die Luft roch süß.

Learco schien fester als gewöhnlich zu schlafen. Zwar würde er, wie Dubhe wusste, bei Gefahr im Nu hellwach sein, dennoch war sie sich sicher, dass er nicht alles mitbekam, was um ihn herum vor sich ging. Diese Gelegenheit nutzte sie, um die Salbe zuzubereiten, die sie brauchte: Es wäre unvorsichtig gewesen, wenn man am Hof das Symbol auf ihrem Arm hätte sehen können. Sie selbst rührte das Mittel an, doch Theana gab noch eine spezielle Zutat hinein.

»Das ist Mondpulver«, erklärte sie, »ein Gesteinsmehl, das leichte Tarneigenschaften besitzt. Es ist kein richtiger Zauber, aber so etwas Ähnliches.«

Dubhe sah zu, wie das Symbol langsam verschwand. Ach, wenn es doch wirklich so gewesen wäre!

»Wie sehen deine Pläne aus? Wie wollen wir beginnen, wenn wir am Hof eintreffen?«, fragte Theana dann.

Dubhe warf einen Blick auf Learco, der friedlich schlief. Dennoch zog sie die Gefährtin noch ein Stück weiter fort und antwortete leise. »Du hast gar nichts Besonderes zu tun, bis ich gefunden habe, was ich brauche. Die Nachforschungen übernehme ich, sowohl was die Dokumente angeht als auch …« Sie zog es vor, nicht auszusprechen, woran sie dachte. Man konnte nie vorsichtig genug sein. »Gewiss ist die Sache alles andere als einfach.«

Wie immer, wenn die Rede auf diesen Punkt kam, schien Theana zu erschaudern. »Hast du das schon oft gemacht?«, fragte sie, kaum vernehmbar.

»Jemanden umgebracht? Nein. Es hat mich nie interessiert, die Kunst des Mordens auszuüben«, antwortete Dubhe trocken. »Nur die Ausbildung der Assassinen habe ich durchlaufen, sonst habe ich mich als Diebin und Einbrecherin durchgeschlagen.«

»Und wie hast du angefangen?« Die junge Magierin schien sich bei der Frage nicht ganz wohlzufühlen, und die Antwort fiel nicht weniger verlegen aus.

»Mein Meister gehörte zur Gilde.« Theana hörte gebannt zu. »Aus Liebe zu einer Frau verließ er die Sekte, und danach hielt er sich einige Jahre als Auftragsmörder über Wasser. Mir hat er das Leben gerettet, als ich aus Selva verjagt wurde, und um ganz bei ihm bleiben zu können, wurde ich seine Schülerin.«

Theana blickte ihr fest in die Augen. Dann wandte sie den Blick dem Feuer zu und stellte jene Frage, die seit dem Tag, als sie auf dem Sklavenmarkt feilgeboten wurden, zwischen ihnen stand. »Warum wurdest du denn verjagt?«

Dubhe seufzte und schloss die Augen. Sie wusste nicht genau, warum sie überhaupt von sich erzählte, doch sie spürte, dass sich irgendetwas zwischen ihnen verändert hatte. Und so berichtete sie mit leiser Stimme von Gornar und jenem verhängnisvollen ersten Sommertag.

Als sie fertig war, legte sich ein tiefes Schweigen über die Lichtung. Theana starrte ins Feuer.

Sie weiß nicht, was sie sagen soll. Niemand weiß, was er sagen soll, wenn ich davon erzählt habe, denn ich bin zu anders als die anderen, für mich hat man keine Worte.

»Wenn man dich nicht verbannt hätte, wärest du heute nicht hier«, sagte Theana schließlich. »Hättest du in Selva bleiben dürfen, hättest du nie mehr töten müssen, und die Erinnerung an diesen Jungen wäre weit weg.«

»Ich verurteile die Leute nicht für das, was sie getan haben. Sie hatten ja Recht. Vielleicht hätten sie mich sogar töten sollen.«

»Wegen eines tragischen Unfalls? Ein kleines Mädchen?« Theana hatte die Stimme erhoben, und Dubhe legte beruhigend den Finger auf den Mund.

»Ich hatte doch jemanden getötet.«

»Und doch warst du genauso ein Opfer wie dieser Junge, der zu Tode kam.«

Dubhe schüttelte den Kopf. »Du kannst das nicht verstehen. Es kommt nicht darauf an, wie oder wieso du getötet hast. Es zählt nur, dass du es getan hast. Danach ist nichts mehr wie zuvor.«

»Warum kannst du dir das nicht verzeihen? Hätten die anderen es nur versucht, wäre vielleicht ...«

»Für manche Taten gibt es keine Vergebung.«

Theana wollte etwas erwidern, aber Dubhe hatte ein Geräusch in ihrem Rücken gehört, fuhr instinktiv herum und sah Learco, der sein Schwert ergriff und rasch aufstand.

»Keinen Laut«, befahl er. Auch er war auf irgendetwas aufmerksam geworden. »Hinter mich.«

Dubhe schoss der Gedanke durch den Kopf, dass er sie überrascht und alles mit angehört hatte, hatte aber keine Zeit, länger darüber nachzudenken, denn Learco ergriff ihren Arm und zog sie hinter sich. Theana schützte er auf die gleiche Weise und stellte sich zum Angriff auf.

Es mussten mindestens fünf sein, ganz nahe. Auch Dubhe spürte ihre Gegenwart, hörte ihre eiligen Schritte im Unterholz. Es waren zu viele für Learco allein. Unwillkürlich führte sie die Hand zum Dolch, doch sie griff ins Leere. Was sollte sie tun?

»Was auch geschieht, haltet euch immer zwischen mir und dem Baum hier hinter mir«, flüsterte der Prinz, und in seiner Stimme schwang die Anspannung vor dem Kampf mit.

Da brachen sie aus dem Dickicht hervor, Männer in ärmlicher Kleidung ohne Wappen oder Farben. Es waren Räuber, vielleicht Bauern, die vor dem Krieg noch ihre Felder bestellt hatten und nicht wussten, dass sie den Sohn ihres Königs vor sich hatten.

Dubhe ergriff Theanas Handgelenk und zwang sie, sich mit dem Rücken dicht am Baum zu halten. Mit der anderen Hand aber fuhr sie unter ihren Rock, dorthin, wo sie den Dolch versteckt hatte. Im Beisein von Learco konnte sie ihn nicht benutzen, doch falls er getötet werden sollte, würde sie sie damit verteidigen können.

Da sprang Learco vor und griff an. Ein einziger, gezielter Stoß in den Unterleib, und der erste Bandit ging zu Boden. Noch im Schwung dieser Bewegung fuhr der Prinz herum und konnte auch den zweiten niederstechen. Und schon warf er sich auf die nächsten beiden, mit einer Schnelligkeit und Unerschrockenheit, die Dubhe verblüffte. Er war gut, ein echter Krieger.

Ein erbitterter Kampf entbrannte, und Learco schonte sich nicht. Immer rasanter focht er und versuchte, sie nicht zu Atem kommen zu lassen, diese Räuber, die allerdings keine geübten Kämpfer waren und nur die zahlenmäßige Überlegenheit für sich hatten.

Eine Weile ging es mit Attacken und Paraden in schneller Folge hin und her. Auf der Lichtung hörte man nur das Klirren von Schwertern und das schwere Keuchen der kämpfenden Männer. Da, jemand stöhnte auf. Learco war getroffen, eine Fleischwunde an der Seite. Doch er steckte es weg und kämpfte unverdrossen weiter, während ihm das Blut aus der Wunde troff.

Plötzlich fuhr Dubhe herum: Ein Feind zu ihrer Rechten war dabei, sich auf sie beide zu stürzen. Sie zögerte: Ihr Leben retten und damit ihre Tarnung auffliegen lassen, oder auf Learco hoffen?

Die Entscheidung wurde ihr abgenommen, weil sich Learco dazwischenwarf und den Hieb des Räubers parierte, wodurch aber seine linke Seite ungeschützt blieb. Eine weitere Wunde, tiefer als die erste, zeichnete sich auf seinem Oberarm ab. Dubhe sah, wie er vor Schmerz die Augen schloss und dann wieder zum Angriff überging, um sich selbst und sie zu verteidigen. Wie er so verzweifelt kämpfte, fragte sie sich, wieso er sie mit einem solchen Eifer beschützte, wieso er zu sterben bereit war, um zwei Mädchen zu retten, die ihm eigentlich gleich sein konnten. Doch immer mehr musste sie erkennen, dass sein Kampf aussichtslos war und dass der Prinz, wenn nichts geschah, verloren war. Noch fester umklammerte ihre Hand das Heft ihres Dolches. Was sollte sie tun?

Es hat dich nicht zu interessieren, ob er stirbt. Dein Plan hängt nicht von seinem Überleben ab. Ziehst du den Dolch, um ihm zu helfen, wirst du es danach sein, die ihn töten muss.

Doch sie konnte nicht. Irgendetwas sagte ihr, dass sie eingreifen musste. Sie war schon dabei, den Dolch zu zücken, als Theanas kalte Hand sie bremste. »Halt dir die Ohren zu.«

Dubhe schaute sie verwundert an. Die Magierin zitterte und war bleich wie ein Leintuch, wirkte jedoch fest entschlossen.

»Mach schon!«

Dubhe gehorchte. Und plötzlich brach das Schwerterklirren ab, das Stöhnen und Keuchen verhallte. Die fünf Männer, die sie überfallen hatten, lagen alle am Boden, und Learco ebenfalls.

»Was ist geschehen ...?«

»Hast du nicht die *Geschichte der Drachenkämpferin* gelesen?« Theana lehnte keuchend an einem Baum, und Dubhe blickte sie fragend an.

»Diesen Zauber hat auch Sennar angewandt, als er damals nach der Eroberung Salazars mit Nihal fliehen musste. Damit lassen sich gleich mehrere Leute für eine gewisse Zeit in Schlaf versetzen.«

Dubhe blickte zu Boden. Da hatte Theana wirklich hervorragend gehandelt. Aber was nun? »Wie sollen wir nur Learco dieses Kunststück erklären, wenn er wieder zu sich kommt?«, fragte sie ratlos.

»Der wird sich an nichts erinnern können«, antwortete Theana, während sie sich setzte. »Auf alle Fälle war das besser, als wenn du selbst eingegriffen hättest.«

Dubhe musste zugeben, dass sie Recht hatte. Theana war besonnen genug gewesen, in einer gefährlichen Situation die richtige Entscheidung zu treffen.

»Beeil dich, ich habe keine große Übung mit diesem Zauber, die werden schon bald wieder zu sich kommen.«

Dubhe nickte. Sie wusste sehr genau, was jetzt getan werden musste.

Der Satteltasche von Learcos Pferd entnahm sie ein langes Seil, mit dem sie die am Boden liegenden Männer sorgfältig fesselte. Vielleicht hätte sie sie töten müssen, doch sie wollte verhindern, dass die Bestie in ihr erwachte. Die Mauer, die ihr Einhalt gebot, war zwar ziemlich stabil, dennoch hatte sie keine Lust, es auf einen Versuch ankommen zu lassen.

»Jetzt noch Learco, und dann nichts wie fort von hier.«

Theana half ihr, den Prinz hochzuheben und auf das Pferd zu legen. »Die Wunden sind wohl nicht sehr tief, sollten aber so bald wie möglich versorgt werden«, sagte sie.

»Schon, aber zunächst müssen wir einen sicheren Ort finden. Hier willst du ja wohl auch nicht länger bleiben.«

Sie saßen auf und machten sich eilig auf den Weg.

Auf einer kleinen Lichtung, die weit genug entfernt und gut geschützt war, hielten sie an. Sie waren erschöpft, und zudem hörten sie Learco nun immer häufiger stöhnen. Der Schlaf, in den ihn der Zauber versetzt hatte, war in eine Bewusstlosigkeit übergegangen, in der ihm die Schmerzen von seinen Wunden nicht erspart blieben. Dubhe suchte die Kräuter zusammen, die Theana ihr genannt hatte, sowie einige weitere, mit denen sie einen Heilumschlag herzustellen gedachte.

»Du scheinst dich mit Pflanzen gut auszukennen …«, bemerkte die Zauberin.

»Das gehört dazu. Ein Mörder braucht Kräuter für seine

Gifte und ein Einbrecher für Betäubungsmittel«, erklärte Dubhe, als sei nichts dabei. »Zudem habe ich mich schon immer dafür interessiert.«

Theana fragte nicht weiter nach und begann mit dem Zauber. Dabei waren ihre Gesten ganz ähnlich wie die, die sie für die Blockierung des Siegels vollführt hatte. Auch jetzt benutzte sie einen dünnen Birkenzweig, dessen Spitze sie in eine zuvor zubereitete Salbe tunkte. Dann zeichnete sie, wie in Trance, auf Learcos Körper bestimmte Symbole um die Wunden herum, während sie gleichzeitig mit tiefer Stimme eine Litanei oder mehr noch ein Gebet sprach. Jedes Mal, wenn sie dabei den Namen Thenaars anrief, zuckte Dubhe zusammen. Und doch sah sie mit eigenen Augen, dass Learcos Gesicht nach und nach Farbe bekam und sein Atem immer regelmäßiger wurde. War dies der wahre Thenaar, der Gott, über den sie sich vor einer Weile unterhalten hatten? Plötzlich ging ihr auf, was Theanas Worte an jenem Abend bedeutet hatten. Wahrscheinlich hatte die Religion tatsächlich noch andere, gute Seiten, obgleich ihr auch diese fremd waren. Es waren die des Mitgefühls und der Barmherzigkeit.

Nun, da Theana fertig war, lag Learco wieder friedlich schlafend da. Seine Wunden bluteten nicht mehr.

»Mach ruhig auch deine Umschläge«, sagte die Magierin, sichtlich gezeichnet. »So wird er sich noch schneller erholen, und morgen können wir weiterziehen.«

Das ließ Dubhe sich nicht zweimal sagen und begann, sorgfältig mit sanften Bewegungen ihre Salbe auf Learcos Haut zu verteilen. Als sie seine Wunde am Arm behandelte, fiel ihr plötzlich ihr Meister ein. Auf ähnliche Weise war er verletzt worden, und indem sie ihn behandelte, hatte sie seinen Tod verursacht. Durch den Kontakt mit diesem Körper in eine merkwürdige Unruhe versetzt, erschauderte sie leicht und versuchte nun, so schnell wie möglich fertig zu werden.

»Wir sollten bis zum Morgengrauen abwechselnd wach bleiben. Die Räuber, die uns überfallen haben, sind zwar gut gefesselt, aber es könnten sich noch andere zwielichtige Gestalten hier herumtreiben«, sagte Dubhe, und Theana nickte.

Diese Nacht kam Dubhe unendlich lang vor. Ständig dachte sie an Learco, wie er sich für sie geschlagen hatte, und konnte sich keinen Reim darauf machen. Sie betrachtete sein blasses, friedliches Gesicht und empfand eine stille Bewunderung für diesen jungen Mann. Gleichzeitig fragte sie sich, warum er sie so beschäftigte. Sie schwankte hin und her in ihren Gefühlen. Manchmal suchte sie seine Gegenwart, freute sich, mit ihm zusammen zu sein, und andere Male empfand sie ihn als Bedrohung und hoffte darauf, dass etwas passierte, was sie trennte.

Dann plötzlich sah sie, dass er die Augen aufschlug. Zum ersten Mal fiel ihr auf, wie intensiv und strahlend das Grün seiner Iris war, welche Tiefe in ihren Schattierungen steckte.

Learco drehte ihr den Kopf zu und schaute sie an. »Was ist geschehen?«

»Wir sind überfallen worden«, antwortete Dubhe.

»Das weiß ich noch. Und dann?«

»Ihr habt sie besiegt. Alle fünf«, log sie. »Aber Ihr seid dabei verwundet worden.«

Learco warf einen Blick auf den verwundeten Arm, reckte sich auch, um seine Hüfte zu betrachten, sank aber zurück, weil die Schmerzen zu stark waren.

»Bleibt ruhig liegen, sonst reißt die Wunde wieder auf.«

Er blickte sie lächelnd an. »Sag ruhig ›du‹ zu mir.«

Verlegen schaute Dubhe sich um, suchte verzweifelt nach einem Gegenstand, auf den sie ihren Blick richten konnte, nach etwas, das nicht sein Gesicht war. Theana schlief und war ihr keinerlei Hilfe.

»Warst du das?«

Sie schaute ihn fragend an.

»Die mich versorgt hat?«

Dubhe dachte an Theanas Lüge, erinnerte sich, dass sie in

den Kleidern, die sie trug, nun eine Priesterin war. »Ja«, log sie erneut.

»Danke.«

Dubhe wurde noch verlegener. »Nein, Ihr … du musst dich nicht bedanken, du hast uns doch beschützt und gerettet.«

Learco richtete sich ein wenig auf und zuckte mit den Achseln. »Was hätte es für einen Sinn, euch in Selva zu retten, um euch dann später eurem Schicksal zu überlassen?«

»Trotzdem. Für dich sind wir doch zwei Fremde. Warum tust du so viel für uns?«

Der Jüngling sah ihr tief in die Augen. »Mir scheint, ich habe auch viel gegen euch getan, oder nicht?«

Dubhe verstand ihn immer weniger.

»Ich meine das, worüber wir uns schon einmal abends unterhalten haben. Der Krieg, den auch ich führe, war es doch, der euch zu Flüchtlingen gemacht hat. Hast du eine Ahnung, wie viele Männer ich in meinem Leben schon getötet habe?«

Dubhe hätte gelacht, wenn sie gedurft hätte.

Und weißt du, wie viele Menschen ich getötet habe? Und der letzte wird dein Vater sein.

»Du bist der Sohn des Königs. Wenn du getötet hast, so geschah es für dein Königreich.«

»Verstell dich nicht. Ich weiß, dass du mich verstehst.«

Er blickte ihr so fest in die Augen, dass sie erstarrte. Unwillkürlich dachte sie an die Worte, die sie nur wenige Stunden zuvor mit Theana gewechselt hatte.

Er hat uns gehört. Er weiß, wer ich bin. Ich muss ihn töten.

Allein schon der Gedanke wühlte sie auf. »Ich …«

»Kurz vor dem Überfall habe ich gehört, wie du mit deiner Schwester geredet hast. Ihr spracht über das, was dir als kleines Mädchen widerfahren ist.«

Er weiß es, er weiß es. Er kennt unsere Pläne!

»Ich weiß nicht, wer du in Wirklichkeit bist, ich weiß noch nicht einmal, ob die andere, die bei dir ist, wirklich deine Schwester ist. Aber das interessiert mich auch gar nicht. Ich brauche dir nur in die Augen zu schauen, um zu wissen, dass du die Abgründe kennst, in die auch ich immer wieder gestürzt werde. Wir beide, du und ich, wir wissen Dinge, von denen die meisten keine Ahnung haben und die sie auch nie begreifen würden.«

Trotz ihrer Anspannung, ihrer Sorge, dass Learco vielleicht zu viel über sie und ihre Mission wusste, berührten sie diese Worte so stark, wie sie es nie für möglich gehalten hätte.

»Deswegen hast du doch am Flussufer geweint, nicht wahr? Deswegen hast du um Vergebung gefleht.«

Dubhe gab jeden Widerstand auf. »Ja.«

Learco lächelte traurig. »Als ich dreizehn war, zwang mich Forra, der Mann, den du im Lager gesehen hast, einen alten Mann hinzurichten. Vor einer grölenden Menge musste ich ihm den Kopf abschlagen und hatte zuvor noch nie getötet. Du verstehst mich doch, nicht wahr? Du weißt, was mit einem geschieht, wenn man tötet, wenn in einem Augenblick das ganze Leben zerschlagen wird und sich Form und Farbe der Welt für einen vollkommen verändern.«

Dubhe spürte, wie ihr die Augen feucht wurden. Noch nie zuvor hatte jemand diese Dinge vor ihr ausgesprochen, noch nicht einmal der Meister hatte so mir ihr geredet. Sie spürte, wie ihr die erste Träne, kochend heiß, über die Wange lief.

Bedächtig hob der Prinz eine Hand und wischte sie mit dem Daumen fort. »Wenn du all das verstehst, dann weißt du auch, wieso ich euch retten möchte.«

Dubhe konnte den Tränen nicht mehr Einhalt gebieten, und sie liefen über Learcos Hand, während er weitersprach.

»Für die Toten kann man nichts mehr tun, und die Schuld lässt sich nicht auslöschen. Doch für die Lebenden ist noch nicht alles verloren. Für die lässt sich etwas tun. Ihr gebt mir die Gelegenheit dazu. Darauf warte ich seit Jahren.«

Eine Weile noch trocknete er die Tränen auf ihren Wangen, richtete sich dann ein wenig auf und umarmte sie sanft.

Nur einen Moment verharrte Dubhe starr in seinen Armen, dann brach jeder Widerstand, und sie erlaubte es sich, in der Wärme dieser Umarmung an seiner Brust rückhaltlos zu weinen. Im tiefen Dunkel der Nacht sah sie in der Ferne ein Licht der Hoffnung, empfand sie einen Frieden, den sie niemals für möglich gehalten hätte.

Zweiter Teil

Ich habe beschlossen, dass es an der Zeit ist, meinem Sohn gegenüber nicht länger nachsichtig zu sein. Lange habe ich geglaubt, sein weicher Charakter, den er von seiner Mutter geerbt hat, sei durch mein Vorbild, meine Disziplin zu korrigieren, aber da war ich wohl zu optimistisch. Ebenso falsch war es, ihn Neor anzuvertrauen. Er braucht jemanden, der ihn wirklich an die Kandare nimmt, und da glaube ich, den Richtigen gefunden zu haben. Forra ist zweifellos mein treuester Gefolgsmann. Ungebildet und roh, mag sein, aber auch erbarmungslos und als Krieger unübertroffen. Er soll meinen Sohn zu dem brutalen Kämpfer formen, den ich mir wünsche. Jedes Mitleid wird er aus seinem Herzen tilgen und ihn zu einem würdigen Sohn seines Vaters machen. Endlich werde ich den Erben bekommen, den ich mir immer erhofft habe, seit der erste Learco am Roten Fieber starb. Einen jungen Mann, der mir ebenbürtig und in der Lage ist, meine Herrschaft über die Aufgetauchte Welt zu festigen und zu verewigen. Damit ich in die Geschichte eingehe und man meiner in künftigen Jahrhunderten mit Schrecken und Bewunderung gedenkt. So wird mein Reich ohne Ende sein …

Aus dem Tagebuch von Dohor,
König des Landes der Sonne

8

Lebendige Vergangenheit

Am vierten Tag nach dem Überfall der Banditen breitete sich Makrat, chaotisch und Fangarmen gleich, vor ihnen aus. Sie hatten ihr Reisetempo verlangsamen müssen, denn trotz aller Behandlungen war Learco weiter sehr schwach und schnell erschöpft. Deshalb waren sie jeden Tag nur ein kurzes Stück vorwärtsgekommen, hatten lange Verpflegungspausen eingelegt und jede Nacht ein Lager aufgeschlagen. Dubhe hatte alle Wachen übernommen, obwohl sich der Prinz mehrmals dagegen gewandt hatte. Sie jedoch bestand darauf: Seit ihrem letzten Gespräch konnte sie ohnehin kaum einschlafen, und er sollte rasch wieder zu Kräften kommen.

Noch nie im Leben war sie so durcheinander gewesen. Auf der einen Seite spürte sie, wie das Traumbild einer inneren Ruhe für sie wirklich wurde, eines Friedens, der nicht bloß eine unerfüllbare Hoffnung, sondern greifbar war. Auf der anderen Seite war sie vollkommen verunsichert und verachtete sich selbst, weil sie sich an diesem Abend so hatte gehen lassen und wie irgendein Weibchen zu weinen begonnen hatte.

So war sie hin- und hergerissen zwischen Hass und Bewunderung, und wenn in der Dunkelheit alles still geworden war, wanderten ihre Gedanken wieder zu den Geschehnissen zurück und quälten sie. Inmitten dieses Gefühlschaos stand Learco. Die Vollkommenheit seines schlanken, geschmeidigen Körpers zog sie immer mehr an, während die Traurigkeit in seinem Gesicht sowie das Wissen, dass sie sehr viele Gefühle teilten, sie so sehr abstieß, dass es wehtat. Sie empfand den Prinzen als einen Eindringling, der ihr in einem schwachen Moment ihre intimsten Geheimnisse entrissen und sich angeeignet hatte.

Daher atmete Dubhe erleichtert auf, als sie in das Makrater Gassengewirr eintauchten. Es war überstanden. Nun konnte sie sich ganz auf ihre Mission konzentrieren und sich von diesem gleichzeitig süßen und bitteren Wahn befreien.

Learco hatte sich die Kapuze seines Umhangs tief ins Gesicht gezogen, weil er unerkannt bleiben wollte, während Dubhe das Gefühl hatte, nach Hause zu kommen. Dies war ihr Lebensraum, diesem verdorbenen, stinkenden Ort entstammte sie, und hier gehörte sie hin.

Selva, wo noch die Überbleibsel ihrer Kindheit herumlagen, war Vergangenheit. Doch Makrat, und hier vor allem die verruchtesten Viertel, war der Sumpf, in dem sie sich nach Gornars Tod bewegt hatte. Hier zeugte alles von ihrem alten Leben als Einbrecherin – und von ihrem Meister. Es war seltsam, aber die Erinnerung an ihn kam ihr nun weniger lebendig als gewohnt vor. Sie hatte ihn geliebt, er war alles für sie gewesen, doch nun gehörte auch er zu einer anderen Zeit. Es war ein seltsames Gefühl. Fast hatte sie ein schlechtes Gewissen, weil sie es zugelassen hatte, dass sich dieser Schatten von ihr entfernte. Wer sonst auf der Welt erinnerte sich noch an Sarnek, wenn nicht sie?

Nervös drängte sich Theana enger an sie.

»Du bist wohl noch nie hier gewesen?«, fragte Dubhe.

Theana schüttelte den Kopf. »Nein, nur einmal im Königspalast, in der Stadt aber nicht.«

Ja, Dubhe konnte sich gut vorstellen, wie Makrat sie einschüchtern musste, mit seinen hoch aufragenden Wohnhäusern links und rechts der stinkenden Gassen. Auch wenn sie viel geteilt hatten in den vergangenen Wochen, wurden die Unterschiede zwischen ihnen beiden hier wieder besonders deutlich.

Vor dem Palast angekommen, nahm Learco endlich die Kapuze ab. Die Wachen verneigten sich sogleich, als sie ihn erkannten, bedachten ihn jedoch auch mit skeptischen, forschenden Blicken.

»Ist mein Vater da?«

»Er erwartet Euch im Thronsaal, Hoheit.«

Learco drehte sich zu Dubhe und Theana um. »Folgt mir.«

So tauchten sie ein in die Flure des königlichen Palastes. Von Erzählungen kannte Dubhe das Gebäude, war aber nie persönlich dort gewesen. Was sie besonders beeindruckte, war der Prunk der Säle. Schon von außen hatte sich der Palast in voller Pracht gezeigt, mit Zinnen, Kuppeln, Golddekorationen und Basreliefs überall, einer Überfülle von Zierwerk, die fast bedrückend wirkte. Doch das Innere war noch spektakulärer, mit seinen Fluchten riesengroßer, mit weißem Marmor ausgestatteter Säle, den Tonnengewölben und mächtigen dreifüßigen Leuchtern in den Ecken, die alle Räume in warmes Licht tauchten und die Luft mit wohlriechenden Düften erfüllten.

Staunend und eingeschüchtert blickte Dubhe sich um, während sie ein wenig gebeugt neben den anderen her ging. Theana hingegen hatte den Blick fest geradeaus gerichtet. Ihre Vertrautheit mit solch herrschaftlichen Palästen war offensichtlich, nur das leichte Zittern ihrer Hände verriet ihre Nervosität. Wahrscheinlich fürchtet sie sich vor der Begegnung mit Dohor, dachte Dubhe, diesem Mann, von dem man sich die grausamsten Dinge erzählte, diesem Todfeind des Rats der Wasser.

Irgendwann standen sie vor einer breiten Bronzetur, die über und über mit Miniaturen verziert war. Davor standen zwei mit Lanzen bewaffnete Soldaten, die sich sogleich tief verneigten, als sie den Prinzen erblickten.

»Ich muss mit meinem Vater sprechen.«

»Der König wurde bereits über Eure Ankunft unterrichtet«, erklärte eine der Wachen, während sie sich aufrichtete. »Die beiden Frauen müssen draußen warten.«

»Sie sollen mit mir eintreten. Bei meiner Unterredung mit dem König geht es auch um sie.«

Die Wache schien verwirrt. »Aber, Herr, solche Angehörigen des gemeinen Volkes sind nicht zugelassen vor unserem König. Ihr kennt doch seine Befehle.«

»Ich übernehme die volle Verantwortung dafür.«

Einen Moment lang blickte der Soldat Learco unentschlossen an, zog dann aber, unterstützt von seinem Kameraden, die schweren bronzenen Flügeltüren auf.

Vor ihnen öffnete sich ein riesengroßer Saal, dessen Wände über und über mit Goldmosaiken verziert waren. An der Decke hing ein goldener, mit kostbaren Gemmen verzierter Lüster, der bedrohlich über den Häuptern aller Besucher, die vor den Herrscher traten, hin und her schwang. Durch wuchtige Pfeiler aus schwarzem, spiegelglattem Granit war der gesamte Raum in drei Schiffe unterteilt, mit verschiedenen Nischen in den Seitenschiffen, die jeweils eine Statue beherbergten. Unter den strengen Blicken dieser steinernen Gesichter traten Learco, Dubhe und Theana weiter vor. Im hinteren Teil des Saales erhob sich der mächtige Thron, ein Meisterwerk der Goldschmiedekunst, der überreich mit Edelsteinen verziert war. Erhöht auf einem Absatz stehend, legte er mit seinen Ausmaßen beredtes Zeugnis von der Machtfülle Seiner Majestät ab.

Das Echo ihrer Schritte hallte rhythmisch durch den Saal, während sie sich dem Herrscher näherten, dessen Gestalt nun immer klarer hervortrat. Es war unglaublich, wie sehr Dohor seinem Sohn ähnelte: das gleiche blonde, fast weiße Haar und ähnliche, nur sehr viel gröbere Gesichtszüge. Er wirkte wie ein grimmiger Learco, der jede Freundlichkeit aus seinem Herzen verbannt hatte, um Platz zu schaffen für den Ehrgeiz des Politikers und die Grausamkeit eines heerführenden Königs. Er trug eine schmucklose Rüstung und ein Schwert an der Seite. Den beiden Mädchen schenkte er nicht die geringste Beachtung.

Etwa zehn Schritte von dem Thron entfernt, beugte Learco

das Knie und verneigte sich. Seine Wunden waren noch nicht ganz verheilt, und daher bewegte er sich vorsichtig und ertrug still die schmerzhaften Stiche, die dabei von der Verletzung an der Seite ausgingen.

»Vater …«

»Du hast dir Zeit gelassen«, unterbrach ihn Dohor sogleich.

Learco zuckte zusammen.

»Doch besser spät als überhaupt nicht«, fügte der König, weiter hochmütig auf den Sohn herabblickend, hinzu.

Der Prinz reagierte nicht. Reglos, den Blick zu Boden gerichtet, kniete er da, und Dubhe und Theana ebenso.

»Offenbar bist du aufgehalten worden.«

»Ja, wir wurden von Räubern überfallen. Fünf Mann, und es war nicht einfach, sich ihrer zu erwehren. Im Kampf wurde ich verwundet, doch zum Glück sind die beiden Dienerinnen, die mich begleiten, erfahren in der priesterlichen Heilkunst und haben mich versorgt.«

Mit einem höhnischen Grinsen im Gesicht stand der König auf. »So lässt du dich also nicht nur von alten Männern verwunden, sondern jetzt auch von irgendwelchem Diebesgesindel!«

Langsam trat er auf seinen Sohn zu, überragte ihn nun mit seiner mächtigen Gestalt. Einige Augenblicke musterte er ihn und trat ihm dann heftig in die Seite. Sein Zorn war blind, triebhaft. Nur mit Mühe einen Schmerzensschrei unterdrückend, führte Learco unwillkürlich eine Hand zu der Wunde.

Wie gelähmt, fassungslos, standen Dubhe und Theana da.

»Du bist ein Schwächling …«, zischte der König.

»Vergebt mir, Vater«, bat Learco mit kaum vernehmbarer Stimme.

»Das ist das Einzige, was du kannst: um Vergebung bitten. Um Vergebung bitten, dass du mir Idos Kopf nicht brachtest, Vergebung, dass du nicht mit hergelaufenen Straßenräubern fertig wirst, Vergebung, dass du dich von irgendwelchen Bauernmädchen versorgen lassen musst!«, schrie Dohor.

Dubhe bleckte die Zähne.

»Vergebt mir, Vater, es wird nicht mehr vorkommen …«

Der König ließ sich wieder auf seinem Thron nieder und dachte eine Weile nach. »Wieso bist du mit diesen Frauen unterwegs?«

Erst jetzt hob Learco den Kopf. »Sie stammen aus einem Ort unweit der Front. Ihre Häuser wurden zerstört, sie haben alles verloren und wissen nicht, wovon sie leben sollen. Ich nahm sie mit, damit sie sich hier als Dienerinnen verdingen können.«

Dohor schüttelte den Kopf. »Wie mildtätig, unser Prinz … Warum hat mir das Schicksal bloß keinen Sohn geschenkt, der seiner Aufgabe gerecht wird? Mit dir vertue ich bloß meine Zeit. Du wirst niemals ein würdiger Nachfolger für mich werden. Biegsam wie eine Gerte bist du, ohne jede Härte.« Er seufzte tief und blickte dann hinaus durch die Glasfassade, die sich zu seiner Linken öffnete. »Dein Bruder, ja, der hätte mir all das gezeigt, was ich von einem Sohn erwarte – wenn er überlebt hätte.«

Dohors Stimme kippte ein wenig, und Learco, immer noch am Boden, ballte die Fäuste.

»Bring sie zu Volco und sorg dafür, dass sie mir nie mehr unter die Augen kommen«, erklärte der König schließlich. »Soll er sie in die Küche stecken oder sonst wohin, Hauptsache, ich muss sie nicht mehr sehen. Sonst kann ich für ihre Unversehrtheit nicht garantieren. Ist das klar?«

»Ja, Herr.«

Dohor machte eine wegwerfende Handbewegung. »Und nun geh, zieh dich in deine Gemächer zurück. Wir werden uns heute Abend beim Essen weiter unterhalten.«

Learco stemmte sich hoch, wandte sich ab und bewegte sich leicht humpelnd auf den Ausgang zu.

Theana folgte ihm, während Dubhe noch einen Moment auf den Knien verharrte. Ein unermesslicher, unerträglicher

Zorn hatte sie überkommen. Aber sie hatte es geschafft. Sie hatte den Mann vor sich, den sie töten musste. Bis dahin hatte sie ihn noch nie zu Gesicht bekommen, doch sie hasste ihn, seit sie in den Bau der Gilde hatte hinuntersteigen müssen. Und zum ersten Mal verspürte sie so etwas wie reine Mordlust in ihrem Herzen. Es war nicht die Bestie, die nach dem Blut des Königs dürstete, sondern sie selbst.

Langsam hob sie den Kopf, den Blick fest, ja, drohend auf den Thron gerichtet. Und so, als spüre er etwas, huschte für den Bruchteil eines Augenblicks ein Schatten über das Gesicht des Herrschers.

Doch sofort wandte er den Blick ab, und Dubhe verließ mit gesenktem Haupt den Saal.

Volco war ein älterer, freundlich wirkender Mann. Voller Zuneigung umarmte er Learco und blickte ihm lange in die Augen. »Lasst so bald wie möglich die Hofheiler kommen, damit sie sich Eure Wunden ansehen«, ermahnte er ihn besorgt.

»Keine Angst, das werde ich.«

»Warum gebt Ihr bloß so wenig auf Euch acht?«

Learco lächelte, wechselte dann das Thema, und nachdem er in groben Zügen erzählt hatte, wer die beiden Mädchen waren, vertraute er sie Volco an.

»Seid unbesorgt, ich werde etwas finden für Eure beiden Schützlinge«, sagte der Alte, wobei er dem Prinzen väterlich über die Wange strich.

Learco schien es ein wenig unangenehm zu sein, ihn aber auch zu freuen. »Ich lasse euch in guten Händen«, sagte er an Dubhe und Theana gewandt. »Wir werden sicher noch Gelegenheit haben, uns zu sehen.«

Dann nickte er zum Gruß und ging hinaus. Die beiden Mädchen blieben mit Volco allein.

»Folgt mir«, sagte dieser.

Sie gehorchten und gingen hinter dem Alten her, der sie, ein wenig wacklig auf den Beinen, durch die Gänge führte. Er wirkte abgemagert und schwach, aber vertrauenerweckend. Dubhe überlegte, dass es günstig sein könnte, ihn für sich einzunehmen. Immer noch fühlte sie sich verwirrt von den Gefühlen, die sie beim Anblick Dohors im Thronsaal überwältigt hatten, kam nun aber langsam wieder zu sich.

»So hattet ihr also auch Gelegenheit, die Güte unseres Prinzen zu erfahren«, begann Volco mit einem Seufzer. »Ihr müsst wissen, dass er in unserem Königreich schon vielen geholfen oder gar das Leben gerettet hat. Frauen, Kindern, selbst Feinden ab und an, aber er möchte nicht, dass sich das herumspricht.«

Er redete über Learco wie über einen Sohn, und in jedem Wort war seine Zuneigung zu ihm spürbar.

»Aber hier in den Palast hat er noch niemanden mitgebracht. Seine Majestät sieht seinen Großmut nicht gern und hält ihn für Schwäche. Aber natürlich muss ein König auch unbeugsam sein«, fügte er, sich verbessernd, rasch hinzu, wohl wissend, dass seine Worte falsch verstanden werden konnten. Währenddessen durchliefen sie die Flure, ohne auch nur einmal stehen zu bleiben. Die Mädchen merkten, dass Volco sich bestens auskannte. Irgendwann machten die mit Basreliefs geschmückten Wände einfachen Steinmauern und dunkleren Gängen Platz. Sie stiegen nun in den Bauch des Palastes hinab.

»Für fleißige Mägde gibt es hier immer Arbeit, vor allem wenn sie von unserem Prinzen empfohlen werden«, fuhr der Alte fort. »Ihr könnt stolz sein auf die Ehre, die er euch damit erweist.«

»Das sind wir auch«, antwortete Theana bescheiden.

Schließlich gelangten sie zu einem Korridor, an dem wohl ein Dutzend verschlossener Türen lagen. Volco griff unter sein Gewand und holte ein schweres Schlüsselbund hervor, wählte mit sicherem Griff einen Schlüssel aus und steckte ihn ins Schloss der Tür, vor der sie standen. Der Raum, der sich dahinter öffnete, erinnerte Dubhe an die Unterkünfte im Bau der Gilde: Er war sehr eng, besaß keine Öffnungen nach außen und war nur mit zwei Pritschen und zwei Truhen ausgestattet.

»Hier könnt ihr euch einrichten«, sagte der Alte mit einem wohlwollenden Lächeln.

»Wunderbar«, bemerkte Dubhe, während sie eintrat.

»Wie heißt ihr?«

»Ich bin Sanne, und das ist meine Schwester Lea. Wir sind ein wenig bewandert in der priesterlichen Heilkunst und kennen uns daher gut aus mit Pflanzen und Kräutern.«

Volco nickte. »Ich nehme an, eine Arbeit in der Küche wird euch recht sein, oder?«

»Wir sind ja schon glücklich, dass der Prinz uns das Leben gerettet hat. Uns ist alles recht«, antwortete Theana mit ergebener Miene.

Volco lächelte gerührt. »Ich höre mich um und sage euch dann Bescheid. Ruht euch nun aus. Heute Abend werde ich euch mehr sagen können.«

Er ging hinaus und zog langsam die Tür hinter sich zu.

Als er draußen war, ließ sich Theana sofort auf eine Pritsche fallen.

»Geschafft.«

Dubhe setzte sich nur auf ihr Lager und schwieg. Theana hatte Recht. Der erste Schritt war getan. Im Grunde war es einfacher gewesen, als sie geglaubt hätten. Das Glück hatte ihnen zur Seite gestanden.

»Die ersten Tage unternehmen wir noch nichts«, begann sie, ihre Pläne zu erläutern. »Wir müssen uns erst mit dem Ort und den Abläufen hier vertraut machen, damit wir nicht auffallen. Wir sind neu hier, und deshalb wird man uns sicher mit Misstrauen begegnen. Ich entscheide dann, wann es losgeht. Aber auch dann komme ich zunächst ohne dich zurecht. Ich kundschafte alles aus, was wir wissen müssen, bevor wir losschlagen können. Du kommst erst ins Spiel, wenn ich dich für den Ritus brauche.«

Theana nickte.

In ihrer Miene erkannte Dubhe jedoch ein Zögern. »Was denkst du?«, fragte sie.

Theana wandte den Blick ab, streckte sich aus und starrte

zur Decke. »Ich hätte nie geglaubt, dass ich einmal in so eine Sache hineingerate«, murmelte sie.

»Du hast selbst entschieden mitzukommen.«

»Ich weiß … ich weiß …« Aber gegen ihre Angst war Theana machtlos. Vor ihrem Aufbruch hatte sie geglaubt, für sie selbst handele es sich nur darum, ihre speziellen Fähigkeiten einzusetzen, sie werde die Sache rasch und schmerzlos hinter sich bringen und damit ihren Teil dazu beitragen, die Aufgetauchte Welt vor dem Untergang zu retten. Nun aber fühlte sie sich wie erschlagen von der Größe der Aufgabe. Immerhin ging es darum, einen Mann zu töten, der natürlich ein Tyrann war, aber auch einen Sohn hatte, eine Familie. Auch einen Despoten tötete man nicht leichten Herzens.

»Hast du es dir anders überlegt?«, fragte Dubhe und wandte ihr den Blick zu.

Theana schüttelte den Kopf. »Nein, nein. Nur bisher war die Sache so weit entfernt … Jetzt plötzlich wird alles so real …«

»Du kannst nicht mehr zurück.«

»Das weiß ich ja.«

Das allerdings änderte nichts an ihren Gefühlen. *Ist es eine gerechte Sache, die wir da vorhaben?*

»Überlass nur alles mir.« Dubhes Blick wirkte verloren, abwesend. »Ich werde es sein, die ihn tötet, und du musst mich dann nur von dem Fluch befreien. Kein Blut wird deine Hände besudeln.«

Theana seufzte. Das war ja fast noch schlimmer: sich hinter Dubhe zu verstecken und sich selbst von Schuld freizusprechen mit der Begründung, eine andere habe das Verbrechen verübt. Dennoch rechnete sie es Dubhe hoch an, dass sie versuchte, ihr die Schuldgefühle zu nehmen. Sie lächelte. »Wir machen das zu zweit und sind gemeinsam für die Sache verantwortlich.«

»Ich war immer allein«, entgegnete Dubhe.

»Dann ist es vielleicht Zeit, dass sich das ändert.«

Mit großen Schritten durchmaß Learco die Flure, die zu seinen Gemächern führten. Er empfand es als Erleichterung, nun in seinen Unterschlupf zurückkehren zu können, in jene Räume, in die er sich schon als kleiner Junge geflüchtet hatte, wenn er allein sein wollte. Dort verbarg er sich auch, wenn er aus der Schlacht heimkehrte, denn in dieser vertrauten Umgebung, die ihm von klein auf ein Zuhause war, verflüchtigten sich endlich die Gräuelbilder des Krieges. Und zudem lag nur wenige Schritte von seiner Kammer entfernt das Schlafgemach seiner Mutter. Ein verbotener Ort, den er nie betrat, jedoch als unverzichtbaren Teil seiner Seele empfand. Auch wenn seine Mutter längst verstorben war, hatte er immer noch das Gefühl, dass sie dort wohnte. Und ebenso gegenwärtig war immer noch der Schmerz, weil sie ihn ihr Leben lang zurückgewiesen hatte.

In diese Gedanken vertieft, bemerkte er plötzlich eine Gestalt am Ende des Flures. Seinen Schritt verlangsamend, ging er auf sie zu. Es handelte sich um einen Mann, der extravagant gekleidet war, mit eng anliegenden grünen Beinkleidern und einem roten Wams mit weiten Ärmeln. Forschen Schritts kam er näher, und kaum hatte er Learco erblickt, schwenkte er weit ausholend seinen Arm und bedeutete ihm, dass er ihn sprechen müsse. Ruckartig blieb der Prinz stehen: Ihm war, als sehe er seine eigene Vergangenheit auf sich zukommen.

Mit einem breiten Lächeln kam der Mann näher. Sein Haar war wie sein eigenes von einem fast weißen Blond, nur trug er es länger und zu einem fließenden Pferdeschwanz gerafft, während sein Gesicht von einem langen, gepflegten Bart eingerahmt wurde. Er hatte sich gar nicht so sehr verändert, seit Learco ihn zum letzten Mal gesehen hatte – ein paar Falten mehr, und der Rücken gebeugter, doch er war es, unverkennbar: Neor.

»Onkel ...«

Neor umarmte ihn stürmisch. »Mein Gott, Learco, du bist ein Mann geworden ...« Er schien bewegt, löste sich von ihm und blickte ihm in die Augen. »Wie lange ist das her … neun, zehn Jahre?«

»Acht«, antwortete Learco, nicht weniger bewegt. »Acht.«

Neor wandte den Blick ab. »Komm, wir haben uns viel zu erzählen.«

Sie begaben sich in den Garten im Innenhof des Schlosses, wo damals Sulana und Dohor ihre Hochzeit gefeiert hatten. Als Learco noch jünger war, hatte er dort häufig ein wenig Ruhe gesucht.

Sein Onkel wählte jetzt eine etwas abseits gelegene Ecke, wo niemand sie stören konnte. Dort setzten sie sich auf den Boden, so wie sie es immer getan hatten, als Neor noch der Lehrer und Learco sein Lieblingsschüler gewesen war.

Neor war einer von Dohors zahlreichen Vettern und bekannt für sein exzentrisches Auftreten, aber auch für seine Geschicklichkeit im Umgang mit dem Schwert. Aus diesem Grund hatte der König damals auch beschlossen, ihn trotz seines rebellischen Charakters zu sich an den Hof zu holen. Eine Weile war es gut gegangen, ja, Neor hatte dem König sogar in mancherlei Hinsicht sehr nützlich sein können. Irgendwann jedoch zeigte sich, dass er die politischen Ziele seines Vetters immer weniger teilte. Nun nahm er es sich heraus, bestimmte Aufgaben, die man ihm übertragen hatte, rundweg abzulehnen und die Politik des Königs zu kritisieren, zunächst unter vier Augen, dann sogar in einer Vollversammlung des Rats. So kam es, dass sich Dohor von seinem Vasallen abwandte und dazu überging, ihn aus den wichtigsten Entscheidungen herauszuhalten, während er gleichzeitig den gefügigeren und grausameren Forra enger an sich band.

Zu dieser Zeit war Learco noch ein Kind und zu klein, um die Vorgänge zu begreifen. Erst später erfuhr er durch Erzählungen, die bis zu ihm an den Hof durchsickerten, dass Neor seinen Widerstand gegen den König bis über die Palastmauern hinaus getragen hatte.

Neors Kritik richtete sich vor allem gegen Dohors gefährliche und unrechtmäßige Großmachtträume. Zunächst hatte er es im Guten versucht und die Ablehnung dieser Pläne nur innerhalb des Rats vorgetragen, war jedoch auf keinerlei Widerhall gestoßen. Schließlich begann er dann, überall im Land Verbündete zu suchen und die Untertanen gegen den König aufzuwiegeln.

Zum Höhepunkt der Auseinandersetzung kam es, als Dohor beschloss, Neor die Ausbildung Learcos anzuvertrauen. Offenbar war er der Annahme, hierbei könne der rebellische Vetter wenig Schaden anrichten und lasse sich durch diese Aufgabe von gefährlichen Freundschaften abhalten.

Es wurden nur wenige Monate, doch Learco behielt sie als die besten seines Lebens in Erinnerung. Neor war ein vorbildlicher Lehrer, der es verstand, die Strenge der Ausbildung durch ein passendes Maß von Zuneigung abzumildern. An diesem gefühlskalten Hof, mit einer abwesenden Mutter und einem allzu fordernden Vater, war Neor für Learco der einzige Rettungsanker: Er verlangte nichts Unmögliches von ihm, hatte keine Scheu, seinen Schüler stets für seine tatsächlich beachtlichen Fortschritte zu loben, und hörte ihm vor allem immer aufmerksam zu.

In diesen vier Monaten ihres Zusammenseins war der Onkel so etwas wie ein Lehrer des Lebens für ihn. Learco spürte, dass er in ihm einen verwandten Geist gefunden hatte, einen Menschen, auf den er sich verlassen und dem er sich anvertrauen konnte.

Dann eines Tages war plötzlich alles aus. Sein Vater war der Ansicht, Neors Ausbildung fehle die Härte, und entzog dem Vetter die Aufgabe, um sie Forra zu übertragen.

Learco erinnerte sich noch an den langen, heftigen Streit zwischen den beiden, den er damals belauscht hatte. Ihre Stimmen waren immer schriller geworden, ihr Brüllen immer lauter, während er selbst, jenseits der Tür, leise vor sich hin weinte. Bei dieser Gelegenheit erfuhr Dohor erst, dass Neors Auflehnung weit über das bloße Wort hinausgegangen war.

Er hatte Pläne erarbeitet, um dem König im Rat die Mehrheit zu entziehen, hatte im Grund also versucht, Dohor vom Thron zu stoßen.

Ohne großes Aufsehen bereinigte der Regent die Situation. Neor wurde in das Land der Tage verbannt. Offiziell reiste er dorthin, um die Verwaltung einer dortigen Provinz zu übernehmen. In Wirklichkeit aber hatte Dohor ihn aller Ämter enthoben und buchstäblich in die Wüste geschickt, von wo aus er die Verbindung zu seinen Freunden unmöglich aufrechterhalten konnte. Seine Gemahlin aber hielt man bei Hof fest, um jederzeit ein Druckmittel gegen Neor in der Hand zu haben.

Seit dieser Zeit hatte Learco nie mehr etwas von seinem Onkel gehört.

»Wie man erzählt, bist du ein guter Krieger geworden ...«

Learco schaute seinen Onkel an, und einen Augenblick lang schob sich das Bild des Onkels davor, wie er ihn von früher in Erinnerung hatte.

»Möglich ... Aber ich mag den Krieg nicht.« Bei diesen Worten fiel ihm eine Last von der Seele. Lange schon hatte er sich am Hof nicht mehr den Luxus erlauben können, die Wahrheit auszusprechen. Aber bei seinem Onkel musste er nicht lügen. Von ihm wusste er, dass dieser ihn so gut verstand wie kaum jemand auf der Welt.

Neor lächelte. »Du hast dich nicht sehr verändert ...«

Learco schluckte. »Doch, ich bin jetzt ein Mörder.«

Sein Onkel senkte den Blick und lächelte bitter. »Wenn ich irgendwie gekonnt hätte, wäre ich bei dir geblieben.«

»Du hast dir nichts vorzuwerfen. Damals verstand ich das alles nicht, aber heute weiß ich, was sich damals zutrug.«

Wieder machte sich Schweigen zwischen ihnen breit.

Learco war es, der es als Erster brach. »Wie ist es dir ergangen in all den Jahren?«

»Auch nicht besser als dir, denke ich. Diese Zeit im Land der Tage war eine Qual für mich. Ich konnte nicht hier sein, als Sibilla starb, und meine letzte Erinnerung an sie ist das

Bild ihres tränenüberströmten Gesichtes am Tag unseres Abschieds. Du kannst dir nicht vorstellen, wie weh das tut.«

Learco antwortete nichts, doch sein Gesicht wurde noch ernster.

»Ich bin mitgenommen und geschwächt«, fuhr Neor fort, »und dein Vater weiß das. Aber gezähmt bin ich nicht.« Ruckartig drehte sich Neor zu seinem Neffen um und blickte ihn aus feurigen Augen an. »Keinen Moment habe ich meine Ansichten geändert in den vergangenen acht Jahren, und trotz des hohen Preises, den ich zu zahlen hatte, würde ich auch heute wieder die gleichen Entscheidungen treffen.«

Learco wandte den Blick ab. Neors Worte brachten ihn in Verlegenheit. Bei Hof galt sein Onkel als Verräter, als ein feiger Hund, der die Hand gebissen hatte, die ihn fütterte. Diese Haltung teilte er nicht, denn er fühlte, dass sein Onkel das Richtige getan hatte. Doch wie anders verhielt er sich selbst Dohor gegenüber, weil er zu schwach war, sich seinem Vater zu widersetzen.

»Wie denkst du darüber?«, fragte ihn Neor plötzlich.

Learco schaute ihn verloren an. »Ich …«

»Acht Jahre haben wir uns nicht gesehen, und man verändert sich in einer solch langen Zeit, besonders wenn man damals erst dreizehn war und heute ein Mann ist. Aber etwas sagt mir, dass du deinem Wesen nicht untreu geworden bist. Ich kann dir vertrauen.«

Learcos Hände zitterten leicht.

»Bei der Zeremonie werde ich vor dem König niederknien. Ich werde ihn anlächeln und umarmen, so als wenn nichts geschehen wäre. Doch im Grunde habe ich nichts mehr zu verlieren, und deshalb will ich zu Ende bringen, was ich begonnen habe.«

Learco blickte zu Boden. »Sprich nicht weiter. Ich möchte gar nicht wissen, was du vorhast.«

Neor war erstaunt. »Willst du mir damit sagen, dass du ihm jetzt Gefolgschaft leistest? Von früher her hätte ich dich anders eingeschätzt …«

»Er ist doch mein Vater.«

Wieder folgte ein beredtes Schweigen.

»Ich weiß, dass deine Mutter noch mit dir gesprochen hat, bevor sie starb«, sagte Neor dann.

Learco schrak zusammen. Das Bild seiner Mutter unter den schweren Decken durchzuckte seinen Geist und traf ihn mit der Macht eines Faustschlags.

»In einem der wenigen Briefe, die sie mir schreiben konnte, hat mir Sibilla davon berichtet. Ich weiß, was deine Mutter zu dir gesagt hat.«

Learcos Hände überzogen sich mit kaltem Schweiß. »Sie lag im Sterben, und der Hass zerfraß sie.«

»Vielleicht. Doch ihr Wunsch war ernst gemeint.«

»Erwartest du wirklich von mir, dass ich ihren Wunsch erfülle? Dass ich dich dabei unterstütze, den König zu töten, weil meine Mutter mir auferlegt hat, ihren Tod zu rächen?«

Neor antwortete nicht sofort, ließ nur den Blick auf ihm ruhen. »Ich erwarte nicht, dass du etwas gegen deinen Willen tust«, sagte er dann, »doch überlege genau, was sie veranlasst haben könnte, dich zu einer solch grausamen Tat aufzufordern.«

Learco rang die Hände. Er wusste schon, dass diese Erinnerung ihn nun wieder lange quälen würde. Sein Onkel legte ihm eine Hand auf die Schulter und ließ ihn durch diese Berührung die Wärme ihrer alten Vertrautheit spüren.

»Nachdem wir uns so lange nicht gesehen haben, hätte ich nicht gleich mit diesen Dingen anfangen sollen. Aber du bist der Einzige, mit dem ich offen reden kann, und deshalb wollte ich dich in meine Pläne einweihen. Ich bitte dich um deine Hilfe. Wir leben in schlimmen Zeiten, und mir ist klar, wie ungeheuerlich für dich sein muss, was ich mir von dir erhoffe. Doch denk darüber nach. Dein Königreich braucht einen neuen Herrscher.«

Langsam stand Neor auf, doch bevor er ging, drehte er sich noch einmal zu seinem Neffen um, so als sei ihm noch etwas eingefallen.

»Es ist schön, dich wiederzusehen. Ich glaube, du hast nicht vergessen, was du bei mir gelernt hast, und bist standhaft geblieben. Darauf kannst du stolz sein«, sagte er, während er ihn traurig anlächelte.

Learco spürte, wie seine Augen feucht wurden. Sein Onkel hatte einen Weg beschritten, von dem es kein Zurück mehr gab. Hätte er ihm folgen sollen?

9

Schwarze Bücher

Sherva verneigte sich tief. Yeshols Studierzimmer war düster und der Blutgeruch noch durchdringender als gewöhnlich. Seit Tagen hatte es in immer kürzeren Abständen Opferungen gegeben, ein Zeichen, dass sich die Ereignisse überschlugen.

Mit gleichmütiger Miene schrieb Yeshol weiter in dem Buch, das vor ihm lag.

»Herr …«

Erst jetzt hob der Höchste Wächter den Blick. »Erhebe dich!«

Sherva richtete sich auf und spürte wieder dieses unangenehme Gefühl in der Magengegend. Seit er bei Sans Entführung versagt hatte, war er völlig verunsichert. Als er ohne den Jungen in den Bau der Gilde zurückgekehrt war, hatte man ihn sofort behandelt und ausgiebig verhört. Ganz benommen von seinen schmerzenden Wunden und den seltsamen Arzneien, die der neue Wächter der Gifte ihm verabreichte, erzählte er alles, was er wusste, und sogar noch mehr. Er beschrieb den Jungen in allen Einzelheiten, berichtete von den gemeinsam verbrachten Tagen und gab auch wichtige Hinweise zu dem Gnomen Ido. Kurzum, er hatte seine Dienerpflicht erfüllt, fürchtete aber immer noch eine Bestrafung, weil er gescheitert war. Eine unverzeihliche Sünde für einen *Siegreichen*. Fast alle, die vor ihm versagt hatten, mussten dafür mit ihrem Leben bezahlen. Und er wollte nicht sterben. Dabei war es nicht so sehr der Tod selbst, der ihn schreckte: Der war ja sein ständiger Begleiter gewesen in all den Jahren als Auftragsmörder. Es war vielmehr das Wissen, dass alles umsonst gewesen wäre, wenn man ihn wie einen beliebigen Postulanten in einem der Blutbecken hingeschlachtet hätte. Das war mit Sicherheit nicht das Ende, das er von klein auf angestrebt hatte. Sein Traum war es, ein ruhmreicher Assassine zu werden. Der beste. Aber dazu musste er Yeshol töten, der ihm weiterhin an Kraft und Verschlagenheit deutlich überlegen war. Ohne diesen letzten Akt würde sein Leben ein Torso bleiben, und diese Vorstellung war ihm unerträglich.

Nach seiner Rückkehr war er auf der Stelle degradiert worden: Er war nun nicht mehr der Wächter, dem die Leibesübungen oblagen, sondern ein einfacher Assassine, ein Meuchelmörder, wie es viele gab.

»Du hättest den Tod verdient«, hatte Yeshol damals zu ihm gesagt, während er ihn von oben herab musterte, »aber die Gilde braucht dich vielleicht noch, und mit deren Werkzeugen gehe ich immer sorgsam um.« Zu seinen Füßen kniend, hatte Sherva die Zähne gefletscht. Solch ein Ende drohte ihm also: getötet von einem alten Fanatiker, der nicht mehr als ein Werkzeug in ihm sah, ein Werkzeug im Dienst eines Gottes, den er selbst verabscheute.

»Erlaubt mir, meine Stellung zu behalten. Sie steht mir zu.«

Yeshol hatte sich tief zu ihm niedergebeugt. »Du genießt bereits eine Vorzugsbehandlung. Reicht dir das nicht?«

»Ihr kennt mich doch und wisst, dass ich mich nicht so leicht geschlagen gebe.«

Schließlich hatte man ihn ausgesandt herauszufinden, wohin Ido und San geflohen waren. Sherva hatte sich in die Aufgabe gestürzt und alle Informationen beschafft, die die Gilde brauchte, doch ihm selbst hatte das nicht geholfen. Sein Leben kam ihm nur noch schäbig und bedeutungslos vor. Zu kriechen war seine Spezialität geworden, sich zu erniedrigen seine Überlebensstrategie. Das war das genaue Gegenteil dessen, was seine Mutter ihn gelehrt hatte, jene Nymphe, die sich nie hatte beugen lassen, auch nach ihrer Verbannung nicht, zu der ihr Volk sie verurteilte als Strafe dafür, dass sie einen Menschen liebte. Und eigentlich war ihm der gleiche Stolz eigen.

›Wenn deine Zeit gekommen ist, wirst du alle anderen hinter dir lassen und denen, die mich erniedrigt haben, die Stärke deines gemischten Blutes beweisen‹, hatte sie, ihm fest in die Augen blickend, gesagt.

Und er hatte sich ihre Worte zu Herzen genommen. Herausragen: Darauf kam es an. Dass dafür das Blut anderer vergossen werden musste, war ohne Bedeutung. Zu gut hatte er noch die verächtlichen Blicke in Erinnerung, mit denen man ihn und seine Mutter bedacht hatte. Damals beschloss er, die Welt herauszufordern, zu bekämpfen, zu zerstören. Und deswegen hatte er sich für den Weg der Gewalt, des Mordens entschieden und sich wie ein Asket diesem Leben geweiht, um allen zu beweisen, wozu er fähig war. Doch nun war von diesem Traum nichts mehr übrig geblieben.

Nach seiner Rückkehr war er sogleich von Yeshol empfangen worden und hatte berichten können, dass die beiden Gesuchten drei Wochen zuvor in die Untergetauchte Welt aufgebrochen waren und vielleicht mittlerweile bereits den Meeresgrund erreicht hatten. Yeshol hatte ihm aufmerksam zugehört und sicher bereits über die geeigneten Gegenmaßnahmen nachgedacht. Aber dann waren drei Wochen ins Land gegangen, ohne dass er Sherva noch einmal zu sich gerufen hätte. Deshalb beschloss er, selbst den ersten Schritt zu tun, also das Oberhaupt aufzusuchen und ihn zu bitten, ihn mit der neuen Mission zu betrauen und in die Untergetauchte Welt zu entsenden. Nur auf diese Weise konnte er hoffen, seine verlorene Position zurückzugewinnen.

Yeshol blickte ihn an. »Nun, was willst du?«

»Ich habe getan, was Ihr mir befahlt«, antwortete er, wobei er den Höchsten Wächter entschlossen anschaute, »nun wollte ich fragen, ob Ihr über mein Ersuchen, rehabilitiert zu werden, nachgedacht habt.«

Das Schweigen, das seinen Worten folgte, schien Sherva nicht enden zu wollen.

Irgendwann seufzte Yeshol und erklärte: »Gewiss, du hast gute Arbeit geleistet. Aber das war auch nicht mehr als deine Pflicht.«

Sherva ballte die Fäuste. »Dann setzt mich nun auch dem Jungen auf die Fersen. Mit dem Gnomen habe ich ohnehin noch eine Rechnung offen.«

Yeshol sah ihm fest in die Augen. »Dafür bist du nicht geeignet.«

»Wieso nicht? Welchen Sinn hat es denn, mich am Leben zu lassen, wenn ich dann nicht die Möglichkeit erhalte, mein Scheitern vergessen zu machen!«

Sherva hatte die Stimme erhoben, und Zorn flackerte auf in den Augen seines Vorgesetzten. Mit langsamen, schweren Schritten kam Yeshol um den Schreibtisch herum. Er baute sich vor ihm auf, legte ihm eine Hand auf die Schulter und drückte ihn nach unten. Sherva hielt dagegen. Dieses Mal würde er nicht in die Knie gehen, dieses Mal nicht.

»Du wagst doch wohl nicht, dich mir zu widersetzen?«

Yeshols Stimme war ein Zischen, eine kalte Klinge in Shervas Kreuz, doch dieser verspürte nichts als Zorn. Vor allem auf sich selbst, weil er sich so weit von seinem Weg hatte abbringen lassen. Er senkte das Haupt.

»Ich ...«

Yeshol lockerte seinen Griff. »Ich habe bereits andere mit dieser Mission betraut«, erklärte er, der bedauernden Miene seines Untergegebenen keine Beachtung schenkend. »Aber auch für dich habe ich in Kürze eine neue Aufgabe. Einen anspruchsvollen Mordauftrag, den du gewiss als deinen Fähigkeiten angemessen erachten wirst. Was du brauchst, ist wieder größere Nähe zu Blut und zu deinem Gott.«

Was ich brauche, ist, mich von dir zu befreien, von dir und diesem verfluchten Thenaar.

Sherva ballte so fest die Fäuste, dass die Fingerknöchel weiß wurden. »Wollt Ihr damit sagen, dass ich mein Amt als Wächter niemals wiedererlangen werde?«

Yeshol kehrte auf seinen Stuhl zurück. »Ganz recht. Es ist ja nur ein Amt, ein Titel, der deinen Wert weder heraufsetzt noch schmälert. Du weißt, was du kannst, und ich auch. Aber du hast versagt, daran führt kein Weg vorbei, und das ist umso schlimmer, gerade weil du einer unserer besten Männer bist. Daher werde ich meine Entscheidung nicht mehr überdenken. Finde dich damit ab. Und nun geh!«

Einige Augenblicke verharrte Sherva noch auf seinem Platz, hin- und hergerissen zwischen dem Verlangen, sofort zu handeln, und der Einsicht, dies besser mit kühlerem Kopf zu tun. Wie gern wäre er Yeshol an den Hals gegangen und hätte ein für alle Mal geklärt, wer hier der Stärkere war. Und selbst wenn er dabei gestorben wäre, erschien ihm das immer noch erstrebenswerter, als mit gesenktem Haupt vor diesem Mann zu stehen.

Er legte die Fäuste an die Brust, der Gruß der *Siegreichen*, und wandte sich zur Tür.

»Stell dich nicht gegen mich«, hörte er plötzlich Yeshols Stimme in seinem Rücken. »Du bist mir nicht nur unterlegen, und das in einem Maß, wie du es dir gar nicht ausmalen kannst, sondern ich habe auch noch einen Gott auf meiner Seite. Für ihn bin ich zum Äußersten bereit, ihm habe ich jeden meiner Atemzüge geweiht und meine Seele. Dafür verspricht er mir, dass ich nicht scheitern werde.«

Sherva drehte sich nicht um. Vor Wut zitternd hörte er diese Worte.

»Geh in den Tempel und suche auch du ihn. Es ist deine Gottesferne, die dich irre macht.«

Sherva nickte kurz und verließ dann, fast die Tür hinter sich zuschlagend, den Raum. Beim Anblick des engen, düsteren Ganges glaubte er, ersticken zu müssen. Und er begriff. Der lange Aufenthalt in diesen Katakomben hatte ihn geschwächt. Wer hier auch nur einmal niederkniete, tat es sein ganzes Leben lang. Es war eine Gewohnheit, die man zu leicht annahm. Er musste fort, musste die Gilde verlassen, die Brücken hinter sich abbrechen und diese Vergangenheit auslöschen. Ja gewiss, dieser Ort hatte ihm auch einiges gegeben. Hier hatte er die Kunst des Nahkampfes erlernt und weiterentwickelt, die übernatürliche Biegsamkeit seiner Gelenke ausgebildet. Doch das lag Jahre zurück. Heute hatte ihm dieser Bau nichts mehr zu bieten. Es war Zeit zu gehen – und tatsächlich Verrat zu üben.

Gebannt blickte San hinaus. Jenseits der gläsernen Wand breitete sich ein fantastisches Panorama vor ihm aus, ein tiefes Blau, in dem Fischschwärme hin und her schossen. Wer hätte bei diesem Anblick ruhig sitzen bleiben können?

»San!« Der Junge fuhr herum. »Hör endlich auf zu träumen und gib acht.«

Der Junge schnaubte. »Ja, Quar.«

»Meister Quar«, verbesserte ihn mit strenger Stimme der Mann, der stocksteif vor ihm stand.

»Meister Quar«, fügte San ergeben hinzu.

Seit drei Wochen ging er nun schon regelmäßig zum Unterricht. Am zweiten Tag ihres Aufenthalts auf dem Meeresgrund war Ido zu ihm ins Zimmer gekommen. »Die Gräfin kennt einen sehr guten Lehrer, der bereit wäre, dich in den magischen Künsten zu unterrichten. Was hältst du davon?«

San zögerte. Wenn er sich darauf einließ, verstieß er damit gegen ein ausdrückliches Verbot seines Vaters. Andererseits wünschte er sich nichts mehr, als seine besonderen Fähigkeiten weiterzuentwickeln. Zudem war ihm auch daran gelegen, sich ablenken zu lassen. Bei dem Nichtstun überfielen ihn nur immer wieder die schmerzhaften Gedanken, die er eigentlich von sich fernhalten wollte. Und so war er schließlich einverstanden.

Sein Lehrer war ein alter Magier, der ihn von oben herab behandelte und ihm allerlei nutzlose Dinge beibrachte.

»Wann fangen wir denn endlich mit dem Zaubern an?«

»Magie heißt nicht, wie ein Gaukler amüsante Zaubertricks vorzuführen. In erster Linie bedeutet sie ein langes Studium, ein vertieftes Kennenlernen der Naturgesetze.«

Mit dieser Ausrede hielt Quar alles Praktische von ihm fern. Er sollte lernen, lernen und sonst nichts. Ganze Nachmittage verbrachte er nun über den Büchern, während der alte Magier neben ihm stand und ihm den Stock zeigte, sobald er auch nur den Blick hob.

»Nun, wie ist es heute gelaufen?«, fragte Ido abends, wenn sie zusammen bei Tisch saßen.

San brachte es nicht übers Herz, ihm zu sagen, wie entsetzlich langweilig der Unterricht war. Ido war selbst so begeistert von seiner Idee, dass er ihn nicht enttäuschen wollte.

Was San ganz besonders fehlte, war Bewegung. Aus dem Wunsch heraus, sich körperlich zu betätigen, begann er, sich von dem Gnomen Fechtunterricht geben zu lassen. Zudem ergab sich, wenn er mit dem Gnomen zusammen war, auch immer Gelegenheit, ihn nach seinem Großvater Sennar zu fragen und sich von ihren gemeinsamen Abenteuern erzählen zu lassen.

Während sie mit Holzschwertern trainierten, merkte San immer wieder, wie stark seine besonderen Kräfte waren. Ganz instinktiv behalf er sich damit, sobald er ins Hintertreffen geriet. Einmal ließ er, bevor ihn Idos Schwert treffen konnte, im letzten Moment eine magische Schutzmauer um seinen Körper entstehen.

»Fantastisch! Hat Quar dir das beigebracht?«, rief Ido.

San überlegte einen Moment. »Ja.«

Genau wusste er auch nicht, wieso er die Unwahrheit gesagt hatte, war aber auf alle Fälle mächtig stolz auf sich selbst.

Und so gewöhnte er es sich an, ganz allein seine magischen Kräfte zu erproben. Tagsüber lernte er mit Quar, abends trainierte er mit Ido, und danach, wenn es Nacht wurde, zauberte er für sich allein. Neue Zauber zu erlernen, kam ihm sehr viel interessanter vor, als sich unnütze Kenntnisse über die Natur und andere Torheiten einzubläuen.

»Quar bemängelt, dass dir manchmal die rechte Lust fehlt«, sagte eines Tages die Gräfin zu ihm. Sie liebte es, sich mit dem Jungen zu unterhalten und ihn so oft wie möglich bei sich zu haben. Jeden Abend aß sie mit den beiden, Ido und ihm, zusammen. »Langweilt dich der Unterricht?«

»Nein … Es ist nur so …« Er wollte nicht undankbar erscheinen. Schließlich war die Gräfin so nett zu ihm und hatte ihm sogar einen Zauberlehrer besorgt. »Nun, ich muss oft daran denken, was wohl in der Welt über uns, in meiner Heimat geschieht …«

Was ging vor in der Aufgetauchten Welt? Was trug sich im Herzen der Gilde zu? Was war mit Dohor? Gedanken, die ihn bedrängten, neben der Erinnerung an den schrecklichen Abend, der alles in seinem Leben geändert hatte.

»San!«, rief Quar.

San schrak auf. Mit zornrotem Gesicht starrte sein Lehrer ihn an. Erneut hatte er sich in seinen Gedanken verloren.

»Wirst du dich wohl endlich einmal konzentrieren?! Wenn du es zu etwas bringen willst, musst du mir zuhören!«, schimpfte Quar und schlug mit der flachen Hand so fest auf den Tisch, dass das Buch hochflog. San hatte die Nase voll. Was bildete sich dieser Magier bloß ein? Was hatte der ihm eigentlich zu sagen?

»Los, wiederhole, was ich dir gerade erklärt habe.«

San bedachte ihn mit einem dreisten Blick. »Das kann ich nicht.«

»Und damit brüstest du dich auch noch?«

»Ihr habt ja selbst bemerkt, dass ich nicht bei der Sache war. Warum fragt Ihr mich also Dinge, die ich gar nicht wissen kann?«

»Dieser Ton ist völlig unangemessen. Ich verlange Respekt!«

»Von welchem ›Ton‹ redet Ihr?«

Quars Lippen wurden schmal wie ein Strich und seine Augen weiteten sich vor Zorn. San kam dieses Männlein nur noch lächerlich vor. Ein paar Zauberformeln, um ihn in die

Schranken zu verweisen, gingen ihm durch den Kopf, Formeln, die dieser Magier in seiner Mittelmäßigkeit wahrscheinlich noch nicht einmal kannte. Schon schickte er sich an, sie auszusprechen, da schlug der Mann mit einem Knall das Buch zu, das er vor sich liegen hatte.

»Ich lehne es ab, solch einem frechen, dummen Jungen, der noch nicht einmal zuhören kann, Unterricht zu erteilen. Für heute sind wir fertig.«

Wahrscheinlich glaubte er, San damit bestrafen zu können, doch der rollte rasch das Pergament zusammen, auf dem er sich Notizen gemacht hatte. »Gute Idee«, sagte er, kein bisschen eingeschüchtert, und sprang dann auf, glücklich, den restlichen Tag freizuhaben.

»Das wird dir noch leidtun«, zischte Quar. »Ich erwarte, dass du mir bis morgen die Zusammensetzung der vier verschiedenen Erdtypen mit den dazugehörigen Schutzgeistern auswendig hersagen kannst«

»Aber sicher«, rief der Junge, während er schon durch die Tür entschwand.

Er hatte diesen Unterricht wirklich satt. Allein lernte er viel mehr als bei diesem vermoderten Alten. Es war seltsam, bis vor wenigen Monaten noch erfüllten ihn seine magischen Fähigkeiten mit Schrecken, nun jedoch riefen sie Stolz und Interesse in ihm wach. Er war stark, das spürte er. Er beherrschte schon einiges, woran sich auch sein Großvater in jungen Jahren versucht hatte, andere Zauber stammten sogar aus der Praxis des Tyrannen. Gewiss war dies nicht die passende Richtschnur, aber in erster Linie war Aster ja ein exzellenter Magier gewesen. Dass er seine Kräfte dann für das Böse genutzt hatte, war eine andere Sache – hatte sogar Ido gesagt.

San lenkte seine Schritte zur Bibliothek. Üblicherweise legte er diesen Weg nachts zurück, wobei er gut aufpasste, von niemandem gesehen zu werden. Ohne Hast trat er über die Schwelle. Wachen waren hier nie zu sehen. Aber er hatte ohnehin freien Zugang, ein Vorrecht, das ihm Gräfin

Ondine gern eingeräumt hatte. Darüber hinaus nutzte eigentlich nur sie selbst diese Einrichtung. Dort hatte sie zahlreiche Werke zur Geschichte Zalenias zusammengetragen, jedoch auch eine ganze Reihe von Büchern, die von der Aufgetauchten Welt und der dortigen Magie handelten.

»Du kannst dir dort jederzeit Bücher aussuchen«, hatte sie zu ihm gesagt. »Du wirst sehen, Lesen ist Balsam für eine wunde Seele.«

Und in einem gewissen Sinn stimmte das auch. Er nutzte die Bücher, um die Wunden seines Geistes zu heilen. Vielleicht aber nicht nur in dem Sinn, den Ondine meinte.

Sicheren Schritts bewegte er sich zu der Abteilung, die ihn besonders interessierte. Erst kürzlich hatte er sie entdeckt und suchte sie seitdem immer wieder auf. Stunde um Stunde verbrachte er dort, während er eigentlich hätte schlafen sollen.

Vor zwei Regalen aus schwerem Ebenholz, die bis zur Decke reichten, blieb er stehen. Stets schlug sein Herz ein wenig schneller, wenn er sie sah. Sie quollen über von schwarzen Bänden, und eben dies war auch der Grund, weshalb er auf sie aufmerksam geworden war.

Als Erstes hatte er ein historisches Buch gelesen: Asters Biografie, von einem anonymen Autor, der sich nur »der Hofsänger« nannte, als Epos gedichtet. Es hatte San sogleich in seinen Bann gezogen, und wie von selbst verglich er sein eigenes Können mit den magischen Künsten des Tyrannen, der, kaum älter als ein Säugling, bei seiner Mutter eine Wunde geheilt hatte.

Nein, so was habe ich nicht geschafft, musste San sich mit Bedauern eingestehen. *Oder vielleicht hat mein Vater es mir auch nur nicht gesagt, weil ihm meine Fähigkeiten immer ein Dorn im Auge waren,* tröstete er sich mit einem leichten Anflug von Hochmut.

Er las vom Wirken Asters im Land der Nacht und wie er dem bettelarmen Volk geholfen habe, indem er essbare Pflanzen auf Feldern wachsen ließ, die nie einen Sonnenstrahl sahen, und war beeindruckt, als er von Asters grenzenloser Leidenschaft für die Gerechtigkeit erfuhr, von seinem Verlangen, die Welt besser zu machen. Er vernahm einen Widerhall im eigenen Herzen. Gewiss waren seine eigenen Ziele sehr viel bescheidener: Den Tod seiner Eltern zu rächen, das war ein Gedanke, der ihn immer häufiger beschäftigte. Ach, nur ein Hirngespinst, sagte er sich dann. Aber wenn er mit Ido kämpfte, stellte er sich vor, er sei ein großer Krieger, ein Drachenritter vielleicht, und würde ins Land der Nacht fliegen, zu diesem Tempel, den er sich so schauerlich ausmalte, und dort ganz allein die Sekte der Assassinen vernichten. Manchmal dachte er auch während des langweiligen Unterrichts bei Quar darüber nach, seine magischen Kräfte einzusetzen, um seine Feinde auszulöschen, vor allem Sherva zu töten, den Mann, der seinen Vater und seine Mutter umgebracht hatte. Ein seltsam süßer Gedanke, der die Schreie zum Verstummen brachte, die er sonst häufig in seinem Herzen vernahm.

Als Nächstes hatte er dann mehr über Elfen gelesen, antike Sagen, die von ihren grausamen Kriegen handelten, vor allem aber über ihre Magie. Eine ganz besondere Magie schien das zu sein, die Quar niemals erwähnte. Eine Magie, die nichts mit Naturgeistern oder solchem Zeugs zu tun hatte. Nein, dies war eine Magie, die die Natur dem eigenen Willen unterwarf und wahre Wunder bewirkte. Es war faszinierend.

An diesem Tag nun ließ San wieder den Blick an der Reihe mit den schwarzen Bänden entlanggleiten. Einige davon hatte er bereits gelesen, doch an diesem Nachmittag suchte er etwas ganz Besonderes. Da fiel ihm ein vergleichsweise kleines Buch auf, dessen Rücken mit silbernen Schriftzeichen versehen war, die schon halb von schimmligem Grün angefressen waren. Es handelte sich um Runenzeichen, das einzige interessante Thema, das er auch bei Quar durchnahm. *Die Lehre vom Kampf*, ein Titel, der nach einer bewegten Handlung klang. Behutsam zog er das Buch heraus. Es war in so schlechtem Zustand, dass er Angst hatte, es könne ihm unter den Fingern zerfallen. In den Einband aus Samt war auf der Vorderseite ein rotes Pentagramm eingestickt. Behutsam fuhr San mit den Fingerspitzen darüber. Die metallenen Ecken waren scharf, und er musste auf der Hut sein, dass er sich nicht verletzte.

Im Schneidersitz hockte er sich auf den Fußboden und schlug die erste Seite auf. Darin lag ein Lesezeichen von einem dunklen, fahlen Rot, das San mit Entsetzen als die Farbe geronnenen Blutes wahrnahm.

Er schlug die Seite um, und sein Blick fiel auf eine kleine, regelmäßige Handschrift.

> Zu der Entscheidung, mich in den magischen Praktiken des Mordens zu schulen, gelangte ich während des *Krieges der Kleinen*. Ich habe sie mir nicht leichtgemacht und traf sie schweren Herzens. Doch Tod und Blutvergießen waren damals bereits meine Begleiter, und ihr Geruch hatte meine Seele durchdrungen und schon ganz durchtränkt. Ich tat es, um einen Feind zu bestrafen und ein geliebtes Wesen zu rächen, das dieser mir entrissen hatte. Vor keiner Gräueltat floh ich, denn der Krieg hatte mich bereits mit allen Schrecken vertraut gemacht, und das Verlangen, den Toten endlich Frieden zu schenken, trieb mich an.

Einen Moment lang hob San den Blick. Der Krieg der Kleinen. Ein Ereignis aus ferner Vergangenheit, aus einer Epoche, als die Elfen die Herrscher der Aufgetauchten Welt waren. Er fand es traurig, dass damals schon Tod und Blutvergießen eine genauso große Rolle spielten wie in der jetzigen Zeit, und empfand ein eigenartiges Mitgefühl mit dem Mann, der das geschrieben hatte, weil er die Sprache, in der er redete, nur zu gut verstand.

Denn auch er selbst wünschte sich, den Toten Frieden zu schenken, oder zumindest hoffte er, dass die Toten ihn in Frieden lassen würden. Denn er hatte gemerkt, dass die Gegenwart von Menschen, die von einem gegangen waren, schwerer zu ertragen war als ihre Abwesenheit, und ihre

Schatten, die Reflexe ihres Schmerzes, ihres Hasses, verließen einen nie.

Mit dem Bild seines Vaters vor Augen, wie er tödlich verwundet zur Tür kroch, vertiefte er sich wieder in die Lektüre.

Als San die Bibliothek verließ, war es schon später Abend. Fast das ganze Buch hatte er durchgelesen und nicht gemerkt, wie die Zeit vergangen war. Kaum hatte er die Tür hinter sich zugezogen, da stieß er schon auf einen Diener, der ziemlich aufgeregt schien.

»Wo habt Ihr denn gesteckt? Die Gräfin und der Ritter haben mit dem Abendessen auf Euch gewartet und sind schon in Sorge.«

»Ich habe gelesen ...«

»Seine Exzellenz, Ritter Ido, erwartet Euch in seinem Zimmer.«

Der Diener ergriff seinen Arm und führte ihn unter den Blicken einer geschäftigen, aufgeregten Dienerschaft durch die Gänge.

»Ich habe ihn gefunden! Meldet der Gräfin, dass ich ihn wohlbehalten gefunden habe.«

Schließlich zog der Diener die Tür zu Idos Zimmer auf.

Der Gnom saß am Tisch und paffte nervös seine Pfeife. Er sprang auf, als sich die Tür öffnete. »Verflucht noch mal!«, polterte er sofort los. »Wo zum Teufel hast du gesteckt?«

»Ich habe ihn in der Nähe der Bibliothek gefunden«, erklärte der Diener.

In immer kürzeren Abständen zog der Gnom an seiner Pfeife und stieß dichte Rauchwölkchen aus. Das war kein gutes Zeichen, wie San mittlerweile wusste.

»Lass uns allein«, forderte Ido den Diener auf. Der ließ sich nicht lange bitten, die Tür schloss sich, und der Junge spürte, wie seine Knie weich wurden.

»Wo bist du gewesen?« Idos Stimme bebte vor unterdrücktem Zorn, während er den Jungen durchdringend anstarrte.

»Wieso? Ich ...«

»Antworte!«

»In der Bibliothek«, murmelte San kaum vernehmbar und fügte dann mit ein wenig lauterer, trotziger Stimme hinzu: »Ondine hat doch gesagt, dass ich jederzeit dorthin darf.«

»Ja, aber offenbar hast du überhaupt noch nicht begriffen, in welcher Lage du bist.«

Ido packte ihn am Arm, ein Griff so fest wie ein Biss, zog ihn zu sich heran und brachte sein Gesicht ganz nahe vor das seine. Der Tabakgeruch verursachte San ein Würgen im Hals.

»Du hast wohl vergessen, wieso wir hier sind?«

»Nein, aber ich hab doch nichts Böses getan.«

»Darum geht es nicht. Ich habe gedacht, ich kann dir vertrauen und dich an der langen Leine lassen. Aber da wusste ich ja noch nicht, dass du so dumm bist und nicht nachdenken willst …«

San wusste, dass eine Entschuldigung nun das Klügste gewesen wäre, war aber auch überzeugt, dass er sich nichts vorzuwerfen hatte. »Ich weiß gar nicht, warum du so ein Theater machst, ich hab doch nur …«

»Sei ruhig!« Idos Stimme donnerte so mächtig, dass San zusammenzuckte. »Glaubst du denn wirklich, hier unten kann uns nichts geschehen? Nein, das stimmt nicht. Glaubst du wirklich, Yeshol hätte seine Pläne aufgegeben? Nein, das hat er nicht. Wenn du so plötzlich verschwindest, muss ich doch annehmen, dass dir etwas zugestoßen ist. Verstehst du?«

Der Junge schlug die Augen nieder. Idos zorniger Blick verunsicherte ihn. »Gut, wenn du … wenn du glaubst …«, begann er, doch schließlich fehlte ihm der Mut für diese Erwiderung. »Entschuldigung«, sagte er nur leise.

»Du verstehst immer noch nicht.«

»Ich hab mich doch entschuldigt. Was soll ich denn noch tun?«

Ido lächelte spöttisch. »Wie ich sehe, hast du von deiner Großmutter die schlechtesten Eigenschaften geerbt. Damals, vor vielen Jahren, hat sie sich mir gegenüber genauso verhalten, und ich bin immer wieder darauf hereingefallen. Nun, diesen Fehler werde ich nicht noch einmal machen. Ab morgen wird dich immer und überall eine Wache begleiten.«

San riss die Augen auf. »Das kannst du mir nicht antun!«

Ido trat ans Fenster. »Das ist keine Bestrafung. Aber wir sind hier nicht in Ferien. Dein Wohl ist die Voraussetzung für das Weiterbestehen der Aufgetauchten Welt.«

»Aber Ido. Ich war doch nur in der Bibliothek. Um zu lesen.«

»Gut. Aber von nun an wird dich stets jemand dorthin begleiten.«

San stieß einen langen Seufzer aus und spürte dabei, wie der Zorn in ihm hochkochte. Aber der Grund war nicht nur Idos Verhalten in diesem Moment. Es war der ganze zurückliegende Monat, in dem er untätig herumgesessen hatte, die ganze Enttäuschung, die er in sich spürte und die mit jedem Tag weiter angewachsen war. »Ich brauche kein Kindermädchen. Ich kann selbst auf mich aufpassen und mich verteidigen.«

Ido drehte sich um und blickte ihn höhnisch an. »Ach ja? Und womit, bitte schön? Mit den bloßen Händen?«

»Du gibst mir doch Fechtunterricht.«

»Aber du hast kein Schwert, und außerdem stehst du ganz am Anfang.«

Immer fester ballte San die Fäuste. »Ich verfüge über besondere Kräfte … die Magie …«

»Ach ja richtig, die Magie. Das Allerschönste habe ich ja noch vergessen: Quar war heute bei mir. Er war furchtbar aufgebracht und hat sich über seinen Schüler beschwert, denn dieser Schüler mit den besonderen Kräften ist noch nicht einmal in der Lage, eine Stunde lang stillzusitzen und einem Mann zuzuhören, der viel mehr von der Sache versteht als er selbst.«

»Das tut er nicht. Er hat keine Ahnung von Magie und verfügt noch nicht einmal über ein Zehntel meiner Kräfte!«

Ido lachte auf. »Wie bitte? Woher willst du das wissen? Du

hast doch noch nie Magie gelernt. Aber du hast mir selbst gesagt, dass du Stunden nehmen willst. Allerdings, wenn dir so wenig daran liegt, wirklich etwas zu lernen, hättest du meinen Vorschlag von vornherein ablehnen sollen.«

»Aber die Stunden sind so langweilig, so furchtbar langweilig«, brauste San auf. »Die ganze Zeit darf ich mich nicht rühren, während er mir Dinge erzählt, die ich niemals brauche. Dabei habe ich schon einen Drachen vom Himmel geholt, mit diesen Händen, und du warst dabei, als ich es tat!«

Ido ließ sich von seinem Gezeter nicht aus der Ruhe bringen. »Ein Zufall, den du nicht wiederholen könntest. Lernen bedeutet manchmal auch Langeweile, San, und ohne Mühe ist die Magie nicht zu haben. Dachtest du denn, es ginge nur darum, seinen Spaß zu haben? Nein, San, das Leben fordert etwas anderes: Einsatz und Anstrengung.«

»Aber ich darf mich nicht bewegen. Quar hält mich immer fest. Überhaupt sitzen wir hier fest! Was zum Teufel wollen wir eigentlich hier unten? Wir verkriechen uns hier wie die Angsthasen! Dabei hast du früher Heldentaten vollbracht, du hast Dola besiegt, und ... und ... ich will mich nicht mehr verstecken wie ein Feigling ... Wer weiß, was die Gilde dort oben in unserer Welt gerade anrichtet. Wir müssen gegen sie kämpfen. Denn die Gilde hat meine Eltern getötet, das musst du doch versehen ... Aber Quar erzählt mir nur etwas von Naturgeistern und verschiedenen Destillierkolben und anderem unnützen Zeugs!«

Keuchend stand San da und hatte das Gefühl, gleich zu platzen. Sein Brustkorb hob und senkte sich so heftig, als wäre nicht genug Luft im Raum.

Die Pfeife in der Hand, blickte Ido ihn reglos an. »Bist du fertig?« Seine Stimme war ruhig, kalt, und brachte dadurch San vollends aus der Fassung.

»Ich warne dich! Mach dich nur nicht lustig über mich!«

Die Ohrfeige traf ihn völlig unerwartet, und das Klatschen hallte durch Raum. Mit einem Mal fühlte San sich ganz leer. Ungläubig blickte er Ido an.

»Und du hörst auf, dich hier so frech wie bei deinem Zauberlehrer aufzuführen. Mir kann keiner mehr was vormachen, und mit dummen, aufgeblasenen Rotznasen bin ich in meinem Leben schon oft genug fertig geworden.«

San spürte, wie seine Augen feucht wurden.

»Mach dir endlich klar: Wir verstecken uns hier, weil die Gilde dich töten wird, wenn sie dich erwischt! Aber vielleicht denkst du, du bist ein Held, und es ist dir egal, wenn du stirbst. Gut, dann erinnere ich dich daran, dass mit dir auch die gesamte Aufgetauchte Welt untergehen würde. Und deswegen sind wir hier.«

Ido wandte sich ab, trat wieder ans Fenster und lehnte sich gegen die Glasscheibe. San nahm ihn nur durch den Schleier seiner Tränen wahr. Jetzt erleben zu müssen, dass auch Ido ihn nicht verstand, zerriss ihn fast. Bis zu diesem Moment war er seine einzige Sicherheit gewesen: Sie beide waren Überlebende, die den gleichen Schmerz erlebt hatten, und wenn es jemanden gab, so hatte er geglaubt, mit dem er sich wortlos verstand, so war das Ido. Aber jetzt nicht mehr. Und San fühlte sich allein und verlassen.

»Ich verstehe dich ja«, fuhr der Gnom jetzt fort, so als habe er seine Gedanken erraten. »Was glaubst du denn? Das untätige Herumsitzen zehrt doch auch an meinen Nerven. Aber ich erlebe das schon viel länger als du. Drei Jahre lang habe ich in der Etappe, in der Sicherheit Laodameas, Pläne geschmiedet für den Widerstand, während unsere Leute draußen an der Front gestorben sind. Was meinst du, wie ich mich dabei gefühlt habe? Aber es gibt immer Zeiten, da man handeln, und Zeiten, da man abwarten muss. Und dies richtig einzuschätzen, gehört auch zu einem großen Krieger.«

Er blickte San verständnisvoll an und trat dann auf ihn zu. »Hör mal, San, eigentlich haben wir doch schon oft genug darüber gesprochen und die Sache geklärt ... Dein Beitrag in unserem Kampf besteht darin, dass du am Leben bleibst. Und glaub mir, das ist keine Kleinigkeit.«

Aber es ist etwas anderes, als wirklich zu kämpfen. Und es hilft mir nicht dabei, diesen Raum voller Blut zu vergessen und meinen Vater, der verletzt zur Tür kriecht, und meine Mutter reglos am Boden.

San ließ nun seinen Tränen freien Lauf, und seine Schultern zuckten, von Schluchzern geschüttelt. Als er mit Ido zum ersten Mal darüber gesprochen hatte, glaubte er noch, die Untätigkeit ertragen zu können. Aber dem war nicht so. Daran gab es keinen Zweifel mehr. Daher rührten sie also, diese Rastlosigkeit unterwegs und diese Langeweile während des Unterrichts bei Quar: von dem Verlangen nach Rache. Es waren die beiden Seiten derselben Medaille. Aber hatte er sich früher machtlos gefühlt, so sah das heute anders aus. Jetzt wusste er, wie stark er war, spürte, wie seine Kräfte immer weiter zunahmen, merkte, dass er schnell lernte und Neues aufnahm.

Er hätte mit Ido darüber sprechen können. Der Gnom hatte so viele geliebte Personen sterben sehen, vielleicht hätte er doch eine Antwort gehabt, die über dieses »Abwarten!« hinausging. Doch San schwieg, weinte nur an Idos Schulter, ohne irgendeinen Trost zu finden.

»Schwör mir, dass du ab jetzt vernünftig sein wirst.«

Lange starrte der Junge zu Boden. Dann nickte er langsam, und Ido drückte ihn an sich.

»Ich lasse das noch mit der Wache, aber das ist deine letzte Chance. Im Grunde weiß ich ja, dass du ein kluger Junge bist und uns keine Scherereien mehr machen wirst.«

San nickte wieder, erschöpft. Er wischte sich die Tränen aus dem Gesicht, und als Ido ihn anlächelte, gelang es ihm nicht, dieses Lächeln ehrlich zu erwidern.

10

Sulanas Gemach

Schon am Abend ihrer Ankunft begann für Dubhe und Theana die Arbeit. Volco hatte an die Tür geklopft und als sie geöffnet hatten lächelnd erklärt:

»Ich habe schon was für euch gefunden.«

Sie waren nun Mägde, zusammen mit vielen anderen Frauen, in einer riesengroßen, von Rauch und Dämpfen eingehüllten Küche. Hektisch ging es dort zu, und die Arbeit nahm kein Ende, denn seine zahllosen Ränke und Bündnisse schmiedete Dohor immer bei einem mehr oder weniger prunkvollen Mahl.

Kaum hatte sie den Raum betreten, kam Dubhe der Bau der Gilde in den Sinn. Auch dort gab es Küchen wie diese hier, und sie erinnerte sich daran, dass Lonerin darin gearbeitet hatte in den Monaten, in denen er als Spitzel und vermeintlicher Postulant bei der Gilde gelebt hatte. Sie selbst hatte nur einmal einen Blick hineingeworfen, und dabei waren ihr die Leute, die dort herumhuschten – Leute, die der Sekte aus Verzweiflung das eigene Blut vermacht hatten –, wie Gespenster vorgekommen. Und so würgte es sie im Hals, als sie hier die Schwelle überschritt. Doch sie beherrschte sich und spielte weiter ihre Rolle als armes Mädchen aus dem Volk, kniete vor Volco nieder und küsste ihm zum Dank die Hand.

»Euer Dank sollte dem Prinzen gelten, nicht mir«, sagte er abwehrend.

Erst spät in der Nacht kamen sie ins Bett. Besonders Theana war sehr erschöpft. Sie war nicht an harte Arbeit gewöhnt, denn bis dahin hatte ihr Leben zum größten Teil aus gewissenhaftem Studium bestanden, aus geistiger Arbeit und weniger aus körperlicher Anstrengung. Aber auch für Dubhe waren derlei Tätigkeiten ungewohnt. Mit schmerzenden Gliedern und vom kalten Wasser klammen Händen ließen sie sich auf ihre Pritschen fallen. Theana schlüpfte sogleich wortlos unter ihre Decke, während Dubhe noch eine Weile wachlag. Trotz der Müdigkeit fiel es ihr schwer, einzuschlafen. Ihr Feind schlief ganz in der Nähe, nur ein Stockwerk über ihr, in den Prunkgemächern des Palastes, und irgendwo versteckt in diesem Labyrinth mussten auch die Dokumente liegen, die sie für ihre Rettung brauchte. Wie hätte sie schlafen können, da ihr Leben doch an diese beiden Elemente, die jetzt so nah waren und doch noch so fern, gebunden war? Das Verlangen zu handeln, tätig zu werden, um Rache nehmen zu können, steigerte sich zu wahrer Besessenheit. Es war, als habe sich nach der Reise durch die Unerforschten Lande etwas bei ihr verändert, als habe sich etwas gelöst. Endlich war sie bereit, eine Entscheidung zu treffen und das Leben in die eigenen Hände zu nehmen.

Sie schloss die Augen, und begleitet von einem süßen Schmerz spurte sie zuletzt noch, schon wie in einem Traum, dass jenseits dieser Wände Learco ebenfalls einzuschlafen versuchte.

Dubhe hielt sich an den Plan, den sie Theana erläutert hatte: Um keinen Verdacht zu erregen, gingen beide an den ersten Tagen nur still und fleißig ihrer Arbeit nach. Das war nicht leicht, denn da sie neu waren, betrauten die anderen Frauen sie mit den unangenehmsten Aufgaben und schikanierten sie häufig ohne irgendeinen Grund. Abends hörte Dubhe, wie ihre Gefährtin während ihrer Gebete, die sie nun noch eifriger verrichtete, leise weinte.

»Ich werde versuchen, so bald wie möglich etwas zu unternehmen«, flüsterte sie, keine anderen Worte des Trostes findend, ihr zu. Doch entmutigt von dieser absurden, gefährlichen Situation reagierte Theana nicht.

Eine Woche nach ihrer Ankunft war der Moment gekommen. Mitten in der Nacht, während der gesamte Palast im Schlaf lag, stand Dubhe leise auf. Sie steckte ihre Frauengewänder in einen Quersack und zog eine Stoffhose und ein ledernes Männerhemd über, die sie am Vortag in der Wäscherei stibitzt hatte. Zwar störte es sie, dass diese dunkle Kleidung stark an die Uniform der *Siegreichen* erinnerte, aber dies war die beste Verkleidung, um sich ungestört in den finsteren Gängen bewegen zu können. Eine stille Erleichterung überkam sie, als sie sich nun auch endlich wieder den Gürtel mit dem Dolch um die Taille binden konnte; egal wo sie unterwegs, egal welche Rolle sie gerade spielte, gehörte der Kampf nun einmal zu ihrem Wesen, und nur bewaffnet fühlte sie sich wirklich wie sie selbst. Rasch band sie noch ihr Haar zusammen und war fertig.

Süß wie ein lange vernachlässigter Geliebter umfing sie die Nacht. Sie tauchte ein in die Schatten und genoss es, sich durch die dunkle Stille zu bewegen. Was sie nun vorhatte, das Auskundschaften, war immer schon der Teil ihrer Arbeit als Schattenkämpferin gewesen, der ihr am meisten Spaß machte.

So schlich sie, sich immer wieder verstohlen umblickend, durch die Gänge, stets bereit, sofort zu reagieren, falls es brenzlig werden sollte. Doch niemand begegnete ihr. Da in den unteren Stockwerken nur die Dienerschaft untergebracht war und man dort zudem nicht von außen hineingelangen konnte, hätte es auch keinen Sinn gehabt, hier Wachen aufzustellen.

Kein Problem war es, in das Zimmer des Verwalters einzudringen und ihm eine Pergamentseite, Tintenfass und Feder zu entwenden. Da sie sicher sein wollte, kein Detail zu vergessen, hatte sie vor, sich Notizen zu machen.

Ihre Dienerinnenkleidung in dem Quersack ließ sie in

einer Ecke direkt beim Eingang zu den unteren Geschossen zurück. Notfalls würde sie die Sachen dort finden und sich rasch wieder umkleiden können.

Dann setzte sie ihre Erkundungstour durch den unteren Teil des Palastes fort, sodass sie bald schon einen Lageplan anfertigen konnte. Der Meister hatte ihr immer wieder eingeschärft, sich die Umgebung genau anzuschauen, in der die Tat geplant war. Vor allem der Fluchtweg musste vorher festgelegt sein, sodass sie, wenn Gefahr drohte, nicht mehr lange darüber nachdenken musste. An diesem Abend ging es ihr aber auch darum, die eigenen Kräfte zu erproben. Am Vorabend hatte Theana noch einmal, nun zum dritten Mal, das Ritual an ihr vollzogen. Und erleichtert stellte Dubhe nun fest, dass ihr Körper gut auf alle Reize reagierte, sich ihre Sinne, wie sie spürte, vielleicht sogar noch verfeinert hatten. Aber das war auch, so fiel ihr plötzlich mit Schaudern ein, ein klares Zeichen dafür, dass die Bestie in ihr nicht besiegt war, sondern Tag für Tag an Kraft gewann. Doch wie auch immer, diese Tatsache konnte ihr sogar von Nutzen sein.

Vom zweiten Abend an wagte sie sich auch in die oberen Stockwerke hinauf. Sie hatte beschlossen, Geschoss für Geschoss vorzugehen, und so drang sie nun als Erstes in den Flügel ein, wo die Kammerdiener und Leibwächter der Höflinge untergebracht waren, um schließlich zu den Fluren mit den Gemächern der hohen Würdenträger vorzustoßen. Alles, was ihr interessant erschien, notierte sie sich, beobachtete vor allem aber auch das Verhalten der Wachen. Jedes Geschoss mit einem Zugang von außen wurde von einer ganzen Reihe von Soldaten bewacht. Sie patrouillierten durch die Gänge und kontrollierten, wie Dubhe feststellte, hin und wieder auch die leeren Räume.

Wenige Fluchtwege und wenige Stellen, wo ich mich verstecken kann, dachte sie besorgt.

Die Soldaten waren durchweg recht jung. Offenbar bezog Dohor sie direkt von der Akademie, deren Oberster General er schon seit vielen Jahren war. Einige von ihnen hatten während ihrer ganzen Ausbildungszeit nichts anderes zu tun, als leere Gemächer und abgelegene Flügel des Königspalastes zu überwachen, eine recht törichte, verschwenderische Ausnutzung einer Elitetruppe, der früher einmal die Verteidigung aller Völker der Aufgetauchten Welt oblag.

An der Sorgfalt, mit der die Wachen ihre Aufgabe wahrnahmen, konnte Dubhe erahnen, dass sie es häufiger mit gefährlichen Situationen zu tun hatten. Und das machte es nicht leichter für sie.

Am Abend darauf wagte sie sich dann endlich in den Flügel vor, in dem die Gemächer der Edelleute lagen. Er unterschied sich nur wenig von den anderen, wurde aber sehr viel strenger bewacht. So musste Dubhe noch konzentrierter als zuvor durch die Gänge schleichen, und wieder einmal dankte sie im Stillen Sherva, bei dem sie gelernt hatte, sich so geschmeidig und lautlos wie eine Schlange zu bewegen.

Viele Räume waren verschlossen, aber es war auch nicht notwendig, sich alle anzuschauen, denn an wenigen Einzelheiten erkannte sie bereits, wer hinter der Tür wohnte. Nachlässige Bewachung: ein Höfling. Ein einzelner Soldat, der durch den Gang patrouillierte: ein Adjutant irgendeines Ministers. Eine ständige Wache vor der Tür: der Minister selbst.

Nur eine Tür entdeckte sie, die völlig unbewacht war. Das erschien ihr seltsam, wohnten in diesem Flügel doch die tatsächlich großen Persönlichkeiten, jene Leute also, die der König bei seinen Machtspielen immer berücksichtigen musste.

Sie betrat einen angrenzenden leeren Raum und lenkte ihre Schritte geradewegs zum Balkon. Als sie davorstand, überkam sie ein Schauer. Was sie jetzt plante, hatte sie zum letzten Mal bei jenem Einbruch getan, der ihr ganzes Leben auf den Kopf gestellt und sie in die Fänge der Bestie getrieben hatte. Ihr schwindelte, aber sie riss sich zusammen und zog die Läden auf. Schon stand sie draußen, und der frische Abendwind umfing sie mit seinen Düften. Unter ihr breitete sich ein herrlicher Garten mit Springbrunnen und Fontänen aus – ein perfekter Platz, um sich zu verbergen, wie sie im Geist festhielt. Dann schwang sie sich über die Brüstung und baumelte einen Moment im Leeren. So zu klettern, hatte ihr schon immer großen Spaß gemacht, und sie war sehr geschickt darin.

Sich flach gegen das Mauerwerk drückend, glitt sie durch die vom Vollmond geworfenen Schatten immer weiter, völlig lautlos, die Fassade entlang. Dann ein Satz, und sie landete auf dem nächsten Balkon, hielt sich mit eisernem Griff an den Steinen fest. Obwohl sich unter ihr eine gähnende Leere auftat, hatte sie vor diesem Sprung keinen Moment gezögert. Als sie das Fenster erreichte, zog sie sich, nur ein klein wenig keuchend, ein Stück weiter hinauf und verbarg sich im Schatten des Fensterladens. Dann reckte sie sich ein wenig vor, gerade weit genug, um einen Blick hineinzuwerfen, und ihr Herz blieb stehen. Ihre Hände befiel ein Zittern, und um ein Haar wäre sie hinuntergestürzt.

An einem Tisch in dem Zimmer sah sie vor einem halbvollen Becher den Königssohn Learco. Wie erstarrt, nur auf den Fußboden blickend, saß er da. Im Mondlicht, das genau auf seine Gestalt fiel, schimmerte sein Haar silbern, und sein ganzer Kopf schien von einem warmen Lichtschein umgeben. Bewundernd starrte Dubhe ihn an, und das Herz schlug ihr bis zum Hals, während die Zeit stillzustehen schien. Wieso übte dieser Prinz bloß eine solche Faszination auf sie aus? Nur wenige Male hatte sie sich mit ihm unterhalten, doch wie ihr Herz reagierte, mochte man glauben, sie sei verliebt. Dieser Gedanke ließ sie zusammenzucken, vielleicht hatte sie sich schon zu weit treiben lassen. Ruckartig zog sie den Kopf zurück, damit Learco sie nicht entdeckte, und war derart erschrocken, dass sie kaum atmen konnte. Was, wenn der Prinz sie bemerkt hatte und nun aufstand und zum Fenster trat?

Doch das Geräusch seiner Schritte blieb aus. Nur das Rauschen in den Baumkronen, die von einer sanften Brise bewegt wurden, erreichte ihr Ohr sowie das Zirpen einer Grille, die ihr Lied in die Nacht hinaussang. Dubhe musste ihre Erkundungstour abbrechen. Zumindest für heute hatte sie genug. Langsam glitt sie wieder die Fassade entlang, erreichte den anderen Balkon und machte sich auf den Rückweg.

Learco schaute zum Fenster. Ihm war, als habe er dort etwas gesehen, ein Gesicht. Seltsam, dass er sofort an dieses Mädchen gedacht hatte, das er in Selva aus den Fängen des Sklavenhändlers gerettet hatte. Sanne. Den Blick hinausgerichtet, betrachtete er die Bäume, deren Laubwerk fantastische Reflexe auf die Scheibe warf. Es wäre schön gewesen, wenn sie jetzt da gewesen wäre. Am ganzen Hof und auch außerhalb des Palastes gab es niemanden, bei dem er so etwas wie Nähe spürte. Doch dieses Mädchen hatte ihm zugehört, und dabei hatte er schnell gemerkt, dass sich ihre Einstellungen zur Welt sehr ähnlich waren. Bei niemandem sonst hatte er den Mut gefunden, so offen über seine Vergangenheit zu sprechen.

Er schüttelte den Kopf. Was für ein absurder Gedanke. Sanne war eine Fremde, die er auf der Straße aufgelesen hatte, ein beliebiges Mädchen aus dem einfachen Volk, mit dem er ein kurzes Stück Wegs gemeinsam zurückgelegt hatte. Wie sollte er wissen, wie sie wirklich war, was sie wirklich empfand? Und doch überkam ihn ein unbekanntes Gefühl, wenn er an sie dachte. Sie hatte etwas angestoßen in ihm, das nun immer stärker wurde.

Eben deswegen hatte er wohl ihr Gesicht vor Augen gehabt. Weil sie ihn vielleicht verstanden hätte.

Die Nacht war endlos, und Neors Worte einige Stunden zuvor hatten einen Spalt in ihm aufgerissen, den er nicht mehr zu schließen vermochte. Es war, als habe sich eine Tür geöffnet, durch die die Gespenster seiner Vergangenheit ungestört in sein jetziges Leben eindringen konnten. Learco nahm den Kopf in die Hände, während ihn diese verfluchte Erinnerung, die er um jeden Preis hatte auslöschen wollen, mit aller Heftigkeit überkam.

Er ist vierzehn, und seine Mutter liegt im Sterben. Sie haben ihn in aller Eile von der Front zurückgerufen, damit er ihr in den letzten Stunden ihres Lebens beistehen kann. Sie wolle ihn sprechen, hat man ihm ausgerichtet, und sein Herz macht einen Sprung, als er das hört. Es ist nie vorgekommen, dass sie ihn hat sehen wollen, und deshalb kann er sich auch kaum an ihr Gesicht erinnern. Mit zögernden Schritten nähert er sich dem Gemach von Sibilla, der Hofdame seiner Mutter. Für ihn ist diese Frau fast so ein Geheimnis wie seine Mutter selbst. Obwohl er noch nie mit ihr geredet hat, flößt sie ihm eine gewisse Sympathie ein. Sie ist die Gattin Neors, und alles an ihr erinnert ihn an seinen Onkel. Bangen Herzens legt er die Hand auf die Türklinke, und als er eintritt, erblickt er eine ältere, schwarz gekleidete Dame mit langen weißen Haaren unter einer noch weißeren Haube, die ihn kalt und abweisend anblickt.

»Da seid Ihr ja endlich.«

Learco begrüßt sie, indem er das Haupt neigt.

Sibilla steht auf und geht ihm lautlos entgegen. »Eure Mutter wartet schon seit Tagen auf Euch. Es geht ihr immer schlechter, und ich fürchtete schon, Ihr würdet nicht mehr rechtzeitig kommen.«

Learco schluckt. Mit einem Mal fühlt er sich verwirrt und erschrocken. Das alles kommt ihm so unwirklich wie ein Traum vor. Kein Wort bringt er heraus, beschränkt sich darauf, Sibilla mit dem Blick zu folgen, die jetzt behutsam die Tür zu dem Gemach seiner Mutter aufzieht und dann im Dunkel des Raumes verschwindet, sodass Learco nur noch ihre Worte hört.

»Herrin, Dohors Sohn ist hier ...«

Learco rührt sich nicht, ist wie versteinert durch diese Bezeichnung. Dohors Sohn. Ist er nichts anderes für seine Mutter?

Mit strenger Miene taucht Sibilla aus dem Dunkel auf und gibt ihm ein Zeichen. »Kommt.«

Der erste Schritt ist der schwerste. Seine Beine zittern so stark wie damals, als er zum ersten Mal ein Schlachtfeld betrat. Im Stillen dankt er dem Dämmerlicht in dem Raum, das es ihm ermöglicht, sich dem Blick der Frau, die dort im Bett liegt, zu entziehen. Der durchdringende Geruch von abgestandener Luft und Tod steigt ihm in die Nase. Die Fensterläden sind angelehnt, und das Licht, das durch die Ritzen einsickert, wirft scharfe Feuerzungen auf den Fußboden. Nach und nach gewöhnt sich Learco an *das Halbdunkel, und ihm fällt das karge Mobiliar auf, mit dem der Raum ausgestattet ist. An den Wänden hängen bloß zwei Bilder, in einer Ecke steht eine Truhe und davor ein nicht eben großer Tisch. In der Mitte des Raumes thront ein großes Bett unter einem kunstvoll gearbeiteten Baldachin, während der Boden bis zu den Wänden mit schweren Teppichen ausgelegt ist, die die Schritte dämpfen.*

Verwirrt, mit pochendem Herzen, tritt Learco vor. Eines der Bilder zeigt seine Mutter als junge Frau mit feinen Gesichtszügen wie ein kleines Mädchen und kastanienbraunem, leicht gewelltem Haar, das auf ihre schmalen Schultern fällt. Es ist zu düster, um die Farben zu erkennen, doch Learco weiß, dass diese Augen so grün sind wie seine eigenen.

So hat er sie immer in Erinnerung gehabt, schön und unnahbar. Nun jedoch weiß er nicht einmal, wie ihr Gesicht aussieht. Bevor er an das Kopfende ihres Bettes tritt, wirft er noch einen Blick auf das andere Gemälde. Ein kleiner Junge von nicht einmal drei Jahren in stolzer, königlicher Haltung, blickt starr geradeaus, mit einem ernsten Gesicht, das nicht zu seinen kindlichen Zügen passen will. Die Haare sind dunkelblond, und Learco weiß, um wen es sich handelt.

Es ist der andere Learco, der einzige Sohn, den Sulana als den ihren anerkannt hat. Der Bruder, den das Rote Fieber aus dem Leben riss, jener Junge, den alle als so besonders hinstellen. Sobald ihm selbst etwas misslingt, vergleichen ihn der Vater und jeder bei Hof sogleich mit diesem anderen. Unerreichbar und vollkommen ist er, aber nur weil er nie dazu kam, die Erwartungen von irgendjemandem zu enttäuschen. Learco weiß, mit diesem Ideal kann er, der hingegen heranwuchs und sich zum Mann entwickelte, nie konkurrieren.

Ein trockenes Röcheln reißt ihn aus diesen traurigen Gedanken. Unter den Decken, die nur wenig gewellt sind und kaum die Formen eines Körpers erkennen lassen, hat sich etwas bewegt.

Sibilla führt ihn bis zu dem Bett, wendet sich dann wortlos ab und lässt ihn allein.

Unter den schweren Decken fast erstickend, liegt seine Mutter. Ihre weißen Haare haben sich wirr auf dem Kopfkissen ausgebreitet, und ihr eingefallenes, von Siechtum gezeichnetes Gesicht wirkt gespenstisch. Ihre knöchernen, knotigen Hände liegen auf der Decke, ihr Mund steht offen und ist zu einer Grimasse verzogen, die Learco mit Schrecken erfüllt. Er kann nichts dagegen tun, aber dieses Gesicht, von dem er so lange Jahre geträumt hat, ruft einen Anflug von Ekel in ihm hervor. Er weiß, dass er zu spät gekommen ist.

Er hat Angst, eine wahnsinnige, blinde Angst, die gleiche Angst wie damals, als die bestialischen, verzweifelten Schreie der verwundeten Soldaten die Luft erfüllten und das Blut die Erde rot zu färben begann. Wenn er könnte, würde er Reißaus nehmen, davonlaufen, weit weg von diesem Bett und diesem ganzen Albtraum, der Makrat für ihn bedeutet.

Da schnellt eine Hand vor zu seinem Handgelenk und hält es fest. Ein Schauer des Abscheus läuft Learco über den Rücken.

Die grünen Augen werden aufgeschlagen: Es flackert noch Leben darin, aber auch ein Hass, der anscheinend nicht auszulöschen ist. »Warum hat das so lange gedauert?«

Wie oft schon hat sich Learco diese Stimme auszumalen versucht, hat sie sich vorgestellt in seinen einsamen Nächten, wie sie ihm sanft und einschmeichelnd ein Gutenachtlied singt, damit er schlafen kann. Und wie anders klingt sie jetzt: hart und schneidend, fast geschlechtslos.

»Ich bin so schnell gekommen, wie ich nur konnte«, antwortet er mit trockener Kehle.

»Komm näher, ich muss mit dir reden.«

Learco hofft, dass sie ihm nun sagt, was er noch nie von ihr gehört hat. Vielleicht verrät sie ihm, was dahintersteckt, hinter ihrem Verhalten, das sein Leben so entscheidend geprägt hat: Warum sie ihn gehasst, warum sie ihn abgelehnt hat. In der Tiefe seines Herzens sehnt er sich nach einer Versöhnung.

»Ich weiß, du bist sein Sohn, und kann mir vorstellen, wie viel euch verbindet. Denn er hat dich in meinen Unterleib gepflanzt, damit du meinen Learco vertreibst.«

Röchelnd holt seine Mutter Luft. Learco ist starr vor Entsetzen. Er spürt, wie das Blut in den Ohren pocht, nimmt jeden Schlag des Herzens wahr, langsam und zerreißend.

»Doch du verdankst mir dein Leben, ein Leben, das ich dir nicht gern geschenkt habe und das ich jetzt von dir zurückverlange.«

»Aber, Mutter ...«

Dieses Wort kommt ihm ganz unwillkürlich über die Lippen, auch wenn es absurd klingt, sogar für ihn selbst, sobald er es ausgesprochen hat.

Würde sie jetzt von ihm verlangen, für sie zu sterben, er würde es tun, denn trotz allem liebt er diese Frau.

»Ich liege im Sterben und hauche ein Leben aus, in dem ich viele Fehler gemacht habe. Den größten vor vielen Jahren, als ich in eine Heirat einwilligte, die niemals hätte sein dürfen. Danach habe ich mit allen Kräften versucht, diesen Fehler wiedergutzumachen!«, erklärt Sulana nun lauter. »Die Götter können bezeugen, dass ich versucht habe, mich von ihm zu befreien! Doch dieser Wurm hat mich unterjocht, indem er mir diesen Augapfel schenkte, der Learco für mich war. Ach, warum habe ich bloß nicht verhindern können, dass er mir genommen wurde …«

Ihre Worte gehen in ein Husten über, und Learco schaut sich verzweifelt nach dem Wasserkrug um. Er sieht ihn auf dem Tisch stehen, löst sich mit Gewalt aus dem Griff der Mutter, läuft hin und füllt einen Becher. Er reicht ihn ihr, und sie trinkt mit großen Schlucken, kostet gierig jeden Tropfen. Dann umklammert sie wieder Learcos Handgelenk und fährt fort.

»Mein zweiter Fehler war es, ihn nicht umzubringen. Ich habe es zugelassen, dass er wurde, was er heute ist. Ohne mich hätte er niemals so mächtig werden können.«

»Ich bitte Euch, Mutter, strengt Euch nicht an. Schweigt und lasst mich einfach hier eine Weile neben Euch sitzen …«

Learco laufen die Tränen über die Wangen. Er hat noch nicht einmal gemerkt, dass er zu weinen begonnen hat.

»Daher habe ich einen Wunsch an dich, nur einen einzigen, und ich verpflichte dich dazu, mir diesen Wunsch zu erfüllen, denn du verdankst mir dein Leben. Ich hätte dich töten können vor deiner Geburt, habe es aber nicht getan. Und nun stehst du in meiner Schuld.«

Mit aller Kraft stemmt sie sich hoch und bringt ihre Lippen ganz nah an sein Ohr.

»Töte ihn!«, zischt sie und lässt sich dann erschöpft wieder zurückfallen.

Fassungslos starrt Learco sie an und weiß nicht, was er antworten soll.

»Er hat dich nach seinem Bild geformt, und vielleicht gelingt es dir sogar, ihn zu lieben. Aber dies ist mein letzter Wunsch. Töte Dohor, sonst sollst du verflucht sein.«

Ihre eiskalten Augen fixieren ihn, und er kann den Blick nicht von ihr abwenden.

»Und nun geh! Das war alles, was ich dir zu sagen hatte.«

Unfähig, sich zu rühren, bleibt Learco bei dem Bett stehen, starrt nur seine schwer atmende Mutter an und spürt dabei, wie seine Hände kribbeln. Ihm ist, als sei sein Blut aus Wachs, das langsam und zäh durch seine Adern rinnt.

»Jetzt geh schon!«, schreit da Sulana und greift dabei mit einer Hand mühevoll zu einem Glöckchen neben ihrem Kopfkissen. Sie schwenkt es, und ein helles Klingeln erfüllt den Raum.

Sogleich öffnet sich die Tür, und rasch und lautlos tritt Sibilla wieder ein.

»Geht jetzt, lasst sie allein«, sagt sie, während sie Learco am Arm fasst und ihn zwar nicht grob, aber entschlossen hinausführt. Der Junge lässt es geschehen, schafft es aber nicht, den Blick von dem Bett abzuwenden. Unter den hohen Decken kann er seine Mutter nicht mehr erkennen, weiß aber, dass sie ihm nachsieht, erfüllt von einem unbändigen Hass.

Der Kelch entglitt ihm, und der Wein ergoss sich über den Fußboden. Learco sprang auf und stürmte hinaus. Er brauchte frische Luft.

Der Gang wurde erhellt durch das Licht einiger bronzener Glutbecken. Aber alles war ruhig, ganz im Gegensatz zu dem Aufruhr, der in ihm tobte. Dieser verhasste Palast – warum brach er nicht in diesem Moment vor seinen Augen in sich zusammen?

Fast laufend durchquerte er die verschiedenen Geschosse, ohne auf die verwunderten Blicke der Wachsoldaten zu achten, die eilig das Haupt neigten, wenn er vorüberkam. Im Garten angekommen, ließ er sich auf das Gras fallen, starrte hinauf zum bestirnten Himmel und atmete tief ein und aus. Die kühle Nachtluft und das Plätschern der Springbrunnen schafften es, ihn und seine aufgewühlte Seele ein wenig zu beruhigen.

Nichts wird deinem Gewissen jemals wirklich Ruhe schenken können.

Während er den Mond betrachtete, der rund und hell am Himmel stand, wusste er plötzlich, an wen er sich wenden musste. Der Gedanke war so absurd, dass er ihn einen Moment erstarren ließ, aber seiner Faszination konnte er sich nicht entziehen.

Entschlossen machte er sich auf den Weg in die unteren Geschosse des Palastes, wo die Wände bald schon immer nackter, die Flure schäbiger wurden. Hier musste er seine Schritte verlangsamen, um nach der Tür zu suchen, von der Volco gesprochen hatte. In diesem Flügel des Schlosses kannte er sich nur wenig aus.

Sie schlafen bestimmt längst nach einem harten Arbeitstag. Und was für eine verrückte Idee: Kein Prinz sucht Trost bei einem Bauernmädchen, kein Prinz vertraut sich der Dienerschaft an.

Er bog in den nächsten Gang ein – und verharrte. Da war sie. Direkt vor ihm. Verstohlen bewegte sie sich auf ihre Kammer zu. »Warte!«

Dubhe blieb stehen, mit dem Rücken zu der Stimme, die sie angesprochen hatte. Im Geist lobte sie sich für ihre Voraussicht, sich im Flügel der Dienerschaft sogleich wieder umzuziehen. Dennoch würde sie nun erklären müssen, wieso sie um diese späte Stunde noch im Palast unterwegs war. Daher war es wohl das Beste, einer Frage zuvorzukommen. Sie drehte sich um. »Tut mir leid, ich …«

Sie erstarrte. Es war der Prinz. Seine Stimme hatte sie nicht erkannt.

»Ich wollte zu dir.«

So standen sie einander gegenüber und blickten sich an. Nun, da er sie gefunden hatte, wusste Learco nicht, was er sagen sollte.

»Mein Prinz, ich … ich konnte nicht schlafen …«, murmelte Dubhe verlegen.

»Lass nur, du brauchst dich nicht zu rechtfertigen. Du bist hier keine Gefangene und kannst dich frei bewegen.«

Sie biss sich auf die Lippen.

»Aber wie du siehst, finde ich auch keinen Schlaf«, fuhr Learco mit einem Lächeln fort, und gegen jede Vernunft freute sich Dubhe, dass er da war, nur einen Schritt von ihr entfernt. »Hast du Lust, mich in den Garten zu begleiten?«

Sie zögerte. Es wäre sicher besser gewesen, ins Bett zu gehen und sich nicht wieder auf ein Gespräch mit ihm einzulassen. Und doch folgte sie ihm, unfähig, ihm Nein zu sagen.

So schlenderten sie über die mondbeschienenen Gartenwege. Von früher war es Dubhe gewohnt, nachts unterwegs zu sein, und sie erinnerte sich an die Einbrüche, die sie im Schutz der Dunkelheit verübt hatte, und an all die Jahre in Gesellschaft ihres Meisters zuvor. Der Gedanke an ihn, verbunden mit der Gegenwart Learcos, ließ sie einen Moment lang erschaudern.

Der Prinz merkte es. »Alles in Ordnung?«

»Ja, ich …«

Learco ließ sich auf dem Gras nieder, ergriff ihre Hand, zog sie zu sich herab und legte ihr seinen Umhang um die Schultern. Die Luft war feucht, und der Tau drang durch die Kleidung.

Du solltest versuchen, ihm ein paar Informationen zu entlocken. Die Gelegenheit ist günstig dazu, sagte sich Dubhe, doch etwas sträubte sich in ihr.

»Wie ist die Arbeit?«, erkundigte sich Learco.

Dubhe blickte ihn einen Moment lang verwirrt an, fing sich aber sogleich wieder. »Gut, sehr gut … Du hast uns so geholfen. Vielen Dank …«

»Du bist nicht verpflichtet, dich immer wieder bei mir zu bedanken, und auch nicht, dich so begeistert zu zeigen.«

»Es ist aber wirklich eine gute Stellung. Hier ist der Krieg weit, und das allein ist schon sehr viel wert«, antwortete sie, um einen aufrichtigen Tonfall bemüht.

»Ist die Arbeit nicht zu schwer?«

Sie schüttelte heftig den Kopf. »Nein, und es bleibt immer auch Zeit, sich auszuruhen.«

Ein lastendes Schweigen entstand, und Dubhe fragte sich, wieso er sie eigentlich aufgesucht hatte, wieso er ihre Nähe suchte.

»Es stimmt wohl, dass ich euch geholfen habe«, sagte Learco in die Stille hinein und sah ihr in die Augen. »Deshalb erlaube ich mir, dich zu bitten, ein wenig hier bei mir zu bleiben. Denn nun bin ich es, der Hilfe braucht.«

Dubhe fühlte sich wie durchbohrt von seinem Blick, konnte nur nicken und ihn ebenfalls erwartungsvoll anschauen.

»Ich bin ein Gefangener, Sanne«, begann er, »und ich weiß auch nicht, warum ich gerade zu dir damit komme, aber hier im Palast habe ich niemanden, der …« Er seufzte. »Hier bin ich für alle ein Außenseiter.«

»Und was hält dich gefangen?«

Learcos Miene schien sich ein wenig aufzuhellen. Er lächelte schwach. »Eine Vergangenheit, die nicht vergehen will.«

Er erzählte ihr alles, ohne Pause, ließ die Worte wie ein Bach, der Hochwasser führt, aus seinem Herzen hervorsprudeln, erzählte von seiner Mutter, von ihrem Hass gegen ihn, ihren Sohn, und von ihrem grausamen letzten Wunsch, den sie auf dem Totenbett an ihn gerichtet hatte.

»So ist das«, sagte er schließlich, »aber nun fühle ich mich leichter. Ich hatte das starke Verlangen, diese Last mit jemandem zu teilen. Du verstehst sicher, was ich damit meine.«

Dubhe nickte.

»In all den Jahren habe ich mich immer wieder mit der Frage nach dem Warum gequält, warum ich nie ein gutes Wort von ihr hörte, warum sie mich nie in den Arm nahm, warum sie mich nie sehen wollte. Für sie war ich immer nur der Sohn ihres Gemahls, und mich hasste sie mindestens so sehr wie meinen Vater. Und all die Jahre meiner Kindheit über habe ich mich gefragt, was ich getan hatte, ob ich mir etwas hatte zuschulden kommen lassen, das diese Behandlung gerechtfertigt hätte. Doch an jenem Tag an ihrem Sterbebett begriff ich endlich, dass meine Schuld allein darin bestand, auf der Welt zu sein.«

Dubhe blickte ihn bestürzt an.

»In ihren Augen war das eine Sünde, die sie mir nie verziehen hat. Vielleicht glaubte sie, dass ich auf diese Weise, indem ich ihr diesen absurden letzten Wunsch erfülle, meine Schuld sühnen könne.«

»Warum erzählst du mir das eigentlich alles?«

»Weil ich neulich Abend in deine Vergangenheit eingedrungen bin und dir dein Geheimnis entlockt habe. Nun sind wir quitt. Wie gesagt, habe ich am Hof niemanden, dem ich mich so öffnen könnte. Der mir so zuhören würde wie du.« Learcos Mundwinkel verzogen sich zu einem bitteren Lächeln.

»Manche Menschen kommen einfach unter einem schlechten Stern zur Welt«, bemerkte Dubhe, und als Learco sie ansah, fühlte sie sich erneut entblößt, verwundbar, wie an jenem Abend im Wald. »Kennst du die Rituale der Gilde der Assassinen?«

Learco lächelte wieder, doch nun voller Hohn.

»Nur gar zu gut.«

»Und weißt du, was die Gilde unter ›*Kindern des Todes*‹ versteht?«

Er schüttelte den Kopf, und Dubhe hatte plötzlich das Gefühl, am Rand eines Abgrunds zu stehen. Sich hinabzustürzen, wäre Wahnsinn gewesen, doch die Tiefe lockte sie. Nichts mehr würde so wie vorher sein, wenn sie sich nun dazu durchrang, ihre Geschichte zu erzählen.

»Das sind Kinder, die jemanden getötet haben. Ob es sich um einen Säugling handelte, dessen Mutter bei der Geburt gestorben ist, oder um ein Kind, das aus Versehen oder absichtlich jemanden umgebracht hat, ist der Gilde gleich. Solche Kinder betrachtet sie als Auserwählte und forscht überall nach ihnen, nimmt sie in ihren Reihen auf und bildet sie zu Assassinen, zu Meuchelmördern aus.«

An Learcos Miene konnte sie sehen, dass er sie verstanden hatte. Das hätte ihr gleich sein müssen. *Er ist der Sohn deines Todfeindes*, rief weiterhin etwas in ihr, doch nun war es heraus.

»Das Schicksal solcher Kinder ist vorgezeichnet. Dabei

besteht ihre größte Schuld darin, überhaupt geboren worden zu sein.« Dubhe spürte, wie sich ihre Verzweiflung in Tränen Luft machte.

»Aber du kannst ja nichts dafür. Die Gilde ist eine Bande von Wahnsinnigen.«

»Mag sein. Aber jemand hat mal zu mir gesagt, wer als Kind getötet hat, hat keine Wahl mehr, für den gibt es nur noch einen einzigen, bereits festgelegten Weg.«

»Dann glaubst du also, dass auch mein Weg bereits vorgezeichnet ist? Dass ich keine andere Wahl habe, als das zu tun, was meine Mutter auf dem Sterbelager von mir verlangt hat?«

Dubhe zögerte einen Augenblick. »Nein, ich will nur sagen, dass auch dich keine Schuld trifft. Der Hass kommt von ihr, nicht von dir.«

»Schon«, seufzte er und schlug die Augen nieder, »von mir eigentlich nicht …«

»Damals am Flussufer hast du zu mir gesagt: Egal, was es war, jetzt ist es vorbei.«

Learco wandte ihr wieder das Gesicht zu, und Dubhe fuhr fort.

»Ich weiß, das hast du gesagt, um mich zu trösten.« Dubhe schluckte die Tränen hinunter. »Aber vielleicht reicht es schon, einfach daran zu glauben.«

Der Prinz lächelte und streichelte ihr über die Wange. Er schien ein wenig erleichtert. »So halsen wir also beide unsere Sünden dem anderen auf, und damit sind wir sie los …«

Auch Dubhe lächelte.

Learco erhob sich. »Wahrscheinlich musst du morgen früh raus. Lass uns gehen.«

Schweigend durchquerten sie den im Dunkeln liegenden Garten, während das Morgengrauen den Himmel im Osten bereits mit einem violetten Streifen zu färben begann.

Beim Eingang angekommen, drehte er sich zu ihr um und blickte sie fest an. »Du hast etwas Geheimnisvolles, Sanne, oder wie du auch heißen magst.«

Dubhe versuchte, ruhig zu bleiben, doch diese Worte ließen sie erstarren.

»Jedenfalls gehört deine Vergangenheit nur dir, und ich würde mir nicht erlauben, sie dir nehmen zu wollen«, fügte Learco leise hinzu, während er sich zu ihr hinabbeugte. »Darf ich dich hin und wieder besuchen kommen?«, flüsterte er ihr ins Ohr.

Dubhe lief ein einziger, langer Schauer über den Rücken. Als er sich wieder aufgerichtet hatte, blickte sie ihn einen Moment lang nur an. Dann nickte sie.

11

Das Geheimnis der Bücher

Als Theana erwachte, war die Sonne noch nicht aufgegangen. In der ersten Zeit hatte Dubhe sie immer auf ihrer Pritsche wach rütteln müssen, denn nach der harten Arbeit in der Küche konnte sie gar nicht genug Schlaf bekommen. Und so war es auch nur die reine Willenskraft, die es ihr erlaubte, noch die Gebete an ihren Gott zu richten, bevor sie dann auf der Stelle einschlief.

Irgendwann jedoch hatte sie sich an den neuen Rhythmus gewöhnt und war manchmal schon wach, wenn Dubhe von ihrem nächtlichen Streifzug zurückkam.

»Schläfst du denn überhaupt nicht?«, fragte die Magierin sie dann, während sie sich für die Arbeit in der Küche zurechtmachte.

»Ich habe gelernt, mit wenigen Stunden Schlaf auszukommen.«

Theana hatte da leichte Zweifel. Häufig wirkte ihre Gefährtin sehr blass, und zudem magerte sie zusehends ab.

»Wenn es dir nicht gut geht, musst du mir das sagen.«

»Das werde ich tun, aber es ist alles in Ordnung«, antwortete Dubhe dann immer, eher gleichgültig.

So auch an diesem Morgen. Theana war bereits dabei, sich anzuziehen, als Dubhe in ihre Kammer schlüpfte. Sie wirkte noch mitgenommener als sonst.

»Du solltest nicht so lange unterwegs sein.«

Fast erstaunt sah Dubhe sie an. »Ich versuche nur, die wenige Zeit, die wir haben, sinnvoll zu nutzen.« Es war eine Ausrede, und etwas in ihrer Miene verriet es.

Unwillkürlich warf Theana einen Blick auf Dubhes Oberarm. Bereits dreimal hatte sie das Ritual vollzogen, mit dem sich der Fluch eindämmen ließ, und hatte den Eindruck, dass die Wirkung immer schneller nachließ.

»Wir müssen wohl früher als gedacht das Ritual wiederholen«, sagte sie, wobei sie den Blick auf ein Brett des Fußbodens richtete. Es war lose, und darunter hatte sie die Fläschchen und alles andere, was sie für den Zauber benötigte, versteckt. Dubhe schien ihr nicht zuzuhören. Theana musste zu ihr treten, sich zu ihr vorbeugen und ihre Hände ergreifen, um ihre Aufmerksamkeit zu gewinnen. Die Gefährtin schien wie verzehrt von einer Art innerem Feuer, und ihre Hände durchlief ein Zittern. Doch der Grund dafür war nicht der Fluch, wie Theana ganz deutlich spürte.

»Was ist los? Sag mir die Wahrheit«, flüsterte sie.

Dubhe wandte das Gesicht ab, und Theana seufzte.

»Hör mal, Dubhe, was hat meine Anwesenheit in diesem Palast überhaupt für einen Sinn? Seit wir hier sind, bist du jede Nacht unterwegs und erkundest die Lage, während ich weiterhin nur die Rolle der Küchenmagd spiele.«

»So war es geplant, von Anfang an, das weißt du doch. Davon abgesehen, hast du es nicht gelernt, unbemerkt herumzuschleichen, und …«

»Das weiß ich doch«, fiel Theana ihr ins Wort. »Ich will mich ja auch nicht beklagen. Doch wenn du mir nicht sagst, wie es dir wirklich geht, kann ich dir auch nicht helfen. Oder?«

Um eine ehrliche Miene bemüht, blickte sie Dubhe an. Mittlerweile lebten sie nun schon zwei Monate eng beisammen, und Theana hatte begonnen, ihre ungewöhnliche Gefährtin besser zu verstehen: ihre scheue Art, ihr Schweigen, ihren Kummer. Nun konnte sie zumindest erahnen, wovon Lonerin sich hatte anziehen lassen, denn es war etwas, dessen Faszination sie nun auch selbst spürte. Die Abgründe, denen Dubhe entstiegen war, fesselten, und ihr Hilferuf war für Leute, die wie sie oder Lonerin erzogen waren, nicht zu überhören.

»Sei ehrlich. Geht es dir schlechter?«

»Manchmal.«

»Hast du den Eindruck, dass das Siegel wieder erstarkt?«

Dubhe sprang auf. »Lass es!«, rief sie, während sie sich ein Stück entfernte.

»Wieso denn? Dafür bin ich doch mitgekommen.«

»Ich mag es aber nicht, wenn du mich so ansiehst.«

Theana stand auf. »Dubhe, ich verstehe doch …«

»Nein, du verstehst gar nichts. Du kennst das nicht, so mitleidig angesehen zu werden. Aber ich kann dir sagen: Es ist unerträglich. Lonerin hat mich auch so angesehen, als müsse er mich um jeden Preis retten, so als müsse ich sein persönlicher Triumph über das Schicksal werden. Aber ich brauche niemanden, der mich rettet.«

»Es ist doch nichts schlecht daran, Hilfe zu brauchen. Wir alle brauchen irgendjemanden.«

»Klar, damit kennst du dich ja aus. Jeden Abend flüchtest du dich zu deinem komischen Gott, nur um deiner Angst vor dem Tod beizukommen …«

Dubhe wusste, wie sehr ihre Worte Theana kränken mussten. Doch die ließ sich nichts anmerken und widersprach auch nicht. Sie dachte nur daran, dass ihr Glaube wieder einmal verhöhnt wurde, missverstanden, so wie auch schon zu Zeiten ihres Vaters.

»Genug davon. Antworte auf meine Frage: Ich muss wissen, wie es dir geht«, sagte sie schließlich in strengem Ton.

Müde und endlich mit ehrlicher Miene blickte Dubhe sie an. »Ja, in letzter Zeit setzt mir die Bestie öfter zu, ohne dass ich den Grund dafür wüsste. Es ist auch kein Zusammenhang mit der Schwächung durch deinen Zauber erkennbar. Plötzlich spüre ich nur, wie sie sich regt, und die Welt beginnt sich zu drehen und rot einzufärben. Aber nicht lange. Dann geht es vorüber, ganz von allein.«

In der Stille, die folgte, suchte Theana nach den passenden Worten, aber das war nicht nötig.

»Sennar hat mir ja gesagt, dass es kein echtes Heilmittel gegen diesen Fluch gibt. Ich weiß das. Die einzige Lösung ist der Tod meines Feindes, und eben dafür schlage ich mir die Nächte um die Ohren. Es gibt keinen anderen Weg.«

»Nun, ich weiß auch nicht, wie ich dir anders helfen könnte.«

»Dabei tust du schon sehr viel für mich«, seufzte Dubhe mit einem gequälten Lächeln. »Ohne dich wäre die Bestie schon lange hervorgebrochen. Aber wichtiger ist, dass du Erfolg hast, wenn wir erst im Besitz dieser Papiere sind.«

Theana versuchte, das Lächeln zu erwidern, aber es gelang ihr nicht. Es war seltsam, wie wenig sich verändert hatte. Im Palast beim Rat der Wasser in Laodamea war sie sich häufig nutzlos vorgekommen. Und nun, nach all den Strapazen, die sie auf dieser Mission bereits auf sich genommen hatte, war die Situation immer noch ähnlich: Sie konnte nichts anderes tun, als machtlos zuzusehen. So wie in all den Jahren zuvor.

Man hält sie fest. Erklärungen sind sinnlos.

»Das stimmt alles nicht! Er hat nie etwas Böses getan!«

Die Leute brüllen, während man ihren Vater in Ketten fortschleift.

»Assassine!«

»Du steckst mit diesen verfluchten Mördern unter einer Decke.«

»Tod dem Assassinenpriester!«

Die Schlinge hängt bereits, nur einen Schritt entfernt.

Endlich schienen sie einen Platz gefunden zu haben, wo sie nach dem langen Umherirren in Frieden leben konnten. Sie waren sesshaft geworden, hier im Land des Meeres, und hatten sich nie etwas zuschulden kommen lassen, hatten versucht, ein zurückgezogenes, friedliches Leben zu führen. Aber unmöglich hätte sie von ihrem Vater verlangen können, nicht mehr zu seinem Gott zu beten. Und dann hatte es schon gereicht, dass irgendjemand nur einmal diesen Namen hörte, und alles war zusammengebrochen. Thenaar.

»Es ist nicht so, wie ihr glaubt!«, schreit sie mit der Kraft der Verzweiflung, während man den Kopf des Vaters in die Schlinge steckt. Er ist noch stark genug, um sie aufzufordern, wegzurennen, zu fliehen, aber das kann sie nicht, und so verharrt sie dort und wohnt dem Grauen, dieser Ungerechtigkeit bei, ohne dagegen einschreiten zu können. Sie hat seinen Lehren und dem Thenaar-Kult abgeschworen, hat seinen Namen verflucht, hat sogar überlegt, ihn, ihren Vater, allein zu lassen mit seinem religiösen Wahn.

Doch nun wird ihr klar, wie sehr sie ihn braucht. Ihr Leben hängt von diesem Mann ab.

Unzählige Leute hatten sich zum Tempel des Schwarzen Gottes aufgemacht und waren niemals zurückgekehrt. Der Hass auf diesen Kult ist riesengroß, besonders in dieser Gegend, wo der Grundherr, ein gerechter, von allen geschätzter Mann, von der Gilde getötet wurde.

»Wir lassen uns hier nieder, weil die Gilde in diesem Landstrich mit besonderer Grausamkeit gewütet hat. Wir müssen den Namen Thenaars reinwaschen von all dem Schmutz, mit dem diese Sekte ihn besudelt hat.«

So hatte ihr Vater gesagt, als sie sich in diesem Dorf niederließen. Nun blickt er sie betrübt an, aber auch flehend. Er wünscht sich nur noch, dass sie sich in Sicherheit bringt und nicht mit ansieht, was nun geschehen wird.

Jemand packt sie und zieht sie von der Menge fort.

»Ganz ruhig«, fordert er sie auf und zerrt sie fort, hinter eine Hausecke.

»Sie bringen ihn um, aber er hat überhaupt nichts getan. Er ist völlig unschuldig! Sagt ihnen das doch!«

Es ist ein älterer Mann, älter als ihr Vater jedenfalls, mit sanfter, gramerfüllter Miene und schütterem Haar. Er legt ihr eine Hand auf den Mund. »Gegen den Hass der Menge ist kein Kraut gewachsen.«

Sie versucht, sich loszumachen, zu ihrem Vater zu rennen, doch der Griff des Mannes ist fest. Zudem ist sie erst zwölf Jahre alt. Und so wohnt sie vollkommen ohnmächtig von fern der Hinrichtung bei, sieht den Körper ihres Vaters in den letzten Zuckungen, und dann die Zuschauer, die auf ihn eintreten, als der Gehenkte am Boden liegt. Wieder und wieder und wieder.

Bis Folwar ihr eine Hand auf die Augen legt und sie an sich drückt.

Kurz nach dem Mittagessen betrat Volco die Küche. Theana war damit beschäftigt, mit den Knien auf dem harten Stein und einem schmutzigen Lappen in der Hand, den Boden zu schrubben, während Dubhe nur ein wenig entfernt, aber außerhalb seines Blickfeldes stand.

Die junge Magierin sah auf und erhob sich eilig. »Herr ...«

Volco legte ihr eine Hand auf die Schulter und lächelte wohlwollend. Er erinnerte sie an Folwar, ihren Retter. Dessen Züge waren ähnlich sanft.

»Wird es dir nicht langweilig, immer hier in der Küche zu arbeiten?«, fragte er.

»Nein, Herr, ich bin froh, meinem König dienen zu können«, antwortete sie rasch.

»Keine Sorge, es sollte ja kein Vorwurf sein«, bemerkte Volco amüsiert lächelnd. »Ich habe mich nur gefragt, ob du Lust hast, eine andere Arbeit für mich zu tun. Außerhalb dieser Küche.«

Die Vorstellung, den Lappen beiseitezulegen und den Knien ein wenig Schonung zu gönnen, war verlockend, doch sie wollte sich nicht unzufrieden zeigen. »Wie Ihr es wünscht«, sagte sie deshalb nur.

»Dann komm mit.«

Sie verließen die Küche und durchquerten langsam alle Flure, die vom Bauch des Palastes zu den Sälen und Gemächern der Edelleute führten, dorthin, wo der Hof seinen Prunk entfaltete und Intrigen gesponnen wurden.

»Bei dieser Arbeit hast du mehr Ruhe als in der Küche. Es geht um die Bibliothek.«

Sie gelangten zu einer breiten, halb offen stehenden Bronzetür. Volco trat ein, und Theana folgte ihm zögerlich. Der Anblick, der sich ihr bot, wärmte ihr das Herz. Es handelte sich um einen großen rechteckigen Saal, der durch zwei mächtige Bücherwände aus Kirschholz in verschiedene Gänge unterteilt war.

Jedes Regal war zu beiden Seiten mit Büchern gefüllt. Es war keine riesengroße Bibliothek, aber Theana hätte nie geglaubt, hier in Dohors Palast ein solches Juwel finden zu können.

»Das ist mein Reich«, erklärte Volco mit einer gewissen Genugtuung. »Hier hat auch der Prinz, euer Wohltäter, seine Bildung genossen.«

Theana staunte.

»Nun, deine Aufgabe ist nicht sehr kompliziert. Diese Büchern müssten häufiger gepflegt werden. Für dich geht es nun darum, sie ein wenig abzustauben und getrocknete Lorbeerblätter gegen die Holzwürmer einzulegen.«

Immer wieder nickte Theana geflissentlich, während der alte Mann ihr auf einem Rundgang alles zeigte. Hier fühlte sie sich sogleich heimisch. Gewiss war die Bibliothek in Laodamea, wo sie studiert hatte, um ein Vielfaches größer und besser ausgestattet, doch ihre geübten Augen hatten sofort erkannt, dass auch hier kostbare Bände zusammengetragen waren. Darunter viele – zu viele – verbotene Bücher der schwarzen Magie.

Volco öffnete eine Abstellkammer am anderen Ende des Saales. Darin lagerten einige Beutel mit getrockneten Blättern und ein Haufen wollener Lappen.

»Du nimmst also diese Blätter und steckst eines zwischen die ersten beiden und eines zwischen die letzten beiden Seiten.«

Theana nickte wieder. Die Aussicht, in einer Bibliothek arbeiten zu können, begeisterte sie, wusste sie doch, welche Wissensschätze solche Büchersammlungen bargen.

»Hast du schon mal mit Büchern zu tun gehabt?«

Sie überlegte kurz, was sie antworten sollte. »Nein, meine Hände sind nur an schwerere Arbeiten gewöhnt.«

»Kannst du wenigstens lesen?«

Theana schüttelte den Kopf. Es erschien ihr ratsam, sich so ungebildet wie möglich zu geben.

»Das ist aber schade für dich«, bemerkte Volco bedauernd. »Was meinst du, ich könnte dir ein wenig Unterricht geben?«

»Wenn der Herr die nötige Geduld mit mir hätte …«, antwortete sie, wobei sie sich mit einem Lächeln verneigte.

Der Alte schien gerührt. »Gut, darüber können wir immer noch sprechen. Du bist also von heute an jeden Nachmittag hier, einverstanden? An den ersten Tagen werde auch ich zugegen sein, um zu sehen, ob du zurechtkommst.«

Und so geschah es. Den ganzen Nachmittag schlug Theana Bücher auf und tat dabei so, als könne sie nicht lesen, warf also höchstens einmal einen kurzen Blick hinein. Volco saß derweilen in einer Ecke und war bald schon in die Lektüre eines dicken historischen Werkes vertieft. Während sie so vor den Büchern saß, fragte sich Theana immer wieder, auf welche Weise sie ihre neue Aufgabe für ihre Zwecke nutzen könnte. Mit Sicherheit wurden hier Dokumente aufbewahrt, die mit den Ereignissen am Hof zu tun hatten, und vielleicht bargen sie Informationen, die Dubhe brauchen konnte. Im Stillen lächelte sie, während sie die Bücher auf- und wieder zuschlug. Endlich war auch ihre Zeit gekommen.

Noch am selben Abend sprach sie mit Dubhe darüber. »Man hat mir eine Arbeit in der Bibliothek zugeteilt.«

»Ach, dort hast du also gesteckt …«, bemerkte Dubhe, die sich gerade umzog. Es war ein Vorgang, der auf Theana stets einen gewissen Eindruck machte. Denn ihr war dann, als würde Dubhe ihre Haut wechseln. Trug sie ihre Männerkleidung, verschwand auf der Stelle diese freundliche, sanfte Ausstrahlung, die sie während der Arbeit in der Küche und bei anderen Gelegenheiten, wenn Fremde zugegen waren, zeigte. Trotz der anderen Haare wurde sie dann wieder sie selbst. Es war schon unglaublich, wie sehr sie ihr Aussehen allein durch ein verändertes Auftreten beeinflussen konnte.

»Ich muss jedes Buch zur Hand nehmen und darin herumblättern.«

»Hast du Volco gesagt, dass du lesen kannst?«

Theana schüttelte den Kopf, und Dubhe lächelte. »Du lernst schnell …«

»Beschreib mir doch mal diese Dokumente.«

Dubhe setzte sich zu ihr auf das Bett. »Du glaubst …? Nein, die werden doch nicht in einer Bibliothek aufbewahrt.«

»Wo könnte man Pergamente besser verstecken als zwischen vielen anderen Pergamenten …?«

»Damals, als ich sie gestohlen habe, waren sie in einer Nische in einer Wand hinter einem Teppich versteckt.«

Theana ließ sich nicht entmutigen. »Mag ja sein. Aber lass es mich doch versuchen.«

Dubhe seufzte. »Sie hatten gar nichts besonders Auffälliges. Es waren zusammengerollte Pergamentseiten, verschlossen mit einem Siegel aus rotem Wachs, ohne irgendein Wappen oder Kennzeichen.«

»Und was stand darin?«

»Das weiß ich doch nicht.«

Theana schien enttäuscht.

»Nun ja, auf alle Fälle werden in so einer Bibliothek viele Informationen gesammelt, und diese Gelegenheit sollten wir uns wohl tatsächlich nicht entgehen lassen.«

Das ließ sich Theana nicht zweimal sagen.

Sie begann gleich am ersten Tag, an dem Volco sie allein arbeiten ließ. Eilig versorgte sie noch einige Bücher, obwohl der Alte ihr für die Erledigung ihrer Arbeit eigentlich keine Frist gesetzt hatte. Aber er sollte eben keinen Verdacht schöpfen.

Dann stand sie auf, stellte sich in die Mitte des Saales und schaute sich um. Sie hatte nicht die leiseste Ahnung, wo sie anfangen sollte. Wie sucht man etwas, von dem man nicht weiß, wie es aussieht, und das vielleicht irgendwo eingemauert oder irgendwo ganz anders versteckt ist?

Mit solchen Dingen kennst du dich einfach nicht aus. Es hat doch keinen Sinn, dass du dich jetzt auch noch als Spionin versuchst …

Theana überkam ein Anflug von Zorn. Nein, verdammt! Gerade um diese unsägliche Opferhaltung abzulegen, hatte sie sich entschlossen, Dubhe zu begleiten. Jetzt hieß es, aufhören, sich selbst zu bemitleiden, und einfach loslegen.

Mit dem Katalog musste sie beginnen. Aus Erfahrung wusste sie, dass jede Bibliothek über ein solches Verzeichnis verfügte: In der Regel handelte es sich um ein großes Buch, in dem alle Schriften mit einer Signatur, die über ihren Standort Auskunft gab, aufgelistet waren. Aber wo mochte es stecken?

Sie begann, die Regale abzusuchen, und registrierte erstaunt, wie viele von Aster selbst verfasste Werke hier versammelt waren. Denn viele Handschriften des Tyrannen waren in der Euphorie nach seinem Sturz öffentlich verbrannt worden. Auch eine ganze Reihe elfischer Schriften entdeckte sie. Wahrscheinlich war aber der unbekannte Schreiber, der sie kopiert hatte, noch nicht einmal mit der Sprache der Elfen vertraut, denn ihr fiel auf, dass viele Runen verzerrt und fast unleserlich waren.

Zum Schluss wurde sie für ihren Eifer belohnt: Im hinteren Teil einer der beiden breiten Bücherwände fand sie, begraben unter einem Berg von Pergamenten voller Notizen, ein weißes, recht abgegriffenes Büchlein, in dem Angaben über die verschiedenen Bände festgehalten waren. Offenbar war es schon lange nicht mehr benutzt worden. Vielleicht verfügte Volco über ein sehr gutes Gedächtnis und wusste auswendig, wo alle Werke dieser Bibliothek zu finden waren und was sie beinhalteten. Ja, das war durchaus möglich, sagte sich Theana, während sie sich umblickte: Insgesamt handelte es sich um nicht mehr als einige Tausend Bücher. Der Bibliothekar in Laodamea kannte den Standort und den Inhalt gut der Hälfte der Zehntausende von Bänden, die in der dortigen Bibliothek aufbewahrt wurden.

Als sie das Büchlein aufschlug, entfuhr ihr ein enttäuschtes Stöhnen. Die Angaben schienen verschlüsselt. Die Bücher waren nicht mit ihren vollständigen Titeln, sondern nur mit ihren Anfangsbuchstaben aufgeführt, und auch ihre Standorte in den Regalen schienen einer bizarren Logik zu folgen. Vielleicht hatte sich der Bibliothekar dieser Methode bedient, um sich die Arbeit zu erleichtern.

Und nun?

Theana zögerte. Das Verzeichnis aus der Bibliothek mitzunehmen, erschien ihr zu riskant: Volco hätte sein Fehlen bemerken können. Aber jetzt aufgeben, war auch unmöglich.

Dann werde ich es eben an Ort und Stelle entschlüsseln, sagte sie sich.

Kaum hatte sie diesen Entschluss gefasst, fühlte sie sich besser. Wenigstens würde sie sich mit etwas beschäftigten, worin sie sich auskannte.

Den ganzen Nachmittag saß sie über dem Büchlein. Die Eintragungen waren winzig und dazu noch mit einer unleserlichen Handschrift verfasst. Weiter erschwert wurde die Aufgabe dadurch, dass der Schreiber nicht durchgängig dieselben Abkürzungen verwendet hatte. So war zum Beispiel ›Chronik‹ manchmal einfach mit ›C.‹ abgekürzt, andere Male mit ›Chr.‹, und wieder andere Male stand ›C.‹ auch für ›Chronologie‹. Theana wurde immer verzagter.

Dann hörte sie die Tür knarren. Unwillkürlich hob sie den Blick und sah zum Fenster: Es war dunkel geworden. Rasch versteckte sie den Katalog unter ihrem Gewand und griff wahllos zu einem der Bücher vor ihr und nahm ein Lorbeerblatt zur Hand. Mit leisen Schritten trat Volco ein, während sie versuchte, ihr Herz zu beruhigen, das wie wahnsinnig schlug.

»Nun, immer noch bei der Arbeit?«, sagte der alte Mann mit einem Lächeln.

»Ja, wenn man so beschäftigt ist, vergeht die Zeit wie im Flug«, antwortete sie, um einen möglichst unschuldigen Gesichtsausdruck bemüht.

»Es gibt bald Abendessen. Komm, das kannst du auch morgen fertig machen.«

»Ja, aber die Bücher …«

»Lass nur alles so liegen«, erklärte Volco mit einer gleichgültigen Handbewegung. »Morgen machst du einfach da weiter, wo du jetzt aufgehört hast. Hier kommt ja mittlerweile kaum noch jemand her außer mir und dem Prinzen, wenn er am Hof weilt.«

Mit einem mühsam unterdrückten Stöhnen stand Theana auf und verließ den Saal, während das unter ihrem Kleid versteckte Buch wie Feuer auf ihrer Brust brannte.

»Was ist das?«

Es war längst dunkel, und Dubhe machte sich fertig für ihren nächsten Streifzug. Vor ihr ausgebreitet lag ein genauer Lageplan des Palastes, auf dem einige Räume allerdings noch ohne Angaben waren. Dubhe hielt alles fest. Um was für einen Raum es sich handelte, wie viele Fenster und ob er einen Balkon hatte, den Tagesablauf seiner Bewohner, wann sie zu Bett gingen, und schließlich, wie oft und wie viele Wachen davor patrouillierten.

Theana ihrerseits hatte das Büchlein hervorgeholt und jetzt geöffnet vor sich auf dem Bett liegen. »Der Bibliothekskatalog«, erklärte sie.

Dubhe trat näher und sah ihn sich an. »Der ist ja verschlüsselt.«

»Klar ... So weit war ich auch schon. Aber die Abkürzungen scheinen völlig willkürlich. Siehst du das hier? Das ›R‹ bedeutet in diesem Fall ›Regal‹, während es an einer anderen Stelle zu einer Nummer gehört und als Signatur dient.«

Eine Weile betrachtete Dubhe aufmerksam die Sache, ließ dann den Blick langsam von dem Büchlein zu Theana wandern und musterte sie eine Weile, sodass diese irgendwann verlegen fragte: »Was ist denn?«

»Hast du das mitgehen lassen?« Dubhe lächelte.

Theana errötete bis zu den Haarwurzeln. »Es ging nicht anders. Volco hat mich überrascht, als ich darin las, und so hatte ich keine Gelegenheit mehr, es zurückzulegen ...«

Mit dem schelmischen Lächeln im Gesicht trat Dubhe an ihr Bett. »Sieh mal einer an. Du hast dich ja anstecken lassen ...«

»Ich hab's aber nicht gestohlen!«, protestierte Theana. »Nur geliehen ...«

Dubhe wurde wieder ernst. »Reg dich nicht auf. Ich wollte dich doch nur auf den Arm nehmen. Es war richtig, dass du es mitgenommen hast«, sagte sie. »Ich kann dich immer besser gebrauchen«, fügte sie hinzu, während sie sich rasch noch die Haare zusammenband, um dann mit den eleganten, fließenden Bewegungen einer Katze durch die Tür zu entschwinden.

Theana brauchte nicht mehr lange, um die Angaben zu entschlüsseln, und schrieb sich alles auf, was vielleicht interessant für sie sein konnte. In erster Linie waren es offizielle Dokumente des Palastes, Urkunden zum Verkauf von Ländereien und Eigentumsregistrierungen. Dabei hegte sie die heimliche Hoffnung, irgendwelche Hinweise zu finden, die Dubhe helfen könnten, die von ihr benötigten Papiere aufzuspüren.

Kaum zurück in der Bibliothek, begann sie, die Bücher durchzublättern, die sie sich aufgeschrieben hatte. So kreuzte sie umher in einem Zahlenmeer und mehr oder weniger bekannten Namen, und rekonstruierte auf diese Weise Stück für Stück die Geschichte dieses Ortes. Sie fand heraus, dass ein Gutteil der Verbotenen Bücher, vor allem die seltensten, alle aus derselben Quelle stammten. Als ›G. T.‹ hatte der eifrige Bibliothekar sie ausgewiesen, der in diesem Fall für die betreffenden Werke durchgängig diese Signatur verwendet hatte.

Elfische Schrift von unbekannter Hand. Die wahre Chronik des Archaischen Zeitalters. Zauberformeln in vergessenen Runenzeichen.

Alles Kopien. Alle aus jüngster Zeit. Und die Originale? Was war aus ihnen geworden? Und dann all die Werke, die der Tyrann selbst verfasst hatte. Wieso befanden die sich ausgerechnet hier in Dohors Besitz und in keiner anderen Bibliothek der Aufgetauchten Welt?

Dann fand sie heraus, dass manche im Katalog verzeichneten Dokumente in der Bibliothek nicht zu finden waren. Sie besaßen zwar eine reguläre Signatur, als Theana dann aber im entsprechenden Regal nachsah, fand sie dort nur Kopien von Büchern, deren Originale an anderer Stelle in der Bibliothek regulär eingeordnet waren. Ob sie verschollen waren? Aber wieso war dies dann nicht vermerkt worden?

Lange überlegte sie hin und her. Für dieses Rätsel fiel ihr einfach keine Lösung ein. Nur zufällig bemerkte sie, dass die fehlenden Bände im Katalog noch einmal besonders gekennzeichnet waren: mit einem Symbol, einem kleinen roten Symbol. Sorgfältig zeichnete sie es ab und überlegte, dass es das Beste sein würde, mit Dubhe darüber zu sprechen. Sie war aufgeregt. Nachdem sie tagelang auf der Suche nach irgendwelchen Hinweisen in der Bibliothek gehockt hatte, schien nun endlich etwas dabei herauszukommen.

Sie war schon aufgestanden, als sie noch einmal in den Katalog sah und plötzlich ein Titel ihre Aufmerksamkeit erregte: *Der Weg des Geweihten*.

Ihr blieb fast das Herz stehen, und die Zeit erstarrte, während ihr die Vergangenheit entgegenkam.

Es geschieht an einem Abend, als sie acht Jahre alt ist. Wie so oft liest der Vater ihr im matten Kerzenlicht aus der Geschichte der Drachenkämpferin *vor, und zwar ein Kapitel, das sie mittlerweile bereits Dutzende Male gehört hat. Damit ist es für sie genauso zäh und langweilig geworden wie seine Erklärungen zum Gott Shevraar oder Thenaar. Hinzu kommt noch, dass sie mit niemandem über diese Dinge reden kann, genauso wenig wie sie öffentlich ihre Fähigkeiten als künftige Priesterin zeigen darf. Ihr Vater lächelt, als er ihre gequälte Miene bemerkt: Er versteht sie ja, aber, wie er ihr nun erklärt, sei der einzige andere Text, der von dem Kult handele und nicht von der Gilde verfälscht worden sei, verloren gegangen.*

Dieses Buch heiße Der Weg des Geweihten *und handele von der Rolle der Geweihten und ihrer Macht auf der Welt, als Beweis der Größe und Güte ihres Gottes. Theana wird neugierig und fragt ihn, ob dieses Buch auch von ihrer Heldin Nihal handele.*

»In einem gewissen Sinn schon«, antwortet ihr Vater, und sie beginnt zu fantasieren und sich diesen Weg der Geweihten wie ein Märchen auszumalen.

Theana konnte sich nicht beherrschen. Sie merkte sich die Signatur und ging zum Regal, einem der staubigsten und am schlechtesten beleuchteten, und fand, was sie suchte, zwischen einigen besonders abgegriffenen und zerschlissenen Büchern.

Der Einband aus hellem Leder war an den Ecken mit kupfernen Beschlägen verstärkt, die im Lauf der Zeit grünlich geworden waren. Unwillkürlich dachte sie an ihren Vater, und wie sehr er sich gefreut hätte, dieses Werk in den Händen zu haben. Sanft strich sie mit den Fingerspitzen darüber, und die Erinnerung an seine Stimme, während er ihr aus der *Geschichte der Drachenkämpferin* vorlas, bewegte sie tief im Herzen.

Behutsam ging sie die Seiten durch. Hierbei handelte es sich um keine Abschrift, nein, es war das Original, jenes Buch, über das die Jahrhunderte hinweggegangen waren und das nun, auf verschlungenen Wegen, in die Hände der letzten Priesterin Thenaars gelangt war. Sie schickte ein Dankgebet zu ihrem Gott, während sie das dünne Buch an ihre Brust drückte, ein Buch, das man für so unbedeutend hielt, dass man es in das hinterste Regal, wo niemand es sah, verbannt hatte.

Dieses Mal fiel es ihr leichter. Wie selbstverständlich verstaute sie es unter dem Oberteil ihres Kleides und hatte dabei das Gefühl, dass dieses Werk gewissermaßen ihr gehörte. Als Volco sie zum Abendessen rufen kam, trug Theana es auf diese Weise mit hinaus und drückte es wie einen wertvollen Schatz an sich.

Wie immer in der jüngsten Zeit, war Dubhe auch an diesem Abend nicht da. Theana legte sich auf das Bett und schlug im Schein einer Kerze, die den Raum nur wenig erhellte, das Buch auf. Der Schimmelgeruch, den die Seiten verströmten, war wie ein Parfum für sie, das nach Kindheit und verlorenen Dingen duftete.

In banger Erwartung las sie die ersten Zeilen. Es begann mit einem Gebet, das sie gut kannte, ein Gebet, das ihr Vater sie jeden Morgen hatte aufsagen lassen und das sie immer noch sprach, wenn sie ein Ritual ausführte.

> Gelobt seiest du, Shevraar, gelobt seiest du, Herr des Blitzes und des Schwertes, du Schöpfer und Zerstörer, Herr des ewigen Kreislaufs des Lebens, gelobt seiest du. In seinem Namen will ich, Heiraal, nun von seinen auserwählten Kindern erzählen, wie sie zur Welt kommen und wie sie in besonderer Weise ihrem Gott dienen dürfen. Möge Shevraar meine Worte mit seinem Geist erfüllen und mein Vorhaben mit Erfolg krönen.

Am Rand der Seiten bemerkte Theana sogleich einige Anmerkungen. Als sie las, was da stand, stockte ihr das Blut in den Adern.

›Thenaar, nicht Shevraar.‹

›Aster, der Geweihte.‹

Kein Zweifel, dieses Buch war durch die Hände der Gilde gegangen. Niemand außer den Assassinen hätte Aster jemals als einen Geweihten bezeichnet.

Hin- und hergerissen zwischen Wehmut und Abscheu versank sie in der Lektüre. Es war erschreckend, wieder bestätigt zu sehen, wie sehr sich der Irrglaube der Sekte mittlerweile durchgesetzt hatte und in welchem Maß Shevraar und das, wofür er stand, verdrängt worden war durch Thenaar.

> In den meisten Fällen werden die Geweihten von dem Gott selbst auserwählt: Heerführer und Krieger, Weise und Magier, Priester oder Männer, die schon von klein auf ein besonderes Talent für die Kunst des Kriegführens oder die Bewahrung des Friedens zeigen. Denn zwei Seiten hat Shevraars Gesicht, und dies darf man nie vergessen.

›Ketzerei‹ war am Rand in roter Schrift vermerkt. Theana war zornerfüllt. Mit diesem Begriff hatte die Gilde ihren Vater gebrandmarkt, als sie herausfand, was er predigte: Ketzer. Das war der Ausgangspunkt der Verfolgung gewesen. Sie selbst war damals noch ein kleines Mädchen und erinnerte sich kaum an die glücklichen Zeiten, als sie noch eine Familie waren und frei leben konnten, ohne sich vor irgendjemandem verstecken zu müssen.

Die Geweihten treten vor allem in Zeiten großer Verwirrung auf und sind das Werkzeug, durch das der Gott die Ordnung der Welt wiederherstellt. Denn das ewige Gleichgewicht zwischen Krieg und Frieden, Leben und Tod darf nie außer Kraft geraten. Dies ist ihre Aufgabe: die Ordnung wiederherstellen durch ihr eigenes Wirken.

Miravar war der vierte Geweihte. Er besiegte den Großen Feind, jagte ihn zurück in die Tiefen der Hölle, aus der er aufgestiegen war. Angekündigt hatte ihn mit ihrer Prophezeiung die Priesterin Krissa, die im Tempel von Seferdi diente und sein Erscheinen vorhersagte, während der *Krieg aller Kriege* wütete.

Lange zurückliegende Ereignisse, von denen sie nur durch ihren Vater gehört hatte. Gegen den sogenannten Großen Feind hatte Miravar damals den Talisman der Macht ins Feld geführt, so wie später Nihal gegen den Tyrannen. Und Seferdi war die Hauptstadt des Elfenreiches gewesen.

Während die Lektüre Theana fesselte, erfüllten die Kommentare sie mit Bestürzung. Immer wieder der Vorwurf der Häresie und gemäß der Lehre der Gilde unterstrichene oder beanstandete Passagen. All das erschien ihr unerträglich. Es stimmte, was Sennar gesagt hatte, als Lonerin ihn aufsuchte: In der Aufgetauchten Welt wirkten Kräfte, die danach trachteten, alles Reine zu verderben. Auf diese Weise war der wahre Gehalt ihres Glaubens in den vergangenen Jahrhunderten so beschnitten und verbogen worden, dass er sich ins Gegenteil verkehrt hatte. Und immer besser verstand sie ihren Vater und das Gefühl der Einsamkeit, das ihn in all den Jahren, da sie von Land zu Land gezogen waren, so bedrückt hatte. Er war der Letzte, der Einzige, hatte niemanden mehr, mit dem er die tiefsten Geheimnisse seines Herzens teilen konnte, die Zweifel, die Gewissheiten, und wurde stattdessen verlacht, so wie sie selbst es manchmal von Dubhe erlebt hatte.

Wo lag der geheime Sinn dieses Leids, dem ihr Vater, und nun auch sie, unterworfen war? Er hatte ihr häufig erklärt, dass es einen festen Plan gebe, auch wenn er im Augenblick nicht zu erkennen sei, ein Plan, an dem Miravar teilhatte, und auch Nihal war auf ihrem Weg von einer bestimmten Kraft geleitet worden. Und wie sah es mit ihr selbst aus? Wohin sollten sie führen, ihr Schmerz und ihre Einsamkeit?

Wie sie weiter las, gab es eine ganze Reihe von Artefakten, die ein Geweihter nutzen konnte. Der Talisman der Macht wurde beschrieben, und mit ihm die Eigenschaften aller acht Elfensteine. Erläutert wurde, wo sie gehütet wurden, wodurch sie sich auszeichneten und wie sie zu nutzen waren.

Theanas Herz machte einen Sprung. Dieses Buch wäre Lonerin auf seiner Mission äußerst nützlich gewesen. Der Gedanke an ihn überfiel sie mit einer Heftigkeit, die sie überraschte. Lange hatte sie nicht mehr an ihn gedacht, hatte ihn fast vergessen. Aber da er nun plötzlich wieder in ihren Gedanken auftauchte, hatte sie das Gefühl, ohne Unterlass an ihn gedacht zu haben, und sah ihn wieder vor sich wie am letzten Tag, als sie sich sogar geweigert hatte, sich von ihm zu verabschieden. Die Erinnerung setzte ihr so zu, dass es ihr sogar körperlich wehtat.

Du musst ihn vergessen. Auch deswegen hast du dich auf den Weg gemacht.

Aber das war schwer, wenn nicht gar unmöglich. Die gemeinsam verbrachten Jahre hatten zwischen ihnen ein Netz von Verbindungen geknüpft, aus dem sie sich nicht befreien konnte.

›Verschollen. Noch wiederzubeschaffen‹, stand als Bemerkung unter dem Kapitel über den Talisman der Macht.

Theana atmete erleichtert auf. Die Gilde besaß den Talisman also nicht, und Lonerin blieb es erspart, noch einmal in deren Bau zurückzukehren und ihn dort zu suchen.

Im nächsten Kapitel ging es um andere Artefakte, die von Geweihten im Lauf der Jahrhunderte eingesetzt worden waren. Größtenteils waren sie mit ihren Benutzern zerstört worden. Einige waren allerdings auch erhalten geblieben und wurden, zu Lebzeiten des Autors, an bestimmten Orten aufbewahrt. Der unbekannte Kommentator hatte am Rand das weitere Schicksal dieser magischen Objekte vermerkt.

›Einst in der Feste aufbewahrt, ist seit deren Zerstörung verschollen.‹

›In Teilen erhalten, im Ringsaal.‹

Dann eine anders klingende Anmerkung: ›Intakt. Aufbewahrungsort: Bau der Gilde.‹

Theana las, auf welches Artefakt sich diese Information bezog.

DESSARS LANZE

Hier haben wir es mit einer sehr bedeutenden Reliquie zu tun, eine der wenigen, denen ein ganzer Tempel geweiht wurde. Dabei handelt es sich um jene Lanze, die der Geweihte Dessar im Kampf gegen Ratahar, den Drachen der *Großen Rebellion*, einsetzte. Manche halten die Geschichte dieser Waffe jedoch nur für eine Sage und führen an, dass es einen bösartigen Drachen namens Ratahar nie gegeben habe und die sogenannte *Große Rebellion* nur als Allegorie zu verstehen sei, mit der die Folgen der Zerstörung des Bandes zwischen Elfen und Natur aufgezeigt werden soll. Zweifellos aber wohnen dieser Lanze ganz außerordentliche Kräfte inne: In dem Bereich des Tempels, in dem sie gehütet wird, wachsen das ganze Jahr über, ohne Wasser und ohne Erde, weißliche Milchgewächse. In der Geschichte heißt es, Dessar habe die Lanze als Katalysator verwendet, um seine eigenen Kräfte noch weiter zu steigern. Auf diese Weise gelang es ihm, Ratahars Kräfte zu lähmen und ihn schließlich zu töten. Wie es heißt, kann diese Lanze jedweden Zauber unschädlich machen und sogar Siegel brechen. Zu diesem Zweck scheint die Waffe allerdings noch nie eingesetzt worden zu sein. Dazu muss man wissen, dass allein Geweihte einen solch starken Geist besitzen, dass sie die Lanze nutzen können, ohne selbst Schaden zu nehmen. Wer auch immer sich in jüngster Zeit daran versucht hat, ist zu Tode gekommen, denn die enorme Gewalt der Lanze saugt den Geist vollständig auf.

Das Gildenmitglied, das das Buch vor Theana gelesen hatte, hatte unter dem Kapitel vermerkt:

›Möglicher Katalysator für Asters Geist? Wiederauferstehung von den Toten.‹

Theana schluckte. Wie Dubhe erzählt hatte, war Aster in einer Art Zwischenreich in der Form reinen Geistes in einer geheimen Kammer der Gilde gefangen. Ob die Sekte tatsächlich plante, ihn mithilfe der Lanze ins Reich der Lebenden herüberzuholen?

Ein Siegel zu brechen, war eine unerhörte Leistung, die nur ein sehr mächtiger Magier vollbringen konnte, und häufig noch nicht einmal der. Unwillkürlich dachte Theana an Dubhes Siegel. Es wäre zu schön gewesen, im Besitz dieser Lanze zu sein. Damit hätte man Dubhe erlösen können, ohne weiteres Blut vergießen zu müssen.

Zu traurig, dass die letzte Geweihte vor zwanzig Jahren gestorben ist …, dachte sie.

Knarrend öffnete sich die Tür »Immer noch auf?«

Dubhe trat ein, in ihren Augen ein seltsamer Glanz, der nicht zu ihrem immer abgezehrter wirkenden Gesicht passen wollte.

»Wie spät ist es denn?«, fragte Theana sie.

»Noch zwei Stunden bis zum Wecken.«

Im Geist verfluchte sich die Magierin. Mit so wenig Schlaf

würde das ein harter Tag für sie werden. Rasch schlug sie das Buch zu und steckte es unter das Kopfkissen. Aus irgendeinem Grund hatte sie Hemmungen, es Dubhe zu zeigen, so als sei es etwas zu Intimes.

»Hast du etwas Neues erfahren aus deinen Büchern?«

Theana wollte bereits verneinen, als ihr das Symbol wieder einfiel. Sie holte die Pergamentseite mit ihrer Zeichnung hervor. »Ja, vielleicht.«

12

Das schwarze Schwert

Es war früher Morgen, als sich Sennar und Lonerin wieder zur Altstadt im Turm aufmachten.

Der alte Magier hatte darauf bestanden, beizeiten loszugehen. Offenbar hatte der Besuch auf dem Friedhof am Vorabend seinen Tatendrang geweckt. Er wirkte wie ein Mann, der noch einmal einen Grund gefunden hatte, die letzten Kräfte zusammenzunehmen, und erst am Eingangstor sah Lonerin ihn, den Blick nach oben richtend, einen Moment lang zögern. Über ihnen war ein kleines Fenster, das zu dem Haus gehörte, in das er und Nihal nach der großen Winterschlacht gezogen waren. Fünf Jahre lang hatten sie versucht, im Land des Windes ihren Frieden zu finden, bevor sie sich entschlossen, die Aufgetauchte Welt ganz zu verlassen. Sennar sagte nichts, sah Lonerin nur seltsam an, und gleich darauf stiegen sie auch schon zum ersten Stockwerk hinauf.

Das Kontor des Kaufmanns lag im Marktviertel, früher ein Bereich, in dem es von Ständen jeder Art nur so wimmelte, während jetzt nur noch trostlos wirkende Läden für Stoffe und allerlei Firlefanz zu sehen waren. Es war nicht schwierig, das richtige Haus zu finden. Die Beschreibung des Heilpriesters war recht genau gewesen, und so hatten sie sich kaum verlaufen können. Und in der Tat erkannten sie, als sie um eine Ecke bogen, ein Geschäft, dessen Eingangstür vor Waren aller Art kaum zu sehen war. Auch ein Großteil der Gasse war zugestellt und nur ein schmaler Durchgang frei geblieben, durch den sich die Passanten mit dem Rücken zur Wand schieben mussten. Unter der Plane, die über der Tür aufgespannt war, hingen Bilder, Schwerter und verschiedenste Gefäße. Auf dem Boden lagen zusammengerollte Teppiche, und daneben stapelten sich Körbe, Schalen, Stühle und kleine Tische. Über der Tür stand in schönen schmiedeeisernen Buchstaben: BEI MOLIO – ANTIQUAR.

Sennar trat als Erster ein und stieß dabei mit dem Kopf gegen ein paar hinter der Tür aufgehängte Kannen, die laut zu scheppern begannen. Von den Mauern der Gasse zurückgeworfen, hallte der Lärm düster nach. Vorsichtiger folgte Lonerin ihm, doch einmal drinnen, kam auch er nicht umhin, sich über das große Durcheinander, das dort herrschte, zu wundern. Es schien unmöglich, dass auf solch beschränktem Raum so viele Dinge Platz fanden. An den Wänden waren Dutzende Regale befestigt, die sich unter der Last der Waren bogen, während dem Kunden sogleich ein scharfer Ledergeruch in die Nase stieg.

Sennar ergriff Lonerins Arm. »Überlass das Reden mir. Sieh du dich unterdessen ein wenig um«, sagte er zu ihm und rief dann mit lauter Stimme: »Ist da jemand?«

Scheinbar ungehört verloren sich seine Worte im Raum.

»Wir sind Sammler antiker Objekte«, versuchte es Sennar noch einmal, nun mit einer kleinen List, »und haben die Absicht, uns mit schönen Dingen einzudecken. Dafür ist uns kein Preis zu hoch.«

Dieses Mal wurde die Stille unterbrochen. Das Geräusch von Schritten erklang, und es erschien ein älterer Gnom, der auf die beiden Fremden zuschlurfte. Er war sehr klein, sogar für einen Gnomen, und sein Kopf kahl, während sein langer Bart nach der Sitte seines Volkes mit Zöpfen und Perlen verziert war. Auf seiner platten Nase saß eine Brille mit runden, gold eingefassten Gläsern. »Was kann ich für die Herren tun?«, fragte er mit skeptischer Miene, wobei er sie von oben bis unten musterte.

»Wir kommen aus Makrat im Land der Sonne, wo wir

ebenfalls einen Laden führen. Die Bekanntschaft mit einem jüngeren Mann aus dieser Gegend veranlasste uns zu der Reise. Tarik ist sein Name …«

Sennar ließ die Worte wirken, und in der Tat zog der Gnom eine Augenbraue hoch. Aber seine Züge blieben gleichmütig.

»Gestern mussten wir jedoch erfahren, dass er vor einiger Zeit verstorben ist …«

Der Gnom setzte, dem Anlass entsprechend, eine betrübte Miene auf. »Ja, ja, eine traurige Geschichte … Beide umgebracht, er und seine Frau, und das wegen eines missglückten Raubes. Die Mörder hatten offenbar nicht die Zeit, Dinge von Wert mitzunehmen …«

Nun, das hast du dann sicher gern für sie übernommen …

Sennar biss sich auf die Zunge. Gegen diesen Gnomen empfand er einen instinktiven Widerwillen. Einen Blick auf dessen krumme, knöcherne Finger werfend, stellte er sich vor, wie dieser im Haus seines Sohnes herumwühlte. Plötzlich spürte er, wie ihm jemand sanft eine Hand auf die Schulter legte. Lonerin. Die Berührung reichte aus, ihn zu beruhigen.

»Eben darum geht es … Wie wir hörten, habt Ihr Euch der Wertgegenstände angenommen, die sich in ihrem Haus befanden.«

»Ganz recht. Ihr müsst wissen, diese beiden führten ein sehr zurückgezogenes Leben, hatten also keine Freunde, die ihre Habe für sich hätten beanspruchen können. Von möglichen Verwandten hatten wir keine Kenntnis, und von einem Testament keine Spur. Deswegen habe ich mich um die Sache gekümmert.«

Der Gnom ließ sich hinter seiner Ladentheke nieder, die aber nur noch als hölzernes Viereck erkennbar war, das mit Dutzenden von Nippsachen aller Formen und Farben vollgestellt war.

»Wir sind immer noch an einem möglichen Kauf interessiert«, erklärte Sennar.

Der Gnom seufzte. »Das wird nicht einfach sein ... Seit dem Raubüberfall sind nun schon einige Monate vergangen, und die Dinge haben sich gut verkauft. Es sah auch nicht so aus, als wenn es in diesem Haushalt wirklich kostbare Dinge gegeben hätte.«

»Dann schlage ich vor«, schaltete sich nun Lonerin ein, »dass wir Euch die Dinge nennen, über die wir bereits mit diesem Manne Einigkeit erzielt hatten, und Ihr sagt uns, ob sie in Eurem Besitz sind.«

»Wie Ihr wünscht.«

Sennar nahm nun die Situation in die Hand. Es war ein wenig wie ein Glücksspiel, und da Lonerin Tarik nie kennengelernt hatte, war er der Einzige, der den Geschmack seines Sohnes erraten konnte. Zunächst erwähnte er einige Gemälde. Es gab ihm einen Stich, als er daran dachte, dass Tarik von klein auf besonders gern gezeichnet hatte und sich mit der Zeit immer schönere und detailliertere Skizzen im Haus angesammelt hatten. Auch als seine Mutter starb, hatte er nicht damit aufgehört, aber begonnen, sie für sich zu behalten, um die Wände seines Zimmers damit zu schmücken, und nicht zugelassen, dass sein Vater sie an sich nahm oder sie irgendwo anders im Haus aufhängte.

»Ja, die sind als Erstes weggegangen«, antwortete der Gnom, »denn sie waren nicht nur zahlreich, sondern auch wirklich gekonnt. In einer Anrichte haben wir einen ganzen Packen von Pergamentseiten mit Zeichnungen gefunden: von wunderschönen Drachen vor allem, und zahlreiche Porträts von Nihal in den verschiedensten Aufmachungen und Haltungen.«

Sennar schluckte. Die Situation war schwerer zu ertragen, als er hatte ahnen können. Jetzt hieß es, alle Kraft zusammenzunehmen, um überhaupt weitermachen zu können.

»Er hatte uns gegenüber auch etwas von antikem Schmuck erwähnt«, schaltete sich Lonerin nun ein, und Sennar war froh über seine Geistesgegenwart.

»Ihr meint wohl den seiner Frau. Allerdings glaube ich

nicht, dass er den verkaufen wollte. Es schienen doch eher Familienstücke zu sein. Aber von denen habe ich vielleicht noch etwas übrig …«

Zielstrebig bewegte er sich in eine besonders staubige und dunkle Ecke des Ladens und holte ein hölzernes Kistchen hervor. Darin befanden sich einige Halsketten von ganz geringem Wert, waren sie doch durchweg aus billigen Materialien wie geschmiedetem Eisen oder Glas gefertigt. Sennar hatte Mühe, die Tränen zurückzuhalten. Es war der Schmuck seiner Schwiegertochter, vielleicht Geschenke, die sie als junges Mädchen zum Geburtstag erhalten hatte, oder später von ihrem Gatten. Ein ganzes Leben, über das er nie etwas erfahren würde.

Lonerin trat zu ihm, prüfte die Stücke mit kritischem Blick und begann dann, über den Preis zu verhandeln. Jetzt war Sennar doch erleichtert, dass der junge Magier bei ihm war: Er zeigte starke Nerven und einen wachen Geist, zwei Eigenschaften, die ihm selbst im Augenblick fehlten.

Lonerin verständigte sich auf den Kauf eines Paars Ohrringe sowie einer Halskette, doch bevor er bezahlte, kam er endlich zum Kern der Sache. »Dieser Bekannte, Tarik, erzählte uns auch von einem Anhänger, den ich hier nicht entdecken kann …«

Der Gnom horchte auf.

»Damals hat er uns sogar eine Zeichnung davon gegeben«, mischte sich Sennar wieder ein, »schade, dass wir sie nicht hier haben. Es handelte sich um eine Art großes Medaillon, mit acht verschiedenfarbigen Edelsteinen verziert und einem Auge in der Mitte.«

»Ach, gewiss. Dieses defekte Stück.«

Sennar sah es wieder vor sich, das Medaillon, so als wenn es sein Haus nie verlassen hätte: rund, in acht Felder aufgeteilt, jedes gefüllt mit einem der heiligen Elfensteine, die Nihal auf ihrer Rundreise durch die Aufgetauchte Welt zusammengetragen hatte, und in der Mitte als Iris ein opalisierender Edelstein, der berühmte Talisman der Macht. Wie gut erinnerte er sich noch an den Moment, als Nihal ihn zerschmettert hatte, um das Leben ihrer Familie, ihres Mannes und ihres Sohnes, zu retten. Das Lächeln, mit dem sie ihn noch angesehen hatte, war so fest in seinem Hirn eingebrannt, dass er dieses Bild nie wieder löschen konnte.

»Es war gar nicht so leicht, den Anhänger zu verkaufen«, erklärte der Kaufmann.

Lonerin ließ die Schultern hängen, doch Sennar bemühte sich, keine Enttäuschung zu zeigen. »Dann habt Ihr ihn also nicht mehr?«

Der Gnom schüttelte den Kopf. »Nein, den hat ein Sammler erworben. Er war so dahinter her, dass er mir einen unangemessen hohen Preis dafür bezahlt hat. Mit glänzenden Augen betrachtete er ihn, ich schwöre es, und …«

»Erinnert Ihr Euch vielleicht an den Namen des Mannes?«, fiel ihm Sennar ins Wort.

Mit argwöhnischer Miene blickte ihn der Gnom lange an. »Ja, gewiss. Er ist ein alter Kunde von mir, einmal im Monat kommt er her und durchstöbert voller Leidenschaft meinen Laden. Es macht ihm Spaß, sich mit antiken Dingen zu umgeben. Ydath heißt er und ist ein reicher Mann aus Barahar im Land des Meeres.«

Sennar stutzte. Offenbar sollten ihn alle Wege dieser Mission in die Vergangenheit zurückführen. Nach der Rückkehr in das Land des Windes würde er nicht umhinkommen, nun auch noch einmal das Land, in dem er geboren war, zu besuchen. »Ich verstehe …«

»Wolltet Ihr den Anhänger etwa kaufen?«, fragte der Gnom, der sich offensichtlich wunderte, wie viele Leute an diesem Stück interessiert waren.

Sennar zuckte mit den Achseln. »Mal sehen, aber ich glaube, das wird ohnehin schwierig werden. Wir Sammler hängen ja oft unser Herz an unsere Stücke und wollen uns dann keinesfalls mehr davon trennen.«

»In diesem Zusammenhang interessiert uns noch etwas anderes.«

Sennar drehte sich zu Lonerin um. Er verstand nicht, worauf der junge Magier hinauswollte.

»Ja, was denn?«

»Ein Schwert, ein wunderschönes Schwert aus Schwarzem Kristall.«

Der Gnom bekam glänzende Augen, und Sennar begann das Herz in der Brust zu hämmern. Er hatte das Schwert wieder vor sich, in seiner Scheide, unter ihrem Bett, wo sie es abgelegt hatte.

»Soll das jetzt immer dort unten liegen bleiben?«, fragt er Nihal mit einem Lächeln.

Sie schaut ihn amüsiert an. »Fürs Erste, ja. Ich muss mir zunächst darüber klar werden, ob es in meinem neuen Leben überhaupt noch eine Rolle spielen kann.«

Und sie küsst ihn sanft.

»Ja, eine kostbare Reproduktion von Nihals Schwert, das unsere Heldin in die Unbekannten Lande mitgenommen hat. Wirklich ein Meisterwerk. Eine so täuschend echte Kopie habe ich noch nie gesehen, und ich kann Euch versichern, dass mir schon sehr viele untergekommen sind«, sagte der Händler stolz. »Folgt mir.«

Flink bewegte er sich auf seinen kurzen Beinen und führte sie durch eine niedrige Tür, die wie für seine Statur gemacht schien. Dahinter lag der einzige ordentliche Raum des ganzen Ladens, wo der Gnom seine wertvollsten Stücke aufbewahrte. In erster Linie waren es kunstvoll gefertigte Waffen und daneben Einrichtungsgegenstände und Geschirr, die aber keine Allerweltsgegenstände zu sein schienen, so wie in dem anderen Teil des Ladens. Alles war sorgfältig in den Regalen untergebracht, abgestaubt und poliert.

»Vor allem ist es tatsächlich auch aus Schwarzem Kristall, und das hebt natürlich den Preis beträchtlich«, erklärte Molio, während er auf eine wacklige Leiter stieg. »Und dann die exakten Gravierungen … Und erst der Stein! Dieser weiße Stein ist einfach herrlich, ich denke, es handelt sich um eine echte *Träne*!«

Für einen Moment verschwand der Händler aus ihrem Blickfeld, kletterte dann wieder die Sprossen hinunter und hielt dabei ein langes, samtenes Tuch fest an die Brust gepresst. Der Größe wegen trug er den Gegenstand ein wenig unbeholfen, aber die beiden Magier hatten nicht den Eindruck, als sei er zu schwer für ihn. Unten angekommen, legte er das Bündel auf den Tisch in der Mitte des Raumes und schlug das Tuch auf.

Sennar spürte das Herz wie wahnsinnig in der Brust hämmern, und ihm schwanden fast die Sinne, als er das Schwert erblickte.

Da lag es vor ihm, funkelnd, noch scharf, graviert von Tausenden von Kerben und Kratzern, die es bei Nihals unzähligen Schlachten davongetragen hatte. Auch von ihrem letzten Schlag musste ein Zeichen da sein, von jenem fatalen Hieb, mit dem sie den Talisman zerschmettert hatte – und damit auch ihr Leben. Die Klinge aus Schwarzem Kristall schimmerte im matten Licht der Kammer, und der Drache auf dem Heft schien zu beben. Die Träne, jener Stein also, den der Kobold Phos Nihal einst zum Geschenk gemacht hatte, strahlte in einem fast unerträglich grellen Licht. Sennar war wie erstarrt: Zu vieles, was seine geliebte Frau ausgemacht hatte, steckte in dieser Waffe.

»Stellt Euch vor, das Schwert lag achtlos in einem Schrank … Und darüber hinaus ist es gar nicht so leicht, es zu verkaufen! In meiner Kundschaft haben viele nicht genug Geld für ein solch wertvolles Stück, und selbst dieser Sammler, von dem ich sprach, Ydath also, zögert noch, weil er schon für das Medaillon tief in die Tasche gegriffen hat. Aber Euch mache ich einen besonders guten Preis.«

Sennar hörte ihm nicht zu. Das Schwert hatte ihn vollkommen in seinen Bann gezogen. Ihm war, als würde er in ihm auch Nihal wiedersehen. Nach ihrem Tod hatte er es in der Küche gut sichtbar über dem Herd aufgehängt und unzählige schlaflose Nächte davor gesessen und es voller Verzweiflung betrachtet. Jetzt streckte er die Hand aus und fuhr sanft darüber. Seine Fingerspitzen rieben sich an dem rauen Material, und mit Macht überfielen ihn die Erinnerungen.

»Es sieht so aus, als sei sogar damit gekämpft worden«, sagte der Gnom jetzt.

Sennar schaute ihn mit verwirrter Miene an.

»Wie viel?« Lonerins Stimme klang sicher.

»Tausend Denar.« Ein unangemessen hoher Preis.

Lonerin spielte ein wenig Theater: »Zweifellos ist das ein sehr schönes Stück, aber für diese Summe bekäme ich ja das echte Schwert … Meint Ihr nicht, Ihr übertreibt?«

»Ich kann auf achthundert heruntergehen.«

Lonerin feilschte noch weiter, bis sie sich schließlich auf siebenhundert einigten. Der junge Magier nahm das Schwert und wickelte es ganz behutsam wieder in das violette Samttuch ein.

»Und was ist mit der Scheide?«, fragte er dann.

Der Gnom zuckte nur mit den Achseln. »Die habe ich gesondert verkauft. Ein Objekt ohne jeden Wert, ein gewöhnliches Futteral aus zerschlissenem Leder … Welcher Sammler würde sich schon eine solch herrliche Waffe kaufen und sie dann in so einer Hülle aufbewahren? Nein, solch ein Prachtstück will ausgestellt sein …«

»Nun, wie auch immer, Ihr wart uns eine große Hilfe«, bedankte sich Lonerin mit einem Lächeln.

»Ich habe zu danken. Gute Kunden wie Euch hat man gern. Denkt an mich, wenn Ihr wieder etwas sucht.«

»Das werden wir.«

Als sie den Laden verlassen hatten, brachte Sennar kein Wort heraus. Zu sehr hatte der Anblick von Nihals Schwert ihn verstört. Er spürte, wie seine Augen brannten, und er hätte nicht sagen können, ob er so glücklich war, diese Waffe, die für seine Frau mehr bedeutet hatte als ihr eigenes Leben, wiedergefunden zu haben, oder so tief betrübt, weil sie jetzt nicht da war, um ihr Schwert zur Hand zu nehmen.

Lonerin wartete, bis sie den Turm von Salazar verlassen hatten. »Das gehört wohl Euch«, sagte er dann.

Feierlich wie ein Knappe seinem Ritter reichte er Sennar das Schwert.

Der alte Magier betrachtete es. »Warum?«, fragte er.

»Weil Ihr bereits so viel verloren habt und ich es unerträglich fände, wenn dieses Symbol Eurer Geschichte in der Ecke eines Kramladens vor sich hin rotten oder, schlimmer noch, im Haus irgendeines Reichen verstauben würde.«

Der alte Magier legte die Hände auf das Heft und die Klinge. Er spürte, wie der Schwarze Kristall in seine Fingerkuppen einschnitt, doch es war ein süßer Schmerz. »Ich kann so ein Schwert nicht führen. Und ohne sie bedeutet die Waffe auch gar nichts.«

»Natürlich. Sie ist doch noch erfüllt von ihrem Geist.« Lonerin blickte den alten Magier feierlich an, wie einen Mythos, einen Helden.

Ja, es stimmte. Das war Nihals Hinterlassenschaft, ihr Erbe. Er war vielleicht gescheitert, dachte Sennar, Nihal aber nicht. Die Erinnerung an sie war noch überall gegenwärtig in der Aufgetauchten Welt, und ihre Taten waren für viele Leute immer noch ein leuchtendes Beispiel. »Danke«, murmelte er.

Lonerin erwiderte nichts, lächelte nur.

Als sie in das Gasthaus zurückkamen, um ihre Sachen zu holen und die Rechnung zu begleichen, blickte der Wirt sie misstrauisch an. Er hatte erfahren, dass sie im Turm den Heilpriester getroffen hatten, der sich um diese Angelegenheit mit der vor einiger Zeit ausgelöschten Familie gekümmert hatte. So etwas sprach sich in der Stadt schnell herum, und unsaubere Machenschaften, wie das Anzetteln einer Verschwörung etwa, wurden vom König mit äußerster Härte bestraft. Unter dieser Herrschaft konnte sich niemand sicher fühlen, noch nicht einmal ein einfacher Gastwirt.

»Ihr sagtet doch, Ihr würdet einige Tage bleiben …«

»Was wir zu tun hatten, ließ sich schneller erledigen, als wir dachten«, beschied ihm Sennar knapp.

Diese Auskunft konnte den Wirt nicht beruhigen. »Ich will keinen Ärger, verstanden? Ich bin ein ehrlicher Mann und habe nichts zu verbergen.«

Sennar knallte die vereinbarte Summe auf die Theke, und dazu noch weitere zehn Denar. »Hindert dich deine Ehrlichkeit daran, eine zusätzliche Bezahlung anzunehmen?«

Der Mann warf einen skeptischen Blick auf die Münzen. »Ich will davon nichts wissen«, erklärte er und strich das Geld ein.

»Da gibt es auch nichts zu wissen«, erwiderte der alte Magier trocken und wandte sich zum Gehen.

Sie bestiegen die Pferde und ritten bald in wildem Galopp durch die Steppe.

Lonerin hatte langsam genug von dieser ständigen Hetze, so als sei ihnen eine ganze Heerschar von Gespenstern auf den Fersen. Immer häufiger verspürte er das Bedürfnis, einen Augenblick innezuhalten, vor allem auch um zu begreifen, was in ihm vorging. Seit ihrem Aufbruch hatte er keine Zeit zum Nachdenken mehr gefunden. Seine Mission, Dubhes Blick, als sie ihm Lebwohl sagte, Theanas Entscheidung, sein unbändiger Hass auf die Gilde, der manchmal alles andere überlagerte: All das hatte sich zu einem Chaos vermengt, das er nicht mehr durchschaute.

Ihr Nachtlager schlugen sie in einem niedrigen Buschwald auf, den sie am Rand der Steppe entdeckt hatten.

Erschöpft ließ sich Lonerin zu Boden sinken. Der Himmel über ihnen war blass, die Sterne verschleiert. Jetzt, zu dieser Jahreszeit, begann es im Land des Windes sehr warm zu werden, eine Gegend, die immer schon für ihr besonders heißes Klima bekannt war.

»Steh wieder auf. Es ist noch nicht Zeit zum Ausruhen.«

Lonerin blickte Sennar aus müden Augen an. »Ich kann nicht mehr. Dieses ständige Herumziehen laugt mich aus.«

»Und wenn schon. Wir machen auch keine Vergnügungsreise.«

Der alte Magier holte bereits einige Bücher aus seinem

Quersack hervor, und das bedeutete: lernen. Doch Lonerin spürte, dass jetzt nichts mehr in seinen Kopf hineingehen würde. »Tut mir leid, aber heute Abend schaffe ich das nicht mehr.«

Sennar blickte ihn höhnisch an. »Ich bin dreimal so alt wie du und habe ein lahmes Bein. Aber ich bin immer noch besser bei Kräften als du.«

Das stimmte nicht. Auch er war erschöpft, hatte Ringe um die Augen, und seine Hände zitterten. Aber es drängte ihn weiter, er konnte nicht anders, und das verstand Lonerin gar zu gut.

»Es wird uns beiden sicher guttun, wenn wir uns mal richtig ausruhen. Bisher haben wir uns kaum eine Pause gegönnt, und auch Euch wird das zu viel. Es ist niemandem gedient, wenn wir unsere Kräfte auf diese Weise vergeuden. Ich jedenfalls muss frisch und ausgeruht sein, wenn ich den Ritus vollziehen soll.«

»Die Zeit drängt aber, mein junger Freund, und du kannst dich ausruhen, wenn du den Zauber sicher beherrschst. Die Tat ist das Einzige, was uns retten kann, in jeder Beziehung.«

Sennar blickte ihn eindringlich an, und Lonerin verstand sehr gut, wie sehr es ihm davor graute, haltzumachen: Hinter ihm lag eine Vergangenheit, die ihm immer auf den Fersen war und die sich von den eindringlichsten und schmerzlichsten Erinnerungen nährte. Dagegen half ihm nur, sich schneller als diese Vergangenheit zu bewegen, sich durch Handeln und Vorwärtsstreben zu betäuben, um mit dem Geräusch seiner Schritte die Stimmen zu übertönen, die innerlich zu ihm sprachen.

»Bei mir ist das anders«, erklärte Lonerin, jetzt wacher. »Ich muss den Sachen auf den Grund gehen, muss sie verstehen. Aber seit ich mich in den Bau der Gilde eingeschlichen habe, schreite ich auch immer nur voran. Dadurch ziehen die Dinge zu schnell an mir vorüber, als dass ich Zeit hätte, sie auch nur anzusehen, geschweige denn, sie zu prüfen und zu verstehen.«

Ohne Hast schlug Sennar das Buch auf. »Da gibt es nichts zu verstehen, denn die Ereignisse haben keinen tieferen Sinn. Ihr Verlauf folgt keinem erkennbaren Weg, und kein höherer Plan steht dahinter, den du entschlüsseln könntest. Zudem lässt sich der Lauf der Dinge ohnehin nicht aufhalten.«

Langsam, mit lahmen Gliedern und vom Schlafmangel benebeltem Kopf richtete sich Lonerin auf. »Seid Ihr Eures Enkelsohnes wegen hier?«

Die Frage kam ihm spontan über die Lippen. Zuvor hatte er es nie gewagt, sie zu stellen, doch nun, benommen von der Müdigkeit, war er kühner geworden.

Nur einen kurzen Moment verlangsamte Sennar den Rhythmus, mit dem er die Seiten umschlug. »Du willst dich mit solch sinnlosen Fragen nur vor dem Lernen drücken«, sagte er lächelnd.

Lonerin ging nicht darauf ein. »Ihr seid so ganz anders, als ich es mir vorgestellt habe«, fuhr er ungerührt fort. In dem Zwischenreich, in das ihn die Müdigkeit versetzt hatte, waren die Konturen der Dinge aufgeweicht, und so konnte er es sich hier sogar erlauben, mit dem größten Magier, der jemals in der Aufgetauchten Welt gelebt hatte, ein wenig zu vertraulich umzugehen. »Ihr wart für mich und für viele andere junge Magier auch immer das große Vorbild. Doch scheint Ihr ganz und gar den Glauben verloren zu haben, der Euch einmal antrieb. Und deswegen möchte ich gern wissen: Warum seid Ihr hier?«

»Weil mich die Aufgetauchte Welt anscheinend immer noch braucht.«

Lonerin blickte ihn an. »Warum?«, fragte er noch einmal.

Mit einem Seufzer schlug Sennar das Buch zu. »Und du, warum bist du hier? Warum meldest du dich ständig freiwillig für die gefährlichsten Missionen? Zunächst lässt du dich in den Bau des Feindes einschleusen, und nun spielst du mit mir zusammen den Märtyrer in einem Abenteuer, bei dem die Wahrscheinlichkeit, dabei draufzugehen, äußerst hoch ist.«

»Weil ich an unsere Sache glaube«, antwortete Lonerin stolz.

Doch Sennars Blick zeigte ihm sofort, dass dies nicht die ganze Wahrheit war. Auch er selbst handelte ohne höheres Ziel, und das seit längerer Zeit schon. Auch er selbst versuchte, durch Taten die Leere zu überspielen, die er in sich spürte.

»Ich glaube wirklich, dass mein Einsatz gebraucht wird, auch wenn es noch andere Gründe gibt, die mich dazu treiben, immer ganz vorn mit dabei zu sein«, erklärte er mit ernster Miene, »und deshalb sehe ich in meinem Beitrag für unsere Sache tatsächlich einen Sinn. Es gibt Hoffnung für die Aufgetauchte Welt, da bin ich mir ganz sicher. Und ich glaube wirklich an das, was Ihr am Ende Eures Buches geschrieben habt: dass zwar alles ein Kreislauf ist, es sich aber immer wieder lohnt, für den Frieden zu kämpfen. Es kommt nicht darauf an, dass nach einer Zeit des Friedens auch wieder Krieg herrschen wird. Wichtig ist, dass es diesen Frieden tatsächlich gegeben hat.«

Sennars Gesichtszüge wurden sanfter, und in seinem Blick waren Trauer und Verständnis erkennbar. »Ich bin hier«, sagte er dann leise, »weil es immer noch einen Traum gibt. Zwar ist es wohl nicht mehr mein eigener, aber immer noch der von Nihal und meinem Sohn Tarik. Die beiden glaubten an die Aufgetauchte Welt und sind für diesen Glauben gestorben. Ja, und dann ist da noch San. Er soll hier leben, und er soll eine Zukunft haben, eine Zukunft, die seinem Großvater und seiner Großmutter nicht vergönnt war.«

Sennars Hände auf dem Buchdeckel zitterten. Er senkte den Kopf.

Langsam legte sich Lonerin wieder nieder und streckte sich aus. »Wir müssen uns ausruhen«, sagte er, fast so, als spreche er zu sich selbst. »Vielleicht können wir mit dieser Rastlosigkeit den Schatten unserer Vergangenheit tatsächlich entkommen, doch wir verausgaben uns, ohne tatsächlich etwas zu bewirken, ohne das Ziel zu erreichen, das wir uns gesetzt haben.«

Sennar legte das Buch zur Seite und streckte sich ebenfalls, leise stöhnend, auf dem Erdboden aus.

»Willst du mir deine wahren Beweggründe verraten?«, fragte er dann unvermutet.

Lonerin spürte, dass sein Herz schneller zu schlagen begann. Die Bilder, die mit seinem jahrelangen Hass auf die Gilde zusammenhingen, überfielen ihn. Und doch erzählte er, flüssig, ohne zu zögern. »Als kleiner Junge, mit acht, erkrankte ich am Roten Fieber, und meine Mutter opferte sich der Gilde, opferte ihr Leben für mich, damit ich gesund wurde. Seitdem erfüllt mich ein unbändiger Hass auf diese Sekte. Anfangs wollte ich zum Schwert greifen, den Bau der Gilde eigenhändig zerstören und alle niedermetzeln. Doch mein Meister hielt mich davon ab, rettete meine Seele und führte mich auf den Weg der Magie. Ich lernte sehr fleißig und schloss mich später dem Widerstand an, ein Kampf, der meinem Leben einen Sinn gibt. Dennoch will der Hass nicht weichen. Die Gilde zu vernichten, ist mein höchstes Ziel.«

Mit dem Zirpen einer Grille klang Lonerins knappe Erzählung aus, und wunderbarerweise fühlte er sich plötzlich im Frieden mit sich selbst. Nun fiel ihm jener lang zurückliegende Abend ein, da Theana ihm ihre eigene Geschichte erzählt und diese Last mit ihm geteilt hatte. Es war das erste und letzte Mal, dass sie mit ihm über ihren Vater gesprochen hatte, und dies mit einer solch bewegenden Offenheit und mit einer solchen Trauer, dass es ihn förmlich zerrissen hatte.

»Irgendwann verliert man den Hass.«

Lonerin machte große Augen. Zum ersten Mal, seit sie sich kannten, hörte er aus Sennars Mund Worte der Hoffnung.

»Zurück bleibt nur die Asche. Zunächst wird der Hass hin und wieder aufflackern, und man wird ihm nachgeben, wie ich es selbst erlebt habe.« Er schwieg einen Moment, und Lonerin begriff, dass Sennar wohl an die Vorgänge auf der Lichtung dachte, als er zum ersten und einzigen Mal in seinem Leben getötet hatte. »Doch schließlich vergeht er ganz.

Weißt du, Nihal hat ihn überwunden. Und das wirst auch du schaffen. Du bist jung, und wer jung ist, lebt sein Leben, ohne sich zu schonen, lässt sich beherrschen von der Leidenschaft. Doch die Jahre vergehen, und die Zeit hilft, auch die verheerendsten Feuersbrünste zu löschen. Ich selbst hasse nicht mehr. Weder den Tyrannen noch die Fammin, noch nicht einmal die Elfen. Ich hasse niemanden mehr. Ich lebe nur noch so dahin.«

Lonerin betrachtete den Himmel mit den verschleierten Sternen. Nicht ein Sternbild konnte er erkennen, und er fragte sich, ob dieser Preis nicht zu hoch war. War es das wert, selbst den Hass zu verlieren und sich mit der Absurdität der Welt abzufinden, nur um nicht mehr den Lockruf der Zerstörung in sich zu spüren?

»Morgen üben wir, den Geist in ein Artefakt zu transferieren«, wechselte Sennar plötzlich das Thema.

Und Lonerins Frage stand unausgesprochen und unbeantwortet im Raum.

»Heute ruhen wir, aber morgen wird gearbeitet«, schloss der alte Magier mit einem langen, müden Seufzer.

13

Fortschritte

Theana entfaltete auf ihrem Bett eine Pergamentseite, die sie mit zahlreichen Anmerkungen beschrieben hatte. Dubhe beugte sich zu ihr hinab, um einen Blick darauf zu werfen. Es handelte sich um eine Liste, in der die Magierin eine ganze Reihe von Büchern und Dokumenten mit Bemerkungen am Rand, die über ihren Standort Auskunft gaben, aufgeführt hatte. Jedes war an einem Symbol erkennbar: an einem stilisierten Greif mit einem Pentagramm im Schnabel.

»Im Bibliothekskatalog sind verschiedene Bücher aufgelistet, die gar nicht in den Regalen stehen, und alle sind sie mit diesem Symbol gekennzeichnet. An deren Stelle fand ich nur Kopien anderer Werke, und wenn ich die Abkürzungen richtig verstanden habe, handelt es sich größtenteils um Vermächtnisse, chronologische Berichte oder besiegelte Verträge. Vielleicht befinden sich darunter die Dokumente, die du suchst.«

Dubhe schaute sich die Sache genauer an. Sie durchforstete ihr Gedächtnis und versuchte, sich jeden Moment ihrer ergebnislosen Ermittlungen im Palast in Erinnerung zu rufen. Im Geist schweifte ihr Blick noch einmal die Wände ab, die Gemälde, ja sogar das Mobiliar. Schließlich hatte sie es.

»Hörst du mir überhaupt zu?«

Dubhe vernahm noch nicht einmal die Stimme. Denn plötzlich war ihr ein ziemlich karger Raum eingefallen, in dem ein Gemälde ihre Aufmerksamkeit erregt hatte. Eine der darauf abgebildeten Figuren hielt ein Pergamentblatt in der Hand, auf dem ein Symbol zu sehen war, rot und unverkennbar: der Greif, den ihr Theana gezeigt hatte. Und das war nicht die einzige Stelle, wo sie ihn gesehen hatte.

»Dubhe, was ist los?"

»Ich habe es gesehen«, antwortete sie und öffnete die Augen. »Das Symbol meine ich, auf einem Bild und auch auf dem Sturz eines Kamins. Sogar auf der Tür eines Küchenschranks habe ich es gesehen, aber sehr klein, kaum zu erkennen.«

Staunend, doch mit einem hoffnungsvollen Lächeln auf den Lippen, schaute Theana sie an.

»Was sind das für Dokumente?«, fragte Dubhe, wobei sie ihr die Liste aus der Hand nahm.

›Dokument vom 15. März‹, las sie da, oder auch: ›Chronik des 23. Dezember‹, ›am 8. Januar wiedergefundenes Buch‹.

Sie spürte, wie sich etwas in ihr regte. Vielleicht waren sie auf dem richtigen Weg. »Das sind sie«, murmelte sie.

»Ich hab dir doch gesagt, dass du etwas damit anfangen kannst«, antwortete Theana mit stolzem Unterton.

Sie hat Recht gehabt, sie hat ihre Sache gut gemacht, dachte Dubhe. Sie setzte sich auf das Bett und las die Seite gebannt durch. »Jetzt müssen wir eigentlich nur noch alle Symbole hier im Palast absuchen und dasjenige ausfindig machen, bei dem das Dokument, das wir brauchen, versteckt ist«, bemerkte sie.

Theana neben ihr lächelte froh, und fast war Dubhe gerührt davon.

Sie seufzte und steckte dann das Pergamentblatt unter ihr Kopfkissen. »Komm«, sagte sie, »schlafen wir lieber ein bisschen, morgen müssen wir gut ausgeruht sein.«

Damit legte sie den Kopf auf das Kissen und hoffte, dass der Schlaf sie bald überkommen würde. Sie war erschöpft, und das nicht nur, weil sie wieder die ganze Nacht unterwegs gewesen war, sondern weil sich eben erst die Bestie geregt und sie heimtückisch überfallen hatte. Nach einigen gemeinsamen Stunden mit Learco war es geschehen. Nach ihren nächtlichen Gesprächen war sie stets müde und verwirrt, aber als sie vorhin wieder in die unteren Stockwerke hinuntergestiegen war, war ihr plötzlich, ohne offensichtlichen Grund, schwindlig geworden. Sie musste sich an die Wand lehnen, während der Druck im Kopf immer stärker wurde und dieses bekannte Kratzen unter dem Brustbein aufkam, jenes Gefühl, das sie stets erneut vor Entsetzen erstarren ließ.

Sie hatte ihren Arm entblößt und gesehen, dass das Symbol wieder klar hervorgetreten war. Wenn nötig, benutzte sie Theanas Trank, um es zu verbergen, und üblicherweise hielt die Wirkung dann einige Tage lang an. Doch an diesem Abend pulsierte das Symbol schon leicht, und sogar die Linien, die die Magierin während des Rituals auf ihrem Körper nachgefahren war, erschienen nun wie verschlungene, matt leuchtende Zeichen auf ihrer Haut.

Sie hatte die Augen geschlossen und tief durchgeatmet, und als sie sich das Symbol wieder ansah, merkte sie, dass es nicht mehr pulsierte. Das war kein gutes Zeichen, wie sie wusste, doch sie weigerte sich, dem allzu große Bedeutung beizumessen. Es bahnte sich etwas an, das sehr viel wichtiger war und mit Learco zu tun hatte.

Mittlerweile traf sie sich fast jeden Abend mit dem Prinzen, und jede Verabredung war eine süße Verlockung für sie. Anfangs hatte sie sich gesagt, dass ihr Learco wie gerufen kam und er sich hervorragend einsetzen lassen würde für die Verwirklichung ihrer Pläne. Doch dann drehten sich ihre Gespräche nie um die Dinge, die für ihre Nachforschungen hätten nützlich sein können. Stattdessen setzten sie sich irgendwo ins Freie und unterhielten sich über ihre Vergangenheit. Learco trug genauso schwer an seinen Jugenderinnerungen wie sie selbst: der Krieg, die Misshandlungen durch Forra, die Auseinandersetzungen mit seinem Vater, den er gleichzeitig hasste und liebte. Dubhe hing an seinen Lippen und war immer wieder beeindruckt, dass da tatsächlich jemand durch die gleiche Hölle gegangen war wie sie selbst.

Ihr Herz schlug schneller bei jedem erschütternden Detail, von dem er erzählte, und so geschah es, dass sie sich, ohne es recht zu merken, auch ihm immer mehr anvertraute.

Bereits am zweiten Abend erzählte sie ihm von der Verhandlung vor der Dorfgemeinschaft in Selva. Anfangs hatte sie noch versucht, die Wahrheit zu verschleiern und ihre Fassade als bescheidene Magd aufrechtzuerhalten, doch bald schon spürte sie, dass es sinnlos war. Unaufhaltsam wie ein Fluss, der Hochwasser führt, sprudelten die Worte über ihre Lippen, bis sie alles erzählt hatte. Und dann rannte sie davon wie eine dumme Gans und ärgerte sich über sich selbst, dass sie sich so unvorsichtig verhielt. Schließlich war sie eine Mörderin, die sich noch dazu aus einem ganz bestimmten, völlig anderen Grund in den Palast eingeschlichen hatte. Alles andere hätte sie eigentlich unterdrücken müssen.

Danach schwor sie sich, allen weiteren Treffen mit dem Prinzen aus dem Weg zu gehen, ließ dann aber nur eine Verabredung aus. Als sie am nächsten Tag dann Learco in einem Flur begegnete, ergriff er ihren Arm und zwang sie, ihm in die Augen zu sehen.

»Womit habe ich dich vorgestern Abend verletzt?«

»Mit gar nichts«, antwortete sie, wobei sie sofort die Augen niederschlug.

»Dann kommst du heute also?«

»Ich kann nicht«, erklärte Dubhe und biss sich auf die Lippen. Es war schwierig, der Versuchung zu widerstehen, denn ein Teil ihrer selbst wollte sich weiter mit ihm treffen. Aber sie durfte nicht, denn bald schon würden diese Augen, die sie immer so aufrichtig ansahen, voller Groll auf sie sein. Sie musste seinen Vater töten, und danach würde Learco sie unweigerlich als seine Feindin betrachten. Für immer.

»Wieso?«

Dubhe sah ihn flehend an. »Ich kann nicht. Das muss dir reichen. Und du solltest auch an etwas anderes denken.«

Learco wandte den Blick nicht von ihr ab. »Heute Abend bin ich im Garten. Wenn du Lust hast, weißt du, wo ich zu finden bin.«

Und sie ging hin, mit schwitzenden Händen und unsicherem Blick. In seiner Nähe schaffte sie es noch nicht einmal, diese sanfte Miene beizubehalten, die sie den ganzen Tag über als ihre beste Tarnung zur Schau trug. War sie bei ihm, wirkten ihre Augen wieder so finster und geheimnisvoll wie tiefe Brunnen.

Kehrte sie in ihre Kammer zurück, durchlief ein seltsames Gefühl der Erleichterung ihre Glieder, und sie schwor sich, dass dies aber das letzte Mal gewesen war.

Doch jeden Abend erledigte sie etwas eiliger ihre Erkundungstour durch den Palast, um dort oben auf der Terrasse oder im Garten zu sein, wenn der Mond hoch am Himmel stand. Immer wartete er bereits auf sie, saß da mit seinen grünen Augen, denen sie einfach nichts vorlügen konnte.

Sie erzählte ihm die Geschichte, wie ihr Meister sie gezwungen hatte, ein Hirschkalb zu erlegen, erzählte ihm von ihrer ganzen Lehrzeit bei Sarnek. Gegen ihren Willen und zu ihrer eigenen Verblüffung kam ihr die Wahrheit über die Lippen. Doch immerhin verpackte Dubhe sie so weit in gut gemeinte Lügen, dass Learco keinen Verdacht hinsichtlich ihrer Mission schöpfte. Aber zweifellos reifte etwas heran, etwas Großes, etwas, das nicht geschehen durfte. Aber es schmeckte süß. Noch nie hatte sie sich jemandem in diesem Maß anvertraut. Nicht Jenna, mit dem sie immerhin einige Jahre zusammengearbeitet hatte, nicht dem Meister und noch nicht einmal Lonerin.

Learco nahm ihren Schmerz in sich auf, verstand ihn. Er war wie sie und doch ganz anders, ein Teil von ihr und etwas Fremdes, ihr nahe genug, um ihr Leid zu spüren, und fern genug, um es ihr von den Schultern zu nehmen. Wie hätte sie sich dem versagen können?

Dubhe erlaubte sich nur kurz, über diese Dinge nachzudenken. Dann deckte der Schlaf alles zu.

Am nächsten Abend widmete sie sich ganz ihren Nachforschungen. Bis dahin war sie, wenn es dunkel wurde, immer im Palast unterwegs gewesen. Sie hatte vieles herausgefunden und dennoch das Gefühl, zu kleine Fortschritte zu machen angesichts der Geschwindigkeit, mit der der Fluch sie verschlang. Mittlerweile wiederholten Theana und sie alle zehn Tage das helfende Ritual, denn bereits nach sieben Tagen begann sie die Tatzen der Bestie tief unten im Bauch zu spüren.

In dem einen Monat als Küchenmagd war es ihr gelungen, das Vertrauen der Dienerschaft zu gewinnen und schließlich sogar näher an Dohor heranzukommen und seinen Tagesablauf zu studieren. Der König war stets in Begleitung zweier Männer unterwegs, die schmucklose dunkle Gewänder ohne irgendein Wappen trugen und unauffällige, schlecht zu merkende Gesichter hatten. Nicht für Dubhe. Es waren zwei Assassinen, die sie im Bau der Gilde bei ihrer Aufnahmefeier schon einmal gesehen hatte. Wie Schatten folgten sie dem König, wohin er auch ging – einer von ihnen war sogar sein Vorkoster –, und bewachten nachts auch abwechselnd seine Gemächer. Um sich Mut zu machen, schärfte sich Dubhe immer wieder ein, dass sie die schlimmste Mörderin, Rekla nämlich, bereits aus dem Weg geräumt und daher keinen Grund hatte, sich wegen zweier gewöhnlicher Assassinen allzu große Sorgen zu machen.

Dohors üblicher Tagesablauf war streng gegliedert. Dem Aufstehen im Morgengrauen folgte eine Audienz mit seinen Ministern – vor allem mit Forra, wenn er sich im Palast aufhielt –, anschließend eine Stunde Schwertkampf, auch wenn er schon jahrelang keine Waffe mehr in einer Schlacht geführt hatte. Dubhe konnte ihn beobachten, indem sie sich in der Küche krankmeldete. Die Tatsache, dass Volco sie und Theana ein wenig ins Herz geschlossen hatte, kam ihr bei solchen Gelegenheiten sehr zugute. Seinen Bewegungen nach schien der König einmal ein passabler Fechter gewesen zu sein, doch die lange Abwesenheit vom Schlachtfeld hatte ihre Spuren hinterlassen. Zudem war er längst schon über fünfzig, und so konnte es nicht verwundern, dass seine Reflexe nicht mehr die schnellsten waren.

Dubhe wusste, dass es nicht leicht sein würde, ihn zu töten, hielt es aber durchaus für möglich. Sie hatte bereits beschlossen, nachts zuzuschlagen und sich an den Wachen vorbei in sein Schlafgemach zu schleichen.

Was ihr mehr Sorgen machte, waren die Dokumente. Kein Hinweis, kein Wort, das irgendjemandem unbedacht über die Lippen gekommen wäre. Daher hätte ihr Theanas Entdeckung vom Vorabend nicht gelegener kommen können.

Auf dem Bett liegend, machte sich Dubhe daran, die Liste ihrer Gefährtin, die erschöpft neben ihr schlief, durchzugehen.

Sie bemerkte, dass bei jedem Buch ein Datum verzeichnet war. Dies konnte hilfreich sein, um die Dokumente aufzuspüren. Gar zu gut erinnerte sie sich noch an den Tag, da sie die Papiere entwendet hatte: Es war auch der Tag, da die Bestie in ihr Leben trat. Der 16. Oktober. Jetzt brauchte sie nur noch die Liste durchzugehen und fand sofort etwas, was sie interessierte.

›Dok. 1106.‹

Das Datum war zum Anagramm umgestellt worden, doch das Glück stand ihr bei, denn es handelte es sich ja in der Tat um den sechzehnten Tag des zehnten Monats. Einen kurzen Moment erlaubte sie sich zu jubeln, dann wandte sie sich den Anmerkungen zu.

»R. Vi. Na. Bu. Ac.«

Theana hatte gesagt, dass die Anmerkungen normalerweise das Regal, die Reihe und die Position in der Reihe angaben, wo die Bücher zu finden waren. ›R.‹ konnte hier ›Regal‹ bedeuten oder sich auch auf irgendeine ›Reihe‹ beziehen, und ›Vi.‹ hieß wohl ›vierte‹ oder auch ›vierzehnte‹, doch das hätte dann, wenn es um eine ›Reihe‹ ging, irgendwo eine sehr hohe Bücherwand sein müssen. Dennoch merkte sich Dubhe diese Information und fuhr dann fort. ›Na.‹ konnte bedeuten, dass sich die Dokumente ›nach‹ oder ›hinter‹ etwas anderem befanden, denn in der Tat waren auch viele andere Titel mit ›Na.‹ oder ›Hi.‹ gekennzeichnet, um ihren Platz in der Reihe anzugeben. ›Bu. Ac.‹ hieß womöglich ›achtes Buch‹ oder auch ›achtzigstes‹, wobei nur die Frage war, worauf sich diese Nummerierung bezog. Sicher schien nur, dass die Dokumente irgendwo bei einem dieser überall im Palast verstreuten Symbole versteckt waren, vielleicht in einer vierten Reihe, als achtes Buch hinter irgendetwas. Aber wo?

Dubhe seufzte und legte sich auf den Rücken, mit dem Pergamentblatt unter dem Kopf. Sie durfte den Mut nicht verlieren. Mittlerweile war sie der Lösung schon recht nahe, und sie wusste auch, dass es nicht unmöglich sein würde, Dohor zu töten. Sie sah sich schon in sein Gemach eindringen, an das Bett des schnarchenden Königs treten und den Dolch erheben. Und sie wusste, dass der Jubel, der seine Ermordung begleiten würde, dann nicht von der Bestie käme. Es würde ihr eigener sein, eine echte, ehrliche Freude.

Aber danach? Einmal hatte sie einen Priester sagen hören, dass leben warten bedeute. Man setze sich Ziele, die man verwirklichen möchte, und das Dasein verrinne dann in der Erwartung, dass sie erreicht werden. Aber nach jedem Erfolg müsse man einen neuen Weg, ein neues Ziel erkennen, das man anstrebe, andernfalls könne es keine Zukunft geben. Am Ende ihres Weges standen nun die Ermordung Dohors und die Vernichtung der Bestie. Aber war dieses Ziel ein Herzenswunsch von ihr, ein Ziel, das ihrem Leben einen Sinn gab? Und vor allem, welchen Weg würde sie vor sich erkennen, wenn dieser letzte Mord verübt war?

Lonerin hatte sie das häufiger gefragt. Und sie war immer wütend geworden, wenn er bezweifelt hatte, dass es wirklich ihr größter Wunsch war, gerettet zu werden. Vielleicht hatte er damals gar nicht so Unrecht, sagte sie sich jetzt, zur Decke hinaufstarrend. Bei der Vorstellung, wieder nach Makrat zurückzukehren und sich dort erneut als Einbrecherin durchzuschlagen, fühlte sie sich furchtbar einsam. Lonerin kämpfte für die Aufgetauchte Welt, und Theana ebenfalls. Und sie selbst? In ihrer Seele war nichts als eine große Leere, die unmöglich zu füllen war.

Da fiel ihr Learco ein. Auch er trug eine ungeheuer schwere Last, hatte aber die Kraft gefunden, seinem eigenen Weg zu folgen. Wie Dubhe festgestellt hatte, glaubten sie an die gleichen Werte. Und eben deswegen war er wie eine verbotene Frucht, nach der sie keinesfalls greifen durfte. Wollte sie Dohor töten, musste sie sich diese Zuneigung, die sie für ihn spürte, aus dem Herzen reißen. Denn saß er erst selbst auf dem Thron, würde er ihr nachstellen lassen in seinem ganzen Reich, um den Tod seines Vaters zu rächen. Und sollte er dies nicht aus freien Stücken tun, würden es die anderen hohen Vertreter des Hofes sein, die ihn dazu zwangen.

Dubhe warf sich auf die andere Seite.

Es hat keinen Sinn, dass ich mich mit diesen Gedanken quäle. Ich muss mich so verhalten, als sei ich mir meiner Sache vollkommen sicher, so als wünschte ich mir nichts mehr auf der Welt. Denn ich will nicht sterben. Das spüre ich mit aller Macht. Ich will nicht, und ich kann nicht. Nur das allein soll mich leiten.

Doch dieses Gefühl der Leere wollte nicht weichen. So lag sie im Dunkeln da und starrte zu Theana hinüber, während ihr die Worte, die sie vor einiger Zeit gewechselt hatten, durch den Kopf gingen.

›Und wohin hat es dich bisher geführt, dieses Nichts, das dir so lieb ist?‹

14

Die Entscheidung

Die Luft riecht nach Blut. Learco kennt ihn mittlerweile, diesen metallisch süßen Geruch, der in den Nasenflügeln festklebt. Die ersten Male hat es ihm noch den Magen umgedreht. Für Forra hingegen ist es der schönste Duft der Welt, und er lässt keine Gelegenheit aus, sich die Lungen damit zu füllen. Der Wind peitscht über die Ebene und wirbelt Staubwolken auf. In der Ferne schnaubt der Thal, der mächtigste Vulkan im Land des Feuers, doch Learco hört es nicht. In seinen Ohren hallen noch die Schmerzensschreie und das Schwerterklirren nach. Hier liegt das ganze Wesen des Todes, in dieser dröhnenden, schwer zu ertragenden Stille. Er zittert und hat Mühe, das Schwert zu halten: Durch das Blut ist das Heft glitschig geworden. Er wünscht sich jetzt nur noch, dass das Geräusch seines eigenen Atems diese Leere füllen möge. Doch die Stille scheint alles zu verschlingen, sogar das zischende Geräusch, wie die Luft in seine Lunge ein- und der Atem wieder austritt.

Das Gelände ist mit Leichen übersät. Sie liegen herum zwischen den noch rauchenden Trümmern der Häuser, und er fühlt sich bedrängt durch ihre leeren Blicke. Mit sechzehn hat er schon mehr Massaker gesehen, als ein Mann eigentlich in einem ganzen Leben ertragen kann. Seit er diesen Greis hinrichten musste, hat Forra ihn immer in der ersten Reihe antreten lassen, sodass er sich oft genug ohne Schutz durch die Kameraden den Feinden gegenübersah. Doch Learco hat keine Angst mehr vor dem Tod, ist er doch sein einziger Trost, die einzige Möglichkeit, die ihm bleibt, um dieser Qual zu entkommen. Was ihn in den Wahnsinn treibt, sind mehr die zerstörten Dörfer und Städte, auf denen sich die Krähen niederlassen, das allgegenwärtige Sterben, von dem er umgeben ist.

»Geh noch mal durch und schau dir die Leichen genau an. Ich will hier keine Überlebenden«, fordert sein Onkel ihn auf.

Ein Befehl, den er schon mehrere Male erhalten hat, an den er sich aber nicht gewöhnen kann. Er ist kein Mörder. In der Schlacht sticht er nur zu, weil ihm sein Selbsterhaltungstrieb die Hand führt.

Tatsächlich aber sucht er auch hier, hinter all dem Leid, die Anerkennung seines Vaters.

Doch der König hat nie ein gutes Wort für ihn. Kehren sie in den Palast zurück, lässt sich Dohor zunächst immer von seinem treuen Statthalter berichten, bevor er sich äußert. Den Worten seines Sohnes, der unterdessen tief verneigt vor dem Thron wartet, traut er nicht. Schmeicheln ihm Forras Worte, lässt der König seinen Erfolg verpuffen, indem er erklärt, sein Sohn habe nur seine Pflicht getan. Erfährt er aber, dass Learco wieder einmal Hemmungen gezeigt hat, ist die Verachtung groß.

Es nützt auch nichts, sich bei nächster Gelegenheit grausamer zu zeigen. Learco hat es versucht, hat sich eifriger ins Getümmel geworfen, Ekel und Abscheu vor sich selbst erstickt und sich bemüht, dem Weg zu folgen, den Forra ihm unermüdlich aufzeigt. Aber was bringt es, wenn sein Vater nicht sehen will, dass er es immerhin versucht hat? Wie der erste Learco wird er niemals sein. Was er auch tut, er wird immer nur ein hässliches Abbild dieses geliebten ersten Sohnes bleiben.

Während er so in der vollkommenen Stille den Erinnerungen nachhängt, hört er plötzlich das Klirren eines Schwertes, das schwere, dumpfe Geräusch von Schritten. Forra. Dessen Gang würde er unter Tausenden heraushören, vermeidet es aber, sich umzudrehen, und wartet, dass er näher kommt.

»Gut gemacht«, lobt ihn sein Onkel, indem er ihm auf die Schultern klopft. Die Stille ist zerrissen, endlich. Doch auch in ihm ist etwas entzweigegangen. Erst jetzt wird ihm ganz klar, wie grausam das ist, was sie getan haben. Geblendet von dem Verlangen, seinem Vater zu gefallen, hat er an der Seite seiner Kameraden gegen die Rebellen gekämpft und es Forra dadurch ermöglicht, wieder zahlreiche unschuldige Zivilisten auslöschen zu lassen. Ein verzweifelter Schrei erhebt sich in seinem Innern und betäubt ihn den ganzen Tag, übertönt die Siegesfeier, die anerkennenden Worte Forras, übertönt die Schmeicheleien der anderen Soldaten, die ihn endlich als einen der ihren betrachten. Wie betäubt irrt Learco umher in dem Be-

wusstsein, nun auch die letzte Grenze überschritten zu haben, die einzige, die er niemals hätte hinter sich lassen dürfen. Nun ist er ein Komplize so wie alle anderen auch.

Als es Abend wird, zerreißen Flammen die Dunkelheit. Mit dem brennenden Berg von Leichen löst sich die letzte Erinnerung an dieses Dorf in Rauch auf.

»So ergeht es allen, die sich gegen unseren König stellen«, ruft Forra mitten hinein in den Jubel seiner Truppe.

Plötzlich muss sich Learco, vom Brechreiz geschüttelt, hinter ein Zelt kauern.

»Schlappschwanz«, zischt sein Onkel ihm zu, als er ihn sieht. Der Junge dreht sich zu ihm um, hat keine Kraft mehr, etwas zu erwidern. »Das ist dir wohl in die Knochen gefahren, du Waschweib. Herrje, das waren doch verdammte Rebellen!«

»Das waren Frauen und Kinder ...«

»Die herangewachsen wären ... Weißt du nicht, dass sie Frauen und Kinder im Schwertkampf ausbilden und an Puppen üben lassen, die dir und deinem Vater nachgebildet sind? Weißt du nicht, dass sie alle Kuriere steinigen, die wir in diese Gegend hier schicken?«

Learco antwortet nicht. Reden hat keinen Sinn. Forra gehört zu einer anderen Welt und wird niemals verstehen können, was sich in seinem Herzen regt. Kein Vergehen rechtfertigt eine solche Bestrafung, wie sie dieses Dorf getroffen hat. Ein Kind ist immer noch ein Kind, und selbst unter der Rüstung eines Soldaten fließt das Blut eines einfachen Jünglings.

»Steh auf und mach nicht solch ein Theater. Auf dem Krieg gründet sich die Herrschaft jedes ordentlichen Königs. Finde dich damit ab, sonst wirst du heute Abend wieder meine Peitsche zu spüren bekommen.«

Learco gehorcht, rappelt sich auf und wischt sich mit dem Handrücken über den Mund. Es hat keinen Sinn mehr, sich Gedanken darüber zu machen, warum er sich nicht dagegen auflehnt: Er wird diese Bilder ohnehin nie mehr vergessen können.

Während die anderen noch lange feiern, verlässt er den Trubel und zieht sich in seine Unterkunft zurück. Niemand merkt es. Zu sehr sind alle ins Feiern vertieft, um etwas von der vollkommenen Leere in Learcos Augen zu erkennen.

Er setzt sich auf eine Bank und nimmt das Schwert in die Hand. Die

Klinge glitzert einladend, und er presst das Handgelenk darauf, immer fester … Schon zeichnet sich ein feiner roter Streifen auf der Haut ab. Das Letzte, was er sieht, ist das vor Entsetzen verzerrte Gesicht von Forra im Zelteingang.

Learco zeigte Dubhe sein linkes Handgelenk. Eine lange weiße Narbe war darauf zu erkennen, die von einer Seite zur anderen verlief. Sie glänzte ein wenig im matten Licht des Mondes, und wie in Trance betrachtete Dubhe sie. Sie streckte die Hand aus und fuhr mit den Fingern darüber, während ihr ein Schauer über den Rücken lief. Sie saßen zusammen in einem verdeckten Teil des Gartens, wo niemand sie sehen oder stören konnte.

»Ich weiß bis heute nicht, wieso Forra nach mir sehen kam. Und ich weiß auch nicht, ob es ein Wunder war oder mein größtes Pech. Jedenfalls begann er wie ein Wahnsinniger zu schreien und schickte sogleich nach einem Heilpriester und einigen Magiern. Ich selbst war da schon nicht mehr bei Bewusstsein und weiß nur noch, wie ich am nächsten Morgen aufwachte und mir klar wurde, dass man mich dem Tod entrissen hatte.«

Learco sah vor sich auf den Boden, und während Dubhe sein Profil betrachtete, dachte sie an die vielen Male, da sie selbst mit diesem Gedanken gespielt hatte. Nach dem Tod ihres Meisters etwa wollte sie sterben, und zum letzten Mal überkam es sie in dieser Höhle in den Unerforschten Landen, als sie sich immer tiefer auf den Grund des Sees sinken ließ.

»Selbst bei dieser Gelegenheit blieb mein Vater so hart wie immer. ›Das war eine große Dummheit von dir, wie sie nur Schwächlingen einfallen kann. Aber du bist noch ein Junge und offenbar nicht in der Lage, das zu begreifen. Deswegen will ich dieses Mal noch so tun, als wenn nichts geschehen sei.‹ Das war alles, was er zu mir sagte, und anschließend musste ich einen Monat lang noch enger an Forras Seite Dienst tun.«

Learco drehte sich um und ergriff ihre Hand. Sie war außerstande, sich dieser Berührung zu entziehen, ließ ihre Hand zwischen den seinen ruhen, spürte die Kühle seiner Handflächen.

Hände, die töten, wie meine eigenen.

»Ich habe das auch schon erlebt«, sagte sie mit kaum vernehmbarer Stimme.

Erzähl ihm das nicht auch noch, tu es nicht … Doch sie konnte nicht schweigen. Mit Macht drängten die Worte über ihre Lippen.

»Es geschah, als der Mann starb, der mir das Leben gerettet hatte.« Sie hoffte, dass er sie unterbrechen würde, hoffte, dass sie irgendwie davonlaufen könne, doch es war ihr Körper, der bleiben wollte, so als stehe er unter der Wirkung eines Zaubers. »Er war mein Meister, und ich selbst habe ihn getötet.«

Ihre Stimme stockte, aber sie brach nicht ab.

»Er hatte sich auf einen Kampf eingelassen, um mir das Leben zu retten, und war dabei verwundet worden. Ich beschloss, ihn mit Kräutern zu behandeln. Damit kannte ich mich ein wenig aus, hatte einige Bücher dazu gelesen und bereitete ihm nun einen Kräuterumschlag zu. Er sollte wieder gesund werden und aufhören, mich so tieftraurig anzuschauen, das war mein größter Wunsch. Und so strich ich ihm die Salbe auf die Wunde, als er plötzlich unter meinen Händen zu zittern begann. Er lächelte mich an und flüsterte mir zu, dass es nun mit ihm zu Ende gehe. Nie zuvor hatte er mich angelächelt. Ich warf mich in seine Arme, schrie in größter Verzweiflung, er dürfe mich nicht alleinlassen, doch kurz darauf schon sank er in sich zusammen und lag leblos in meinen Armen. Dann stellte ich fest, dass er ein Gift in meine Salbe gemischt hatte, denn er wollte sterben, und das durch meine Hand. Und arglos habe ich seinen Wunsch erfüllt.«

Sie fuhr herum, in der Befürchtung, in der Miene des Prinzen das gleiche unerträgliche Mitleid wie so häufig bei Lonerin zu sehen. Das hätte sie nicht ertragen, und ihre Augen wurden feucht.

Learco aber nahm sie nur in den Arm, gab ihr die Möglichkeit, alles herauszulassen. Und während ihr die Tränen über die Wangen liefen, genoss Dubhe jeden Augenblick dieser innigen, unerwarteten Berührung. Dann löste er sich von ihr, nahm ihr Gesicht in die Hände und näherte seine Lippen den ihren. Ihr war, als bewege sie sich auf einen Abgrund zu, fürchtete hinabzustürzen und sehnte sich gleichzeitig danach. Schließlich war die Versuchung so stark, dass sie jeden Widerstand aufgab. Sie ließ sich küssen, und im Nu erfüllte die süße Berührung sie mit einem neuen unbekannten Gefühl, das so wunderschön war – und gefährlich. Die Lippen des Prinzen waren weich und feucht, und Dubhe spürte eine Wärme, die vom Mund bis zum Unterleib ausstrahlte, sie erfüllte und die Kälte vertrieb, die sie eben noch beherrscht hatte. Im Dunkeln riss sie die Augen auf, fast befürchtend, dass es nicht wahr sei. Dann kam sie zu sich und machte sich ruckartig los. Fassungslos und ein wenig vorwurfsvoll sah sie Learco an.

Er schien verlegen. »Verzeih mir, ich …«

Sie ließ ihn nicht ausreden, sprang auf und entfernte sich wortlos in Richtung Vorhalle. Learco eilte ihr nach und ergriff ihre Hand.

»Es tut mir leid, ich wollte dich nicht vertreiben …«

»Ich kann nicht«, sagte sie und schaffte es dabei nicht, ihn anzuschauen. Dann machte sie sich los und lief hinunter zu ihrer Kammer.

Dort angekommen, blieb sie stehen, trat aber nicht ein. Im Zimmer war Theana, doch sie musste unbedingt allein sein. So schlich sie in die Küche und nutzte dazu den Schlüssel, den Volco ihr gegeben hatte, damit sie ihre Aufgaben zu jeder Tageszeit verrichten konnte.

Hier warf sie sich zu Boden, zog die Beine an bis zur Brust und begann zu weinen, erstickte das Schluchzen an den

Knien, fühlte sich verwirrt und haltlos. Auf den Lippen spürte sie noch Learcos weichen Mund, und sie wusste, dass sie noch nicht genug hatte. Sie litt, denn sie war sich sicher, dass sie nicht mehr ohne ihn sein konnte. Wie ein Rauschmittel, wie ein süßes Gift war er unter ihre Haut gekrochen und ließ sie nun nicht mehr los. Um von dem Fluch erlöst zu werden, musste sie all das verdrängen, was sie für ihn empfand, seinen Vater töten und ihn sich dadurch zum Feind machen. Aber ohne Learco würde es auch keine Rettung für sie geben, das begriff sie jetzt mit schmerzlicher Klarheit.

Sie setzte sich auf und nahm den Kopf zwischen die Knie, während sie sich mit einem verzweifelten Lächeln fragte, ob es ihr zuvor nicht sogar besser gegangen war, als ihre Tage nur trüb gewesen waren und es noch nicht einmal die Hoffnung gegeben hatte, dass ein Licht sie erhellen würde. Dieses Licht nun zu erkennen, es aber nicht erreichen zu können, war niederschmetternd.

Mit geröteten Augen und schwerem Kopf kehrte sie in ihre Kammer zurück. Theana schlief friedlich auf ihrer Pritsche. In aller Ruhe holte Dubhe das Pergamentblatt mit den Notizen hervor und betrachtete den Lageplan, den sie in den vergangenen Tagen gezeichnet hatte.

Sie musste jetzt handeln. Nur auf diese Weise war dem Traum ein Ende zu machen, der sie nicht zur Ruhe kommen ließ. Sie war zur Mörderin geboren, und daran ließ sich nichts ändern. Die Gilde hatte Recht. Und deswegen würde sie tun, was sie tun musste, mit oder ohne Learco.

Kalt und abgeklärt wie an jenem Abend fühlte sie sich, als sie sich entschlossen hatte, bei Sarnek zu bleiben und von ihm das Handwerk des Mordens zu erlernen. Lonerin hatte sie gelehrt, Entscheidungen zu treffen. Und eine Entscheidung hatte sie nun tatsächlich getroffen, eindeutig und unwiderruflich.

Sie studierte den Plan und ging im Geist noch einmal die Stellen durch, wo sie das Symbol, von dem Theana gesprochen hatte, gesehen zu haben meinte. Dann überlegte sie sich den Weg, den sie am nächsten Abend im Palast einschlagen würde, und legte alles zur Seite. Das Morgengrauen war nicht mehr fern, und ein paar Stunden musste sie wenigstens schlafen, um am nächsten Tag bei Kräften zu sein.

Doch lange fand sie keinen Schlaf, zwang sich aber, im Dunkeln reglos auf der Seite liegen zu bleiben, bewegte nur hin und wieder einen Arm, um sich unwirsch Tränen aus dem Gesicht zu wischen, Tränen, die, ob sie wollte oder nicht, unentwegt weiterflossen. Und auch als der Morgen graute, spürte sie noch immer diesen Kuss auf den Lippen.

15

Die Wahrheit

Learco war nicht imstande, in sein Schlafgemach zurückzukehren. In den Beinen spürte er eine Art Kribbeln, eine Unruhe, die es ihm unmöglich machte, auch nur einen Moment stillzusitzen, und ihn dazu veranlasste, rastlos mit großen Schritten im Garten auf und ab zu gehen. Alles drehte sich um die eine Frage: Wer war Sanne? Und warum hatte er sich ihr so rückhaltlos, so ohne jede Vorsicht anvertraut? Nun, da sie gegangen war, erschien ihm alles in einem anderen Licht. Die Verbundenheit, die er gespürt zu haben glaubte, war wohl reine Illusion gewesen. Für ihn war und blieb dieses Mädchen eine Fremde mit einer unklaren, geheimnisvollen Vergangenheit. In seinem verzweifelten Bedürfnis nach einer Person, der er seine Verfehlungen beichten konnte, hatte er sie in einem helleren Licht gesehen, als es eigentlich gerechtfertigt war. Und nun ging ihm auf, dass er sich wie ein Idiot benommen hatte.

Er setzte sich in eine Ecke und nahm den Kopf in die Hände. Jetzt galt es, sich zu beruhigen und einen klaren Gedanken zu fassen. Aber es gelang ihm nicht: Das Bild, wie Sanne die Augen schloss, die Lippen öffnete und seinen Kuss erwiderte, quälte ihn. Sie war so unerträglich schön, dass er sich außerstande fühlte, nun die richtigen Konsequenzen zu ziehen. Vielleicht, weil es noch keine anderen Frauen in seinem Leben gegeben hatte.

Forra hatte öfter mal versucht, ihn von Huren verführen

zu lassen, doch er hatte noch nicht mal die Hand nach ihnen ausgestreckt. Denn während sein Onkel der Ansicht war, dass ein Mann zwar keine Liebe brauche, aber ab und zu ein Weib, war er, Learco, da ganz anders. Die Gesichter dieser Frauen, die so vieles versprachen, erinnerten ihn nur an die Todeskämpfe, denen er am selben Tag beigewohnt hatte. Zu gut kannte er den Schmerz, um sich einem Gefühl der Zärtlichkeit hingeben zu können. Er wusste, dass sein Vater dafür sorgen würde, dass er einmal ein Mädchen aus dem Adel eines anderen Landes heiratete, aber nur, um einen Erben zu zeugen, der das Königsgeschlecht und die Herrschaft weiterführen würde. Eine falsche, leere Bindung.

Nichts von alldem traf auf Sanne zu. Aller Zweifel zum Trotz spürte er, dass ihre Gefühle füreinander echt waren, hatte es deutlich gemerkt, als sie ihren Kopf an seine Brust legte. Ihr Herz hatte heftig geklopft, und er war überzeugt, dass sie sich in diesem Moment tatsächlich zu ihm hingezogen fühlte.

Doch dann hatte er sie geküsst und damit überrollt, hatte sie zu etwas gezwungen, was sie nicht wollte.

Er sprang auf und machte sich auf den Weg in sein Zimmer. Er durfte sie nicht wiedersehen. Es war ein furchtbarer Fehler gewesen, ihr seine Freundschaft anzutragen. Mit großen, schweren Schritten durchmaß er die Flure, ausnahms weise einmal unbesorgt, dass das Geräusch jemanden stören könnte. Er bog um die letzte Ecke und blieb plötzlich stehen. Vor seinem Zimmer wartete Neor, und Learco errötete, überzeugt, es sei ihm im Gesicht abzulesen, was geschehen war.

»Kannst du nicht schlafen?«, fragte sein Onkel mit forschendem Blick.

»Nein. Zu viele Erinnerungen«, antwortete der Prinz knapp, während er eine Hand auf die Klinke legte. »Und du?«

»Ich wollte zu dir.«

Die Antwort gefiel Learco überhaupt nicht. Schweigend öffnete er die Tür und ließ ihn eintreten.

Sein Onkel setzte sich in den Sessel im hinteren Teil des Raumes und schaute zerstreut in den Garten hinaus. Learco schloss die Tür ab, nahm dann auf dem Rand des Bettes Platz und wartete. Neor schaute ihn fest an.

»In einer Woche wird die Zeremonie stattfinden«, erklärte er.

Das war also der Grund des unerwarteten Besuches, und seufzend fuhr sich der Prinz mit der Hand durch die Haare. Jetzt musste er sich entscheiden.

»Hast du darüber nachgedacht?«, drängte der Onkel weiter.

Er hatte noch nicht einmal die Zeit zu antworten.

»Ich jedenfalls habe mich kundig gemacht«, fügte Neor hinzu, mit einer schneidenden Stimme, die Learco fast einschüchterte. Zumindest beneidete er den Onkel um seine eiskalte Ruhe, seine innere Stärke, die er selbst manches Mal auch gern besessen hätte. »Ich bin nicht der Einzige, der die Herrschaft deines Vaters ablehnt.«

»Ja, er ist ein Despot«, stimmte Learco unumwunden zu und merkte dann, voller Zorn, dass ihm diese Zustimmung doch nicht leicht fiel. »Die meisten stehen auf seiner Seite, weil er so mächtig ist, doch mangelt es ihm in den verschiedenen Ländern nicht an Feinden.«

»Und bei Hof auch nicht. Das Land der Sonne leidet Hunger wegen seiner unersättlichen Gier nach neuen Eroberungen.«

Learco lehnte sich gegen das Kopfende des Bettes zurück. »Ich weiß.« Dieses Gespräch war wirklich schmerzlich.

»Diese Leute würden seine Ablösung durch einen vernünftigeren Mann begrüßen ...«

»Durch dich etwa?« Der Einwurf klang höhnischer, als er gewollt hatte.

»Nein, durch dich.«

Schwer wie ein Felsblock lagen diese Worte in der Stille, die sich nun breitmachte.

Nach einer Weile fuhr Neor fort: »Ich bin alt und müde.

Aber der gemäßigte Flügel des Rats schätzt deine Haltung und begrüßt deine Ablehnung des Krieges. Von deinem guten Herzen hat man mittlerweile im ganzen Königreich gehört, und das Volk liebt dich.«

»Das Volk schmeichelt mir«, verbesserte er ihn.

Neor lächelte. »Ich habe dich für reifer gehalten, Learco. Das ist keine Schmeichelei. Du hast die Liebe des Volkes gewonnen, ganz im Gegensatz zu deinem Vater, der es nur geschafft hat, überall gefürchtet zu werden.«

Bei diesen Worten sprang der Prinz auf. »Und das heißt?«

»Das heißt, dass es Leute gibt, die bereit sind, ihn abzusetzen und dir die Krone anzutragen.«

Learco brach der kalte Schweiß aus. Aufgewühlt marschierte er in seinem Zimmer auf und ab und hatte das Gefühl, ersticken zu müssen. »Mit anderen Worten, es geht darum, ihn umzubringen.«

»Es geht darum, das Königreich zu retten.«

»Indem man meinen Vater tötet?«

»Wenn es anders nicht möglich ist ...«

Die Antwort brachte Learco aus dem Konzept. Er hatte die Vorstellung, König zu werden, nie ernsthaft in Betracht gezogen. Hin und wieder hatte er daran gedacht, sich gegen seinen Vater aufzulehnen, doch diese Hassliebe, die er ihm gegenüber empfand, hatte ihn immer davon abgehalten. Nun aber wurde ihm die Gelegenheit auf einem Silberteller serviert.

»Ich dachte eigentlich, du hättest schon eine Entscheidung getroffen. Schließlich habe ich dir genug Zeit zum Nachdenken gelassen«, hob Neor wieder an. »Ich weiß, es ist schwierig für dich, weil er dein Vater ist, aber es muss sich endlich etwas ändern.«

»Das ist es nicht«, erklärte Learco mit einem Seufzer. »Ich bin noch so jung, und du verlangst von mir, mich an die Spitze einer Verschwörung zu stellen, die mich auf den Thron bringen soll. Aber so weit bin ich noch nicht, tut mir leid ...«

Im Grunde seines Herzens wusste er genau, dass dies nur eine Ausrede war, um nicht zugeben zu müssen, dass er selbst auch wollte, was seit Langem schon getan werden musste. Vielleicht hatte seine Mutter Recht gehabt, und es war seine Pflicht, ihren letzten Wunsch zu erfüllen. Und nun war der Augenblick gekommen.

»Dir ständen viele hohe Adlige zur Seite und würden dir helfen, das Königreich zu regieren. Im Grunde müsstest du dich nur um das Land der Sonne kümmern, die anderen Reiche würden an ihre rechtmäßigen Herrscher zurückfallen. Damit könntest du, Learco, ein zweiter Nammen werden, ein guter König, wie du es immer sein wolltest.«

Learco erlaubte sich ein höhnisches Lächeln. Nammen war immer sein Vorbild gewesen, ein Mythos seit seiner Kindheit. Dieser Elfenkönig hatte es zum Alleinherrscher über die Aufgetauchte Welt gebracht, dann aber die einzelnen Länder den Völkern zurückgegeben, damit diese sich selbst einen Herrscher wählten. Für viele ein Fantast. Für ihn selbst ein Held.

»Ich habe ja noch nicht einmal mein eigenes Leben im Griff, wie sollte ich da ein Königreich …«

»Ach was! Du bringst alle Voraussetzungen für einen guten König mit«, unterbrach Neor ihn. »Du bist gebildet und besonnen, kennst und liebst dein Volk und weißt, wie wichtig ein Interessenausgleich ist.«

Sein Onkel war aufgestanden und schaute ihm fest in die Augen. Learco wich seinem Blick aus. Er fühlte sich wie in einer Falle: Dubhes Kuss brannte noch auf seinen Lippen, und jetzt plötzlich eine Entscheidung von solcher Tragweite zu treffen, überforderte ihn einfach.

»Ich kann nicht«, erklärte er entmutigt.

Neor ließ sich nicht aus der Ruhe bringen. »Ich verstehe dich, bin aber doch enttäuscht. Du musst allerdings wissen, dass wir unser Ziel auf alle Fälle weiterverfolgen werden, egal ob du daran teilhast oder nicht. Das heißt für dich, dass dir nichts anderes übrig bleibt, als Position zu beziehen.«

»Soll das eine Drohung sein?«

»Nein, eine Feststellung.«

Neor entfernte sich einen Schritt.

»Überleg es dir gut. Die Zeit ist gekommen, dass du begreifst, wozu du berufen bist. Du bist nicht mehr der Junge, für den du dich hältst, du bist ein Mann und musst dich endlich auch so verhalten. Jeder Mann kämpft für etwas, Learco. Du hast immer noch ein wenig Zeit, darüber nachzudenken. Nutze sie gut.« Neor öffnete die Tür. »Ich glaube an dich, vergiss das nicht«, sagte er, wobei er noch einmal kurz mit dem Rücken zu ihm stehen blieb.

Learco erwiderte nichts, stand nur da und sah seinem Onkel nach, der im Korridor verschwand.

Am nächsten Abend nahm Dubhe ihre Ermittlungen wieder auf. Sich zu bewegen, den Körper in Schwung zu bringen, war für sie das beste Heilmittel, auch bei seelischem Schmerz.

Ohne Hast machte sie sich fertig, führte jede Geste bewusst aus und begrüßte damit die Rückkehr der alten Dubhe. Es war Zeit, endlich aufzuhören mit diesen Kindereien. Die Wirklichkeit sah anders aus, war sehr viel grauer und härter. Sie war eine Mörderin, daran konnte sie nichts mehr ändern. Feierlich wie ein Priester vor einer Zeremonie legte sie ihre Kleider an und band dann ebenso sorgfältig wie eine Braut vor der Hochzeit ihr Haar zu einem Knoten zusammen.

Schade, dass ich meine Waffen nicht hier habe, dachte sie. Doch der Dolch reichte eigentlich schon: Sie brauchte nur den Stahl in der Hand zu spüren, um sich besser zu fühlen. Sie zog die Tür auf und machte sich, in die verschlafene Stille des Palastes eintauchend, auf den Weg in den Trakt der Edelleute. Heute würde sie dort mit ihren Nachforschungen beginnen.

Einige Tage zuvor hatte sie in einem der dortigen Säle fast eine böse Überraschung erlebt. Zu sorglos war sie eingetreten und plötzlich auf einen Assassinen gestoßen. Im Halbdunkel verborgen, hatte sie ihn beobachtet. Kurz darauf war zufällig noch ein Wachsoldat hinzugekommen, um nachzusehen, ob alles in Ordnung sei, und diesem erzählte der Assassine, dass er dort eine Durchsuchung vorzunehmen habe. Dubhe hatte sogleich den Eindruck, dass es sich um eine Ausrede handelte, denn dies war die Aufgabe von Wachsoldaten, nicht von Meuchelmördern, aber erst als Theana ihr von den fehlenden Büchern erzählte, war ihr diese Ungereimtheit wieder eingefallen. Vielleicht hatte der Assassine an jenem Abend etwas überprüft, was Dohor und die Gilde dort gut verborgen hatten. Und an diesem Abend wollte sich Dubhe Klarheit darüber verschaffen. Vielleicht kam sie endlich dem Rätsel auf die Spur.

Sie beschloss, den Weg durch den Garten zu nehmen, wo es Verstecke zuhauf gab. Rasch warf sie einen Blick auf den geheimen Ort, der einen Monat lang Schauplatz ihrer nächtlichen Treffen mit Learco gewesen war. Der Prinz war nicht da, und dennoch begann ihr Herz schneller zu schlagen. *Es ist schon richtig so*, versuchte sie sich zu beruhigen.

Sie schlich sich an einer betrunkenen Wache vorbei und gelangte in das Geschoss mit dem betreffenden Saal. Er lag ganz am Ende des Ganges, war verschlossen und bewacht.

Sich immer wieder hinter Vorsprünge duckend, schob sie sich weiter. Mit schweren Schritten marschierte die Wache an ihr vorbei, und als sich die Schrittgeräusche weit genug entfernt hatten, huschte sie zur Tür, drückte die Klinke – und war drinnen.

Im Saal war niemand. Vielleicht bildete sie es sich nur ein, aber ihr war, als verstärke sich hier die Wirkung des Fluches, denn sie spürte, wie die Bestie in ihrem Innern zu brüllen begann. Ihre nicht abzuschüttelnde verhasste Begleiterin lechzte immer noch nach Rache.

Sie bewegte sich zu der Seite, wo sie den Assassinen gesehen hatte. Dort stand ein Tischchen und darauf eine kleine Kommode mit verschiedenen Schubladen. Sie waren alle abgeschlossen, doch das eigentliche Problem war herauszufinden, welche wohl dic richtige war. Dubhe trat näher heran und begann mit den Fingerspitzen über die Oberfläche zu fahren. Sie war glatt lackiert, doch bei einer Schublade spürte sie eine leichte Unebenheit. Tastend konnte sie nicht feststellen, worum es sich handelte. Sie war so winzig, dass es auch bloß eine Abschürfung sein konnte. Doch dann begriff sie.

Es war eine kaum wahrnehmbare Gravierung, die einen Greif darstellte, der im Schnabel ein Pentagramm hielt. Also sah sie sich nun das winzige Schloss genauer an. Mit ihrem Einbruchswerkzeug hätte sie es im Nu öffnen können, doch vielleicht konnte sie sich auch ohne behelfen.

Sie holte einen dünnen Metallstift hervor – die Zinke einer Gabel, die sie sich vorsorglich für einen solchen Fall abgebrochen hatte – und machte sich an die Arbeit.

Schon begannen ihre Hände leicht zu zittern, und daher dauerte es länger als vorgesehen. Schließlich ein erleichterndes *Klick*, und sie wusste, dass sie es geschafft hatte. Sie zog, und die Schublade kam ihr sanft entgegen.

Sie war mit rotem Samt ausgeschlagen und bot gerade mal Platz für eine kleine, vielleicht eine Hand breite Pergamentseite. Dass die Schublade leer war, konnte Dubhe nicht entmutigen. Mit dem Fingernagel fuhr sie am Rand entlang, hob den Stoff an und fand darunter tatsächlich ein gefaltetes Blatt. Mit schweißnasser Hand holte sie es hervor und schlug es auf.

Es war nicht das, was sie gesucht hatte, sondern eine Nachlassurkunde vom 13. Mai. Ein kurzer Seufzer, dann holte sie das Blatt mit dcn von Theana abgeschriebenen Vermerken hervor und suchte die Eintragung neben diesem Datum.

›S. Bl., fü.‹ Sie überlegte einen Moment. Diese Abkürzungen standen nicht für Regale oder Buchreihen, sondern für etwas anderes, und plötzlich war es ihr klar. Der Saal, in dem sie sich befand, wurde *Blauer Saal* genannt. Anfangs hatte sie den Namen keine Beachtung geschenkt, später jedoch selbst in ihrem Lageplan die Bezeichnungen eingetragen, die sie von der Dienerschaft gehört hatte. Sie zählte die Schubladen. Das Dokument hatte in der fünfzehnten gelegen. In diesem Fall bedeutete ›fü.‹ also nicht ›fünf‹, sondern ›fünfzehn‹, und stand nicht für die Position in der Reihe, sondern für die Schublade.

Innerlich jubelte sie. Sie kam der Sache immer näher.

Sorgfältig faltete sie das Dokument zusammen und legte es an seinen Platz zurück, verschloss die Schublade, sodass niemand das Aufbrechen bemerken konnte, und setzte sich dann auf den Boden, das Blatt mit der Liste in der Hand. Die Angaben neben dem für sie interessanten Datum hatte sie umrandet. ›R. Vi. Bu. Ac.‹

Im Geist ging sie noch einmal alle Säle durch, die sie sich angesehen hatte. Thronsaal, Jagdsaal, Audienzsaal, Kapitelsaal, Prinzensaal, Königinnensaal, Erster Saal, Repräsentationssaal und … Viereckiger Saal.

Hierbei handelte es sich nur um einen kleineren Raum, also ›R.‹, mit vier, also ›Vi.‹ nicht bewachten Eingängen. Auf jeder Seite hingen große bunte Wandteppiche, auf denen die Geschichte von Sulanas Königsgeschlecht dargestellt war.

Sie riss die Augen weit auf: Dort mussten die Dokumente zu finden sein, ganz sicher!

Aufmerksam blickte sie sich um, verließ den Raum und tauchte wieder in das Gewirr der Flure ein.

Den Weg kannte sie, doch plötzlich patrouillierte eine Wache ausgerechnet in dem Gang hin und her, von wo die Treppe hinauf zu dem betreffenden Raum führte, und kam nun auch noch auf sie zu. Dubhe presste sich flach hinter einen Vorsprung in der Wand und hielt den Atem an. Sie war zu hastig vorgegangen, ohne nachzudenken, und nun blieb ihr nichts anderes mehr übrig.

Sie zog den Dolch aus dem Gürtel und wartete, alle Muskeln angespannt, im Halbdunkel, bereit, den Mann, der gefährlich näher kam, sofort anzugreifen. Doch als sie schon dachte, dass nun alles verloren sei, bog der Soldat in einen anderen Gang ab und entfernte sich.

Dubhe zögerte keinen Augenblick, stürmte die Treppe hinauf und betrat den Viereckigen Raum. In diesem Bereich des Palastes waren die Kontrollgänge verdoppelt, und als sie sich nun umschaute, verstand sie auch, dass dies der beste Platz war, um etwas Kostbares zu verstecken. Die anderen drei Türen führten zu Gemächern von Höflingen, zum Garten und zum Repräsentationssaal, was ein großes Risiko für jeden Dieb bedeutete, denn sichere Fluchtwege gab es hier nicht.

Sie versuchte, sich zu beruhigen – schließlich war sie auf dem richtigen Weg –, musste sich aber jetzt mit klarem Kopf überlegen, wie sie am besten und am schnellsten vorging. Sie atmete einmal tief durch und rief sich den Vermerk auf dem Blatt in Erinnerung: ›Bu. Ac.‹

Zunächst nahm sie die Wandteppiche in Augenschein, aber die waren zu fantasievoll, zu reich an Farben und Details. Sie erkannte Sulana als junge Frau mit dem ersten Learco auf dem Arm, und dann Kharva, den Stammvater des Hauses, sah aber keinen Zusammenhang mit dem, was sie suchte. Dann war da eine Seeschlacht dargestellt, aber das sagte ihr noch weniger. Sie schloss die Augen, um zu neuer Konzentration zu finden und sich nicht in Einzelheiten zu verlieren. Auf das Gesamtbild kam es an, nur dort würde sie den fehlenden Hinweis entdecken können. Da unterbrachen plötzlich Schrittgeräusche ihren Gedankenfluss.

Sie fuhr herum und umfasste das Heft ihres Dolches. *Das hat mir gerade noch gefehlt.*

Sie versteckte sich seitlich der Tür, von der die Geräusche kamen, und bereitete sich auf einen Angriff vor. Noch hatte sie die Gestalt, die jetzt die Schwelle überschritt, nur als Andeutung wahrgenommen, da presste sie ihr schon die freie Hand auf den Mund und schleuderte sie so fest gegen die Wand, dass sie mit dem Kopf dagegen schlug. Sie hatte den Dolch bereits erhoben, um mit aller Kraft zuzustechen, als sie plötzlich – die Klinge nur noch eine Handbreit von der Kehle der Gestalt entfernt – abrupt in der Bewegung innehielt. Mit vor Entsetzen weit aufgerissenen Augen kauerte

Learco vor ihr. Wie durchbohrt fühlte sich Dubhe von diesem Blick und ließ ihn augenblicklich los.

»Wer da?«, tönte augenblicklich eine Stimme von der anderen Seite des Saales her. Und gleich darauf vernahm sie aus dem Korridor das Ratschen eines aus der Scheide gezogenen Schwertes. Dubhe spürte, wie ihr die Knie weich wurden. Und so war es Learco, der sie geistesgegenwärtig aus dem Saal zog, in eine angrenzende Kammer hinter einer angelehnten Tür. Er bedeutete ihr, ganz still zu sein, brachte rasch seine Kleider in Ordnung und wartete dann, um eine selbstverständliche Haltung bemüht, auf das Herannahen der Wache.

»Ich bin's nur«, sagte er mit ruhiger Stimme, als der Soldat bei ihm war.

»Verzeiht, Hoheit, ich wusste nicht, dass Ihr hier seid …« Die Stimme des Soldaten war nur einen Hauch von der Tür entfernt, und Dubhe hörte, wie er das Schwert zurück in die Scheide steckte.

»Sei unbesorgt, Soldat. Du hast ja nur deine Pflicht getan. Aber nun geh.«

Als sie allein waren, ergriff der Prinz ihr Handgelenk.

»Sei still und folge mir!«, befahl er.

Sie reagierte nicht. Wie ein totes Gewicht ließ sie sich durch die Gänge des Palastes ziehen, bis sie zu einer steilen schmalen Eisentreppe kamen. Dubhe wusste, dass sie zum Trockenboden hinaufführte, ein Raum, der von den Wachen nur selten kontrolliert wurde.

Dort angekommen, warf Learco sie grob zu Boden. Die Hand hatte er auf dem Heft seines Schwertes liegen, und seine Miene war ernst, entsetzlich ernst, so wie Dubhe ihn noch nie gesehen hatte.

»Was hast du dort gewollt?«

Nichts war mehr zu erkennen von dem jungen Mann, den sie während ihrer heimlichen Treffen so gut kennengelernt hatte. Sein Gesicht wirkte kalt und feindselig.

Jetzt musst du ihn töten, hörte sie in sich eine traurige Stimme.

Niemals hättest du dich mit ihm einlassen dürfen. Aber jetzt ist es aus damit. Du hast gestern Abend eine Entscheidung getroffen!

»Warum bist du so seltsam gekleidet?«, fragte er streng.

Dubhe konnte den Blick nicht von ihm abwenden und dachte dennoch weiter, dass sie ihn jetzt töten würde oder am besten schon längst getötet hätte, damals nach dem Kampf gegen die Banditen etwa.

»Anstatt dich den Wachen zu übergeben, habe ich dich hierher geführt. Du weißt, was das bedeutet?«

Im Ton seiner Stimme schwang noch etwas von Zuneigung mit, doch Dubhe war eher nach einem verzweifelten Lachen zumute: Er wusste überhaupt nichts von ihr, und auch jetzt begriff er nicht, was vor sich ging. Tatsächlich verzog sich ihr Mund zu einem Lächeln, und Learco starrte sie an, unfähig, diese Reaktion zu deuten.

»Darf man erfahren, was du so lustig findest?«

Ihre Blicke trafen sich, und Dubhes Gewissheiten vom Vorabend schwanden dahin. Gegen jede Vernunft wollte ein Teil ihrer selbst immer noch glauben, dass es auch ein anderes Ende für sie geben und er tatsächlich ihr Rettungsanker sein könnte. »Es amüsiert mich zu sehen, dass du nicht die leiseste Ahnung hast, wer ich bin …«, sagte sie mit einem bemüht spöttischen Unterton.

Learco zog sein Schwert und hielt ihr die Spitze an die Kehle. »So ist es schon weniger amüsant, nicht wahr?«

Doch das Lächeln verschwand nicht von ihren Lippen. »Ich könnte dich jederzeit töten. Drei Schwerter und zwei weitere Soldaten würden es nicht schaffen, mich aufzuhalten.«

Nun fallen die Schleier, und die Wahrheit kommt ans Licht. Zu spät wirst du begreifen, wer ich wirklich bin. Denn das wird das Letzte sein, was du tust, bevor du stirbst, dachte sie, während eine entsetzliche Kälte ihr Herz überschwemmte.

Learco verbarg seine Enttäuschung nicht. »Wer bist du wirklich?«

Ein kurzes Schweigen entstand, weil ihnen beiden die Kraft fehlte, diese Farce fortzusetzen.

»Mein Name ist Dubhe.«

Learcos Hand auf dem Heft seines Schwertes zitterte ein klein wenig, und er nahm es fester in die Hand. »Bist du meinetwegen hier?«

»Nein.«

»Dann also meines Vaters wegen.«

Nicht mehr als eine Feststellung, für die er sich aber fast schämte.

Dubhe schloss die Augen und konnte nur nicken.

Learcos Züge entspannten sich ein wenig, und so konnte sie hinter dieser Maske des kriegerischen Königssohns wieder den jungen Mann vom Flussufer erkennen, der ihr von seiner Vergangenheit erzählt hatte. Dieses Bild entflammte ihre Brust, schmerzte unerträglich und trieb ihr die Tränen in die Augen.

»Hat die Gilde dich ausgesandt?«

»Nein.«

»Ido?«

»Nein.«

Unfähig, diesem Verhör standzuhalten, wandte Dubhe den Blick ab.

»Mein Onkel etwa?«, fragte er nach einem kurzen Zögern.

»Nein«, antwortete sie betrübt. Sie spürte, dass sie die Tränen nicht mehr lange zurückhalten konnte.

Learco hielt ihr die Schwertklinge an den Hals, sanft, aber entschlossen. In seinen Augen las Dubhe, wie schwer ihm diese Geste fiel.

»Ich will die Wahrheit hören. Wenn du weiter schweigst, töte ich dich.«

Er schien es ernst zu meinen, denn er sagte es im Ton eines Menschen, der nichts mehr zu verlieren hat. Dubhe spürte die erste Träne über ihre Wange laufen: kein schlechter Zeitpunkt, um zu sterben, vor allem, wenn die ewige Ruhe durch Learcos Hand über sie kam.

»Ich bin gekommen, um deinen Vater zu töten. Aber geschickt hat mich niemand. Es ist eine persönliche Angelegenheit«, sagte sie leise.

»Deswegen hast du dich also von mir retten lassen und mich dann verführt, um in den Palast Eingang zu finden.«

Etwas in ihr schrie so laut auf, dass jede andere Stimme davon übertönt wurde. Aber wie sollte sie ihm das erklären? Wie sollte sie ihm klarmachen, dass alles, was zwischen ihnen war, nichts mit ihrer Mission zu tun hatte, nicht von ihr geplant war und sie eher bei ihrem Vorhaben hinderte? Wie sollte sie ihm begreiflich machen, wie sehr sie ihn liebte, gegen jede Logik, gegen jede Vernunft. Wie sollte sie ihm erklären, dass sie sich diese Tatsache bis zu diesem Moment noch nicht einmal selbst eingestanden hatte?

»So war es nicht«, antwortete sie nur.

Jetzt war es Learco, der lachte. »Du lügst«, zischte er verächtlich.

»Nein, es ist die Wahrheit. Ich bin hier, weil dein Vater vor über einem Jahr sein Leben auf Kosten meines Lebens rettete. Wenn ich weiterleben will und mir ein entsetzlicher Tod erspart bleiben soll, habe ich keine andere Wahl, als ihn zu töten.«

Learco ließ sich nicht beeindrucken, sondern hielt im Gegenteil sein Schwert noch ein wenig entschlossener an ihre Kehle. »Wieso sollte ich dir glauben?«

»Weil ich dich nie belogen habe.«

Nun brach der Prinz in lautes Gelächter aus, und sie fühlte den Boden unter ihren Füßen wanken. »Ha, du hast mir nichts als Lügen erzählt!«, rief er. »Sag mir deinen Namen! Wer bist du, woher kommst du ...?«

»Nein, es ist alles wahr! Auch alles, was ich dir von meiner Vergangenheit erzählt habe, ist wahr!«

Unaufhaltsam liefen ihr nun die Tränen, über die Wangen bis hinunter zu den Lippen.

Schluchzend entblößte sie ihren Oberarm – die Wirkung von Theanas Zauber hatte fast ganz nachgelassen, denn das Symbol unter dem Jackenärmel pulsierte immer stärker –, zeigte ihm das Siegel und erzählte ihm unter Tränen, wie man sie hereingelegt hatte, berichtete ihm von dem Einbruch und verschwieg keine einzige der Grausamkeiten, die sie mit der Bestie im Leib verübt hatte. Sie erzählte auch von ihrer großen Reise in die Unerforschten Lande, um Sennar zu fragen, was sich gegen den Fluch ausrichten lasse, und schließlich von diesem einzigen Weg, den der große Magier ihr hatte weisen können: den zu töten, der sie mit dem Siegel belegt hatte.

Als sie fertig war, fühlte sie sich vollkommen leer, erschöpft, überdrüssig ihres eigenen Leids, aber in gewisser Weise auch getröstet. Da er endlich alles wusste, kam es nicht mehr darauf an, was nun geschah.

Langsam ließ Learco das Schwert sinken, setzte sich auf den Boden neben sie und fuhr sich seufzend mit der Hand durch die Haare: »Was soll ich jetzt mit dir tun?«, fragte er, während er sie mit einem traurigen Lächeln ansah.

Sie rührte sich nicht. »Töte mich«, antwortete sie leise.

»Wie bitte?«

»Oder ich muss dich töten. Wir haben keine Wahl. Du musst deinen Vater retten und ich mich selbst.«

Learco blickte sie mit einer solchen Verzweiflung an, dass sie sich ganz beschämt vorkam.

»Warum sollte ich das tun?«, sagte er schließlich. »Um einen Mann zu retten, der sein Leben auf dem Tod anderer gegründet hat? Nein, ausgeschlossen! Ich werde dich nicht aufhalten«, fügte er hinzu und schleuderte das Schwert fort. »Wenn du mich töten willst, so tu es!« Seine Augen leuchteten wie im Fieber. »Wenn es aber so ist, wie du sagst, so tu es jetzt gleich«, schloss er, wobei er auf den Dolch deutete, den Dubhe immer noch in der Hand hielt.

Sie sah ihn im Dunkeln glitzern, so als habe die Klinge alles Licht in dem Raum angezogen und aufgesaugt.

Einen Moment lang hob sie diesen Dolch, den ihr der Meister geschenkt hatte ... Dann warf sie ihn fort, und während der Stahl über den Fußboden schepperte, nahm sie Learco fest in die Arme und weinte verzweifelt. Reglos verharrte er in ihrer Umarmung, doch ihr reichte es, ihn an sich drücken zu können und zu denken, dass nichts von alldem wirklich passiert war.

Dann fuhr er mit der Hand ihren Rücken entlang bis zum Hals, und die Festigkeit und Wärme, die seine Berührung verströmte, ließen sie vor Lust erschaudern. Er küsste sie wie beim ersten Mal, ein langer Kuss, und die Zeit blieb stehen. Dubhe fühlte, dass es unumkehrbar war: Einen anderen Weg gehen zu wollen, so zu tun, als habe es Learco nie gegeben, und wieder die Frau zu werden, die sie vor dem Siegel war, wäre reiner Wahnsinn gewesen.

Endlich fühlte sie sich frei. Der Meister und Lonerin waren nur noch süße, weit entfernte Erinnerungen. Nichts existierte mehr außer dem stillen Versprechen Learcos, der sie umarmte, und seiner Hände, mit denen er sie streichelte und sanft die Linie ihres Halses nachfuhr, die Rundungen ihrer Brüste …

Er streifte ihr die Jacke ab und ließ sie zu Boden fallen, während sie ihn leidenschaftlich an sich drückte. Vielleicht würde die Schönheit dieses Moments tatsächlich nur einen Augenblick währen, aber Dubhe zweifelte nicht daran, dass dieser Augenblick so kostbar war wie ein ganzes Leben.

16

Sans Entscheidung

Das gedämpfte Licht auf dem Meeresgrund legte sich schimmernd auf die braunen Umhänge und überzog sie mit seltsamen hell-dunklen Mustern. Die vier Assassinen, zwei Frauen und zwei Männer, bewegten sich rasch und lautlos.

Demar, einer der vier, blickte sich um. Mittlerweile befanden sie sich seit einer Woche in der Untergetauchten Welt, aber immer noch hatte er sich nicht an diese gespenstische Landschaft und das schwer zu fassende Äußere ihrer Bewohner gewöhnt.

Er war stolz auf sich. Für einen Mann, der so spät wie er zur Gilde gestoßen war, bedeutete diese Mission eine beachtliche Beförderung. Aufgenommen hatte man ihn in der Sekte, nachdem er als Vierzehnjähriger seine Schwester getötet hatte, gerade noch an der Grenze also, denn wäre er älter gewesen, hätte ihn die Sekte nicht mehr als *Kind des Todes* betrachtet. Obwohl seine Fähigkeiten beachtlich waren und sein Glaube von keinen Zweifeln getrübt, war er während der Ausbildung von seinen Kameraden immer wieder als Neuling verspottet worden.

›Es kommt nicht darauf an, *wann* wir erwählt wurden. Wichtig ist, *dass* wir erwählt wurden«, hatte der Höchste Wächter einmal zu ihm gesagt, und diese Worte machten ihn stark. Yeshol war der Einzige, der ihn verstand, und er brannte darauf, ihm seine Ergebenheit und sein Können zu beweisen.

Deshalb legte er sich ins Zeug und erledigte mit größtem Fleiß und größter Gnadenlosigkeit alle Aufgaben, die ihm übertragen wurden. Dennoch hatte er mit seinen dreiundzwanzig Jahren bisher erst zwei Morde und einige Einbrüche verübt, und der Zweifel, ob Yeshol ihn tatsächlich als *Siegreichen* ansah, quälte ihn immerzu.

Dann eines Tages wurde er zusammen mit Fenula, Tess und Jalo zum Oberhaupt der Gilde bestellt. »Ich habe einen Auftrag von größter Wichtigkeit für euch.«

Diese wenigen Worte reichten, um Demar das Herz bis zum Hals schlagen zu lassen. Seine Ohren dröhnten, während er hörte, was sie zu tun hatten. Es handelte sich darum, den Jungen zu entführen, der Asters Seele aufnehmen sollte. San, so hieß er, war dem Wächter Sherva entwischt und in die Untergetauchte Welt entflohen an der Seite von Ido, dem sagenumwobenen Gnomen, der sich zu seinem Beschützer aufgeschwungen hatte.

Demar spürte, wie die Aufregung jede Faser seines Körpers ergriff. Endlich eine wichtige Mission, endlich die Gelegenheit zu zeigen, was in ihm steckte.

Voller Enthusiasmus hatte er sich auf den Weg gemacht, sich zuvor aber noch im Tempel vor seinem Gott niedergeworfen. Dazu bestand eigentlich kein Anlass, denn schließlich war er ein *Siegreicher* und kein minderwertiger Postulant, doch es war einfach über ihn gekommen. Ja, er hatte sich die Handflächen an den Säulen aus Schwarzem Kristall aufgerissen und zu Thenaar gebetet, dass er ihn erhöre und ihm weiter beistehe. Er glaubte, dies seinem Gott schuldig zu sein. Unter seinen vielen Gläubigen hatte Thenaar gerade ihn auserwählt und ihm den Aufstieg zur Macht ermöglicht, ein Geschenk, das schon ein paar Tropfen seines Blutes wert war.

Es wurde eine lange, anstrengende Reise nach Zalenia, für die sie einen alten unterirdischen Zugang nutzten, den Aster selbst hatte einrichten lassen. Gefunden hatte ihn der *Ungläubige,* wie Dohor von den *Siegreichen* genannt wurde, weil der König seinen neuen Palast auf den Ruinen der vom Tyrannen zerstörten Stadt Enawar errichten ließ. Dadurch hatte der König auch Zugang zu dem Labyrinth von Geheimgängen erhalten, durch die zahlreiche Gebiete der Aufgetauchten Welt verbunden waren. Darunter war auch der legendäre Korridor nach Zalenia, den der *Prophet* Aster durch Zauberhand geschaffen hatte. Nur einmal war er benutzt worden, um einen Kurier in die Untergetauchte Welt zu entsenden. Dessen Mission war in die Geschichte eingegangen, weil der Gesandte dort auf Sennar, den Gatten der *Dirne* Nihal, traf und im Kampf gegen ihn getötet wurde. Die Gilde verehrte ihn als Märtyrer, und jedermann kannte seine Heldentat.

Durch das geheime Portal gelangten sie direkt unter den Meeresspiegel in einen Kanal, den Asters Sklavenscharen gegraben hatten, einen verlassenen, stickigen Stollen, den die Bewohner Zalenias nur noch selten benutzten.

Tagelang waren sie in der ewigen Finsternis unverdrossen durch den Tunnel gewandert, hatten im Gehen gegessen und nur ganz wenig geschlafen, gerade genug, um wieder zu Kräften zu kommen.

Demar genoss die Schmerzen in seinen Gliedern, nahm freudig die Krämpfe in seinen Beinen hin, und wenn er zusammengekauert in dem engen Gang schlief, schickte er bei jedem Schmerz ein Dankgebet zu seinem Gott. Für Thenaar zu sterben galt ihm als größte Gnade, und körperliche Schmerzen, die er in seinem Namen ertrug, waren das Siegel, das die Gottheit seinen liebsten Kindern aufdrückte.

›Du spielst eine besondere Rolle in meinem Plan. Du sollst mein Werkzeug sein für meine Wiederkehr.‹ Dies sagten ihm seine Schmerzen.

Nach dreiwöchiger Wanderung waren sie in das trübe Tageslicht unter dem Meer hinausgetreten. Sie tarnten sich mit langen braunen Mänteln, vor allem aber mithilfe spezieller Substanzen, die ihr Aussehen veränderten. Der neue Wächter der Gifte, Jalo, ein mürrischer Alter mit vom ständigen

Kontakt mit Giften und tödlichen Pflanzen verätzten Händen, hatte ihnen diese Mixturen verabreicht. So gingen sie in der Menge unter, weil sie in allem den Bewohnern der Unterwasserwelt glichen: Auch sie hatten nun weiße Haare, helle Haut und Augen mit beunruhigend schwarzen Pupillen in einer Iris so weiß, dass sie durchsichtig schien.

Mit einer Handbewegung ließ Fenula, die Wächterin der Zauber und damit Anführerin ihrer Gruppe, sie anhalten. Demar riss sich aus seinen Gedanken.

»Und nun?«

Mit wehenden Umhängen betraten sie ein Gasthaus, wo Fenula mit unschuldigem Kleinmädchengesicht und einem strahlenden Lächeln den Wirt ansprach. Mit sanfter Stimme fragte sie nach einem Zimmer, lachte keck, und Demar dachte, wie gut es war, dass eine echte *Siegreiche* sogar die Waffen des Feindes zu ihrem Vorteil einzusetzen verstand: Denn weibliches Gehabe war im Bau der Gilde verpönt, und die Frauen wurden dazu erzogen, alle Spuren davon zu löschen. Thenaars Kinder waren geschlechtslos, waren nichts als Waffen in der Hand ihres Gottes, und Weiblichkeit diente nur dazu, der Gemeinschaft neue Diener zu schenken. Doch jenseits der Gildenmauern konnten die Schönheit und der Liebreiz einer Frau sehr nützlich sein.

Verwirrt von ihrem sanften, einladenden Äußeren lächelte der Wirt Fenula an. So beachtete er die anderen drei nicht, die hinter ihr standen. Er gab ihnen ein Zimmer und führte sie persönlich hinauf in den ersten Stock. Doch kaum hatte sich die Tür hinter ihnen geschlossen, wich jedes Anzeichen von Sanftmut aus Fenulas Gesicht, das nun wieder zu jener undurchdringlichen Maske wurde, die sie immer zeigte.

Dies ist das Aussehen der Siegreichen, *das unveränderliche Bild eines ausdruckslosen Gesichtes, eine weiße Leinwand, die Thenaar mit den eigenen Zügen bemalt,* dachte Demar, erregt schaudernd.

Alle vier setzten sich zu Boden, woraufhin Fenula unter ihrem Umhang einige Metallscheiben hervorholte. Sie gehörten zu einem der einfachsten Zauber, die man in der Ausbildung der Gilde lernte, der aber dennoch sehr wirksam war. Mit seiner Hilfe ließ sich die magische Aura von Personen ausfindig machen. In diesem Fall war er von der Wächterin darauf eingestellt worden, Halbelfen aufzustöbern, und hatte sie bereits den ganzen Weg über geleitet.

Nun nahm Fenula die Scheiben in beide Hände, schüttelte sie und warf sie dann, ein elfisches Wort murmelnd, vor sich hin. Klimpernd kullerten sie über den Boden, doch als die vier *Siegreichen* die Hände darüber ausbreiteten, begannen sie sofort, mit irrsinniger Geschwindigkeit zu rotieren, so als seien sie von einem eigenen Leben beseelt. Dazu sangen die Assassinen Sans Namen, woraufhin die wirbelnden Scheiben langsam eine feste Ordnung annahmen und sich zu einem Pfeil formierten, der in eine bestimmte Richtung im Raum zeigte.

Demar blickte zu Fenula und sah, dass eine Ader an ihrer Schläfe anschwoll. »Was bedeutet das?«, fragte er mit aufgeregt zitternder Stimme.

»Dass wir schon ganz nahe sind. Weniger als eine Tagesreise.«

Eine besondere Spannung lag in dem Schweigen, das ihren Worten folgte.

»Ich bin bereit«, bekräftigte Demar mit stolzer Stimme. Jalo bedachte ihn mit einem halb väterlichen, halb höhnischen Lächeln.

Du wirst mich nicht mehr auslachen, wenn ich Yeshol erst den Jungen gebracht habe, dachte er, die Zähne fletschend.

»Wir gehen wie besprochen vor«, sagte Fenula, während sie den Kreis auflöste und die Scheiben einsammelte. »Ido ist nicht von Interesse für uns. Wenn es nötig wird, töten wir ihn, sonst gehen wir ihm besser aus dem Weg.«

Demar nickte rasch und blickte dann hinaus: Alles war in ein milchiges Licht getaucht, doch in seinen Augen färbte sich die Landschaft in ein tröstliches Blutrot, die Farbe Thenaars.

San konnte nicht einschlafen.

Wieder einmal hatte er mit Quar gestritten – und längst die Nase voll. Sein Lehrer war nicht nur langweilig, sondern wurde auch in zunehmendem Maß pedantisch, ja sadistisch in seinen Strafen. Seit Ido ihm erlaubt hatte, die Aufsässigkeiten seines Schülers nach Gutdünken zu bestrafen, hatte sich die Lage für San noch einmal verschlechtert. Manchmal hatte er ellenlange Kapitel aus historischen Werken abzuschreiben oder die wichtigsten Eigenschaften der elfischen Kultur auswendig zu lernen. Am schlimmsten war aber, dass dieser Mümmelgreis mittlerweile seinen wundesten Punkt herausgefunden hatte und ihm immer häufiger verbot, die Bibliothek aufzusuchen.

»Alles, aber nur das nicht«, bettelte der Junge.

»Doch. Die nächsten vier Tage bleibt die Bibliothek für dich geschlossen. So lernst du, dich beim nächsten Mal besser zu betragen.«

Diesmal hatte Quar ihm den Besuch der Bibliothek für eine ganze Woche untersagt. Zwar hatte sich San sofort Hilfe suchend an Ido gewandt, konnte den Gnomen aber nicht dazu bewegen, etwas dagegen zu unternehmen.

»Es gefällt mir nicht, wie du dich deinem Lehrer gegenüber benimmst«, hatte der Gnom auf sein Gejammer geantwortet.

»Aber ich habe dir doch schon tausendmal erklärt, wie langweilig sein Unterricht ist.«

»Und ich habe dir genauso oft erklärt, dass die Magie auch mal langweilig sein kann. Eine gewisse Ausdauer ist schon notwendig, wenn man etwas Neues lernen will.«

»Mag sein, aber warum verbietet er mir ausgerechnet, in die Bibliothek zu gehen? Da lerne ich viel mehr, als wenn ich bei ihm sitze und nur zuhören muss. Und außerdem vergeht beim Lesen auch die Zeit schneller.«

Mit einem Seufzer hatte Ido die Pfeife aus dem Mund genommen. »Ich weiß ja, dass dir dieser Ort hier nicht viel zu bieten hat. Aber du kannst dich doch am besten ablenken, wenn du etwas gründlich lernst.« Tatsächlich war es aber so, dass Ido ihn nicht mehr verstand.

Und umgekehrt waren die Geschichten, die der Gnom ihm von der Aufgetauchten Welt erzählte, immer so deprimierend und voller Leid, und nur wenn sie gemeinsam mit dem Schwert trainierten, schaffte es San, den Kopf von diesen bedrückenden Gedanken freizubekommen. Doch auch hierbei verlor er zu schnell die Lust.

Dass er den ganzen Tag nichts wirklich Aufregendes zu tun hatte, laugte ihn aus, und immer mehr hatte er den Eindruck, dass Ido schuld an seiner schlechten Laune war. Der Gedanke an den Tod seiner Eltern ließ ihn immer weniger los, hatte sich zur Besessenheit gesteigert, und er spürte ganz deutlich, dass er sich davon nur befreien konnte, wenn er endlich handelte. Alles andere war nur Geschwätz, Ausreden, um sich nicht der Wirklichkeit stellen zu müssen. So dachte er und konnte einfach nicht verstehen, warum sich Ido wie ein Feigling verhielt.

Alle waren in Aktion, alle in der Aufgetauchten Welt handelten, taten etwas, und er wollte nicht bloß dasitzen und die Hände in den Schoß legen. Deswegen haderte er so mit Quar und dessen Verboten, denn die Bücher in der Bibliothek mit den Verbotenen Zauberformeln waren sein Rettungsanker. Sobald sich die Möglichkeit dazu bot, las er, und nachts übte er die Zauber ein. Vieles ging ihm daneben, doch er lernte schnell. Und allein mit Zaubern konnte er sich eine Zeit lang von der Vergangenheit lösen.

Während er sich im Bett hin und her wälzte, fragte San sich nun, wie er eine ganze Woche ohne diesen einzigen Trost herumbringen sollte.

Draußen vor den Fenstern war nichts als die Finsternis der Meerestiefen, und er konnte nicht hinausblicken, ohne dass ihn ein Gefühl der Beklemmung und der Angst überkam.

Als er die Augen schloss, spürte er plötzlich, wie eine Hand auf seinen Mund gepresst wurde. Sofort riss er die Augen wieder auf, versuchte zu schreien und zappelte und wand sich, um freizukommen. Aus den Augenwinkeln sah er drei Gestalten, die sich um ihn herum bewegten. Draußen vor der geöffneten Tür lag der Wachsoldat mit durchgeschnittener Kehle am Boden.

Völlig lautlos war alles vor sich gegangen. San hatte überhaupt nicht gemerkt, wie sie Gespenstern gleich in sein Zimmer gehuscht waren. Obwohl sie wie normale Bewohner Zalenias aussahen, waren ihre Gesichtszüge für San doch unverwechselbar, und er brauchte nur einen Moment, um die Situation zu erfassen. Alles war wie damals:

Zwei Männer mit schwarzer Kleidung treten die Tür ein, zücken lange Messer und stürzen sich als Erstes auf seinen Vater. Er selbst flüchtet sich in einen anderen Raum, und dort unter dem Bett hört er die Schreie seiner sich wehrenden Mutter. Alles um ihn herum verschwimmt, sein Körper ist wie gelähmt, er möchte eingreifen, etwas tun, irgendetwas, doch die Angst ist stärker als alles andere. Dann plötzlich herrscht nur noch Stille, und er weiß, dass er ein Feigling war.

Nun war es sein Herz, dem die Wut entsprang.

Wie wild begann er zu treten und um sich zu schlagen, doch zwei Assassinen umklammerten ihn noch fester, sodass er sich nicht mehr bewegen konnte.

Ido, wo bist du? Ido, warum bist du nicht bei mir?

Er war allein. Genau wie damals war niemand da. Etwas in ihm brüllte auf vor Schmerz, und plötzlich explodierte alles in einem Meer roter Funken.

Eine gewaltige Hitze durchfuhr seine Brust, schoss bis in die Hände, entzündete seine Adern und ballte sich in seinen Fingerspitzen zusammen. Plötzlich stand alles in Flammen, und San spürte, wie die Hitze des Feuers seinen Körper streifte.

Dennoch wusste er mit erbarmungsloser Klarheit, dass die Flammen ihn nicht verletzen würden, dass sie ihm nichts anhaben konnten. Die Angreifer mussten ihren Griff lockern, und so hatte er plötzlich seine Hände wieder frei. Immer mächtiger loderten die Flammen vor ihm auf, und zwei Assassinen wanden sich schreiend am Boden.

In diesem Moment ging die Tür auf. Sofort erloschen die Flammen, und San sah das Funkeln eines Schwertes, das vor den beiden Assassinen, die sich noch auf den Beinen hielten, die Luft durchschnitt. Zwei blitzschnelle Hiebe, und während der eine durchbohrt sofort zusammenbrach, sank der andere langsam und röchelnd zu Boden. Ido würdigte sie keines Blickes, sondern stürmte zu dem Jungen und legte ihm einen Arm um die Schultern. Seine Gesichtszüge waren vor Anspannung verzerrt.

»Bist du in Ordnung?«

San wusste nicht, was er antworten sollte, und betrachtete den Raum. Die Wände waren geschwärzt, die Möbel angesengt, und am Boden lagen vier Körper. Einer lebte noch, einer war von Ido erstochen worden und zwei bei lebendigem Leibe verbrannt. Die Leichen zweier Assassinen, und er hatte sie umgebracht.

Ido betrachtete den einzigen Assassinen, der den Überfall überlebt hatte. Er war kaum älter als zwanzig Jahre, hatte ein glattes Gesicht mit feinen Zügen, und ohne die beiden Wurfmesser und die Würgschlinge, die er ihm abgenommen hatte, wirkte er nun noch mehr wie ein harmloser junger Mann. Welche Launen des Schicksals mochten ihn wohl in die Arme der Gilde getrieben haben?

»Wie seid ihr in die Untergetauchte Welt gelangt?«

Der Assassine bedachte ihn mit einem völlig ausdruckslosen Blick. Noch nicht einmal Bedauern über den Verlust seiner Kameraden war darin zu erkennen.

»Sag es, sonst töte ich dich auf der Stelle.« Eine Drohung, die auch für ihn selbst sinnlos klang, kaum dass er sie ausgesprochen hatte.

»Ich bin schon wie tot.«

Endlich hörte er seine Stimme. Seit zwei Stunden versuchte er bereits vergeblich, etwas aus dem Gefangenen herauszubekommen. Seine Stimme klang so jung, wie er aussah. Ido lehnte sich vor und zeigte dem Jungen, für den er eigentlich nichts als Mitleid empfand, ein bemüht brutales Grinsen: »Glaub mir, von meiner Hand tatsächlich zu sterben, kann sich keiner wünschen!«

»Wenn ich sterbe, gehe ich heim zu Thenaar. Töte mich nur!«

Mit diesen Leuten ließ sich nicht verhandeln. Ihr Leben hatte keinen anderen Sinn als ihre Mission für diesen Thenaar. Scheiterten sie, brach alles zusammen. Keinerlei freien Willen hatten sie mehr, hatten ihn aufgegeben für unverrückbare Prinzipien, von denen sie sich leiten ließen.

»Sind noch mehr von euch unterwegs?«, fragte er erschöpft.

Wieder hüllte sich der Jüngling in Schweigen.

Der Gnom seufzte tief und sagte, während er sich zur Tür bewegte: »Eine ganze Welt dort draußen stand dir offen, aber du hast dich wie ein Wurm unter der Erde verkrochen. Hattest du so große Angst davor, mit deinem eigenen Kopf zu entscheiden?«

Der Assassine bedachte ihn mit einem verächtlichen Blick. Aber nur ganz kurz, dann war seine Miene wieder so neutral wie zuvor. Ido schloss die Tür hinter sich, und Marna, der Befehlshaber der Palastwachen, blickte ihn fragend an.

Der Gnom schüttelte den Kopf. »Nichts. Er redet nicht und wird es auch niemals tun. Ich bin lange genug auf der Welt, um zu wissen, wie das Hirn dieser Leute arbeitet.«

»Das heißt?«

»Das heißt, die Wachen werden verdreifacht. Ich will, dass ein Soldat Tag und Nacht bei San ist, ab sofort!«

Marna nickte. »Wir haben entdeckt, wie sie hereingekommen sind«, sagte er dann, wobei er Ido in die Augen schaute. »Und zwar durch den Kanal, der unter dem Meer nach Zalenia führt. Offenbar haben sie durch irgendwelche Zauber die Wachen überlistet. Glaubt Ihr, sie werden es noch einmal versuchen?«

»Schon möglich«, seufzte der Gnom und entfernte sich dann.

Er fühlte sich unendlich müde. Und er hatte diesen ganzen Wahnsinn so gründlich satt. Dieser Abscheu, dieser Überdruss hatten ihn zum ersten Mal angesichts der Leichen von Tarik und seiner Frau überkommen, aber erst jetzt merkte er ganz deutlich, dass er den Krieg selbst nur noch verachtete. Mitzuerleben, wie junge Leute zu Tausenden ihr Leben hingaben oder es sogar an eine Sekte mit absurden, blutrünstigen Ritualen wegwarfen, war ihm einfach unerträglich geworden.

Ich habe keine Lust mehr zu kämpfen. So sieht es aus.

Vor der Tür zu seinem Zimmer wartete San auf ihn. Der Wachsoldat, der für ihn abgestellt war, beeilte sich sogleich zu versichern, dass er nichts dafür könne, aber der Junge habe darauf bestanden, sein Zimmer zu verlassen.

»Ich will den Gefangenen sehen.« Obwohl ein klein wenig zitternd, klang Sans Stimme entschlossen. Der Gnom antwortete nicht.

Sie traten ein, und während Ido sich setzte, blieb San mit geballten Fäusten mitten im Zimmer stehen und schaute ihn an. Bestürzt erkannte Ido in seinen Augen das Fieber und die Erregung einer Person, die gerade getötet hat.

»Also?«, fragte er aber nur müde, während er sich mit der Hand durch den Bart fuhr.

»Lass mich zu dem Assassinen.«

»Was willst du ihm denn sagen?«

»Das sag ich ihm schon selbst.«

Er entgleitet mir. Durch meine Schuld, weil ich nicht fähig war, ihm zuzuhören.

Eine dumpfe Beklemmung überkam ihn. »Geh schlafen. Es war ein schwerer Tag, und du musst dich ausruhen.«

»Nein, ich muss nur diesen Mann sehen. Auch er ist verantwortlich für den Tod meiner Eltern. Wo ist er? Hast du ihn verhört?«

»Ja, aber er schweigt. Das ist keiner, der den Mund aufmacht. Jedenfalls sind wir hier in diesem Palast nicht mehr sicher, wir müssen uns etwas anderes überlegen.«

»Aber, Ido, hast du das nicht begriffen? Ich habe sie besiegt!«

Dem Gnomen stand wieder das Bild von Sans Zimmer vor Augen, die geschwärzten Wände, die verkohlten Leichen am Boden. Ungeheure Kräfte schlummerten in diesem Jungen, Kräfte, die furchterregend waren und gefährlich.

»Es gibt keinen Grund, sich damit zu brüsten«, antwortete er streng.

»Aber so können wir nicht weitermachen: Uns immer nur verstecken, das ist sinnlos, früher oder später werden sie uns doch finden. Doch ich habe die Kraft, um die Gilde zu besiegen. Wenn wir zusammenhalten, schaffen wir das!«, rief San, ohne Luft zu holen.

»Hör mal, San, was da heute geschehen ist, war ein Zufall«, antwortete Ido trocken. »Ja, es stimmt, du verfügst über immense Kräfte, aber du verstehst noch längst nicht, sie richtig einzusetzen.«

»Das lerne ich ja gerade, aus den Büchern in der Bibliothek.«

»Nein, all das wirklich zu erlernen, dauert Jahre. Und so viel Zeit haben wir nicht.«

»Es ist noch gar nicht lange her, da habe ich einen Drachen vom Himmel geholt. Weißt du das nicht mehr? Und jetzt habe ich zwei Assassinen getötet. Wenn das nicht Lernen ist ...«

Ido war betroffen von der Art, wie San redete, so als sei er stolz darauf, Tod und Verderben gebracht zu haben.

»San, du hast heute zwei Menschen getötet.«

»Zwei Assassinen.«

»Das ist gleich.«

»Nein, gar nicht. Schließlich haben die meinen Vater und meine Mutter umgebracht, und ich habe nur für Gerechtigkeit gesorgt. Ich würde es sofort wieder tun.«

Der Gnom sprang auf. »Was fällt dir denn ein?!«, rief er.

»Du bist erst zwölf! Ein Junge wie du sollte nicht töten, und erst recht keine Freude daran haben! Egal wen du tötest, es ist immer jemand, der auch Träume hatte so wie du, Ängste, Hoffnungen!«

Mit eiskalter Ruhe hielt San Idos zornigem Blick stand.

»Und was ist mit all den Leuten, die du in deinem langen Leben getötet hast?«, fragte er. »Waren das keine Feinde? Wozu hast du gekämpft?«

»Das frage ich mich jeden Tag. Und genau das ist es, was du nicht verstehen willst«, zischte der Gnom.

»Ich habe überhaupt kein schlechtes Gewissen«, erklärte San kalt. »Es war richtig, was ich getan habe. Und außerdem, wo warst du eigentlich? Was wäre denn aus mir geworden, ohne meine magischen Kräfte? Nein, von dir lasse ich mir kein schlechtes Gewissen machen.«

Die Ohrfeige saß. Es geschah bereits zum zweiten Mal. Die Kluft, die Ido zwischen ihnen beiden spürte, war unüberbrückbar geworden, ein entsetzlicher Abgrund, in den er nicht hineinschauen wollte. Zu deutlich stand ihm sein Versagen vor Augen.

San hatte Tränen in den Augen, weinte aber nicht. Wie gern hätte Ido ihm mit den richtigen Worten seine Haltung begreiflich gemacht, doch aus Erfahrung wusste er: Wer getötet hatte, war unerreichbar. »Du bist noch sehr erregt und erkennst nicht die Tragweite deines Handelns. Aber glaub mir, du wirst dich noch damit herumschlagen müssen. Doch jetzt geh mit der Wache zurück auf dein Zimmer. Morgen sehen wir dann, wie wir weiter vorgehen. Und kein Theater mehr. Sollte ich feststellen, dass du dich entfernt hast, kannst du sicher sein, dass ich dich hier wirklich einsperre.«

San antwortete nichts. Entschlossenen Schritts verließ er den Raum, ohne Ido noch einmal in die Augen zu sehen. Der Gnom nahm den Kopf zwischen die Hände. Ach, wäre doch Soana noch da gewesen, hätte Vesa, sein geliebter Drache, dort draußen auf ihn gewartet. Hätte er sich doch bloß nicht so verdammt allein gefühlt.

Mit offenen Augen lag San auf dem Bett und wartete auf den passenden Moment. Zum Glück hatte er das Buch, das ihn interessierte, in seinem Zimmer liegen. Er hatte es sich angewöhnt, aus der Bibliothek jene Texte mitzunehmen, die er studieren wollte, und diesen hier hatte er als letzten vor Quars Bestrafung mitgehen lassen.

Nach einiger Zeit stand er auf und öffnete langsam die Tür.

»Wer da?« Der Soldat war wach und passte auf.

San bemühte sich noch nicht einmal, ihm zu antworten, murmelte nur die entsprechenden Worte, woraufhin die Wache sogleich in sich zusammensank. Es war der Zauber, mit dessen Hilfe sein Großvater ein ganzes feindliches Heerlager hatte durchqueren können.

Geschwind lief er auf seinen nackten Füßen durch den Palast. Noch einige Male musste er die magischen Worte murmeln, dann war der Weg frei zu den Verliesen, wo er auch den Wachsoldaten in Schlaf versetzte und ihm dann das Schlüsselbund vom Gürtel löste. Es waren vier Zellen, und eine war besetzt. Vorsichtig näherte er sich den Gitterstäben und hatte dann alle Zeit der Welt, sich diese vom Schein einer Fackel erhellte Gestalt anzuschauen.

Blass und verwundet mit dem eiskalten Blick eines Raubtieres lag der Gefangene da, und San spürte, dass er ihn aus tiefstem Herzen hasste, nicht anders, als habe der Mann persönlich seine Eltern umgebracht. Zu schade, dass die Flammen verloschen waren, bevor sie ihn verzehren konnten.

Nein, es ist Schicksal, sagte er sich. *Dieser Mann wird dir jetzt von Nutzen sein.*

»Steh auf!«

Der junge Assassine blickte ihn höhnisch an. »Du glaubst doch nicht, dass ich mir befehlen lasse von einem, dessen Bestimmung es ist, bloßes Gefäß zu sein!«

San umklammerte die Gitterstäbe. »Wie heißt du?«

»Ein *Verlorener* hat nicht das Recht, den Namen eines *Siegreichen* zu erfahren.«

Der Junge hob die Hand und zeigte ihm das Schlüsselbund. »Sag es mir, und ich lasse dich frei.«

»Die Freiheit interessiert mich nicht. Die einzige Freiheit liegt in Thenaar.«

»Ich will, dass du mich zur Gilde bringst.«

Einen Augenblick lang verschwand der Hohn aus der Miene des Assassinen. Damit hatte er nicht gerechnet.

»Wie heißt du?«, fragte San noch einmal.

»Demar.«

San steckte den Schlüssel ins Schloss, atmete tief durch und zog dann, mit einiger Mühe, die Tür auf. Sich den Arm haltend, wankte der Assassine hinaus.

»Bringst du mich zur Gilde?«

Der Mann nickte langsam. San trat auf ihn zu, nahm seinen Arm und hielt eine Hand über die Wunde. Kaum hatte er die magischen Worte gesprochen, schien sich das breite rote Mal bereits zu verkleinern.

»Bring mich dorthin, wo du herkommst, Demar.«

17

Die Verschwörung

Die Stille war vollkommen. Der Mond hatte bereits ein Stück seines nächtlichen Bogens am Himmel zurückgelegt und war durch die niedrigen Fenster nicht mehr zu sehen. Dubhe hörte den ruhigen, friedlichen Herzschlag Learcos unter ihrem Ohr und fragte sich, wann sie zum letzten Mal einen so tiefen inneren Frieden erlebt hatte.

Sie musste in ihre Kindheit zurückgehen, um sich an etwas Vergleichbares zu erinnern, an die Zeit, als Gornar noch nicht tot war und sie mit ihren Eltern in Selva gelebt hatte, in eine Zeit, in der das Wort Zukunft für sie noch einen Sinn gehabt hatte.

»Ich weiß noch, dass ich dich einmal im Land des Feuers gesehen habe.«

Dubhe hob nur ein wenig den Kopf und blickte ihn an. Seine Augen waren starr zur Decke gerichtet.

»Wir waren eigentlich noch Kinder, und alle beide konnten wir den Blick nicht von Forra abwenden, während er die überlebenden Rebellen umbringen ließ. Wir waren die Einzigen in unserem Alter, die am Leben bleiben durften, und ich erinnere mich, dass ich in diesem Albtraum, aus dem es kein Erwachen gab, von meinem Pferd auf dich herabsah, weil du mir wie das Einzige noch Heile in diesem Gemetzel vorkamst.«

Dubhe legte das Kinn auf seine Brust. »Damals war ich anders als heute«, sagte sie, ohne selbst genau zu wissen, ob sie damit ihre äußere Erscheinung oder etwas Tieferliegendes meinte.

»Aber deine Augen sind noch dieselben.«

Es versetzte ihr einen Stich. Denn diese Worte machten ihr klar, dass sie nun zum ersten Mal einen anderen Weg eingeschlagen hatte: Etwas in ihr hatte sie dazu gebracht, zu lieben, anstatt zu töten, und dieser Gedanke überwältigte sie.

»Seltsam, dass ich erst jetzt erkenne, dass du das warst.«

»Ach, eigentlich nicht. Ich habe mich doch die ganze Zeit getarnt, nicht nur mein Aussehen, auch meine Bewegungen, meinen Gesichtsausdruck …«

»Aber wie bist du dann wirklich?«

Dubhe wurde verlegen. Es stimmte, er hatte sie nie in ihren üblichen Kleidern gesehen. »Ich bin vielleicht gar nicht so anders als das Mädchen, das du an jenem Tag gesehen hast«, wich sie aus.

Sie setzte sich auf. Der Himmel draußen begann sich zu verfärben. Sie musste gehen, ein harter Arbeitstag wartete auf sie, und dann wieder eine Nacht, in der sie weitere Nachforschungen anstellen musste.

Und nun? Sie hatte diesen Augenblick so lange wie möglich hinausgeschoben. *Letztendlich war es nur eine Nacht, eine wahnsinnig schöne Nacht,* dachte sie.

Sie begann, sich wieder anzuziehen, während Learco seinen Blick über jeden Zoll ihres Körpers wandern ließ.

»Ich möchte dich wiedersehen«, sagte er plötzlich, und Dubhe musste sich zwingen, ihm nicht ins Gesicht zu sehen.

»Ich glaube nicht, dass das so klug ist.«

»Und warum?« Seine Stimme klang ehrlich überrascht.

»Zwischen uns kann nichts entstehen. Und das weißt du genau.«

»Nein. Natürlich kann es das.« In seinen Worten lag eine derartige Entschlossenheit, dass sich Dubhe einen Augenblick lang diesem verlockenden Gedanken hingab. Aber es war wirklich nur ein kurzer Moment. Dann band sie sich weiter ihr Oberteil zu und kehrte in die Wirklichkeit zurück.

»Es war eine verrückte Idee«, raunte sie.

Learco richtete sich auf, nahm ihr Kinn in die Hand und zwang sie, ihm in die Augen zu sehen. »Jetzt sag es mir noch mal.«

Er wusste, welche Wirkung er auf sie hatte, dass sie ihn nicht anlügen konnte, wenn er sie so anschaute.

»Es muss mir egal sein, wie schön es für mich war. Ich bin hier, um deinen Vater zu töten, und das reicht, um uns zu Feinden zu machen.«

Learcos Blick verhärtete sich. »Glaubst du, ich wäre nicht in der Lage, ihn zu verraten? Schließlich hasse ich ihn.«

»Vielleicht. Aber seit Jahren kämpfst du nun schon für ihn und hast dich nie gegen ihn aufgelehnt. Immerhin ist er dein Vater, und daran lässt sich nichts ändern.«

Ein wenig gekränkt machte sich der Prinz von ihr los und wechselte das Thema. »Jedenfalls mache ich mich auf die Suche nach diesen Dokumenten, von denen du sprachst, und wenn ich sie gefunden habe …«

Doch Dubhe schüttelte den Kopf und ließ ihn nicht zu Ende reden. »Ich möchte nicht, dass du das für mich tust. Damit würde ich dich zu meinem Komplizen machen, obwohl ich weiß, dass du es dir eines Tages wieder anders überlegen wirst.«

»Ich habe mich schon entschieden, als ich diesen Raum mit dir betrat«, erwiderte er entschlossen. »Wir kommen aus der gleichen Hölle, Dubhe, und wenn ich wirklich verdammt bin, so möchte ich es an deiner Seite sein.«

Er gab ihr nicht die Zeit, etwas zu erwidern, und küsste sie.

»Heute Nacht bin ich wieder hier. Wirst du kommen?«

Dubhe schaute ihn verzaubert an. Dann sprang sie auf. »Ja.« Und damit lief sie aus dem Raum und auf die Treppe zu.

Learco blieb allein in dem Zimmer unter dem Dach zurück. Er kam sich nicht mehr wie ein Verrückter vor und hatte keine Zweifel mehr im Herzen. Seit Langem wusste er, zu welchen Untaten sein Vater fähig war, doch dieses letzte grausame Verbrechen machte das Maß voll und erfüllte ihn mit neuem Zorn.

Er stieg die Treppe hinunter und lief durch den allmählich erwachenden Palast. Ohne zu zögern, lenkte er seine Schritte zu dem Raum, wo er den Mann antreffen würde, der vielleicht in der Lage wäre zu verstehen, was in ihm vorging.

Auch die letzte Illusion über meinen Vater ist nun zerstört. Dubhe ist kein Traum. Und ich werde es ihm nicht erlauben, uns zu trennen.

Ohne zu klopfen, trat er ein. Neor war bereits aufgestanden und kleidete sich gerade an. Es waren nur noch wenige Tage bis zur offiziellen Vergebungszeremonie.

»Sag mir, was ich tun soll, und ich werde es tun.«

Dubhe fühlte sich den ganzen Tag wie in Trance. Ihr Körper schien ihr nicht mehr zu gehören, so als habe sich dieses Geheimnis, das zwischen ihr und Dohors Sohn erblüht war, dort eingebrannt und sie zu einer anderen gemacht. Euphorisch und gleichzeitig verloren kam sie sich vor. Es geschah zum ersten Mal, dass sie sich der Vorstellung hingab, vielleicht mit jemandem zusammenzuleben, einem Mann, den sie liebte und der ihre Liebe ebenso leidenschaftlich erwiderte. Learco schien es nichts auszumachen, dass sie eine Mörderin war, und sie hatte endlich verstanden, was ihre beiden Seelen verband: ein feines, intimes Spiel von Übereinstimmungen, die sie nach und nach, Hand in Hand, entdeckten. Es war unglaublich, aber sie spürte, dass es nun Raum für eine Zukunft in ihrem Leben gab. Learco hatte den Bann gebrochen und ihr ein Ziel geschenkt, für das es sich zu kämpfen lohnte.

»Was hast du?«

Mit einer halb geschälten Kartoffel in der Hand stand Dubhe in der Küche, während Theana sie musterte. Sie schälte weiter. »Nichts. Wieso?«

»Du kommst mir verändert vor.«

Dubhe lächelte nur zerstreut. Dabei spürte sie das Bedürfnis, ihr die Wahrheit zu sagen, ihr alles zu erzählen, so wie sie damals als kleines Mädchen ihrer Freundin Pat alles anvertraut hatte, doch eine seltsame Scham hielt sie zurück. Nein, es war nur ihre eigene Sache, und sie wollte die Gedanken daran noch ein wenig allein auskosten.

Als es Abend wurde, lief sie, ohne lange nachzudenken, zu der Mansarde. Oben auf dem Treppenabsatz stand Learco und wartete bereits lächelnd auf sie. Es kam ihr unglaublich vor, aber erst jetzt wurde ihr bewusst, wie stark ihr Verlangen war, ihr Leben mit jemandem zu teilen. Jahrelang hatte sie sich nur etwas vorgemacht.

Sie warf sich in seine Arme, und er ließ es geschehen, aber er war anders als am Abend zuvor, ruhiger und natürlicher. Es gab viele Wege zu lieben, und Dubhe genoss es wie eine Entdeckung.

»Ich habe mich umgesehen, wegen der Dokumente«, sagte er unvermittelt.

»Müssen wir jetzt darüber reden?«

»Warum nicht? Ich habe ein wenig in der Bibliothek herumgeblättert, musste aber festgestellten, dass mir mein Vater nicht genug vertraut, um mich über seine Machenschaften auf dem Laufenden zu halten. Ich wusste noch nicht einmal, dass es hier im Palast überall versteckte geheime Dokumente gibt.«

Dubhe sah ihn schmollend an. »Du merkst doch, ich will nicht darüber reden.«

»Ich wollte dir doch nur helfen.«

»Das weiß ich ja«, antwortete sie und streichelte ihm über die Wange. »Doch Worte haben eine eigenartige Macht. Wenn man sie ausspricht, werden sie wahr. Solange ich hier bei dir bin, existiert die Bestie nicht, und ich kann mir vormachen, dass es eine Zukunft für mich gibt. Aber wenn du darüber redest, bricht die Wirklichkeit herein und beginnt mich zu quälen. Das heißt, ich will nicht daran denken, zumindest jetzt nicht.«

»Es gibt eine Zukunft für dich, Dubhe. Ich will sie dir schenken.«

Vor ihrem geistigen Auge überlagerte sich sein Gesicht einen Moment lang mit dem von Lonerin, denn aus Learcos Worten hörte sie das gleiche unerträgliche Mitleid wie so oft bei ihrem früheren Gefährten heraus.

»Das sagst du nur, weil du glaubst, dass ich es hören will. Aber ich kenne mein Schicksal«, erwiderte sie barsch.

Learco schien jedoch nicht gekränkt. »Du denkst, ich sage das aus Mitleid. Aber so ist es nicht. Ich sage das, weil ich für immer deine Gegenwart genießen möchte.«

Dubhe spürte, wie sich ihr Blick verschleierte, und sie schmiegte sich in seine warme, tröstliche Umarmung. »Ich bitte dich. Sprich nicht weiter. Lass uns hier nur für uns sein. Alles andere bleibt draußen.«

Die folgenden Nächte wurden sogar noch schöner. Ausgelassen wälzten sie sich auf dem Fußboden, liebten sich, sagten sich all das, was sie sich bislang noch nicht anvertraut hatten. Wenn Dubhe dann am nächsten Morgen die Spuren dieser Begegnungen auf ihrem Körper erblickte, lächelte sie. In dieser Glückseligkeit geriet das Ziel ihrer Mission mehr und mehr in Vergessenheit. Nur hin und wieder regte sich die Bestie in ihr, doch sofort setzte Dubhe alles daran, sie wieder zu vertreiben, vor allem, wenn sie mit Learco zusammen war.

Sie wollte sich nicht eingestehen, dass es auch noch eine andere Realität gab, wollte die Zeit anhalten, doch eines Abends empfing der Prinz sie mit einem flüchtigeren Kuss, als sie es von ihm gewohnt war.

»Wir haben eine Verabredung.«

Dubhe versteifte sich und bemerkte dann, dass er etwas in der Hand hielt.

»Vertraust du mir?«, fragte er, während er ihr einen Umhang mit einer breiten Kapuze reichte.

Sie blickte ihn misstrauisch an. »Wohin führst du mich?«

Learco lächelte. »Zu einem Ort, wo du dich mit mir ganz sicher fühlen kannst.«

Es war ein seltsames Gefühl für Dubhe, als sie sich die Kapuze ins Gesicht zog. Mittlerweile trug sie schon so lange gewöhnliche Frauenkleider, dass ihr, als sie den rauen Stoff des Umhangs berührte, ein Schauer über den Rücken lief. Es war sinnlos, sich etwas vorzumachen: Dies war die wahre Dubhe, nicht die blonde Magd, die sie im Palast allen vorspielte.

Zusammen gingen sie den ganzen Weg zurück. Vom obersten Stockwerk bis hinunter in den Garten und hindurch, bis sie vor einem kleinen Häuschen standen, das Dubhe bereits aufgefallen war und das sie für die Unterkunft des Gärtners gehalten hatte.

»Dort drinnen habe ich früher gespielt. Meine Mutter ließ es für meinen Bruder errichten, doch er kam nicht mehr dazu, es zu nutzen. Also habe ich mich hier vergnügt, zumindest so lange, bis mein Vater meinte, ich sei nun zu groß dafür. Jeden Tag kam ich hierher. Es war der einzige Ort, an dem ich mich zu Hause fühlte«, erklärte Learco.

Dubhe betrachtete das vom Mond beschienene Gebäude. Es handelte sich um ein zweistöckiges, verfallen wirkendes Holzhaus mit einem heruntergezogenen Dach, auf dessen Seitenwände Backsteine aufgemalt waren.

Als Learco langsam die Tür aufzog, fiel ein gelblicher Lichtschein auf das Gras. Er überschritt die Schwelle, mit Dubhe an der Hand, die zögernd eintrat – und sofort, sich von ihm losmachend, zurückwich.

In dem Raum waren wohl ein Dutzend Leute. Alle trugen sie ähnliche Umhänge wie sie selbst und verbargen ihre Gesichter unter großen Kapuzen.

Ein schrecklicher Gedanke durchfuhr sie. *Learco hat mich verraten.*

Wie von selbst glitt ihre Hand zum Dolch, doch mit den Fingern auf dem Heft zögerte sie. Der Prinz stand vor ihr und blickte ihr fest in die Augen. Dieser Blick konnte nicht lügen, dachte sie. Schließlich zog sie sich die Kapuze noch etwas tiefer ins Gesicht und wartete im Halbdunkel, dass sich das Rätsel löste.

»Ich dachte schon, du kommst nicht mehr«, bemerkte eine Stimme. Dubhe erkannte sie sogleich als die von Dohors Vetter Neor, dem der König in zwei Tagen in einem offiziellen Akt vergeben sollte.

»Ich habe noch auf die Person gewartet, die uns vielleicht helfen kann.«

Ohne es wirklich zu sehen, spürte Dubhe, dass sich die Blicke aller Anwesenden auf sie richteten.

»Du wirst dich fragen, wer wir sind und was wir vorhaben«, sagte Neor.

Dubhe ließ den Blick misstrauisch über die Versammlung schweifen.

»Du kannst sicher sein, dass nichts von dem, was hier gesprochen wird, nach außen dringt.«

Erleichtert nahm es Dubhe zur Kenntnis und entspannte sich ein wenig.

»Wir sind eine Gruppe, die Dohors Sturz betreibt. Viele in diesem Königreich stimmen darin überein, dass seine Schreckensherrschaft lange genug gewährt hat. Deswegen sind wir hier. Learco hat uns berichtet, dass auch du gute Gründe hast, den König zu hassen, Gründe, die wir hier nicht bewerten wollen. Wir wissen allerdings auch, dass es dir nicht nur um Rache wegen eines erlittenen Unrechts geht, sondern dass dich eine persönliche Notlage zum Handeln zwingt.«

Unwillkürlich wandte sie Learco den Kopf zu, der sich nicht zu ihr umdrehte, sondern weiter auf die Versammelten blickte. Ihr wurde unbehaglich zumute.

»Ist das wahr?«

Sie zögerte einen Moment und nickte dann.

»Wie wir wissen, wird Dohor in zwei Wochen ins Land der Nacht reisen, um sich selbst ein Bild von der Lage dort zu machen. Mit Sicherheit geht es ihm darum, sich mit seinen geheimen Verbündeten, den sogenannten *Siegreichen* der Gilde zu treffen.«

Dubhe stand nur da und sagte kein Wort.

»Learco wird hier im Palast bleiben, um sofort die Macht zu übernehmen ... Du aber hast dich um den König zu kümmern.«

Eine erwartungsvolle Stille folgte seinen Worten, doch Dubhe ging nicht auf sie ein und schwieg weiter.

»Bist du denn einverstanden?«, versuchte Neor, sie zum Reden zu bringen.

»Meine Motive haben mit den euren nichts zu tun«, antwortete sie da mit bebender Stimme.

»Möglich. Doch letztendlich wollen wir doch alle das Gleiche. Für dich geht es nur darum, das auszuführen, was du ohnehin geplant hast, aber so, dass auch wir einen Nutzen davon haben. Die Sache will genau überlegt sein.«

Dubhe ballte die Fäuste. »Ich muss darüber nachdenken.«

»Schreckt es dich vielleicht ab, an einer Verschwörung teilzunehmen?«, fragte einer der Anwesenden nun, dessen Gesicht unter der Kapuze nicht zu erkennen war.

»Oder willst du Geld?«, fragte ein anderer.

»Darum geht es nicht«, antwortete sie nun mit festerer Stimme.

»Worum dann?«

Dubhe warf Learco einen nervösen Blick zu.

»Natürlich können wir die Sache auch allein zu Ende bringen«, ergriff Neor wieder das Wort. »Aber nur wenn du es übernimmst, können wir den Anschlag wie einen Unfall aussehen lassen.«

Dubhe krallte die Hand in den Stoff ihres Umhangs. »Wie gesagt, ich muss erst darüber nachdenken.«

»Zehntausend Denar, wenn du Erfolg hast.«

Dubhe blieb unbeugsam. »Was soll ich sagen? Ich muss darüber nachdenken.«

Die Verschwörer blickten sich ratlos an, und schließlich ergriff wieder Neor das Wort: »Gut, das muss uns als Antwort genügen. Soll das Schicksal entscheiden.«

Die Versammlung löste sich auf, und nachdem die Anwesenden der Reihe nach das Holzhaus verlassen hatten, blieben schließlich nur noch Dubhe und Learco in der sanften Dunkelheit dieses schimmlig riechenden Ortes zurück. Während die Verschwörer schweigend an ihnen vorbeigezogen waren, hatte sie ihn unentwegt angeschaut.

»Was hast du dir denn dabei gedacht?«, zischte sie nun.

»Warum? Wie du gemerkt hast, bist du in deiner Entscheidung völlig frei.«

Learcos Stimme war fest, und seine Ruhe steigerte noch Dubhes Ärger.

»Das ist doch allein meine Sache! Warum hast du all diese Leute mit hineingezogen?«

Er lächelte traurig. »Weil ich zu ihnen gehöre, Dubhe. Ich bin es leid, das Haupt zu senken. Ich muss es tun, für mich, für dieses Land und für dich. Zu viele Jahre verstecke ich mich schon hinter meinem Vater. Ihm habe ich alles geopfert: meine Unschuld, meine Träume, sogar mein Blut. Und erhalten habe ich von ihm nur seinen eiskalten Blick und seine Verachtung. Langsam werde ich selbst so wie er. Und das darf nicht sein. Viel zu lange habe ich mir immer wieder vorgemacht, es gebe keinen anderen Weg, als ihm zu gehorchen. Und mir bliebe, wenn ich nach seinem Tod einmal selbst König sein würde, nichts anderes übrig, als seine blutige Politik fortzusetzen, weil ich ihm schon zu weit gefolgt wäre, um noch einmal kehrtzumachen und wieder der zu werden, der ich einmal war. Aber das stimmt alles nicht. Durch dich habe ich es gelernt, und deinetwegen habe ich mich den Verschwörern angeschlossen. Und jetzt bitte ich dich, mir zu helfen, Dubhe.«

Sie schüttelte entsetzt den Kopf. »Ihn zu töten, ist nicht der Weg, den du selbst für dich gewählt hast.«

»Doch. Denn wenn er nicht stirbt, werde ich dich verlieren. Und damit würdest du auch zu den unzähligen Dingen gehören, die ich nur kurz berühren durfte, bevor er sie mir nahm.«

»Bin ich das für dich, ein Mittel, um dich von deinem Vater zu befreien?«, fragte sie provozierend.

»Nein, du bist meine einzige Rettung.«

Dubhe wusste nicht, was sie antworten sollte. Immer hatte sie selbst bei anderen Rettung gesucht, und nun suchte jemand diese Hilfe bei ihr. Zögernd näherte sie sich ihm, drückte ihn dann aber ganz fest an sich.

»Ich will nicht, dass du mit dem Tod deines Vaters zu tun hast. Du würdest es dir nie verzeihen, und das weißt du am allerbesten.«

Langsam machte er sich von ihr los und drückte ihr etwas in die Hand. Dubhe betrachtete es: Es war ein Lederbeutel.

»Öffne ihn«, sagte er.

Sie blickte ihn fragend an, steckte die Finger hinein und holte eine zerschlissene, halb zerrissene Pergamentseite hervor. Ihr Herz begann schneller zu schlagen, während ihr Tränen in die Augen traten. Sie drehte das Blatt um und sah auf der Rückseite etwas, was sie gar zu gut kannte, zwei übereinandergelegte Pentagramme, rot und schwarz, mit zwei ineinander verschlungenen, einen Kreis bildenden Schlangen in der Mitte. Das Symbol. Das Symbol ihres Fluches. Es war das Dokument, das sie so lange gesucht hatte.

»Es befand sich dort, wo du es an jenem Abend gesucht hast, eingenäht in den Wandteppich, und zwar vorn am Bug eines der Kriegsschiffe in der Seeschlacht.«

›Bu. Ac.‹ Bug acht. Der Bug des achten Schiffes. Im Nu stellte Dubhe die Verbindung her. Sie betrachtete das Pergament in ihrer Hand. Von dieser schmierigen Rolle hing ihr Leben ab.

»Ich habe es heute gefunden. Ich dachte mir, ich schaue noch mal vorbei, wenn niemand da ist, und habe mich dabei ganz auf diese Abkürzungen konzentriert, von denen du mir erzählt hattest. So schwer war es gar nicht.«

Mit tränenverhangenen Augen blickte sie ihn an. Sie war sprachlos.

»Schau mich nicht so an. Wenn du dein Leben rettest, ist meines auch gerettet«, sagte Learco. »Und ich bin viel mehr verantwortlich für das, was du tun musst. Deswegen wünsche ich mir, dass du dich dafür entscheidest. Tu es für mich, Dubhe. Tu es für uns beide.«

Sie antwortete nichts, betrachtete nur dieses unscheinbare Stück Pergament und drückte es fest.

Als sie zurück auf ihr Zimmer kam, schlief Theana noch. Lautlos trat Dubhe an ihr Bett, setzte sich auf die Kante und schaute die Gefährtin eine Weile an. Sie hatte das große Bedürfnis, sich jemandem anzuvertrauen, und Theana war die Einzige, der sie erzählen konnte, was passiert war. Nach kurzem Zögern rüttelte sie sie sanft an der Schulter.

Theana wachte auf. »Was ist los?«, fragte sie sogleich mit besorgter Miene.

»Ich muss mit dir reden«, antwortete Dubhe nur.

Die Magierin setzte sich auf und hörte zu. Es war ein langer Bericht, bei dem Dubhe, fast ohne Atem zu holen, alles erzählte, was sich zwischen ihr und Learco zugetragen und entwickelt hatte. Schließlich griff sie unter ihre Jacke und holte die Pergamentrolle hervor.

Theana riss die Augen auf. »Ist das das Dokument?«

Dubhe nickte. »Ja, Learco hat es gefunden.«

Die Magierin seufzte und bemühte sich zu lächeln. »Dann ist also der Moment gekommen. Ich bin bereit«, erklärte sie mit sicherer Stimme. »Den Ritus beherrsche ich und …«

»Ich will es nicht mehr tun«, unterbrach Dubhe sie, ohne lange zu überlegen.

Theana blickte sie ratlos an, und ein Anflug von Angst huschte über ihr Gesicht.

»Dohor ist sein Vater, und das kann er nicht ausblenden. Für den Tod eines so nahestehenden Menschen verantwortlich sein und dann so weiterleben wie bisher, ist unmöglich. Besonders für einen Mann wie Learco. Zu töten reißt einen tiefen Graben auf, immer, und jedes Mal ist es, als verliere man einen Teil seiner selbst.«

»Aber er hasst ihn doch.«

Dubhe blickte sie lange an, und Theana schlug die Augen nieder.

»Er bittet dich, es zu tun, weil er dich liebt«, fügte sie leise hinzu. »Alles, was für ihn einmal wichtig war, stellt er für dich infrage. Wenn du es nicht tust, wirst du sterben, und das weiß er.«

»Das ist mir klar.«

»Ja und?«

»Was und? Ich will es nicht. Denn danach würde er selbst auch sterben, langsam, und meine Liebe könnte ihn nicht davor bewahren. Wenn er mich ansähe, würde er immer daran denken, was ich getan habe, und mehr und mehr eine Mörderin in mir sehen.«

Theana ergriff ihre Hand und sah ihr fest in die Augen. »Aber du hast doch keine andere Wahl, Dubhe.«

»Töte mich.«

Wie das metallische Geräusch eines gezogenen Schwertes vibrierten die beiden Worte im Raum.

»Ich kann mich nicht selbst töten. Ich habe es schon versucht, aber der Fluch hindert mich daran. Zwar beschützt mich die Bestie auch vor jedem, der versucht, mich zu töten, aber vielleicht kannst du mit deinen magischen Kräften ...«

»Nein!«, schrie Theana und riss vor Schreck die Augen weit auf. »Niemals! Das kann ich nicht! Und du kannst das nicht von mir verlangen!«

Dubhe blickte sie ernst an. »In den vergangenen Monaten haben wir alle Gefahren gemeinsam überstanden. Und du hast mir immer geholfen. Obwohl ich dich beleidigt und dir das Leben schwer gemacht habe, standest du immer an meiner Seite. Das hätte ich nie für möglich gehalten. Du bist jetzt meine Freundin, und ich kann dir vertrauen.«

»Ich bitte dich, verlange das nicht von mir«, flüsterte Theana verzweifelt.

»Dann musst du einen Weg finden, wie ich es selbst tun kann. Aber hilf mir. Wenn ich Dohor nicht töte, ist mir ein grauenhafter Tod gewiss. Aber ich will auf meine Weise gehen und zu dem Zeitpunkt, den ich wähle. Ich weiß, das ist viel von dir verlangt, doch nun habe ich endlich etwas gefunden, für das es sich zu kämpfen lohnt. Als du damals sagtest, dass in mir nur eine große Leere ist, hattest du völlig recht.«

»Da war ich nur wütend auf dich, und ich hatte nicht die Absicht …«

»Aber nun ist alles anders«, unterbrach Dubhe sie. »Nun habe ich etwas gefunden, für das ich leben kann. Daher kann ich jetzt auch sterben, verstehst du?«

Theana konnte nicht anders, als zu nicken. Wer besser als sie selbst, die für ihre einzige Gewissheit so gekämpft und gelitten hatte, hätte das verstehen können? »Ich werde einen Weg finden, dich zu retten«, sagte sie unter Tränen. »Ich werde dich retten, ohne dass du Dohor töten musst. Eine ganze Bibliothek steht mir hier zur Verfügung, und ich mache mich sofort an die Arbeit.«

Dubhe lächelte traurig. Zu viele Enttäuschungen hatte sie erlebt, um noch glauben zu können, dass es vielleicht doch einen glücklichen Ausweg gab. »Gut, aber schwör mir: Wenn es sein muss, hilfst du mir zu sterben.«

»Aber nur, wenn es wirklich keine andere Möglichkeit mehr gibt«, flüsterte Theana mit einem Seufzer.

Dubhe nahm sie in den Arm, und die Magierin gab sich dieser Geste der Zuneigung fast verzweifelt hin. Draußen hatte das Morgengrauen bereits begonnen, den Himmel zu erhellen – zu einem neuen Tag.

Dasselbe Morgengrauen warf auch einen dämmrigen Lichtschein in einen luxuriösen Raum vier Stockwerke höher. Forra, wenige Stunden zuvor im Palast eingetroffen, saß in einem breiten Sessel, und vor ihm kniete ein Mann, der eine Kapuze über dem Kopf trug.

»Erzähl mir, was du auf dem Herzen hast«, murmelte der Statthalter Dohors mit einem scheinheiligen Lächeln auf den Lippen.

18

Vergebung und Rache

Dubhe und Theana wachten bei Tagesanbruch auf. Es war der Tag, da die offizielle Vergebung für Neor gefeiert werden sollte, und im Palast herrschte hektisches Treiben.

Als Erstes wiederholte Theana noch einmal, schweigend und mit wenigen einstudierten Gesten, das Ritual, das mittlerweile für beide zur Gewohnheit geworden war. Als sie fertig waren, zogen sie sich rasch an, wieder schweigend und ohne sich in die Augen zu schauen. Dann begaben sie sich in die Küche, um die Anweisungen für die Festvorbereitungen in Empfang zu nehmen.

Dubhe war zerstreut. Sosehr sie sich auch bemühte, gelang es ihr nicht, Learco aus dem Kopf zu bekommen. Immer noch beschäftigte sie die entscheidende Frage, über die sie die ganze Nacht nachgegrübelt hatte: Wie würde Learco mit dem Tod seines Vaters umgehen? Und immer überzeugter war sie, dass er ihn letztlich nicht ertragen würde. Zu töten widersprach seinem Wesen, und noch nicht einmal die langen Jahre der Ausbildung auf dem Schlachtfeld hatten daran etwas geändert.

Du wirst sterben, bevor er auf den Thron gelangt. Für uns gibt es keine Zukunft.

Ein Schauer durchlief ihre Arme und bewirkte, dass ihr die Girlande aus der Hand glitt, die sie gerade im Garten flocht.

»Sanne! Pass doch ein wenig auf!«, rief eine Kameradin in der Nähe.

Dubhe zwang sich zu einem Lächeln. »Entschuldige, ich bin etwas müde«, sagte sie und setzte die Arbeit fort.

Sie wusste wirklich nicht, was sie tun sollte. War es besser, Learco seinen Weg allein gehen zu lassen, oder so lange bei ihm zu bleiben, bis der Fluch sie zerstört hatte?

Immer noch überlegte sie hin und her, als ein Schimmern unter dem Laubengang ihre Aufmerksamkeit erregte. Hinter einer Säule erblickte sie den Prinzen, der sie mit ernster Miene beobachtete. Er trug seine Galauniform mit dem Schwert an der Seite. Dubhe verschlug es den Atem. Gewiss war es gefährlich, so ungeschützt seine Nähe zu suchen, aber auch erregend. Sie legte die Girlande auf das Gras, und als sie sicher war, dass niemand in diese Richtung blickte, stand sie auf und lief zu dem Laubengang, bemüht, ihr Herz zu beruhigen, das heftig in ihrer Brust hämmerte. Kaum war sie bei ihm, nahm er sie in den Arm, schob sie sanft gegen die Säule und küsste sie leidenschaftlich.

»Man kann uns sehen«, flüsterte sie und machte sich frei.

Learco lächelte, während sie sich verlegen das Haar richtete. »Bis morgen musst du uns eine Antwort geben.« Dubhe schluckte. »Ich möchte wissen, wie sie aussehen wird.«

»Ich komme mit dir«, sagte sie nach einigen Augenblicken.

»Dann wirst du ihn also töten.«

Schritte ließen beide zusammenzucken. Sie zogen sich tiefer in den Halbschatten zurück, wobei Learco sie aber nicht losließ.

»Nun?«

»Wie gesagt, ich komme mit dir.«

Der Prinz seufzte, mit einem Anflug von Enttäuschung in der Stimme. »Er wird auf alle Fälle sterben, Dubhe. Aber wenn es von deiner Hand geschieht, werden wir beide, du und ich, in Frieden leben können.«

»Du belügst dich selbst. Du würdest seinen Tod nie verwinden.«

»Mir reicht es, dass du bei mir bist.«

»Wo ist der Prinz?« Eine Stimme ganz in der Nähe ließ sie erstarren.

»Du musst gehen«, flüsterte Dubhe und machte sich von ihm los.

Eine strahlende Sonne tauchte die Zeremonie in gleißendes Licht. Im Garten drängten sich die Gäste, darunter viele hohe Adlige und Würdenträger anderer Länder, die Dohor seinem Herrschaftsbereich angegliedert hatte. In der Mitte war ein Holzpodest errichtet worden, auf dem der Thron stand. Und davor lag ein langer roter Teppich, auf dem sich Neor vor seinem König niederwerfen und ihn um Vergebung anflehen würde, damit die Botschaft dieses Zeremoniells allen klar war.

Von einer der Säulen des Laubengangs aus beobachtete Dubhe die Szene. Bis zum Mittagessen hatten sie und Theana keine besonderen Aufgaben mehr zu erfüllen, sodass man ihnen erlaubt hatte, aus gebührendem Abstand den ersten Teil der Zeremonie zu verfolgen, und von ihrem Platz aus konnten sie alles gut überblicken.

Mit erhobenen Lanzen und in ihren scharlachroten Uniformen zogen zuerst die Soldaten in den Garten ein. Dubhe konnte kaum die Gesichter erkennen, doch eines davon kam ihr seltsam vertraut vor. Sie ließ den Blick über die Menge schweifen und erkannte weitere bekannte Gesichter. Assassinen. Zweifellos befand sich eine ganze Anzahl *Siegreicher* unter den Anwesenden.

Dubhe staunte, dass diese Leute, die normalerweise im Verborgenen operierten, an einer öffentlichen Darbietung des Königshauses teilnahmen. Was mochte sie dazu veranlasst haben, sich hier offen zu zeigen?

In ihre Brokatgewänder gehüllt, hielten nun auch die höchsten Vertreter des Hofes an der Menge vorbei ihren Einzug. Darunter auch Forra und Learco.

Dubhes Blick folgte ihnen, bis sie in der ersten Reihe Platz genommen hatten.

Schließlich erschien der König mit der strengen, furchterregenden Miene des mächtigen Heerführers. Dubhe kannte diesen Gesichtsausdruck bereits. Bei jedem öffentlichen Auftritt, den sie in den zurückliegenden Wochen im Palast erlebt hatte, hatte er ihn zur Schau getragen. Der strenge, aber gerechte Regent, der Mann, auf dessen Schultern die Verantwortung für ein ganzes Volk ruhte, zu dessen Wohl er zu allem bereit war, selbst zu Grausamkeiten. Dies war die Maske, die Dohor am liebsten zeigte.

Als er den Thron erreicht hatte, ließ der Herold neben ihm neun Trompetenstöße erklingen und hob an:

»Heute hat unser friedliebender Herrscher sein Volk zusammengerufen, um es teilhaben zu lassen an einem Beweis seiner großen Gnade. Entsetzlich im Zorn, doch großherzig in der Vergebung, nimmt unser König einen Untertanen, der schwer gefehlt hat, wieder auf. Seine Majestät will ihm seine Fehler verzeihen und wieder Einlass gewähren in diesen Palast, wo er fortan an seinem Hof leben darf.«

Wie bestellt wirkender Jubel begrüßte diese Ankündigung. Erst als sich die Menge beruhigt hatte, trat Neor vor. Er trug heute nicht seine üblichen Prunkgewänder, sondern ein Wams aus einfachem Stoff, wie man es von den Akademieschülern des ersten Jahres kannte, und sein Haar war kurz geschnitten. Alles an ihm strahlte Reue und Ergebenheit aus.

Dubhe lächelte höhnisch. Dohor mochte sich großmütig zeigen mit seinem Akt der Vergebung, aber das Vergnügen, den Wiederaufgenommenen gehörig zu demütigen, wollte er sich doch nicht entgehen lassen.

Da erregte plötzlich das unverkennbare Aufblitzen einer Klinge ihre Aufmerksamkeit. Was geschah da? Instinktiv blickte sie zu Learco hinüber. Auf dem Podium war alles ruhig. Neor war jetzt bis vor den Thron gelangt und ließ sich langsam niedersinken. Als er flach auf dem Boden lag, stellten ihm zwei Soldaten die Lanzenspitzen ins Kreuz.

Ein kaum wahrnehmbares Raunen ging durch die Menge.

Dohor erhob sich. »Heute, mein lieber Vetter, bist du vor

mich getreten, um eine Kluft zu überbrücken, die sich vor vielen Jahren zwischen uns aufgetan hat. Vor mir am Boden liegend, bittest du mich, dich wieder in meinem Gefolge aufzunehmen und bei Hof in deine alten Ämter einzusetzen. Darüber freue ich mich. Bevor du dich entschlossest, dich gegen mich zu erheben, warst du ein wertvoller Mitstreiter für mich.« Er lächelte gekünstelt. »Nun gewinne ich einen treuen Verbündeten zurück, dessen soldatische und strategische Tugenden mir nun wieder zugutekommen sollen.«

Dubhe beobachtete, dass Learco nervös am Heft seines Schwertes herumspielte. Da steckte auch sie langsam eine Hand unter ihren Rock und legte die Finger auf den Stahl ihres Dolches. Enorme Spannung lag in der Luft.

»Leider ist nun jedoch ein Hindernis aufgetreten. Gestern geschah etwas, was nicht hätte geschehen dürfen«, fuhr der König fort.

Neor versuchte, nur ein wenig den Kopf zu heben, doch sogleich zwang ihn einer der Soldaten, ihn wieder zu senken.

»Und es ist nur recht, dass auch mein Volk davon erfährt.«

Der König gab ein Zeichen, und zwei Wachen führten einen Mann auf das Podest. Ihn an den Armen festhaltend, hatten sie ihn in die Mitte genommen, sodass seine Füße über den Boden schleiften. Sein Wams war zerrissen und an einigen Stellen blutbesudelt, sein zugeschwollenes Gesicht kaum noch zu erkennen. Jetzt zwangen ihn die Wachen auf die Knie, während die Menge ihn fast mit Blicken auffraß.

Dubhe trat vor. »Du bleibst hier«, sagte sie an Theana gewandt.

»Was ?«, versuchte die Magierin sie noch zu fragen, doch Dubhe war bereits unterwegs zum Podium.

Unterdessen war Forra aufgestanden und hatte seinen Männern befohlen, die Hand ans Schwert zu legen. »Los, Karno, jetzt erzähle mal allen, was du uns heute Nacht anvertraut hast.«

Dubhe erstarrte und suchte dann sofort Deckung an der

Mauer, um zuzuhören. Die Menge war unruhig geworden, denn Karno war ein hoher Würdenträger. Dubhe aber spürte hinter sich einen verdächtigen Schatten, der jetzt, da sie sich umschaute, mit dem Publikum verschmolz. Jemand folgte ihr, da war sie sich sicher.

Karno zögerte, und so versetzte ihm Forra einen heftigen Tritt in die Rippen.

»Sprich!«

»Seit einiger Zeit ...«, begann der Gefangene zu flüstern, doch Forra packte seine Haare und zog seinen Kopf zurück.

»Lauter, damit wir dich alle verstehen!«

Karno schluckte und setzte dann, diesmal deutlicher, noch einmal an. »Seit fast einem Monat treffen sich Neor und zehn andere Würdenträger im Spielhaus des Prinzen im Palastgarten. Dort haben sie ein Komplott geschmiedet, um den König abzusetzen, und auch der Prinz ist in die Verschwörung verwickelt.«

Während die Menge vor Bestürzung aufschrie, bahnte sich Dubhe ihren Weg um das Podium herum. Sie musste zu Learco. Weitere Klingen, weitere Assassinen. Der Schatten in ihrem Rücken wurde immer bedrohlicher.

»Habt ihr das gehört?«, rief Dohor mit einem triumphierenden Grinsen. »Mein Vetter und mein eigener Sohn haben sich verschworen, um mich zu töten!«

Mit seiner dröhnenden Stimme schaffte er es, alle zum Schweigen zu bringen, und wie eine Glocke legte sich das Entsetzen lähmend über den von der heißen Sonne beschienenen Garten.

»Ein feines Netz habt ihr gesponnen, das ich nur mit Mühe entwirren konnte. Doch nun ist alles klar.«

Learco machte Anstalten, etwas zu erwidern, doch im Nu hatte Forra ihm die Klinge an die Kehle gesetzt. Mit gezücktem Dolch hastete Dubhe zur Bühne.

Auch Neor versuchte zu reagieren, aber Dohors Schwert ließ ihn erstarren.

»Du wolltest dieses Reich enthaupten und dann die

Macht an dich reißen und selbst König werden, nicht wahr?!«, rief Dohor triumphierend. »Aber es wird nicht mein Kopf sein, der heute fällt«, zischte er.

Sein Schwert wirbelte durch die Luft und senkte sich dann mächtig zu einem einzigen, sauberen Hieb auf Neors Hals, dessen Kopf hoch über die schreiende Menge flog und dann auf die Bretter des Podiums krachte. Das war das Signal.

Die in der Menge verborgenen Assassinen zückten die Waffen und warfen sich jeweils auf den Verschwörer, der ihnen am nächsten stand, während sich Dohors Soldaten um die restlichen Aufrührer kümmerten. Dubhe versuchte, das Podium zu erklimmen, um Learco zur Seite zu stehen, wurde jedoch zurückgerissen von einem Schatten, der sie von hinten anfiel. Der Mann hatte sie gepackt und holte bereits aus, um ihr das Messer ins Herz zu stoßen. Zwei ineinander verschlungene Schlangen zierten den Griff der Waffe, und Dubhe hatte keine Zweifel mehr daran, was hier vor sich ging.

Sie duckte sich weg, sodass der Stoß ins Leere ging, und schon wälzten sie sich auf dem Boden, während um sie herum alles im Chaos versank. Eine Weile gab es nur ihre beiden ineinander verkrallten Körper, die Klingen, die den Griff des jeweils anderen uberwinden und sich in dessen Fleisch zu bohren versuchten. Das Symbol auf Dubhes Oberarm begann zu pulsieren, und der Schrei der Bestie gellte ihr durch den Schädel. Doch Theanas Magie hielt stand, sodass dieser Schrei sie nur einen Moment lang betäubte. Gerade noch schaffte sie es, der Klinge auszuweichen, die direkt auf ihre Schulter zuraste, dann entwand sie sich dem Griff und sprang auf, doch auch ihr Gegner war bereits in Angriffsstellung gegangen.

So standen sie sich einige Augenblicke reglos gegenüber. Um sie herum Geschrei, Waffenklirren und der Geruch von Blut, stark und durchdringend. Dubhe schwindelte, doch die Bestie blieb gefangen.

Dann ein Gedanke: Learco, und ihre Entschlossenheit wuchs. Der Assassine schleuderte zwei Messer auf sie, denen sie mit einem Sprung auswich. Kein Zweifel, der Mann verfügte über alle Waffen der Sekte, sie nur über ihren Dolch. Sie war im Nachteil, wurde zudem noch durch ihr langes Gewand behindert. Dennoch griff sie an, zunächst, um den Gegner zu verwirren, der alle Vorstöße parierte. Dann ließ sie die Deckung ein wenig sinken, und ein triumphierendes Lächeln zeichnete sich auf dem Gesicht des Assassinen ab, der mit einem Stoß von unten ihren Kopf zu treffen versuchte. Doch sie duckte sich, stieß sich ab, schnellte ihm durch die Beine und stand im nächsten Augenblick hinter ihm. Schon umklammerte sie seinen Hals, und es war um ihn geschehen.

Das Geräusch der berstenden Wirbel ließ sie erschaudern, während die Bestie jubelte. Dann hing der Körper des Mannes schlaff in ihren Armen, und angewidert ließ sie ihn zu Boden sinken.

Sie blickte zum Podium. Learco war nicht mehr zu sehen, und Forra auch nicht. Alle suchten das Weite, auch Theana war längst fort, und einen Augenblick lang fühlte sich Dubhe verloren. Da, ein erneutes Zischen in ihrem Rücken. Sie fuhr herum und versenkte ihren Dolch im Fleisch eines anderen Assassinen. Lautlos ging der Mann zu Boden. Sie war entdeckt worden und musste jetzt handeln, und das schnell.

Die ihren Weg kreuzenden Feinde warf sie mit Schwung nieder, während sie zu einer versteckten Stelle des Gartens rannte, wo, wie sie ausgekundschaftet hatte, die Umfassungsmauer etwas niedriger war. Einige Wachen versuchten noch, sie aufzuhalten, doch das Bild, wie Forra mit seinem Schwert Learcos Leben bedrohte, war stärker, und sie ließ sie alle hinter sich.

Während bereits die ersten Pfeile links und rechts an ihr vorbeisirrten, kletterte sie geschwind am Efeu die Mauer hinauf und dann auf der anderen Seite wieder hinunter, aber nur ein kurzes Stück, dann sprang sie. Sie wusste, wie sie landen musste, und dennoch durchfuhr ein heftiger Schmerz ihre Knie. Sie gab nichts drauf und war augenblicklich im Trubel der Makrater Gassen untergetaucht.

Der Thronsaal kam Learco größer als sonst vor. Mit gefesselten Händen und Füßen kniete er auf dem Marmorboden. Die Rüstung hatten sie ihm abgenommen, und sein Schwert ebenso. Nicht einmal die Stiefel hatte man ihm gelassen. Die beiden Soldaten, die ihn hergeführt hatten, standen ein wenig entfernt und kontrollierten immer wieder seine Ketten. Unten in den Verliesen, wo er eingesperrt war, hatte er auch die wenigen anderen überlebenden Verschwörer, weinend und um Gnade flehend, in den Zellen sitzen sehen. Er hatte nach Dubhe Ausschau gehalten, sie aber nirgends entdecken können. Vielleicht hatte man sie woanders hingeschleppt, oder sie hatte fliehen können. Auf alle Fälle spürte er, dass sie noch lebte. Ihre Gefährtin hatte mit ihm zusammen in der Zelle gesessen. Learco erinnerte sich, in ihrem Gesicht eine Würde gesehen zu haben, die ihn beeindruckte. Er hatte keine Ahnung, wer diese Frau tatsächlich war, doch es gab etwas, was sie verband: Dubhe.

»Es wird alles gut«, hatte er ihr zugeflüstert, woraufhin sie ihm mit einem Kopfnicken geantwortet hatte. Und so hatte er sich ein Herz gefasst und sie gefragt: »Weißt du, wo Dubhe ist?«

Sie hatte den Kopf geschüttelt, und einen Moment lang hatte er sich verloren gefühlt, so als seien ihm plötzlich alle Kräfte aus dem Leib gesaugt worden.

Jetzt ging die hölzerne Flügeltür auf, und ohne ihn eines Blickes zu würdigen, näherte sich Dohor mit schweren Schritten. Als er auf dem Thron saß, musterte er ihn mit jener kalten, strengen Miene, die Learco nur zu gut kannte. Und mit einem Mal wusste er, dass Dubhe Recht gehabt hatte. Er wäre niemals fähig gewesen, ihn zu töten, und noch viel weniger, einen anderen mit seiner Ermordung zu beauftragen. Wenn sein Vater ihn auf diese Weise ansah, wurde alles andere bedeutungslos. Er schämte sich, weil er spürte, dass er, wie früher als kleiner Junge, seine Bestrafung fürchtete.

»Volco hat mit der Sache nichts zu tun«, konnte er nur sagen. In der Zelle hatte er seinen alten Adjutanten gesehen, der weinte und flehte, man möge Learco freilassen. Ungeachtet des eigenen Schicksals, versuchte er auch in dieser Situation noch, ihn zu beschützen.

»Vielleicht ist er kein Verschwörer. Aber er ist auch verantwortlich dafür, wie du geworden bist«, fauchte sein Vater wütend. »Morgen lasse ich ihm den Kopf abschlagen. Es wird Zeit, diesen Schweinestall endlich auszumisten.«

Learco ballte die Fäuste und fletschte die Zähne. Es war ihm unerträglich, dass Volco nun durch seine Schuld mit dem Tod bestraft werden sollte. Und doch schaffte er es nicht, seinem Vater zu widersprechen.

»Ich hätte nicht gedacht, dass es mal so weit kommen würde«, begann Dohor. »Du hast mich überrascht, weißt du das? Das hätte ich dir wirklich nicht zugetraut. Eine Verschwörung anzetteln und sich gegen mich stellen ... Und ich habe dich für einen Schwächling gehalten. Alle Achtung. Aber wenn ich meinen Vater hätte umbringen müssen, um auf den Thron zu gelangen, hätte ich es wahrscheinlich auch getan. Es gibt Träume, die alles rechtfertigen und gewisse Opfer wert sind.«

Er betrachtete Learco amüsiert.

»Ein Schwächling hingegen ist dieser Karno. Er brauchte die Folterwerkzeuge nur zu sehen und begann schon wie Espenlaub zu zittern. Er hat gründlich ausgepackt, und es war nicht schwer, die einzelnen Mosaiksteinchen zusammenzubringen«, fügte er kichernd hinzu. »Mir schien es allerdings seltsam, dass du das Haupt dieser Verschwörung sein solltest, und in der Tat hat sich herausgestellt, dass Neor die Fäden in der Hand hatte. Du hast nichts anderes getan, als dich an ihn dranzuhängen, weil du glaubtest, dass er Erfolg haben würde. Dabei hast du noch nicht einmal gemerkt, was das für eine billige Verschwörung war. Ich an deiner Stelle hätte mich allein zu meinem Vater geschlichen und ihm im Schlaf den Hals umgedreht.«

Learco errötete, denn er empfand Abscheu vor sich selbst. Sein Vater hatte mit allem Recht. Tatsächlich hatte er gezaudert, bevor er sich mit den Verschwörern einließ. Er schloss die Augen, während ihm ein Schauer durch die Glieder fuhr.

Ich darf es nicht mehr zulassen, dass er mich so behandelt. Damit muss Schluss sein.

Vor seinem geistigen Auge nahm Dubhes Bild Gestalt an.

»Ich bin nicht wie du.«

»Was?« Dohor legte eine Hand hinter das Ohr. »Sprich lauter, wenn du mir etwas zu sagen hast. Wenn du so flüsterst, verstehe ich kein Wort.« Dabei lächelte er wieder, so wie ein Erwachsener über das sinnlose Gebrabbel eines Kindes.

Learco spürte, wie der herbeigesehnte Hass in ihm aufkeimte. »Ich bin nicht wie du. Ich pflastere meinen Weg nicht mit den Leichen Unschuldiger.«

Das Lächeln wich nicht aus Dohors Gesicht. »Wem sagst du das? Das weiß ich nur zu gut. Du warst immer schon zu zart besaitet und hast die Mechanismen der Macht nie begriffen. Im Grunde willst du gar nicht König werden, sondern dich nur von mir befreien. Dazu hast du dich hinter Neor versteckt.«

Learco spürte, wie sein Herz schneller schlug, doch er wollte nicht nachgeben. »Da irrst du dich. Dein Tod hätte nichts ungeschehen gemacht. Durch dich bin ich zum Mörder geworden. Durch deine Schuld sehe ich nur verbrannte Erde um mich herum. Du hast mir Gewalt angetan, indem du mich zwangst, wie dein erster Sohn zu werden.«

Die Miene des Königs verhärtete sich. »Wage es nicht, deinen Bruder zu erwähnen.«

Nun war es Learco, der lächelte. »Gewiss, das Vorbild meines Bruders ist ja unerreichbar. Aber mach dir nichts vor: Hätte er älter werden dürfen, wäre er genauso geworden wie ich.«

»Du lügst! Learco besaß Rückgrat und hätte mich nie enttäuscht.« Der König hatte die Knäufe seines Thrones so fest umklammert, dass die Fingerknöchel weiß wurden.

»Doch. Er wäre herangewachsen und hätte dich auch immer mehr gehasst. Denn das ist das Einzige, was du kannst: dich verhasst zu machen. Was du auch berührst, zerstörst du: meine Mutter, mich, dieses Königreich und nun, deinen Plänen nach, die ganze Aufgetauchte Welt.«

»Ein König darf seine Macht nicht teilen«, erklärte Dohor.

»So denkst du – und bist ganz allein. Du kannst niemandem mehr trauen, sitzt einsam auf deinem Thron und denkst auch noch, es sei gut so. Die Macht allein reicht dir, es befriedigt dich, jede Nacht in einem anderen Gemach schlafen zu können, und es berührt dich noch nicht einmal, dass dein Vetter versucht hat, dich umzubringen. Er wollte es tun, um dieses Land von dem Schmutz zu reinigen, mit dem du es überzogen hast. Und nur deswegen habe ich ihn unterstützt.«

Dohor lachte laut auf, und das Echo im Raum verstärkte sein Gelächter auf groteske Weise. Learco rührte sich nicht. Sein Herz schlug nun ruhiger, während ihm die Worte, die er über Jahre in seiner Brust verborgen hatte, endlich wie ein mächtiger Strom über die Lippen traten.

»Ach, mein Sohn ... Du bist doch nur ein Feigling, der mit solchen Idealen seine Angst bemäntelt.«

»*Du* hast dafür gesorgt, dass ich in ständiger Angst leben musste und im Abscheu vor mir selbst, indem du mich unschuldige Zivilisten hinmetzeln ließest. Dies ist es, was ich dir nicht verzeihe und nie verzeihen werde. Aber im Gegensatz zu dir, der du in der Hölle schmoren wirst, sehe ich noch einen Weg vor mir, und dem werde ich folgen. Ich kann die Aufgetauchte Welt retten.«

»Was willst du da retten? Die Aufgetauchte Welt ist ein

wildes Tier, das gezähmt werden muss«, erklärte Dohor ernst. »Strebte ich nicht die Alleinherrschaft an, täte es ein anderer.«

»Da irrst du dich. Wenn ich auf den Thron gelange, auf dem du jetzt noch sitzt, werde ich alle deine Eroberungen an die legitimen Herrscher zurückgeben. Und nichts wird mehr an dich erinnern.«

Dohors Blick verfinsterte sich, während er sich auf dem Thron zurücklehnte. Dann verzogen sich seine Mundwinkel zu einem gemeinen Grinsen. »Und du glaubst tatsächlich, dass es nicht wieder einer versuchen wird? Du bist wirklich ein einfältiger Idealist, Learco. Andere beherrschen zu wollen, liegt in unserer Natur, und daran kannst auch du nichts ändern.«

»Das stimmt nicht, und solange noch Blut in meinen Adern fließt, werde ich mich dagegen stellen.«

Der König blickte ihn einen Augenblick mit entgeisterter Miene an, dann entspannten sich seine Züge, so als habe er plötzlich die Lösung für alle Probleme gefunden. »Egal wie, jedenfalls ist es aus mit dir. Ich bin deiner überdrüssig«, erklärte er mit einer abfälligen Handbewegung. »Aber meine Freunde von der Gilde werden sich gern um dich kümmern. Ich lasse dich zu ihnen in den Bau schaffen, damit sie dich Thenaar opfern, jenem Gott, der mich in Kürze mit einer unvorstellbaren Machtfülle ausstatten wird. Aber du musst nicht verzagen: Begleiten wird dich dieses Mädchen, das du gerettet hast, übrigens eine Mörderin und vor allem eine Verräterin, genau wie du!«

Learco hätte fast einen Seufzer der Erleichterung ausgestoßen. Dann lebte Dubhe also, wahrscheinlich irgendwo gefangen, doch sie lebte. Er lächelte. »Jetzt bist du aber sehr einfältig.«

Dohor blickte ihn fragend an.

»Die Zeiten ändern sich, und deine Zeit ist vorüber. Glaubst du wirklich, diese Verschwörung sei aus dem Nichts entstanden? Glaubst du, es reicht, mich und die anderen umzubringen? Nein, du hast den Sturm entfacht, der dich bald hinwegfegen wird. Vielleicht werde ich sterben, doch du wirst mir bald schon folgen.«

Dohor erhob sich und baute sich vor ihm auf. Learco zählte die Falten auf seiner Stirn, bemerkte seine von einer beginnenden Altersblindheit weiß unterlaufenen Augen, betrachtete seinen mittlerweile schlaffen Körper – und hatte keine Angst. Ein Männlein. Ein Männlein, das ihn selbst vielleicht noch umbringen konnte, doch bald erleben würde, wie sein Reich zerfiel.

Denn Learco wusste von Ido, Sennar und der Mission, die der Rat der Wasser beschlossen hatte. Dubhe hatte ihm alles erzählt, als die Schleier der Lüge zwischen ihnen gefallen waren.

Er ist ein alter Mann. Nur ein alter Mann. Aus Fleisch und Blut wie jedermann, und auch für ihn reicht eine Klinge.

»Ich werde in meinem Bett sterben, aber erst in vielen, vielen Jahren, und die Aufgetauchte Welt wird mir zu Füßen liegen. Mir wird das gelingen, woran Aster gescheitert ist … Noch in vielen Jahrhunderten wird man meiner gedenken.«

Learco hörte nicht auf zu lächeln. »Ich werde in der Hölle auf dich warten; zusammen mit meiner Mutter.«

Dohors selbstsichere Miene verlor sich einen Moment. Dann gab er den Wachen, die in einiger Entfernung warteten, ein Zeichen. Die beiden Soldaten traten vor und nahmen den Prinzen in die Mitte. Lächelnd ließ er sich abführen. Endlich war er frei, frei von seinem Vater.

19

Ein Schritt vor dem Ziel

»*So geht das nicht*«, schnaubte Sennar.

Schwitzend und keuchend stand Lonerin da und schaute ihn an, in der Hand den Dolch, in den er seit Stunden seinen Geist zu übertragen versuchte.

»Du beherrschst das Objekt nicht lange genug.«

Resigniert betrachtete Lonerin die Waffe. Livon persönlich hatte den Dolch für seine Tochter Nihal geschmiedet, die ihn dann in einem Zweikampf an Sennar verlor, als die beiden fast noch Kinder waren. Das hieß, er hatte einen sagenumwobenen Gegenstand in der Hand, doch für Lonerin war es im Moment nicht mehr als irgendein Messer.

»Ich versuche ja, durchzuhalten«, sagte er, als er wieder bei Atem war. »Aber es ist, als würde mich etwas mit Gewalt von dort wegziehen …«

Sennar verzog keine Miene. »Das ist doch klar. Oder glaubst du, dein Geist ist dazu geschaffen, in einem Dolch zu landen …?«

Lonerin seufzte. »Gibt es nicht einen Trick …«

»Den hättest du schon längst selbst finden müssen.«

Lonerin war verblüfft. Wie war es möglich, dass ein so genialer Magier wie Sennar ein so ungeduldiger Lehrer war? Ganz anders als Folwar, der niemals ärgerlich wurde und mit nicht enden wollender Langmut seine Schüler lobte.

»Habe ich aber nicht«, maulte er, »deswegen wäre ein kleiner Hinweis vielleicht nicht zu viel verlangt.«

Auf der Stelle bereute er die unfreundlichen Worte, denn Sennars Miene verfinsterte sich. »Ich kann dir nicht helfen. Jeder Magier muss seinen eigenen Weg finden.«

»Und wenn ich ihn nicht finde?«

»Dann wird es nichts mit dem Ritus.«

Lonerin konnte seinen Ärger kaum noch unterdrücken. »Mein Meister hat immer versucht, mir weiterzuhelfen, wenn ich etwas nicht verstanden habe. Aber Ihr seid mir gar keine Hilfe, im Gegenteil lasst Ihr keine Gelegenheit aus, meine Fortschritte zu schmälern.«

»Ich bezweifele sehr, dass dein Meister dir jemals einen solch komplizierten Zauber beizubringen hatte«, antwortete Sennar hochmütig. »Doch wie dem auch sei, denke ich, dass du alt genug bist, um selbst, ohne ein Kindermädchen, zurechtzukommen. Du kannst zaubern, du bist kein Anfänger mehr. Jetzt sieh zu, wie du eine Lösung findest. Wie sollte ich dir helfen?« Er zeigte ihm seine verkohlte, knöcherne Hand. »Sieh her, das ist mir geblieben von all meinen Zauberkräften! In einer einzigen Nacht habe ich sie fast alle verbrannt, und das ist wörtlich gemeint. Diese Grenze kann ich nicht mehr überschreiten. Damit musst du dich arrangieren oder deine Träume von Ruhm und Heldentum aufgeben. Es wird sich schon ein Magier finden, der leichter lernt als du.«

Lonerin schaute gekränkt zu Boden. Er hatte genug von diesen ständigen Zurechtweisungen, von diesem schroffen Verhalten, das Sennar ihm gegenüber seit Beginn der Reise zeigte. »Ich kann nicht mehr. Wir machen morgen weiter«, sagte er nur knapp und machte sich dann zum Schlafen fertig.

Sennar beobachte ihn immer noch lächelnd. »Für einen nach Rache dürstenden Mann gibst du schnell auf.«

Lonerin fuhr herum. »Warum habt Ihr vor der Versammlung erklärt, dass ich für diese Mission geeignet sei, wenn Ihr mich in Wahrheit doch für unfähig haltet? Ihr hättet doch leicht jemand anderen bestimmen können.«

»Weil du alle Voraussetzungen mitbringst«, antwortete

Sennar gelassen. »Du besitzt das Können und sicher auch den Willen. Aber dein Meister hat dich mit seinem Lob verwöhnt, sodass du glaubst, alles würde dir zufallen, ohne dich dafür anstrengen zu müssen.«

Sennar hatte Recht, doch sein Verhalten war unerträglich. Als Lonerin wieder aufschaute, um ihm zu sagen, dass er genug davon hatte, traf ihn Sennars Blick.

Er wirkte höhnisch, doch in seinen Augen loderte auch das Feuer für ihre Mission.

Nein, er würde sich nicht geschlagen geben.

»Ich versuche es morgen gleich noch einmal«, sagte er überzeugt, während er den Dolch fester in die Hand nahm.

Barahar besaß einen großen Hafen, den größten der gesamten Aufgetauchten Welt. Sennar hatte viel über die Stadt gehört, war aber nur einmal, als Kind, dort gewesen, mit seinem Vater, der dort geboren war, und er erinnerte sich, dass ihn Barahar damals mächtig beeindruckt hatte. Hier gab es richtige Häuser mit Ziegeldächern, und ein munteres Treiben herrschte auf den Plätzen. Ein Gewirr dunkler Gassen, wenig vertrauenerweckende Gesichter überall, ein faszinierender, aber gleichzeitig auch gefährlicher Ort.

»Barahar ist durch Handel reich geworden, und wie so oft hat auch hier das Geld die Leute verdorben«, hatte ihm sein Vater erklärt.

Seit damals war er nicht mehr dort gewesen. Denn diese Stadt weckte zu viele ungute Erinnerungen. Seine Mutter war dort gestorben, als Nihal und er die Aufgetauchte Welt noch nicht verlassen hatten, und auch seine Schwester hatte eine Zeit lang in Barahar gewohnt und war dann eines Tages plötzlich verschwunden und nie mehr gesehen worden.

Im Hafenviertel angekommen, stieg ihnen sogleich die salzige Meeresluft in die Nase. In vollen Zügen genoss Sennar diesen Duft, der für ihn nach Zuhause roch. Die Schreie der Möwen hallten durch die engen, gewundenen Gassen, und eine schmerzliche Sehnsucht nach jenen so lange zurückliegenden Jahren überkam ihn, als er noch ein junger Mann und von großen Hoffnungen erfüllt war.

Der älteste Teil der Stadt zog sich den Steilhang hinauf, während sich darüber, am Rand des Abgrundes hoch über dem Meer, die Neustadt erhob.

Der Hafen war längs einer breiten Bucht angelegt, die von fast lotrecht aufragenden Felsen gesäumt war. Die Gassen mit ihrem löchrigen, holprigen Pflaster waren so steil, dass auch Lonerin nach kurzer Zeit außer Atem kam.

Doch Sennar fühlte sich belebt von diesem Wirrwarr der Fassaden, die alle mit verschiedenen Farben und Mustern bemalt waren. Es war ein Bild, das ihm wohlvertraut war. Barahar war die charakteristischste Stadt des Landes des Meeres. Hier traf man Leute aus allen Winkeln der Aufgetauchten Welt, fand alles an Schönem und Hässlichem, was dieses Land ausmachte.

Lonerin beschleunigte seine Schritte, um zu Sennar aufzuschließen. Dem alten Magier kam der junge Gefährte verloren vor in dieser Stadt, kein Wunder, stammte er doch aus dem kalten, immer dunklen Land der Nacht. In Barahar aber riefen die Menschen laut von Fenster zu Fenster, durch die Gassen hallten ausgelassene Stimmen, und die Luft roch nach Fisch. Eigenheiten, die ein echter Bewohner des Landes des Meeres liebte, einen Fremden aber nicht wenig verwirren mussten.

Leider kannte sich auch Sennar kaum in der Stadt aus, und so streiften sie irgendwann nur noch ziellos durch die Gassen nicht weit vom Hafen. Die Sonne stand jetzt am höchsten Punkt, und so suchten sie sich eine Taverne, um dort etwas zu essen und über das weitere Vorgehen zu beraten.

Das Lokal war verraucht, und Lonerin schien sich unwohl zu fühlen.

»Es scheint dir hier nicht zu gefallen«, bemerkte Sennar mit einem Lächeln.

»Ich muss mich noch daran gewöhnen«, seufzte Lonerin.

Der Wirt erkannte in Sennar sogleich einen Landsmann,

und der alte Magier fühlte sich geschmeichelt. Er hätte gedacht, der lange Aufenthalt in fremden Landen habe jede Spur seiner Herkunft aus seinen Zügen getilgt, aber so war es wohl nicht. Und er freute sich, wieder einmal die ganz eigene Sprache seiner Landsleute zu hören, ihre schnörkellose Art und wie sie die letzten Silben der Wörter in die Länge zogen. Und dann erst ihre Herzlichkeit. Munter klopfte man sich auf die Schultern, und dann spendierte der Wirt ihnen sogar noch eine Runde Haifischschnaps, das typische Getränk des Landes.

Zaudernd saß Lonerin vor dem Glas, das bis zum Rand mit dem bläulichen Gesöff gefüllt war. Was es war, wusste er, hatte es aber noch nie zu trinken gewagt. Wie man ihm erzählt hatte, rann es wie Feuer brennend langsam durch die Kehle. Er betrachtete das Glas, blickte dann zu Sennar in der stillen Hoffnung, dass dieser ihm von dem Genuss abraten würde. Aber der dachte nicht daran. Wie verzaubert starrte der alte Magier auf sein eigenes Glas.

Ob ich das noch schaffe? In einem Zug goss er alles hinunter, kniff die Augen zu und wartete. Im Mund loderte das Feuer auf und breitete sich dann durch den Rachen und den Hals bis zur Brust hinunter aus. Hervorragend.

Er bedachte Lonerin mit einem zufriedenen Lächeln.

»Wenn du die *Geschichte der Drachenkämpferin* gelesen hast, kennst du den Brauch. Wer erwachsen sein will, muss den Schnaps in einem Zug hinunterkippen können. Eine Art Übergangsritus.«

Skeptisch betrachtete Lonerin die dunkelblaue Farbe des Schnapses. »Der ist wohl sehr stark …?«

»Warum sollte man ihn sonst für einen Übergangsritus nehmen?«

Der junge Magier wartete noch ein wenig, ergriff dann das Glas und leerte es in einem Zug. Sennar sah, wie er rot anlief, und brach in Gelächter aus. Es war aber auch zu komisch, wie Lonerin sich verzweifelt mühte, das Husten zu unterdrücken. Erst nach einer Weile kam der greise Magier wieder zu Atem, und als er endlich zu lachen aufhörte, standen ihm Tränen in den Augen.

»Mission erfüllt!«, rief er und klopfte Lonerin auf die Schulter.

Der bedachte ihn mit einem gerührten Lächeln.

»Was ist?«, fragte Sennar.

»Man merkt, dass Ihr hier zu Hause seid.«

Der alte Magier errötete. In der Tat hatte er sich schon lange nicht mehr so wohl gefühlt, und fast ärgerte er sich darüber. Seit vielen Jahren glaubte er schon, kein Recht mehr auf ein wenig Frieden und Freude zu haben. Das war er Nihal schuldig, und nun auch Tarik und Talya. Seine Trauer war ein ewiger Tribut, den er auf ihren Gräbern hinterlegte, fast ein Preis, den die Toten ihm abverlangten, um in Frieden ruhen zu können.

Stille machte sich breit, und ohne noch einmal das Wort aneinander zu richten, aßen beide zu Ende.

Bevor sie gingen, erkundigte sich Sennar bei dem Wirt, wo der reiche Sammler zu finden war.

»Ach, Ydath. Nun, der lebt nicht mehr hier unter uns kleinen Fischen. Der hat sich sein Haus oben auf der Klippe erbaut, im Kühlen, bei den Reichen.«

»Könnt Ihr uns sein Haus genauer beschreiben?«, fragte Lonerin.

Der Wirt brach in schallendes Gelächter aus. »Nichts leichter als das. Es ist unverwechselbar. Es ist die größte und prunkvollste Villa von ganz Barahar. Die könnt ihr nicht übersehen.«

Das Geschirr abräumend, verabschiedete er sich, kam dann aber noch einmal an ihren Tisch zurück, so als habe er etwas vergessen.

»Ach, um dorthin zu kommen, muss man Gott sei Dank nicht mehr die Gassen hinauf«, sagte er, einen flüchtigen, bedauernden Blick auf Sennars Stock werfend, dem der alte Magier stolz standhielt. »Wir haben jetzt einen Gondelaufzug, ein Wunderwerk der Technik. Draußen rechts um die

Ecke kann man gleich einsteigen. Den solltet ihr wirklich benutzen, er gehört zu den Attraktionen der Stadt.«

Lonerin und Sennar nickten.

»Wollen wir ihm den Talisman abkaufen?«, fragte der Jüngere, als sie allein waren.

»Wir werden ihm ein Angebot machen.«

»Ich glaube nicht, dass wir dazu genug Geld haben. Schließlich ist er ein Sammler. Also was tun wir, wenn er unser Angebot ablehnt?«

»Unsere Mission ist wichtiger als alle moralischen Bedenken.«

»Wir könnten ihm vielleicht die Lage erklären ...«

»Gute Idee, dann wird die Gilde auch bald davon erfahren.«

Lonerin seufzte, während er mit einem Finger den Rand des Glases entlangfuhr. Plötzlich begann er zu kichern.

»Was gibt's?«

»Diebstahl scheint das verbindende Element meiner Missionen zu sein. Zunächst war ich mit einer Diebin unterwegs, und nun soll ich sogar selbst ...«

»Die Mittel, derer man sich für eine Aufgabe bedient, sollten in einem angemessenen Verhältnis zu dem moralischen Wert des Zieles stehen, das man erreichen will«, dozierte Sennar feierlich. »Und in unserem Fall rechtfertigt die Bedeutung der Mission ein solches Vorgehen.«

»Und wer entscheidet, wie weit man seinen Weg zur Verwirklichung eines guten Zwecks verlassen darf?«

»Das eigene Gewissen.« Sennar lehnte sich auf seinem Stuhl zurück und musterte Lonerin mit einem kaum wahrnehmbaren Lächeln. »Du bist wirklich genauso wie ich damals in deinem Alter. Rein und unschuldig ...«

Lonerin verzog das Gesicht. »Ich weiß sehr wohl, dass man in manchen Situationen Kompromisse machen muss.«

»Das schon ... Aber dazu hast du dich noch nie herabgelassen, nicht wahr?«

Lonerin wandte den Blick ab, während Sennars Miene ein

wenig sanfter wurde. »Könnte ich lange genug leben, um dich in meinem jetzigen Alter zu sehen, würde ich mich freuen, wenn ich mich getäuscht hätte und du immer noch so idealistisch wärest. Aber ich glaube nicht daran, denn das Leben zwingt dich, Dinge zu tun, die dir kurz zuvor noch völlig undenkbar erschienen. Es gibt weit Schlimmeres als so einen kleinen Diebstahl, oder meinst du nicht? Zum Beispiel billigst du ja auch die Mission deiner Freundin, obwohl du weißt, dass sie einen Mord plant.«

Lonerin errötete bis zu den Haarwurzeln. »Bestimmten Verlockungen habe ich aber standgehalten und manch einen Kompromiss verweigert.«

Sennar starrte auf sein Glas. »Du Glücklicher«, murmelte er.

Das Gleiche konnte er von sich selbst nicht behaupten. Vor langer, langer Zeit bot sich ihm die Möglichkeit zu töten, um den Tod von Laio, Nihals Knappen, zu rächen, und er hatte sie wahrgenommen. Noch heute dachte er mit Beklemmung an die irrsinnige Freude, die ihn dabei überkommen hatte. Das war es, was er sich nicht verzeihen konnte, auch nicht nach so vielen Jahren.

Er riss sich aus seinen Gedanken und wandte sich wieder seinem jungen Gefährten zu. »Meinst du, unser Vorhaben ist ein Kompromiss, auf den du dich einlassen kannst?«

Lonerin schwieg einige Augenblicke, so als müsse er nachdenken. »Aber ja«, sagte er schließlich mit einem Lächeln.

Ydaths Villa war von beispielloser Pracht und bot, zwischen Himmel und Meer schwebend, ein atemberaubendes Panorama. Der riesengroße Garten war von einer hohen Bruchsteinmauer umgürtet, die ihn vor neugierigen Blicken verbarg. Der einzige Zugang war ein großes Tor, vor dem ein bewaffneter Soldat postiert war, der zwischen den weißen Pfeilern mit den Steinlöwen darauf auf und ab ging. Erst als sich Lonerin als höchster Magier des Rats der Wasser vorgestellt hatte, gelang es ihnen, von dem Sammler empfangen zu werden. Er hatte ungern gelogen. Wenn sie den Talisman nun doch stehlen mussten, würde diese Tat zusätzlich vielleicht noch einen seiner Vorgesetzten in Schwierigkeiten bringen. Ein weiterer Kompromiss, den er einzugehen gezwungen war. Er versuchte, sich keine Gedanken darüber zu machen.

Ydath bestellte sie noch für den Abend, lud sie sogar zum Essen ein, und so beschloss der junge Magier, ihnen noch die passende Kleidung für diesen Anlass zu besorgen. Sennar blieb im Gasthaus, wo sie auch zu Mittag gegessen hatten, um sich auszuruhen, und so streifte Lonerin am Nachmittag allein durch Barahar. Er hatte Lust, sich diese Stadt anzusehen, die so anders war als seine Heimat, wollte sich betäuben im Gewirr der Gerüche und Farben und fuhr dann gleich mehrmals mit diesem einzigartigen Verkehrsmittel, zu dem ihnen der Wirt geraten hatte. Es handelte sich um einen Seilaufzug mit Kabinen aus Metall, gezogen von Fammin, die so allein mit der Kraft ihrer Arme diesen komplizierten Mechanismus, dieses Wunderwerk der Technik, in Gang hielten. Und von dort aus hatte man einen fantastischen Blick über die ganze Stadt.

Tadellos gekleidet präsentierten sich die beiden Magier abends vor Ydaths Villa, darauf eingestellt, nun ihre Komödie aufzuführen.

»Das mit den neuen Kleidern war eine gute Idee«, bemerkte Sennar, während er den Blick über den Garten, den sie gerade durchquerten, streifen ließ. »Unser Gastgeber ist sicher ein Mann, der auf solche Dinge Wert legt.«

Alles um sie herum sah nach Reichtum aus. Vögel und andere seltene Tiere bewegten sich zutraulich zwischen Springbrunnen mit munter plätschernden Wasserspielen. Der Park war sehr groß, gut gepflegt und an vielen Stellen mit Statuen und anderem Dekor verschönt.

Ydath saß bereits am Tisch, als sie zu ihm traten. Er war ein kräftig gebauter Mann mittleren Alters und trug ein reich verziertes Gewand, das von fragwürdigem Geschmack, aber mit Sicherheit sehr teuer war. Als er Lonerin erblickte, verneigte er sich zum Gruß.

»Es ist mir eine große Ehre, eine solch illustre Persönlichkeit an meiner bescheidenen Tafel begrüßen zu dürfen.«

Bei dieser gezierten Sprache konnte sich Lonerin ein Lächeln kaum verkneifen, und er warf seinem Begleiter einen vielsagenden Blick zu.

Das Mahl bestand aus zahlreichen Gängen mit erlesenen Speisen, die sie zu den Klängen einer Flöte einnahmen, die ein wunderschönes, ein wenig abseits sitzendes Mädchen spielte. Nachdem sie während des Essens nur höflich geplaudert hatten, kam Lonerin endlich zur Sache.

»Wie wir hörten, seid Ihr ein Sammler von besonderem Geschmack und nennt ein Objekt Euer Eigen, das der Rat der Wasser gern kaufen würde.«

Ydath nahm noch einen Schluck Wein, bevor er antwortete. »Ihr schmeichelt mir. Ich bin nur ein neugieriger Mann mit einer Leidenschaft für schöne antike Dinge«, sagte er, wobei er sich vom Tisch erhob. »Folgt mir bitte.«

Sennar und Lonerin ließen sich nicht lange bitten und begleiteten ihren Gastgeber in einen großen runden Saal, in dem dieser seine Schätze gelagert hatte. Der Großteil bestand allerdings aus schlecht gemachten Kopien, die er gewiss im Glauben, dass es sich um Originale handele, gekauft hatte. Während Sennar noch den Blick über die Unmengen an Nippes schweifen ließ, erstarrte er plötzlich. Als Lonerin sah, was er entdeckt hatte, setzte sein Herz einen Schlag aus.

Er hing an einer Säule und war kaum wiederzuerkennen: der Talisman der Macht.

Ydath schien ihre Reaktion zu bemerken, denn sein Mund verzog sich zu einem gespielten Lächeln. »Wenn mich meine Sinne nicht täuschen, sind die Blicke der Herrschaften sogleich auf das kostbarste Stück meiner gesamten Sammlung gefallen«, sagte er geziert. Dann nahm er das Medaillon in seine fleischigen Finger und hielt es in den Lichtschein der Kerzen. »Ja, das ist er, Nihals Talisman der Macht.«

Das Schicksal wollte es, dass ausgerechnet der Talisman das einzige echte Stück in den Bergen von Tand war, der einzige Gegenstand, dessen wahre Bedeutung Ydath besser nicht gekannt hätte. Lonerin spürte einen eisernen Griff an der Schulter. Sennar stützte sich auf ihn, suchte einen Halt, den er ihm nicht geben konnte. Lonerin konnte sich vorstellen, was der greise Magier beim Anblick dieses Medaillons empfinden musste, das dazu noch in den Händen dieses Sammlers gelandet war.

»Das ist genau das Stück, von dem ich vorhin sprach.«

Ydath schien überrascht. »Der hohe Rat der Wasser ist tatsächlich daran interessiert?«

»Ja, es handelt sich um ein Objekt von historischer Bedeutung, versteht Ihr?«

Ydath schaute die beiden Gäste mit verwirrter Miene an. »Und woher wusste Ihr, dass ich den Talisman habe?«

»Wir suchen ihn schon seit einer Weile und konnten schließlich seinen Weg zurückverfolgen ...«

Ydaths Finger klammerten sich um das Medaillon, als wolle er es keinesfalls loslassen. »Aber ich habe sehr viel für den Talisman ausgegeben, und er liegt mir ganz besonders am Herzen ...«

»Wir werden Euch für die Unannehmlichkeiten voll und ganz entschädigen.«

Ydath wirkte wie ein kleiner Junge, dem man das Lieblingsspielzeug entwenden will. Seine Lippen zitterten, und seine Augen weiteten sich.

»Fünftausend Denar«, wagte Lonerin einen Versuch. Es war alles, was sie dabeihatten. Dann blieb noch nicht mal genug, um den Wirt zu bezahlen.

Ydath senkte den Blick, aber der junge Magier ließ ihm nicht die Zeit nachzudenken.

»Die gesamte Aufgetauchte Welt wird Euch auf ewig dankbar sein.«

Der Mann schien empfänglich für diese patriotischen Worte, warf noch einmal einen Blick auf den Talisman und gab sich dann einen Ruck. »Einverstanden. Aber lasst ihn mir noch bis zum Morgengrauen … Danach, das schwöre ich, wird er Euch gehören.«

Lonerin schaute fragend zu Sennar, der allerdings noch in seine eigenen Gedanken vertieft war. So nickte er in der Hoffnung damit die richtige Entscheidung getroffen zu haben.

»Danke!«, rief Ydath mit glänzenden Augen und fügte, fast gerührt, hinzu: »Ich werde Wort halten, zum höheren Wohl unseres Volkes.«

Zu Fuß liefen die beiden Magier wieder zu ihrem Gasthaus hinunter. Es war spät, und der Gondelaufzug ruhte. Sie begegneten auch niemandem auf dem Weg: ein eigenartiges Bild für Lonerin, die Stadt so verlassen zu erleben. Mit großen Schritten ging Sennar voraus, so als habe er niemals ein lahmes Bein gehabt. Lonerin wusste mittlerweile, dass sich Sennar immer so verhielt, wenn er besonders erschüttert war. Es stimmte nicht, dass die Zeit alle Wunden heilte. Manche blieben auch bis in alle Ewigkeit offen, ohne Aussicht, sich jemals zu schließen.

»Immerhin haben wir unsere Mission erfüllt«, bemerkte Lonerin, als sie das Gasthaus fast schon erreicht hatten.

»Schon«, antwortete Sennar mit resignierter Stimme, »aber du wirst auch noch erfahren, dass man die Leere besonders spürt, wenn man ein Ziel erreicht hat.«

Lonerin wusste nichts darauf zu erwidern.

Es war noch stockdunkel, als die Glocken zu läuten begannen. Sennar sprang aus dem Bett und rüttelte Lonerin wach.

»Piraten«, rief er aufgeregt.

Lonerin schrak auf und rannte, nur mit einem Hemd bekleidet, ans Fenster, vor dem reges Stimmengewirr herrschte. Er blickte auf den Hafen hinunter und sah Schiffe und Lagerhallen in Flammen stehen. Was ihn aber noch mehr erschütterte, war die Tatsache, dass das Feuer vor allem den höher gelegenen Teil der Stadt erfasst zu haben schien. Sein Herz schlug schneller. »Ydath …«, murmelte er, und ohne lange nachzudenken, hastete er die Treppe hinunter, entschlossen, zu Ydath zu rennen und nach dem Talisman zu sehen. Er musste etwas tun, egal was, doch unten im Schankraum versperrte ihm der Wirt den Weg. Im Nachthemd und mit einem verrosteten Schwert in Händen stand er da und wollte Lonerin nicht aus der Tür lassen.

»Vergiss es, mein Junge. Du kannst jetzt nicht raus. Draußen herrscht Krieg!«

»Aus dem Weg, verflucht«, schrie Lonerin, doch Sennar hielt ihn an der Schulter fest.

»Das hat keinen Sinn. Die plündern schon längst dort oben. Wir können nur warten.«

»Aber wir müssen doch etwas tun. Vielleicht braucht Ydath unsere Hilfe … Wir könnten …«

»Uns umbringen lassen«, führte Sennar den Satz zu Ende. »Warst du noch nie im Krieg?«

Lonerin blieb nichts anderes übrig, als den Kopf zu schütteln.

»Ich schon. Aber die Zeit ist vorbei, dass ich mit meiner Magie gegen Soldaten ankam. Wir können nichts anderes tun, als hier ruhig sitzen zu bleiben und zu warten.«

Lonerin ballte die Fäuste, während der Alte wieder die Treppe hinaufstieg.

Am nächsten Morgen war Barahar eine geplünderte Stadt. Weinende Menschen irrten in den Trümmern ihrer Häuser umher, die Überlebenden stiegen über die Leichen der Soldaten, die in den Gassen den Weg versperrten. Es war ein verheerender Piratenüberfall, bei dem auch die Villa des Sammlers nicht verschont geblieben war.

Als Sennar und Lonerin, die sich sogleich auf den Weg gemacht hatten, dort eintrafen, fanden sie Ydath im Garten. Mit vom Rauch geschwärztem Gesicht, die Gewänder zerrissen, war er damit beschäftigt, die leblosen Körper seiner

Diener aus dem Haus zu tragen. Er schien die beiden nicht zu erkennen.

»Es war so hell, dass man glaubte, es sei Tag«, murmelte er wie betäubt, ohne noch etwas hinzuzufügen. Sennar war sofort klar, dass der Mann zu erschüttert war, um ihnen jetzt von Nutzen sein zu können.

Daher betraten sie allein die Villa und schlugen sofort den Weg zu dem Saal mit seiner Kunstsammlung ein.

Vieles, was bei ihrem letzten Besuch noch ordentlich in den Regalen gestanden hatte, lag jetzt zersplittert am Boden. In diesem ganzen Durcheinander etwas zu finden, war fast aussichtslos, doch sie gingen auf die Knie und begannen, in den rußgeschwärzten, teilweise noch glühenden Überresten herumzuwühlen.

»Verflucht!«, rief Lonerin irgendwann und schleuderte einen Kelch in die Ecke.

Der Talisman war nicht mehr da.

20

Verliese

Drei Tage waren seit dem Gemetzel in Makrat vergangen. Die Soldaten hatten die ganze Stadt durchkämmt, um jeden aufzuspüren, der auch nur im Entferntesten etwas mit der Verschwörung zu tun haben konnte, und die Spuren dieser Jagd waren noch gut sichtbar. Eine Ausgangssperre war verhängt worden, und der Geruch von Blut und verwesendem Fleisch lag schwer über der Stadt.

Im Halbdunkel verborgen, betrachtete Dubhe Volcos Leiche, die im Abendwind hin und her schaukelte. Sein Kopf stak auf einer an der Umfassungsmauer befestigten Lanzenspitze, während sein Körper, an den Füßen aufgehängt, an einem Seil baumelte. Dies war die Bestrafung, die Verrätern zukam. Dohor hatte Befehl gegeben, ihre Leichen an mehreren Punkten der Stadt zur Schau zu stellen, als makabre Warnung an jeden, der mit dem Gedanken spielte, sich gegen seinen König aufzulehnen.

Doch Dubhe ließ sich nicht einschüchtern. Sie warf eine Kralle über jene Mauer, die sie bereits bei ihrer Flucht aus dem Palastgarten überwunden hatte, und kletterte lautlos hinüber. Auf der anderen Seite angekommen, versteckte sie sich hinter einem Busch und wartete, bis der Wachsoldat auf seiner Runde an ihr vorbei war. Hier im Garten waren alle Spuren der Revolte getilgt worden. Sogar das Gras hatte man abgewaschen, um das Blut zu beseitigen, das in so großer Menge die Erde getränkt hatte. Bei der Erinnerung lief

Dubhe ein Schauer über den Rücken. Sie war froh, dass sie an der Mauer nicht die verstümmelten Leichen von Theana und Learco entdeckt hatte. Den Schmerz hätte sie nicht ertragen. Und deswegen hatte sie sich auch zum Handeln entschlossen.

Zunächst hatte sie sich umgehört, bis sie herausgefunden hatte, was sie wissen musste. So hatte sie erfahren, dass die wichtigsten Gefangenen in die Verliese der Akademie gebracht worden waren, weil es im Palast nicht genügend Zellen gab, und der König Befehl gegeben hatte, alle zu verhören, bevor sie hingerichtet wurden. Dubhe allerdings kannte die Akademie nicht und brauchte Informationen, um in diesem riesigen Gebäude nicht hilflos umherzuirren. Deshalb war sie noch einmal in den Palast zurückgekehrt, denn sie hatte gehört, dass der oberste Kerkermeister der Akademie dort hinbestellt worden war, um neue Befehle direkt vom König in Empfang zu nehmen. Offenbar plante Dohor, weitere Häftlinge in die Verliese zu schaffen, um sie dort foltern zu lassen. Vielleicht konnte sie auf diesem Weg mehr erfahren.

Kaum war die Wache vorüber, huschte sie nun durch den Garten und erreichte den Laubengang. Dies war der Ort, wo sie zum letzten Mal Learcos Blick gesehen hatte, und sofort krampfte sich ihr Herz zusammen. Sie atmete einmal tief durch und versuchte, den Gedanken zu verdrängen. Wenn sie jetzt die Konzentration verlor, war alles zu spät. Sie wartete noch einen Moment, brach dann das Schloss auf und war drinnen.

Das schwache Licht ihrer Fackel erhellte kaum den Korridor. Es war völlig still, und sie nahm an, dass auch Dohor jetzt seelenruhig in einem seiner oberen Gemächer schlief. Bei diesem Gedanken schwindelte ihr, und die Bestie begann sich zu regen. Seltsam, denn erst vier Tage waren seit der letzten Auffrischung des Schutzrituals vergangen, aber offenbar verlor auch dieses Mittel schon langsam seine Wirkung. Auch deshalb musste sie Theana retten und sie noch einmal anflehen, unbedingt eine andere Lösung zu finden.

Und auch um ihre Tarnung musste sie sich kümmern, denn mittlerweile waren ihre Haare wieder merklich dunkler und kürzer geworden.

Während diese Gedanken ihre Schläfen zum Pochen brachten, näherte sie sich mit entschlossenen Schritten den herrschaftlichen Gemächern. Als sie in den nächsten Gang einbog, kam ihr plötzlich ein Mann entgegen, der ein mächtiges Schlüsselbund am Gürtel trug. Vielleicht war dies der oberste Kerkermeister. Rasch zog sie den Kopf zurück und entfernte sich dann weiter, um ihm an einer passenden Stelle aufzulauern.

Am Nachmittag hatte sich Dubhe noch alles besorgt, was sie für ihr Vorhaben brauchte. Vor allem Einbruchswerkzeug, wie sie es früher für ihre Arbeit gebraucht hatte und mit dem sie aus jedem Gefängnis hätte entfliehen können. Doch nun ging es darum, in eines hineinzugelangen.

Danach hatte sie auf einen Sprung bei ihrem alten Gifthändler und Hehler Tori vorbeigeschaut. Kaum hatte der Gnom sie, ihrer Tarnung zum Trotz, erkannt, verrammelte er rasch seinen Laden, damit niemand sie sehen konnte. Denn die Schattenkämpferin wurde gesucht, und er wollte nicht Gefahr laufen, sich der Mittäterschaft schuldig zu machen.

»Hör mal zu, Dubhe, ich will keinen Ärger«, sagte er, noch bevor sie ein Wort herausbringen konnte. »Bisher haben mich die Soldaten in Ruhe gelassen, weil ich mich unauffällig verhalten habe. Deshalb solltest du gar nicht hier sein.«

Dubhe ließ sich nicht einschüchtern und legte ihm eine fertige Liste auf die Theke. »Hast du diese Sachen da?«

Nach einem raschen Blick seufzte Tori. »Hoffentlich hat dich niemand hier hereinkommen sehen.«

»Für wen hältst du mich?«, antwortete Dubhe nur mit einem Lächeln.

»Gut, ich will dir helfen«, ließ sich Tori erweichen. »Aber nur unter einer Bedingung: Wir haben uns seit vielen Monaten nicht mehr gesehen!«

»Das versteht sich von selbst.«

So gab der Gnom ihr alles, was sie brauchte. Auch das Fläschchen, das sie nun, auf den Kerkermeister wartend, rasch hervorholte, zusammen mit einem Lappen, den sie mit der Flüssigkeit daraus tränkte. Schon war der Mann da. Dubhe sprang aus ihrem Versteck, überraschte ihn von hinten und presste ihm den Lappen auf den Mund. Nur wenige Augenblicke reichten, und sein grobschlächtiger Körper sank lautlos und schlaff zu Boden. Wieder rührte sich die Bestie und verlangte nach Blut, doch Dubhe widerstand ihrem Lockruf.

Stattdessen löste sie dem Mann das Schlüsselbund vom Gürtel und begann dann, in seinen Taschen zu kramen. Kurze Zeit später stießen ihre Finger auf ein Pergament, das sie rasch hervorholte und entrollte. Sie hatte Glück. Es handelte sich um einen Plan vom Kerkertrakt der Akademie, auf dem in allen Einzelheiten die Lage der Zellen und deren Belegung beschrieben waren.

Es würde nicht leicht werden, in die Akademie hineinzukommen, denn Dohor hatte sie in eine Art Privatkaserne umgewandelt, in der er ihm ergebene Offiziere ausbilden ließ. Während sie vor dem Gebäude stand, musste Dubhe kurz an Ido denken, der dieser Institution viele Jahre seines Lebens geopfert hatte. Der Gnom wäre von diesen Veränderungen sicher nicht begeistert gewesen.

Die Akademie war ein trutziger, uneinnehmbar wirkender Klotz, dessen Tore allesamt von Soldaten bewacht wurden. Nur der Eingang zur Küche schien vernachlässigt zu werden, und Dubhe beschloss, es dort zu versuchen. Das Glück stand ihr auch hier zur Seite, denn der Riegel an der Tür war alt und verrostet. Sie brach ein, entrollte dann auf dem Tisch in der Mitte des Raumes den Lageplan und studierte ihn im Mondlicht. Die Kerker waren auf mehreren Stockwerken untergebracht. Viele Gefangene steckten in überfüllten Zellen, und in einer von diesen musste auch, wie Dubhe dem Plan entnahm, Theana zu finden sein.

Nur eine Zelle war anders. Sie war klein, lag etwas abseits von den anderen und schien schwer erreichbar. ›Learco‹ stand daneben auf dem Plan. Wieder überkam Dubhe eine unbändige Wut auf Dohor. Doch wenn ihr Vorhaben gelingen sollte, musste sie sie zügeln. Das war es, was der Prinz sie während ihrer Begegnungen gelehrt hatte: einen Hoffnungsschimmer zu erkennen auch in der finstersten Hölle.

Noch einmal konzentrierte sie sich ganz auf den Plan und versuchte, sich den Weg genau einzuprägen. Nur die Hauptwachposten waren angegeben, nicht aber, wie viele Soldaten die einzelnen Zellen bewachten. Während sie darüber nachdachte, wurde ihr plötzlich klar, dass sie sicher würde töten müssen. Aber das schreckte sie nicht. Hätte sie ihre Seele verkaufen müssen, um Learco zu retten, hätte sie auch das getan. Denn wenn er überlebte, würde sie selbst niemals wirklich sterben.

Sie rollte den Plan zusammen und steckte ihn ein, wickelte dann das Schlüsselbund in ein Stück Stoff und war fertig.

Halbleer waren die Flure auf dem obersten Stockwerk des Kerkertrakts, wo die gewöhnlichen Verbrecher untergebracht waren. Die Bewachung war schwach, und als Dubhe vor der ersten Gittertür stand, hatte sie genug Zeit, um in Ruhe den passenden Schlüssel zu suchen und aufzusperren.

Sie schlüpfte hindurch und bewegte sich nun noch umsichtiger und vorsichtiger, um nur keinen Laut zu machen. Das vergitterte Kabuff der Wachen war nicht weit entfernt. Zwei waren es, wie sie im matten Lichtschein der Fackeln in dem Gang zu sehen meinte. Kriechend schlängelte sie sich durch den Schatten, den die Wand des Kabuffs auf den Fußboden warf, und erst als sie sicher war, dass die Soldaten sie nicht bemerkt hatten, erhob sie sich, während ihr Herz heftig schlug. Sie wartete kurz und rannte dann im richtigen Moment zu der ersten Verzweigung. Doch kaum um die Ecke gebogen, erstarrte sie. Eine weitere Wache kehrte ihr den

Rücken zu. Ohne lange nachzudenken, nahm sie den Lappen, den sie schon bei dem Kerkermeister benutzt hatte, packte den Mann von hinten und presste ihm den Stoff auf den Mund. Schon sackte er in sich zusammen. Sie öffnete eine leere Zelle und legte den reglosen Körper hinein. Dann entfernte sie die bislang benutzten Schlüssel aus dem Bund und lief zu der Tür, die zu der Treppe hinunterführte.

Sie zu öffnen und hindurchzuschlüpfen war leicht, aber bald schon wurde ihr klar, dass nun erst der schwierigere Teil kam.

In diesem Kerkertrakt wimmelte es von Soldaten, die regelmäßig alle Zellen kontrollierten. Die Männer schienen hellwach und auf jeden Schatten und noch die leiseste Bewegung zu achten. Um unbemerkt an ihnen vorbeizukommen, würde sie all das beherzigen müssen, was Sherva ihr beigebracht hatte, denn es gab kaum Stellen, wo sie sich hätte verstecken können. Zu zahlreich waren die Fackeln, die noch die schmalste Nische ausleuchteten. Nur der Lärm war von Vorteil. Aus jeder Zelle drangen Stöhnen, Klagen oder Schmerzensschreie. Es war schauderhaft, und selbst die Soldaten schienen darunter zu leiden. Ihre Mienen waren angespannt, ihre Gesichter finster, und wenn sie sich begegneten, wechselten sie entnervte Blicke.

Dubhe versuchte, Ruhe zu bewahren und sich so zu bewegen, dass niemand sie bemerkte. Auf diese Weise brauchte sie ziemlich lange, um die Tür zu erreichen, zu der sie unterwegs war, und das machte sie nervös. Jederzeit konnte jemand auf die bewusstlosen Männer, den Kerkermeister und den Soldaten, aufmerksam werden, und dann würde hier die Hölle los sein. Nach der letzten Biegung sah sie zwei Wachen mit angespannten Mienen vor der gesuchten Tür stehen. Sie beschloss, es mit einer List zu versuchen. Denn beide umbringen und dort liegen lassen konnte sie nicht. So schlich sie sich zurück in einen anderen Korridor und machte dort so viel Lärm wie möglich.

»Wer ist da?«, rief einer der Männer.

Dubhe presste sich flach in den Schatten der Wand und hielt den Atem an. Es bedeutete eine übermenschliche Anstrengung, in dieser Haltung, alle Muskeln anspannend, zu verharren, und sie flehte, dass die beiden bald anbeißen würden. Tatsächlich – sie bogen in den Korridor ein und marschierten, ohne sie zu bemerken, an ihr vorüber, um nach der Quelle des Lärms zu suchen. Sofort löste sich Dubhe von der Wand und huschte mit dem Schlüsselbund bereits in der Hand aus ihrem Versteck.

Ihr Herz schlug wie wild, und der Schweiß machte ihre Hände glitschig. Da, Schritte. Die Wachen kehrten bereits wieder zurück. Hektisch probierte sie nacheinander die verbliebenen Schüssel aus.

Geh auf, geh auf!

Ein leichtes, sanftes Klacken, das Dubhe wie der schönste Laut der Welt vorkam. Sie öffnete die Tür, zwängte sich hindurch und war drinnen. Die Schritte waren mittlerweile schon ganz nahe, und schnell und doch behutsam musste sie das Gitter schließen, ohne dass die Wachen aufmerksam wurden.

Als sie begriff, dass sie es geschafft hatte, erlaubte sie sich, einmal tief durchzuatmen. Alle Muskeln taten ihr weh, aber sie durfte jetzt nicht schlapp machen. Dort unten, am Ende der im Dunkeln liegenden Treppe, wartete Learco auf sie.

Geschwind bewegte sie sich durch das Labyrinth der Gänge. Verglichen mit dem oberen Stockwerk war hier alles sehr verworren, die Korridore düster, die Zellentüren sehr dick. Die niedrige Decke machte alles noch beklemmender, und zudem war es hier drückend warm. Sie kam sich vor wie in einer Hölle umgeben von klagenden Verdammten und ewigen Flammen.

Dubhe ließ sich nicht entmutigen und schaffte es trotz der aufreibenden Situation in kurzer Zeit, Learcos Zelle auszumachen.

Nur wenige Ellen von der Tür entfernt, blieb sie in einer Ecke stehen: Sie hatte ja keine Ahnung, was mit ihm geschehen war. Vielleicht hatte man ihn gefoltert, oder vielleicht war er auch schon tot. Obwohl ihr die Angst die Kehle zuschnürte, ließ sie sich nicht dazu hinreißen, unbedacht vorzugehen. Zwei bewaffnete, kräftig und erfahren wirkende Soldaten bewachten die Zelle. Dubhe überlegte, was sie tun sollte. Ein Zweikampf auf solch beengtem Raum war zu riskant, auch wenn die Bestie in ihr danach verlangte. Also griff sie in ihre Tasche und holte zwei Fläschchen hervor, die sie sich bei Tori besorgt hatte. Sie entkorkte sie, auch diesmal darauf bedacht, nichts von den Dämpfen einzuatmen, und ließ sie leise vor die Füße der Soldaten rollen. Dann wartete sie.

Die beiden schafften es noch nicht einmal mehr, ein Wort zu sagen. Schon sanken sie bewusstlos in sich zusammen. Dubhe nutzte die Gelegenheit und löschte die Fackeln rechts und links neben der Zellentür: Dazu hatte sie zwei in Wasser getränkte Lappen mitgenommen, ein alter Trick, den sie schon häufiger angewendet hatte. Die genügten, um die Flamme einer Fackel zu ersticken, rasch und zuverlässig.

Kaum war alles dunkel, trat sie zur Tür.

Mach, dass es ihm gutgeht, dachte sie, und ein verzweifeltes Lächeln huschte über ihr Gesicht.

Mit einem dumpfen Geräusch sprang das Schloss auf. Dubhe stieß die Tür auf, die schwer war und besorgniserregend quietschte. Bevor sie sie wieder hinter sich schloss, zog sie auch noch die leblosen Körper der beiden Soldaten in die Zelle, damit draußen niemand auf sie aufmerksam wurde.

»Was? Ist es schon Tag?«

Die Stimme ließ sie erstarren. Langsam drehte sie sich um. Die Zelle war klein und beengt. Eine einzige Kerze in einer Ecke erhellte nur ein wenig dieses traurige Gemäuer.

Er war mit den Händen an die Wand gekettet, kniete auf dem Boden und trug nur eine Hose. Sein nackter Operkörper war mit roten und violetten Streifen übersät. Im Gesicht standen Bartstoppeln, und sein Haar war verdreckt und blutverklebt. Doch seine Augen waren noch klar und voller Leben und blickten sie jetzt fassungslos an.

»Dubhe.«

Sie rannte zu ihm und küsste ihn verzweifelt. Sein Anblick rührte sie zu Tränen. Man hatte ihn geschändet und gefoltert. Seine Wunden waren tief, und jedes Stöhnen, das er ausstieß, steigerte ihre unbändige Wut.

Als Erstes begann sie, mit dem Schlüsselbund herumzuhantieren, um ihn von den Pflöcken in der Wand loszumachen, musste aber bald feststellen, dass kein Schlüssel passte. Also griff sie zu ihrem Werkzeug und schaffte es mit wenigen geübten Handgriffen, ihn zu befreien. Dann half sie ihm, seine steifen Arme auszustrecken.

Learco lächelte sie an und betrachtete sie, als sehe er sie jetzt zum ersten Mal. Etwas mühsam griff er in ihr Haar und nahm eine Strähne in die Hand. »Dann ist das also deine echte Haarfarbe …«, sagte er mit einem Seufzer.

Dubhe wusste nicht, was sie antworten sollte. So schwieg sie und half ihm nur, sich zu erheben. Er war sehr geschwächt und hatte seit Tagen nicht mehr auf den Beinen gestanden. Er taumelte einige Augenblicke und bedeutete Dubhe dann, dass er es allein probieren wolle. Dazu griff er zu dem Schwert eines der bewusstlosen Soldaten, stützte sich darauf und fand so immer besser sein Gleichgewicht. Dubhe ließ ihn. Sie beide waren sich sehr ähnlich: stolz, unabhängig und empfindlich, was mitleidige Blicke betraf.

»Du brauchst keine Waffe. Ich kann uns beide verteidigen«, sagte sie.

»Unterschätz mich nicht«, erwiderte er lächelnd. »So leicht bin ich nicht unterzukriegen. Also, wie sieht nun dein Plan aus?«

»Zunächst müssen wir Theana befreien.«

Learco sah sie fragend an, und erst jetzt fiel Dubhe ein, dass er den richtigen Namen der Magierin nicht kannte.

»So heißt Lea, meine Begleiterin, in Wirklichkeit.«

Er nickte, und sein Gesichtsausdruck wurde sehr ernst. »Ich fürchte, die hat man fortgebracht. Ich habe ihre Stimme erkannt.«

Dubhe schluckte. Sie erinnerte sich, was man sich über die Verhöre von Dohors Leuten erzählte, und ihr Herz begann wie wild zu schlagen.

»Glaubst du, man hat sie gefoltert, um mehr über uns zu erfahren?«

»Das ist leider sehr wahrscheinlich. Schließlich wart ihr beide immer zusammen. Ich kann mir aber denken, wohin man sie gebracht hat. Lass uns gehen«, antwortete Learco und wandte sich zur Tür.

Obwohl seine Glieder noch heftig schmerzten, bewegte er sich geschmeidig und leise durch die unterirdischen Gänge. Dubhe hinter ihm beobachtete ihn bewundernd. Er war gut trainiert, fast so gut wie sie selbst, und beherrschte es ebenfalls, lautlos durch den Halbschatten zu huschen.

Sie mussten nicht lange suchen. Die Folterkammer lag in einem engen Seitengang, wo es düster war und stank. Vor der Tür schien niemand Wache zu halten, noch nicht einmal eine Fackel erhellte den Eingang. Dubhe zog ihren Dolch und trat vorsichtig ins Dunkel vor. Learco folgte ihr.

Kaum waren sie etwas näher gekommen, da zerriss plötzlich ein spitzer Schrei die Stille. Dubhes Herz setzte einen Schlag aus. Der Schrei kam von einer Frau. Rasch holte sie das Schlüsselbund hervor und versuchte, die Tür zu öffnen. Die Stimme dahinter klang schmerzerfüllt. Kein Zweifel, sie kam von Theana. Da, wieder ein Schrei, markerschütternd.

Dubhe spürte, wie die Bestie in ihr rumorte und hinausdrängte. Der Blutgestank ließ alle Umrisse verschwimmen. Wie in einem Traum sah sie, dass Learco ihr die Schüssel aus der Hand nahm, den richtigen fand und die Tür öffnete. Drinnen, die Hölle.

Große Glutbecken erhellten eine niedrige lange Halle. In einer Ecke öffnete eine Eiserne Jungfrau – dieser den weiblichen Formen nachgebildete Foltersarg – seine Flügel und zeigte sein mit spitzen eisernen Stacheln besetztes Inneres. Überall hingen Zangen und Klingen. Dubhe blickte auf eine Frau mit entblößtem Rücken, die an einen Pflock gefesselt war. Hinter ihr ein kleiner, brutal wirkender Mann, der eine neunschwänzige Katze in der Hand hielt.

Es war ähnlich wie im Bau der Gilde. Das Entsetzen mischte sich mit Zorn, und der Fluch brach sich Bahn. Dubhe hörte, wie die Bestie in ihr brüllte.

Sie schaffte es nicht, sie zurückhalten, oder genauer, sie wollte es nicht. Das Letzte, was sie sah, war der kleine Folterknecht, der sich verwundert umdrehte.

Learco packte das Grauen. Er sah, wie sich Dubhe mit einem raubtierhaften Sprung und dem Dolch in Händen auf den Folterknecht stürzte. Ihr Gesicht war nicht mehr wiederzuerkennen, ihre geschmeidigen Muskeln schienen unter dem Schleier der Haut explodieren zu wollen. Das war nicht mehr Dubhe.

Mehrmals tauchte die Klinge ins Fleisch ein, während sich das Opfer verzweifelt krümmte. Überall war Blut, das bis an die Zellenwände spritzte. Learco war wie gelähmt. Er konnte nichts mehr denken, nahm nur noch das Grauen wahr, das seine Augen erblicken mussten. Da fiel ihm ein, was Dubhe ihm erzählt hatte, und sofort war ihm alles klar.

»Hör auf!«, rief er, wobei er zu ihr stürmte.

Mit ungeheurer Kraft wand sich Dubhe in seinen Armen und schaffte es schnell, sich freizumachen und ihn zu Boden zu werfen. Über sich sah Learco nun Augen wie düstere Höhlen, die ihn irre anstarrten, während der Dolch schon erhoben war, um im nächsten Moment zuzustechen.

Sie bringt mich um, dachte er ohne Angst. Es war eine Feststellung, mehr nicht, denn es ging alles viel zu schnell.

Doch plötzlich hielt Dubhe inne. Der Zorn verflog in wenigen, unendlich langen Augenblicken, und ihre Augen wurden wieder normal. Sie ließ sich auf Learcos Brust sinken.

»Dubhe! Dubhe!«, rief er, während er sie schüttelte. Noch

einige Male rief er, bis sie endlich langsam die Augen öffnete und ihn ansah.

»Wieder mal«, murmelte sie schluchzend mit Tränen in den Augen. »Ich habe es wieder mal getan!«

Und während sie verzweifelt weinte, drückte er sie an sich, flüsterte ihr ins Ohr, dass alles gut werde. Als sie sich etwas beruhigt hatte, lehnte er sie sanft mit dem Rücken an die Wand und trat zu Theana.

Keuchend, mit geschlossenen Augen, lag die junge Magierin da.

»Theana?«

Sie wandte Learco nur ein wenig den Blick zu. »Was ist mit Dubhe?«

»Sie ist hier bei mir. Wir sind gekommen, um dich zu befreien.«

Er streifte das Schlüsselbund von dem malträtierten Leib des Folterknechts, löste Theanas Ketten und half ihr, sich aufzurichten. Das Mädchen sah sich um, und ihr Blick fiel auf die Leiche am Boden.

»War sie das?«, fragte sie, an Learco gewandt. Er nickte.

»Verflucht, mein Zauber hat nicht standgehalten.«

»Wir müssen fort«, sagte Dubhe, die immer noch schwer atmend am Boden saß, mit kaum vernehmbarer Stimme. Ihr Gesicht war verheult und ihre Hände glitschig vom Blut, doch sie bemühte sich mit allen Kräften, ihre Fassung wiederzugewinnen.

»Ein Massenausbruch … Wir müssten an die Schlüssel herankommen und alle Zellen aufschließen … Sonst kommen wir hier nicht mehr raus«, erklärte sie mit rauer Stimme.

»Ausgeschlossen. Wir sind nicht stark genug, um es mit den Wachen aufzunehmen«, warf Learco ein.

»Das ist vielleicht auch gar nicht nötig.« Die Worte kamen von Theana. »Ich kann das mit einem Zauber erledigen, ohne dass wir uns von hier fortbewegen müssen.«

Dubhe betrachtete sie. Wie so oft, blieb ihnen nichts anderes übrig, aber diesmal glaubte sie auch daran. Wenn

Theana sagte, dass sie dazu imstande war, so stimmte das auch. »Einverstanden«, antwortete sie nur.

Learco fragte sich, wie diese beiden Frauen zueinander standen. Zweifellos waren sie sehr verschieden, und doch schienen sie einander wirklich zu vertrauen.

Theana atmete tief durch. Blass und erschöpft sah sie aus, und kaum hatte sie die ersten Worte gesprochen, wurden ihr die Knie weich, und Learco musste sie stützen. Zwar hatten sie die schlimmste Folter gerade noch verhindern können, doch die lange Fesselung hatte sie sehr geschwächt. Die Magierin musste jetzt die letzten Reserven mobilisieren – und schaffte es tatsächlich. Mit weit aufgerissenen Augen und schmerzverzerrtem Gesicht sprach sie die Zauberformel zu Ende. Und schon hörte man, wie überall fast gleichzeitig die Zellenschlösser aufsprangen, während sie selbst ermattet zu Boden sank.

Dubhe lauschte. Draußen vor der Folterkammer wurde es lauter. Zunächst hörte man das Knarren von Türen und das Tappen nackter Füße, dann die schweren Schritte von Stiefeln und die Rufe der Soldaten. In kürzester Zeit entstand ein Höllenlärm, in dem sich Triumphgeschrei und Befehlsgebrüll mischten.

»Jetzt!«

Sie rannten aus der Folterkammer, Learco voran mit gezücktem Schwert und gleich dahinter Dubhe, die den schlaffen Leib Theanas auf den Schultern trug. Chaos war ausgebrochen. Die kräftigsten Gefangenen hatten bereits einige Soldaten entwaffnet und kämpften mit deren Schwertern; die schwächeren in ihrem Rücken versuchten, irgendwie zu helfen. Sie waren bei Weitem in der Überzahl, und immer mehr Wachen sanken sterbend zu Boden.

Learco bahnte sich einen Weg durch den Trubel. Mehrmals stürzte er, und jedes Mal fiel es ihm schwerer, wieder auf die Beine zu kommen.

»Ich schaffe es schon«, sagte er an Dubhe gewandt, die ihm die Hand reichte.

Es war Alarm gegeben worden. Der Aufstand hatte die gesamte Akademie aus dem Schlaf gerissen, und von allen Stockwerken stürmten Soldaten hinunter, um sich unten bei den Kerkern in den Kampf zu stürzen.

Die Menge drohte, die drei Flüchtenden unter sich zu begraben, bot ihnen aber gleichzeitig auch Schutz.

Und so schafften es Learco, Theana und Dubhe, unbemerkt durch das chaotische Getümmel in den Küchentrakt zu schleichen.

»Dort rüber!«, rief Dubhe und bewegte sich zu einer Tür, die, wie sie wusste, nicht abgeschlossen war.

Und schon umfingen sie die Dunkelheit Makrats und die frische nächtliche Luft.

21

Flucht

Forra schaute zu den Zinnen des Palastes hinauf. Die Köpfe der hingerichteten Verschwörer waren nur schwarze Punkte vor dem tiefblauen, wolkenlosen Sommerhimmel. Seit man sie dort zur Schau gestellt hatte, lag Grabesstille über der Stadt. Dohor vor ihm wirkte erschöpft und gezeichnet. Als die Nachricht von der Flucht den Palast erreicht hatte, war er sofort geweckt worden, und seitdem tat er nichts anderes mehr, als Befehle zu erteilen, um die Situation wieder unter Kontrolle zu bekommen.

»Vergebung, Herr«, sagte Forra mit zitternder Stimme, während er vor seinem König niederkniete. »Ich weiß, es ist allein meine Schuld.« Dohor rührte sich nicht und sagte kein Wort, genoss nur diesen Akt der Unterwerfung. So war er an die Macht gelangt, mit eiserner Hand, die jetzt auch der gefürchtetste seiner Heerführer zu spüren bekam.

»Erhebe dich«, befahl er nach einigen Augenblicken.

Er betrachtete Forras flehende Miene und dachte daran zurück, wie er ihn zum ersten Mal getroffen hatte. Damals war er ein großer, breit gebauter Jüngling gewesen, der bei seinen Altersgenossen als ein Dummkopf mit übernatürlichen Kräften angesehen war. Er arbeitete als Küchenjunge in der Akademie und träumte davon, einmal Ritter zu werden, obwohl er wusste, dass dies für einen Bastard des Königs nur ein unerreichbarer Traum sein konnte.

Bis dahin hatte niemand mehr als diesen stumpfsinnigen

Blick an ihm wahrgenommen. Erst Dohor hatte das Feuer des Hasses darin gesehen. Forra war wie ein Schwert, das nur darauf wartete, einen Herrn zu finden, und Dohor schürte dessen Hass. Er richtete ihn ab, wie man es mit Hunden machte, schlug ihn, wenn nötig, und lobte ihn für seinen Gehorsam. Gerade König geworden, machte Dohor ihn zu seiner rechten Hand und gab ihm die Möglichkeit, sich auf dem Schlachtfeld zu bewähren. Der Erfolg ließ nicht lange auf sich warten. In kurzer Zeit wurde Forra zu einer blutrünstigen, todbringenden, seinem Herrn ergeben gehorchenden Kampfmaschine. Nie hatte er einen Auftrag abgelehnt, und auch diesmal würde er, wie Dohor wusste, keine Ausnahme machen.

»Er ist geflohen«, sagte er jetzt nur.

Forra horchte auf und nahm, in Erwartung, mehr zu erfahren, die Schultern zurück.

»Mein Sohn ist ein Verräter«, fuhr Dohor fort. »Ich weiß, du hast dein Möglichstes getan, um ihn auf den rechten Weg zu bringen. Du hast es versucht, hast ihn geschaffen und wirst ihn nun zerstören.«

Forras Augen blitzten mordlüstern, und der König lächelte, bereits die Vorfreude auf die Rache genießend. Ja, er suchte Rache, denn er konnte diesen entschlossenen, kämpferischen Blick seines Sohnes während ihrer letzten Begegnung im Thronsaal nicht vergessen. Learco hatte sich aufgelehnt, und wer den König, der sein Reich durch Terror beherrschte, nicht fürchtete, war gefährlich: denn der war ein freier Mann. Diesen Affront würde Learco büßen.

»Ich will ihn lebend, verstanden?«, fügte er, jedes Wort betonend, hinzu. »Ich will in der ersten Reihe stehen, wenn ihn unsere Verbündeten im Tempel ausbluten lassen. Auch die Magierin habe ich ihnen versprochen, nur die Mörderin nicht: Die braucht nur zu sterben, wie, interessiert mich nicht. Mach mit ihr, was du willst, Hauptsache, du bringst mir ihren Kopf.«

Forra zögerte einen Moment und senkte dann das Haupt.

»Ich werde Euch nicht enttäuschen«, sagte er dann entschlossen und verabschiedete sich rasch.

Der König sah ihm nach, während die Stille Makrats alles dämpfte. *So mächtig bin ich!*, dachte er. Allein schon die Vorstellung, all das könnte ins Wanken geraten und zerfallen, weckte in ihm eine wahnsinnige Furcht, wie er sie noch nie zuvor verspürt hatte.

Erst der Gedanke an Learcos Schmerzensschreie beruhigte ihn. Wie ein Tier würde er brüllen und um Gnade winseln, da war er sich sicher, aber er würde sie ihm nicht gewähren. Und zum Schluss würde er sich gegen alle durchsetzen: gegen seinen ungehorsamen Sohn und die gesamte Aufgetauchte Welt. Nur mit dieser Vorstellung gelang es ihm, das Feuer in Learcos Augen zu vergessen, in diesem Moment, als er die Furcht vor seinem Vater verlor.

Dubhe tauchte ihr Gesicht in das kalte Wasser der Dunklen Quelle. Sie verspürte das Bedürfnis, sich zu reinigen, aus ihrem Gedächtnis die entsetzlichen Bilder aus dem Kerkertrakt zu löschen. Dieses Mal war es nicht nur das Wüten der Bestie gewesen. Dieses Mal gehörte ein Teil dieses ungeheuren Zornes zu ihr selbst. Sie richtete sich auf und versuchte mit hektischen Bewegungen, ihr Hemd und ihre blutbesudelten Hände zu reinigen. Aber es war nichts zu machen, die Gerüche schienen zu tief eingedrungen zu sein, bis in ihre Haut, für immer.

»Lass doch!«

Dubhe drehte sich um. Learco hatte eine Hand auf ihre Schulter gelegt und sah ihr in die Augen. Er war erschöpft, versuchte ihr aber dennoch Ruhe und Gelassenheit zu vermitteln. Dubhe wusste, dass auch er aufgewühlt sein musste durch all die Geschehnisse, und war ihm trotzdem dankbar für sein Bemühen. Sie brauchte seine Unterstützung und wünschte sich nur, dass er sie nicht verurteilte, besonders hier an diesem Ort, wo alles von ihrer Vergangenheit sprach.

Sie waren in das alte Versteck der Schattenkämpferin geflüchtet, eine Höhle im dichten Wald gleich vor den Toren Makrats, und hatten dort auch Theana, die noch sehr mitgenommen war durch die Gefangenschaft, zurückgelassen, um die Dunkle Quelle zu besuchen.

Als Dubhe die Höhle nach so langer Zeit wieder betreten hatte, überwältigte sie sogleich ein Gefühl der Trostlosigkeit. Es schien sich nichts verändert zu haben, so als sei der ganze Weg, den sie seitdem zurückgelegt hatte, umsonst gewesen. Offenbar kehrte sie immer wieder an denselben Punkt zurück, ein Schicksal, dem sie nicht entkommen konnte. Nach dem langen Umherziehen, nach den vielen Entbehrungen war sie nun wieder da, wo alles angefangen hatte.

Dann hatte sie Learco angeschaut und wusste: Nein, es stimmte nicht, vieles hatte sich geändert, denn nun war er in ihr Leben getreten und gab ihm einen neuen Sinn, befreite sie von der Einsamkeit.

Ein Stöhnen rief sie in die Gegenwart zurück. Learco hatte begonnen, sich die Wunden zu säubern und dazu ein Tuch mit dem pechschwarz wirkenden Wasser der Quelle getränkt. Er wirkte jetzt zerbrechlich, und das versetzte ihr einen Stich.

»Lass mich das lieber machen«, sagte sie und nahm ihm das Tuch aus der Hand. Sie tauchte es in das Quellwasser und betupfte damit vorsichtig seine Haut.

Er hob ihr Gesicht an und küsste sie, und eine Zeit lang gab es nichts anderes mehr unter den dichten Baumkronen.

»Wie gehen wir jetzt weiter vor?«, fragte er, wobei er sich nur wenig von ihren Lippen löste.

Dubhe fühlte sich, als ziehe ein Gewicht sie mit schwindelerregender Geschwindigkeit zur Erde zurück. Sie nahm das Tuch fester in die Hand – und war wieder bei sich. »Einen Tag lang muss sich Theana mindestens ausruhen, oder wir werden nicht weit kommen«, antwortete sie.

Die Flucht hatte sie die letzten Kräfte gekostet, und auch sie beide waren im Moment nicht in der Lage weiterzuziehen. Unter langen Umhängen verborgen, war es ihnen gelungen, unerkannt die verrufenen Gassen der Stadt zu durchqueren, und die letzten Meilen im Wald waren dann nur noch eine Qual.

»Die Soldaten werden auch die Wälder durchkämmen, um uns zu finden«, gab Learco zu bedenken.

»Aber erst wenn sie den Gefängnisaufstand niedergeschlagen haben. Ein wenig Vorsprung werden wir also haben. Oder hast du eine bessere Idee?«

Der junge Prinz schüttelte seufzend den Kopf. »Nein, natürlich nicht.«

Über ihren Köpfen erhellte sich der Himmel zu einem neuen schwülheißen Tag.

»Ich muss meinen Vater aufhalten. Unbedingt. Wir müssen uns mit den anderen zusammentun und die Gunst der Stunde nutzen.«

Dubhe staunte über seine entschlossene, feste Stimme. Etwas hatte sich bei ihm verändert, denn in seinen Worten lag keine Angst mehr.

»Am besten versuchen wir, uns nach Laodamea durchzuschlagen, um mit dem Rat der Wasser zu besprechen, was nun zu tun ist. Sennar und Lonerin sind sicher schon zurück und haben Bericht erstattet.«

Es war ein seltsames Gefühl, diesen Namen, Lonerin, in Learcos Gegenwart auszusprechen, und ohne es zu wollen, errötete sie.

Sonderbar. So viel hatte sie ihm von sich erzählt, Lonerin jedoch nie erwähnt. Sie erklärte ihm in groben Zügen, was er wissen musste, ohne sich mit Einzelheiten aufzuhalten.

Er verstand, was zu verstehen war. »Wunderbar. Ich werde mich ihnen anschließen«, sagte er entschlossen.

Dubhe verzog das Gesicht. Tja. Und sie selbst? Welchen Platz würde sie einnehmen?

Keinen. Du wirst bald sterben.

Ein langer Schauer lief ihr über den Rücken, und Learco schien es zu bemerken. »Du wirst bei mir sein und an meiner Seite kämpfen«, erklärte er mit einer Stimme, die keinen Widerspruch duldete. »Und dann tust du das, was nötig ist«, fügte er hinzu.

Dubhe wandte den Blick ab.

»Sieh mich an«, fordert Learco sie auf. »Ich weiß, was du beschlossen hast, aber ich werde nicht zulassen, dass es geschieht. Ohne dich kann ich nicht leben.«

Dubhe wusste nicht, was sie erwidern sollte. Das Gleiche hätte sie auch sagen können. Sie erschrak fast darüber, wie tief und vollkommen ihre Gefühle übereinstimmten. Es war zu schön und zu stark, als dass es hätte von Dauer sein können.

»Ich weiß, was du denkst, Dubhe: Gewiss, mein Vater hat mir das Leben geschenkt, aber es geschah ja nur aus eigenem Interesse. Er wollte ein Abbild meines Bruders, um es darauf abzurichten, Tod und Verderben zu bringen. Ich bin aber ganz anders. Erst jetzt wird mir das vollkommen klar. Das Land dürstet nach dem Blut meines Vaters, und du brauchst seinen Kopf.«

Dubhe reagierte nicht. Was sollte sie tun? Sterben und damit die Vollkommenheit ihrer Beziehung zu Learco bewahren, oder seinen Vater töten und damit Gefahr laufen, dass dieser Tote immer zwischen ihnen stehen und sie Tag für Tag mehr entzweien würde?

»Schwöre mir, dass du es tust …«, murmelte Learco.

Einen Moment lang stellte sie sich ihr gemeinsames Leben vor. Aber es war nur die Illusion eines Augenblicks: Im Grunde ihres Herzens wusste sie, dass es ein Traum war, der niemals Wirklichkeit werden konnte.

Sie schlenderten zur Höhle zurück, und nachdem sie den Eingang getarnt hatten, schliefen sie dort den ganzen Tag. Sie waren am Ende ihrer Kräfte, und Learcos Wunden schmerzten. Auch Dubhe war in schlechter Verfassung. Die Bestie quälte sie immer noch und hielt sie in einem Zustand ständiger Anspannung.

Es war schon eine Weile dunkel, als Dubhe zum Aufbruch drängte.

»Kannst du marschieren?«, fragte sie Theana. Die nickte nur. Seit ihrer Befreiung redete sie nur wenig, und ihre Stimme hatte sich verändert. Dubhe hatte keine Ahnung, was in dieser Kammer vor ihrem Auftauchen geschehen war, und sie merkte, dass sie es auch nicht wissen wollte.

Mühsam zog Theana sich hoch und schaffte es sogar, auf den Beinen zu bleiben. »Und wie fühlst du dich?«, fragte sie zurück.

»Es geht schon.«

Die Magierin ergriff Dubhes Handgelenk und betrachtete das Symbol. Es pulsierte stärker als je zuvor. Sie verzog das Gesicht. »Wir müssen noch mal den Zauber erneuern. Zu schnell setzt sich der Fluch immer wieder durch.«

»Dazu bist du jetzt zu schwach«, erwiderte Dubhe und zog den Arm zurück. »Und außerdem haben wir keine Zeit dazu. Das Wichtigste ist jetzt, von hier fortzukommen. Wir werden gesucht, und es wird nicht lange dauern, bis man uns auf den Fersen ist.«

»Ich denke, bei dieser Mission ist es meine Aufgabe, mich um deine Gesundheit zu kümmern, und nicht umgekehrt.«

Dubhe blickte sie verblüfft an. Eine so direkte Antwort kannte sie von Theana nicht. Aber sie ging nicht darauf ein und bewegte sich zum Höhlenausgang.

Draußen war alles still. Sie würden immer nur im Schutz der Dunkelheit weiterziehen können. Zudem hatten sie keine Pferde und waren alle drei stark mitgenommen. Aber sie mussten es schaffen.

»Für das Ritual reichen meine Kräfte vielleicht nicht, aber dafür schon.«

Dubhe drehte sich um und sah ein Lächeln im blassen Gesicht der Magierin. In der Hand hatte sie einige farbige Steine und zeigte sie ihr.

»Die habe ich gefunden, als ihr an der Quelle wart, und mit einem Zauber belegt. So können wir mit dem Rat der

Wasser Kontakt aufnehmen. Wenn ich ihnen mitteile, dass wir unterwegs zu ihnen sind, werden sie uns sicher an der Grenze zum Land des Meeres abholen.«

Dubhe blickte sie dankbar an.

»Wir schaffen das, du wirst sehen«, sagte Theana leise.

Sie lächelte schwach, zwang sich, daran zu glauben. Denn plötzlich spürte sie, wie viel ihr die Hoffnung bedeutete.

In der zweiten Nacht kamen sie zu dem Schluss, dass sie unbedingt schneller vorwärtskommen mussten.

Sie bogen auf einen schmalen Pfad ein und stahlen drei Pferde in einem abgelegenen Gehöft. Es waren Dubhe und Learco, die die Sache übernahmen, während Theana im Wald auf sie wartete. Der Prinz erwies sich als vorbildlicher Reisegefährte. Er bewahrte stets die Ruhe, obwohl er selbst am allerbesten wusste, dass der Tod hinter jeder Ecke auf sie lauern konnte. Verzweifelt klammerte sich Dubhe an ihn und unterließ es sogar, sich zu fragen, wie lange diese Illusion andauern würde.

Kurze Zeit später allerdings wurden sie zum ersten Mal auf Suchtrupps aufmerksam.

Zunächst hörten sie nur dumpfe Schläge in der Ferne, die aber rasch näher kamen, und schon begannen ihre Pferde nervös zu wiehern. Riesengroße Schatten bewegten sich am Himmel, die das Mondlicht verfinsterten. Drachen.

»Das hat uns gerade noch gefehlt«, seufzte Learco. »Sie suchen uns mit Drachen. Das heißt, Forra kann nicht weit sein.«

Dubhe erbleichte. Sie mussten noch schneller vorwärtskommen, denn in ihrer Verfassung war es aussichtslos, sich auf einen Kampf mit Learcos Onkel und seinen Soldaten einzulassen.

Im ersten Tageslicht suchten sie sich ein Versteck, schlugen ihr Lager auf und teilten die Wache ein. Sie waren zu langsam, so würden sie es nicht schaffen.

Doch abends keimte plötzlich wieder Hoffnung.

Sie waren kaum aufgesessen, als ein bläulicher Rauch Theanas Gestalt umschwebte.

Rasch sprang die Magierin vom Pferd, legte die bunten Steine zu einem Kreis aus und murmelte einen Zauberspruch. Bald schon standen ihr Schweißperlen auf der Stirn, während der Rauch die Form einer Kugel annahm. Rasch legte Theana ein Stück Stoff aus, das sie von ihrem Kleid abriss, und schon begannen sich nach und nach deutlich erkennbar Runen darauf abzuzeichnen.

»An der Grenze wartet eine bewaffnete Einheit auf euch. In vier Tagen müsstet ihr dort sein.«

War das die Rettung? Vielleicht war es gar nicht mehr so weit.

Auf das Hindernis stießen sie, als sie dem Ziel schon ganz nahe waren. Wie ein Theatervorhang traten die Bäume auseinander, und vor ihnen lag eine freie Fläche. Nicht sehr groß, in einer Nacht zu durchreiten, doch dort waren sie ohne Deckung.

Sie hielten an und ließen die Pferde im vom Tau feuchten Gras weiden. Es war eine wunderschöne, von einem herrlichen Vollmond beschienene Nacht.

»Und nun?«, fragte Theana.

Weder Dubhe noch Learco wussten, was sie antworten sollten. Vielleicht konnten sie die offene Ebene umreiten, aber wie lange würde das dauern? Man erwartete sie, und sie waren mit ihren Kräften fast am Ende. Mit ihrem eingefallenen Gesicht und den zitternden Händen sah Theana auf ihrem Pferd wie ein Gespenst aus. Sie hatte Dubhe überredet, das Ritual noch einmal zu wiederholen, doch hatten ihre Kräfte nicht ausgereicht, um es ganz zu Ende zu führen. Die Wirkung würde bald schon wieder verpufft sein, und die Magierin fühlte sich jetzt so schwach, dass sie kaum einen Muskel bewegen konnte.

»Los geht's!«, rief Learco plötzlich.

Dubhe erkannte in seinem Blick seine gewohnte Sicherheit. »Einverstanden, aber wir müssen uns wirklich beeilen«, antwortete sie, während sie ihr Pferd antrieb.

So galoppierten sie durch die Ebene unter einem Mond, der ihnen wie ein riesengroßes leuchtendes Auge vorkam, das allen ihre Position verriet.

Das laute Hufgetrappel übertönte das dumpfe, rhythmische Schlagen, das seit Tagen immer wieder die Luft vibrieren ließ. Durch das Keuchen ihrer Tiere überhörten sie das Klirren und Scheppern der Rüstungen, und so kam es, dass der entsetzliche Schatten ganz plötzlich vor ihnen auftauchte.

Immens, schwarz im Schwarz der Nacht, schnitt der Drache Theanas Pferd den Weg ab und warf es zu Boden. Dubhe und Learco hörten die Magierin schreien und mussten mit ansehen, wie sie durch das Gras rollte und plötzlich von einer schuppigen Klaue um die Taille gepackt wurde.

Dubhe schrie.

Nicht jetzt! Nicht jetzt!, flehte sie verzweifelt.

Da ließ sich der Drache ein zweites Mal fallen, nun auf Learco, doch der war gewarnt, duckte sich weg und zog das Schwert. Abrupt wendete er sein Pferd und galoppierte sogleich in wilder Hatz wieder los, um den Angreifer zu verwirren.

»Flieh! Flieh!«, rief er Dubhe zu, doch sie hörte ihn nicht. Ihr Kopf war völlig leer.

Jetzt tauchte vor ihnen ein ganzer Trupp Soldaten auf, die unausweichlich näher kamen und sie einzukreisen begannen. Dubhe versuchte, ihr Pferd zu beruhigen, doch das scheute und bockte in wilder Panik. Sie verlor das Gleichgewicht, und die Welt löste sich auf in dem dumpfen Schmerz, der ihr durch den Kopf schoss, und als sie wieder zu sich kam, sah sie als Erstes den Mond, der schön und gnadenlos über ihr schien.

In ihrem Kopf drehte sich alles, und sie spürte, wie die Bestie in ihr hungrig knurrte. Als sie den Blick hob, sah sie, wie Learco gegen den Drachen kämpfte und sich mit dem

Schwert dessen scharfer Krallen erwehrte. Doch es war ein ungleicher Kampf. Sie wollte aufspringen, um ihm zu Hilfe zu eilen, da spürte sie die metallische Kälte einer Klinge an ihrem Hals.

»Wohin so eilig?«, höhnte eine Stimme. Das Schwert ausgestreckt, stand ein Soldat über sie gebeugt da. »Willst du nicht das Schauspiel genießen?«

Hinter dem Mann erkannte sie noch Dutzende weitere Soldaten, alle schwer bewaffnet und zum Angriff bereit. Doch Dubhe ließ sich nicht beeindrucken. Mit einer blitzschnellen Bewegung bäumte sie sich auf, stieß dem Mann ihren Dolch in den Leib und stellte sich sofort dem nächsten entgegen.

Aber die Überlegenheit war zu groß, man warf sie zu Boden und hielt sie dort fest.

»Jetzt spuckst du kein Gift mehr, du hässliche Schlange!«, schrie ihr einer der Soldaten ins Ohr.

Dubhe wusste nicht, was sie tun sollte. Der Drache hatte gerade mit einem Biss Learcos Pferd zerrissen, und der Prinz war zu Boden gestürzt. Jetzt sah sie, wie er sich mit dem Schwert noch in der Hand aufrappelte, woraufhin sich drei Soldaten sofort auf ihn warfen, ohne ihm die Zeit zu geben, sich kurz zu orientieren.

Wie eine Furie schlug er um sich, doch zu viele Feinde standen ihm entgegen und bedrängten ihn pausenlos, sodass er schließlich niederfiel und keine Kraft mehr fand, noch einmal aufzustehen.

Mit allen Tricks, die sie von Sherva gelernt hatte, versuchte Dubhe verzweifelt, sich freizumachen, doch die Soldaten kamen jeder Bewegung zuvor.

Mit Tränen des Schmerzes und der Wut in den Augen musste sie machtlos mit ansehen, wie der Drache landete und seinen Herrn absteigen ließ. Der Mann trat auf Learco zu, doch war er zu weit entfernt, als dass sie hätte erkennen können, um wen es sich handelte. Sie sah, wie einige Männer jetzt Learco und Theana fesselten und in den Sattel des

Tieres hoben. Dann schwang sich der Drache wieder in die Lüfte, und sein Brüllen hallte über die Ebene.

Während der Mann auf sie zukam, traten mit jedem Schritt seine Züge im Mondlicht deutlicher hervor. Das brutale Gesicht und der bullige Körper verrieten einen Feind, den sie nur allzu gut kannte.

»Und nun zu dir«, sagte Forra mit einem gemeinen Grinsen.

22

Entschlossenheit

Lange blickte Sherva hinauf zum Mond, der über ihm stand. Was hätte bloß seine Mutter gesagt, wenn sie ihn jetzt hätte sehen können?

Es war ein großer Fehler gewesen – das wurde ihm jetzt erst so richtig klar. Die Gilde hatte ihm alles genommen.

Yeshol hatte ihm die besten Jahre seines Lebens gestohlen, indem er sich seines flinken, geschmeidigen Körpers bediente und ihm nichts gelassen hatte, nicht einmal den Ehrgeiz. So war er nun wie eine Pflanze, die zu lange im Dunkeln gestanden hatte. Er hatte seine Mutter verraten, hatte auf seine Rache verzichtet und sich sein eigenes Grab geschaufelt. Er war diesen Fanatikern ins Netz gegangen und hatte sich nie mehr daraus befreien können. Dieses Vorhaben nun war die letzte Gelegenheit, seine Ehre wiederherzustellen, die letzte Möglichkeit, wieder zu sich selbst zu finden.

Während des Mittagessens war die Meldung eingetroffen, sodass der ganze Speisesaal bald nur noch ein einziges Getuschel war. San war auf dem Weg zur Gilde, und das aus freien Stücken.

»Und Ido?«, hatte Sherva gefragt.

»Der Befehl lautete doch, ihn nur im Notfall anzugreifen. Verständlicherweise, nach dem, was er mit dir gemacht hat …«

Zwei Assassinen neben ihm hatten Mühe, ein höhnisches Lachen zu unterdrücken. Sherva kochte vor Wut. Was erlaubten die sich? Er sprang vom Stuhl auf und brachte mit einem Blick alle zum Schweigen. Der Zorn, der ihn erfasst hatte, war übermächtig, und ohne lange zu überlegen, suchte er den Höchsten Wächter auf.

»Ihr habt mich daran gehindert, mich noch einmal auf die Suche nach San zu machen, und ich habe gehorcht«, erklärte er mit bebender Stimme. »Auch die Degradierung zu einem gewöhnlichen Assassinen habe ich hingenommen und mich nicht widersetzt. Aber den Spott der anderen kann ich nicht mehr länger ertragen. Hier im Haus steht nur Ihr über mir.«

Einen Moment lang fragte er sich selbst, ob dies den Tatsachen entsprach, aber er sagte es so überzeugt, als glaube er daran, und ein angedeutetes Lächeln trat auf Yeshols Lippen. Sherva begriff, wie tief er ihn hasste. Dieser Fanatiker und sein infernalischer Kult mussten aus der Aufgetauchten Welt verschwinden.

»Du müsstest eigentlich über solchem Gerede stehen.«

»Die Ehre war immer schon von grundlegender Bedeutung für mich.«

Yeshol blickte ihn von der Seite her an. »Was erwartest du von mir, Sherva?«

»Gebt mir die Chance, Rache zu nehmen.«

»Die wurde dir bereits verweigert.«

»Ich muss dem Gnomen entgegenziehen und ihn aufhalten. Mit Sicherheit ist er schon auf dem Weg zu uns.«

Das Schweigen, das nun entstand, gab Yeshol Gelegenheit, seine goldeingefasste Brille abzunehmen und sich die Nasenwurzel zu massieren. Selbst solch banale Gesten erregten Shervas Widerwillen.

»Das muss uns nicht interessieren«, sagte der Höchste Wächter und stand auf. »San kommt hierher, nur das zählt für uns.«

»Der Gnom wird alles daran setzen, dass uns der Junge nicht in die Hände fällt.«

»Was soll er allein gegen uns ausrichten?«

»Mittlerweile wird sich die Neuigkeit in der gesamten Aufgetauchten Welt herumgesprochen haben, und der Gnom steht an der Spitze des Widerstands. Wir müssen ihn aufhalten, bevor er sich mit seinen Kumpanen zusammenschließen kann.«

Yeshol blickte ihn erneut wortlos an. Es war der Blick eines Königs, der einen beliebigen Untertan mustert. »Du hast versagt, Sherva. Wäre dein Glaube stärker, könnte Thenaar dich vielleicht erhören. Aber du verschließt dich immer noch seiner Gnade. In all den Jahren, seit du hier bist, hast du dich immer von unserem Kult ferngehalten, eine Schuld, die du nun büßt, indem du auf den Grad eines Wächters verzichten musst. Ich kenne dich, Sherva, denn ich habe einmal an dich geglaubt. Du selbst warst es, der vor vielen Jahren an unsere Tür klopfte und um Aufnahme bat. Und so ungewöhnlich dies auch war, nahmen wir dich mit Freuden auf, denn du warst ein *Kind des Todes* und dazu noch sehr begabt. Aber die Ehre, die du vorhin wieder erwähntest, gibt es bei uns hier drinnen nicht. Das war immer schon dein Problem. Wer in die Gilde eintritt, gibt sein Leben und seine Vergangenheit auf. Aber du hast das nie getan.«

Sherva bleckte die Zähne. »Lass mich Ido entgegenziehen.«

»Nein. Unterwirf dich lieber deinem Gott. Immer noch hast du deine Mutter und deine Herkunft nicht vergessen. Aber hier in diesem Haus sind wir ein einziger Leib und ein einziger Geist. Auf andere Weise erlaubt es Thenaar niemandem, ein *Siegreicher* zu sein.«

»Mag sein. Aber für Euch selbst sieht das auch ganz anders aus.«

Es war ihm so herausgerutscht. Eigentlich hatte er es nicht sagen wollen, es aber nicht mehr unterdrücken können.

»Was sagst du da?« Yeshols Stimme bebte vor Zorn.

»Ihr seid der Kopf dieses Körpers. Von anderen verlangt ihr, dass sie sich selbst aufgeben im Glauben an Thenaar, Ihr selbst pflegt aber Euer Ego und befehligt Assassinen, die nichts anderes als Eure persönlichen Diener sind.«

Da packte ihn Yeshol am Kragen seines Wamses. Immer noch verfügte der Höchste Wächter über eine immense Kraft, die man ihm, seinem Aussehen nach, niemals zugetraut hätte. »Ziehst du etwa meinen Glauben an Thenaar in Zweifel, verfluchter Wurm? Willst du mir das damit sagen?«

Seine Augen glühten, und Sherva konnte diesem Blick nur mit Mühe standhalten.

»Alles, was ich tue, geschieht zum Ruhm Thenaars«, sprach Yeshol weiter. »Ich lebe nur als Werkzeug für ihn. Außerhalb dieser Mauern existiere ich nicht.«

Er stieß Sherva zu Boden und blickte auf den Knienden herab, der schwer atmete.

»Ich sollte dich auf der Stelle töten. Du kannst dich glücklich schätzen, dass ich es nicht tue. Aber merk dir: Solche Frechheiten lasse ich mir nicht bieten.«

Sherva fühlte sich zutiefst gedemütigt. Yeshol behandelte ihn wie ein Vater seinen ungehorsamen Sohn.

»Meinetwegen. Tu, was du dir vorgenommen hast«, fuhr Yeshol fort. »Töte den Gnomen, ich erlaube es dir, aber nur weil ich großzügig sein möchte, aus keinem anderen Grund. Merk dir das gut. Aber das ist das letzte Mal. Noch einmal lasse ich es nicht zu, dass du gemäß dieser abstrusen Ideen eines Halbblutbastards handelst. Wenn du diese Aufgabe erfüllt hast, musst du dich ändern. Sonst bist du der Nächste, den ich unter der Thenaar-Statue ausbluten lasse.«

Sherva lachte verbittert in die Nacht hinein, als er an diese Begegnung zurückdachte. Der Höchste Wächter hatte ihn wirklich vollkommen ausgelöscht. Und dafür war dieses Gespräch ein gutes Beispiel. Er war nicht mehr als ein Untergebener Yeshols, einer unter vielen, eine Waffe, vielleicht schärfer als andere, aber eben nicht mehr als ein Werkzeug. Yeshol war immer sein Herr gewesen, und das würde sich auch niemals ändern.

Im Gegensatz zu ihm selbst war es dem Höchsten Wächter gelungen, seine Vorstellungen durchzusetzen: Seine Seele und seinen Körper hatte er ganz den Dingen geweiht, an die er glaubte, bis zur letzten Konsequenz, bis zur Selbstaufgabe. Deshalb war er so stark.

Jetzt kann ich nur noch versuchen zu retten, was zu retten ist.

Er schaute von der Klippe hinunter. Der Sturm brauste, und mit Macht brandete das Meer gegen die Felsen. Bald schon würden ihm diese Wellen den einzigen Feind heranspülen, dem er noch gewachsen sein würde: einen müden, resignierten Greis, den letzten Überlebenden einer Welt, die bereits untergegangen war. Der Mond glitt dem Meer entgegen, und Sherva konnte sich des Gedankens nicht erwehren, dass er wirklich tief gesunken war. Yeshol gab ihm nur noch Gerippe zum Abnagen, von denen die Zeit bereits das Fleisch gelöst hatte.

Den ganzen Palast hatten sie auf den Kopf gestellt. Sogar Quar, noch mit Schlafmütze und im Nachtgewand, hatte sich beteiligt, und auch Ondine war ungekämmt durch die Räume gezogen. Ido hatte jeden Winkel durchsucht, war alle Treppen hinauf- und hinuntergelaufen, war in jede Nische gekrochen, doch von San nicht die kleinste Spur.

Mittlerweile gab es wohl keinen Zweifel mehr, dass er fort war.

»Der Gefangene muss sich irgendwie befreit haben. Dann hat er sich zu San geschlichen und den Jungen entführt. Meine Soldaten sind ihnen aber schon auf den Fersen, und Kuriere mit einer Zeichnung der beiden Gesuchten sind in alle Grafschaften der Untergetauchten Welt unterwegs. Sämtliche Straßen werden überwacht, und es ist nur eine Frage der Zeit, bis wir sie aufgespürt haben.« Ondine schien sich ihrer Sache sicher, doch auch ihr Gesicht verriet die Anspannung der vergangenen Stunden.

Während Ido nervös an seiner Pfeife zog, stiegen in immer kürzeren Abständen dichte Rauchwölkchen auf. Seine

Hände zitterten, und er spürte einen ungeheuren Druck auf sich lasten, eine Mischung aus Wut, Enttäuschung und Machtlosigkeit auf einem Fundament wahnsinniger Schuldgefühle.

Er schüttelte den Kopf.

»So muss es gewesen sein«, bekräftigte Ondine noch einmal, »ich sehe keine andere Möglichkeit ...«

»Nein!« Die Gräfin zuckte zusammen, und fast bereute Ido seinen brüsken, herrischen Ton. »Allein konnte sich dieser verbohrte Assassine nicht befreien. Zudem sind die Wachen in Schlaf versetzt worden.«

»Aber er ist doch ein Auftragsmörder und führte sicher Betäubungsmittel oder ähnliche Dinge mit sich.«

»In Sans Zimmer fanden sich aber keine Spuren eines Handgemenges.«

»Er hat sicher geschlafen und ...«

»Nein, er ist freiwillig gegangen«, fiel ihr Ido ins Wort. Zum ersten Mal sprach er es aus. Bis zu diesem Moment hatte er selbst diesen Gedanken nicht zulassen wollen, doch nun konnte er sich nicht mehr länger dagegen wehren. »Er selbst hat den Gefangenen befreit und ist mit ihm fort.«

»Aber warum sollte er das getan haben?«

»Weil er glaubt, die Gilde allein besiegen zu können. Er will zu der Sekte und seine Eltern rächen. Ich habe mich oft mit ihm unterhalten. Ich kenne ihn, daher weiß ich, dass dies die traurige Wahrheit ist.«

Er legte eine Hand vor das Gesicht. Das war also die verheerende Bilanz seiner Bemühungen: Tarik und dessen Frau waren gestorben, und San war durchgebrannt, praktisch vor seinen Augen, noch dazu angetrieben durch seine, Idos, Unfähigkeit. Denn das war ganz allein seine Schuld, daran gab es nichts zu rütteln. Er hatte es nicht verstanden, den Jungen richtig zu nehmen, hatte keine Antwort gefunden auf seine Trauer und es nicht geschafft, seinen Schmerz zu lindern. Stattdessen hatte er ihm nur den Kopf mit alten, verstaubten Geschichten gefüllt.

Das Alter hat dich taub und blind gemacht. Du musstest doch sehen, dass er wie Nihal ist. Aber du hast wieder die gleichen Fehler gemacht wie damals bei ihr.

Am liebsten hätte er laut losgebrüllt und alles um sich herum kurz und klein geschlagen. Aber er schaffte es, sich zu beherrschen. »Welche Richtung werden sie wohl genommen haben?«, fragte er Ondine.

Die Gräfin schaute sich verloren um und versuchte, einen klaren Gedanken zu fassen. »Ich denke, sie werden den Weg nehmen, auf dem ihr hergekommen seid.«

Ido blickte sie an. »Gibt es noch kürzere, schnellere Wege?«

Sie wusste nicht, was sie antworten sollte. Sicher gab es viele Möglichkeiten, aber so, aus dem Stand heraus, hätte sie nicht sagen können, welche die beste war. »Wir haben Leute, die sich da besonders gut auskennen. Ich werde sofort nach ihnen schicken ...«, erklärte sie matt.

»Ich muss ihnen unbedingt zuvorkommen. Sonst ist alles verloren. Und dazu brauche ich deine Hilfe ...«

Noch am Nachmittag desselben Tages brach er auf. Er hatte sich von Ondine einen Passierschein für alle Grafschaften der Untergetauchten Welt ausstellen lassen, damit er an den Grenzen nicht aufgehalten würde.

»Und wenn ihr etwas von ihm hört, meldet es mir auf der Stelle. Von Soana habe ich gelernt, magische Botschaften zu empfangen. Ich muss bei ihm sein, falls er zurückkommt.«

Ondine nickte, immer noch verwirrt. »Wenn du die Untergetauchte Welt verlässt und zur Meeresoberfläche gelangst, wartet dort das schnellste Schiff unserer gesamten Flotte auf dich. Ich habe schon Befehl gegeben, dass es ganz zu deiner Verfügung steht.«

Ido nickte kurz, während er seine Sachen aufs Pferd packte.

Ondine blickte ihn traurig an. »Tut mir leid, dass es so endet. Ich hätte einen besseren Lehrer für ihn aussuchen müssen ...«

»Es ist nicht deine Schuld«, unterbrach Ido sie. »Ich allein bin für alles verantwortlich.«

Mit diesen Worten nahmen sie voneinander Abschied, wohl wissend, dass sie sich niemals wiedersehen würden. Aber es blieb keine Zeit für lange Abschiedsszenen. Ido musste alles daran setzen, seinen immensen Fehler zumindest teilweise wieder gutzumachen. So gab er seinem Pferd die Sporen und legte in rasendem Tempo Meile um Meile unter dem Meer zurück.

Steil und unwegsam wie auf dem Hinweg, bauten sich die Ascose-Klippen vor ihm auf. Doch damals war noch vieles in Ordnung gewesen: Er hatte die Trauer des Jungen geteilt und im Grunde geglaubt, San würde so etwas wie die Nihal seines Alters werden.

Bei Seeleuten erkundigte er sich, ob ein Schiff angelegt habe mit einem Jungen mit spitzen Ohren und einem ganz in Schwarz gekleideten Mann an Bord, doch die verneinten: »Hier hat nur ein Handelsschiff haltgemacht, und das hatte keine Passagiere an Bord.«

Ido fluchte. Vielleicht hatten sie eine andere Route genommen und waren noch auf dem Meer, oder niemand hatte ihre Landung bemerkt, und sie waren schon zu Land unterwegs.

So hetzte er nun den steilen Pfad hinauf, der von der Bucht hoch zum Gipfel führte. Oben angekommen, schaute er sich suchend um. Sie konnten überall sein, und eigentlich war es unmöglich, ihre Spuren zu finden.

Ach, warum musste er seine Fehler immer so teuer bezahlen? Zuerst hatte er seine besten Jahre als Drachenritter unter dem Tyrannen vergeudet und seine große Liebe erst viel zu spät gefunden. Dann hatte er Dohor unterschätzt und es nicht verhindern können, dass Sennars Sohn Tarik vor seinen Augen starb. Und nun war ihm auch noch dessen Enkel San weggelaufen.

Es war reiner Instinkt, der ihn rettete, während er seinen

trüben Gedanken nachhing, ein Instinkt, den weder das Alter noch die Verzweiflung ganz auslöschen konnten. Er wich zur Seite aus und sah gerade noch eine Klinge aufblitzen, die sich rasch im Abgrund zu seinen Füßen verlor.

Das sind sie!, dachte er im ersten Moment gegen jede Vernunft, und sein Schwert ziehend fuhr er herum. Doch vor ihm stand nur eine schlanke, schlaksige Gestalt. Ido erkannte sie auf Anhieb: Es war der Assassine, der Sans Eltern getötet und den Jungen aus Salazar entführt hatte.

»Du hast dir viel Zeit gelassen …«, sagte der Meuchelmörder mit einem schmierigen Lächeln.

»Wo ist San?«

Der Assassine ging nicht darauf ein. »Seit über einer Woche warte ich auf dich«, fuhr er stattdessen fort. »Hast du eine Ahnung, wie lang sieben Tage sein können, wenn man nur aufs Meer hinausschaut?«

Ido fletschte die Zähne. Er musste den Mann zum Reden bringen, und das schnell. »Sag mir, wo er ist!«

Der Assassine zuckte mit den Achseln. »Wahrscheinlich ist er jetzt schon im Land der Nacht, nur ein paar Tagesreisen vom Tempel entfernt. Vielleicht irre ich mich auch, aber das ist egal. Sein Schicksal geht mich nichts mehr an.«

Ido konnte es nicht fassen. Das war doch unmöglich: Dazu hätten sie fliegen müssen. »Geh mir aus dem Weg. Die Sache ist keine Auseinandersetzung zwischen uns beiden. Ich bin nicht mehr der Mann, gegen den du vor drei Monaten gekämpft hast.«

»Auch ich bin nicht mehr derselbe«, erwiderte Sherva grinsend.

Er hatte noch nicht zu Ende geredet, da ließ er zwei Messer fliegen, die nur um Haaresbreite Idos Gesicht verfehlten. Das erste konnte der Gnom mit dem Schwert abwehren, doch das zweite sah er erst im allerletzten Moment, und während er zur Seite auswich, musste er die Deckung sinken lassen. Bis er sich wieder berappelt hatte, war der Dämon bereits hinter ihm.

»Jetzt habe ich dich«, knurrte der Assassine in triumphierendem Ton, indem er ihm einen Arm um den Hals legte.

Schon im nächsten Moment spürte Ido, dass ihm die Luft wegblieb. Doch er geriet nicht in Panik. Ein kurzer Blick hatte ihm genügt, um genau zu erkennen, was der Assassine am Gürtel trug, und so streckte er nun blind eine Hand zu der Waffe aus, erreichte das Heft und zog sie aus dem Futteral. Er stach zu und traf den Arm seines Feindes, der aber keinen Laut von sich gab. Doch seinen Griff musste er lockern, und Ido konnte auf Distanz gehen.

Ohne das leiseste Stöhnen zog sich der Assassine die Klinge aus dem Arm und streckte sie augenblicklich gegen den Gnomen aus. Doch diesmal ließ sich Ido nicht überraschen. Er parierte jeden Stoß und stellte sich immer besser auf den Rhythmus ein, in dem sein Feind kämpfte. Wie Ido in seinen Augen las, war der Mann wie weggetreten, griff pausenlos an, aber immer nach dem gleichen Muster.

Der Gnom überließ ihm die Initiative, ließ ihn in dem Glauben, im Vorteil zu sein, um ihn dann, als die Augen des Assassinen schon triumphierend aufleuchteten, auf dem falschen Fuß zu erwischen. Er traf das Heft des Dolches, nutzte den Rückschlag aus und konnte ihm auch den anderen Arm durchbohren. Die Wunde war tief, und das Blut schoss hervor.

»Verflucht …«, zischte Sherva und ging ein wenig auf Abstand.

»An dir liegt mir nichts. Mach dich fort, und du kannst weiterleben«, keuchte Ido.

»Was will ich mit einem ehrlosen Leben? Ich habe mich lange genug geduckt in all den Jahren und werde nicht eher gehen, bis ich die Schmach meiner Niederlage getilgt habe!«, schrie Sherva.

Und plötzlich hatte er von irgendwoher ein Seil hervorgeholt, machte einen Sprung auf Ido zu und versuchte, ihm die Schlinge über den Kopf zu ziehen. Im letzten Moment brachte der Gnom noch eine Hand dazwischen, und dennoch wurde ihm die Luft knapp. Glücklicherweise verlor Sherva aber so viel Blut, dass ihm die Kraft fehlte, um richtig zuzuziehen. Als er spürte, dass der Druck ein wenig nachließ, nutzte Ido das sofort aus, packte Shervas Arm, kam frei, warf ihn mit Schwung zu Boden und nagelte ihn dort mit einem Schwertstoß fest. Absichtlich hatte er nur die Schulter getroffen, damit der Mann noch reden konnte, bevor er starb.

»Töte mich!«, stöhnte Sherva. »Ich habe zum zweiten Mal versagt und den Tod verdient!«

Ido ließ dieses Klagen völlig kalt. Ein Hindernis mehr auf seinem Weg, eine weitere Verzögerung, das war alles, was er in dem Mann sehen konnte. »Stimmt das, was du vorhin gesagt hast?«, fragte er, sich auf das Schwert stützend.

»Ich habe gesagt, du sollst mich töten«, zischte der andere nur zur Antwort. »Mein Leben ist gescheitert, ich habe mich verkauft und nichts dafür zurückbekommen, und jetzt krieche ich am Boden wie ein Wurm, ich, der ich der Stärkste von allen sein wollte.«

Ido betrachtete ihn wie ein Tier auf der Schlachtbank. Auch wenn der Mann eines der vielen Opfer der Gilde war, so war er doch auch Tariks Mörder. »Sag mir zuerst, ob das stimmt, was du vorhin gesagt hast. Dann schenke ich dir den Tod.«

Der Mann nickte schwach. »Sie haben einen unterirdischen Gang benutzt, den der Tyrann anlegen ließ, in der Zeit vor der Winterschlacht, um seine Kundschafter unbemerkt in die Untergetauchte Welt zu entsenden. Deswegen haben sie dich abgehängt.«

»Verflucht!«

Sherva lachte röchelnd. »Er hat uns alle beide hinters Licht geführt. Er wusste, dass ich dich nicht besiegen würde, und hat mich nur gehen lassen, damit ich dich eine Weile aufhalte. Bis zum Schluss hat er mich nur als Werkzeug gebraucht.« Er drehte sich zu dem Gnomen um. »Aber auch du warst nur eine Waffe in seinen Händen, so wie die Scharen von Sklaven, die er sich unter der Erde herangezogen hat und mit denen er die Welt zerstören wird.«

Ido blickte ihn skeptisch an. »Von wem sprichst du eigentlich?«

»Von Yeshol, dem Höchsten Wächter. Dem Mann, den zu töten ich in die Gilde eintrat und der mir letztendlich alles genommen hat.«

Ido kam bedrohlich nahe an ihn heran. »Wann soll der Ritus gefeiert werden?«

Zögernd schaute ihn Sherva einen kurzen Augenblick an, dann verzog sich seine Leidensmiene zu einem furchterregenden Grinsen. »In zwei Wochen. Eine Woche, bis der Junge bei ihm eintrifft, und eine, um alles vorzubereiten.«

»Warum eine ganze Woche?«

»Weil die Wiedergeburt Asters mit einer Massenopferung von Postulanten, die unter der Thenaar-Statue im Bau der Gilde hingemetzelt werden sollen, gefeiert wird. Und unter diesen Opfern sollen auch zwei Ehrengäste sein, die Yeshol vielleicht noch gar nicht gefasst hat: eine Magierin namens Theana und Dohors Sohn.«

Ido lief ein langer Schauer über den Rücken: die junge Zauberin, die ihm das Leben gerettet hatte, und der traurige Jüngling, mit dem er sich vor gar nicht so langer Zeit im Zweikampf gemessen hatte, der Prinz, der niemals König sein würde.

Er riss sein Schwert aus der Schulter des Assassinen, der vor Schmerz aufschrie, und begann, die Klinge mit einem Lappen aus seiner Tasche zu säubern. Das Blut des Assassinen war von merkwürdiger Konsistenz und auffallend hell. Es wirkte nicht wie Menschenblut.

»Du hast mir dein Wort gegeben«, rief Sherva, während er sich hochzog.

Ido blickte ihn an. »Ich töte niemanden, der mir nicht mehr schaden kann.«

»Wenn du mich nicht tötest, verfolge ich dich bis ans Ende der Welt und verhindere, dass du den Jungen rettest.«

Ido deutete auf Shervas Schulter. »Mit dieser Wunde? Und zudem hast du gar keinen Grund dazu, wie ich gerade von dir selbst gehört habe.«

Der Mann wandte den Blick ab. »Mein Leben ist sinnlos geworden. Wärest du ein echter Krieger, hättest du Erbarmen mit mir.«

»Du hast immer noch einen Feind«, erwiderte Ido. Dann steckte er das Schwert zurück und machte sich auf den Weg.

Sherva schaute ihm entgeistert nach. Doch bald schon wich die Betäubung einer wilden Entschlossenheit: ein Gefühl, das er seit Jahren nicht mehr verspürt hatte. Er begrüßte es wie einen alten Freund, denn es verlieh ihm den Mut, das zu tun, was er bis zu diesem Moment gefürchtet hatte.

Nun war er bereit, sein großes Ziel zu verwirklichen.

23

Im toten Wald

Im Wind stöhnte der Wald aus abgestorbenen Bäumen. Der Sommer zeigte sich von seiner unschönsten Seite, die Erde war rissig, und der Staub drang überall ein und brannte in den Augen.

Bis dahin hatte Lonerin den Bannwald noch nie gesehen, ihn sich nur vorstellen können nach dem, was er in der *Geschichte der Drachenkämpferin* darüber gelesen hatte. Doch hatte er dabei das Bild eines einladend schattigen und kühlen Ortes gewonnen, das nichts mit dieser trostlosen Landschaft vor ihm zu tun hatte.

Sennar an seiner Seite zog sich den Umhang fester über der Brust zusammen. »Bist du sicher, dass er hier ist?«

Lonerin nickte. »Ich habe es gestern Abend noch zweimal überprüft, immer mit dem gleichen Ergebnis. Der Talisman befindet sich im Bannwald.«

Sennar seufzte.

Seit ihrem Besuch in Salazar bis zur jetzigen abermaligen Rückkehr in das Land des Windes war ihre Reise eine einzige schmerzliche Wanderung durch die Ruinen seines Lebens. Diese Orte, die zu ihm zu sprechen schienen, kamen ihm wie eine Falle vor, der er nicht entfliehen konnte.

»Das hat eine Bedeutung«, sagte der alte Magier, während er einige Schritte im Gegenwind weiterging. »Ich habe keine Ahnung, wie der Talisman hierhergekommen ist, aber das hat eine Bedeutung.«

Nach dem Piratenüberfall auf Barahar waren sie der Verzweiflung nahe. Wieder einmal nur einen Schritt vom Ziel entfernt, war plötzlich alles wie eine Seifenblase zerplatzt. Doch während sich Sennar mit dem Misserfolg abzufinden schien, wollte sich Lonerin nicht geschlagen geben. Weitersuchen, herumwühlen, dranbleiben – danach drängte es ihn. Und angesichts der Schicksalsergebenheit des alten Magiers hatte er sich fast auf den Arm genommen gefühlt.

Sie waren in das Gasthaus zurückgekehrt, um dort zu überlegen, wie es weitergehen könnte.

»Wieso seid Ihr nur immer so schnell bereit aufzugeben?«, war es irgendwann aus Lonerin herausgeplatzt. »Wenn Euch so wenig an unserer Mission liegt, hättet Ihr nicht mitkommen sollen.«

Es war ungerecht, das wusste er, doch das Verlangen, sich Luft zu machen, war stärker als alles andere.

»Und warum versuchst du nicht, die Realität anzuerkennen und mit dem Fehlschlag zurechtzukommen?«

Lonerin riss die Augen auf. »Weil von unserer Mission viel zu viel abhängt. Und weil wir ohne den Talisman kaum noch Hoffnung haben können, Dohor und die Gilde aufzuhalten.«

Sennar ließ sich nicht aus der Ruhe bringen. »Du müsstest einmal begreifen, dass es nicht weiterführt, den Stand der Dinge zu leugnen.«

Lonerin setzte sich auf das Bett und nahm den Kopf zwischen die Hände. Er musste zunächst einmal versuchen, seinen Zorn verrauchen zu lassen.

»Und nun?«, fragte er nach einer Weile leise.

»Außerordentliche Situationen verlangen außerordentliche Maßnahmen«, hatte Sennar geantwortet.

Lonerin beherrschte den Zauber. In den Grundzügen eine Sache für Anfänger: das Aufspüren magischer Energie. Schon in seinem ersten Jahr bei Folwar hatte er sich damit befasst.

»Ist das denn machbar?«, fragte er skeptisch. »Ich meine, nach Nihals Tod sind doch alle magischen Kräfte aus dem Talisman entwichen …«

»Das stimmt auch. Dennoch ist er so lange in direktem Kontakt mit meiner Frau gewesen, dass er etwas von ihrem Geist aufgenommen hat.«

Es war das erste Mal, dass Sennar ihm gegenüber Nihal erwähnte, ohne ihren Namen zu nennen.

»Auch wenn es sich nur um schwache Reste handelt, müsste es theoretisch möglich sein, sie mit diesem Zauber zu lokalisieren. Ich will ganz ehrlich sein. Wäre ich davon überzeugt, dass es sicher funktioniert, hätte ich den Zauber von Beginn an eingesetzt, statt kreuz und quer mit dir durch die Aufgetauchte Welt zu reisen. Um solch feine Spuren aufzufinden, bedarf es großer Fähigkeiten und viel innerer Kraft … die ich verloren habe«, fügte er nach einer Pause hinzu.

Sennars Worte machten Lonerin fast stolz. Und zudem blickte der alten Magier ihn mit einer solchen Sicherheit an, als sei er felsenfest davon überzeugt, dass er sich auf ihn, Lonerin, wirklich verlassen konnte. Zum ersten Mal seit sie unterwegs waren, hatte er solch ein Lob für seine Fähigkeiten erkennen lassen.

»Lass dir Zeit und denk nicht, dass es so einfach ist«, mahnte ihn der alte Magier, als er seinen zufriedenen Blick bemerkte.

»Ich werde mich bemühen.«

»Und du solltest wissen, bevor du anfängst, dass ich keine Resultate verlange. Es ist ein Versuch, nichts weiter.«

»Ich weiß. Aber es ist die einzige Hoffnung, die uns bleibt«, bestätigte Lonerin.

Sennar nickte. »Ganz recht, es ist unsere letzte Hoffnung.«

Eine ganze Woche waren sie in dem Gasthaus geblieben. Die ersten beiden Tage hatte Lonerin vor allem geübt. Der Zauber, den er auszuführen hatte, war ein wenig anders als der, den er bei Folwar gelernt hatte.

»Ich habe ihn weiterentwickelt«, hatte Sennar so nebenbei fallen lassen. »Du bist noch jung, aber früher oder später wirst auch du Lust bekommen, mit der Magie zu experimentieren. Alle großen Magier machen diese Phase durch. Einige überstehen sie, ohne Schaden zu nehmen, anderen steigt die Sache zu Kopf. Und wenn es ganz schlimm kommt, endet man so wie Aster.«

Ein leichter Schauer war Lonerin über den Rücken gelaufen, und von diesem Moment an hatte er sich noch mehr in die Aufgabe hineingekniet. Es zu erlernen, war nicht so schwer, das Problem war nur, dass es nicht zu funktionieren schien.

»Ich mache alles genau so, wie Ihr mir gesagt habt ... Warum geht das nur nicht?«, hatte er irgendwann entmutigt ausgerufen.

»Vielleicht reichen deine Kräfte nicht, oder das Objekt ist zu weit entfernt«, antwortete Sennar brüsk. »Wahrscheinlich ist aber die Spur zu schwach«, fügte er, den Kopf schüttelnd, hinzu.

Als es auch am dritten Tag nicht klappen wollte, griff Sennar zu Stock und Umhang.

»Es hat keinen Sinn, hier zu sitzen und die Hände in den Schoß zu legen. Ich versuche mal, mich umzuhören.«

»Ich komme mit.«

»Nein, du musst es weiterversuchen. Ich habe dir erklärt, wie es geht, und nun musst du einen Weg finden.«

Die Tür hatte sich geschlossen, und Lonerin blieb in der gedämpften Stille des Raumes allein zurück. Vor ihm in der Luft rotierten zehn kleine Silberscheiben. Es waren eben jene, die Sennar schon in Zalenia benutzt hatte, um Asters Gesandten in der Menschenmenge aufzuspüren. Lonerin betrachtete die eingravierten elfischen Runenzeichen. Einige waren von Sennar neu hinzugefügt worden und zeugten davon, dass der alte Magier das Ritual tatsächlich verändert hatte.

Dann setzte er sich auf den Fußboden, schloss die Augen und begann, die Formel zu sprechen. Stundenlang fuhr er damit fort und ließ auch nicht davon ab, als seine Stimme schon ganz heiser geworden war. Die Kammer in dem Gasthaus schien ihn wie ein Sarg zu umschließen. Außerhalb dieses Ortes gab es nichts mehr, nur der Zauber zählte noch, war Alpha und Omega, Anfang und Ende.

Am Abend kehrte Sennar mit finsterer Miene ins Gasthaus zurück. Zornig schleuderte er seinen Stock in eine Ecke, legte den Umhang ab, warf sich auf das Bett und starrte zur Decke hinauf.

»Nichts?«

»Gar nichts.«

So ging das eine ganze Woche, eine Woche, in der die Zeit nur mit größter Trägheit verrann.

Und dann, eines Abends, drehte sich eine der Scheiben plötzlich viel schneller als die anderen, schien fast in der Luft zu tanzen. Lonerin starrte sie mit offenem Mund an und sah, wie sich das Runenzeichen purpurrot verfärbte. Ebenso geschah es mit den anderen Scheiben, die sich nun auch immer mehr in eine bestimmte Richtung formierten: Süden.

Sie mussten nach Süden ziehen.

Nachdem sie sich am nächsten Morgen zwei Pferde und genügend Vorräte besorgt hatten, machten sie sich sogleich auf den Weg.

Lonerin wusste immer noch nicht, wie er es geschafft hatte, dass der Zauber plötzlich funktionierte. War es seinen Fähigkeiten oder dem Zufall zu verdanken?

Sennar hatte dazu erklärt, in der Magie gehe es darum, die Welt in für empfindsame Wesen verständliche Zeichen zu übersetzen, doch das Universum sei wie ein Buch, das mit gar zu vielen komplizierten Buchstaben geschrieben sei, als dass es möglich wäre, alle Worte zu verstehen. Ein schwer zu akzeptierender Gedanke. Seit seiner Lehrzeit bei Folwar war Lonerin immer der Überzeugung gewesen, für einen wirklich mächtigen Zauberer könne es keine unergründlichen Geheimnisse geben. Nun stieß er zum ersten Mal an eine Grenze, eine Beschränkung, mit der er nicht gerechnet hatte.

Im Galopp verließen sie Barahar in Richtung des Kleinen Meeres, an dessen Küste sie dann sechs Tage entlangritten.

»Meine Mutter war aus dieser Gegend hier«, erzählte Sennar mit einem bitteren Lächeln. »Auch deswegen wollte ich nie in die Aufgetauchte Welt zurückkehren. In diesen verfluchten Landen gibt es keinen Pfad, den ich nicht schon gegangen wäre, keinen Stein, der mir nicht erzählte, was ich alles verloren habe.«

Dann begannen die Berge und die Waldgebiete der Mark der Wälder. Fast pausenlos waren sie im Sattel, während die Silberscheiben beharrlich weiter gen Süden zeigten.

Irgendwann gab es keinen Zweifel mehr, dass sie noch einmal in das Land des Windes zurückkehren würden.

Sennar hatte zunächst darüber geflucht, sich dann offenbar aber damit abgefunden. »Die Leute denken immer, der Lebensweg sei eine Gerade, doch da irren sie sich. Das Leben ist ein Kreis, der sich dreht. Zum Schluss hat man wieder genau dasselbe in der Hand wie zu Beginn und kehrt an den Ort zurück, von dem man losgezogen ist«, erklärte er.

Sie befanden sich bereits im Land des Windes, als die Runen wieder zu ihnen sprachen. Bannwald. Klar und deutlich war der Name auf jeder Scheibe zu lesen. Wie in Trance starrte Sennar auf die Zeichen, unfähig, den Blick davon abzuwenden, und Lonerin konnte sich vorstellen, wie viel den alten Magier mit diesem Ort verband: Im Bannwald hatte Soana gewohnt, hier war Nihal in die Magie eingeführt worden und hatte schließlich auch in diesem Wald den letzten Elfenstein des Talismans gefunden. Es war ein Ort voller Symbole und Zeichen, ein magischer Ort.

Sennar hatte Recht: Sie hatte eine Bedeutung, diese Rückkehr zu den Wurzeln.

In tiefem Schweigen durchquerten sie das, was vom Bannwald übrig war.

Zunächst waren die Bäume von den Soldaten des Tyrannen gefällt worden, um daraus Verteidigungsanlagen zu errichten, dann kam die große Armut, und die Bauern hatten überall gebrandrodet, um der Erde den einen oder anderen Acker für eine bescheidene Ernte abzuringen. Und nun breitete sich um sie herum nur noch eine weite Fläche mit niedrigem, kränklich wirkendem Buschwerk aus.

Lonerin kannte die Geschichte. Dieser Wald hatte sein Leben in dem Moment ausgehaucht, als Nihal jenem Baum, der den ganzen Bannwald beschützte, den Elfenstein entnahm: dem sogenannten Vater des Waldes. Ohne dessen Schutz waren viele Pflanzen erkrankt und eingegangen. Immer weiter war die Steppe vorgedrungen, die immer schon, wie die Alten noch wussten, dem Bannwald diesen Boden streitig gemacht hatte. Früher einmal hatten sich die Wälder bis zum Land des Wassers hingezogen, und Lonerin überraschte sich bei dem schmerzlichen Gedanken, dass die schönsten Dinge niemals ewig waren. Was blieb, waren nur blasse Erinnerungen, Geschichten, die abends vor dem Feuer weitererzählt wurden.

Die Vergänglichkeit der Dinge. Dies war für ihn die Entdeckung jener langen Reise an Sennars Seite. Die Helden wurden alt und verloren die Hoffnung, die Wälder verdorrten, und alles verschwand im ewigen Lauf der Zeit.

Auf einer kleinen Lichtung schlugen sie ihr Nachtlager auf. Das Gras war derart trocken, dass es durch die Kleider stach. Wortlos starrte Sennar ins Nichts, während Lonerin wieder einmal für den Ritus übte.

»Ich weiß, wohin wir unterwegs sind«, sagte der alte Magier unvermittelt, wobei er den Blick hob. »Und dort will ich nicht hin.«

Lonerin sah ihn an.

»So wenig ist mir geblieben, woran ich mich klammern

kann … Und ich will nicht, dass mir auch das noch genommen wird.«

»Die Erinnerungen kann einem keiner nehmen«, erwiderte Lonerin mit einem traurigen Lächeln.

»Da irrst du dich. Die Wirklichkeit entreißt sie uns Stück für Stück.«

Am nächsten Morgen wurde Lonerin von einem anhaltenden Klingeln geweckt. Er träumte gerade, er stehe in Laodamea unter dem Wasserfall und werde nervös durch das tosende Wasser. Als er die Augen öffnete, begrüßte ihn eine blasse, kränkliche Sonne, die durch das vielfach gewundene dürre Geäst der Bäume schien. Es war schwülwarm, aber der Himmel verhangen. Das Klingeln hörte nicht auf. Es war kein Traum.

Als er sich umdrehte, sah er, dass sich die Scheiben zu einem Pfeil formiert hatten. Er sprang auf und weckte Sennar. Das war mit Sicherheit ein Signal, und sie durften keine Zeit verlieren. Der alte Magier blickte eine Weile in die Richtung, in die der Pfeil wies, und packte dann wortlos seine Sachen zusammen.

Geschwinden Schritts durchquerten sie den Wald, während die Scheiben in dem Beutel an Sennars Gürtel weiterklimperten.

»Vielleicht sollten wir noch mal nachsehen, ob sie uns etwas Neues anzeigen …«, bemerkte Lonerin.

»Das ist nicht nötig. Ich weiß, wohin.«

Lonerin folgte ihm ohne ein weiteres Wort. Sennars Stock vor ihm zog tiefe Rillen in die von der Sonne versengte Erde. Plötzlich blieb der alte Magier stehen, und Lonerin sah, dass seine Schultern leicht zitterten. Da hob er den Blick und begriff.

Vor ihnen lag ein halb zerfallener, immer noch majestätischer Stamm, der gewiss einmal zu einem jahrhundertealten Baum gehört hatte. Er schien schon vor langer Zeit gefällt worden zu sein, denn an den Rändern waren das Holz faulig und die Rinde abgebröckelt. Zudem sah man überall vulgäre Zeichen oder Verse eingeritzt. Offenbar hatten die vorüberziehenden Soldaten ihm noch nicht einmal diese letzte Kränkung erspart. Am Boden das einzige Zeugnis eines großen, nun geschändeten Erbes: ein goldenes Blatt, das aussah wie gerade vom Baum gefallen und nun, aus eigener Kraft strahlend, zwischen den von der Trockenheit aufgerissenen Erdschollen lag.

Das war er, der legendäre Vater des Waldes, der Baum, der den letzten Elfenstein des Talismans der Macht – den Stein aus dem Land des Windes also – gehütet hatte. Lonerin versuchte, sich zu trösten, indem er sich sagte, dass dieser Baum mit seinem Opfer die Aufgetauchte Welt gerettet hatte, und dennoch überkam ihn bei diesem Anblick grenzenlose Traurigkeit.

Sennars Lachen überraschte ihn. Er fuhr herum und sah das Gesicht des alten Magiers zu einem bitteren Grinsen verzerrt. »Ihr Götter habt schon einen seltsamen Humor«, rief er, während er zum mattweißen Himmel aufblickte, den ein diffuses Sonnenlicht erhellte, und die Arme ausbreitete. »Ihr wolltet, dass meine Augen auch dies noch sehen müssen? Gut, hier bin ich. Längst weiß ich ja, nichts Heiliges, Unantastbares gibt es auf dieser Erde. Alles geht verloren, noch die süßesten Erinnerungen musste ich aufgeben. Aber wäre es nun nicht an der Zeit, alldem ein Ende zu machen? Ich habe genug von diesem Leben. Was hat das alles noch für einen Sinn?«

Da erhob sich eine leichte Brise, und ein sanftes Klingeln erregte die Aufmerksamkeit der beiden Magier. Sie schauten genauer hin und entdeckten die winzige leuchtende Gestalt, die auf dem Baumstamm saß und sie aus ihren blauen Augen anblickte. Ihre Haare waren strubbelig und ihre Ohren spitz. Auf dem Rücken trug sie ein Paar feiner, transparenter Flügel, und ihr Gesicht war so glatt wie das eines Kindes. Lonerin wusste nicht, woher diese Kreatur so plötzlich aufgetaucht war.

»Hadere nicht mit den Göttern, es ist meine Schuld«, sprach da der Kobold.

Sennar riss staunend die Augen auf. Kobolde galten in der Aufgetauchten Welt gemeinhin als ausgestorben. Niemand hatte dieses Phänomen genau erklären können, fest stand aber, dass diese Wesen, seit Kriege und Menschen die Wälder zerstört hatten, irgendwann wie vom Erdboden verschwunden waren.

Sennar senkte den Kopf und lächelte den Kobold an. »Endlich treffen wir uns einmal. Du musst Phos sein, richtig?«

Der Kobold antwortete nicht, beschränkte sich nur darauf, auch seinerseits zu lächeln.

»Du warst es, der uns hierhergeführt hat, nicht wahr? Dir ist es zu danken, dass Lonerins Zauber funktioniert hat«, fuhr Sennar fort.

»Ganz recht«, nickte Phos.

Unergründlich, diese Stimme, dachte Lonerin: Es war eine Männerstimme und gleichzeitig die eines kleinen Jungen. Sie war wie sein ganzes Äußeres, undefinierbar und alterslos.

Sennar zögerte einen Moment und sagte dann: »Nihal ist tot.«

Phos blieb ruhig, doch sein Blick verschleierte sich vor Trauer. »Ja, ich weiß.«

»Manchmal denke ich, du hättest den Stein wieder an dich nehmen und an seinen Platz setzen sollen. Wenn es so enden musste«, sagte der Magier mit einer Geste, die alles einschloss, was sie umgab, »wäre es vielleicht besser gewesen, Nihal nicht ins Leben zurückzuholen.«

Weiter lächelnd blickte Phos die beiden an. Ein trauriges, nicht strahlendes, aber aufrichtiges Lächeln. Er stand über den Dingen, über dieser Trostlosigkeit, aber nicht wie jemand, der sich davon nicht berühren lässt. Er war sich bewusst, was passiert war, hatte es aber akzeptiert.

»Du hast dich von der Last der Ereignisse niederdrücken lassen, Sennar«, erwiderte der Kobold. »Letztendlich hast du es nun doch wie alle anderen gemacht, du hast die Waffen gestreckt, weil du glaubst, sich den Dingen zu fügen, sei die einzige Haltung, dem Leben zu begegnen. Doch in Wirklichkeit hast du dich aufgegeben und einfach aufgehört zu kämpfen.«

Irritiert durch diese harschen Worte trat Lonerin einen Schritt zurück. Sennar rührte sich nicht, schien getroffen von diesen Vorwürfen, die er wohl nicht erwartet hatte.

»Du hast nicht das Recht, so mit mir zu reden«, sagte er dann. »Du hast nicht verloren, was ich verloren habe, hast nicht durchgemacht, was ich durchmachen musste …«

»Glaubst du das wirklich? Mein ganzes Volk ist ausgestorben, und ich habe kein Zuhause mehr«, antwortete der Kobold in ruhigem Ton. »Und erst recht kein Heiligtum, über das ich wachen könnte«, fügte er, mit einer Hand über das tote Holz streichend, hinzu. »Und dennoch bin ich noch hier, bin diesem Ort bis in alle Ewigkeit verbunden. Ich werde mit ansehen müssen, wie sich ganze Generationen in Kriegen auslöschen, werde neue heranwachsen sehen, die dann ebenso schnell wieder in Vergessenheit geraten. Immer einsamer werde ich sein, und dabei nicht ein Jahr altern, während um mich herum alles in Scherben fällt.«

Seine Worte verklangen in einer unwirklichen Stille. Der Wind pfiff nicht mehr durch das kahle Geäst, kein Laut war zu hören, so als könne und wolle die Welt um sie herum nicht den dichten Schleier der Trauer durchdringen, der diese Worte umgab.

Sennar hatte sich auf einem Baumstumpf niedergelassen und starrte auf seine geballten Fäuste.

Phos musterte ihn mit ernstem Blick.

»Ich habe hier etwas für dich«, fügte er hinzu und zog an einem Kettchen, das er am Handgelenk trug.

Lonerin und der alte Magier beobachteten, wie sich aus einer Vertiefung im Baumstamm der Talisman der Macht erhob, beschädigt und verrostet, wie sie ihn in Ydaths Villa gesehen hatten.

»Ich spürte, wie der Mann, der ihn gestohlen hatte, das

Land des Windes betrat«, erklärte Phos, während er den Talisman in seine kleinen, feingliedrigen Händen nahm. »Dank der mir noch verbliebenen Kräfte gelang es mir dann, ihn zurückzuerhalten. Nun gehört er euch. Deswegen habe ich euch zu mir gerufen. Ich überlasse ihn euch, weil ihr ihn dringend braucht.«

»Woher wusstest du, dass wir nach ihm suchen?«, fragte Lonerin verwundert.

»Wir Wächter wissen vieles, vielleicht zu vieles«, antwortete Phos mit einem Lächeln, »und für die Geheimnisse, die wir hüten, findet man keine Erklärungen in den Büchern von Leuten, die nur einmal einen kurzen Blick in unsere Welt geworfen haben.«

Den Talisman mühsam an dem Kettchen haltend, flog der Kobold auf und überreichte ihn Sennar, indem er ihn in dessen Hand gleiten ließ. Dann setzte er sich vor ihn und sprach:

»Ich weiß, wie du dich fühlst, und glaub mir, ich bin mindestens so müde wie du. Aber das ist noch lange kein Grund aufzugeben.«

Lonerin sah, dass die Augen des Magiers feucht wurden. »Seit ihrem Tod kommt mir alles so sinnlos vor.«

Phos legte seine winzigen Händchen auf Sennars Handfläche und blickte ihn betrübt an. Er teilte diese Trauer. »Der Sinn unseres Daseins umfasst nicht nur die Spanne unseres Lebens. Die Strafe oder das Geschenk aller sterblichen Wesen ist ja, zu leben, ohne zu begreifen. Die Hoffnung ist der einzige Lebenssaft, der es uns ermöglicht, immer weiterzumachen. Neue Kriege, neue Verzweiflung wird es geben, und dann wieder Frieden und Hoffnung und erneut Finsternis. Und in diesem ewigen Kreislauf liegt der einzige Sinn, der uns als Sterblichen zuteil werden kann.«

Sennar sprang auf. »Warum hast du mich hierher gelockt? Was verlangst du von mir? Ich bin alt, das Leben liegt hinter mir. Was willst du von mir?«

Phos flog auf und blickte ihm in die Augen. »Ich wollte

dich nur an etwas erinnern: Nihal hat es angenommen, ich habe es angenommen, und auch du kannst das Leid annehmen, wenn du nur willst. Diese Welt braucht dich noch, denn wie früher schon einmal kann sich die Geschichte ohne dein Zutun nicht erfüllen. Wenn du auch den größten Teil deines Lebens schon hinter dir hast, so ist doch noch Platz für eine Sache: ein glückliches Ende. Ein glückliches Ende lässt selbst den tiefsten Schmerz vergessen.« Lächelnd deutete er auf den Talisman und fügte hinzu. »Nutze ihn gut.«

Dann verschwand er so plötzlich, wie er gekommen war.

24

Racheakte

Lange starrte Forra Dubhe an, mit dem Blick eines Jägers, der seine wehrlose Beute betrachtet. Sie versuchte, sich zu entwinden, doch mit eisernem Griff hielten die beiden Soldaten sie fest.

Dann setzte er ihr die Spitze seines Schwertes auf die Brust, gerade fest genug, dass es ihre Haut berührte, ließ es dann langsam hinuntergleiten und schlitzte ihr das Oberteil auf.

»Ich hatte ja keine Ahnung, dass du so hübsch bist …«

Dubhe roch seinen säuerlichen Atem, und ohne zu überlegen, trat sie gegen sein Schwert, das in hohem Bogen durch die Luft flog, ihm zuvor aber noch die Wange aufschlitzte.

»Verfluchte Hündin!«

Mit voller Wucht traf der Faustschlag eines der Soldaten ihren Unterkiefer. Ihr war, als flögen ihr alle Zähne aus dem Mund, und der metallische Geschmack von Blut trat ihr auf die Zunge.

»Nicht so stürmisch, meine Herren, nicht so stürmisch«, knurrte Forra, während er sich mit dem Handrücken über den Schnitt in der Wange fuhr. »Gewalt gegen Frauen ist doch nicht unsere Sache.« Die anderen Kameraden grinsten vieldeutig. »Die Gilde hatte uns ganz verschwiegen, dass du so eine Viper bist.«

Dubhe stellte sich die Szene vor: Yeshol, Forra und Dohor

zusammen an einem Tisch im Bau der Gilde unter dem strengen Blick einer der unzähligen Thenaar-Statuen, wie sie um den Preis für ihr Leben feilschen. Und sofort begann das Symbol auf ihrem Oberarm heftig zu pulsieren. »Ich bring dich um …«, zischte sie.

Forra lachte sarkastisch und zeigte dann auf die Soldaten hinter ihr und weiter in die Ebene, die sich in der Ferne verlor. »Vielleicht hast du die Situation nicht ganz erfasst. Du bist hier in der Unterzahl, und so barmherzig wie dein Geliebter bin ich nicht. Mir ist es egal, ob ich den Sieg durch Hinterlist erringe oder im offenen Kampf. Mir reicht es, zu siegen.«

Aus dem Stiefelschaft zog er ein langes Messer hervor, dessen Klinge im Mondlicht funkelte. *Das darf nicht sein,* dachte Dubhe, *so darf es nicht zu Ende gehen, durch die Hand dieses Mannes.* Einen Moment lang flehte sie innerlich, die Bestie möge hervorbrechen und diese Männer in Stücke reißen. Doch ihr Brüllen klang fern, war noch gedämpft durch Theanas Ritual: Dieses Mal würde sie ihr nicht helfen.

Forra hob die Klinge, und Dubhe blickte ihn an, weigerte sich, die Augen zu schließen und sich zu fügen. Die Zähne fletschend, ihr Blick von Tränen verschleiert, riss sie den Mund auf zu einem Schrei, als sie plötzlich merkte, dass die Erde vibrierte und sich ein rhythmisches, kräftiges Geräusch über den Boden bis zu ihnen fortpflanzte. Forra hielt in der Bewegung inne, und das Lächeln wich aus seinem Gesicht. Rasch kamen sie näher: Reiter.

»Glaubtest du wirklich, mir würde niemand helfen?«, nutzte Dubhe nun die Gelegenheit, ihrerseits Forra zu verhöhnen.

Der starrte das Mädchen einen Moment lang nur mit offenem Mund an und befahl dann seinen Leuten, sich zum Angriff aufzustellen, während er mit einer Handbewegung einem der beiden Soldaten bedeutete, Dubhe fortzuschaffen. »Freu dich nicht zu früh, mit dir bin ich noch nicht fertig«, zischte er.

Unterdessen kamen sechs Reiter immer näher. Die vom Rat ausgesandte Eskorte hatte wohl den Drachen über die Ebene schweben sehen und war eilends vorgerückt. Sicher hatten sie nicht damit gerechnet, auf so viele Soldaten zu stoßen, aber Dubhe versuchte dennoch, die Situation zu nutzen.

Als sie sah, dass Forra sich umdrehte, um sein Schwert aufzuheben, zog sie die Schultern zusammen und entwand sich dem Griff ihres Bewachers, der sie gerade zu fesseln begonnen hatte. Herumwirbelnd packte sie mit beiden Händen den Hals des Mannes und drehte ihn um. Das Knacken der brechenden Halswirbel wurde verschluckt vom Hufgetrappel der herannahenden Reiter. Dubhe zögerte keinen Moment, zog ihren Dolch, warf sich auf Forra und konnte noch verhindern, dass er sein Schwert aufhob. »Hier bin ich deine Feindin!«, rief sie. »Stell dich!«

Es war unvernünftig. Sie war geschwächt und müde, und die Reiter hätten es vielleicht auch allein schaffen können. Doch sie wollte Forra um jeden Preis für sich selbst und für Learco. Dieser Mann hatte ihn zum Mörder werden lassen, hatte ihn gequält und zusammen mit dessen Vater nichts unversucht gelassen, um seinen Willen zu brechen. Dafür sollte, dafür *musste* Forra bezahlen.

Der warf seinen Dolch ein paarmal von einer Hand in die andere, doch Dubhe ließ sich davon weder beeindrucken noch ablenken. Sie war konzentriert und ruhig, ihr Herz schlug regelmäßig. Seit Langem hatte sie nicht mehr in diesem Zustand gekämpft. Mittlerweile war sie so sehr daran gewöhnt, das Brüllen der Bestie im Ohr zu haben, dass sie sich einen Moment lang fragte, ob sie es wohl auch ohne sie schaffen würde. Aber es war müßig, sich jetzt diese Frage zu stellen.

Sie sprang vor und versuchte einen Ausfall. Obwohl überrascht, konnte Forra parieren. Doch Dubhe attackierte weiter und drängte ihn immer mehr zurück. Gewiss war dieser Mann schwer und beleibt, und was Flinkheit und Schnelligkeit anging, konnte er es sicher nicht mit Dubhe aufnehmen. Dennoch besaß er ein Gefühl für den Rhythmus des Kampfes und vor allen Dingen Instinkt. Er war ein Tier, und so kämpfte er auch. Ohne Technik, ohne Strategie ließ er sich ausschließlich von seinem Wunsch zu töten lenken. Da zerriss plötzlich ein Blitz die Dunkelheit, und Dubhe spürte, wie die Klinge in ihre Seite eindrang. In höchster Not wich sie stolpernd ein Stück zurück. Forra hatte sie überlistet: Er hatte nicht zurückweichen müssen, sondern sich im Kreis bewegt, um das am Boden liegende Schwert greifen zu können.

»Ja, glaubst du, ich hätte mein ganzes Leben auf dem Schlachtfeld verbracht, ohne ein paar Tricks zu lernen? Ich bin ein Krieger, Mädchen, ein Schlächter. Unzählige Male habe ich getötet und weiß alles über den Krieg und das Sterben.«

Dubhe legte eine Hand auf die Wunde. Sehr tief war sie nicht, aber sie verlor Blut. Das hieß, sie musste die Sache schleunigst zu Ende bringen. »Du irrst dich, du hast noch viel zu lernen«, erwiderte sie kalt und versuchte dabei, seine Schulter zu treffen, damit er das Schwert nicht mehr führen konnte.

Doch Forra antwortete mit einfachen, kraftvollen Hieben, und Dubhe spürte, dass sie sich nicht mehr lange auf den Beinen halten konnte: Zu viel hatte sie ihrem Körper abverlangt. Sie machte einen letzten Versuch, hob den linken Arm und begann mit diesem, Forras Attacken zu parieren. Der hielt sie mit dem Schwert auf Distanz und versuchte gleichzeitig, mit dem Dolch zuzustechen. Sie hatte zur Verteidigung nur einen ledernen Armschutz, aber wenn sie sich geschickt zur Wehr setzte, würde sie es vielleicht schaffen. Und das tat sie. Beim ersten Hieb spürte sie, wie ihre Armknochen krachten und feine Blutäderchen platzten. Das Leder zerriss ein wenig, aber vielleicht würde der nächste Schlag schon fatal sein.

Ein Arm ist kein zu hoher Preis für seinen Tod, dachte sie zu ihrer eigenen Überraschung ganz gelassen. Die Bestie hatte wieder zu brüllen begonnen, doch Dubhe war nicht auf sie angewiesen. Heute kam das Verlangen zu töten ganz von ihr.

Beim dritten Hieb barst der Armschutz, doch Dubhe hatte den Arm noch zurückziehen können, bevor es zu spät war. Ein langer roter Strich zeichnete sich auf ihrer Haut ab. Einige Augenblicke drehte sich alles in ihrem Kopf, und sie musste sich mit letzter Kraft ganz darauf konzentrieren, nicht zu Boden zu sinken. Immer heftiger schmerzten die Wunden.

»Ich soll dich wohl Stück für Stück erledigen?«, rief Forra lachend. »Im Grunde genau das, was Seine Majestät mir befohlen hat. Und ich habe unbändige Lust, ihm zu gehorchen.«

Dubhe hörte ihn nicht. Sie nahm nur ihren schmerzenden Körper wahr und versuchte, sich dennoch darauf zu konzentrieren, was nun geschehen würde. Blitzartig erkannte sie Forras nächsten Zug – einen frontalen Angriff mit gesenktem Kopf und vorgerecktem Schwert – und reagierte schnell genug.

Sie machte sich so flach wie möglich und spürte gleichzeitig, wie der Stahl Schulter und Haare streifte. Auch als die Klinge in ihr Fleisch eindrang, ließ sie sich davon nicht aufhalten, bohrte ihren Dolch, den sie beidhändig hielt, mit voller Wucht in Forras Rücken, stieß weiter zu, bis sie den harten Knochen spürte, zog dann mit einem Überschlag die Klinge wieder heraus und landete hinter ihm auf den Füßen. Aber es drehte ihr den Magen um, denn sie hatte zu viel Blut verloren, und der Überschlag war zu viel der Anstrengung gewesen. Aus den Augenwinkeln heraus meinte sie gesehen zu haben, wie Forra stürzte, doch als sie seinen Atem am Hals spürte, wusste sie, dass es ein Fehler war, die Deckung sinken zu lassen. Gerade noch schaffte sie es, sich zu drehen und erneut zuzustechen, dieses Mal in den Unterleib, doch Forra schwankte nur einen Augenblick und ging dann selbst wieder zum Angriff über. Er war tatsächlich eine Kampfmaschine, blutete stark, war aber noch auf den Beinen und wild entschlossen, sie zu töten. »Du wirst mich nicht besiegen!«, brüllte er und holte wieder zum Schlag aus.

Dubhe parierte, und den Schwung des Gegners nutzend, gelang es ihr, seine Deckung zu durchbrechen. Sie traf ihn mitten in die Brust, versenkte die Klinge so tief sie konnte in seinem Fleisch. Röchelnd und mit erhobenen Armen fiel Forra nach hinten. Es gab einen dumpfen Schlag, als sein bulliger Körper zu Boden krachte, und Dubhe lächelte trotz aller Schmerzen zum Mond hinauf, der über ihnen schien. Es ging ihr entsetzlich. Die Übelkeit wurde immer stärker, und in Strömen lief ihr das Blut die Beine hinunter. Aber das war unwichtig. Sie hob Forras Schwert vom Boden auf und trat langsam auf ihn zu. Er lebte noch. Schwer hob und senkte sich seine Brust.

Sich vor ihm aufbauend, blickte sie hasserfüllt auf ihn nieder. Dabei stellte sie sich vor, wie er Learco im Land des Windes gezwungen hatte, den Greis hinzurichten, und der Zorn überwältigte sie, fegte jeden Rest von Gewissensbissen hinweg. Sie hob das Schwert und blickt ihm in die Augen, die Augen eines Todgeweihten.

»Was ist mit Learco und Theana ...? Lässt du sie in den Bau bringen?«

Forras Mund verzog sich zu einer gequälten Grimasse. »Red nicht so lange herum, töte mich lieber«, sagte er stockend. »Du glaubst doch nicht im Ernst, dass ich mich so erniedrige.«

Dubhe dachte an die anderen Male, als sie getötet hatte: an das Entsetzen, die Angst, den Abscheu, die ihr keine Ruhe mehr gelassen hatten. Sie hatte sich vorgenommen, sich nicht noch einmal die Hände schmutzig zu machen, doch dieser Schwur hatte nun keine Bedeutung mehr. Es lohnte sich, ganz tief zu sinken – für eine Hoffnung.

»Das ist für Learco«, sprach sie halblaut und stieß das Schwert tief in Forras Herz.

Das Dunkel der Nacht kam San wie eine warme, beengende Decke vor. Früher hatte er mit Dunkelheit immer den Gedanken von Kühle verbunden, doch nun musste er erkennen, dass die Finsternis drückender sein konnte als ein sonniger Tag. Der Assassine ritt schweigend vor ihm her.

Den ganzen Weg über hatten sie nur wenige Worte gewechselt. In der ersten Zeit hatte sich San mit seinen magischen Fähigkeiten um die Wunden des Mannes gekümmert und verärgert festgestellt, dass er nicht immer auf seine Kräfte zurückgreifen konnte. Wenn es ihm gelang, heilten die Wunden schnell, fast zusehends, doch häufig war sein Bemühen auch ein völliger Reinfall.

Aus Ondines Bibliothek hatte er das Buch mit den Verbotenen Formeln mitgenommen, um sich die besten Waffen für seinen Kampf gegen die Gilde daraus auszusuchen und zu erlernen. Er würde die Sekte zerstören, koste es, was es wolle, auch wenn er selbst zu Schaden kam. Und damit würde er die ganze Aufgetauchte Welt retten, die Städte würden ihm Standbilder auf den Markplätzen errichten und die kommenden Geschlechter seinen Namen von Generation zu Generation weitergeben. Die Menschen würden seiner als Held gedenken, der sich selbst geopfert hatte, um eine ganze Welt vor dem Untergang zu bewahren. Und das war sogar noch mehr, als seine Großmutter vor langer Zeit erreicht hatte.

Aber obwohl er so eifrig lernte, flossen die Energien weiterhin ungezähmt durch seinen Körper, und wie jede Kraft, die noch nicht einer Disziplin unterworfen ist, trat sie auf, wann und wie es ihr gerade passte. Mächtig und unaufhaltsam oder schwach und stockend.

War Letzteres der Fall, stellte San zornig das Üben ein. Er beruhigte sich, indem er sich sagte, dass er dennoch Erfolg haben würde, denn schließlich war es ihm auch gelungen, dort unter dem Meer vier Assassinen zu bezwingen. Dazu brauchte er nur seiner Wut freien Lauf zu lassen, und alles würde sich zum Besten wenden. Und an Wut würde es ihm im Haus der Gilde ganz sicher nicht fehlen.

An Ido dachte er nur wenig. Von dem Gnomen war er enttäuscht, wollte sich aber auch nicht eingestehen, dass es ihn belastete, ihn so hintergangen zu haben. So übertönte er die innere Stimme, die ihn immer wieder fragte, ob er wirklich das Richtige getan hatte, und schenkte ihr kein Gehör. Helden hatten keine Zweifel und hielten immer geradewegs auf ihr Ziel zu, dachte er.

Unterdessen beobachtete Demar ihn schweigend. San versuchte, es zu ignorieren, besonders abends, wenn sie ihr Lager aufgeschlagen hatten und er sein Buch herausholte, um zu üben.

Soll er doch gucken. Warnen kann er ja niemanden, dachte er sich.

Das Buch der Geheimen Texte, hatte der Assassine gesagt, als er das Buch zum ersten Mal aus seiner Tasche genommen hatte.

»Kennst du das?«

»Die Vorlage dazu hat Aster geschrieben. Sie steht in der Bibliothek unseres Hauses.«

Mit schuldbewusstem Verlangen hatte San sich dieses von einem so mächtigen Magier verfasste Werk vorgestellt. Wie gern hätte er einen Blick hineingeworfen.

An einem Abend, als er Demar mit gesenktem Haupt und an die Brust gepressten Fäusten zu seinem Gott beten hörte, merkte San plötzlich, dass er sich von diesem melodiösen Singsang, den der Assassine da murmelte, hatte verzaubern lassen, sodass schließlich sogar der Name dieses entsetzlichen Gottes, jenes Gottes, der seine Eltern getötet hatte, einen fast vertrauten, willkommenen Klang annahm.

Ich werde sie von der Erde hinwegfegen, diese Gilde und ihren Gott, sagte er sich bestürzt, mit dem Herzen in Aufruhr.

Thenaar, Thenaar, Thenaar. Dies war das Mantra seines Hasses, das Gebet seiner Mission.

Als sie endlich in das Land der Nacht gelangten, bekam es San mit der Angst zu tun.

Der Sonnenuntergang vollzog sich gleich nach dem Morgengrauen, und innerhalb weniger Augenblicke verschluckte die Finsternis alles, was um sie herum war. Es war ein beängstigendes, unwirkliches Schauspiel.

Demar bemerkte seine Verwirrung und erklärte lachend: »Ja, das ist der Zauber, der über unserem Land liegt. An seinen Grenzen herrscht zeitlose Dämmerung und im Zentrum die ewige Nacht.«

San bemühte sich um eine entschlossene Miene. »So ein bisschen Dunkelheit macht mir keine Angst.«

Demar kicherte. »Die Finsternis prägt den Geist, mein Junge: Entweder es gelingt dir, damit zu leben, oder du verlierst den Verstand.«

Rasch begann San die Bedeutung dieser Worte zu verstehen. Obwohl der Sommer jetzt zu Ende ging, war es immer noch warm, und der Gegensatz zu dieser Dunkelheit, die den Eindruck von Kühle und Erfrischung vermittelte, war furchtbar unangenehm. Der Lichtmangel schlug auf das Gemüt, und die Augen hatten Mühe, sich an diese extremen Bedingungen zu gewöhnen. Denn der dunkle Himmel war gleichzeitig auch erhellt, und die Früchte der Milchgewächse, die überall funkelten in dieser ewigen Nacht, wirkten wie schaurige Gespenster.

Er hatte Angst. Angst vor der Dunkelheit, so wie als kleines Kind, wenn er sich in das Schlafzimmer der Eltern geflüchtet hatte.

»Was ist los, San?« Die sanfte, verschlafene Stimme seiner Mutter.

»Ich hab Angst.«

»Wovor?«

»Da ist irgendwas im Dunkeln.«

Ein flüchtiges Lächeln, eine Stimme, die noch zärtlicher wird. »Komm her!«

Arme, die sich um seinen Körper legen, und das Rascheln frischer Bettlaken.

»Du musst keine Angst haben vor der Dunkelheit. Wenn es dunkel ist, ist die Sonne müde und will schlafen, genau wie du. In ein paar Stunden steht sie wieder auf. Schlaf jetzt, und du wirst sehen, bald ist es so weit. Und außerdem bin ich ja bei dir und beschütze dich.«

»Es ist nicht mehr weit«, sagte Demar nach drei Tagesmärschen im Land der Nacht, und San spürte sein Herz bis zum Hals schlagen.

»Wie weit genau?«

»Heute Abend werden wir beim Tempel eintreffen.«

Sogleich raste dem Jungen ein Schwall wirrer Gedanken durch den Kopf. Und nun? Wie sah sein Plan aus? Was würde er als Erstes tun? Er wusste es nicht. So genau hatte er sich das alles nicht überlegt. Er würde hineingehen, hatte er sich vorgestellt, und den Rest ganz einfach seinen magischen Kräften überlassen. Noch nicht einmal Genaueres zum Bau der Gilde hatte er den Assassinen gefragt. Rasch kam er nun der tödlichen Gefahr immer näher, und der Gedanke, wie jung und unerfahren er war, erschreckte ihn zum ersten Mal.

Plötzlich wurde ihm bewusst, dass er an Ido dachte.

Ob er nach mir sucht? Bestimmt, aber er wird noch weit entfernt sein.

Er schüttelte den Kopf.

Mach dir keine Hoffnungen, dass er rechtzeitig kommen wird. Du tust, was du tun musst, auch wenn du dabei umkommst, denn so hat dein Leben keinen Sinn mehr. Du gehst da hinein und lässt deinem Zorn freien Lauf so wie bisher auch, wenn du angegriffen wurdest. Vergiss nicht, du hast einen Drachen vom Himmel geholt. Was ist dagegen schon die Gilde? Und auch wenn du unterliegst, wirst du auf alle Fälle einige Assassinen mit ins Grab nehmen.

Vor dem Tempel angekommen, war er dann fast enttäuscht. Er hatte sich einen riesenhaften, imposanten Bau vorgestellt, doch was er hier sah, war im Grunde nicht mehr als ein rechteckiger Kasten aus Schwarzem Kristall, der das nächtliche Licht spiegelte. Beeindruckend waren nur die Höhe der drei Türme, die sich über dem Dach erhoben, und die Rosette in der Fassade. Sie war durchflossen von einem Licht so rot wie Blut, das aus einer frischen Wunde austrat.

»Das ist also euer Bau?«, fragte San, um einen höhnischen Unterton bemüht. Demar nickte ernst.

Langsam trat San heran. Er spürte den Zorn in sich brodeln und merkte dabei, dass Hass und Angst in manchen Situationen kaum voneinander zu unterscheiden waren.

Ganz deutlich erinnerte er sich an die Schreie seiner Eltern und die ganz in Schwarz gekleideten Männer, die sie überfallen hatten. Hinter dieser Tür lebten sie, seine Feinde, und in Kürze würde er endlich Rache nehmen. Sein Zorn würde sie alle vernichten, und nichts, auch nicht der Tod, so dachte er, würde ihn aufhalten können. Er legte die Hände an das kühle Schwarze Kristall und stieß die Flügel des Portals auf, die sich wie der Kelch einer giftigen Blume öffneten.

Kalte, vom Blutgeruch gesättigte Luft schlug ihm aus dem Innenraum entgegen, der durch zwei Säulenreihen aus nur ganz grob behauenem Stein in drei Schiffe gegliedert war. San trat vor und legte die Hände an eine dieser Säulen. Schon bei der leichtesten Berührung riss die Haut auf, und Blut tröpfelte auf den Boden.

Er hob den Blick. Im hinteren Teil des Raumes erhob sich eine riesengroße, furchterregend wirkende Thenaar-Statue. Sie stellte einen Mann mit brutaler Miene und vom Wind zerzausten Haaren dar. Für San war es das Gesicht der Mörder seiner Eltern, und als er spürte, wie seine Hände warm, fast heiß wurden, begrüßte er mit einem Lächeln die Kräfte, die seinen Körper zu durchfließen begannen.

Es gibt keinen Grund mehr, Angst zu haben. Im Nu werde ich alles niederbrennen, und dann wird endlich Friede sein.

Da durchbrach eine Stimme die gedämpfte Stille des Tempels, und urplötzlich versiegte der Fluss seiner Kräfte. San war wie betäubt, hatte noch nicht einmal die Zeit, sich zu wundern, da packten ihn schon vier Hände und rissen ihn zu Boden. Mit dem Kiefer knallte er auf den Stein, und einen Augenblick war der Schmerz so stark, dass er alles andere vergaß.

»Hervorragende Arbeit.«

»Zur Ehre Thenaars, dies und alles, was er verlangt.«

San versuchte, den Blick zu heben, doch in seinem Gesichtsfeld war nur ein Paar Füße, das unter einer Kutte hervorschaute.

»Ich habe immer gewusst, dass du Thenaar einmal gute Dienste leisten würdest, und du hast mein Vertrauen mehr als gerechtfertigt.«

San sah, wie Demar niederkniete und mit tränenerstickter Stimme antwortete: »Danke, Exzellenz, danke!«

»Ich danke Thenaar, der dir die Kraft dazu gab.«

San versuchte, sich dem Griff zu entwinden, bemühte sich verzweifelt, die Hitze wieder in seine Hände zu leiten, aber nichts gelang, obwohl seine Wut noch stärker war als je zuvor.

Der Mann in der Kutte beugte sich auf ein Knie zu ihm herunter und blickte ihn an, während die beiden Soldaten, die ihn festhielten, seinen Kopf gerade so weit anhoben, dass er den Mund zum Sprechen öffnen konnte. Vor sich sah San einen älteren Mann mit blasser Haut und hellblauen Augen, der eine goldgeränderte Brille auf der Nase trug. Er lächelte, doch sein Blick war durchdringend und kalt, Respekt gebietend. »Willkommen in unserem Haus, San«, sprach er, wobei er die geballten Fäuste vor der Brust kreuzte.

San wand sich. »Lasst mich los, ihr verdammten Hunde. Ihr habt mich reingelegt!«

Der Mann hörte nicht auf zu lächeln. »Ehrlich gesagt, hätte ich selbst nicht geglaubt, dass du aus freien Stücken zu uns kommen würdest. Thenaar möge mir meine Kleingläubigkeit verzeihen«, erklärte er und senkte den Kopf.

San ballte und lockerte die Fäuste in dem verzweifelten Versuch, seine Kräfte strömen zu lassen. Es ging nicht, er fühlte sich völlig leer.

Voller Genugtuung beobachtete der Mann die vergeblichen Bemühungen des Jungen. »Du kannst dich anstrengen, wie du magst, aber es ist sinnlos. Mit einem einfachen Zauber habe ich deine Kräfte blockiert.« Kichernd schüttelte er den Kopf. »Ich bin Yeshol, der Höchste Wächter der Gilde. Bedaure, aber gegen mich bist du machtlos.«

Blitzartig ging San der Irrsinn seines Handelns auf, sein Hochmut, der ihn in die Höhle des Löwen getrieben hatte, genau dorthin, wo die Gilde ihn haben wollte. Wie konnte er auch nur im Traum daran gedacht haben, einen so mächtigen Feind allein bezwingen zu können?

»Man stelle sich vor, der Enkelsohn jenes Mannes, der Asters Traum zerstörte, hilft ihm nun, in diese Welt zurückzukehren. Welch wunderbarer Zufall, findest du nicht? Oder vielleicht ist es schlicht Thenaars Wille?«

San merkte, wie ihm die Tränen über die Wangen liefen. Er dachte an Ido, an ihren letzten Streit, und begriff, dass nun alles aus war. »Ich werde dir nicht erlauben, mich zu missbrauchen, und wenn es meinen Tod bedeutet!«

»Ja, ich weiß, eure Rasse ist bekannt für ihren Starrsinn. Ihr Halbelfen seid zu jedem noch so sinnlosen Opfer bereit. Aber das wird dir nichts nützen. Tröste dich jedoch, du wirst nicht sterben, bevor du Aster aufgenommen hast. Und dann wirst du für einen Moment die Welt mit seinen Augen sehen, wirst beobachten, wie die *Verlorenen* zu Hunderten blutend niedersinken, und wirst wissen, dass es dir zu verdanken ist. Thenaars Reich wird Wirklichkeit auf Erden mit all seinem Zorn, und das nur, weil du so bereitwillig zu uns gekommen bist.«

Da begann San zu schreien, so laut er konnte, mit allem, was seine Lungen hergaben.

»Schafft ihn fort«, befahl Yeshol, während er sich erhob.

Die Soldaten streiften ihm eine Kapuze über den Kopf und schleiften den wild um sich tretenden San hinab in den Bauch der Gilde.

Dritter Teil

Hat man es mit Verbotenen Zaubern von besonderer Gewalt zu tun, ist es legitim, sie mit einer Magie zu bekämpfen, die ihre Kraft aus den Methoden unserer Feinde bezieht. So auch, wenn es darum geht, jene Geister zu befreien, die ins Leben zurückgezwungen wurden und nun zwischen unserer Welt und dem Jenseits umherschweben. Der Zauber, den ich im Folgenden erläutern möchte, wurde aus Verbotenen Formeln elfischen Ursprungs entwickelt. Der Magier möge vor dieser Tatsache nicht zurückschrecken. Zuweilen ist es gar nötig, die eigene Seele aufs Spiel zu setzen, um das Böse zu besiegen. Allerdings muss man wissen: Der Zauber ist so kompliziert und verlangt solche Kräfte, dass der Magier durch ihn seine Lebensenergien vollständig verbraucht. Auf diese Weise zahlt er die Zeche für die Anwendung magischer Techniken, die Verbotenen Formeln sehr nahe kommen, wodurch dann die natürliche Ordnung wiederhergestellt wird.

Aus der Anleitung
zum Kampf gegen die Dunklen Mächte

25

Die Waffe des Feindes

Das Erste, was Dubhe wahrnahm, war ein dumpfes, anhaltendes Geräusch. In Bruchstücken kehrte ihre Erinnerung zurück, doch verdrängte das Bild, wie Learco von dem Drachen davongetragen wurde, bald alles andere in ihrem Kopf.

»Learco!«

Sie fuhr hoch, und die Decken rutschten zur Seite. Ein heftiger Stich fuhr ihr durch den Unterleib, und sie krümmte sich vor Schmerz.

Sie lag in einem Zimmer mit gemauerten Wänden, in einem weichen Bett mit blütenweißen Laken. Jenseits des Fensters bot sich der atemberaubende Ausblick auf einen Wasserfall, der auf die Bastionen eines prunkvollen Palastes hinabstürzte und weiter an seinen Mauern entlangschoss. Laodamea.

»Keine Angst, die Wunden sind nicht lebensgefährlich.«

Dubhe drehte sich um und erblickte die klein gewachsene knorrige Gestalt eines Gnomen, der auf einem Stuhl saß und sie ansah.

Ido.

»Sie haben Learco in ihrer Gewalt«, sagte sie ohne lange Vorrede mit einem verzweifelten Blick.

Ido verzog das Gesicht. »Das ist noch gar nichts. San haben sie auch.«

»Er soll Thenaar geopfert werden. Wir müssen ihn retten.« Sie machte Anstalten aufzustehen.

»Nein, lass«, hielt der Gnom sie zurück. »Mit diesen Wunden musst du dich erst einmal erholen. In deinem Zustand würdest du nicht weit kommen.«

»Aber ich muss. Theana ist auch bei ihm, und ihr droht das gleiche Schicksal.«

Ido seufzte. »Jetzt mal der Reihe nach. Erzähl mir alles, was sich zugetragen hat.«

Das war alles andere als leicht. So viele Dinge waren in den zurückliegenden Monaten geschehen, und eine merkwürdige Scham hielt sie davon ab, von den persönlicheren Begebenheiten zu berichten. Wie sollte sie auch einem Außenstehenden diese Nähe erklären, die zwischen ihr und dem Prinzen entstanden war?

Und doch musste sie es versuchen, andernfalls hätte Ido nicht verstanden, welche Rolle Learco in all den Verwicklungen spielte.

Schweigend, hin und wieder an seiner Pfeife ziehend, hörte der Gnom zu. Keine Wertung lag in seinem Blick, nur höchste Konzentration und Aufmerksamkeit.

»Und dann am Tag der Vergebungszeremonie hatte Dohor wohl all seine Verbündeten in Alarmbereitschaft versetzt, um mit einem Blutbad den Aufstand im Keim zu ersticken«, beendete Dubhe ihre Erzählung. Alles in ihr drängte zum Aufbruch, hin zu Learco, doch in diesem Moment waren ihr die Hände vollständig gebunden.

Wo war er? Befand er sich bereits im Bau der Gilde? Wie viel Zeit blieb ihr noch, um ihn zu retten? Dass sie ganz ohne Nachricht von ihm war, rein gar nichts von seinem Schicksal wusste, raubte ihr den Verstand.

»Dohor räumt nicht nur in seinem Stammland mächtig auf. Auch außerhalb des Landes der Sonne hat es viele Verhaftungen und Hinrichtungen gegeben«, ergänzte Ido.

Dubhe blickte ihn zerstreut an.

Der Gnom legte die Pfeife zur Seite. »Ich weiß, was du empfindest, denn mir geht es wohl ganz ähnlich. San hat sich aus freien Stücken zur Gilde aufgemacht, nach einem heftigen Streit mit mir. Und das kann ich mir nicht verzeihen«, gestand er ihr mit einem bitteren Lächeln.

Dubhe hätte seinen Schmerz gern geteilt, aber es gelang ihr nicht. Unaufhörlich dachte sie daran, dass das Kostbarste, was sie je besessen hatte, schutzlos und in höchster Lebensgefahr war.

»Auf alle Fälle bleibt uns noch eine Woche.«

Dubhe sah fragend zu ihm auf.

»Die große Feier, bei der Aster wiederauferstehen und der Prinz und Theana geopfert werden sollen, ist erst in sieben Tagen geplant.«

»Woher weißt du das?«

»Sagen wir, ich habe mich mit jemandem aus der Gilde unterhalten, einem seltsamen Kerl, glitschig wie ein Aal. Vielleicht kennst du ihn ja.«

Sherva. Niemand sonst konnte das sein.

»Und er hat dir das erzählt?«

»Ja.«

»Dann hat er die Sekte also verraten?«

Eigentlich war das nicht verwunderlich. Als sie sich damals bei der Gilde aufhielt, hatte Sherva schon keinen Hehl aus seinem Hass auf Yeshol gemacht und nur auf eine günstige Gelegenheit gewartet, ihn umzubringen.

»Gewissermaßen. Offenbar waren die Gründe für seinen Groll auf die Gilde stark genug, um mir die Sache zu stecken.«

»Vielleicht hat er dich angelogen.«

»Mag sein. Aber das glaube ich nicht. Dazu passt es zu gut zu dem, was du mir erzählt hast. Und darüber hinaus hat er auch erwähnt, was mit Learco und Theana bei der großen Feier geschehen soll.«

»Und da hast du nichts unternommen?« Dubhe war fassungslos. »Hast du denn niemanden ausgesandt, um die Assassinen aufzuhalten?«

Ido steckte sich wieder die Pfeife in den Mund. »Eine fantastische Idee. Wir schicken ein paar Leute los, und die klopfen beim Tempel an und fragen höflich nach, ob sie uns nicht freundlicherweise die Gefangenen wieder herausrücken könnten. Und wenn sie ganz lieb bitten, geben sie ihnen San auch gleich noch mit und entschuldigen sich für das Missverständnis.«

Dubhe krallte sich in das Bettlaken. »Dann willst du sie also sterben lassen …«

»Nein, ich sage nur, dass wir unser Vorgehen bis ins kleinste Detail planen müssen. Und dazu ist es nötig, eine genaue Bestandsaufnahme unserer Kräfte zu machen. Jetzt gilt es, mit einem Heer anzugreifen, das die Gilde mit einem Schlag ein für alle Mal vernichten kann.«

Dubhe ließ sich auf das Kissen zurücksinken. Sie spürte, dass ihr Körper Ruhe brauchte, doch ihre Gedanken rasten unaufhörlich, und ihr Herz pochte verzweifelt.

»Und hast du schon einen Plan?«

»Er nimmt jetzt Gestalt an. Denn Sennar und dein Freund sind zurückgekehrt.«

Als sie hörte, dass Lonerin in Sicherheit war, empfand sie eine vage Erleichterung. Gleichzeitig spürte sie ganz deutlich, dass er nur Teil ihrer Vergangenheit war.

»Heute Abend tritt der Rat zusammen, um eine genaue Strategie zu entwerfen. Sobald wir so weit sind, schlagen wir los.«

»Ich will dabei sein.«

Ido fuhr sich mit der flachen Hand über das Gesicht. »Ich weiß nicht … Im Grunde hast du nie richtig dazugehört. Du hattest immer andere Motive als wir, und ich wüsste jetzt nicht …«

»Meine Mission war aber auch in deinem Sinn, oder irre ich mich …?«, unterbrach Dubhe ihn.

»Ja, gewiss. Aber letztlich ist sie gescheitert. Und nun sind wir an der Reihe.«

»Verstehst du denn nicht …? Ich habe jetzt einen sehr guten Grund, für den es sich zu kämpfen lohnt.«

Ido blickte sie fest an.

»Dann hast du also gefunden, wonach du suchtest?«

Dubhe errötete. Demnach hatte Ido ihr Gespräch vor einigen Monaten nicht vergessen.

»Das freut mich für dich«, fuhr Ido fort. »An jenem Abend draußen auf der Bastei wurde mir klar, dass ich eines Tages in deinem Blick die Entschlossenheit erkennen würde, die dir damals noch fehlte. Wer so viel Schweres überstanden hat wie du, findet am Ende doch immer seinen Weg.«

Dubhe spürte, wie ihr die Tränen in die Augen stiegen, und sie versuchte erst gar nicht, sie zurückzuhalten. »Ich muss unbedingt mitkommen, um mir das zurückzuholen, was mir genommen wurde.«

»Ich glaube nicht, dass deine Wunden dir das erlauben.«

»Doch. Ich muss dabei sein, um jeden Preis.«

Ido erhob sich mühsam. Er schien Dubhe merklich gealtert in den verstrichenen Monaten und kam ihr nun wie ein Mann vor, der – fast gegen seinen Willen – in die letzte Schlacht seines Lebens zieht.

»Ich beschwöre dich, Ido, tu mir das nicht an«, rief sie, wobei sie seinen Arm ergriff. Dabei wusste sie, dass es nicht richtig war, ihn so anzusprechen, denn im Vergleich zu ihm war sie niemand.

»Der Rat war über deine Mission nicht unterrichtet. Nur ich wusste davon. Was könntest du heute Abend schon zu der Beratung beitragen? Glaub mir, es bringt nichts. Nun musst du auf uns vertrauen.«

Lonerin war furchtbar aufgebracht. Mit kribbelnden Händen und pochendem Herzen durchlief er raschen Schritts die Gänge.

»Es bringt dich nicht weiter, sie aufzusuchen und mit ihr zu reden.«

»Ich will doch nur Bescheid wissen.«

»Eben. Du wirst aber keine Antworten auf deine Fragen erhalten.«

Er hatte nicht auf ihn gehört. Das untätige Herumsitzen und Warten auf Neuigkeiten brachte ihn noch um den Verstand.

Sie beide, er und Sennar, waren als Erste in Laodamea eingetroffen. Ido dann eine Woche später, doch von Theana keine Spur. Lonerin zweifelte nicht daran, dass sie auch bald zurückkehren würde.

Sie ist ja bei Dubhe, und Dubhe lässt sich nicht aufhalten, hatte er sich in jenen langen Tagen des Wartens immer wieder gesagt.

Tröpfchenweise waren die Nachrichten eingetroffen, was zusätzlich an seinen Nerven zehrte. Niemand wusste so genau, was vorgefallen war, und die vielen Unwägbarkeiten machten es nötig, den Aufbruch zu verschieben. Als Dubhe dann aber allein zurückgekehrt war, fand er seine schlimmsten Befürchtungen bestätigt.

Ido hatte ihm in groben Zügen erzählt, was er über die Abenteuer der beiden jungen Frauen erfahren hatte.

»Warum ausgerechnet *sie?*«, hatte Lonerin verzweifelt gefragt, doch die Antwort wusste er selbst. Für die Gilde war Theana die Tochter des *Ketzers*. Sie teilte deren Glauben, aber in einer viel reineren, edleren Form, was für die *Siegreichen* eine unerträgliche Sünde war.

»Für die Sekte ist sie eine Verräterin, und auch Dohor wünscht sich eine exemplarische Bestrafung: Das ist sein Stil«, hatte Ido geantwortet.

Wieder einmal versuchte die Gilde, ihm einen Menschen zu nehmen, den er liebte: zunächst seine Mutter, dann Dubhe und nun Theana.

Er bog um die Ecke und stand vor dem Zimmer, in dem die Schattenkämpferin lag. Im Geist sah er sie vor sich und dachte dabei an all das, was in den Unerforschten Landen geschehen war, wie sehr er sie begehrt und wie sehr er gelitten hatte, als sie ihn zurückwies. Nun hatten alle diese Gefühle keinen Platz mehr in ihm.

Er klopfte nicht an und trat kurzerhand ein.

Dubhe saß am Fenster und blickte hinaus in den Sonnenuntergang, in dessen Licht der mächtige Wasserfall blutrot funkelte. Sie hatte sich nicht verändert, nur ihre Haut war blasser und ihr Haar länger. Erst als sie sich zu ihm umdrehte, bemerkte er einen besonderen Glanz in ihren Augen: Dies waren keine finsteren Schächte mehr, sondern Labyrinthe, die von einer Sehnsucht überquollen ähnlich jener, die er selbst empfand.

Beide fühlten sie sich unangenehm befangen. Die wenigen Monate, die sie sich nicht gesehen hatten, schienen all das ausgelöscht zu haben, was zwischen ihnen gewesen war, selbst jene Vertrautheit, die sie mit so viel Mühe aufgebaut hatten. Und Lonerin fragte sich verwundert und bestürzt, ob dies wirklich das Mädchen war, für das er sich bei ihrer gemeinsamen Reise immer wieder mit all seinen Kräften eingesetzt hatte.

»Ich habe gehört, dass du zurück bist«, murmelte er, weil ihm nichts Besseres einfiel.

»Richtig«, antwortete sie und berührte kurz ihre Haare. Es waren jetzt wieder ihre eigenen. Theanas Zauber wirkte nicht mehr.

Einige Augenblicke schauten sie sich nur an, und dabei fand er endlich die Antwort auf jene Frage, die ihn während des Wartens der vergangenen Tage verfolgt hatte: Ja, zwischen Dubhe und ihm war es schon seit Langem aus, vielleicht hatte sogar nie etwas richtig begonnen.

»Erzähl mir, was mit Theana passiert ist.«

Dubhe schien nicht überrascht von der Bitte. Sie blickte Lonerin verstandnisvoll an. »Wir hatten schon fast die Grenze erreicht, als uns Forra und seine Leute überfielen, auf einem Drachen. Das Tier hat sie gepackt und uns entrissen.«

Lonerin konnte ein Zittern seiner Hände nicht unterdrücken.

»Man hat sie gefesselt und fortgebracht, zusammen mit Learco.«

Lonerin schaute zu Boden. Er fühlte sich schäbig. Warum interessierte es ihn nicht, was Dubhe durchmachte oder was sie in den zurückliegenden Monaten erlebt hatte? Er hatte sie doch geliebt, eine wunderbare Nacht mit ihr erlebt, und verspürte nun doch nur Wut auf sie, weil er davon ausgegangen war, sie würde schon dafür sorgen, dass Theana nichts zustieß.

»Du hättest sie beschützen müssen!« Er konnte den Vorwurf nicht unterdrücken.

Dubhe zeigte sich nicht überrascht. »Als die Verschwörung aufgeflogen war, mussten wir Hals über Kopf fliehen. Da konnte ich nicht besser auf sie aufpassen.«

Lonerin nahm die Hände vor das Gesicht und ließ sich an der Tür hinuntergleiten, bis er am Boden saß. »Tut mir leid«, murmelte er, doch Dubhe schien ihn nicht zu hören.

»Sie war mir eine gute Gefährtin. Mehr als einmal hat sie mir das Leben gerettet und hat mich in den schwersten Situationen unterstützt. Es tut mir wirklich leid, Lonerin, ehrlich.«

So saß sie da und schaute ihn an.

Er hatte immer noch den Kopf zwischen den Händen. »Ich hätte sie niemals gehen lassen dürfen ...«, warf er sich mit leiser Stimme vor.

»Theana ist kein wehrloses Mädchen. Ihre Entscheidung, mich zu begleiten, war wohlüberlegt.«

Lonerin fühlte sich fast verletzt durch diese tröstend gemeinten Worte. Dubhe schien Theana besser zu verstehen, als ihm das in all den Jahren ihrer Ausbildung bei Folwar jemals gelungen war. Die ganze Welt schien Bescheid zu wissen, nur er schlug sich wieder einmal, wie schon immer, mit diesen absurden Zweifeln herum, war unfähig, einfach die Realität zu akzeptieren, wie er sie vor Augen hatte. »Ich habe alles zerstört ...«

Er hörte, wie Dubhe aufstand und mit schweren, schleppenden Schritten auf ihn zukam. Sie kniete sich vor ihn hin und sah ihn an. In ihrem Blick war keinerlei Wertung, nur Verständnis.

»Auch ich habe jemanden verloren, der jetzt im Bau der Gilde gefangen ist, zusammen mit Theana, und der das gleiche schreckliche Ende finden wird wie sie, wenn wir nichts dagegen unternehmen.«

Lonerin wusste von Learco, dem Prinzen, der seinen Vater verraten und nach einem Leben voller Gewalt und Grausamkeiten beschlossen hatte, fortan auf der anderen Seite zu kämpfen. Eine umstrittene Persönlichkeit, über die man am Hof in Laodamea sehr unterschiedlich urteilte …

»Wirst du heute Abend an der Ratssitzung teilnehmen?«

Lonerin nickte.

»Ich nicht«, sagte Dubhe und biss sich auf die Lippen. »Man erlaubt es mir nicht, aber ich muss da hin, verstehst du? Ich kann nicht untätig hier herumsitzen und darauf warten, dass Learco vielleicht gerettet wird. Ich muss zu ihm, denn bei ihm ist mein Platz.«

Lonerin überlegte, ob er eifersüchtig sein müsste angesichts der Tatsache, dass dieser Mann geschafft hatte, woran er gescheitert war. Überrascht stellte er fest, dass er keineswegs so fühlte. Es war wirklich aus, und diese Erkenntnis ließ ein Gefühl der Leere in ihm aufkommen.

»Was erwartest du von mir?«, fragte er schließlich.

»Dass du mir hilfst.«

»Ich glaube nicht, dass ich dazu in der Lage bin, Dubhe.«

»Zunächst einmal musst du mich behandeln. Ich weiß, dass ich es nicht verdient habe, aber tu es trotzdem. Ich bitte dich ganz inständig.« In ihrem Blick lag ein verzweifeltes Flehen.

»Und dann?«

»Und dann müsstest du einen Weg finden, wie ich an der Ratssitzung teilnehmen kann. Ich muss dabei sein.«

Sie schauten sich an, und zum ersten Mal seit Beginn dieses Gespräches fühlten sie sich wieder wie in den Unerforschten Landen. Ihre Verbindung hatte Spuren hinterlassen, ein ruhiges, kostbares Erbe, aus dem vielleicht etwas Neues, anderes entstehen konnte.

»Ich könnte sagen, dass Folwar eine Gehilfin braucht.«

Dubhes Miene klarte auf wie der Sommerhimmel nach einem Gewitter. Lonerin lächelte sie schwach an und krempelte sich dann die Ärmel hoch.

»Leg dich aufs Bett und zeig mir deine Wunden.«

Dubhe blickte ihn dankbar an und streichelte ihm voller Zuneigung über die Wange.

Der Versammlungssaal war halbleer. Die Feuer in den beiden auf Dreifüßen ruhenden Glutbecken warfen flackernde, unheimliche Schatten an die Wände. Nur die erste Reihe des Halbrunds war besetzt, in erster Linie von Generälen aus der Mark der Wälder. Aus den drei anderen Ländern waren nur wenige Vertreter gekommen: Ido, Sennar und einige Offiziere, die so kurzfristig hatten anreisen können. Männer, die unter normalen Umständen vielleicht nicht zugelassen worden wären, aber die Zeit drängte.

Idos Miene wirkte angespannt, während er mit leiser Stimme einen Lagebericht vortrug. Mit keinem Wort versuchte er dabei, sein eigenes Scheitern zu beschönigen.

»Ich dachte, unter dem Meer seien wir sicher, aber das war ein Fehler. Außerdem war ich allein verantwortlich für den Jungen und hab ihn mir entweichen lassen. Aber ich will versuchen, meine Fehler, so gut es irgend geht, wieder wettzumachen«, schloss er bedauernd.

Das Gesicht unter der weiten Kapuze verborgen, warf Dubhe einen kurzen Blick auf Sennar. Mit gleichgültiger Miene saß er da, obwohl es doch um San ging, das Einzige, was ihm auf der Welt noch geblieben war. Sein Gesicht war eine wächserne Maske, aus der jede Regung verbannt war.

Wie ich selbst, bevor ich Learco traf, dachte sie, und der Schmerz aus Angst und Sehnsucht durchfuhr wieder ihre Brust.

Ido seufzte. »In einer Woche soll der Ritus gefeiert werden. Alle werden daran teilnehmen: die Spitze der Gilde selbstverständlich, vor allem aber auch Dohor. Das ist unsere Chance. Da müssen wir zuschlagen.«

Ein drückendes Schweigen legte sich über die wenigen Versammelten. Dubhe zog ihren Kopf noch etwas tiefer in die Kapuze zurück und näherte sich Folwar.

»Ja, das ist die beste Lösung: Wir attackieren die Gilde mit allen Truppen und holen uns die Geiseln zurück«, rief Lonerin ungestüm.

Ido schüttelte den Kopf. »Wie viele Generäle siehst du hier? Das schaffen wir nicht, rechtzeitig alle Heeresteile zusammenzubringen.«

»Ihr habt doch auch den Weg vom Land des Meeres hierher in kürzester Zeit zurückgelegt. Wenn man nur will, geht alles.«

»Hier handelt es sich aber darum, ein Heer von vielen Tausend Mann auf die Beine zu stellen. Sprich also nicht wie ein Dummkopf, der du nicht bist«, wies Sennar ihn zurecht, wobei er Lonerin ungnädig anblitzte.

Dubhe sah, dass der junge Magier vor Wut die Fäuste so fest ballte, dass die Knöchel weiß wurden.

»Dohors Truppen stehen bereits an der Grenze. Es ist fast aussichtslos, diese Barriere durchbrechen zu wollen«, bemerkte Ido.

»Und mit einem kleinen Stoßtrupp?«, warf Dafne, die einzige Regentin im Kreis der Versammelten, nun ein.

»Das könnte eine Lösung sein«, antwortete Ido, »aber dieser Trupp müsste auch relativ stark sein, um es im Bau mit der gesamten Gilde aufnehmen zu können, und gleichzeitig so geschickt vorgehen, dass er unbemerkt zwischen Dohors Armee hindurchschlüpfen kann.«

Jetzt ergriff wieder Sennar das Wort. »Wir sind uns ja alle einig, dass wir die Gilde unbedingt aufhalten müssen. Und das können wir auch schaffen. Lonerin und ich sind eine ganze Zeit lang in Ländern, die unter Dohors Kontrolle stehen, unterwegs gewesen und wurden von niemandem behelligt. So sollten wir nun wieder vorgehen. Der Talisman ist in unserer Hand, und unser junger Magier hier ist so weit, dass er den Ritus ausführen kann. Wir machen uns also auf zur Gilde und erledigen dort, was wir erledigen müssen: befreien Asters Geist, verlieren vielleicht unser Leben dabei, aber die Aufgetauchte Welt ist gerettet.«

Ido schloss seufzend die Augen. »Vielleicht für kurze Zeit. Aber Yeshol wird nicht aufgeben, und Dohor kann weiterhin machen, was er will in der Aufgetauchten Welt. Nein, das ist keine Lösung.«

»Das ist aber das Beste und das Einzige, was wir tun können«, erwiderte Sennar gekränkt.

»Und was ist mit den Gefangenen? Was ist mit San?«, fragte Lonerin verzweifelt.

»Vorrangig ist, Yeshol aufzuhalten.«

Die Zeit schien stehenzubleiben. Dubhe musste die Augen schließen, um den Raum anzuhalten, der sich um sie herum zu drehen begonnen hatte. Es würde also niemand mitkommen, um die Gefangenen zu befreien. Und das Schlimmste war, dass es ihr selbst auch unmöglich schien, sie zu retten. Eine ungeheure Verzweiflung überkam sie. Dann war also wirklich alles aus? Nein, das konnte sie nicht akzeptieren. So grausam konnte das Schicksal nicht mit ihr umspringen. Die Antwort erreichte sie aus den Tiefen ihrer Eingeweide, von dort, wo die Bestie hauste. Sie öffnete die Augen, und plötzlich war ihr alles klar.

»Wenn wir keine andere Möglichkeit haben …«, sagte Dafne jetzt mit trauriger Miene.

»Ich wüsste noch eine.«

Die verwunderten Blicke von Ido und den anderen Versammelten ignorierend, nahm Dubhe die Kapuze ab. Ihre Kehle war wie ausgetrocknet, und ihr Herz schlug heftig, doch mit einem Mal wusste sie, was sie zu tun hatte, und diese Entscheidung erfüllte sie mit neuer Kraft.

»Wir verfügen über eine Waffe, die bislang noch niemand in Betracht gezogen hat. Diese Waffe bin ich. Und wir sollten sie nutzen«, erklärte sie mit fester Stimme.

Ein Raunen ging durch den Saal, und Erregung ergriff die Versammelten.

»Aber, Dubhe …«, versuchte Lonerin sie aufzuhalten, doch die Schattenkämpferin fuhr ungerührt fort:

»Ich bin verflucht, in mir lebt eine Bestie mit übermenschlichen Kräften, ein blutrünstiges Tier, das sehr viel stärker ist als ein Trupp Soldaten.«

Mit undurchdringlicher Miene sah Ido sie an, während Lonerin jetzt aufsprang.

»Du weißt doch genau, dass sich die Bestie nicht kontrollieren lässt«, rief er. »Dein Vorschlag ist viel zu riskant.«

»Wodurch ist denn dieser Fluch genau gekennzeichnet?«, fragte einer der Generäle.

Dubhe erzählte alles in einem Atemzug. Das Wissen, endlich eine Entscheidung getroffen zu haben, hielt sie aufrecht während dieser Tortur.

Sie erzählte von dem Jungen, der sie infiziert hatte, von dem komplizierten Plan, mit dem Dohor einen auf ihn gemünzten Fluch auf sie umgelenkt hatte, und von der ungeheuren Gewalt, die sie nun zu entfesseln vermochte.

»Ich bin auf alle Fälle dem Tod geweiht«, erklärte sie mit schonungsloser Kälte. »Dass ich noch lebe, verdanke ich nur den Zaubertränken und -ritualen, mit denen zunächst Lonerin und später Theana die Wirkung des Fluches eingedämmt haben. Aber er wird immer stärker. Und nichts kann ihn aufhalten. Warum also sollten wir den Feind nicht mit seinen eigenen Waffen schlagen?«

»Das ist vollkommen verrückt, was du da vorhast!«, schrie Lonerin. »Und es stimmt auch nicht, dass an deinem Schicksal nichts zu ändern wäre. Es gibt ja einen Ritus, der dich retten kann!«

»Daran bin ich gescheitert«, antwortete Dubhe und drehte sich zu ihm um. »Ich war ja an Dohors Hof und wollte ihn töten. Aber es ist mir nicht gelungen. Jetzt bleibt mir nicht mehr viel Zeit – und vor allen Dingen keine Möglichkeit mehr, meinem Schicksal zu entgehen.«

»Das lasse ich nicht zu!«, schrie Lonerin vollkommen außer sich und ließ die Faust auf die Tischplatte niederfahren.

»Ihr wisst, dass ich Recht habe«, ließ Dubhe sich nicht beirren und blickte dabei die versammelten Räte an. »Und ich weiß, dass ich es schaffen kann. Wir vier reichen: Ido, Sennar, Lonerin und ich. Die alte und die neue Generation. So werden wir die Gilde vernichten.«

Im Saal erhob sich skeptisches Gemurmel. Es war eine schwere Entscheidung.

»Darüber müssen wir abstimmen. Aber erst, wenn sich jeder seine Gedanken dazu gemacht hat«, rief Ido, bemüht, die Ordnung wiederherzustellen.

»Dazu ist keine Zeit!«, widersprach Dubhe erregt. Jetzt, da sie ihren Entschluss gefasst hatte, drängte es sie, die Sache so schnell wie möglich hinter sich zu bringen.

»Doch!« Idos Stimme, die immer noch so tönen konnte wie in früheren Zeiten, sorgte für Ruhe. »Wir sehen uns bei Tagesanbruch wieder. Jetzt zieht sich jeder in seine Unterkunft zurück und denkt über die Sache nach. Wenn die Sonne aufgeht, muss jeder seine Wahl getroffen haben. Die Sitzung wird vertagt.«

Langsam leerte sich der Saal.

Dubhe sah Lonerin mit großen Schritten erregt auf sich zukommen.

»Bist du wahnsinnig?!«, herrschte er sie an und ergriff ihren Arm. »Das bedeutet den unerträglichen Tod, den du immer gefürchtet hast. Ihn zu verhindern war der Grund für alles, was du im vergangenen Jahr auf dich genommen hast.«

Dubhe ließ sich nicht aus der Fassung bringen. Sie war selbst überrascht, wie ruhig es sie machte, endlich ihr Schicksal zu kennen.

»Nun ist es etwas anderes, was mich antreibt.«

»Du wirst sterben, verstehst du das nicht!? Sterben!«

»Wenn Learco stirbt, sterbe ich ohnehin mit ihm. Also ist es doch besser, ihn durch meinen Tod zu retten.«

Lonerin starrte sie entgeistert an. »Das kann nicht dein Ernst sein …«

»Würdest du nicht für Theana sterben? Willst du dich

nicht auch auf den Weg machen, um sie zu retten? Wolltest du nicht immer der Gilde mit bloßen Händen entgegentreten, schon als kleiner Junge, um den Tod deiner Mutter zu rächen?«

Lonerins Griff lockerte sich.

»Dann kannst du mich auch verstehen.«

Er ließ die Arme sinken und nickte. »Die Bestie wird dich zerfleischen, so wie Rekla, als du sie getötet hast.« Seine Stimme war fast ein Weinen.

»Ich weiß.«

Er blickte sie an. Und einen Moment lang überkam Dubhe Mitleid mit ihm.

»Versprich mir, dass du für meinen Vorschlag stimmst.«

Er schüttelte den Kopf.

Dubhe ergriff seine Hände. »Wenn du mich jemals geliebt hast, dann tust du es!«

»Das kannst du nicht von mir verlangen ...«

»Bevor Theana entführt wurde, bat ich sie bereits, einen Weg zu finden, mich zu töten. Damals wusste ich schon, dass es keine Rettung für mich geben würde, und suchte nach einer Art Abkürzung. Sie versprach es mir. Steh nicht hinter ihr zurück.«

Er schaute ihr fest in die Augen, doch sie wich seinem Blick aus.

Da drückte sie seine Hände. »Ich bitte dich!«

Lonerin schüttelte noch einmal den Kopf, machte sich von ihr los und strebte zur Tür.

An einem von gelblichen Wolken verschleierten Himmel graute der Morgen. Der Sommer ging zu Ende, und der erste herbstliche Tag kündigte sich an.

Schweigend betraten die Ratsmitglieder den Saal. Dubhe ging gleich hinter ihnen. Sie hatte keine Angst, verspürte bloß einen großen Tatendrang. Am liebsten wäre sie auf der Stelle aufgebrochen. Sie begriff den blinden Glauben der Assassinen, ihre Entschlossenheit. Vielleicht fühlten sie sich so wie sie gerade, wenn sie zu einem Auftrag ihren Bau verließen. Vielleicht hatte sich auch der Junge so gefühlt, der ihr den Fluch in den Leib gepflanzt hatte und der schon wusste, dass er sterben würde, als er sich zu ihr auf den Weg machte. Doch durch den Tod, dem sie entgegenging, würde Learco gerettet werden und mit ihm die Chance, dass aus dem Blutbad eine neue Welt entstand. Dieser Gedanke war es, der ihr genügend Kräfte verlieh.

Alle nahmen Platz, und Dubhe bemerkte Lonerin in einer Ecke neben Folwar. Sie flehte, dass er das Richtige tun würde.

»So lasst uns jetzt abstimmen«, kam Ido sofort zur Sache. »Der Antrag sieht vor, eine Gruppe, bestehend aus Dubhe, Lonerin, Sennar und mir, noch heute in den Bau der Gilde zu entsenden. Wir würden uns von Oarf hintragen lassen und unter Ausnutzung von Dubhes Fluch die Sekte angreifen. Ziel ist es, die Gilde zu zerschlagen, die Gefangenen zu befreien und Dohor zu töten. Letzteres wäre meine Aufgabe. Wer dafür ist, der hebe jetzt die Hand.«

Ein gedämpftes Gemurmel durchlief den Saal.

Ido tat es selbst als Erster und schaute dabei Dubhe an. Trauer lag in seinem Blick, aber auch Verständnis. Sennars Hand ging fast gleichzeitig hoch, und dann auch die einiger Generäle. Dafne hielt die ihre unten, Folwar nicht.

Dubhe schlug das Herz bis zum Hals. Sie waren zu fünfzehnt in dem Saal, sodass keine Stimmengleichheit möglich war. Die letzte Hand, die erhoben wurde, war die von Lonerin, der den Kopf dabei gesenkt hielt. Acht.

Dubhe schloss die Augen.

»Wir machen uns sofort auf den Weg«, schloss Ido die Sitzung.

26

Dem Ende aller Dinge entgegen

Eilig ließ Ido alles vorbereiten.

»Wir können keinen Drachen nehmen, die würden uns kommen sehen«, gab Sennar zu bedenken.

»Wir fliegen in großer Höhe und machen nur dreimal Pause.«

»Willst du etwa Tag und Nacht fliegen? Nur drei Pausen bedeutet Etappen von mindestens zwei Tagen Flug am Stück. Das wäre Wahnsinn!«

Ido blickte ihm in die Augen. »Hast du vielleicht eine bessere Idee?«

»Das können wir niemals schaffen.«

»Natürlich schaffen wir das. Ich habe mir einen kräftigen blauen Drachen ausgesucht, jung und gut trainiert, und Oarf ist ein wunderbares Tier, stark und ausdauernd«, antwortete der Gnom. »Es sei denn, du hättest ihn verzärtelt in den verstrichenen Jahren.«

Noch nicht einmal die Andeutung eines Lächelns huschte über Sennars Gesicht. »Ich möchte nicht, dass du ihn umbringst«, sagte er nach einem kurzen Zögern.

»Traust du mir das wirklich zu?«

Das folgende Schweigen war beredter als jede Antwort.

In einem anderen Flügel des Palastes war Dubhe unterdessen damit beschäftigt, die wenigen Dinge zusammenzupacken, die sie mitnehmen wollte. Sie zog ihre eigenen Kleider über und befestigte neue Waffen am Gürtel. Eine reine Vorsichtsmaßnahme angesichts der Tatsache, dass sie, wenn die Bestie erst einmal frei wäre, mit Sicherheit keine Waffen mehr brauchen würde. Doch der Weg war weit, und ihre Gefährten schienen ebenso gezeichnet und erschöpft wie sie selbst.

Bei jeder Bewegung spürte sie, wie sich durch die Wunden die Haut spannte. Sie war wirklich noch sehr schwach und erkannte jetzt, dass sie jemanden um Hilfe bitten musste, wenn sie die Sache erfolgreich durchstehen wollte. Da Sennar, wie sie wusste, nicht mehr im Vollbesitz seiner magischen Kräfte war, blieb ihr keine andere Wahl.

Sie musste ihn aufsuchen und ihn persönlich darum bitten.

Ido hatte ihnen allen nur eine Stunde Zeit gegeben, und so war auch Lonerin in seinem Zimmer mit den letzten Vorbereitungen beschäftigt. In der Eile hatte er die Tür offen stehen lassen, und Dubhe beobachtete ihn jetzt von der Schwelle aus.

Als er sie klopfen hörte, fuhr er herum.

»Was willst du?«

»Wir müssen reden.«

Dubhe bemerkte den Talisman, der aus einem Kleidungsstück auf dem Bett hervorschaute.

Lonerin nahm ihn an sich und steckte ihn in die Tasche. »Das möchte ich nicht.«

Sie trat ein, schloss die Tür hinter sich und ergriff sein Handgelenk. »Es ist aber wichtig.«

»Was willst du denn noch? Hab ich nicht getan, was du wolltest?«, erwiderte der Magier, wobei er sich verärgert losmachte. »Jetzt lass mich in Frieden.«

»Du musst doch nicht gekränkt sein. Ich habe nur einen Entschluss gefasst.«

»Den ich nicht gutheißen kann. Denk immer an diese erhobene Hand, denn du hast mich zu etwas gezwungen, was mir vollkommen widerstrebt. Mehr kann ich nicht für dich tun!« Er schnürte sein Bündel zusammen und vergewisserte sich mit einem Blick durch den ganzen Raum, dass er nichts vergessen hatte.

»Ich brauche aber jemanden, der mich pflegt auf dem Weg zur Gilde«, fuhr Dubhe fort, doch er schien sie nicht zu hören. »Die Wunden sind noch längst nicht verheilt, und außerdem brauche ich einen Trank, der den Fluch stimuliert und die Bestie hervorlockt. Dabei kannst du mir helfen.«

Jetzt drehte sich Lonerin zu ihr um und schaute sie mit halb überraschter, halb betrübter Miene an. Dann wandte er sich zur Tür, doch Dubhe stellte sich ihm in den Weg.

»Ich habe gehört, dass man mir gestern, als ich noch bewusstlos war, ein Mittel gegeben hat. Aber ich muss die Bestie kontrollieren können, sonst wird unsere Mission keinen Erfolg haben.«

»Wo ist das Problem? Du musst das Mittel jetzt nur absetzen, und schon bist du bereit für deine Heldentat, für dein großes Opfer.«

Lonerin versuchte, eine Hand auf die Klinke zu legen, doch Dubhe hielt sie fest.

»Ich habe nicht vor, dich noch ein weiteres Mal in deinen Selbstmordneigungen zu unterstützen«, zischte er sie an.

»Ich will doch nur sichergehen, dass sich die Gewalt der Bestie erst im Bau der Gilde entfaltet und nicht früher. Du weißt doch, dass ich nicht nach Belieben darüber bestimmen kann.«

Lonerins bislang harter Blick wirkte jetzt besorgt. »Ich will dich aber nicht töten. Warum kannst du das nicht begreifen?«, murmelte er, auf den Fußboden starrend.

Dubhe versuchte ruhig zu bleiben. Sie durfte sie nicht verlieren, diese Nüchternheit, mit der sie ihre Sache bis dahin vorangetrieben hatte. Es stimmte nicht, dass sie ihn nicht verstand, aber sie konnte nicht darauf eingehen: Für Mitgefühl ließ ihre Entscheidung keinen Raum.

»Wärest du denn in der Lage, einen entsprechenden Zaubertrank herzustellen?«

Eine Weile stand Lonerin nur mit gesenktem Kopf da und antwortete nicht. Dann nickte er mit resignierter Miene.

»Dann tu es. Ich bin die Einzige, die euch einen Weg durch die feindlichen Reihen bahnen kann.«

In einem Anflug von Stolz nahm der junge Magier den Kopf hoch. »Du bist keine Waffe, Dubhe, bist es nie gewesen. Du bist die Frau, die ich geliebt habe, dort in der Höhle in den Unerforschten Landen!«

Sie schluckte. »Das gehört zu einer anderen Zeit …«

»Du hast Recht. Aber es sind Erinnerungen, die man nicht so einfach auslöschen kann. Jeder Brand hinterlässt auch Asche.«

Dubhe spürte, wie ihre Augen von aufsteigenden Tränen brannten, doch sie drängte sie zurück.

Gewiss hatte er Recht, aber auch davon durfte sie sich nicht beeinflussen lassen.

»Schau nicht zurück, Lonerin. Du hast eine Zukunft, auf die du dich konzentrieren musst. Dieses Geschenk darfst du nicht verschleudern, oder mein Opfer hätte keinen Sinn«, sagte sie, während sie sein Gesicht zwischen die Hände nahm.

Unfähig, etwas zu erwidern, wandte er den Blick ab.

»Versprochen?«

»Versprochen«, antwortete er und fand endlich den Mut, sie anzuschauen.

»Dann pack ein, was du dazu brauchst, und komm dann zu uns hinaus auf die Bastei.«

Dubhe öffnete die Tür und verschwand, noch bevor er etwas erwidern konnte.

Die Luft im Flur roch modrig, und ihr wurde so schwindlig, dass sie sich an die Wand lehnen musste. Ihr war, als blicke sie in einen tiefen Schlund und sehe dort alles, was sie in einer Woche verlieren würde. Im Zentrum dieses Strudels der Sehnsüchte, die sich nun nicht mehr erfüllen würden, war Learco.

Er wird leben, dachte sie. Und diese Überzeugung gab ihr

die Kraft, sich auf den Weg hinaus zu ihrem Treffpunkt zu machen.

»Wir fliegen in großer Höhe, und dort oben ist die Luft dünn. Es wird also keine angenehme Reise werden. Solange wir die Grenze noch nicht überquert haben, steigen wir nur langsam, damit sich unsere Körper an die extremen Bedingungen gewöhnen können. Doch über feindlichem Gebiet müssen wir höher hinauf und noch schneller vorankommen.«

Ido wirkte überzeugt und sprach mit lauter, klarer Stimme. Sein hohes Alter, seine Erschöpfung – all das war jetzt vergessen. Es war wie ein letztes Aufflackern vor der wohlverdienten Ruhe. Nur der Erfolg zählte, die Konsequenzen waren bedeutungslos, denn seine Geschichte als Drachenritter würde so oder so zu Ende gehen.

»Während wir die Grenze überqueren, werden die Truppen, die wir zusammengezogen haben, an der Front im Land des Meeres angreifen. Die entsprechenden Befehle sind alle schon raus. Es ist ein Ablenkungsmanöver, um die feindlichen Kräfte zu spalten und es uns zu ermöglichen, in den Rücken der Front zu gelangen. Was unsere Reise betrifft, so werden wir die erste Pause nach drei Tagen an der Grenze zum Großen Land einlegen. Sobald wir uns erholt haben, geht es dann weiter in Richtung dieser Wüste im Land der Nacht«, erklärte er, indem er auf eine bestimmte Stelle auf der Karte deutete, die er vor ihnen allen ausgebreitet hatte. »Dort gibt es weder Städte noch Vorposten. Wir sollten also keine Probleme bekommen. Und von dort fliegen wir dann in einem Rutsch bis zum Tempel der Sekte.«

Es gab keine Einwände. Die beiden Magier und das Mädchen hörten aufmerksam zu und hingen an seinen Lippen.

»Mir wurde vorhin gemeldet, dass Dohors Zug bereits auf dem Weg zum Bau der Gilde gesichtet wurde. Für uns kommt es darauf an, erst dann anzugreifen, wenn er eingetroffen ist, um an dem Ritus teilzunehmen. Andernfalls kann er uns in den Rücken fallen, und unsere Mission wird scheitern. Nach meiner Planung müssten wir eigentlich rechtzeitig zur Zeremonie da sein.«

Die anderen sahen ihn weiter schweigend an. Für Ido war es ein seltsames Gefühl, noch einmal den Heerführer zu geben. Sein letztes Mal war schon lange her. Es war an jenem entsetzlichen Tag, als Dohor das letzte Widerstandsnest der Rebellen im Land des Feuers ausgehoben hatte. Eine Katastrophe, und rasch verscheuchte er die Erinnerung daran. Diesmal *musste* es klappen.

Er rollte die Karte zusammen. »Irgendwelche Fragen?«

Sein Blick wanderte von einem Gefährten zum anderen. Es war ein halsbrecherisches Abenteuer, eine Art Selbstmordkommando – und allen war das bewusst. Wahrscheinlich würden sie nicht wieder heimkehren und davon erzählen können. Einen Moment lang bereute Ido diese eine Stunde zuvor mit so großer Sicherheit erhobene Hand. Vor ihm standen zwei junge Menschen, die dem Tod entgegengingen. Zu viele, gerade junge Leute hatte er für die unterschiedlichsten Ziele sterben sehen, und es gelang ihm schon längst nicht mehr, überzeugende Gründe dafür zu finden. Diesmal wurde der Sieg sogar mit dem sicheren Tod eines Mädchens erkauft, dem das Leben ohnehin fast alles vorenthalten hatte.

»Wunderbar. Wenn alles klar ist, können wir ja aufbrechen«, schloss er resolut.

Über den Zinnen der Bastei war das erste Licht des Tages in einen trüben, kühlen Morgen übergegangen. Hohe, dichte Wolken verdunkelten den Himmel.

Die Drachen standen zum Abflug bereit. Der eine war blau und besaß einen schlanken, sehnigen Körper, der andere hingegen war ein noch viel imposanteres Tier mit einer undurchdringlichen Haut und Glutaugen: Oarf. Mit bebenden Nüstern und angespannten Muskeln blickte Nihals Drache sie an und schien es nicht erwarten zu können, sich in die Lüfte zu erheben. Ido freute sich, ihn zu sehen. Wie man ihm berichtet hatte, war das Tier in Sennars Abwesenheit kaum zu bändigen gewesen, sodass man ihn in einem etwas abgelegenen, weiträumigen Stall im Kellergeschoss untergebracht hatte, wo er niemand stören konnte.

Ido lächelte zufrieden. Dieser Drache hatte sich keinen Deut verändert, war widerspenstig und unbezähmbar wie immer schon.

Der Gnom ließ seinen Blick über den bebenden Leib des Tieres wandern, bis nach und nach dieser Anblick vor seinem geistigen Auge in das Bild eines anderen, schlankeren und flinkeren Drachens überging: seines Vesas, den er so geliebt hatte. Diese beiden, Vesa und Oarf, hatten gemeinsam Seite an Seite in vielen Schlachten gekämpft, und vielleicht witterte Oarf immer noch den Geruch seines früheren Kameraden auf seiner, Idos, Rüstung.

Der Gnom trat auf das mächtige Tier zu. Gelassen sah Oarf ihn an, während ihm zwei dünne Rauchsäulen aus den Nüstern stiegen und sein Blick etwas sanfter wurde.

»Nicht wahr, du erinnerst dich an mich?«

Er blieb vor ihm stehen und tätschelte ihm das Maul. Es war immer wieder ein bewegendes Gefühl für ihn, die kühlen Schuppen eines Drachen zu berühren, erinnerte es ihn doch an die besten Zeiten seines Lebens, als er hoch oben am Himmel Krieg gegen den Tyrannen führte. Mit einem Sprung saß er auf. Zum ersten Mal würde er nun ohne Sattel reiten, und das war ein eigenartiges Gefühl für ihn.

Sennar hingegen hatte einige Mühe, auf den zweiten Drachen zu steigen.

»Wo soll ich mitreiten?«, fragte Dubhe. Ihre Stimme klang ruhig, ihre Miene wirkte gelassen.

Wortlos gab Lonerin die Antwort, indem er hinter Sennar aufstieg. Dubhe musste Oarf den Blick zuwenden.

»Du bist doch schon mal auf Oarf geritten?«, fragte Ido.

Sie nickte. Wie gut erinnerte sie sich an ihre Rückreise aus den Unerforschten Landen.

Ido reichte ihr die Hand, und als sie zugriff, merkte er, dass die ihre kalt war. Vielleicht vor Angst. Mit Sicherheit aber war das Mädchen nicht so ruhig, wie es sich nach außen hin gab.

Geschickt saß sie auf und legte ihm die Arme um die Hüften. Der Gnom blickte zum Himmel auf. Unendlich viel Zeit war vergangen, seit er zum letzten Mal in den Kampf geflogen war.

»Dann also los«, murmelte er nur.

In der kühlen Luft des Morgens breiteten sich Oarfs mächtige Schwingen aus. Ido spürte, wie sich die Muskeln des Drachen unter seinen Schenkeln anspannten. Es war das herrlichste Gefühl der Welt. Dann dieses so vertraute flaue Gefühl im Magen, und ein Sprung, kraftvoll, einzigartig, mit dem sie von der Erde abhoben.

Dohor fühlte sich verwirrt. Es war das erste Mal, dass er in die Tiefe des Baus hinabstieg, denn bis zu diesem Zeitpunkt war er immer im Tempel von Yeshol zu ihren Unterredungen empfangen worden. Zwischen den langen Schatten jenes schauerlichen Gebäudes war immer er selbst es gewesen, der das Gespräch bestimmte, während ihm der Höchste Wächter wie ein Diener vorgekommen war. Doch hier in diesem unterirdischen Bau lagen die Dinge anders.

Sicheren Schritts bewegte sich Yeshol vor ihm her durch das Gewirr der Gänge, während die Assassinen, die ihnen begegneten, sogleich das Haupt beugten und die Fäuste vor der Brust kreuzten. Hier an diesem Ort, wo ihm die Luft zum Atmen fehlte, war Yeshol der Herrscher und er selbst nur ein Gast.

Was ihn besonders beeindruckte, war diese düstere Atmosphäre in dem Bau, wo das Quälen der Zweck war und nicht nur ein Mittel. Die Grausamkeit, mit der er selbst sein Reich aufgebaut hatte, war wie ein Gebot gewesen, das er beachtete, um erfolgreich zu sein, niemals aber das eigentliche Motiv seines Handelns. Angst war eine Waffe wie andere auch – etwa Geld oder Schmeicheleien. Hier unten jedoch war Grausamkeit ein Selbstzweck, war das höchste Ziel der ganzen Ordnung. Sie durchdrang die Mauern, verpestete die Luft, nahm den Atem. In allen Formen wurde der Tod verherrlicht, die Auslöschung des Individuums – seines Geistes und seines Leibes – mit präzise durchdachten Methoden ins Werk gesetzt. Das war etwas, was Dohor nur schwer begreifen konnte.

Fanatiker, sonst nichts. Wenn der Ritus vollzogen ist und ich endlich unbesiegbar bin, werde ich alle hinwegfegen, vom ersten bis zum letzten Mann.

So sagte er sich und versuchte damit, das Unbehagen zu verscheuchen, das ihn mit dem Überschreiten der Schwelle befallen hatte. Auch wenn er es sich nicht eingestehen wollte, aber zum ersten Mal hatte er Angst. Die Welt begann sich gegen ihn zu stellen. Zunächst sein eigener Sohn, der ihn plötzlich nicht mehr fürchtete, dann das Auftreten von etwas, das ihn in den Grundfesten erschütterte. Und er fragte sich, ob es klug gewesen war, sich auf dieses gefährliche Bündnis einzulassen.

Es drehte ihm den Magen um, als sie zu der großen Thenaar-Statue gelangten und er die mit Blut gefüllten Becken sah. Sogar für einen Mann wie ihn, der unzählige Schlachten geschlagen und das Blut ganzer Völker vergossen hatte, war der Anblick zu viel.

Yeshol sah zu, wie er sich in einer Ecke erbrach. »Diese Reaktion ist beim ersten Mal ganz natürlich«, erklärte er mit einem süffisanten Lächeln.

Dohor blickte ihn hasserfüllt an. *Diesen Ort dem Erdboden gleichmachen, ja, das war das Erste, was er gleich danach zu tun hatte,* sagte er sich noch einmal.

Man hatte ein recht geräumiges Zimmer für ihn vorbereitet, das mit einem breiten Bett, einer Truhe und einem Tisch ausgestattet war. In einer Ecke standen Destillierkolben und eigenartige Gefäße.

»Das war die Unterkunft der Wächterin der Gifte, die von Dubhe getötet wurde«, erklärte Yeshol. »Es war mein Wunsch, dass ihr Nachfolger nicht hier einzieht. An dieser

Siegreichen, Rekla war ihr Name, habe ich sehr gehangen, war sie doch vielleicht die Treueste, die je hier bei uns gewirkt hat.«

Dohor hob den Blick und sah ihn an. »Was berichten deine Kundschafter?«

Der Höchste Wächter zog eine Augenbraue hoch. »Die Truppen werden an der Grenze zum Land des Meeres zusammengezogen.«

»Das weiß ich, die Kampfhandlungen haben bereits begonnen. Aber es ist etwas anderes, was ich wissen möchte.«

Yeshol lächelte. »Ido ist nicht bei ihnen gesichtet worden.«

»Dann ist er auf dem Weg hierher«, stellte Dohor mit einem angedeuteten Lächeln fest.

»Das wissen wir nicht genau.«

Der König lachte höhnisch auf. »Aber ich weiß es. Mein halbes Leben habe ich gegen diesen verfluchten Bastard gekämpft und kenne ihn nur zu gut. Er wird kommen. Wir haben den Jungen, und er ist kein Mann, der sich verkriecht, wenn er glaubt, dass die Aufgetauchte Welt ihn braucht … Und außerdem hasst er mich.«

»Jedenfalls werden wir ihn aufhalten – wenn er kommt.«

»Und er kommt auch nicht allein. Eure Verräterin wird mit Sicherheit bei ihm sein«, sagte der König mit grollender Stimme. »Sie war die Dirne meines Sohnes und hat ihn aus dem Kerker in der Akademie befreien können. Gewiss wird sie diesen verdammten Gnomen begleiten.«

Yeshol zuckte mit den Achseln. »Allein oder zu zweit, wo ist da der Unterschied? Ein Wort von mir, und meine Leute werden Euch für immer von diesem Ballast befreien.«

Dohor schüttelte den Kopf. »Obwohl ich schon seit vielen Jahren nicht mehr selbst in die Schlacht ziehe, bleibe ich doch ein Soldat und denke auch so. Lass sie herkommen. Dubhe gehört dir, aber um Ido werde ich mich kümmern. Ich will ihm persönlich entgegentreten und ein für alle Mal dieses Trauerspiel beenden, das sich schon gar zu lange hinzieht.«

Yeshol blickte ihn eine Weile nur an. »Wie Ihr wünscht«, sagte er schließlich.

Dann verneigte er sich flüchtig und verließ den Raum. Draußen wartete ein enger Vertrauter auf ihn, der sich sofort verbeugte, als er seinen Herrn erblickte. Der Höchste Wächter zog ihn mit sich einige Gänge weiter und sagte dann:

»Ich möchte, dass du es noch während der Zeremonie erledigst, sobald Aster wieder unter uns ist. Ein Mann für jeden seiner Begleiter, und du kümmerst dich um Dohor persönlich. Ich will sie alle tot sehen.«

Der Assassine nickte und verschwand dann in den dunklen Fluren ihres Baus.

Im Großen Land schien der Herbst schon Einzug gehalten zu haben, und Ido hüllte sich fester in seine Decke ein, während er ins Schwarz der Nacht starrte.

Kein Lagerfeuer. Hätten sie sich wärmen wollen, wäre es bereits schwierig geworden, zwei Drachen zu verstecken. Auch wenn in dieser Gegend wahrscheinlich keine Patrouillen zu erwarten waren. Aber man konnte ja nie wissen.

Vor ihm lag Oarf und schlief tief und fest. Das Tier war erschöpft. In solcher Höhe und dazu noch mit zwei Leuten auf dem Rücken zu fliegen, hatte beide Drachen viel Kraft gekostet. Der blaue Drache schien nicht mehr lange durchhalten zu können.

Hauptsache, er schafft es irgendwie bis ins Land der Nacht, dachte Ido. Unter anderen Umständen hätte er sich für diese Gefühllosigkeit geschämt, denn schließlich gab es für einen Ritter nichts Heiligeres als seinen Drachen. Doch für Schuldgefühle war jetzt keine Zeit.

Der Flug in solcher Höhe war für alle die Hölle gewesen. Bei der Geschwindigkeit und wegen der sauerstoffarmen Luft hatten sie kaum atmen können, und ihre Beinmuskulatur war verkrampft durch die Kälte und die langen Stunden auf dem Drachenrücken.

Ob wir überhaupt noch zu kämpfen in der Lage sind, wenn wir den Bau der Gilde erreicht haben?

Ido verscheuchte diesen Gedanken. Bis zum letzten Atemzug würde er kämpfen, auch Blut spucken, wenn es nötig wäre.

Die Zeit war reif, nun alle offenen Rechnungen zu begleichen und die Dinge wieder geradezurücken. Nachdem sich ihre Wege über Jahre immer wieder gekreuzt hatten, würde es jetzt endlich zum entscheidenden Zweikampf mit Dohor kommen. Und lebend würde ihm der verhasste König nicht in die Hände fallen, das stand fest.

»Kannst du nicht schlafen?«

Der Gnom fuhr aus seinen Gedanken auf. Es war Sennars Gestalt, die sich im Dunkeln abzeichnete.

»Nein, aber du wohl auch nicht«, antwortete Ido lächelnd.

»Frieden kenne ich schon lange nicht mehr in meinem Leben. Noch nicht einmal der Schlaf schenkt ihn mir.« Der Magier ließ sich neben dem Gnomen nieder. In seinem Schoß hielt er ein Tuch, in das ein größerer Gegenstand gewickelt war.

Ido setzte sich auf und lehnte sich zu Sennar vor. »Es tut mir so leid, dass ich nicht fähig war, mit deinem Enkel richtig umzugehen«, sagte er leise. »Ohne meine Fehler wären wir gar nicht in diese schlimme Situation geraten.«

Sennar starrte ins Dunkel vor ihnen und fuhr dabei sanft über das Tuch in seinem Schoß. »Ich hätte es auch nicht besser gekonnt als du«, antwortete er mit betrübter Miene.

»Mag sein, aber ich glaube doch.«

»Zumindest ist er Nihal ähnlich«, fügte der alte Magier hinzu. »Ich habe es in seinen Augen gesehen, als wir uns unterhalten haben. Der gleiche unbändige Tatendrang, alles geben, um jeden Preis, auch wenn es wehtut. Es ist schon eigenartig, wie sich das Leben im Kreis dreht und sich alles wiederholt, findest du nicht?«

»Doch. Denn auch bei ihr habe ich mich damals falsch

verhalten«, antwortete der Gnom, sein Blick in Erinnerungen verloren.

Sennar legte ihm eine Hand auf die Schulter. »Du weißt, dass das nicht wahr ist.«

Im Dunkel der Nacht hatte Ido wieder ihr Bild vor Augen: ein schlankes Mädchen mit einer gequälten Seele, spitzen Ohren und zerzaustem blauen Haar. Im Blick ihrer violetten Augen stand das ganze Leid der Welt. Was hätte er nicht alles dafür gegeben, um sie noch einmal wiederzusehen.

»Wir haben häufig von dir gesprochen. Und sie hat sich immer wahnsinnig gefreut, wenn ein Brief von dir kam. Dann schloss sie sich in ihr Zimmer ein und schrieb dir zurück. Und dabei durfte ich sie auf keinen Fall stören. Das war etwas nur zwischen dir und ihr. Da hätte ich fast eifersüchtig werden können, weißt du das?« Sennar lächelte sanft. »Schau, das habe ich gefunden auf unserer Reise«, sagte er und reichte dem Freund das Bündel.

Idos Herz machte einen Sprung, als er erkannte, was das Tuch barg. Er betastete den Gegenstand und erfühlte eine Klinge und ein auf eine ganz bestimmte Weise geformtes Heft. Mit fragender Miene schaute er zu dem Magier auf, doch der blickte ihn nur abwartend an.

So nahm Ido also einen Zipfel des Tuches in die Hand und hob es behutsam an. Die schwarze Klinge reflektierte so stark, dass es fast blendete. Nihals Schwert.

»Das ist für dich«, sagte Sennar.

Ido schmolz dahin, doch ihm war, als begehe er ein Sakrileg. Er schob die Waffe zur Seite. »Das kann ich nicht. Ich habe mir doch schon ihren Drachen angeeignet.«

»Du musst«, erwiderte der Magier mit einem aufmunternden Lächeln. »Nihals Geschichte ist noch nicht vollendet. Du bist es, der ihr Werk zu Ende führen soll.«

Langsam lief Ido die erste Träne über das Gesicht.

»Ich nehme es nur als Leihgabe«, erklärte er schließlich mit entschlossenem Blick. Ja, er war es Nihal schuldig, Tarik auch, vor allem aber San.

»Ich glaube nicht, dass wir uns am Ende dieser Geschichte wiedersehen werden, mein Freund«, stellte Sennar mit einem Lächeln fest.

Ido schaute ihm in die Augen und sah darin die ganze Erschöpfung, die auch er selbst so stark empfand. Vielleicht hatte Sennar recht, doch in diesem Moment zählte nur, wieder zusammen zu sein und die letzte Schlacht gemeinsam zu schlagen. Der Kreis schloss sich: Ja, das war es, dieses Geschenk sollte seine letzte Waffe sein, bevor er alle Waffen an den Nagel hängte. Nun war er bereit.

Er nahm das Schwert und steckte es sich an seinen breiten Gürtel neben sein eigenes. »Zumindest können wir dieses letzte Kapitel noch gemeinsam genießen.«

Anfangs war es entsetzlich. Auf Oarfs Rücken blieb ihr fast die Luft weg. Die Wunden schmerzten, und in ihrem Kopf dröhnte es. Doch nach einiger Zeit hatte sich Dubhe daran gewöhnt, und außerdem hatte Lonerin Wort gehalten. Immer wieder hatte er nach ihren Wunden gesehen, und nun war sie fast wieder ganz hergestellt.

Während der zweiten Pause hatte der Freund ihr gegeben, worum sie ihn gebeten hatte. »Hier ist, was du brauchst«, hatte er gesagt, wobei er ihr mit zitternder Hand ein Fläschchen reichte. »Bei dem letzten Trank, den du von mir bekommen hast, waren die Zutaten anders gemischt. Er wird dafür sorgen, dass die Bestie, wenn wir eintreffen, zum Sprung bereit ist. Dann nimmst du das hier, und sie bricht mit Macht hervor.«

Dubhe hatte das Fläschchen angestarrt, und als sie den Blick hob, sah sie in Lonerins trauriges Gesicht.

»Tu es nicht«, hatte er gesagt, »noch kannst du zurück. Wir beide, Sennar und ich, könnten uns unbemerkt in den Bau der Gilde einschleichen und dann den Ritus ausführen. Auch auf diese Weise würde Learco gerettet.«

Dubhe hatte ihn resigniert angelächelt. »Du weißt auch, dass das nicht klappen würde«, antwortete sie, während sie das Fläschchen in ihren Quersack steckte. »Trotzdem vielen Dank«, fügte sie noch mit kaum vernehmbarer Stimme hinzu.

Nun rasteten sie erneut. Sie befanden sich bereits im Land der Nacht, zwei Tagesreisen vom Bau der Gilde entfernt. Dort würde sich ihr Schicksal erfüllen. Die Bestie war mittlerweile ständig gegenwärtig, Dubhe spürte sie unter dem Brustbein, wie sie hinausdrängte, ihr die Sinne schärfte und immer lauter in ihrem Kopf brüllte. Sie hatte Angst, es war sinnlos, das zu leugnen.

Sie war sich im Klaren darüber, dass Learco durch ihre Entscheidung, in den Tod zu gehen, sehr leiden würde. Aber irgendwann würde er sie verstehen können. Mit den Jahren würde er den Schmerz überwinden und dann eines Tages auch die letzte Erinnerung an sie in einer Hütte zurücklassen, so wie sie selbst damals in den Unerforschten Landen den Brief ihres Meisters. Er würde ein neues Leben beginnen, eine Familie gründen …

Sie holte die Ampulle aus der Tasche hervor und drehte sie zwischen den Fingern hin und her. Wäre jetzt Theana bei ihr gewesen, hätte sie vielleicht tröstende Worte für sie gefunden durch ihren barmherzigen Gott …

Dubhe wurde klar, dass es sie bedrückte, sich nicht von ihr verabschieden zu können.

Sie wandte den Blick von dem Fläschchen ab und schaute auf. Ido war mit der Wache an der Reihe. Nur ein wenig entfernt saß er da mit Nihals Schwert in den Händen und blickte in die Nacht hinaus.

Sie musste ihm eine Hand auf die Schulter legen, um ihn auf sich aufmerksam zu machen. Auch jetzt noch, da es dem Ende zuging, bewegte sie sich so lautlos wie eine Schattenkämpferin.

Der Gnom zuckte zusammen. »Verflucht, musst du dich so anschleichen?«, rief er, um sich zu rechtfertigen.

»Ich muss mit dir reden.«

Ido bedeutete ihr, sich zu ihm zu setzen. Eine Weile

blickte Dubhe nur angestrengt in die Finsternis. Für ihre Augen war diese Dunkelheit fast schon ein Halbschatten, so sehr hatte die Bestie bereits ihre Sinne geschärft.

»Wenn ich mit heiler Haut davonkomme, sorge ich dafür, dass die Aufgetauchte Welt deinen Namen nicht vergisst. Was du vorhast, ist sehr edel von dir«, brach Ido das Schweigen.

Dubhe zuckte mit den Achseln. »An Ruhm bin ich nicht interessiert. Um einen anderen Gefallen möchte ich dich aber bitten.«

Ido schaute sie verwundert an. Damit hatte er offenbar nicht gerechnet.

»Ich tue es nicht für die Aufgetauchte Welt, sondern nur für einen ganz bestimmten Menschen«, sagte Dubhe, wobei sie ihm in die Augen blickte. »Du musst mir versprechen, dass du Learco rettest.«

Der Gnom seufzte und schien sich zu den Worten, die er nun sagte, zwingen zu müssen: »Du weißt, dass ich einen anderen Auftrag habe. Und der hat Vorrang.«

»Dann befreie ihn, bevor es zum Kampf kommt. Du musst ihn in Sicherheit bringen, sonst ist alles, was ich tue, sinnlos für mich. Schwöre es mir!«

Ido starrte zu Boden. »Gut, ich verspreche es«, sagte er schließlich.

»Wenn nötig, musst du ihn auch vor mir in Sicherheit bringen«, fügte sie nach einigen Augenblicken hinzu. »Wenn die Bestie tobt, bin ich nicht mehr ich selbst. Das heißt, du wirst vielleicht gezwungen sein, mich zu töten, wenn mein Blutdurst gefährlich für euch wird. Ich selbst kann dann jedenfalls nichts mehr tun, um der Bestie Einhalt zu gebieten.«

Der Gnom schluckte, die Hölle vor Augen, die bald losbrechen würde. »Bist du dir wirklich sicher, dass du das alles auf dich nehmen willst?«

Dubhe nickte. »Ich war mir einer Sache niemals sicherer.«

Er blickte sie zartfühlend an, ein Blick, der fast unpassend wirkte im Gesicht dieses müden Kriegers. »Ich schwöre dir, dass ich tun werde, worum du mich gebeten hast.«

Wie ein schwarzer Fleck in der Finsternis lag der Bau der Gilde vor ihnen. Sie waren bereit. Ido würde ihnen zusammen mit Dubhe eine Bresche schlagen und dann ins Herz der Gilde vorstoßen, um Dohor und die Gefangenen zu suchen. Hinter ihnen würden sich Lonerin und Sennar, das allgemeine Durcheinander ausnutzend, ebenfalls hineinschleichen. Und draußen würden Oarf und der andere Drache mit ihrem Feueratem das Ihre zu dem Chaos beitragen.

Niemand erwartete sie. Die Gilde schien nicht mit einem Angriff zu rechnen. Für den Abend hatten die Assassinen ihre große Zeremonie geplant, aber sie würden ihnen einen Strich durch die Rechnung machen.

Dubhes Herz hämmerte wie wahnsinnig, so als wolle es ihre Brust durchdringen. Sie sah, wie Ido das Schwert zog, hörte das Ratschen, als der Schwarze Kristall am Leder seines Gürtels entlangfuhr.

»Ich bin bereit«, sagte er, und sie nickte.

Während sich der blaue Drache hinter ihnen langsam in großen Schleifen annäherte, hielt Oarf direkt auf den Tempel zu.

Dubhe holte das Fläschchen hervor und leerte es fast wütend in einem Zug, sodass ihr die Flüssigkeit teilweise über das Kinn bis zur Brust hinunterlief. Das Zeug schmeckte bitter, und sofort breitete sich eine starke Hitze in ihrem Körper aus. Sie geriet in Panik, aber nun war es zu spät.

Ich sterbe gerade, dachte sie bestürzt. *Aber ich brauche keine Angst zu haben, denn ich bin schon fast tot.*

Sie hörte noch, wie Oarf mit einem dumpfen Schlag auf der Erde aufsetzte, und gleich darauf Stimmengewirr. Dann kam der Wahnsinn über sie, grauenerregend, verheerend. Und alles wurde weiß.

27

Der Bau

Alles geschah ganz plötzlich. Ein Knall erschütterte den Tempel bis in die Grundmauern, und das Gewölbe des Baus bebte. Yeshol sah, wie der Staub von der Decke seines Arbeitszimmers herabrieselte, während das Stimmengewirr in den Fluren immer lauter wurde und seine Leute aufgeregt hin und her rannten.

Er trat vor die Tür und hielt den erstbesten Assassinen auf. »Was ist los?«

Der schüttelte nur den Kopf, unfähig, ein Wort herauszubekommen. Sein Gesicht war angstverzerrt.

Yeshol bebte. *Nicht jetzt! Nicht jetzt, da alles bereit ist!*

Den ganzen Morgen hatte er vor der Kugel zugebracht, die Asters Seele barg, hatte zugesehen, wie sich seine Gestalt in violette Kringel verwandelte und wieder auflöste, und ohne Unterlass gebetet, bis er keine Stimme mehr hatte. Der so lange herbeigesehnte Moment war gekommen. In dieser Nacht würde er Freudentränen weinen. Aster würde wiederauferstehen und die Gerechtigkeit wiederherstellen. Alles entwickelte sich nun so, wie er es erhofft hatte. Auch Thenaar hatte ihn noch einmal in seinem Tun bestätigt. Die Maschine war in Gang gesetzt und würde sich nicht mehr aufhalten lassen. Sein Herz hatte gepocht im Überschwang von Entschlossenheit und Glauben.

Nun verneigte sich ein *Siegreicher* vor ihm, fast so tief, dass seine Faust den Boden berührte, während sich der Rücken im

Rhythmus seines keuchenden Atems hob und senkte. Yeshol brauchte nicht zu fragen.

»Draußen vor dem Tempel wüten zwei Drachen und stecken alles in Brand. Es war ein Überraschungsangriff, wir waren machtlos dagegen.«

»Wie viele Männer sind es?« Anders als die Stimme des Assassinen verriet die von Yeshol keinerlei Angst.

»Das ist schwer zu sagen. Bisher haben wir noch niemanden zu Gesicht bekommen.«

»Du Narr! Die zwei Drachen sind doch nicht allein hierher geflogen!«

Der *Siegreiche* blickte ihn mit verlorener Miene an. »Exzellenz, es ist noch *etwas anderes* in unser Haus eingedrungen, das für Opfer unter unseren Getreuen sorgt. Wir konnten noch nichts dagegen ausrichten. Es handelt sich um ein grausiges Ungeheuer, wie es die Welt noch nicht gesehen hat.«

Eine Schweißperle lief Yeshols Schläfe hinab. »Haltet sie auf!«

»Ja, Herr, aber wir sind nicht ...«

Ein erneuter Knall, und dann ein tiefes Brüllen. Das Herz des Höchsten Wächters begann schneller zu schlagen, und plötzlich hörte er wieder Dohors Worte, die sich in sein Gehirn einfraßen.

›Bei Ido wird mit Sicherheit auch eure Verräterin sein.‹

Jetzt wurde ihm klar, dass er etwas vernachlässigt, dass er das Undenkbare nicht gedacht hatte. Diese verängstigte *Verlorene*, die vor ihm im Staub gekniet hatte, um ihr nacktes Leben zu retten, war plötzlich so mutig, zurückzukehren und den entsetzlichsten aller Tode auf sich zu nehmen. Und das nur, um ihn zu vernichten. Er schluckte. Die Bestie war ein Geschöpf Thenaars, eine von ihrem Gott auserwählte Tochter, wie war es möglich, dass sie sich gegen ihn erhob?

»Gib den Männern Befehl, alle Treppen zu besetzen. Die Bestie darf nicht zu den Blutbecken gelangen, bevor der Ritus vollendet ist. Und lass den Jungen holen und die beiden Gefangenen und bringt sie her zu mir. Mach schon!«

Zurück in seinem Studierzimmer, stützte er sich mit den Händen auf dem Schreibtisch ab und blickte auf die Thenaar-Statue vor sich. Er hatte einen Fehler gemacht. Und jetzt musste er eine Lösung finden, ohne in Panik zu geraten. Er betrachtete das steinerne Lächeln und diese Augen, die gleichzeitig jung und ernst waren, männlich, und er wusste, was zu tun war.

Sie werden uns nicht aufhalten. Auch wenn ich ganz allein handeln müsste, werde ich nicht zulassen, dass dein Volk um den Jubel ob deiner Wiederkehr gebracht wird. Das gelobe ich.

Er hatte nichts zu fürchten. Thenaar war mit ihm.

Weiß. Und das Gefühl, keinen Körper mehr zu besitzen. Weder Hände noch Mund. Auch keine Lunge.

Der Tod war anders, als Dubhe ihn sich vorgestellt hatte. Es war fast angenehm, dieses langsame Aufgehen in der Vollkommenheit eines Ganzen, in dem alle Unterschiede aufgehoben waren.

Schrittweise trat der Schmerz in ihr Bewusstsein. Zunächst waren es die Finger, die Hände, die Arme und die Muskeln. Dann erstrahlte alles in diesem blendenden Weiß, grell wie ein Höllenfeuer. Sie spürte, wie das Blut heftig in ihren Adern pochte und ihr Herz in der Brust so mächtig anschwoll, dass es fast explodierte. Sie bekam keine Luft mehr und spürte, wie ein Keil ihre Seele spaltete und ein schweres Gewicht im Kopf sie am Denken hinderte, sie zerriss, zerfleischte, zerstörte.

Blutrünstig. Mordgierig. Ein unwiderstehlicher, verheerender Drang. Unerträglich.

Nein, ich will nicht!

Doch Widerstand war zwecklos. Mehr und mehr färbte sich alles rot, und Blutstropfen mischten sich in diesen weißen, milchigen See, durchzogen ihn zu komplizierten Arabesken. Das Brüllen der Bestie zerriss ihren Geist und erfüllte sie mit Grauen. Ihr Körper war ein einziger Schmerz, ein fremdes Gebilde, über das sie völlig die Beherrschung verloren hatte. Nun war sie nur noch machtlose Zuschauerin ihres eigenen Tuns. Und diese Tatsache machte auch die letzte Hoffnung zunichte, vielleicht doch noch einmal zurückkehren zu können.

Lange hast du mich verleugnet, hast mich eingesperrt zwischen Herz und Bauch. Atmen musste ich die verpestete Luft jener finsteren Orte, an die du mich verbanntest, aber ganz vertreiben konntest du mich nie. Ich war dein Jubel, als du Gornar tötetest, war dein Wahnsinn, wenn du Rache nahmst. Nun bin ich wieder hervorgebrochen und lasse mich nie mehr in Ketten legen. Denn ich bin dein wahres Wesen, das ungeschminkte Antlitz der Dinge, aller Bemäntelungen entkleidet, die du mir gabst, um dich vor anderen zu rechtfertigen. Jetzt gibt es nur noch mich. Deine schwarze Seele, die wahre Dubhe.

Sie fühlte sich hinabgezogen in die Tiefe, und als sie die Augen aufriss, sah sie, dass die Finsternis, die den Tempel umgab, nun von mächtigen Flammen erhellt wurde. Ohne Unterlass spuckten die Drachen Feuer und rissen gleichzeitig mit Klauen und Zähnen die Mauern aus Schwarzem Kristall ein, während unter ihnen, wie aufgescheuchte Ameisen, Menschen in wilder Panik hin und her wuselten.

Fleisch. Fleisch, um ihren Hunger zu stillen. Blut. Blut, um ihren Durst zu löschen.

Ohne Gnade fiel die Bestie über sie her.

Willst du nicht einstimmen in meinen Jubel? Nimmst du sie nicht wahr, diese Erhabenheit all dessen, was hier geschieht? Du weißt doch: Dazu bist du geboren! Das ist deine Bestimmung!

Dubhe schrie, hatte aber keine Stimme mehr, keinen Mund, um ihrer Verzweiflung Ausdruck zu geben, die, wie sie wusste, kein Ende haben würde. Nur der Tod, jetzt gar zu fern, konnte sie von diesen Qualen erlösen

Ich muss es ertragen. Ich muss es tun. Für Learco. Er wird leben.

Ido war sprachlos, als er sah, wie sich das zierliche Mädchen, das mit ihm auf Oarfs Rücken hierher gekommen war, vor seinen Augen verwandelte. Ihr Gesicht war verzerrt zu einer unmenschlichen Grimasse, ihre Gliedmaßen schwollen an, ihre Haut überzog sich mit einem borstigen Fell. Noch der letzte Rest ihrer dunkeln, melancholischen Augen verlor sich im Feuer grenzenloser Raserei, und vor sich sah Ido ein Monster, das keinen Namen hatte und kein Bewusstsein seiner selbst. Eine Missgeburt der Natur, der böse Scherz eines frevelhaften Gottes. Brüllend zeigte es ein Maul, das besetzt war mit Reißzähnen so scharf wie Klingen, während seine Gliedmaßen in Klauen mit langen, spitzen Krallen ausliefen. Als die ersten Assassinen aus dem Tempel stürmten, warf sich die Bestie ins Getümmel und metzelte alles nieder, was ihren Weg kreuzte, zerfleischte und zerfetzte die Leiber, ohne auch nur einen Moment innezuhalten.

Ido, der doch in seinem Leben so viele Massaker gesehen hatte, überkam zum ersten Mal Angst. Der Ekel drehte ihm den Magen um, und am liebsten hätte er so schnell wie möglich das Weite gesucht. Stattdessen umfasste er aber das Heft von Nihals Schwert noch fester. Mit kriegerischem Blick betrachtete er das Schlachtfeld. Der blaue Drache kämpfte auf der Rückseite des Tempels, Oarf am Hauptportal. Auch die Bestie hatte sich schon ihren Weg gebahnt. Nun war es an ihnen, ins Geschehen einzugreifen.

»Folgt mir. Wir gehen jetzt da rein und erledigen, was wir zu tun haben.«

Sennar blickte ihn mit verschreckter Miene an, Lonerin zitterte.

»Los jetzt!«, rief Ido aus voller Kehle.

Sein Schrei rüttelte die beiden auf, und schon rannten sie durch die Flammen hinein in das Chaos im Bau der Gilde. Erleichtert bemerkte Ido, dass die Situation so unübersichtlich war, dass niemand sie beachtete. Eingedenk dessen, was er Dubhe versprochen hatte, stürmte er hinab zu den Kerkern und machte dabei jeden nieder, der sich ihm in den Weg stellte. Jegliche Angst war verflogen, jegliches Zaudern fehl am Platz. Es war sein letzter Kampf, und diese Abgeklärtheit in der Schlacht, die ihn immer ausgezeichnet hatte, war zurückgekehrt. Er war noch einmal der Krieger, wie man ihn kannte.

Zum letzten Mal, sagte er sich mit einem wilden Lächeln.

»Hab keine Angst, es wird schon alles gut.«

Learco kam seine eigene Stimme nur wie ein Raunen vor. Der Junge, der neben ihm saß, weinte in einem fort. Er hatte ihn sogleich erkannt, als man ihn vor fast einer Woche zu Theana und ihm in die Zelle sperrte. Es war der Junge, den Ido dabeihatte, als sie sich zum letzten Mal im Zweikampf maßen, der Halbelf, den die Gilde so dringend gesucht hatte.

»Es war mein eigener Entschluss, ich bin freiwillig zur Gilde gegangen. Ich bin an allem schuld …«

Das waren die Worte, die er schluchzend wiederholte. Learco konnte es irgendwann nicht mehr hören. Er begann die Geduld zu verlieren, und dieses aufgeregte Hin und Her vor der Zellentür ließ auch nichts Gutes ahnen.

Theana hingegen hüllte sich in Schweigen und starrte ins Leere. Sie war voller Angst, bemühte sich aber, sich nicht davon beherrschen zu lassen.

Das war nicht leicht nach allem, was sie durchgemacht hatten. Bei der Gilde angekommen, hatte man ihnen die Augen verbunden und sie durch die stinkenden Gänge des Baus in die Zelle geführt, wo man sie in schwere, an der Wand befestigte Ketten legte. Seit diesem Zeitpunkt hatten sie niemanden mehr zu Gesicht bekommen. Einmal am Tag öffnete sich eine schmale Luke in der stählernen Tür, durch die jemand einen Teller zu ihnen hineinstellte, von dem sie zu dritt aßen, sowie einen Krug Wasser, der den ganzen Tag reichen musste.

Learco machte sich nichts vor. Jeden Moment konnten sie kommen und sie hinausführen, um den Wahn, den der entsetzlichste Verbündete seines Vaters ausgebrütet hatte, in die Tat umzusetzen.

Learco hatte versucht, sich zu befreien, doch die Ketten

waren viel zu stark. Und auch Theana konnte ihm nicht helfen, weil die Pflöcke, an denen die Ketten hingen, eigens so beschaffen waren, dass ihre magischen Kräfte blockiert wurden. Dann plötzlich begannen auch hier, tief im Innern dieses ruchlosen Ortes, die Wände zu beben, und ein wahnsinniges Brüllen zerriss die Stille in der Zelle. Mit vor Angst geweiteten Augen hob San den Kopf, und Theana blickte sich erschrocken um.

Learco versuchte, sich die Geräusche zu erklären, sich einen Reim zu machen auf die Stille, die diesem Brüllen gefolgt war. Dann Schritte vor der Tür, aufgeregte Stimmen. Und dann wieder das Brüllen.

»Ein Angriff«, sagte er leise, etwas bang.

»Sie kommen uns befreien. Ido ist da!«, rief San.

Learco wusste nicht, was er davon halten sollte. Ein Teil seiner selbst erwog vorsichtig die Möglichkeit eines Angriffs vonseiten des Rats der Wasser. Aber war das so früh schon möglich? Was mochte der Aufruhr bedeuten?

Plötzlich wurde die Tür aufgerissen, und das eindringende Licht blendete die drei Gefangenen. Sehen konnten sie niemanden, aber sie hörten eine Stimme.

»Aufstehen, los!«

Jemand packte San am Gürtel. Gleichzeitig spürte Learco, wie sich seine Kette spannte, Hände ihn ergriffen und hochrissen.

»Halt still, verflucht«, schrie der Mann, der den Jungen festhielt. Dann das Klatschen einer Ohrfeige, der dumpfe Schlag eines leichten Körpers, der zu Boden ging. Learco begriff, dass der Moment gekommen war. Eine weitere Gelegenheit würde sich ihm nicht bieten. Die Zellentür stand offen, und er musste sich die Verwirrung zunutze machen.

Mit einem heftigen Stoß machte er sich frei und stürzte sich dann auf den Assassinen, der San geschlagen hatte, schlang ihm die Kette um den Hals und zog. Der Mann röchelte in seinem eisernen Griff.

»Lass ihn los, oder ich töte das Mädchen!«

Der andere Assassine hatte rasch einen langen Dolch gezückt, den er Theana an die Kehle hielt. Die ersten Blutstropfen funkelten bereits auf der Klinge. Entsetzt blickte Learco auf den Assassinen und sein Opfer, während der Mann, den er gepackt hatte, wie ein wildes Tier austrat. Er saß in der Falle.

»Loslassen, hab ich gesagt«, herrschte der Assassine ihn an, wobei er den Dolch noch fester an Theanas Hals presste. Das Mädchen stöhnte auf, doch genau in diesem Moment bohrte sich eine schwarze Klinge in den Brustkorb des Assassinen.

»Du tötest niemanden mehr«, zischte eine Stimme im Dunkeln. Mit einem dumpfen Schlag sackte der leblose Körper zu Boden. Dahinter erschien jetzt ein Gnom mit weißem Bart und weißen Haaren, der ein Schwert aus Schwarzem Kristall auf halber Höhe hielt. Learco zögerte nicht. Mit Gewalt zog er an der Kette und erdrosselte den Assassinen, den er immer noch gepackt hatte. Für einen kurzen Augenblick versank die Zelle in einer unwirklichen Stille.

»Ido!«, rief San und warf sich dem Gnomen vor Freude weinend an den Hals.

»Nicht so wild …«, brummte der Gnom, als er ein wenig ins Stolpern geriet.

Doch der Junge war nicht zu bändigen: Ido war gekommen, um ihn zu retten, und das, obwohl er sich so furchtbar benommen hatte. Undankbar und ungerecht war er gewesen, und das musste er ihm jetzt sagen, auf der Stelle, in einem Atemzug. »Ich war so dumm … es ist alles meine Schuld! Ich dachte, ich sei unbesiegbar, aber ich muss noch sehr viel lernen. Du hattest Recht, Ido, ich schwöre dir, dass ich dir jetzt immer glaube!«

Der Gnom drückte ihn an sich, legte dann eine Hand auf seinen Kopf und wuschelte ihm durch das Haar. »Ist schon gut«, murmelte er, während er ihn wieder losließ.

Mit zwei mächtigen Hieben befreite er die Gefangenen von ihren Ketten, warf dann Learco eine Waffe zu und versuchte, zu Atem zu kommen. »Flieht, so schnell ihr könnt. Draußen ist die Hölle los.«

»Ist euer Heer angerückt?«, fragte der Prinz.

Ido schüttelte nur den Kopf, fügte aber nichts weiter hinzu.

»Was geht hier vor sich?«

»Für lange Erklärungen haben wir keine Zeit. Flieht einfach nur. Bist du in der Lage zu kämpfen?«

Learco ließ sein Schwert sinken, umfasste Idos Schultern und schaute ihm fest in die Augen.

Der Gnom wich seinem Blick aus. »Sennar und Lonerin sind auf dem Weg zu Aster, um seinen Geist zu befreien, und ich werde deinen Vater töten. Das heißt, ihr müsst euch allein durchschlagen.«

»Wo ist Dubhe?«, schrie Learco da in größter Verzweiflung. Dabei kannte er die Antwort bereits, aber er musste es auch aus Idos Mund hören.

»Sie hat sie freigelassen ... die Bestie.«

Learco spürte, wie sich alles um ihn herum zu drehen begann.

»Es gab keinen anderen Ausweg für sie. Sie tut es für dich, verstehst du? Sie hat mir das Versprechen abgenommen, dich zu befreien, während sie die Gilde angreift. Nimm also diese Frau und den Jungen und haut ab, sonst wird ihr Tod umsonst gewesen sein«, antwortete Ido und riss sich von Learco los.

Der Prinz reagierte nicht, war auch unfähig, einen klaren Gedanken zu fassen. So hatte sich Dubhe am Ende doch für den schwierigsten Weg entschieden, und niemand hatte sie daran gehindert.

»Ich möchte, dass ihr jetzt endlich von hier verschwindet. Und bring vor allem den Jungen an einen sicheren Ort.«

Theana hob das Schwert vom Boden auf und reichte es dem Prinzen. Ihr Gesichtsausdruck wirkte gelassen, fast so, als bitte sie ihn, Vertrauen zu haben.

Ohne recht zu wissen, wieso, nahm Learco die Waffe entgegen und nickte.

»Nein!« Sans markerschütternder Schrei brachte alle in die Wirklichkeit zurück. Der Junge war zu dem Gnomen getreten. »Ich will bei dir bleiben! Verlass mich nicht, bitte! Nur du allein kannst mich beschützen!«

Mit Augen voll grenzenloser Trauer blickte Ido den Jungen an. Er war unglaublich, dieser starke Wille des Jungen, und einen kurzen Moment dachte er an eine Zukunft, in der sie zusammen waren. Aber wichtig war jetzt nur, den Jungen heil aus dieser Hölle herauszubringen.

»Ich komme zurück, ich schwöre es dir. Wir werden eine Familie sein. Und ich werde nie mehr zulassen, dass dir etwas geschieht. Niemals. Doch jetzt muss ich gehen.«

San weinte, und Ido trocknete seine Tränen.

»Vertrau mir. Learco ist ein hervorragender Krieger und wird sein Leben einsetzen, um dich zu beschützen.«

Der Prinz nickte.

Lächelnd richtete sich der Gnom auf und entfernte sich schon, rückwärts gehend, ein paar Schritte. »Bis bald«, sagte er, die Hand zum Gruß erhoben, bevor er loslief und im Gewirr der Gänge verschwand.

Yeshol stampfte mit dem Fuß auf. Er hatte einen Assassinen am Kragen gepackt, der ihn mit blutverschmiertem Gesicht erschrocken ansah.

»Das Ungeheuer ist in den großen Versammlungssaal eingedrungen, Herr.«

»Das ist mir gleich. Der Junge, wo ist der Junge? Ich habe ein paar Männer beauftragt, ihn zu mir zu bringen, aber sie kommen einfach nicht zurück!«

Der Assassine schüttelte den Kopf.

Da knallte ihn Yeshol gegen die Wand und schrie ihm ins Gesicht: »Verlorener!« Selbst am ganzen Leibe zitternd, schleuderte er den Mann zu Boden und stürmte dann wie eine Furie in sein Studierzimmer, griff zu einem Buch auf dem Schreibtisch und drückte die Taste, die den Geheimgang öffnete. Die Wand drehte sich, und zum Vorschein kam eine Treppe, die steil nach unten führte. Fast laufend hastete Yeshol hinunter, ohne sich darum zu kümmern, dass der Durchgang geöffnet blieb. Erst als er vor der bläulichen Kugel stand, wurde er etwas ruhiger.

»Herr, ich bin mir meiner Schuld bewusst«, sprach er, sich auf den Boden setzend, mit dem entrollten Pergament und dem aufgeschlagenen Buch vor sich, in dem er, eine Seite suchend, zu blättern begann. »Aber bald werdet Ihr frei sein, und mir kommt die Ehre zu, Euch dazu als Medium zur Verfügung zu stehen. Es ist nicht tragisch, dass der Junge nicht da ist. Nehmt einfach mich«, fuhr er fort, während er sich mit der flachen Hand auf die Brust schlug und dabei weiter unverwandt auf die Kugel starrte. »Gewiss, Euer Geist kann nicht lange in meinem Körper überdauern, aber es wird Euch reichen, um Thenaar den Weg zu bahnen. Und dann werdet Ihr in diese Welt zurückkehren, auf der kein Platz mehr sein wird für *Verlorene*, nur noch für *Siegreiche*. Eure *Zeit* ist nahe, und mit Euch wird die Welt jene Vollkommenheit erreichen, nach der sie von Anbeginn an strebte, seit Thenaar sie erschuf.«

Er fand die gesuchte Seite. »Ja, hier ist es«, rief er erregt. Und er deklamierte mit lauter Stimme.

Ein letztes Mal blickte er auf die Kugel, breitete die Arme aus und war bereit.

28

Zwischen beiden Welten

Lonerin versuchte, sich zu beruhigen, indem er Dubhes Bild von sich fernhielt. Es war zu grausam, und am schlimmsten war der Gedanke, dass es ihm nicht gelungen war, etwas zu entwickeln, das diesen Fluch, der sie fesselte, hätte brechen können.

Du hast es nicht geschafft, sie zu retten. Dennoch braucht dich die Aufgetauchte Welt, hatte er sich Mut zu machen versucht.

Zunächst waren sie Ido ein Stück hinein in den Bau gefolgt, während Dubhes Brüllen immer lauter geworden war, ein Zeichen, dass die Bestie unaufhaltsam näher kam.

An einer Ecke hatte der Gnom einen anderen Weg eingeschlagen. »Geht ihr weiter, ich suche die Gefangenen.«

Lonerin verspürte einen Kloß im Hals. »Rette sie!«

Ido nickte und verschwand dann in den Gängen.

»Lass uns weitergehen«, forderte Sennar ihn auf.

»Ich gehe voraus. Ich kenne den Weg«, antwortete Lonerin, der sich tatsächlich an jedes Wort erinnerte, mit dem Dubhe ihm von dieser Geheimkammer erzählt hatte. Und er selbst kannte sich auch noch ganz gut im Labyrinth des Gildenbaus aus.

Den Tumult zu beobachten, stimmte ihn euphorisch. Es war so, wie er es sich immer erträumt hatte: Die Gilde wurde zerschmettert, während er zwischen den Trümmern umherwanderte. Die *Siegreichen* mit ihren furchtverzerrten Gesichtern sahen genauso aus, wie er es sich vorgestellt hatte, erlebten den Albtraum, den er ihnen immer zugedacht hatte. Im Geist ging er noch einmal jedes Wort des Ritus durch, jede Geste, die er vollführen musste.

Er erkannte den Flügel wieder, den sie jetzt durchquerten, überlegte kurz und zog Sennar tiefer in das Labyrinth der Gänge hinein.

Niemand stellte sich ihnen in den Weg. Langsam leerte sich der Bau, da die *Siegreichen* in den Sälen zusammenströmten, wo die Bestie tobte. Unwillkürlich dachte Lonerin, dass Dubhe doch Recht gehabt hatte: Ohne die Bestie, die alle Aufmerksamkeit auf sich zog, hätten sie es niemals schaffen können.

Vor dem gesuchten Raum angekommen, begann sein Herz noch heftiger zu schlagen. Er hielt Sennar am Gewand fest. »Hier ist es.«

Die Tür stand offen. Im Innern lagen überall Bücher wild verstreut am Boden, und Pergamentseiten stapelten sich in jeder Ecke. Vorsichtig traten die beiden Magier ein. Was hatte dieses Durcheinander zu bedeuten? Sollten sie jubeln oder sich Sorgen machen?

Es war Sennar, der den Geheimgang entdeckte. »Dort lang!«

Ohne zu zögern, stürmte Lonerin die Treppe hinunter, während Sennar hinter ihm her humpelte. Kaum hatte er jedoch den Raum betreten, erstarrte er.

Sie befanden sich in einem zylindrisch geschnittenen Zimmerchen mit abgestandener Luft, in dem der Schimmel grüne Arabesken auf die Wände gezeichnet hatte. In der Mitte ein kleiner Altar und darauf eine bläuliche Kugel, deren milchiges Licht schaurig die Wände erhellte. Von der Kugel, in der ein Gesicht mit undeutlichen Umrissen umherschwebte, stieg eine feine Rauchsäule auf, die einem Mann entgegentrieb, der mit ausgebreiteten Armen am Boden kniete. Sein zur Decke gerichtetes Gesicht zeigte einen Ausdruck tiefer Frömmigkeit. Yeshol. Irgendetwas war da im Gange, etwas Entsetzliches.

Wir sind zu spät gekommen, dachte Lonerin.

Doch dann sah er, wie sich Sennar mit einem Sprung auf den Mann warf und ihn am Boden festhielt. Der Rauch löste sich auf, und der alte Magier rief. »Jetzt, Lonerin!«

Rasch holte Lonerin den Talisman hervor und nahm ihn ganz fest in die Hand. Dabei schloss er die Augen, blendete alle Geräusche aus und konzentrierte sich genau so, wie er es in den Übungsstunden mit Sennar gelernt hatte. Seine Stimme zerriss die Stille. Eine Litanei, laut und melodisch, erfüllte den Raum. Worte aus der Sprache der Elfen, die ihn von sich selbst losrissen und an einen fernen Ort entführten, in jenes Zwischenreich, wo er auf die Nemesis der Aufgetauchten Welt stoßen würde.

Er zuerst, erinnerte ihn eine innere Stimme, und so unterbrach er den Lauf seiner Seele und sprach den Zauber. Er spürte, wie seine Hand mit dem Talisman darin glühend heiß wurde, und wusste, dass er da war. Der Mann, der die Aufgetauchte Welt in Angst und Schrecken versetzt und versucht hatte, alles Lebendige zu zerstören, war aus seinem unruhigen Todesschlaf gerissen worden und befand sich nun buchstäblich in seiner Hand. Aster.

Und jetzt du, forderte ihn wiederum diese Stimme auf. Nur für ein einziges Wort war ihm noch die Kraft geblieben. Und er sprach es aus. Schon spürte er, wie ihn etwas aus sich selbst herauszog. Er verlor das Gefühl für den eigenen Körper und fand sich plötzlich in einem leeren Raum wieder, dem Nichts, das einzig und allein vom Bewusstsein belebt war. Um ihn herum nur Ruhe und grelles Licht.

Bin ich im Talisman?, fragte er sich. Oder war er tot? Sennar hatte angedeutet, dass es auch diese Möglichkeit geben würde, vielleicht war er der Gewalt des Ritus nicht gewachsen gewesen.

Nein, nicht bevor ich das vollendet habe, was ich tun muss!

Er betrachtete den Raum um sich herum. Absolut nichts gab es da, und er verspürte weder Hitze noch Kälte. Nur eine nicht klar umrissene Gesamtheit.

Und nun?

Er wusste es nicht. Vielleicht musste er nach Aster suchen. Wenn er tatsächlich dessen Geist zurückgerufen hatte, musste er auch da sein. Aber das war er nicht. Eine dumpfe Angst beschlich ihn. So zu sterben war sinnlos. Aber wo lag der Fehler? Was hatte er falsch gemacht?

Dann endlich merkte er, dass sich etwas abzeichnete in dem grellen Nichts, das ihn umgab. Eine undeutliche, verschwommene Gestalt, die er mehr erahnte als tatsächlich sah.

»Das hast du gut gemacht.«

Eine Stimme ohne Konsistenz, die von nirgends kam, eine kindliche Stimme, die Lonerin unmittelbar in seinem Kopf hörte.

»Keine Kleinigkeit, was dir da gelungen ist«, sprach die Stimme weiter.

Ihr Tonfall war resigniert, schmerzerfüllt.

»Wer bist du?«

Lonerin wusste, dass er kein Wort gesagt hatte, und doch hatte er gesprochen.

»Wie? Du hast mich gerufen und weißt nicht, wer ich bin?«

Lonerin jubelte innerlich. Und jetzt sah er ihn auch. Er tauchte aus dem Nichts auf, aus dem grellen Licht, und kam mit langsamen, bedächtigen Schritten auf ihn zu. Lonerin starrte ihn an, und der Gedanke, dass dies vielleicht *tatsächlich* der Heilsbringer sein könnte, verschlug ihm den Atem. Ja, einen Moment lang glaubte er, dass die Gilde Recht hatte und die *Verlorenen* vierzig Jahre lang das Andenken eines Helden geschmäht hatten. Das konnte nur ein Gott sein, das Wesen, das ihm da entgegentrat, ein leidender, unverstandener Gott, abgewiesen selbst von seinen eigenen Getreuen.

Er sah aus wie ein zwölfjähriger Knabe und trug ein langes schwarzes Gewand mit einem hohen Kragen. Sein Antlitz war von betörender Schönheit. Mit betrübter Miene sah er Lonerin aus seinen strahlend grünen Augen an. Es war ein

Grün, das es auf der Welt nicht gab. Es war das Grün an sich, in das Lonerin blickte, die Essenz dieser Farbe, so wie die Götter sie erdacht hatten bei der Erschaffung der Aufgetauchten Welt. Dunkelblau rahmten die lockigen, schulterlangen Haare sein Gesicht ein, während die leicht spitz zulaufenden Ohren Lonerin daran erinnerten, welchem Volk er entstammte.

Der junge Magier war sprachlos. Das war er also, der Tyrann. Der *Retter* oder der *Zerstörer*. Unmöglich zu sagen, was er wirklich war, ein Wesen von außerordentlicher Niedertracht oder von unglaublicher Milde. Vielleicht war er beides, und Lonerin verspürte den Impuls, niederzuknien und ihn zu verehren. Wie hätte man sich in seiner Gegenwart auch anders verhalten sollen?

Sei vorsichtig: Er ist der Tyrann. Sein Erscheinungsbild ist ohne Wert, denn er ist ein Meister der Täuschung. Lass dich nicht in die Irre führen durch seine Hinterlist.

Lonerin versuchte, sich der Faszination zu entziehen und den Bann zu brechen. Zu Lebzeiten war Aster die Verkörperung des Schreckens, ein Mann, der Tausende Unschuldiger umgebracht hatte. So musste er ihn sehen. Musste ihn entkleiden von diesem Schleier der Allmacht, mit dem er sich ihm jetzt präsentierte, musste schauen, was dahinterlag, hinter seiner Schönheit und seinem traurigen Blick, musste ihn sehen als das, was er war: ein seit vierzig Jahren toter Knabe, oder genauer, ein alter Mann, der zu Recht den Tod gefunden hatte. Und er, Lonerin, hatte ihn in das Schattenreich zurückzujagen, aus dem er gekommen war.

»Wer bist du?«

Lonerin versuchte, der Sanftheit seiner Stimme nicht zu erliegen. »Das ist nicht von Bedeutung«, antwortete er, doch mit unsicherer, brüchiger Stimme. »Ich bin der Mann, der es dir verwehrt, deine Pläne in die Tat umzusetzen.«

Ein bitteres Lächeln erhellte dieses Gesicht von übermenschlicher Schönheit. »Was sollen das für Pläne sein?«, fragte er ohne Andeutung von Hohn.

Lonerin war aus dem Konzept gebracht. Nur mit Mühe konnte er einen klaren Gedanken fassen und schließlich die richtigen Worte finden.

»Du schickst dich an, den blinden Glauben deiner Anhänger dazu zu nutzen, um wieder in diese Welt zurückzukehren. Doch du gehörst der Vergangenheit an, und auch die Gilde hat ihr Recht, auf dieser Welt zu sein, verwirkt. Ich werde sie vernichten, und den vielen Tausend Opfern, die du mit der Sekte gemeuchelt hast, endlich Frieden schenken.«

Aster lächelte sanft. »Sprichst du von Yeshol und den Assassinen?«

»Versuch nicht, mich hinters Licht zu führen«, erwiderte Lonerin verwirrt. »Mir kannst du nichts vormachen. Ich kenne dich genau. Zu vieles habe ich von dir gehört und gelesen.«

»So, spricht man noch von mir?«, fragte Aster verwundert. »Ist mein Andenken noch nicht von der Erde getilgt worden?«

»Du weißt selbst, dass dem nicht so ist.«

Mit entwaffnend ehrlicher Miene sah Aster ihn an, und Lonerin ging auf, wie schwierig es für Nihal gewesen sein musste, dieses so tückische, scheinheilige Wesen richtig einzuschätzen und zu besiegen.

»Ich weiß, dass mich Yeshol und die Seinen verehren«, fuhr Aster fort. »Als ich noch unter den Lebenden weilte, schaute er sich bei mir ab, wie man einen Gott verehrt, und hing stets an meinen Lippen. Er war ein treuer, starker Diener, und deswegen nährte ich seinen Glauben und machte ihm vor, ich sei jener Mann, von dem die Prophezeiungen der Lehre Thenaars sprachen. Das Verlangen nach Gewissheiten treibt ja die Menschen zu extremem Tun, und haben sie etwas gefunden, woran sie glauben können, lassen sie sich noch nicht einmal vom Tod widerlegen. Deshalb erlaubt es sich Yeshol auch heute noch, meinen Geist zu belästigen, weil er sich nie mit meinem Hinscheiden abfinden konnte.«

Lonerin wurde immer verwirrter. »Wie auch immer, jedenfalls musst du zurück ins Reich der Toten, aus dem du gekommen bist.«

Aster ließ den Blick auf ihm ruhen, und der junge Magier fühlte sich wie durchbohrt davon. »Nichts lieber als das. Glaubst du denn, es gefiele mir, in diesem sinnlosen Zwischenreich umherzuschweben?«

»Ich glaube, dass du in unsere Welt zurückkehren möchtest, um das zu vollenden, was du einst begonnen hattest. Zu diesem Zweck hast du leichtgläubige Wesen deinem Willen unterworfen, Personen, von denen du wusstest, dass du ihr einziger Lebensinhalt bist«, antwortete Lonerin im Brustton der Überzeugung.

»Du hast eine seltsame Vorstellung vom Tod, die Vorstellung aller Lebenden«, erwiderte Aster. »Glaubst du im Ernst, deine Mutter im Jenseits wünschte sich, dass du die Gilde vernichtest, damit sie in Frieden ruhen kann?«

Lonerin war bis ins Mark getroffen. »Was weißt du von meiner Mutter?«, zischte er.

»Ich weiß, dass Yeshol sie umgebracht hat. Es war seine Klinge, die sich ihr ins Herz bohrte. Und ich weiß, dass deine Mutter zufrieden starb, weil sie sich sicher war, dass du weiterleben würdest. Für jemanden zu sterben, den man liebt, ist der schönste Tod.«

Lonerin fühlte sich vernichtet, zerrissen von dem Bild seiner Mutter im Leben und wie er sie in dem Massengrab gesehen hatte.

»Du musst nicht mehr leiden«, sprach Aster weiter. »Ich habe dir die Wahrheit gesagt. Sie hat ihren Frieden gefunden, als sie starb.«

»Hör auf! Kein Wort mehr über sie! Wage es nicht noch einmal, ihr Andenken zu missbrauchen, um mich ins Wanken zu bringen!«, schrie der Magier.

Aster blieb gelassen. »Das tue ich ja gar nicht. Ich will dir nur etwas klarmachen: Die Lebenden kennen nur die Gefühle der Lebenden, die Toten aber kennen den Tod.«

»Schluss!«

Doch Aster fuhr ungerührt fort. »Es gab eine Zeit, da bewegte mich nur ein einziger Wunsch, und dieses Ziel war das Einzige, was mich am Leben hielt.«

Lonerin konnte nicht anders, als ihm zuzuhören. Dabei hatte er bis zum Erbrechen darüber gelesen. Schon als er noch ein Junge war, hatte Folwar ihn immer wieder gewarnt und ihm Aster als abschreckendes Beispiel hingestellt. ›Lass dich nicht von den Verbotenen Formeln in ihren Bann ziehen. Studiere sie, aber lass nicht zu, dass sie dich beherrschen, sonst ergeht es dir wie dem Tyrannen. Auch übersteigerte Liebe kann tragische Folgen haben.‹ Von diesem Tage an war der Tyrann eine mehrdeutige Gestalt für ihn, die ihn gleichzeitig faszinierte und abstieß, neugierig machte und mit Grauen erfüllte.

»Der Zweck rechtfertigte alles«, fuhr Aster fort, während er seinen klaren, stechenden Blick auf Lonerin ruhen ließ. »Nichts konnte die Glut dieses blutigen Traumes löschen. Er war alles für mich. ›Welch ein grandioser Plan‹, sagte ich mir selbst immer wieder, bis zum Wahnsinn, in der Einsamkeit meines Palastes. Ich war allein, und eben darin lag auch die Großartigkeit meines Projektes. Nur Yeshol wusste, was ich vorhatte. Dieses Gesicht meiner selbst hatte ich ihm zu zeigen beschlossen, war es doch das Einzige, dem er zu gehorchen willens war. So war er eingeweiht, aber dennoch nicht in der Lage, es zu verstehen. Nur mir war es gegeben, die Herrlichkeit dieses Planes, der meinem Traum zugrunde lag, ganz zu erkennen.«

Lonerin versuchte, sich der einschmeichelnden Melodie seiner Stimme zu entziehen. »Das alles war nichts als der reine Wahnsinn«, erklärte er.

»Ach wirklich?«, erwiderte Aster. »Und was ist mit dir? Ich kenne die Magie, die du anwendest, und du wirst daran sterben. Ist dir das nicht bewusst?«

Eine eigenartige Kälte erfasste Lonerin. Er hatte Angst, bemühte sich aber, wieder aufzutauchen aus dem Schacht der Furcht, in den ihn diese Worte stürzen wollten. »Das ist ohne Bedeutung. Wichtig ist nur, dass ich meine Mission erfolgreich beende.«

Aster lächelte. »Und das soll kein Wahnsinn sein?«

»Ich opfere mich selbst. Mehr nicht.«

»Und wirst damit wenig retten. Ich hätte eine ganze Welt geopfert und damit alle gerettet.«

Diese Rechtfertigungen kennst du, diese Worte hast du schon oft gehört. Denk an die Geschichte der Drachenkämpferin, *denk an Nihal und wanke nicht*, sprach Lonerin diese innere Stimme Mut zu.

Aster gab ihm jedoch nicht die Zeit, etwas zu erwidern. »Von diesem großartigen Traum aber ist nunmehr nur noch Asche übrig. Schade, aber wie immer ziehen es die Götter vor, sich in Schweigen zu hüllen und uns von oben herab zuzuschauen.«

Plötzlich spürte Lonerin, wie ihn Müdigkeit überfiel. Obwohl er seinen Körper nicht spürte, fühlte er sich erschöpft und losgelöst. Es war, wie den Anker zu lichten und in See zu stechen, langsam zu entschwinden mit der Wolke, die ihn einhüllte. Er versuchte, den Blick von Aster abzuwenden, auf seine gefühllosen Hände zu schauen. Deren Haut war blass geworden, fast durchscheinend.

»Ich bin es müde, müde der Aufgetauchten Welt und müde meiner selbst. Als mich Nihals Schwert traf, wurden mir schlagartig viele Dinge deutlich. Mein Traum war bereits gestorben, bevor er Gestalt angenommen hatte, und in diesem Moment war ich froh, dass mich jemand aufhielt.«

Verblüfft betrachtete Lonerin dieses lichtüberflutete Gesicht. Eine entwaffnende Aufrichtigkeit lag in seinem Blick. Das war kein Trick, kein Versuch, den Gegner zu täuschen: nur die Wahrheit. Und die Müdigkeit, von der Aster gesprochen hatte, nahm Lonerin selbst mit jeder Faser seines eigenen Körpers wahr.

»Yeshol hat mich mit Gewalt dem Frieden einer Welt ohne Licht und ohne Finsternis entrissen. Er hat mich gezwungen, noch einmal eine Rolle zu spielen, die ich vor vielen Jahren bereits aufgegeben hatte. Kannst du mir sagen, was ich hier tue? Warum meiner Seele gegen meinen Willen wieder die Last des Fleisches aufgebürdet werden soll?«

Lonerin musste alle seine Kräfte zusammennehmen, um nicht das Bewusstsein zu verlieren. Er fühlte sich einer Ohnmacht nahe, wie er sie noch nie erlebt hatte. Irgendwo vernahm er die Schläge seines Herzens, die immer langsamer wurden.

»Ich bin nicht aus freien Stücken hier. An der Aufgetauchten Welt liegt mir nichts. Ich bin nicht mehr der Mann, der ich früher war. Weder Pläne noch Träume treiben mich an, weder edle noch bösartige Ziele. Das alles ist Sache der Lebenden, aber ich bin tot, ganz und gar, im Fleisch und im Geist. Ich will nur Frieden, *meinen* Frieden.«

»So ist das alles tatsächlich nicht dein Werk?«

Aster schaute ihm in die Augen. »Nein. Unter Schmerzen wurde ich aus meiner Ruhe gerissen, und mit Abscheu sah ich das Gesicht meines treuesten Dieners wieder. Seine Verehrung ist mir lästig, seine Gebete stören mich. Immer noch sucht er bei mir eine Bestätigung seines Glaubens, will mich missbrauchen für Ziele, die längst nur noch seine eigenen sind. Ich aber wünsche mir nur, von seiner Gegenwart befreit zu werden und ins Nichts zurückkehren zu können.«

Es klang tatsächlich wie ein verzweifelter Hilferuf. Lonerin bemühte sich, bei klarem Verstand zu bleiben. Denn er begriff, was da vor sich ging: Er wurde immer müder, weil der Zauber ihm alle Kräfte nahm. Das hieß, er war dabei, zu sterben, und musste sich beeilen.

»Wenn du deinen Frieden willst, so füge dich mir«, sagte er.

»Das tue ich bereits.« Aster schwieg einige Augenblicke und antwortete dann auf die nicht ausgesprochene Frage, die zwischen ihnen stand. »Ich kann mich nicht allein befreien. Nur du kannst es. Noch nicht einmal helfen kann ich dir. In dieser Welt bin ich ein Nichts. Ohne Körper existiere ich hier gar nicht.«

Er breitete die Arme aus, und sein Lächeln wirkte kindlich

rein. »Tu es, Lonerin. So heißt du doch, nicht wahr? Dies war der Name, den deine Mutter im Sterben rief. Tu es, ich flehe dich an.«

Lonerin fühlte seine Sinne immer weiter schwinden, spürte aber auch gleichzeitig, dass er es mit letzter Willensstärke tatsächlich schaffen konnte.

Er betrachtete diese flüchtige Gestalt vor sich und fragte sich noch einmal, ob sie wirklich die Wahrheit sprach. Aber vielleicht kam es darauf gar nicht an. Wichtig war jetzt nur, sich ganz genau an jeden Schritt des Zaubers zu erinnern und die notwendige Kraft dafür zu finden. So konzentrierte er sich ganz auf sich selbst, auf seinen sich in diesem Licht verlierenden Geist, und dabei überkam ihn eine seltsame Traurigkeit. Mitleid. Das Gefühl, das mehr als jedes andere sein Leben geprägt hatte, und vor allem jene lange Reise, die ihn hierher geführt hatte. Mitleid, Mitleid mit allen, selbst mit seinem Feind.

Schnell verscheuchte er jeden Gedanken und sammelte in sich alle Magie, die seinen Körper durchfloss, während sein Herzschlag immer schwächer wurde.

Unterdessen bemühte sich Sennar verzweifelt, Yeshol festzuhalten. Er wusste, dass er gegen den Anführer der Gilde mit seinen magischen Kräften nichts ausrichten konnte. Die hatte er fast alle verbraucht, um Nihal wiedersehen zu können, und die wenigen verbliebenen reichten nicht aus, um einen Höchsten Wächter zu bezwingen. Aber das war nicht so wichtig. Er würde dennoch alles geben, denn dies war von Anfang an eine Reise ohne Wiederkehr gewesen. Und so spannte er nun alle Muskeln seiner knöchernen Hände an und suchte mit einer plötzlichen Bewegung den Hals seines Gegners. Doch der wich aus und machte sich von ihm los. Gerade noch sah er, wie Yeshol zu Lonerin hastete.

Sennar schrie und streckte dabei beide Hände aus. Viele Jahre waren vergangen, seit er zum letzten Mal im Kampf einen Zauber gesprochen hatte. Damals waren seine Hände sehnig und stark gewesen, seine Arme voller Kraft. Jetzt lagen die Ärmel seines Gewandes auf einem Rechteck aus dünner Haut, die wie ein zu großer Handschuh die zitternden Muskeln seiner Arme umhüllte. Und doch gelang es.

Im Nu baute sich eine silberne Barriere um Lonerins wehrlosen Körper herum auf. Sennar erinnerte sich an Aires, an seine Überfahrt zum Wasserkrater und wie er damals ein ganzes Schiff mit diesem Zauber beschützt hatte. Heute entzog ihm diese kleine Schutzwand schon fast alle Kraft.

Voller Wut riss und zerrte Yeshol an der Wand, bis sie plötzlich zu unzähligen Scherben zersplitterte. Der Höchste Wächter schrie. In den Splittern lag Lonerin und schien tot: Sein Gesicht war bleich, und die Finger einer Hand krampften sich um den Talisman. Starr wie eine Leiche wirkte er. Lonerins Geist hatte den Körper verlassen. Er hatte es geschafft.

Sennar rappelte sich auf und warf dabei einen besorgten Blick auf die Kugel, die eben noch Asters Geist beherbergt hatte. Jetzt war sie leer, sah nicht anders aus eine beliebige Glaskugel.

Als er wieder zu Yeshol schaute, sah er, dass dieser seine verbrannten Hände erhoben hatte und sich anschickte, einen Zauber zu sprechen. Nur noch einen Augenblick, und alles wäre aus. Mit Yeshols Zauberkraft konnte er es nicht mehr aufnehmen. Und so packte er ihn kurz entschlossen von hinten und presste ihm eine Hand auf den Mund, während er ihm mit der anderen die Kehle zudrückte.

Yeshol wehrte sich verzweifelt. So begannen sie zu rangeln, schleuderten sich gegen die Wände und stießen dabei die Glaskugel um, die in tausend Scherben zerbrach. Doch sie kümmerten sich nicht darum und wälzten sich nun, ineinander verbissen wie wilde Tiere, am Boden. Sennar spürte, wie ihm die Zähne seines Feindes in die Haut eindrangen, und der Schmerz überwältigte ihn, sodass er seinen Griff lockern musste. Yeshol nutzte das, um sich freizumachen und unter seinem Gewand einen Dolch hervorzuholen. Schon fuhr er herum, warf sich auf den Magier und setzte ihm die Klinge an die Kehle.

»Niemand kann mich aufhalten!«, kreischte er, die Augen blutunterlaufen, seine Hand zitterte. »Das ist Thenaars Wille.«

Sennar spürte, wie die Klinge seine Haut ritzte. Vielleicht hatte er Lonerin genug Zeit verschafft, vielleicht war sein Kampf nicht vergebens gewesen. Und so schloss er die Augen und dachte, dass es ein guter Moment war zum Sterben.

Da zerschnitt ein unheimliches Zischen die dünne Luft in dem Raum, und sein Herz setzte einen Schlag aus. *Es ist zu Ende*, dachte er. Stattdessen merkte er aber, dass sich der Griff um seinen Hals lockerte. Als er die Augen öffnete, sah er einen Mann mit einem brutalen Grinsen im Gesicht hinter Yeshol stehen. Er wirkte geschmeidig, ja glitschig, und seine Miene schien verzerrt von der Vorfreude auf Rache.

Verwundert blickte Yeshol auf die bluttriefende Klinge, die jetzt wieder aus seinem Rücken herausgezogen wurde. Sein Gesicht verriet keinerlei Schmerz, nur Fassungslosigkeit. »Sherva …«, murmelte er.

Der Assassine hinter ihm ließ ein höhnisches Lachen erklingen, während er die Klinge ganz herauszog und Yeshols Körper mit einem Tritt zu Boden beförderte.

Sennar nutzte die Gelegenheit, um zu Lonerin zu kriechen.

»Das hättest du wohl nicht gedacht, dass sich dein braver, treuer Diener gegen dich erhebt?«, rief Sherva. »Doch ich spucke auf deinen Gott! Ich glaube nicht an Thenaar und auch nicht an dich! Jahrelang bin ich vor dir niedergekniet in der Überzeugung, dass ich durch dich zum mächtigsten Assassinen aller Zeiten werden würde. Ich war sicher, dass ich dich eines Tages töten und deinen Platz einnehmen würde. Aber du hast mir alles genommen, was ich war, hast einen elenden Wurm aus mir gemacht, hast mich gezwungen, meine Götter mit Füßen zu treten, und mich wie den niedersten deiner Speichellecker behandelt.«

Er verpasste dem am Boden Liegenden einen brutalen Tritt in die Wunde, doch kein Laut entwich Yeshols Mund. Nur einen kurzen Moment schloss er die Augen, und als er sie wieder öffnete, war sein Blick voller Hass.

Sherva beugte sich über ihn, versenkte erneut die Klinge in seinem Fleisch und drehte sie brutal hin und her. »Tu mir doch den Gefallen und schrei. Zu meinem Ruhm!«, feixte er mit grimmiger Miene.

Das Lachen jedoch erstarb ihm in der Kehle. Denn mit einer blitzartigen Bewegung hatte Yeshol einen Dolch, den er irgendwo verborgen hatte, in Shervas Brust gebohrt.

»Verräter!«, zischte der Höchste Wächter, während Sherva rückwärts strauchelte, die Wand hinter ihm hinunterglitt und dann röchelnd auf dem Boden saß.

Eine Hand auf die Wunde im Unterleib gepresst, erhob sich Yeshol, taumelte zu seinem Diener und bedachte ihn mit einem eiskalten Blick.

Sherva hob die schon vom Tod verschleierten Augen und lächelte. »Du stirbst«, keuchte er, »und ich habe dich getötet.«

»Nein, das ist nicht wahr. Thenaar und seinem Priester, mir also, wird die Aufgetauchte Welt zu Füßen liegen, aber du wirst es nicht mehr erleben.« Yeshol holte weit aus mit dem Dolch, zog ihn Sherva über die Kehle und kippte dann, von der eigenen Bewegung aus dem Gleichgewicht gebracht, zur Seite weg.

Einige Augenblicke blieb er so am Boden liegen. Dann hob er mühsam den Kopf und streckte einen Arm aus.

In einer Ecke kauernd, beobachtete Sennar, wie der Höchste Wächter über den Fußboden kroch und eine Blutspur hinter sich zurückließ. Seine Augen waren hasserfüllt, und alle Entschlossenheit der Welt lag darin.

»Ich bin noch nicht tot«, zischte er leise.

29

Feuer und Stahl

Als die Erde über ihm zu beben begann, wusste Dohor sofort, dass nun der Zeitpunkt gekommen war. Er hörte, wie alle im Haus in Panik gerieten, hörte die Schreie, die hastigen Schritte, vor allem aber das Brüllen der Drachen, das nicht die leisesten Zweifel daran zuließ, was da geschah.

Langsam erhob er sich aus seinem Bett, griff zur Rüstung und zog sie an. Dann nahm er das Schwert zur Hand, das einmal seinem Vater gehört hatte – und war bereit.

Angefangen hatte alles in der Akademie. Zu jener Zeit war Ido dort als Ausbilder eingesetzt, um junge angehende Drachenritter für eine neue Truppe auszuwählen. Als der Gnom ihn dann für nicht tauglich befand, hatte er sich öffentlich darüber beschwert, was wiederum Ido zum Anlass nahm, ihn zum Zweikampf herauszufordern und ihn vor aller Augen zu demütigen. Dies war die lebendigste und schmerzlichste Erinnerung seines Lebens, in dem er bis zu diesem Zeitpunkt keine Rückschläge erlebt hatte: Als Sohn eines hochrangigen Generals sonnte er sich in der Bewunderung und im Neid seiner Kameraden. Egal mit welcher Waffe, er war besser als sie alle, wurde umschmeichelt und selbst von seinen Lehrern mit Ehrfurcht behandelt. Nur Erfolge kannte er, und es gab keinen Grund zu der Annahme, dass dies in Zukunft nicht mehr so sein sollte. Ido war der Erste, der ihm die Schmach einer Niederlage beibrachte. Vor allen Lehrern und Kameraden zog er seine Fähigkeiten in Zweifel, und das ausgerechnet er, der sein Land verraten hatte und dazu noch einer Rasse angehörte, die Dohor als ausgesprochen minderwertig empfand: den Gnomen.

In den Jahren danach hegte Dohor seinen Hass auf Ido und versuchte mit Terror und Gewalt gegen alle, die sich ihm widersetzten, die erlittene Schmach zu tilgen. Zunächst hatte er das Ziel, Oberster General der Akademie zu werden, ein notwendiger Schritt beim Aufstieg zur Macht, und dazu musste er Ido entmachten. Bei allem, was er unternahm, um die Aufgetauchte Welt zu erobern, stand ihm immer wieder der Gnom im Weg, und so hatte er es mit besonderem Entzücken erlebt, wie Ido, wehrlos wie ein Wurm, vor dem versammelten Rat der Magier stand, nachdem er, Dohor, ihn des Verrats bezichtigt hatte. Im Grunde sah er in all den Jahren weiterhin nur den aufgeblasenen Ausbilder in ihm, der ihn in der Akademie im Kampf auf drei Runden dreimal in den Staub gezwungen hatte.

Heute nun war der Tag gekommen, ihn endgültig zu vernichten. Es war schon eigenartig, dass sich das Schicksal so spät entschlossen hatte, sie gegeneinanderzuführen. Denn nie zuvor hatten sie sich auf dem Schlachtfeld Auge in Auge gegenübergestanden. Nun wollte er endlich das Blut des Gnomen. Zuvor war er praktisch jeden Tag seines Lebens damit beschäftigt gewesen, Ido immer mehr zu nehmen: seine Titel, sein Zuhause, die Freunde, ja sogar seine Frau, aber wirklich in die Knie gezwungen hatte er ihn nie. In seinem Kopf war Ido immer noch der Stärkere, und das konnte Dohor nicht mehr länger ertragen.

Gelassenen Schritts durchquerte er die Gänge, während die Assassinen wie von Sinnen aufgescheucht hin und her hasteten. Er beachtete sie nicht. Sein persönlicher Zweikampf war wichtiger als alles andere.

Immer wieder legte sich ohrenbetäubendes Brüllen über das allgemeine Geschrei und ließ die Mauern erbeben. Dohor kannte den Ruf der Drachen und lächelte böse. Da er wusste, dass Ido seinen Vesa im Kampf verloren hatte, konnte dies nur eines bedeuten: Der Gnom hatte die ungeschriebene Verpflichtung eines jeden Drachenritters gegenüber seinem Tier gebrochen.

Hasst du mich so sehr, dass du auf das Andenken deines Drachen spuckst? Zittere, denn ich stehe dir darin nicht nach.

Er bewegte sich zu dem Flur, den Yeshol ihm einige Tage zuvor gezeigt hatte und der zu einem anderen Ausgang direkt in den dichten Wald hinausführte. Dort hatte der Höchste Wächter eine Hütte errichten lassen.

»Nur für Euch«, hatte er mit einem schmierigen Lächeln erklärt, »und für Euren Drachen.«

Je weiter er nach draußen gelangte, desto entfernter und gedämpfter klang das Geschrei im Bau. Dohor dachte an die Ereignisse der vergangenen Tage zurück, und dabei wurde ihm klar, dass die schmalen Risse, die plötzlich das Bollwerk seiner Herrschaft durchzogen, alle von dem einen Kratzer herrührten, den er nie hatte glätten können. Solange Ido atmete, würde er immer wieder Angst haben müssen. Der Gnom war der Anfang und das Ende von allem, er war der Fleck, von dem er sich noch nicht gereinigt hatte. Berge von Toten hatte er aufgehäuft, war über die Leiche seiner Gattin gegangen und würde auch über die seines Sohnes gehen. Er hatte seine Seele dem Teufel vermacht und Yeshol und dessen Bruderschaft der Wahnsinnigen an sich gebunden. Jetzt blieb ihm nur noch ein Feind: der wichtigste.

Draußen vor dem Bau roch es verbrannt. Mit vollen Lungen sog Dohor den Geruch des Schlachtfelds ein und betrat dann die Hütte. Wach lag sein Drache am Boden, die Flügel eingezogen unter dem Körper, während sich zwischen seinen Vordertatzen und den Pflöcken die Ketten spannten, die ihn am Boden hielten.

Der dorthin abgestellte Stallbursche war vor Angst kreidebleich.

»Mach ihn los«, befahl der König.

Der Junge gehorchte auf der Stelle und begann, wie Espenlaub zitternd, sich an den Ketten zu schaffen zu machen. Kaum war Dohor König geworden, hatte er beschlossen, dass er einen neuen Drachen brauche. Das Tier, das er schon seit der Zeit seiner Ausbildung in der Akademie ritt, schien ihm für einen Herrscher völlig unangemessen. Es war ein normaler grüner Drache, den er dann aber Yeshol überließ.

»Wir sind im Besitz des Geheimnisses, mit dem Aster seine Schwarzen Drachen erschuf. Lasst mich nur machen, und Ihr werdet Euren Drachen nicht mehr wiedererkennen«, hatte der Höchste Wächter nämlich zu ihm gesagt.

Und er hatte gut daran getan, den Worten Yeshols Glauben zu schenken. Denn heute war sein Drache ein Tier von furchterregender Schönheit. Sein Rücken war besetzt mit spitzen schwarzen Stacheln, und sein langgezogenes Maul verbreitete Angst und Schrecken. Seine mächtigen Flügel funkelten jetzt unnatürlich im reflektierten Licht der Milchgewächse, das durch das Stallfenster einfiel.

Kaum hatte der Stallbursche die Vordertatzen losgekettet, riss der Drache die Augen auf, die wie rote Kohlen im Dunkel der Nacht glühten. Mit Macht breitete er die Schwingen aus, und ein Beben durchlief die Wände, das sich bis in den Boden fortsetzte. Der blasse Bursche presste sich mit dem Rücken gegen die Stallwand, und Dohor lachte amüsiert und zog sein Schwert.

»Heute Nacht bekommst du Gnomenfleisch zu fressen!«, rief er seinem Drachen zu, und als er aufsaß, überkam ihn endlich wieder einmal der Rausch des Kampfes, ein begeisterndes Gefühl, das er zu lange nicht genossen hatte.

Mit dem Schwert in der Hand rannte Ido durch die Flure. Seltsam, aber das Heft von Nihals Schwert schien wie für ihn gemacht, so als habe er diese Waffe sein Leben lang geführt, obwohl sie doch so anders als seine eigene war.

Er stieß auf keinen nennenswerten Widerstand. Dubhe, zur Bestie mutiert, hielt die ganze Gilde in Schach, und die Assassinen, die ihm über den Weg liefen, beachteten ihn nicht. Allerdings hatte auch er selbst kein Interesse an ihnen. Für ihn gab es nur eine Beute, und nach der suchte er jetzt.

Er stürmte in jeden Raum, durchkämmte jeden Winkel und folgte dabei blind nur seinem Jagdinstinkt. Einen Moment lang fragte er sich, ob er gut daran getan hatte, San bei Learco und Theana zu lassen. Die beiden waren sehr mitgenommen, und der Prinz war dazu noch in besonderem Maß erschüttert angesichts dessen, was mit Dubhe geschah. Die Vernunft sagte ihm ganz deutlich, dass sein Vorhaben falsch war: Es war unklug, den Gespenstern der Vergangenheit nachzujagen, sein Platz war neben dem jungen Mann, der hoffentlich bald die Herrschaft über die Aufgetauchte Welt, wie sie aus dieser Schlacht hervorging, übernehmen würde. Doch eigentlich hatte er nie gern auf seine Vernunft gehört. Sein ganzes Leben lang hatte er sich von seinem Verlangen zu kämpfen antreiben lassen, denn im Grunde seines Herzens war er nichts anderes als ein Soldat. Er erinnerte sich an Aires und deren Tod, an Soana und all die jungen Leute, deren Hände er noch gehalten hatte, während sie in der Blüte ihres Lebens starben. Alles begann und endete mit Dohor, eine andere Möglichkeit als den Kampf gegen ihn gab es nicht. Sein Platz war dort, wofür sein Herz immer geschlagen hatte, inmitten der Schlacht.

Schließlich bog er in einen Gang ab, der noch etwas düsterer als die anderen war. Da lief jemand an ihm vorbei, und Ido packte ihn kurz entschlossen am Kragen, knallte ihn gegen die Wand und setzte ihm das Schwert an die Kehle.

»Wo ist Dohor?«

Jetzt erst sah er, dass es ein Mädchen war, das ihn verschreckt anstarrte, offenbar ohne ihn verstanden zu haben, so als habe seine Stimme ihr Ohr gar nicht erreicht. »Ich …«

Der Gnom drückte ein wenig zu, und die Klinge riss ihre weiche Haut am Hals auf. »Antworte!«

»Draußen«, murmelte sie mit erstickter Stimme.

»Verdammt, lüg mich nicht an! Hier kommt niemand raus, es ist doch alles dicht!«, fluchte Ido laut.

Das Mädchen deutete in eine Richtung. »Auf der rechten Seite ... da ist noch ein Tor ...«

Ido stieß sie fort und rannte zu dem Gang. Kurz darauf blieb er wieder verwundert stehen. Hier roch es verbrannt, und zudem meinte er, ein Brüllen zu hören.

Ist der etwa mit seinem Drachen gekommen?, fragte er sich, während sein Herz in der Brust hämmerte.

Draußen stand alles in Flammen, und Ido ließ den Blick schweifen über den brennenden Tempel mit seinen schwarzen Mauern, über dem in der Höhe zwei Drachen zu sehen waren. Der erste war Oarf, der weiterhin seinen Feueratem über der Erde ausstieß, und der andere ebenfalls ein mächtiges Tier mit dunkelgrünem Leib und pechschwarzen riesengroßen Flügeln.

Das musste er sein. Dohor auf seinem Drachen. Ido hielt suchend Ausschau nach dem kleineren blauen Drachen, der sie her begleitet hatte, und sah etwas entfernt am Boden einen auf der Seite liegenden Rumpf. Da riss er sein Schwert in die Höhe und stieß einen Schrei aus. Oarf hörte ihn sofort und kam im Sturzflug zu ihm herunter. Kurz bevor er ihn erreichte, breitete er die Flügel aus, und ein Schwall warmer Luft fegte Ido ins Gesicht. Mit hasserfüllten Augen und Kampfeslust brüllte Oarf einmal laut auf und senkte dann den Kopf, um Ido aufsitzen zu lassen. Eine eiskalte Ruhe überkam den Gnomen, als er auf dem Drachenrücken saß. Der Moment war gekommen.

Schon oben in der Luft, schloss er kurz die Augen und hatte dabei das Gefühl, in die Vergangenheit zurückzukehren, in die Zeit, als er sich noch nicht so allein gefühlt und Soana nach jeder Schlacht auf ihn gewartet hatte. Er dachte an seine Jugend, an die vielen Ideale, die ihn auf seinem Lebensweg begleitet hatten, und stellte bewegt fest, dass er keines verloren hatte. Er war müde, aber nicht gezähmt und wusste, dass ihn die Jahre noch nicht bezwungen hatten, dass er würde kämpfen können, bis wirklich alles zu Ende war.

Da erfasste ihn ein Schwall heißer Luft, und ein markerschütterndes Brüllen riss ihn aus seinen Gedanken. Oarf fuhr herum, und Ido mit ihm.

Mit ausgebreiteten, vom Schein der Feuersbrunst durchdrungenen Schwingen und aufgerissenem Maul, aus dem die spitzen Reißzähne hervorragten, schwebte der Drache vor ihnen. Die geschmeidigen Muskeln unter seiner ledernen Haut waren so fest angespannt, dass sie zu bersten drohten. Er war noch um einiges größer als Oarf, ein gigantisches, furchterregendes Tier von außerordentlich brutalem Aussehen, mit Sicherheit das Ergebnis jener widernatürlichen Wissenschaft, die der Tyrann entwickelt hatte. Auf seinem Rücken saß Dohor, riss wild an den Zügeln und reckte sein Schwert zum Himmel.

Ido kannte die Waffe. An jenem so lange zurückliegenden Abend in der Akademie, als sich ihre Wege zum ersten Mal gekreuzt hatten, hatte er sie auch schon getragen.

Der König blickte ihn höhnisch an. »Endlich wird abgerechnet!«

»Ja, endlich«, rief der Gnom zurück.

Diese Erkenntnis, dass ihn selbst und seinen Feind das gleiche Motiv bewegte, war bedrückend. Ein so tiefer und lange genährter Hass ließ sich nicht mehr damit rechtfertigen, für eine gute Sache zu kämpfen.

»Ich habe schon gewonnen, Ido. Das weißt du doch«, rief Dohor. »Schau dich nur um. Du hast nichts mehr, nicht mal mehr einen eigenen Drachen. Ich habe dir alles genommen.«

»Warum bist du dann hier, wenn du glaubst, du hättest mich schon besiegt?«

Dohor fletschte die Zähne. »Um das Wort ›Ende‹ auszusprechen.«

»Du hast dich nicht verändert«, erwiderte Ido lächelnd. »Du bist immer noch der arrogante, an Selbstüberschätzung leidende kleine Junge. Für große Taten bist du nicht geschaffen, und in ein paar Jahren wird sich niemand mehr deines Namens erinnern. Deine Geschichte endet hier.«

»Schweig!«, forderte der König ihn auf und streckte ihm

die Klinge entgegen. »Es wird Zeit, dass wir unsere Waffen sprechen lassen.«

Zum Gruß führte Ido Nihals Schwert senkrecht vor sein Gesicht. Dann schloss er die Augen und gab Oarf einen Klaps.

Ein letztes Mal, alter Junge! Heute Abend kämpfen wir beide um unser Leben.

Noch einen Augenblick wartete er, um das Rauschen des Windes zu hören, den Geruch des Schlachtfelds zu riechen, und schwang sich dann auf Oarf in die Lüfte.

Noch sehr genau erinnerte sich der Gnom an den ungestümen, brutalen Kampfstil Dohors. Der König griff pausenlos an, unermüdlich, getrieben von dem Verlangen, zu vernichten, niederzumachen, zu zerstören.

So entbrannte auf Anhieb ein offener Kampf. Die Drachen bespuckten einander mit gewaltigen Flammen, während die beiden Kämpfer, sobald sie sich näher kamen, mit mächtigen Hieben aufeinander einschlugen.

Ido behielt die Ruhe, obwohl er schon lange nicht mehr auf diese Weise gekämpft hatte. Seine alten Glieder schienen die vielen Lebensjahre abgeschüttelt zu haben, und seine Reflexe waren so gut wie in früheren Zeiten. Er focht aus dem Handgelenk, bewegte nur die rechte Hand. Nihals schwarze Klinge zischte durch die Luft, zeichnete Schnörkel in den Rauch, der alles einhüllte.

Dohor hingegen kämpfte mit Kraft und verteilte hauptsächlich Schläge von oben, beidhändig und mit aller Gewalt. Bei jeder Parade spürte Ido, wie seine Gelenke knirschten, obwohl er sich bemühte, die Hiebe mit seiner eigenen Waffe abzufedern.

Ich kann es schaffen, sagte er sich mit jedem Schlag. *Wir werden es schaffen*. Da durchdrang ein gewaltiger Stoß seine Deckung, und die Waffe raste auf sein Herz zu. Es war sein Instinkt, der für ihn reagierte. Blitzschnell glitt seine linke Hand zum Gürtel, und er zog *sein* Schwert, jene Waffe, die ihn in allen Schlachten seines Lebens begleitet hatte. Mit dieser parierte er und ging dann wieder auf Distanz.

»Hast du dich zum Falschspieler gemausert, um mich zu besiegen?«, keuchte Dohor.

Ido lächelte triumphierend und hob beide Schwerter, die im Schein der Feuer unheimlich funkelten. Eine weiße und eine schwarze Klinge, Stahl und Kristall, die beide für sein Leben standen. »Siehst du? Auch die Vergangenheit steht gegen dich auf, um dich ins Jenseits zu befördern«, rief er. »Meine Klinge hast du bereits kennengelernt und von der anderen sicher auch schon gehört. Du warst damals noch ein Bübchen, aber Nihal dürftest du nicht vergessen haben.«

Dohors Augen blitzten erschrocken auf, und der Gnom ging sofort zum Angriff über.

Wieder ließen sie die Klingen sprechen, immer schneller, immer schneller, während die Funken in den feuerroten Nachthimmel aufstoben. Ido blieb gelassen, sein Herz pumpte rasch, aber in gleichmäßigem Rhythmus, sein Atem kam nur ein wenig keuchend. Als er merkte, dass Dohor immer mehr die Geduld verlor, huschte ein Lächeln über sein Gesicht. Und er war es auch, dem der erste Treffer gelang. Nicht mehr als ein Kratzer, doch er fühlte den Sieg näherrücken. Sofort setzte er nach, aber Dohor schaffte es, wieder auf Abstand zu gehen, und schoss dann im Sturzflug zur Erde hinunter. Ido folgte ihm, ohne zu wissen, was da gespielt wurde. Da sah er, wie Dohor dicht über dem Boden schwebte, im Flug mit seiner Linken ein Schwert ergriff und sich ihm dann ruckartig wieder zuwandte.

»Du bist nicht der Einzige, der für Überraschungen gut ist«, rief der König und stieß augenblicklich zu, diesmal mit der linken Hand. Mit großer Mühe konnte Ido die Attacke abwehren. Es war wieder ausgeglichen. Zwei Klingen auf jeder Seite. Die vier Schwerter kreuzten sich, und einen Moment lang schossen die Drachen nebeneinanderher durch den nächtlichen Himmel.

»Schämst du dich nicht, ein billiges Schwert ohne Geschichte zu führen? Ich dachte immer, du nähmest nur Waffen von den besten Schmieden zur Hand«, höhnte Ido.

»Das ist dein Fehler. Du hältst mich immer noch für einen verwöhnten Jungen. Aber ich habe alle hinter mir gelassen, und das nur, weil ich im Grunde ein Krieger bin, der beste.«

Statt einer Antwort, stürzte sich Ido wieder auf ihn. Doch machte sich langsam die Erschöpfung bemerkbar. Dohors Schläge blieben kraftvoll, während ihm selbst die Handgelenke schmerzten.

Da spürte er, wie sich Oarfs Muskeln unter seinen Schenkeln verkrampften, und sein Brüllen hallte durch die Nacht. Eine Flamme hatte die Tatze des Drachen versengt, eine nicht tiefe, aber schmerzhafte Brandwunde.

Da griff Dohor wieder an. Im letzten Moment konnte Ido sein Schwert hochreißen, doch sein Gegner klemmte es zwischen seinen Klingen ein und setzte den Hebel an. Ein schrilles, kreischendes Geräusch, und Idos Schwert zerbrach. Nur noch das Heft hielt er in der Hand, auf dem einst sein längst unkenntlich gemachter Treueschwur auf den Tyrannen eingraviert war.

Dohor verlor keine Zeit, bedrängte Ido weiter und zerschnitt, krampfhaft sein Fleisch suchend, die Bänder, mit denen die Rüstung des Gnomen befestigt war. Ido ließ Oarf auf Abstand gehen, während das höhnische Gelächter seines Gegners über die Ebene hallte.

»Eins zu null«, rief der König, wobei er die beiden Schwerter zum Himmel hinaufreckte.

Ido ließ das abgebrochene Heft fallen. Nach seinem Drachen hatte er nun auch noch sein Schwert verloren. Die Spuren der Vergangenheit erloschen, und alles konzentrierte sich in der Gegenwart. Für anderes war kein Raum. Mittlerweile bestand sein Leben nur noch aus diesem Kampf. Und so gab er sich einen Ruck und umfasste es noch fester: *Nihals Schwert*.

Der Schwarze Kristall funkelte in seinen Händen, und er spürte neue Kraft. »Jetzt kommt dein Ende«, rief er und schoss wieder auf seinen Gegner zu.

Er verließ sich nicht mehr allein auf das gekonnte Fechten aus dem Handgelenk, sondern probierte es auch mit purer Gewalt. Seine Armmuskeln schmerzten, aber das war egal. Mit immer schnelleren Schlägen versuchte er, Dohor die zweite Klinge aus der Hand zu schlagen. Endlich kam er durch. Es war ein einziger Stoß, doch die Schwertspitze bohrte sich in des Königs linke Achselhöhle. Dohor schrie vor Schmerz und ließ die Waffe fallen.

»Ausgleich«, rief der Gnom gelassen.

Jetzt galt es, bis zum letzten Atemzug zu kämpfen, denn Erholungspausen gab es nicht mehr, alle Muskeln und Knochen schmerzten, seine Kräfte gingen zur Neige. Aber er würde sie restlos einsetzen.

Auch Dohors Schlagkraft nahm ab, und Ido nutzte das, indem er mehr dem Drachen des Königs zuzusetzen begann. Dazu entfernte er sich ein wenig und trieb dann Oarf wie ein Geschoss gegen einen Flügel des schwarzen Drachen. Doch der konnte sich wehren, die beiden mächtigen Tiere verbissen sich ineinander und bekämpften sich, von Flammen eingehüllt, hoch in der Luft. Sie schnappten, bissen, wichen zurück, schlugen und traten um sich mit Pranken und Klauen. Da endlich fanden Oarfs Reißzähne ihr Ziel. Der mächtige schwarze Drache brüllte auf, wehrte sich aber, indem er selbst sofort zubiss und den Schwanz seines Feindes erwischte. Ineinander verkeilt stürzten die beiden Drachen zur Erde hinunter, lösten sich dann im letzten Moment und versuchten, so gut es noch ging, den Sturz abzubremsen.

Wenige Ellen vor dem Aufprall sprang Ido ab, rollte über den Boden und war sofort wieder auf den Beinen. Dohors Drache hingegen landete unsanft, und der König brauchte eine Weile, bis er wieder zum Kampf bereit war. Doch nicht lange, und sie kreuzten wieder die Klingen, während ihre Drachen, einige Schritt von ihnen entfernt, Feuer und Flammen spien.

»Auf festem Grund, nur wir beide, wie damals vor vielen Jahren in der Akademie«, rief Dohor.

»So sei es«, antwortete Ido nur.

Sie trennten sich und standen eine Weile nur da und blickten einander an. Das Ende nahte. Einer von ihnen würde zu Boden stürzen und nie wieder aufstehen.

Ido atmete tief durch. Hinter sich hörte er Oarfs Brüllen und die dumpfen Schläge seiner trampelnden Pranken. Und während ihm die heiße Luft und der Brandgeruch in die Nase stiegen, sagte er sich, dass er sich nichts Besseres hatte erhoffen können, als an einem Ort zu sterben, der seiner Heimat so ähnlich war.

Dann stürmte er los zum letzten Angriff. Parade, Attacke, Funken, Schmerzen. Da spürte er, wie ihm auf der rechten Seite die Klinge des Königs Haut und Fleisch durchdrang. Er taumelte zurück und bemühte sich verzweifelt, sich auf sein Schwert stützend, irgendwie auf den Beinen zu bleiben, während das Blut aus der Wunde strömte.

»Jetzt bist du erledigt«, rief Dohor lächelnd mit seiner typischen Miene, der Miene des verwöhnten Jungen.

Es war dieser Anblick, der Ido neue Kraft gab. Mit übermenschlicher Anstrengung hob er sein Schwert, biss die Zähne zusammen und stürzte sich, ungeachtet des warmen Blutes, das aus dem Unterleib über seine Beine rann, vor Schmerzen schreiend in den Angriff. Doch die Klinge ging fehl und streifte nur den Boden.

Aber er gab nicht auf, hob wieder das Schwert mit den letzten verbliebenen Kräften und spürte endlich, wie die Klinge die Lederbänder von Dohors Rüstung durchtrennte und in seinen Leib eindrang.

Der Schlag brachte ihn selbst aus dem Gleichgewicht, und er taumelte zurück. Sich jetzt fallen zu lassen, wäre leicht gewesen, schön, angenehm … eine Befreiung.

Solange er lebt, wirst du keinen Frieden finden!, rief eine Stimme in seinem Innern.

So stützte er sich nur, ein wenig zurückweichend, auf dem Heft seines Schwertes ab und wartete.

Dohors Rüstung war davongeflogen, und eine tiefe Wunde klaffte blutrot in seiner Brust. Der König hatte eine Hand daraufgelegt, die voller Blut war, das im Schein der Feuersbrunst glitzerte. Sein Gesicht war schmerzverzerrt, und Ido begriff, dass der Moment gekommen war. So eine Gelegenheit würde sich ihm nicht noch einmal bieten.

Er hob das Schwert, wie Marmor so schwer, hielt es ausgestreckt und rannte los. Da seine kurzen Beine ihn kaum noch trugen, ließ er sich vom Anfangsschwung mitreißen.

Dohor sah er nicht, sah nur, wie Nihals Schwert bis zum Heft eindrang. Ihm blieb die Luft weg, und ohne recht zu wissen, wie ihm geschah, fand er sich plötzlich Schulter an Schulter mit seinem Feind wieder. Er hustete, und sein Mund füllte sich mit Blut. Seine Augen sahen, dass die schwarze Klinge drei Handbreit aus Dohors Rücken herausragte. Er hatte es geschafft.

Ein dumpfer, ziehender Schmerz breitete sich in seinem Unterleib aus, aber er kümmerte sich nicht darum, spürte hingegen, wie sich Dohors Körper im Todeskampf noch einmal verkrampfte, dann wegsackte und dabei das Schwert mit nach unten zog.

Es war das Schwert, das Ido langsam aus seinem eigenen Körper gleiten sah. Der Schmerz war schwächer, als er sich vorgestellt hätte. Erst als der Stahl ganz aus seinem Körper austrat, spürte er einen Schlag, fiel nach vorn, und alles wurde ruhig, verlangsamte sich.

In seinem Kopf drehte sich alles, und so lag er da und blickte auf seine blutroten, zitternden Hände. Unter ihm breitete sich eine rote Lache aus. Er hob den Kopf. Dohor lag auf dem Rücken, im Leib immer noch Nihals Schwert, das zur Hälfte aus seiner Brust hervorragte. Seine Augen waren weit aufgerissen, blickten zum Himmel, ohne ihn zu sehen. Ido hatte ihn genau ins Herz getroffen.

Steh endlich auf! Du Dummkopf hast deinen Drachen vergessen, befahl er sich.

Er versuchte, sich zu erheben, doch erst beim dritten Versuch gelang es. Sofort begannen sich Himmel und Erde umeinander zu drehen, und die Stille, die alles umgab, betäubte ihn.

So schleppte er sich vorwärts, versuchte, nach Oarf zu rufen, wusste aber nicht, ob ein Laut über seine Lippen kam. Das Dröhnen in seinen Ohren war so laut, dass es jedes andere Geräusch übertönte.

Dann erblickte er ihn. Undeutlich, schemenhaft. Langsam, eine Pranke nachziehend, kam er auf ihn zu. Ido taumelte ihm entgegen und betastete seine lederne Haut.

»Gut gemacht … Auch du hast es geschafft …«, wollte er sagen, doch die Worte erstarben ihm auf der Zunge. Er sackte gegen den Unterleib des Drachen und glitt zu Boden, während Oarf sich mit dem Kopf neben ihn legte.

Ido schaute in seine Glutaugen. Weder Mitleid noch Trauer lagen in diesem Blick. Nur Respekt, und ein Lebewohl. Der Gnom lächelte.

Als er die Augen schloss, wurde es nicht dunkler um ihn herum, aber er spürte, wie das Blut nun langsamer aus der Wunde rann. Oarfs mächtiger Atem an seinem Leib gab seinem immer schwächer schlagenden Herzen den Rhythmus vor. Er vermisste seine Pfeife. Wie gern hätte er ein letztes Mal geraucht. Lächelnd dachte er an die Worte, die Sennar ihm vor Jahren geschrieben hatte: ›Du stirbst mal mit dem Schwert in den Händen.‹ Wo war sein Schwert? Er wusste es nicht mehr.

Noch einmal versuchte er, die Augen zu öffnen, aber es gab nichts mehr, was er hätte sehen können. Um ihn herum war nur Licht, ein warmes, tröstliches Licht.

Er dachte daran, wie viel ihm noch zu tun blieb. An Sennar und Lonerin, denen er zu Hilfe eilen musste. An San, der in Sicherheit zu bringen, zu erziehen war: Einen König würde er aus ihm machen, seinen Nachfolger im Land des Feuers. Und dann schließlich an die gesamte Aufgetauchte Welt, die ganz neu zu ordnen war. Es war dieser Gedanke, der ihm klarmachte, wie müde er war. In früheren Zeiten hätte er sich von ihm zurückhalten lassen, hätte es als seine

Pflicht angesehen, weiterzuleben und sich in dieses brodelnde Chaos einer Welt zu stürzen, die es einfach nicht schaffen wollte, den Frieden zu bewahren. Diese Zeiten waren vorbei. Nun war der Moment gekommen, sich ganz der Ruhe zu überlassen. Sollten sich doch andere um die Aufgetauchte Welt kümmern. Er selbst wollte nur Soana wiedersehen und all das um sich haben, was ihm in den Jahrzehnten der Kriege genommen worden war.

Er seufzte – zum letzten Mal. Ja, dies war ein guter Platz und ein guter Zeitpunkt, um zu gehen. Und das Licht löste sich auf.

30

Rückkehr

Zwischen den beiden Welten herrschte Stille. Aster war stumm und bewegte sich nicht. Er hatte alles gesagt, was ihm wichtig war, und wollte nur noch gehen. Die Arme ausgebreitet stand er da in jenem blendenden Nichts mit der heiteren Miene eines Mannes, der alles getan hatte, was zu tun war, und nichts bereuen musste.

Lonerin fühlte sich immer benommener. Seinen Körper nahm er schon lange nicht mehr wahr, und auch seine Sinne drohten ihn zu verlassen. Für Augenblicke vergaß er bereits, wo er war, und vor allem, wozu er dort war. Wie lauteten noch die Worte, die er sprechen musste? Er kannte sie, hatte sie wie ein Mantra Nacht um Nacht wiederholt, sodass sie mehr und mehr zu einem festen Teil seines Geistes geworden waren. Er hatte diesen Singsang erlernt, noch bevor es ihm gelungen war, bei Objekten die Seele aus dem Körper hervorzurufen, und jedes Wort hatte sich ihm genauestens eingeprägt. Und nun war alles fort.

Er durchforstete seinen Geist, klammerte sich verzweifelt an das Bewusstsein seiner selbst, das Einzige, was ihm geblieben war. Und tatsächlich sah er die Worte nun langsam wieder auftauchen, nacheinander, verschwommen wie verblichene Tinte auf einem alten Pergament, und vor allem ungeordnet, doch er wusste, dass er nicht in Panik geraten musste: Sennar hatte ihn vorgewarnt.

›Bei einem solchen Vorhaben gilt es vor allem, Ruhe zu

bewahren. Es ist wie in einer Schlacht. Warum war Ido immer solch ein hervorragender Krieger? Weil er in jedem Kampf kühl blieb bis ans Herz. Das hat er auch Nihal beigebracht, und das Gleiche muss für uns Zauberer gelten. Gerätst du in Panik, kannst du dich unmöglich erinnern an den genauen Wortlaut der Formeln und an die erforderliche Dosierung der einzusetzenden Kräfte. Die Geister spüren deine Erregung, entziehen sich dir und lassen sich nicht dazu bewegen, deinen Wünschen zu gehorchen.‹

Doch wie sollte er in dieser Situation die Ruhe bewahren? Sein Körper war irgendwo in dem Chaos, das im Bau der Gilde ausgebrochen war, und er hatte keine Ahnung, was da mit ihm geschah. Und zudem war ihm der Tod ganz nahe. Er spürte seinen Atem in diesem Raum, dessen Luft rasch immer kälter wurde. Was, wenn seine Kräfte nicht mehr ausreichten, um von dort zurückzukehren? Was, wenn es sein Schicksal war, sein Leben in diesem Zwischenreich zu beenden?

Ruhe. Denk jetzt nicht an dein eigenes Schicksal. Dazu bist du nicht da. Was du hier tust, geschieht nicht für dich, sondern für ein höheres Gut. Du kämpfst für die gesamte Aufgetauchte Welt.

Und Ruhe machte sich in seinem Herzen breit. Er brauchte keine Angst zu haben, denn er war ja bereits tot, sagte er sich. Ein Zurück gab es nicht mehr, jetzt ging es nur noch darum, seine Pflicht zu erfüllen. Alles andere war ohne Bedeutung.

Klar und deutlich und in der richtigen Reihenfolge ordneten sich jetzt die Worte in seinem Kopf. Jede Silbe betonend, sprach Lonerin sie. Als er fertig war, fühlte er sich leer, aber auch frei und gelassen. Er öffnete die Augen und sah Aster.

Der Junge lächelte ihn friedlich an. »Danke«, sagte er nur. Dann begann ihn das blendende Weiß zu durchdringen, und wie Rauch in einem Zimmer löste sich seine Gestalt langsam auf.

Lonerin betrachtete seine Augen und verstand plötzlich,

was der Tod war. Aber er machte ihm keine Angst. Er konnte ihn akzeptieren als das, was er war, weder etwas Faszinierendes noch etwas Erschreckendes, und er nahm ihn in sich auf, diesen Frieden, den er ausstrahlte.

Es war vorbei, für immer. Mochte die Welt draußen sich zerstören und untergehen, Aster würde nicht mehr wiederkehren und sein düsterer Schatten nie mehr die Erde bedrohen. Er hatte es geschafft. Lonerin dachte an Sennars Worte: Neuen Schmerz würde es auch in Zukunft geben, doch zunächst brach eine Zeit des Friedens an. Was ihn selbst betraf, hätte es auch auf diese Weise enden könne: Es lag etwas Süßes in diesem langsamen Hinweggleiten, etwas Verlockendes.

Und als er dann ganz allein war in diesem blendenden Weiß, lächelte er.

Learco, Theana und San flohen, so rasch sie konnten. Die Gänge, die sie durchliefen, waren leer, erfüllt nur von unmenschlichen Schreien. Und bei jedem einzelnen war Learco, als zerspringe ihm das Herz in der Brust.

Ich kann nicht! Ich kann nicht! Ich kann nicht!

Bei einer offen stehenden Zelle blieb er plötzlich stehen, schob die anderen beiden hinein und verschloss die Tür.

»Bleibt hier«, sagte er mit bebender Stimme. »Ich muss zu Dubhe.« Zwar brach er damit sein Versprechen, das er Ido gegeben hatte, aber hier waren San und Theana in Sicherheit. Die Gilde war zu sehr damit beschäftigt, sich der Bestie zu erwehren, um auf die beiden zu achten. Er wollte sich gerade umdrehen, als ihn eine Hand am Arm festhielt.

»Das ist nicht nötig«, sagte Theana. Sie war erschöpft, doch ihr Blick wirkte entschlossen. »Ich kenne einen anderen Weg, wie sie zu retten ist.«

Learco spürte einen Stich im Herzen. Die Magierin sprach sehr schnell, und Learco fiel es schwer, ihren Worten zu folgen.

»Ich weiß von einer magischen Lanze, mit der Siegel gebrochen werden können. Sie befindet sich hier irgendwo im Bau der Gilde, wahrscheinlich in der Nähe des Raumes, wo auch Asters Seele umherschwebt. Ich glaube, sie wurde benutzt, um seinen Geist zu beschwören. Auf alle Fälle ist sie das Einzige, womit Dubhe noch zu retten wäre.«

»Sag mir, wie ich dorthin komme. Ich werde sie suchen, während ihr beide hier in Sicherheit auf mich wartet.«

Theana schüttelte den Kopf. »Genau weiß ich nicht, wo sie ist. Vor allem aber kannst du nichts mit ihr anfangen.«

»Wieso? Weil ich kein Zauberer bin?«

Verlegen wandte Theana für einen Moment den Blick ab und sagte dann: »Nein. Nur wer Thenaar geweiht ist, kann die Lanze einsetzen.«

Learco schaute sie verwundert an. »Aber du bist doch auch keine Geweihte. Das heißt, du kannst es auch nicht schaffen!«

»Aber du noch viel weniger. Ich bin mit diesen Dingen vertraut. Vielleicht gelingt es mir dennoch, die Kräfte der Lanze zu aktivieren.«

Learco wusste nicht, was er tun sollte. »Zumindest San müsste aber hier in Sicherheit bleiben«, sagte er dann, wobei er sich zu dem Jungen umdrehte.

Der schüttelte sofort heftig den Kopf und klammerte sich an Theana fest. »Das könnt ihr nicht von mir verlangen. Ich kann doch nicht ruhig hier in der Zelle warten, und dazu noch ganz allein«, widersprach er in halb ängstlichem, halb stolzem Ton. »Ihr habt Ido versprochen, dass ihr bei mir bleibt, und außerdem habe ich ein Recht mitzukommen: Schließlich dreht sich das alles doch auch um mich.«

Learco zögerte noch einen Moment. Dann stieß er die Tür wieder auf und trat in den Gang hinaus. »Dann also los!«

So schnell sie konnten, rannten sie weiter durch die leeren Gänge. Learco hatte das Gefühl, ihm platze der Schädel, denn mit jedem Augenblick, der verging, rann auch das Leben aus Dubhes Körper. Nach und nach löste sich ihr Hirn auf, während sie immer mehr dem Wahnsinn anheimfiel, eine Vorstellung, die, wie Learco merkte, weit über das hinausging, was er ertragen konnte. Auch er selbst verlor dabei den Verstand, denn er spürte ihren Schmerz am eigenen Leib. Nein, eine Freiheit, die so teuer erkauft war, wollte er nicht. Das Reich, dessen Herrscher er werden wollte, musste sich auf etwas anderem gründen als auf diesem sinnlosen Blutbad, das die Bestie anrichtete.

Sie teilten sich auf und durchsuchten alle offenen Räume, aber von einer Lanze keine Spur. Schließlich trafen sie sich in einem Korridor wieder und wussten nicht mehr, was sie noch tun sollten. Learco hätte am liebsten laut losgeschrien. Es machte ihn völlig wahnsinnig, so hilflos zu sein.

»Mir fällt noch etwas ein«, sagte Theana plötzlich. Sie schloss die Augen und streckte die Handfläche aus. »Üblicherweise nimmt man dazu Steine, aber vielleicht klappt es auch ohne, wenn meine Kräfte dazu noch ausreichen.«

Schweißperlen traten ihr auf die Stirn. Ihre Augenlider zitterten wie bei einem Traum. Viel Zeit, die kein Ende nehmen wollte, und ein enormes Maß an Konzentration waren nötig, aber schließlich kam sie wieder zu sich. Sie öffnete die Augen. »Dort lang«, sagte sie.

Sie nahmen wieder die Beine in die Hand.

»Was hast du da gemacht?«, fragte Learco sie.

»Ortung des Magischen«, keuchte sie schwer. »Wäre ich nicht so geschwächt, hätte es nicht so lange gedauert.«

Vorbei an verlassenen Unterkünften durchliefen sie noch einmal Flure, in denen sie bereits gewesen waren, und betraten dann ein kleines Zimmer mit vielen Bücherregalen an den Wänden, eine Art Studierzimmer.

»Hier müsste es sein«, sagte Theana und krümmte sich in dem Versuch, wieder zu Atem zu kommen.

Der kleine Raum wurde vom Schein zweier Glutbecken erhellt. In dem Durcheinander auf dem Schreibtisch lagen auch verschiedene blutbefleckte Bücher. Daneben die übel zugerichtete Leiche eines *Siegreichen*.

Da hallte plötzlich aus irgendeinem Flügel des Baus das Brüllen der Bestie wider. Verzweifelt presste sich Learco die Hände auf die Ohren, doch Theana ließ sich nicht aufhalten und begann, hektisch alles zu durchsuchen. »Kommt, helft mir«, rief sie Learco und San zu.

Reglos, wie hypnotisiert vom Brüllen der Bestie, blieb der Junge in einer Ecke stehen, doch Learco gab sich einen Ruck. Er musste handeln, sich wie ein Mann verhalten. Er schaute sich um und begann dann eine Statue, die einen Knaben darstellte, zu betasten, auf der Suche nach einem Hebel, irgendeiner Vorrichtung, die vielleicht einen Geheimgang oder eine verborgene Kammer öffnen würde. Ein so kostbares Objekt wie diese Lanze, überlegt er, wurde sicher nicht offen zur Schau gestellt. Kaum hatte er eine Unebenheit ertastet, zog er daran und tatsächlich, sofort verschob sich die dahinter liegende Bücherwand. Kurz entschlossen schlüpfte Theana hinein, und er folgte ihr. Als er sich umsah, erblickte er in einer in den Stein gehauenen und mit weichem Stoff verkleideten Nische eine Lanze.

Sie war wunderschön, die Spitze silbern funkelnd, der Schaft verziert mit Motiven von Blättern und Schlingpflanzen, die wie eine eigene Lichtquelle strahlten. An der Stelle, wo sie den Boden berührte, waren Milchgewächssprossen gewachsen, die an der Lanze hinaufrankten. Deutlich spürbar war die unglaubliche Kraft, die diese Waffe ausstrahlte. Learco fühlte sich ganz durchdrungen davon und bezweifelte keinen Moment, dass dies die gesuchte magische Lanze war.

Auch Theana betrachtete sie voller Bewunderung und streckte ihre zitternden Hände nach ihr aus, als plötzlich ein gewaltiger Stoß die Mauern erbeben ließ. Sie zuckte zusammen, griff zu der Lanze und wollte sie an sich nehmen. Doch die Ranken hinderten sie daran, und Learco erkannte deutlich, dass sie den Schaft hinaufgewachsen waren, um die Lanze in der Nische zu verankern. Er überlegte nicht lange, legte ebenfalls die Hände an die Lanze und zog kräftig.

Ihm war, als greife er in eine offene Flamme. Diese Energie saugte ihn an, und seine Handflächen wurden unerträglich heiß. Vor Schmerz musste er die Zähne zusammenbeißen, gab aber nicht nach und riss die Lanze mit Theanas Hilfe aus der Nische los. Der Rückschlag warf das Mädchen zu Boden, und so hatte Learco nun die magische Lanze ganz allein in den Händen. Schon im nächsten Moment überkam ihn eine ungeheure Kraftlosigkeit, die auch seine Glieder befiel, und sein Blick verschleierte sich.

Verdammt, dachte er, und taumelte. Da nahm ihm Theana die Lanze aus der Hand, und sogleich kehrten seine Kräfte zurück, und sein Blick schärfte sich. Er schaute in die Nische und sah, dass die abgerissenen Ranken bereits abgestorben waren und sich in verschrumpelte Zwiebeln verwandelt hatten.

Schwer atmend saß die Magierin am Boden. Er kniete sich zu ihr nieder. »Geht's?«, fragte er besorgt, während er beobachtete, dass sich ihre Hände um den Schaft der Lanze krampften, und die Milchgewächsschlingen darum herum wie lebendig pulsierten.

Sie nickte heftig, doch ihr Gesicht war totenbleich. Sie ergriff seine Hand, ließ sich von ihm aufhelfen und bemühte sich dann, irgendwie das Gleichgewicht zu halten.

»Lass mich sie tragen, bis wir bei Dubhe sind.«

Theana blickte ihn unentschlossen an.

»Damit du deine Kräfte schonen kannst«, fügte er hinzu, und sie ließ sich überzeugen.

Als er die Lanze an sich nahm, spürte er sofort wieder, dass seine Knie weich wurden. Doch er stemmte sich dagegen, schickte die anderen vor und folgte ihnen wankend, wobei er die Zähne zusammenbiss. Alles drehte sich in seinem Kopf, doch Aufgeben kam nicht infrage, umso weniger, da immer wieder Dubhes Brüllen an sein Ohr drang.

Sie folgten den Gängen hin zu dem pulsierenden Herzen dieser Hölle, dorthin, wo die Assassinen zu ihrem letzten Kampf antraten. Als sie näher kamen, schlug ihnen mit einem mächtigen Schwall der Gestank von Blut und Tod entgegen. Vor dem rot erhellten Hintergrund sahen sie bereits die undeutlichen Umrisse eines gewaltigen Körpers.

Kurz darauf standen sie in einem riesigen Saal mit einer unendlich hohen Decke. An einer Wand erhob sich die Statue eines Mannes mit einem brutalen Grinsen, der in der einen Hand einen Pfeil, in der anderen ein Schwert hielt. Mit den Füßen stand er in zwei bis zum Rand mit Blut gefüllten Becken, das mittlerweile in alle Richtungen überschwappte. Am Boden ein Teppich aus Leichen, und darüber erhob sich, triumphierend und grauenerregend, die Bestie. Ellenlange scharfe Reißzähne, Hände und Füße mit Klauen besetzt, Berge von Muskeln, die unter dem Schleier der Haut wie im Rausch zuckten, sich spannten und blähten.

Dubhe.

Learco schwanden die Sinne. Auf diesen Anblick war er nicht vorbereitet gewesen. Wie hatte er nur denken können, dass sie zu retten sei? Aus diesem Abgrund gab es keine Rückkehr. Nur noch den Tod.

Es war die pure Verzweiflung, die ihn überkam, aber nicht lange währte. Er musste es versuchen. Kein Schicksal wollte er mehr als unabänderlich hinnehmen. Er verscheuchte die Angst und reichte Theana die Lanze. Blass und wie versteinert stand sie da, und er musste sie schütteln, damit sie sich von dem Bild losriss. »Nimm und versuch dein Möglichstes.« Seine Stimme zitterte nicht mehr. Sein Griff war nun fest.

Theana blickte ihn an, nickte und nahm die Lanze in die Hand, während Learco eine andere Waffe vom Boden aufhob und den Blick wieder auf die Bestie richtete. Die Assassinen, die sich noch auf den Beinen halten konnten, versuchten, sich mit Dolchen des Ungeheuers zu erwehren, doch sie wirkten unbeholfen und machtlos angesichts dieses Monsters, das sie unausweichlich einen nach dem anderen zerfleischte.

Als Learco bemerkte, dass San neben ihm ein heftiges Zittern erfasst hatte, nahm er ihn in den Arm und drückte ihn an sich. »Kein Angst, ich lasse nicht zu, dass dir etwas zustößt. Mit meinem Leben werde ich dich beschützen«, sprach er mit fester Stimme. Dann wartete er – und betete.

Mit Entsetzen sah Sennar Yeshol auf sich zukommen. Der Höchste Wächter war nur noch ein Schatten seiner selbst, eine Puppe, die kraftlos über die Erde kroch, hatte sich aber noch nicht ergeben. Seine Augen waren hasserfüllt, und der Magier wusste, dass nichts ihn würde aufhalten können, noch nicht einmal der Tod. Dieser Blick hielt ihn am Boden, machte ihn unfähig, irgendwie einzugreifen.

Yeshol erreichte die Wand und zog sich mühsam daran hoch.

Die dünne Barriere, die Lonerin geschützt hatte, löste sich nun immer mehr auf.

»Ich bin noch nicht tot«, keuchte er, während ihm Blut aus dem Mund über das Kinn rann, »und solange ich lebe, kann Aster jederzeit wiederkehren!«

Er hob den Dolch und stürzte sich auf Lonerin. In diesem Moment zersprang der Talisman in der Hand des jungen Magiers, tauchte alles in ein blendendes Licht und strahlte vibrierend eine unvorstellbare Kraft aus. Mit dem weißen Licht breitete sich eine tröstliche Wärme aus und hüllte alles ein. Unwillkürlich nahm Sennar einen Arm hoch, um die Augen abzuschirmen. Da erkannte er in dem gleißenden Licht das Gesicht eines wunderschönen Knaben, und sein Herz setzte einen Schlag aus. Wie gut erinnerte er sich doch an ihre letzte Begegnung! So als sei seit damals gerade einmal ein Tag vergangen. Es war in einer düsteren Zelle vor langer, langer Zeit, und diese Augen von einem unbeschreiblichen Grün waren das Letzte gewesen, was er gesehen hatte, bevor er das Bewusstsein verlor. Er hatte auch die Angst erkannt, die den Geist dieses Wesens beherrschte, und seitdem aufgehört, Aster als Feind zu betrachten.

Ihn jetzt noch einmal zu sehen, berührte ihn stark, denn mittlerweile waren sie sich in vielem ähnlich geworden. Seit

Nihals Tod war alles verschwunden, was sie einmal zu Gegnern gemacht hatte. »Aster ...«, murmelte der alter Magier.

Der Knabe blickte mit einer derart friedlichen Miene zum Himmel auf, dass Sennar seltsam ergriffen davon war. Einen solchen Frieden hatte Aster in seinem Leben mit Sicherheit niemals gespürt. Als der Junge seinen Namen hörte, senkte er den Blick, und als er zu Sennar schaute, blitzten seine Augen erkennend auf, und ein Lächeln erhellte seine Miene. Der alte Magier antwortete mit einem traurigen Blick, in dem all das zum Ausdruck kam, was Sennar in den zurückliegenden Jahren erlebt hatte. Es war ein ähnlicher Leidensweg, wie Aster ihn vor ihm gegangen war. Nur einen kurzen Moment schauten sie sich so an, aber es war, als währte er ein ganzes Leben. Und die großen Fragen standen im Raum. Warum gab es dieses Leid? Wohin führte es? Welchen Sinn hatte es, zu kämpfen? Es waren die einzigen Fragen, die zu stellen sich wirklich lohnte, die einzigen Fragen, auf die es keine sicheren Antworten gab, nur eine immerwährende Suche nach ihnen.

Dann zerriss ein Schrei die Vollkommenheit dieses Moments.

»Nein!«

Yeshol. Den Dolch in den Händen, brüllte er aus vollem Hals, ließ dann die Waffe fallen und streckte beide Hände zu der Erscheinung aus. »Verlasst mich nicht, Herr! Nicht jetzt! Ich flehe Euch an! Nehmt mich als Hülle und herrscht erneut, lasst diese Welt voller *Verlorener* noch einmal erbeben.«

Tränen liefen ihm über die Wangen, doch Aster würdigte ihn keines Blickes. Während er sich langsam auflöste, wurde das Licht schwächer und zog sich dorthin zurück, woher es gekommen war. Einige Sekunden funkelte der Talisman noch, dann versank der Raum in einer trostlosen Finsternis.

»Es ist vorbei«, murmelte Sennar und lehnte sich an die Wand.

Yeshol brach am Boden zusammen, starrte auf die Stelle, wo Aster entschwunden war, und schien nicht zu begreifen, was vor sich ging. Dann schrie er auf, so laut und so verzweifelt wie an dem Tag, als die Tyrannenfeste mit einem Schlag in sich zusammenfiel. Doch die Götter schwiegen, und Thenaar war taub für sein Flehen.

Unter ihm breitete sich eine große Blutlache aus, während seine Schreie immer schwächer wurden. Sein Leben zerrann.

Sennar überließ ihn seinem Schicksal und wandte sich Lonerin zu. Die magische Schutzmauer hatte sich aufgelöst, und der junge Zauberer lag am Boden.

»Lonerin!«, rief er, wobei er seine Hand ergriff. Sie war eiskalt. »Gib dich ihm nicht hin! Komm zurück! Komm …«, murmelte er.

Der Tod hatte etwas Verlockendes für einen müden Geist, und seine Schmeicheleien konnten betören. Sennar wusste, dass dies die letzte Prüfung war, die der junge Magier noch zu bestehen hatte: der Versuchung des Todes zu widerstehen und die Last des Fleisches wieder auf sich zu nehmen und damit auch all das Leid, das damit verbunden war. Als er den Talisman fest in seine Hand nahm, spürte er erschrocken die Wärme, die noch in ihm pulsierte. Das hieß, Lonerin war noch darin gefangen. Kalt und erloschen war der Talisman nur, wenn er in seinem Innern keinerlei Lebenskraft barg. Daran hatte er damals auch erkannt, dass Nihal für immer von ihm gegangen war. Aber für Lonerin gab es vielleicht noch Hoffnung, wenn er ihm den Weg leuchtete und ihn in die Welt des Lebens zurückrief.

»Lonerin, hörst du mich? Du hast es geschafft. Aber komm nun zurück. Wenn du nicht wiederkommst, war alles sinnlos, was du vollbracht hast.«

Sennar spürte, dass in dem Talisman etwas schwach reagierte, doch dessen Wärme schien nicht abnehmen zu wollen.

»Lonerin, so hör doch! Die neue Welt, die sich aus der Asche dieses verfluchten Ortes hier erheben soll, darf sich nicht auf deinem Opfer gründen. Du bist noch so jung. Verflucht ist ein Land, in dem die Söhne vor den Vätern sterben!«

Er legte Lonerin eine Hand auf die Brust und versuchte den einzigen Heilzauber, für den seine magischen Kräfte noch ausreichten, eine leichte Formel, die er schon in seiner Zaubererausbildung bei Soana gelernt hatte. Doch Lonerins Herz unter seiner Handfläche regte sich nicht.

»An uns Alten ist es, sich zu opfern«, fuhr er mit immer lauterer Stimme fort. »Wir haben nicht mehr die Kraft, um eine neue Aufgetauchte Welt aufzubauen. Nur junge Leute wie du verfügen darüber. Deswegen musst du zurückkehren. Du wirst gebraucht. Dieser Friede, dem du dich jetzt hingibst, kommt zu früh für dich. Noch kannst du dich dem Kampf nicht entziehen!«

Kalt und reglos blieb der junge Magier am Boden liegen, während der Talisman weiterhin seine Hitze abgab. Sennar überkam ein quälendes Gefühl der Machtlosigkeit. Er dachte daran, wie Laio vor vielen Jahren gestorben war, an Nihal, an all die Opfer, die die Aufgetauchte Welt Generation für Generation einforderte, um wieder zu Atem zu kommen und sich von dem Gifthauch zu befreien, mit dem der gerade herrschende Tyrann sie überzogen hatte. Es war eine Ungerechtigkeit, die ihn aufwühlte und die er niemals hinnehmen würde.

»Verflucht noch mal, Lonerin!«, schrie er aus vollem Hals.

Ein Flämmchen. Schwarz. Eine Finsternis, die Licht spendete. Ein herrlicher Widerspruch, dachte Lonerin und tauchte aus der Bewusstlosigkeit auf. Er fühlte sich weit weg und müde. Ein Leben lang war er schon unterwegs und sehnte sich nach Ruhe und Frieden. Doch in all dem blendenden Weiß hatte er auch ein schwarzes Flämmchen wahrgenommen. Schmerz. Ein körperlicher Schmerz. Ein Schmerz in der Brust. Nun spürte er wieder, dass er eine Brust hatte, spürte, wie anstrengend es war, sie im ununterbrochenen Rhythmus des Atmens zu heben und zu senken. Lohnte es sich, diesen Schmerz zu erdulden? Wozu?

Dieses Flämmchen fesselte seine Aufmerksamkeit. In all

dem Weiß war es das Einzige, worauf er seinen Blick richten konnte. Er spürte, dass er Beine hatte, Arme, Hände und Adern: einen vollständigen, schmerzenden Körper, in dem das Blut aber nicht zirkulierte, sondern wartete: Es lag an ihm, zu entscheiden, ob er sich in diesem weißen Nichts verlieren und den Schmerz hinter sich lassen wollte oder ob er sich dem Leid stellen und weiterkämpfen würde. Es wäre herrlich gewesen, sich in diesem ewigen Frieden zu wiegen. Und doch … es ging nicht. Er *wollte* nicht. Denn das schwarze Flämmchen hatte sich zu einer schwarzen Feuersbrunst ausgeweitet, die ihn, aller damit verbundenen Schmerzen zum Trotz, unwiderstehlich anzog. Lohnte es sich? Ja, das tat es.

Ein Funke sprang von Sennars Hand auf die Brust des reglos daliegenden Lonerin über, den der alte Magier kurz als einen schmerzhaften Stich in der eigenen Brust wahrnahm. Dann spürte er unter seiner Handfläche ein zaghaftes, schwaches Pochen. Er betrachtete das Gesicht des Jünglings und sah, dass es langsam Farbe annahm, während der Talisman in seiner Hand kühler und kühler wurde. Eine Freude, wie er sie lange nicht gekannt hatte, überkam ihn, ergriff unaufhaltsam jede Faser seines alten, müden Körpers. Als er sah, dass Lonerin die Augen aufschlug, umarmte er ihn stürmisch.

»Ich wusste es! Ich wusste, du schaffst es!«

Eine Weile hielt der alte Magier Lonerin noch im Arm, dann löste er sich von ihm und fragte. »Wie fühlst du dich?«

»Schlecht«, antwortete dieser ganz offen, wobei er sich verwirrt umschaute. Dann blickte er auf seine Hände, bewegte sie langsam und lächelte.

Sennar umarmte ihn noch einmal.

»Habe ich es geschafft?«

»Ja, du hast Aster befreit. Ich habe selbst gesehen, wie er sich auflöste. Er ist fort, Lonerin. Es gibt keinen Aster mehr.«

Die Miene des jungen Magiers wurde ernst, und Sennar wusste, was in ihm vorging. Er selbst hatte das auch erlebt. Mit Sicherheit hatte Lonerin Asters Schmerz und dessen Beweggründe *mitgefühlt*, und wer in einen solchen Abgrund geschaut hatte, war nicht mehr derselbe wie zuvor.

»Wir müssen hier fort«, sagte Sennar und zog Lonerin an der Schulter ein wenig hoch. Dabei warf er einen Blick in den Raum, in dem sie sich befanden. Yeshol lag zusammengekauert in einer Ecke, sein Mund weit aufgerissen zu einem verzweifelten, nunmehr stummen Gebet. Und Mitleid überkam ihn. Von der schlimmsten Furcht ergriffen war der Höchste Wächter gestorben, im unerbittlichen Schweigen seines Gottes.

Auch Lonerin betrachtete ihn und dachte das Gleiche.

Dann entfernten sie sich, doch nach einigen wenigen unsicheren Schritten drehten beide sich plötzlich wieder um.

»Was ist das?«, fragte Lonerin müde.

Sennar zitterte. Hier bediente sich jemand einer ungeheuren magischen Kraft. Der Macht der Elfen. »Seltsam, wir sind doch die einzigen Magier hier …«, bemerkte er.

Lonerin schüttelte den Kopf. »Theana!«, rief er mit rauer Stimme.

31

Vergebung und Schuldgefühle

So schnell sie konnten, hasteten Lonerin und Sennar durch die Gänge, geleitet von einer ungeheuren Kraft, die so stark war, dass sie leicht zerstörerisch und unkontrollierbar werden konnte.

Der Bau der Gilde präsentierte sich ihnen als ein menschenleeres Labyrinth aus nach Blut stinkenden Gängen, in denen sich wie aufgerissene Mäuler die Türen der Zellen öffneten, die Hals über Kopf verlassen worden waren. Entgeistert schaute Lonerin sich um: Dubhe war im Begriff, das zu schaffen, wovon er selbst immer geträumt hatte – die Gilde mit Stumpf und Stiel auszurotten.

Dennoch ließ der Anblick dieser Verheerungen keinerlei Freude in ihm aufkommen. Dabei hatte er doch so viele Jahre mit dem Verlangen nach Rache gelebt, dass es ihn zum Schluss vollkommen beherrscht hatte. Doch nun war es plötzlich verschwunden. Yeshol war tot und wie er der Großteil der Assassinen. Die Gilde lag am Boden. Nur das zählte.

Und dann war da noch Theana, ein so bedeutender Bestandteil seines Lebens, dass er ihn lange Zeit als selbstverständlich hingenommen hatte. Der Gedanke an sie erfüllte ihn mit Furcht und machte jede Rachlust sinnlos.

Nach dem Ritus war er nun so erschöpft, dermaßen am Ende nicht nur seiner magischen Kräfte, dass ihn nur noch der Drang, sie zu retten, auf den Beinen hielt.

So schleppten die beiden Magier sich durch unzählige

Flure und merkten deutlich, dass sie immer näher kamen. Ein rötlicher Lichtschein breitete sich aus, und das Brüllen wurde lauter und lauter.

Sie gelangten zum Eingang eines riesengroßen Saales und erblickten sie, die Bestie, die gerade ein Grüppchen sich verzweifelt wehrender Assassinen niedermachte. Nicht weit entfernt stand ein junger, mitgenommen wirkender Mann mit fast weißen Haaren und einem Schwert in der Hand, der San schützend an sich drückte. Und davor war sie: wunderschön und wie in Trance, Theana, mit einer Lanze in der Hand, um die sich Milchgewächssprossen rankten. Dies war die Quelle, aus der die Kraft strömte. Theanas Hände zitterten, ihr Gesicht war blass und ausgezehrt.

Lonerin rief ihren Namen mit aller Luft, die seine Lungen noch hergaben.

Theana hörte nichts. Das Brüllen, das sie im ersten Moment noch um den Verstand zu bringen drohte, war nach kurzer Zeit in ihrem Kopf verklungen. Verzweifelt um Konzentration bemüht, hielt sie die Augen geschlossen. Noch nicht einmal die schweren Schritte der Bestie nahm sie wahr und auch nicht den Luftzug, den sie noch mit der kleinsten Bewegung verursachte. Sie spürte nur noch die Lanze in ihrer Hand sowie die Kraft, die aus ihren Armen strömte.

Da sie nichts darüber wusste, wie die Lanze einzusetzen war, und auch den Ritus nicht kannte, vertraute sie ganz ihrem Instinkt. Immerhin war sie die letzte Priesterin Thenaars und setzte darauf, dass der Gott ihr Tun annahm.

Gut erinnerte sie sich noch an das Gebet, das ihr Vater ihr beigebracht hatte, als er sie zum ersten Mal in den kleinen Raum mitnahm, in dem er seinen Kult zelebrierte. Seine Worte hatten sich ihrem Gedächtnis eingebrannt: ›Oh Herr, gib mir die Kraft, dich zu verehren, erleuchte meinen Tag und gewähre mir, den Ungläubigen dein Licht zu bringen.‹

Mit leiser Stimme und so innig wie nur möglich sprach sie das Gebet, betonte jedes Wort, erfüllt von dem Glauben ihrer Kindheit, dachte dabei an ihren Vater und wie viel Mut er besessen hatte. Eine solche innere Stärke brauchte sie jetzt, genau diese Opferbereitschaft. Unter Tränen dachte sie, wie stolz er wäre auf seine Tochter, wenn er sie jetzt hätte sehen können.

›Eines Tages werden wir tatsächlich Thenaars Licht in die Gilde tragen und der Welt die perversen Verfälschungen seiner Lehre vor Augen führen. Dann wird Thenaar wieder der Gott aller sein und sein Name der ganzen Welt Hoffnung schenken.‹ Und genau dies tat sie jetzt in diesem Moment.

Da plötzlich regte sich die Lanze in ihren Händen, und eine ungeheure Kraft schoss in ihre Arme und ließ die Luft darum herum erzittern. Einen Moment lang war Theana voller Hoffnung, nahm die Lanze noch fester in die Hand und richtete sie auf Dubhe. Doch etwas lief schief, von Anfang an. Die Kraft verharrte in ihren Händen und vermochte es nicht, die unsichtbare Barriere darum herum zu durchdringen. Nun vibrierte die Lanze auch nicht mehr, sondern begann wieder, ihr selbst alle Kräfte auszusaugen.

Nein! Nein! Nein!

Sie versuchte, dagegenzuhalten, klammerte sich an ihren Glauben, doch es war vergeblich.

Ich weiß, dass ich keine Geweihte bin. Aber kommt es darauf wirklich an? Oh Thenaar, gib mir die Kraft. Ich flehe dich an!

Die Welt um sie herum begann sich aufzulösen. Theana spürte, wie das Leben aus ihrem Körper floss, gab aber dennoch nicht auf. Sie hatte ein Versprechen gegeben, hatte geschworen, dass sie alles versuchen, ja, dass sie es schließlich schaffen würde. Dubhe war ihre Freundin, und solange ihre Kräfte noch reichten, würde sie nicht nachlassen.

»Was tut sie denn da?«

Lonerin machte Anstalten, zu ihr zu rennen, doch Sennar hielt ihn fest und zog ihn an die Wand zurück. Von Panik ergriffen, packte der junge Magier Sennar am Kragen. »Was zur Hölle tut sie denn da?«

Sennar blickte ihn an und erklärte sachlich: »Sie versucht,

eine magische elfische Lanze zu aktivieren. Aber es wird ihr nicht gelingen.«

Lonerin spürte eine entsetzliche Übelkeit in sich aufkommen. »Warum? Was wollt Ihr damit sagen?«

Sennar umfasste seine Schultern und kam mit dem Gesicht noch näher an ihn heran. »Dass nur jemand, in dessen Adern Elfenblut fließt, solch ein Artefakt handhaben kann. Und wenn es sich tatsächlich um die Lanze handelt, an die ich denke, könnte sie noch nicht einmal ein Elf aktivieren.«

Lonerin starrte ihn verzweifelt an, während Sennar ungerührt fortfuhr: »Dessars Lanze ist eine sagenumwobene Waffe. Nur so wenig ist über sie bekannt, dass auch ich selbst sie für verschollen hielt. Jedenfalls verfügt sie über enorme Kräfte und soll sogar Siegel brechen können.«

Lonerin begann zu verstehen und stöhnte auf, ohne dass er es merkte.

»Fest steht ebenfalls, dass nur ein Geweihter oder eine Geweihte ihre Kräfte nutzen kann. So jemand wie Nihal eben.«

Lonerin schloss die Augen, gab sich einen Ruck und versuchte, sich von der Wand zu lösen, um zu Theana zu kommen. Doch seine Beine gehorchten ihm nicht, und Sennar musste erneut eingreifen, um zu verhindern, dass er zu Boden stürzte.

»Lasst mich!«

»Was willst du denn erreichen? Merkst du nicht, wie kraftlos du bist?«

»Aber ich muss sie aufhalten.«

Mit einer Hand hielt Sennar ihn zurück, während sich sein Blick wieder auf Theana richtete. Das Mädchen stand aufrecht, wankte aber und konnte sich kaum noch auf den Beinen halten.

»Versteht doch, ich muss sie retten. Sie bedeutet mir alles. Alles!«, schrie Lonerin.

Sennar schaute ihn einige Augenblicke an, und plötzlich wirkte seine Miene entschlossen. »Der Talisman.«

Lonerin verstand nicht.

»Willst du nun deine Freundin retten oder nicht? Gib mir den Talisman.«

Mühsam holte Lonerin ihn aus der Tasche hervor, in die er ihn nach dem Verlassen der Kammer, in dem Asters Seele gefangen war, gesteckt hatte, und reichte ihn Sennar.

Der alte Magier nahm das Medaillon fest in die Hand. »Egal was passiert, du rührst dich nicht vom Fleck, verstanden?«, befahl er. Und schon eilte er zu Theana.

Die Idee war ihm ganz plötzlich gekommen. Über die Folgen grübelte er nicht lange nach, die waren bedeutungslos. Der Talisman in seinen Händen war so kalt wie an jenem schicksalhaften Tag, und sein Herz krampfte sich zusammen. In Kürze würde alles vorbei sein.

Er trat zu Theana, ergriff ebenfalls die Lanze und spürte sofort die ungeheure Kraft, die ihn selbst zu schwächen begann und seinen Geist anzog. Doch obwohl er fast keine magischen Kräfte mehr im Leibe hatte, konnte er sich auf seine Erfahrung stützen, und so gelang es ihm, noch genügend Energie zurückzuhalten, um sie dem Talisman einzugeben. Denn allein hätte er es unmöglich geschafft, und er wusste, dass der Talisman die Kräfte desjenigen verstärkte, der ihn zum Guten zu nutzen gedachte. Dazu genügte es, die eigene Schwäche in eine Waffe zu verwandeln, und so geschah es.

Es ging darum, eine Brücke herzustellen. Bald schon vibrierte der Talisman im Gleichklang mit der Lanze, und Sennar nutzte diesen Funken Kraft, der ihm da gewährt wurde, um, so schnell er konnte, die Zauberformel zu sprechen. Es waren die gleichen Worte, die er an jenem Nachmittag gesprochen hatte, um Nihal ein letztes Mal sehen zu dürfen, nur würden sie sich heute nicht in einem Reich zwischen den Welten treffen: Heute würde sie zu ihm kommen.

Das Licht erlosch, ein Zeichen, dass der Zauber gelungen war.

Was soll ich tun?

Diese kurze Frage reichte, um ihn um den Verstand zu bringen. Es war ihre Stimme. Nihal war wieder da, bei ihm.

Jetzt weiß ich, warum ich nicht gehen durfte, murmelte er. *Deswegen hast du gesagt, dass ich noch gebraucht würde, nicht wahr?*

Er spürte, wie Nihals stille Traurigkeit den Raum durchzog, in dem sie sich befanden.

Ja, ich wusste, San, Lonerin und die gesamte Aufgetauchte Welt würden noch einmal deine Hilfe erwarten, antwortete sie ihm.

Sennar schluckte. Er wusste, in Kürze würde seine Kraft völlig versiegen und alles für immer erlöschen. Aber diesmal würde er ohne Reue mit ihr gehen.

Wir brauchen dich, Nihal, wir brauchen deine Macht als Geweihte.

Sie war nahe und gleichzeitig unerreichbar, so nahe, dass ihn ein unstillbares Verlangen überkam, sie zu sehen, zu berühren.

Sie antwortete nicht auf seine Worte, und so fuhr er fort: *Das Mädchen, das es uns ermöglicht hat, hierher zu gelangen, und ihr Leben geopfert hat, um uns den Weg zu bahnen, wird bald sterben, und ich ertrage sie nicht mehr, diese Welt, die junges Fleisch verschlingt, um sich zu erhalten. Ein anderes Mädchen versucht gerade, sie zu retten. Ebenfalls junges Blut, ein weiteres unerträgliches Opfer.*

Sennar spürte, wie eine ungeheure Müdigkeit seine Glieder befiel. Er fletschte die Zähne.

Du allein kannst Dessars Lanze nutzen. Du allein kannst Dubhe und Theana retten.

Er konnte sie nicht sehen, spürte aber, dass Nihal lächelte. *Weißt du noch, wie ich mich dagegen wehrte, erwählt worden zu sein? Wie mich mein Schicksal belastete?*

Als einzige Antwort rann eine Träne langsam über Sennars Wange.

Doch ich habe begriffen, dass mein Geschick kein Fluch ist, und auch auf einem bereits gespurten Pfad bleibt einem die Freiheit, selbst zu entscheiden.

Sennar wurde deutlich, wie viel Zeit vergangen war, und er sehnte sich nach diesem Frieden, den sie verströmte. Aber er wusste, dass es auch für ihn bald diese stille Glückseligkeit geben würde. *Ich möchte dich wiedersehen ...*

Das wird sich in Kürze erfüllen.

Nein. Ich möchte dich noch einmal sehen, so wie du damals warst, so als hätte es diese langen Jahre ohne dich niemals für mich gegeben. In Fleisch und Blut möchte ich dich sehen ...

Sennar fand die Kraft, die Augen zu öffnen. Alles war lichtdurchflutet, und die Lanze vibrierte. Theana wankte nicht und schien wie verwandelt. Sie strahlte jetzt eine Festigkeit aus, die Sennar bekannt vorkam. Eine unermessliche Freude ergriff ihn bis ins Mark. Das blonde, gelockte Haar der Magierin wurde blau und kurz. Ihr sanfter, weicher Leib fest und muskulös. Ihr Gewand verschwand und wurde ersetzt durch eine Kampfmontur aus schwarzem Leder.

Sennar lächelte selig.

Und Nihal drehte sich zu ihm um. Es war das Mädchen, das gerade zur Frau aufblühte. Kein einziger Tag war seit damals vergangen: Ihr Körper war genauso wie in jenen Tagen, die Entschlossenheit und Wehmut in ihrem Blick klar und unveränderlich. Dies war kein Geist mehr, den irgendeine Verbotene Zauberformel beschworen hatte, sondern eine junge Frau aus Fleisch und Blut, eine Kriegerin, die entschlossen war, ihre Mission zu erfüllen.

Der Rücken gerade, die Arme ausgestreckt, hielt sie mit sicherem Griff die Lanze. Einen Augenblick schaute sie Sennar an, lächelte kurz und richtete den Blick dann entschlossen geradeaus. Sie sprach Elfisch, aber Sennar verstand deutlich, was sie sagte: »Die Geweihte ruft dich, oh Shevraar, und erfleht deine Macht: Vertreibe die Dämonen und löse den schändlichen Zauber, auf dass ein unreines Siegel gebrochen und deine Ordnung wiederhergestellt werde. Vernichte die Bestie und befreie deine Kinder.«

Eine seltsame, angenehme, an Frühling und neues Leben erinnernde Wärme erfüllte den Saal. Die Lanze gab eine Melodie von sich, fast einen Gesang, und Sennar fühlte sich so frei und glücklich wie schon viele, viele Jahre nicht mehr.

Alles war nun in helles Licht getaucht, und in kürzester Zeit verwandelte sich der Ort. Das Blut an den Wänden verschwand, und mit ihm all die Leichen am Boden und auch die beiden Blutbecken. Selbst die Thenaar-Statue verwandelte sich. Der Pfeil und das Schwert in den Händen des Gottes erstrahlten nun in einem neuen Licht: Thenaars zuvor brutale Miene wirkte jetzt streng, aber gerecht. Keinen Knaben sah man mehr zwischen seinen Füßen, kein bedrückendes Felsgewölbe über seinem Kopf, nur die immense Weite eines grenzenlosen Raumes.

Die gerade noch Tod und Verderben bringende Bestie hielt in der Bewegung inne. Sie stöhnte und brüllte, doch ihre Stimme erreichte nicht Sennars Ohr. Denn hier war nur noch Friede, keine Wut mehr und kein Hass. Vergeblich wand sich das Ungeheuer. Dünne Rauchkringel stiegen von seinem Fell auf, und mehr und mehr schien sich sein Leib auflösen zu wollen. Langsam wurden seine Zuckungen weniger heftig, während sein Brüllen nach und nach in ein Jaulen überging. Die Reißzähne verkürzten sich, die Klauen gingen zischend in Zehen über, und der ganze ungeheure Leib verwandelte sich wieder in den Körper einer jungen Frau. Jetzt sah Sennar wieder Dubhe vor sich, das melancholische Mädchen, mit dem er den Weg zu diesem verfluchten Ort hier zurückgelegt hatte. Es war das Letzte, was er von der Welt sah.

Er merkte, dass er nach hinten fiel, fühlte aber keinen Aufschlag. Nur noch Nihals Bild hatte er vor Augen. Sie lächelte ruhig, die Lanze fest in der Hand.

Sennar betrachtete sie und streckte eine Hand zu ihr aus. Anders als an dem Nachmittag, an dem er sie gerufen und auf halbem Weg zwischen den beiden Welten getroffen hatte, berührten seine Finger nun warme, weiche Haut. Vor Freude weinte er.

»Kann ich nun zu dir kommen?«, raunte er.

Nihal nahm seine Hand und berührte damit ihr Gesicht, ließ ihre Wange in seiner Handfläche ruhen und bebte bei dieser Berührung. »Ja«, antwortete sie mit glänzenden Augen. »Jetzt kannst du kommen.«

Stumm wohnte Lonerin der Szene bei. Viel konnte er nicht erkennen, bloß ein grelles Licht, begleitet von einem eigenartigen Wohlgefühl. Theana war in all diesem Weiß nur als undeutliche Gestalt auszumachen, die eine Lanze fest in der Hand hielt und auf die Bestie richtete.

Dann wurde es plötzlich dunkel, und um sie herum war nur noch grenzenlose Finsternis. Auf allen vieren, mit zitternden Armen und auf Knien, die ihn kaum noch tragen wollten, bewegte sich Lonerin zu der Stelle, wo sie gestanden hatte. »Theana, Theana …«

Da sah er sie am Boden liegen, kroch zu ihr, nahm ihren Kopf in die Hände und rief verzweifelt ihren Namen.

Sie schlug langsam die Augen auf. »Nihal …«, murmelte sie.

Lonerin drückte sie fast gewaltsam an sich und machte mit seinen Tränen all der Anspannung und Furcht Luft, die ihn bei dem Gedanken, sie zu verlieren, gequält hatten. Theana umarmte ihn sanft, und so lagen sie da, eng umschlungen, inmitten dieses zertrümmerten Saales, der schon Teil der Vergangenheit war.

Als die Lanze ihre Kraft entfaltete, drückte Learco San so fest wie möglich an sich. Die Wände lösten sich auf, und auch die grotesken Gestalten der wenigen noch lebenden Assassinen verloren sich in diesem gleißenden Licht.

Er musste blinzeln, so als schaue er in die grelle Sonne, und erkannte dennoch im Zentrum dieses Lichts die Umrisse der Bestie, die sich in Schmerzen wand und zuckte.

Dann geschah das Wunder.

Learco begriff, was da vor sich ging, konnte es aber nicht glauben. Seit sie diesen unheilvollen Ort betreten hatten, hatte er im Grunde nie wirklich Hoffnung gehabt. Gewiss, er hatte gekämpft, weil es die Situation so verlangte, doch im

Grunde seines Herzens gespürt, dass es aus war, dass der kurze Traum, den er erleben durfte, schon gestorben war, bevor er richtig angefangen hatte.

Und was er jetzt sah, verschlug ihm vollends den Atem. Nach und nach traten aus dem Leib der Bestie wieder Dubhes Züge hervor, und eine grenzenlose Erleichterung überkam ihn. Er rief nach ihr, ein Schrei, der diese unwirkliche Stille zerriss. Dann erlosch das Licht.

Er spürte Sans Zittern an seiner Brust und wie er die kleinen Hände in seinen Arm krallte. »Was war das? Was war das?«, fragte er ängstlich.

Als sich in der unnatürlichen Stille die Finsternis langsam hob, bemerkte Learco am Boden zwei ineinander verschlungene Körper, von denen das Geräusch eines befreienden Weinens zu ihm drang. Daneben ein alter Mann in einem Magierkittel, der so friedlich auf dem Rücken am Boden ruhte, als schlafe er. Und ebenfalls nicht weit entfernt, zusammengerollt wie ein Fötus, eine weitere Gestalt, die laut keuchend ein- und ausatmete. Das war sie.

Learco machte sich von San los und hastete zu ihr.

Dubhes Gesicht war blass, doch durchdrungen von einem Frieden, den er noch nie bei ihr gesehen hatte. Ihre Vergangenheit war gezeichnet von Ängsten und Widrigkeiten. Vielleicht war es ihr jetzt vergönnt, noch einmal neu geboren zu werden und ein Leben zu führen, in dem sie nicht auf ewig mit Schuldgefühlen gestraft war. Vielleicht würde die Liebe, die sie beide verband, nun den gemächlichen ruhigen Verlauf echter, tiefer Gefühle nehmen können.

Er legte ihr eine Hand auf die Schulter, drehte sie sanft zu sich um und sah, dass sie ein wenig die Augenbraue hob. Als er ihr das Haar aus der Stirn strich, erkannte er sie zum ersten Mal so, wie sie tatsächlich war. Die Wirkung des Zaubertranks, den sie während ihres Aufenthalts bei Hof genommen hatte, war längst verflogen, und ihr Haar war nun so, wie sie es immer getragen hatte. Sie sah genauso aus, wie er sie von jenem Tag in Erinnerung hatte, als sie, noch ein kleines Mädchen, einem Massaker beiwohnen musste, an dem auch er beteiligt war. Sie ist wunderschön, dachte er, schöner sogar noch, als er sie in Erinnerung hatte.

Langsam öffnete sie die Augen, dunkle, tiefgründige Augen. Diese melancholische Tiefe würde nie ganz verschwinden aus ihrem Blick, weil auch die Zeit nicht alle Wunden heilte, aber sie würde nun Gelegenheit haben, die Abgründe mit vielen anderen Dingen zu überbrücken, würde den Schmerz nutzen können, um Neues keimen zu lassen.

Dubhe erkannte ihn, und ihre Augen füllten sich mit Tränen. Mühsam zog sie sich hoch und schlang ihm verzweifelt, so wie sie es in dem Raum unter dem Dach im Palast getan hatte, die Arme um den Hals. »Sind wir tot?«, fragte sie.

Learco vergrub sein Gesicht an ihrem Hals und atmete den bitter-süßen Geruch ihrer Haut ein, einen Duft, den er nie wieder zu kosten geglaubt hatte. »Nein, und das haben wir dir zu verdanken.«

»Ich will dich nie mehr verlieren«, schluchzte sie und weinte wie ein kleines Mädchen. »Ohne dich kann ich nicht sein.«

Learco nahm sie noch fester in den Arm. »Das wird auch nie mehr geschehen«, raunte er ihr ins Ohr.

San rührte sich erst, als das grelle Licht schon eine Weile erloschen war. Die anderen schienen ihn vergessen zu haben. Aber was hatte er für Ängste ausgestanden! Zunächst beim Anblick dieses riesengroßen Ungeheuers, dann während des mächtigen Zaubers, den das blonde Mädchen mit der Lanze bewirkt hatte. Er hatte sich an Learco gedrückt und nichts anderes denken können als diesen einen Gedanken: *Das ist alles meine Schuld! Das ist alles meine Schuld!*

Als er jetzt den Blick durch den Saal mit all den zerfetzten Leichen schweifen ließ, drehte es ihm den Magen um. Dabei waren es doch alles Assassinen, und genau dieses Bild hatte er sich auf dem langen Weg hierher immer wieder vorgestellt: die Gilde vernichtet am Boden. Doch in seinen

Träumen hatte es nicht diesen unerträglichen säuerlichen Gestank gegeben, nicht dieses Blut, dieses Grauen. Keinerlei Genugtuung rief dieser Anblick bei ihm hervor, denn nun ging ihm erst der ganze Irrsinn seines Vorhabens auf. Es war nicht nur verrückt, dass er seine Kräfte so überschätzt und sich allein zum Bau der Gilde aufgemacht hatte, ohne den Hauch einer Chance, sein Vorhaben erfolgreich zu Ende zu führen. Nein, falsch war es auch, dass er sich solch ein Blutbad herbeigesehnt und sich von seinen Rachegelüsten hatte beherrschen lassen. Endlich verstand er, was Ido ihm immer wieder hatte klarmachen wollen. Fühlte er sich nun tatsächlich besser, da die Gilde vernichtet war? Schenkten diese zerfleischten Leichen seinen Eltern wirklich Frieden?

Der Druck, der seit der Ermordung seiner Eltern durch die Assassinen auf seiner Brust lag, war immer noch da, und keines dieser Opfer hatte es vermocht, ihn davon zu befreien. Dies war also nicht der richtige Weg, um inneren Frieden zu finden.

Er war verzweifelt. Mit seiner Entscheidung hatte er alles nur noch schlimmer gemacht: Seine Wunde war nicht geheilt, und jetzt musste er auch noch mit den bitteren Schuldgefühlen, weil er sich so falsch verhalten hatte, zurechtkommen.

Sein Großvater lag reglos am Boden, die Arme ausgebreitet und mit einer unbeschreiblichen Blässe im Gesicht. Dennoch wirkte seine Miene ausgesprochen gelöst wie bei einem Menschen, der endlich seinen Frieden gefunden hat.

Meine Familie, mein einziger Verwandter …, dachte San. Die letzten Worte, die er ihn hatte sprechen hören, fielen ihm ein, damals in Laodamea an dem Tag, als sie sich auch zum ersten Mal sahen. Wenn alles ausgestanden sei, würden sie beide zusammenleben, hatte er zu ihm gesagt.

San fragte sich, ob er jetzt traurig sein müsste, aber eigentlich empfand er nichts. Nur ein vages Gefühl des Bedauerns, dass jetzt doch nicht Wirklichkeit wurde, was hätte sein können.

Nun war er tatsächlich ganz allein.

Benommen durchstreifte er das Schlachtfeld. Wie willenlose Dämonen taumelten die wenigen Überlebenden umher. Aber er beachtete sie nicht. Er musst dort raus, brauchte Luft zum Atmen.

Ido.

Ihn wollte er gern sehen. All das, was er gerade erlebt hatte, würde von seinem Schrecken verlieren, wenn der Gnom bei ihm war. Ido würde seinen Schmerz teilen und die richtigen Worte finden, um den unerträglichen Druck, der ihm die Brust einschnürte, zu lockern. Idos Vergebung würde es schaffen, seinen Schmerz zu lindern.

Über eine Treppe verließ er den Bau und fand sich in den Ruinen des Tempels wieder. Das Gebäude, das er nur wenige Tage zuvor noch durchquert hatte, existierte praktisch nicht mehr. In der immerwährenden Nacht dieses Landes loderten an vielen Stellen noch die Flammen, und er musste husten, weil Rauch sowie der scharfe Brandgestank in seine Lungen eindrangen. Zwischen Säulen, die gefällt waren oder, kein Dach mehr tragend, zum Himmel aufragten, streifte er durch das Hauptschiff. Auch die Thenaar-Statue war gestürzt worden. Nur der Rumpf schaute noch aus dem Schutt hervor, während der Kopf zerborsten war.

Ido.

Durch das Hauptportal verließ San den Tempel und blickte über die Ebene. Nicht weit entfernt lag am Boden ein toter Drache, den die Flammen fast ganz verzehrt hatten. Auch viele Bäume waren verbrannt, und die entstellten Leichen von Assassinen zeugten von der Grausamkeit dieser Schlacht.

Ido.

Ein Brüllen erhob sich in der von dichtem Rauch verhangenen Luft. San rannte in die Richtung, aus der es kam. Wenn dort ein Drache war, konnte der Gnom nicht weit sein, dachte er. Als er die Umrisse des Tieres erblickte, setzte sein Herz einen Schlag aus.

Da ist er, ich habe ihn gefunden!

»Ido!«, rief er und lief voller Hoffnung zu ihm. Da saß er, mit dem Rücken an Oarfs Leib gelehnt. Er war wohl müde und schien sich auszuruhen.

San kniete sich zu ihm nieder und schlang ihm stürmisch die Arme um den Hals. »Ach, Ido, verzeih mir! Bitte verzeih mir!«

Keine Antwort. Das Knistern der erlöschenden Feuer lag über der Ebene, und der Wind trieb den Rauch zu trägen Schwaden zusammen.

»Ido ...«

Mit dem Herzen wusste er es, noch bevor er die klaffende Wunde im Unterleib und die Totenblässe in seinem Gesicht bemerkte. Langsam löste er sich von ihm und stützte sich mit den Händen auf dem Boden auf, inmitten der Asche. Asche, das war alles, was ihm geblieben war. Und er selbst hatte das Feuer gelegt, das alles in seinem Leben verzehrt hatte.

»Du hattest es mir geschworen, dass du zu mir zurückkommst«, schrie er in grenzenloser Wut, wusste aber, dass das so nicht stimmte, dass es nicht Idos Schuld war, dass keinen von denen, die mit ihm gekommen waren, um auch ihn zu retten, irgendeine Schuld traf. Er verfluchte sich selbst auf übelste Weise, wünschte sich, zu sterben, im Erdboden zu versinken und in der Unbeschwertheit des Nichts aufgehen zu können.

Er schrie und schrie, bis er keine Stimme mehr hatte. So viele Tote wegen eines Moments, in dem er nicht bei Sinnen gewesen war. So viel Leid, so viel vergossenes Blut wegen einer falschen Entscheidung.

Die Einsamkeit, die er so fürchtete, wurde zur Gewissheit, zu einer Realität seines Lebens, die er nicht mehr würde abschütteln können. Aber es war nur gerecht, er musste leiden, um seinen Fehler zu büßen. Das war er dem Andenken Idos schuldig und all denen, die ihr Leben seines Hochmuts wegen hatten opfern müssen.

Unaufhaltsam liefen ihm die Tränen über das Gesicht.

Als er spürte, dass jemand seine Schulter berührte, zuckte er zusammen. Einen Moment lang glaubte er sogar gegen alle Vernunft, dass es Ido sei. Vielleicht hatte er sich geirrt, vielleicht war das alles nur ein schlimmer Traum. Hoffnungsvoll, schon zum Lächeln bereit, blickte er sich um, sah aber nur in die roten Augen des Drachen.

Verständnisvoll, ja weise, blickten sie ihn an. Das Tier teilte seinen Schmerz, einen Schmerz, der ihm auch gar zu oft schon in seinem Leben zugefügt worden war.

»Ich will dein Mitleid nicht«, schluchzte San. »Ich habe es nicht verdient.«

Der Drache schaute ihn nur weiter geduldig an, und San las in seinen Augen eine Bitte, die er schließlich verstand.

Warum nicht? Vielleicht ist es das Einzige, was mir noch zu tun bleibt.

Zitternd fasste er Ido unter und legte ihn lang nieder, blickte sich suchend nach seinem Schwert um und sah es aus der Brust eines Mannes ragen, der rücklings auf dem Boden lag. Kurz entschlossen zog er es, etwas mühsam, heraus – und erkannte es. Es war Nihals Schwert, das Schwert seiner Großmutter, die sagenhafte Waffe aus Schwarzem Kristall. Er drehte sich zu Oarf um, und alle Zweifel verflogen.

So steckte er sich das Schwert an den Gürtel, blickte dann wieder mit tränenverhangenen Augen zu Ido hinüber und kniete noch einmal vor ihm nieder. »Verzeih mir«, sagte er. »Ich weiß, dass es zu spät ist, aber nun verstehe ich dich.«

Mit dem Handrücken trocknete er sich die Tränen und bestieg den Drachen. Oarf macht sich so flach wie möglich, um es ihm zu erleichtern. Es war anders als beim ersten Mal, und er konnte den Gedanken nicht unterdrücken, dass damals Ido bei ihm gewesen war … Einen Moment lang fragte er sich, ob er es schaffen würde, den Drachen zu reiten. Aber Oarf antwortete für ihn. Er richtete sich auf, breitete die Flügel aus und gab ein gewaltiges Brüllen von sich. Ungeachtet der in der Schlacht davongetragenen Wunden hob er ab, gewann rasch an Höhe und war bald schon im Dunkel der Nacht verschwunden.

Epilog

Der Spiegel war riesengroß und schwer, der Rahmen aus massivem Gold. Dubhe hasste ihn, seit sie ihn im Zimmer stehen hatte.

»Das ist ein antikes Stück, das Hochzeitsgeschenk eines Höflings meiner Mutter«, hatte ihr Learco erklärt, um sie gewogener zu stimmen.

»Glaubst du nicht, der bringt Unglück?«, hatte sie nur entgegnet.

Der Prinz zuckte mit den Achseln. »Unser Schicksal bestimmen wir doch selbst. Und das ist bloß ein Spiegel.«

Er hatte Recht, doch sie konnte sich nicht daran gewöhnen, ihn nun immer vor sich zu haben und sich täglich darin zu sehen. Seit ihrer Kindheit, seit sie in Selva Gornar getötet hatte, sah sie sich nicht mehr im Spiegel an. Sie ertrug es nicht, ihre Schuld gespiegelt zu sehen, denn ihr war dann, als sitze ihr ein Ungeheuer auf der Schulter.

Obwohl sich seit damals so viel verändert hatte, war dieses Unbehagen nicht verschwunden. Immer wieder fürchtete sie, die Bestie erneut auftauchen zu sehen. Hatten Sennars und Theanas Zauber wirklich alle Schatten vertrieben und den Fluch, der sie so lange gequält hatte, ein für alle Mal gebrochen? Jeden Abend versicherte Learco ihr, dass sie nun tatsächlich frei war, und gab ihr dann einen Kuss auf die Stirn. Sein Vertrauen tat ihr gut, und sie fühlte, dass er mit jedem Tag unverzichtbarer für sie wurde. Aber sie wusste auch, dass man die Vergangenheit niemals auslöschen, sondern höchstens überwinden konnte. Kein Sieg war endgültig. Die Bestie würde niemals aufhören, ihr Angst zu machen: Das wurde ihr immer wieder deutlich, wenn sie nachts schweißgebadet aufwachte. In einem fort träumte sie von ihr, und in ihren Albträumen bedrängten sie auch all die Personen, die sie getötet hatte. Erst jetzt, da die Bestie besiegt war, begriff sie deren wahres Wesen. Sie stand für all das, was sie an sich selbst niemals akzeptiert hatte: für bohrende Schuldgefühle einerseits und andererseits für ein unheimliches Magma, ein Brodeln von Trieben, das sie nie ganz aus ihrem Herzen würde verbannen können. Denn der Tod lauerte überall, und der Geschmack von Blut hatte etwas Verführerisches. Eben deswegen konnte sich Dubhe nicht im Spiegel anschauen: Die Angst, dass der Sieg schon wieder verblasst war, war zu groß.

»Du weißt doch, dass wir diese Vergangenheit teilen. Auch ich habe vom Blut gekostet, auch ich spüre seine Verlockung. Wir beide können uns nicht ganz davon befreien und müssen bis in Ewigkeit gegen das Finstere in uns ankämpfen. Aber eben deswegen können wir es schaffen: Weil wir nicht allein sind«, sagte Learco etwa zu ihr, während sie vor dem Spiegel standen und sich ansahen. Erst dann betrachtete Dubhe ihr Spiegelbild gelassener. Learco besaß die Macht, ihre Dämonen zu vertreiben, und wenn er bei ihr war, war von der Bestie weit und breit nichts zu spüren.

Doch an diesem Morgen war sie allein. Learco hatte sie zwei Tage schon nicht mehr gesehen, und die Bestie konnte überall lauern.

Die Zofe hatte die Schatten verscheucht, indem sie die Fensterläden aufstieß. Ein herrlicher Sonnentag goss sein Licht in ihr Zimmer genauso wie an dem Tag, als Learco dem Volk gezeigt wurde und sich seine Mutter in ihrem Gemach eingeschlossen, die Fenster verrammelt und die Bettdecken über den Kopf gezogen hatte.

Dann traten andere Mägde ein, und zwei von ihnen brachten ihr Kleid. Eine neues. Die Tradition hätte es verlangt, dass sie das Kleid der Mutter des Prinzen trug, doch dieses Stück hatten sie beide, Learco und sie, in einer der ersten Nächte, die sie im Palast verbrachten, gemeinsam verbrannt. Vergilbte Rüschen und Spitzen waren lodernd in Flammen aufgegangen, fast so, als sehnten sie sich danach, zerstört zu werden. Sie hatten sich umarmt, während die Funken stoben, in eben jenem Garten, in dem sie sich einen Monat lang fast jeden Abend getroffen hatten.

In aller Ruhe wurde sie angekleidet, wurden ihre langen Haare zu einem eleganten, raffinierten Knoten gerafft. Einen Moment lang trauerte sie dem Pferdeschwanz aus ihren Zeiten als Schattenkämpferin nach. An das Tragen von Gewändern einer Edeldame hatte sie sich noch immer nicht gewöhnt.

Als die beiden Kammerzofen dann ihre Hände ergriffen, um sie zu dem Spiegel zu führen, hielt sie den Atem an. Mit gesenktem Blick, fast schüchtern, so als ängstige es sie, diesen Traum zu leben, trat sie näher. Es war der schönste Tag ihres Lebens. Würde die Bestie aus ihrem Versteck hervorbrechen und ihr an die Kehle springen? Würde sie sie zum Altar begleiten und sie dort töten?

»Kommt, Herrin, betrachtet Euch … Ihr seid wunderschön!«, sagte eine der Zofen.

Dubhe fand den Mut, den Blick zu heben.

Ein Mädchen. Gewandet wie die Königin, zu der sie bald werden sollte. Und dennoch ein Mädchen wie viele andere auch. Die Röte ihrer Wangen schimmerte durch die dicke Puderschicht hindurch, ihr Blick war verwirrt, die Hände verlegen im Schoß gefaltet. Das war das Bild, das der Spiegel ihr zeigte. Und sie fand sich schön, wirklich schön. Das weiße Kleid und das Diadem, das auf ihrer Stirn funkelte, umgaben sie mit einem besonderen Licht, und in diesem Licht war kein Platz mehr für den Fluch. Und in diesem Augenblick begriff sie, dass sie die Bestie niemals wiedersehen würde. Sie war frei, frei zu leben. Schüchtern lächelnd, nahm sie eine Hand vor den Mund. Es lag etwas Kindliches in ihrem Lachen. Sie war wieder das kleine Mädchen, das voller Vorfreude auf den ersten Sommertag wartete in der Gewissheit, dass er fantastische Erlebnisse für sie bereithalten würde. Es war, als nehme sie ein lange unterbrochenes Gespräch wieder auf, als könne sie wieder atmen nach einer langen Zeit unter Wasser. Endlich fühlte sie sich frei, nachdem sie sich von den schweren Lasten, die sie so lange hatte tragen müssen, befreien konnte. Oder weil sie jemanden gefunden hatte, der sie wirklich mit ihr gemeinsam trug.

Ihr Lachen wirkte ansteckend, und nach einem kurzen Moment der Verlegenheit stimmten alle Zofen ein. Sie waren wie eine Schar ausgelassener Mädchen, die sich ihre kleinen Geheimnisse anvertrauten.

Dubhe strich sich über den Rock. »Lasst uns gehen«, sagte sie, wieder ernst werdend.

Nach dem Sieg über die Gilde hatte sie geglaubt, dass nun plötzlich alles leicht würde. Sie war sich sicher, ohne die Bestie und mit Learco an ihrer Seite würde sich sofort alles zum Besten wenden. Doch sie hatte sich getäuscht.

Zunächst die Trauer um die Toten, die feierlichen Bestattungen von Ido und Sennar, dann die Suche nach den wenigen Assassinen, die sich vor dem Blutbad hatten retten können, die Erinnerung an die Bestie, die Schuldgefühle …

Aber das Schlimmste war das Alleinsein. Theana und Lonerin hatten genug mit sich selbst zu tun, hatten sich voller Optimismus in den Wiederaufbau gestürzt und waren als Vollmitglieder in den Rat aufgenommen worden. Learco seinerseits war ständig unterwegs. Denn die Marionettenkönige, die Dohor in den unter seiner Herrschaft stehenden Ländern eingesetzt hatte, hatten ihr Haupt erhoben und kämpften nun um das, was von dem Traum ihres gefallenen Herrschers übrig war. Ein ganzes Jahr noch wütete der Krieg, den Learco führen musste. Sie selbst aber hatte beschlossen, sich da ganz herauszuhalten. Und ebenso wünschte sie auch, dass niemand erfuhr, welche Rolle sie bei der Zerstörung der

Sekte gespielt hatte. Sie schlug die Version vor, Sennar habe mit seinem magischen Können ein entsetzliches Ungeheuer beschworen, das dann so verheerend und hilfreich über die Gilde hergefallen sei. Theana und Lonerin hatten protestiert, während Learco ihren Wunsch verstehen konnte.

»Warum forderst du mich nicht auch auf, allen zu erzählen, dass ich die Gilde vernichtet habe?«

»Weil ich weiß, dass du nicht stolz darauf bist.«

Dubhes Augen waren feucht geworden. »Und wie denkst du darüber?«

»Ich denke, dass ich es nur dir zu verdanken habe, wenn ich noch lebe, und dass die gesamte Aufgetauchte Welt ohne dein Opfer nicht mehr bestehen würde. Aber ich kann auch sehr gut verstehen, wieso du das nicht an die große Glocke hängen willst.«

Der junge Prinz hatte unverzüglich das Kommando in seinem Reich übernommen. Er zog die Truppen von allen Fronten zurück, schloss einen Friedensvertrag mit dem Rat der Wasser und brachte ein volles Jahr damit zu, die letzten Brandherde des Krieges zu löschen.

Dubhe nahm nicht aktiv an dieser Phase seines Lebens teil. Obwohl sie immer bei ihm war. Seit dem Sieg über die Gilde folgte sie ihm überallhin, teilte mit ihm das Zelt im Feldlager, wenn eine Schlacht bevorstand, und lebte, umgeben von gehässigem Hoftratsch, mit ihm im Palast, wenn Friede herrschte.

Sie beobachtete, wie Learco sich vollkommen verausgabte für die Aufgetauchte Welt, sah ihn aufblühen, wenn ein hart erkämpfter Friede endlich geschlossen war, und je mehr er sich einsetzte, desto mehr liebte sie ihn. Doch es war *seine* Aufgabe, *sein* Weg, für seine Verfehlungen zu büßen. Sie hatte daran keinen Anteil und blieb davon abgeschnitten, hatte es aber selbst so gewählt.

Tatsache war, dass sie nicht wusste, was sie mit ihrem Leben anfangen sollte. Learco hatte sein Reich und seine Kriege. Und sie? Sie hatte lediglich Learco. Auch wenn sie nie müde wurde, für ihn da zu sein und ihn aufzubauen, wenn er erschöpft und ausgelaugt nach irgendeiner Versammlung im Palast abends zu ihr kam. Aber das war eben alles. Etwas anderes gab es für sie nicht. Und so fehlte ihr die Möglichkeit, mit einer eigenen Aufgabe all das zu verarbeiten, was in der Vergangenheit geschehen war. Wodurch trug sie ihre Schuld ab? Womit büßte sie?

Theana und Lonerin waren kurz nach der Zerschlagung der Gilde zusammengezogen und hatten nicht lange danach auch zu heiraten beschlossen. Eine schlichte Feier, unter dem wachsamen Blick einer Thenaar-Statue, die Dubhe endlich ohne Misstrauen oder Furcht betrachten konnte.

Dann eines Tages stellte Dubhe fest, dass Learco nicht verborgen geblieben war, was in ihr vorging. »Weißt du schon, was du tun willst?«, fragte er sie. »Ich meine, in dieser hoffentlich bald friedlichen Welt …«

Sie zuckte mit den Achseln.

»Erzähl mir nicht, dass du noch nie darüber nachgedacht hast. Ich weiß, dass das nicht stimmt. Du bist unruhig und nicht ausgefüllt, was ich sehr gut verstehen kann.«

Da Dubhe nicht antwortete, fuhr er fort: »Wenn der Krieg endlich zu Ende ist, werde ich mich als Erstes zum König krönen lassen. Das heißt, wenn der Rat dazu seine Zustimmung gibt. Und dann veranlasse ich, dass sich jedes Volk oder Land der Aufgetauchten Welt seine eigene Regierung wählt.«

»So wie Nammen seinerzeit«, sagte Dubhe lächelnd.

»Ja, wie Nammen«, erwiderte Learco ernst. »Und am selben Tag werde ich dich heiraten.«

Dubhes Herz machte einen Sprung. Sie wusste, dass es ihm ernst damit war.

»Ich glaube, das ist die Antwort, nach der du suchst. Ich möchte dich nicht als meine Geliebte, sodass der Hof hinter deinem Rücken tuschelt, wenn du dich durch den Palast bewegst.«

Dubhe wirkte erschrocken. »Uns geht es doch eigentlich gut so, und ich …«

»Schon. Aber du fühlst dich doch nicht ausgefüllt. Du hast deinen Platz, deine Rolle in dieser neuen Welt noch nicht gefunden. Die Gilde hast du zerstört, aber jetzt hast du doch sicher Lust, auch etwas aufzubauen.«

Mit Tränen in den Augen hörte Dubhe ihm zu und konnte es nicht abstreiten.

»Daher mein Vorschlag: Ich mache dich zu meiner Königin, und wir werden gemeinsam das Land regieren.«

»Wie soll das gehen? Schließlich war ich eine Mörderin.«

»Auch ich war ein Mörder, und noch heute töte ich in der Schlacht. Glaube also nicht, du seiest schlechter als ich. Vergiss nie, wir haben die gleichen Sünden begangen«, sagte er, während er ihre Hände ergriff.

Langsam liefen die Tränen über ihre Wangen. »Ich weiß ja noch nicht einmal, was ich mit mir selbst anfangen soll. Wie soll ich da ein Volk regieren?«

»Vielleicht glaubst du, wer an der Spitze eines Staates steht, müsse seiner Sache immer sicher sein. Aber auch ein König quält sich mit Zweifeln. Und ich glaube, niemand eignet sich besser zum Regenten als jemand, der von Grund auf erfahren hat, was Leiden ist, und auch die Sünde kennt. Volk und Herrscher suchen gemeinsam ihren Weg und wachsen aneinander. Diese Aufgabe ist wie geschaffen für dich. Nachdem du mich gerettet hast, ist es nun an der Zeit, dass du auch mein Volk rettest.«

»Ich kann nicht«, beharrte Dubhe. »Ich kann nicht.«

Tage der Unentschlossenheit und des Zweifels waren gefolgt. Learco kam ihr plötzlich distanziert vor, und irgendwann begriff sie, dass sie vor einer Entscheidung stand, die ihr niemand abnehmen konnte.

Während ihrer Reise durch die Unerforschten Lande hatte sie zu vertrauen gelernt. Dann an Learcos Seite hatte sie eine Ahnung davon bekommen, was Zukunft bedeutet, und sich gewünscht, eine Zukunft zu haben. Nun musste sie auf eigenen Füßen stehen und eine Entscheidung treffen. War sie überhaupt bereit dazu, selbst die Richtung zu bestimmen?

Denn Königin zu sein, hieß, sich auf niemanden mehr stützen zu können, hieß, andere zu führen und auf dem Schiff selbst das Steuer in die Hand zu nehmen. Anstatt Rat zu erhalten, musste sie Rat wissen, statt Tochter würde sie nun wie eine Mutter sein. Und sie begriff, dass es nicht nur um ihre Beziehung zum Rest der Welt ging, sondern auch um die zu Learco.

Bis zu diesem Zeitpunkt hatte sie sich ganz auf ihn verlassen. Ihr Opfer im Bau der Gilde war, wie sie wusste, nichts anderes als ein Liebesbeweis für ihn. Aber hatte sie sich Sarnek und Lonerin gegenüber nicht ganz ähnlich verhalten? Hatte sie nicht immer schon einen Rettungsanker gesucht? Gewiss, aber Learco war mehr für sie. Learco war ein *Gefährte*. Learco war jemand, mit dem sie alles teilen konnte. Nun war es Zeit, zu geben und nicht bloß zu nehmen.

Sie machte einen Besuch an Idos Grab. Kein imposantes Mausoleum, kein Denkmal. Ein schlichter Grabstein, vor dem ein mysteriöser Besucher immer wieder frische Blumen niederlegte.

Sie hatte ihn nie richtig kennengelernt, aber sie konnte jenes kurze Gespräch draußen vor dem Palast in Laodamea nicht vergessen. Er war der Erste gewesen, der ihr sein Vertrauen geschenkt hatte. Deswegen hatte sein Tod auch in ihrem Herzen eine eigenartige Leere hinterlassen, die Trauer um etwas, was sich nicht hatte entwickeln können.

Sie betrachtete den Grabstein und dachte an die Frage, die Ido ihr damals gestellt hatte, nach ihrer Rückkehr aus den Unerforschten Landen, als sie ihn aufsuchte, um ihm zu sagen, dass sie Dohor töten wolle. ›Hast du gefunden, wonach du gesucht hast?‹

Sie schloss die Augen und erforschte ihr Herz bis auf den Grund, dachte angestrengt nach über ihr Leben, über die Vergangenheit, die Gegenwart, die Zukunft. Und fand die Antwort.

Dann legte sie die Blume nieder, eine einfache Feldmargerite, die sie am Wegesrand gepflückt hatte. »Danke«, sagte sie lächelnd und machte sich auf, ihre Entscheidung in die Tat umzusetzen.

Als sich das königliche Paar auf dem Balkon zeigte, brach die Menge im Garten in stürmischen Beifall aus. Dubhe musste daran denken, dass genau dort vor einiger Zeit noch Dohor seinen Triumph gefeiert hatte. Mit Neors Hinrichtung hatte er mit einem Schlag alle Feinde im Innern aus dem Weg räumen wollen. Stattdessen war dieser Tag für ihn der Anfang vom Ende gewesen.

Dubhe drückte die Hand ihres Gemahls und lächelte strahlend. Learco erwiderte ihren Händedruck und trat dann einen Schritt vor, während Dubhe zurückblieb und die Menge beobachtete. Ihr Volk. Das Leben dieser Leute hing nun auch von ihr ab. Sie spürte einen Anflug von Angst. Bis zu diesem Moment hatte sie nur auf sich selbst aufpassen müssen. Würde es ihr gelingen, all diesen Leuten gerecht zu werden? Noch fester ergriff sie jetzt wieder die Hand ihres Gatten und trat voller Stolz neben ihn. Sie hatte Learco erwählt und sich damit auch dafür entschieden, diesem Volk Königin zu sein. Sie brauchte keine Angst mehr zu haben, musste sich nicht mehr zurückziehen. Ihre Miene wurde sicherer. Learco lächelte sie an, bevor er zu sprechen anhob.

»Ich freue mich, dass ihr alle gekommen seid, um mit mir dieses glückliche Ereignis zu feiern«, begann er. »In den zurückliegenden Monaten hatten wir harte Prüfungen zu bestehen, doch nun können wir endlich sagen, dass der Sieg unser ist. Die Gilde ist zerschlagen und der Friede mit dem Land des Feuers hergestellt. Damit beginnt ein neues Zeitalter, ein neues Reich entsteht. Und wir haben auch eine neue Königin«, setzte er mit einem Lächeln hinzu, während sich alle Augen, wie Dubhe verlegen bemerkte, auf sie richteten.

Dann wurde Learco wieder ernst.

»Viele haben geglaubt, ich würde die gleichen Ziele wie mein Vater verfolgen und danach streben, die Aufgetauchte

Welt in einem einzigen großen Reich zu vereinigen. Das ist keine neue Idee. Schon in früheren Zeiten waren manche wie auch heute noch der Ansicht, der Friede in unserer Welt sei nur dann herzustellen, wenn die Wünsche und Bedürfnisse der unzähligen einzelnen Seelen, die sie bewohnen, keine Berücksichtigung fänden. Die Unterschiede führten zu Uneinigkeit und Streit, das Bestehen vieler einzelner Reiche mit eigenen Regierungen zum Chaos. Besser sei da ein einziger mächtiger König, der zwar mit harter Hand und auch Gewalt regiert, dafür aber den Missklang eines vielstimmigen Chores in eine einzige Stimme verwandelt. In die Stimme des Alleinherrschers.«

Die Menge schwieg betreten.

»Ich bin nicht der Ansicht, dass dies eine gute Lösung ist. Wir sind Menschen, Nymphen, Gnomen … Wir leben im Halbschatten des Landes der Nacht oder werden mit dem salzigen Geruch des Landes des Meeres in der Nase geboren. Ich respektiere den Unabhängigkeitsdrang der Bewohner des Landes der Felsen und schätze den ungezähmten Charakter der Menschen in den Turmstädten. Und aus eben diesem Grund will ich sie nicht beschneiden, unsere wertvollste Gabe, die Verschiedenartigkeit, zugunsten einer unfruchtbaren, künstlichen Einheit. Es gab einen großen König, der uns diesen Weg gewiesen hat, und ich will seinem Beispiel folgen.«

Learco schwieg einen Moment, und Dubhe lächelte ihn an.

»Möge sich also jedes Volk seinen eigenen Herrscher und seine eigene Regierungsform wählen. Zudem sollen die beiden Räte wiederhergestellt werden. Wer hier einwendet, diese Institutionen hätten bereits in der Vergangenheit versagt, dem antworte ich, dass Wachsamkeit dringend erforderlich ist, um den Frieden zu erhalten. Krieg entsteht nicht durch Zufall. Zum Krieg kommt es, wenn wir aufhören, am Frieden zu hängen, ihn *wirklich* zu wollen. Ich habe Vertrauen in die Aufgetauchte Welt, habe Vertrauen in ihre Bewohner.

Und ich glaube, dass wir fähig sind, aus den Fehlern der Vergangenheit zu lernen und unsere Geschicke selbst in die Hand zu nehmen. Deswegen behalte ich selbst nur die Besitzungen meiner Ahnen, das Land der Sonne also, dessen Krone ich heute von meinem Volk empfange, von einem Rat, den das Volk selbst gewählt hat.«

In der Stille, die sich breitgemacht hatte, war Bewunderung spürbar.

»Vielleicht ist es nur ein Traum«, fuhr Learco fort. »Vielleicht ist diese Reife, die ich bei den Völkern der Aufgetauchten Welt zu erkennen glaube, noch lange nicht verwirklicht. Doch ich spüre, dass sie kein Traum bleiben muss. Und auch wenn sie sich nicht erfüllen sollte, lohnt es sich doch, an sie zu glauben und für sie zu kämpfen. Dieser Traum soll uns antreiben, für diesen Traum wollen wir leben oder auch sterben.«

Er holte Luft.

»Und nun feiert. Der Mann, der euch alle gerettet hat und dessen Worte uns alle überdauern werden, sagte einmal: Das Leben ist wie ein Kreis, mit Zeiten des Leids und Zeiten der Freude, und dann erneutem Schmerz und erneutem Glück. Dieser Kreislauf ist das Wesen aller Dinge. Und so ist es nun Zeit, fröhlich zu sein und diesen Frieden zu genießen, ihn zu wahren und lebendig zu erhalten. Vergessen wir nie diesen Tag des Jubels. Denn diese Erinnerung kann uns helfen, wenn es wieder nötig wird, Glück und Frieden neu zu erkämpfen.«

Er hob einen Arm zum Gruß, und die Menge unter ihm brach in Beifallsstürme aus.

Dubhe vergaß die Etikette und ließ Learcos Hand los, legte einen Arm um ihn und drückte ihn ganz fest an sich. Wie lange würde dieses Glück dauern? Niemand konnte es sagen. Vielleicht würden dieselben Leute, die heute bewundernd zu Learco aufschauten, irgendwann wieder dem finsteren Lockruf des Krieges nachgeben. Aber träumte nicht auch sie selbst immer noch von der Bestie? Eine Garantie gab es nicht. Aber eine Gewissheit: Sie würden kämpfen. Sie würden nicht zulassen, dass der Traum von einer gerechten Welt wieder im Blutdurst ertränkt würde.

Sie spürte, wie auch Learco sie an sich drückte, und da wusste sie, dass sie es schaffen würden. Tausende Hindernisse würden sie nicht aufhalten können. Jetzt war sie bereit, Königin zu werden.

Register

Aires	Letzte Königin des Landes des Feuers vor Dohors Thronbesteigung
Aster	Auch »der Tyrann« genannt, jener Mann, dem es fast gelungen wäre, die gesamte Aufgetauchte Welt in seine Gewalt zu bringen, und der von Nihal in der großen Winterschlacht getötet wurde
Kinder des Todes	Für die Gilde Kinder, die unabsichtlich getötet haben und daher dazu bestimmt sind, Thenaar zu dienen
Barahar	Hafenstadt im Land des Meeres
Winterschlacht	Große Schlacht, durch die es dem Heer der Freien Länder unter Nihals Führung gelang, den Tyrannen zu vernichten
Bestie	So nennt Dubhe den Fluch, dessen Opfer sie wurde und der in ihr einen ungeheuren Blutdurst entfacht hat
Bau	Der geheime Sitz der Gilde, tief im Erdinneren im Land der Nacht

Rat der Wasser	Großer Rat, in dem die Herrscher sowie die Vertreter der Magier und der Militärs aus dem Land des Meeres, aus der Mark der Wälder und der Mark der Sümpfe versammelt sind; er steht im Kampf gegen Dohor
Dafne	Königin der Mark der Wälder
Demar, Fenula, Tess und Jalo	Assassinen, die in die Untergetauchte Welt hinabziehen, um San zu entführen und zum Bau der Gilde zu bringen
Dohor	König des Landes der Sonne; durch Kriege, Intrigen und ein Bündnis mit der Gilde konnte er fünf der acht Länder der Aufgetauchten Welt mehr oder weniger direkt unter seine Kontrolle bringen
Dubhe	Junge Diebin, die die Assassinenausbildung der Gilde durchlaufen hat
Fammin	Wilde Geschöpfe, die sich der Tyrann durch Magie als Kämpfer für seine Kriege geschaffen hatte. Nach der Winterschlacht wurden sie im Land der Tage angesiedelt
Folwar	Magier und Rat aus dem Land des Meeres, Lonerins und Theanas Lehrmeister
Forra	Stiefbruder Sulanas, brutaler Mitstreiter Dohors
Gilde der Assassinen	Eine Sekte, die an den Mord zur Verherrlichung ihres blutrünstigen Gottes Thenaar glaubt

Gornar	Junge, den Dubhe als kleines Mädchen unabsichtlich tötete
Huyé	Gnomenvolk in den Unerforschten Landen
Ido	Gnom, Lehrer Nihals und lange Zeit Oberster General des Ordens der Drachenritter, schloss sich dem Rat der Wasser an, um gegen Dohor zu kämpfen
Laodamea	Hauptstadt der Mark der Wälder
Learco	Sohn Dohors
Lonerin	Magier, Schüler von Folwar, Rat aus dem Land des Meeres, schlich sich in den Bau der Gilde ein, um deren Pläne zu erkunden, und lernte dort Dubhe kennen
Marva	Dorf in der Mark der Sümpfe
Molio	Antiquitätenhändler in Salazar
Nihal	Halbelfe, die den Tyrannen in der Winterschlacht töten konnte
Oarf	Nihals Drache
Ondine	Alte Freundin Sennars, Gräfin der Grafschaft Sakana in der Untergetauchten Welt
Pat	Freundin Dubhes aus Kindertagen
Rekla	*Wächterin der Gifte* in der Gilde der Assassinen

Renni	Früherer Spielkamerad von Dubhe, später Sklavenhändler
Saar	Mächtiger Strom, der die Aufgetauchte Welt von den Unerforschten Landen trennt
Sakana	Grafschaft in der Untergetauchten Welt
Salazar	Hauptstadt des Landes des Windes
San	Sohn von Tarik, Enkel Nihals
Sarnek	Dubhes Meister, der aus der Gilde floh, in der er geboren und aufgewachsen war
Seferdi	Hauptstadt des Landes der Tage
Selva	Dubhes Heimatstadt im Land der Sonne
Sennar	Magier, Nihals Lebensgefährte
Sherva	Wächter in der Gilde der Assassinen, Spezialist für den Nahkampf
Soana	Früheres Mitglied im Rat der Magier, später Lebensgefährtin von Ido
Sulana	Königin des Landes der Sonne, Gemahlin Dohors
Talya	Gattin Tariks
Tarik	Sohn von Nihal und Sennar
Thal	Mächtigster Vulkan im Land des Feuers
Theana	Zauberin, Mitschülerin Lonerins bei Folwar

Thenaar	Von der Gilde angebeteter Gott und antike elfische Gottheit
Tori	Hehler und Gifthändler in Makrat
Unerforschte Lande	Alle unbekannten Gebiete jenseits des Saars
Vesa	Idos Drache
Volco	Learcos Adjutant
Ydath	Reicher Kunstsammler in Barahar
Yeshol	Höchster Wächter der Gilde der Assassinen und damit Oberhaupt der Sekte

Danksagung

Dieses Buch könnte mir das liebste von allen werden, die ich bisher geschrieben habe, oder aber, ganz im Gegenteil, das verhassteste. Es entstand nämlich in einer ganz besonderen Phase meines Lebens, in der ich häufig hin- und hergerissen war zwischen Momenten großer Begeisterung oder auch großer Verzagtheit.

Ich musste wirklich hart kämpfen, um es fertigzustellen, mir jeden Tag jene zwei, drei Stunden förmlich abringen, in denen ich mich meiner Geschichte widmen konnte. Überall habe ich geschrieben, im Bett bei mir zu Hause ebenso wie im Zug, den ich fast jede Woche nehme, oder auch im Flugzeug, mit dem ich zum ersten Mal allein zu einem Geschäftstermin flog.

Diese Trilogie war in vieler Hinsicht ein neues, unbekanntes Abenteuer, meine erste Arbeit als »professionelle Autorin«, und hat mich in einer wichtigen Phase meines Lebens begleitet. Als ich das erste Wort der »Schattenkämpferin. Das Erbe der Drachen« niederschrieb, hatte ich keinen Job als Astrophysikerin und wohnte noch bei meinen Eltern; und das letzte Wort dieses dritten Teils, »Die Schattenkämpferin. Der Fluch der Assassinen«, tippte ich auf dem Balkon des Hauses, in dem ich jetzt mit meinem Ehemann lebe.

Es war eine lange, schwierige Reise, eine neue – und hoffentlich nicht die letzte – Etappe auf meinem Weg, in meiner Karriere als Schriftstellerin. Wenn ich es bis zum Ziel geschafft habe, dann nur, weil ich von vielen Menschen umgeben bin, die mir Mut und Kraft schenken.

In erster Linie möchte ich noch einmal meinen Eltern danken, denen dieses Buch gewidmet ist. Sie haben mich viel gelehrt in all den Jahren und mich immer bestärkt, unterstützt oder auch getröstet. Gewiss hat sich unser Verhältnis verändert, seitdem ich nicht mehr bei ihnen wohne, aber die Liebe, die uns verbindet, ist immer noch so stark wie zuvor, wenn nicht sogar stärker.

Und dann natürlich Sandrone Dazieri, der mich zu diesem Abenteuer angespornt hat, das hoffentlich nie zu Ende geht. Ihm möchte ich danken für seine stets wertvollen Ratschläge und Anregungen, für unsere langen Gespräche und die Geduld, mit der er, vor allem in der letzten Phase, die Ausbrüche ertragen hat, mit denen ich manches Mal meiner Anspannung Luft machen musste.

Ein Dank auch an Fiammetta Giorgi und Massimo Turchetta: Zu wissen, dass sie an mich glauben und immer für mich da sind, gibt mir großen Halt.

Dank an Paolo Barbieri für seine fantastischen Grafiken. Bei jedem neuen Buch kann ich es kaum erwarten, zu sehen, was er sich diesmal wieder hat einfallen lassen, und jedes Mal wieder bin ich so voller Bewunderung wie beim Buch zuvor. Es ist einfach wunderschön, die Figuren meiner Bücher mit einer solchen Detailtreue und mit so viel Herz gezeichnet zu sehen.

Dank an Andrea Cotti und Barbara di Micco, die mich während des gesamten Abenteuers begleitet haben. Danke für die Geduld und die hervorragende Arbeit, die ihr geleistet habt. In eurer Gegenwart habe ich mich immer sehr wohl gefühlt. Und nun können wir uns auch endlich in Ruhe zusammen den Aperitif gönnen, von dem wir in den hektischsten Phasen immer geträumt haben.

Dank an Melissa und an die Leute von Lands & Dragons, *der offiziellen Website für meine Bücher. Ihre Bemerkungen zu den Geschichten, die ich schreibe, sowie die Beweise ihrer Sympathie und Zuneigung haben mir in den harten Momenten des Schreibens immer sehr geholfen. Dank auch den Besuchern meines Blogs, die wohl eine Zeit lang eine Reihe wahrscheinlich grauenhafter, weitschweifiger Auslassungen zu meiner Arbeit und meinem Leben über sich ergehen lassen mussten. Danke für eure Geduld und eure scharfsinnigen Kommentare. Und natürlich auch für die heißen Diskussionen, die wir auf dieser Site geführt haben. An dieser Stelle möchte ich unbedingt auch meiner Webmasterin Laura Gargiulo danken. Sie hat mir da ein wirklich fantastisches Geschenk gemacht. Unser Aben-*

teuer hat gerade erst begonnen, aber ich bin mir sicher, dass wir zusammen noch Großes zuwege bringen werden.

Dank an meine Freunde, die mich mit so viel Zuneigung verwöhnen. Ich kann immer noch nicht fassen, dass ich das Glück hatte, ihnen zu begegnen. Wenn ich mich manchmal als etwas Besonderes fühle, dann nur, weil ich weiß, dass sie immer für mich da sind und dass ich ihnen viel bedeute.

Dank an die Gruppe Muse und ihre Musik. Es ist kein Zufall, dass ich jedem Buch ein Zitat von ihnen voranstelle. Sie spielen die Begleitmusik meiner inneren Welt und folglich auch meiner Bücher. Jede Figur hat ein eigenes Lied, das mir, während ich sie entwarf, im Kopf herumschwirrte. Möge die Band niemals aufhören, mich zu begeistern und zu inspirieren.

Und schließlich danke ich Giuliano, der endlich mein Mann geworden ist. Ich weiß, es ist nicht einfach, mit einer Frau wie mir zusammenzuleben, und deswegen weiß ich auch, wie viel Glück ich hatte, ihm zu begegnen. Über ihn kann ich sagen, was Dubhe in Bezug auf Learco gesagt hat: Ohne ihn kann ich nicht sein.

Leuchtturm von Dessa
Letztes Vorgebirge
Giafta (Hafen)
Barahar-Bucht
Lome
Barahar
Sümpfe
Laia
Seewald
Kleines Meer
Mittlere Wüste
Sossa
Saar
Dere
Westlicher Wald
Nael-Wasserfälle
Sonnenberge
Land
Laodamea
Loos
Land des Wassers
Steppe
Neu
En
Land des Windes
Salazar
Bannwald
Daress (nördliche Berge)
Thal (Vater der Be
Land der Felsen
Nassel
Assa
Steinwald
Rephtá
Schwarzes Gebirge
Land des Feuers
Passel
Totenfelder
Hora (Südkegel)

Ascose-Klippen
Rondal-Gebirge
Nördlicher Wald
Damilar
Hantirsee
Land der Sonne
Makrat
Großer Nebenfluss
Kleiner Nebenfluss
Sershet-Berge
Große Wüste
Ausläufer der Großen Wüste
Enaar
Naar
Land der Tage
Seferdi
Merish-See (heute Sumpfgebiet)
Rehvni
Looh
Land der Nacht
Großer Mool-Wald (heute Toter Wald)
DIE AUFGETAUCHTE WELT

LICIA TROISI

DIE FEUER KÄMPFERIN

IM BANN DER WÄCHTER

ROMAN

LESEPROBE

HEYNE

›ÜBER DAS BUCH

Eine mysteriöse Krankheit droht alle Bewohner der Aufgetauchten Welt auszurotten. Einzig Adhara, die Nymphenblut in ihren Adern trägt, verheißt Rettung. Gemeinsam mit ihrem Gefährten, dem Drachenritter Amhal, macht sie sich auf den gefahrvollen Weg ins Feindesland. Wird die Feuerkämpferin das Böse abwenden? Wird sie die Aufgetauchte Welt vor dem Untergang bewahren?

Unheil droht der Aufgetauchten Welt: Eine unerklärliche Krankheit breitet sich aus und bringt den Tod. Die Kranken sind von schwarzen Flecken gezeichnet, sie bluten aus Augen, Ohren und Mund. Nur Nymphen und Wesen mit Nymphenblut scheinen immun zu sein. In einem Klima des steigenden Misstrauens und der Angst findet sich eines Tages ein junges Mädchen auf einer Wiese wieder. Sie hat ihr Gedächtnis verloren, weiß nicht, wer sie ist, wo sie ist, woher sie kommt. In eine schlichte Tunika gekleidet, trägt sie nur einen Dolch bei sich. Als zwei infizierte Männer das Mädchen angreifen, wird sie von dem Drachenritter Amhal gerettet. Er nimmt sich ihrer an und tauft sie auf den Namen Adhara. Gemeinsam machen sie sich auf den Weg nach Laodamea, wo Amhal seine Begleiterin einem Magier vorstellt. Dieser erkennt sofort die besondere Kraft des Mädchens. Doch er ahnt nicht, dass Adhara das Schicksal der Aufgetauchten Welt in sich trägt.

1

Das Erwachen

Hitze. Etwas Hartes, Spitzes unter dem Rücken und etwas Feuchtes. Eine rot gefärbte Welt, die alles einnahm, und Schmerzen, überall. Wie ein inneres Feuer, das sie verzehrte, so als stöhne jede einzelne Körperfaser auf vor Schmerz.

Irgendwo neben sich spürte sie eine Hand, und als sie die Finger bewegte, flutete eine beruhigende Wärme in sie hinein. Langsam schlug sie die Augen auf, und das Rot wurde abgelöst von einem blendenden Weiß. Ihr war, als kehrten plötzlich alle ihre Sinne gleichzeitig zurück, ein Chaos, das bedrängend auf sie einstürzte: mit einem anhaltenden Rauschen, durchsetzt von einem schrillen Kreischen in den Ohren, dem Geruch von Erde und Gras und dieser Feuchtigkeit, wie von Tau, unter dem Rücken. Eine Fülle von Eindrücken überwältigte sie.

Sie stemmte sich hoch und schaffte es, sich auf eine Seite zu drehen. Dabei stöhnte jeder noch so kleine Muskel, und der Schmerz nahm ihr den Atem. Blinzelnd versuchte sie, etwas genauer zu erkennen, und nach und nach zeichneten sich in dem grellen Weiß ein entblößter, blasser Arm ab, der sich auf dem Gras abstützte, sowie zwei schlanke, sehnige Beine, die von einem fleckigen Hemd nur wenig verhüllt wurden.

Wo bin ich?

Eine einfache Frage, die sie jedoch mit Schrecken erfüllte.

Denn sie wusste keine Antwort darauf. Lange betrachtete sie die von den Sonnenstrahlen beschienene Hand und nahm nun die Farben deutlicher wahr: das Blassrosa der Haut, dann das grelle Grün des Grases, die unbestimmbare Farbe des Hemdes, das sie am Leib trug.

Wer bin ich?

Keine Antwort. Angst packte eiskalt ihre Schläfen. Unwillkürlich legte sie eine Hand auf die Brust, auf die Stelle, wo sie ihr aufgewühltes Herz schlagen spürte. Und fuhr über ihre Brüste, die klein waren und fest.

Ich bin eine Frau.

Das begriff sie, und doch fühlte sie keine Erleichterung. Sie blickte sich um. Der Himmel war tiefblau und völlig wolkenlos. Die Wiese um sie herum schien grenzenlos weit, hier und dort erblickte sie das zarte Weiß von Margeriten und das satte Rot einiger Mohnblumen.

Niemand war zu sehen.

Sie versuchte, sich zu erinnern, sich Namen ins Gedächtnis zu rufen, vielleicht ein Gesicht, irgendeinen Ansatzpunkt, der ihr dabei helfen konnte, bekannte Bilder entstehen zu lassen. Nichts.

Immer heftiger spürte sie einen Schmerz in der Seite, auf der sie lag, so als bohre sich ihr dort etwas ins Fleisch. Wieder drehte sie sich auf den Bauch und führte eine Hand zu der schmerzenden Stelle. Da fühlte sie einen länglichen, rauen Gegenstand, der an einem Band um ihre Taille hing und aus einem Material bestand, das sie nicht benennen konnte.

Darum wirst du dich später kümmern, steh erst einmal auf, befahl ihr eine innere Stimme. Sie legte eine Handfläche auf das Gras. Erst jetzt fiel ihr die Rötung auf, die sich wie ein Armband um ihr Handgelenk zog. Unwillkürlich fuhr sie mit einem Finger darüber, zog ihn jedoch sofort wieder zurück. Die Stelle schmerzte entsetzlich. Und auch am anderen Handgelenk war die gleiche Rötung sichtbar.

Das ist jetzt unwichtig, du musst aufstehen, drängte die Stimme weiter. Als sie auch die andere Hand aufstützte, stöhnten die Armmuskeln und ebenso die der Beine, die sie jetzt anzog. Doch sie biss die Zähne aufeinander und begann sich mühsam hochzustemmen. Es tat höllisch weh, und sie keuchte und klagte bei der kleinsten Bewegung, wenn sich der Schmerz wie ein Stilett in ihr Fleisch bohrte. Dabei fiel ihr auf, dass auch die Fußgelenke von den gleichen roten Ringen gezeichnet waren.

Rote Haut. Das hat etwas zu bedeuten. Aber was, hätte sie nicht sagen können.

Taumelnd kam sie auf die Beine und sah sich um. Sie stand auf einer Wiese und hatte keine Ahnung, wie sie dorthin gelangt war, wusste nicht, wo sie sich befand, ja noch nicht einmal, wer sie überhaupt war. Als sie den Blick über Brüste, Arme und Beine bis zu den Füßen hinabwandern ließ, wunderte sie sich, dass dies ihr Körper sein sollte. Sie erkannte ihn nicht wieder. Er war ihr völlig fremd. Noch nicht einmal die Erkenntnis, dass sie ein weibliches Wesen war, brachte sie weiter. Sie trug ein langes, gras- und blutbeflecktes Hemd. Und nichts darunter. Um die Hüften jenes Band, an dem dieser längliche Gegenstand hing, auf dem sie gelegen hatte. Er wies einen Griff auf, den sie jetzt zögernd mit einer Hand umfasste. Ihre Finger schlossen sich darum und zogen, und mit einem schwachen Schaben kam ihr etwas entgegen, das in der Sonne silbrig funkelte. Sie kniff die Augen zusammen und betrachtete den Gegenstand. Der Griff war warm, von brauner Farbe und lag perfekt in der Hand. Der untere Teil, den sie hervorgezogen hatte, war hingegen aus einem anderen Material gefertigt, das glänzte und sich kalt anfühlte. Er war wie eine Schlange gewunden und mit eigenartigen Symbolen, die ihr nichts sagten, verziert. Als sie mit einem Finger über die Kante des kalten Teils fuhr, durchzuckte sie ein Schmerz. Rasch zog sie ihn zurück und sah, dass sich ein roter Strich darauf abzeichnete. Da dämmerte es ihr.

Das ist ein Dolch.

Der Gegenstand, den sie gerade hervorgezogen hatte, war dazu gedacht, jemanden zu verletzen und sich zu schützen, wusste sie aus irgendeinem Grund. Doch im Augenblick brauchte sie ihn nicht. Sie steckte ihn zurück und sah sich wieder um. Die Wiese schien grenzenlos.

Etwas anderes gibt es wohl nicht, überlegte sie beklommen. Dann aber erkannte sie in der Ferne einen dünnen, etwas dunkleren Streifen. Bäume?

Dorthin musst du gehen.

Als sie sich nach dem Grund fragte, fand sie keine Antwort, wusste nur, dass es richtig war. Und so machte sie sich auf, vorsichtig, mit einem Gefühl, als hätte sie noch nie zuvor einen Fuß vor den anderen gesetzt. Kaum gelang es ihr, das Gleichgewicht zu halten, die Beine schmerzten, die Rückenmuskeln ächzten. Am liebsten hätte sie sich wieder ins Gras fallen lassen.

Ich lass mich hier nieder und warte, dass jemand vorüberkommt. Ein tröstlicher Gedanke, und einen Moment lang war sie wirklich überzeugt, dass es das Richtige gewesen wäre.

Hier kommt niemand vorüber, ermahnte sie sich dann jedoch selbst mit eiskalter Gewissheit. Und so richtete sie den Blick wieder auf die grüne Linie vor ihr und schleppte sich weiter, Schritt für Schritt, wankend. Die Blumen um sie herum neigten das Haupt, wenn der Wind sanft über sie hinwegstrich, und träge wogte das Gras auf und ab. Doch davon ließ sie sich nicht ablenken. Obwohl in dieses Nichts eingetaucht und ergriffen von einer nicht abzuschüttelnden Furcht, verfolgte ihr Geist nun ein klares Ziel, das sie nicht aus den Augen verlieren wollte.

Je näher sie kam, desto höher ragten die Bäume vor ihr auf. Braune Stämme, Geäst, das sich dem blauen Himmel entgegenreckte, und eigentümlich geformte Blätter von einem verschossenen Grün. Wie auf eine Luftspiegelung starrte sie dorthin, während sie mit immer entschlosseneren

Schritten darauf zumarschierte. Und als sie endlich eine Hand auf die raue Rinde eines Stammes legte, lächelte sie erleichtert. Sie war erschöpft. Als sie sich an dem Stamm hinuntergleiten ließ, verhakte sich ihr Hemd an der Rinde und rutschte ihr die Beine hinauf, fast bis zum Gürtel – *ja, so nennt man das, Gürtel* –, der es in der Taille hielt. So saß sie da und betrachtete den Weg, den sie zurückgelegt hatte. Wie weit er war, hätte sie nicht sagen können, und auch nicht, wie lange sie dafür gebraucht hatte. Sie erinnerte sich nicht, wie ein Raum gemessen wurde, wusste nicht, wie man verrinnende Zeit bestimmte. Und wieder überkam sie Mutlosigkeit. Da spürte sie, wie ihr etwas Feuchtes über die Wangen rann. Sie fuhr mit der Hand darüber. Nass fühlte es sich an. Sie wurde noch trauriger und versank in abgrundtiefer Verzweiflung, riss den Mund weit auf, stöhnte und heulte, während dicke Tropfen ihr aus den Augen auf den Schoß fielen und den Stoff ihres Gewandes mit kreisrunden Flecken tüpfelten.

Sie war wohl eingeschlafen, denn als sie wieder zu sich kam, war das Licht anders. Nicht mehr grell und blendend wie zuvor, als sie sich über die Wiese zu den Bäumen geschleppt hatte, sondern rötlich, bernsteinfarben. Und es war kälter geworden. Als sie ihre Wangen berührte, stellte sie fest, dass sie mit etwas Rauem überzogen waren. Mit dem Fingernagel schabte sie etwas davon ab, steckte sich den Finger in den Mund und fuhr mit der Zunge darüber. Es schmeckte salzig.

Schmerz ist salzig, sagte sie sich.

Erneut versuchte sie, ihr Gedächtnis zu durchstöbern. Vielleicht hatte der Schlaf ihren Geist erfrischt, so dass die Erinnerung zurückkehrt war. Aber nein. Ihr Kopf war völlig leer, war wie eine weiße Fläche, auf der sich nichts als die Eindrücke abzeichneten, die sie seit ihrem Erwachen dort hinten auf der Wiese gesammelt hatte. Davor lag nichts, keinerlei Erinnerung, in ihrem Kopf war nichts als eine finstere, formlose Leere. Und wieder überkam sie diese kalte, schleichende Angst. Auch etwas anderes quälte sie, eine Trockenheit, die Mund und Kehle erfasst hatte. Da vernahmen ihre Ohren ein gleichmäßiges Geräusch, eine Art Gluckern, ähnlich jenem, nur viel klarer, das sie gleich nach dem Aufwachen auf der Wiese wahrgenommen hatte.

Dort muss ich hin. Warum sie das tun musste, hätte sie nicht sagen können, doch dass es das Richtige war, dass es ihr guttun würde, dies spürte sie ganz deutlich.

Sie hatte nicht vergessen, wie mühsam das Aufstehen zuvor gewesen war. Deshalb krallte sie jetzt ihre Finger in die Rinde und machte sich auf die Schmerzen gefasst. Doch es war halb so wild. Sie fühlte sich schon viel kräftiger, auch wenn ihre Muskeln und Gelenke immer noch ein wenig ächzten und stöhnten. Sie stieß sich von dem Stamm ab und marschierte los. Es war, als habe sie das Laufen bereits neu gelernt. Mit einer gewissen Sicherheit setzte sie einen Fuß vor den anderen, besann sich ganz auf den Rhythmus der Schritte und das Rascheln des trockenen Laubes unter den Fußsohlen.

Schließlich entdeckte sie ein silbernes Band, das sich zwischen den Bäumen entlangschlängelte und das rötliche Licht der erlöschenden Sonne spiegelte. Sie hastete zu dem Bach, tauchte das Gesicht ins Wasser und trank gierig.

Durst, ich hatte Durst, folgerte sie. Kühl rann ihr das köstliche Nass die Kehle hinunter und löschte den Brand, der sie gequält hatte. Als sie die Augen öffnete, erblickte sie lange schwarze und blaue Haare, die in der Strömung ihr Gesicht umtanzten. Ihre Haare. Sie tauchte auf und holte tief Luft. Ihr war eine Idee gekommen. Sie schaute sich suchend um und entdeckte nicht weit entfernt das, was sie im Sinn hatte. Sie überlegte, wie sie dorthin gelangen konnte. Dazu musste sie durch den Bach, zunächst über eine Reihe größerer Steine, und dann auch tiefer ins Wasser eintauchen. Das traute sie sich zu.

Sie war selbst erstaunt, wie flink sie sich bewegte, wie mühelos sie von Fels zu Fels hüpfte und dann auch bis zur Hüfte durch das Wasser watete. So erreichte sie die Stelle, die sie entdeckt hatte. Dort sammelte sich das Flusswasser zwischen einigen kreisförmig angeordneten Felsblöcken und bildete einen kleinen Teich fast ohne Strömung. Da ihr die Sonne im Rücken stand, breitete sich diese Lache wie ein heller Spiegel vor ihr aus. Sie beugte sich nieder, hielt jedoch plötzlich erschrocken und unsicher in der Bewegung inne. Die Furcht, im nächsten Moment vielleicht in ein Gesicht zu blicken, das ihr völlig unbekannt war, zog ihr die Eingeweide zusammen. Doch sie kämpfte dagegen an. Wahrscheinlicher war, dass ihr der Anblick weiterhelfen und ihr schlagartig all das einfallen würde, was sie vergessen hatte.

Langsam beugte sie sich weiter vor. Da erblickte sie einen zierlichen ovalen Kopf, umrahmt von schwarzen Haaren, die hier und dort von glitzernd blauen Strähnen durchzogen waren. Ein schmales, längliches Gesicht mit jedoch vollen Wangen. Eine hohe Stirn, vor der sich die Haare zu beiden Seiten wie ein Vorhang öffneten. Ein kleiner, schön gezeichneter Mund, rot schimmernde Lippen, die sich deutlich von der blassen Haut abhoben. Eine gerade, lange Nase, schmale Augenbrauen. So weit, so gut, doch ihre Befürchtungen bestätigten sich: Es war das Gesicht einer völlig fremden jungen Frau. Ihre Miene verdüsterte sich, und ihre Augen begannen zu glänzen.

So also verändert sich mein Gesicht, wenn ich Angst habe, sagte sie sich.

Die Augen waren es auch, die sie an ihrem Gesicht besonders faszinierten. Sie waren verschieden. Groß, länglich geschnitten und fast beunruhigend klar, war das eine tiefschwarz und das andere von einem kräftigen Violett. Das gab es wohl selten, dass jemand zwei verschiedene Augenfarben hatte: Aus irgendeinem Grund wusste sie das. Die Stirn auf dem Wasserspiegel glättete sich. Das konnte von Vorteil sein. Mit solch einer seltenen Eigenschaft war sie leichter wiederzuerkennen.

Sie richtete sich auf und tat entschlossener, als sie es eigentlich war.

Ich muss mich auf den Weg machen.

Wieder eine Aufforderung, deren Sinn sie nicht verstand, die aber so gebieterisch klang, dass sie ihr blind vertraute. Obwohl ihr der eigene Körper völlig unbekannt war, tat sie doch, wozu er sie anhielt. Als sie Durst verspürte, hatte er ihr eingegeben, was sie tun musste. Kein Zweifel, es war ratsam, sich an die Geistesblitze zu halten, die sie manchmal überkamen. Sie waren es gewesen, die sie bislang am Leben erhalten hatten.

Sie folgte dem Flusslauf, weil sie sicher irgendwann wieder Durst bekommen würde und nicht wusste, wie sie einen Wasservorrat hätte mit sich führen können. Zudem glaubte sie zu wissen, dass sie sich von dem Fluss leiten lassen musste, um vielleicht jemanden zu treffen, der sie kannte oder ihr einfach nur weiterhelfen würde.

Bereits unsichtbar, jenseits der Baumwipfel, vollendete die Sonne am Himmel ihren Lauf. Das bernsteinfarbene Licht wurde immer rötlicher und ging dann in ein blasses Blau über. Eine kurze Weile war alles um sie herum in violettes Licht getaucht, dann brach die Nacht herein, und die Finsternis senkte sich hernieder.

Das Mädchen hätte nicht sagen können, wie weit es bereits gelaufen war. Es wusste nur, dass es dunkel war und die Kräfte sie verließen. Ohne zu rasten, würde sie nicht mehr weit kommen.

So kletterte sie auf einen Baum. Aus irgendeinem Grund spürte sie, dass dies das Richtige war. Rittlings hockte sie sich auf einen dicken Ast und lehnte sich an den Stamm zurück. Ihre Muskeln taten weh, aber es war ein anderer Schmerz als der, den sie beim Aufwachen verspürt hatte. Jetzt waren ihre Glieder einfach müde.

Hob sie den Blick, konnte sie durch ein Viereck, das die Äste über ihr bildeten, ein Stück des pechschwarzen Himmels sehen, der mit unzähligen flackernden Lichtpünktchen gesprenkelt war. Die Luft roch gut, feucht und frisch, und einen Moment lang fühlte sie sich fast im Einklang mit sich selbst. Um sie herum waren die Geräusche des Tages neuen Klängen gewichen: einem langgezogenen Heulen in der Ferne, den huschenden Schritten irgendeines Tieres im Unterholz, dem sanften Zirpen von Insekten, an deren Namen sie sich nicht erinnerte. Sie hatte keine Angst. Oder zumindest schreckte sie diese verhaltene, wachsame Lebendigkeit des nächtlichen Waldes nicht. Eher schon die vollkommene Leere in ihrem Kopf, dieses Nichts, dem sie entschlüpft zu sein schien. Sie sah, wie der Mond, riesengroß und weiß strahlend, hinter der Baumreihe aufging, und spürte, wie ein flüchtiger Frieden, eine brüchige Sorglosigkeit ihr Herz erfüllte. Ein größerer Vogel mit gedrungenem Kopf und kurzem spitzem Schnabel durchquerte flügelschlagend die Weite, die sie vom Mond trennte, und stieß dabei ein düsteres Trällern aus. Mit den Augen folgte sie dem Tier, so weit sie konnte. Darüber nachgrübelnd, wie dieser Vogel wohl hieß, schlief sie ein.

Auch an den nächsten Tagen marschierte sie ohne Unterlass, ließ sich dabei leiten vom Lauf der auf- und untergehenden Sonne und den Bedürfnissen ihres Körpers. Als sie zum ersten Mal Hunger verspürte, war es ihr Magen, der sie zu niedrigen Büschen mit roten Beeren führte. Sie steckte sich eine ganze Handvoll davon in den Mund und pflückte noch einige mehr, die sie als Wegzehrung mitnahm. Um die Füße zu schützen, hatte sie diese mit Stoffstreifen umwickelt, die sie von ihrem zerschlissenen, nun sehr viel kürzeren Hemd abgerissen hatte. Aber dieses endlose Wandern schien sie zu keinem Ziel zu führen. Der Wald um sie herum blieb immer gleich, und sie erblickte nicht die kleinste Spur eines ihr ähnlichen Wesens.

Vielleicht gibt es gar nichts anderes. Vielleicht ist die Welt ein einziger endloser Wald.

Dann, eines Tages, hörte sie plötzlich Stimmen. Undeutlich, entfernt. In heller Aufregung rannte sie querfeldein durch das kratzige Gestrüpp in die Richtung, aus der die Stimmen kamen.

Kurz darauf fand sie sich auf einer Lichtung wieder. Da waren sie, gleich vor ihr, jünger als sie selbst.

Kinder, gab ihr die innere Stimme ein. Ein Mädchen und zwei Jungen, einer davon noch sehr klein. Die Kinder fuhren herum und starrten sie an. Die Zeit schien stillzustehen.

Sprich sie an. Sag etwas zu ihnen. Lass dir von ihnen helfen.

Endlich bewegte sie sich ein paar Schritte auf sie zu, öffnete den Mund und streckte die Hände zu ihnen aus. Doch über ihre Lippen kam nur ein wirres Stammeln, das selbst in ihren eigenen Ohren unheimlich, ja irrsinnig klang.

Der Bann war gebrochen. Das Mädchen schlug die Hände vor den Mund, der kleinere Junge suchte Schutz hinter ihrem Rock, der größere schrie auf. Und schon rannten sie Hals über Kopf in den Wald hinein.

Die Umherirrende hastete hinter ihnen her. In den langen Tagen ihrer Wanderung hatte sie immer auf solch einen Moment gewartet, darauf gehofft, jemandem zu begegnen, der ihr helfen konnte. Diese Gelegenheit durfte sie jetzt nicht verstreichen lassen.

Doch den Kindern, kleiner als sie selbst, fiel es leichter, geschwind durch das Dickicht aus Hecken, trockenem Geäst und Farnen zu schlüpften. Bald schon verlor sie die drei aus den Augen und folgte nur noch ihrem Keuchen und ihren raschelnden Schritten, bis auch diese verklangen. Sie war wieder allein.

Einige Augenblicke verharrte sie und fühlte eine blinde Wut in sich aufsteigen. Sie ballte die Fäuste und hielt die Tränen zurück. Nein, sie durfte nicht stehen bleiben. Und so setzte sie ihren Weg fort und versuchte zu erahnen, wohin die Kinder gerannt waren.

Als sie längst schon alle Hoffnung, sie wiederzufinden, hatte fahren lassen, traten plötzlich die Bäume zurück, und eine weite Ebene tat sich vor ihr auf. Zwischen dem saftigen Grün der Wiesen und dem tiefblauen Himmel verlor sich ihr Blick bis zum Horizont. In der Ferne, eben dort, wo Erde und Wolken sich zu berühren schienen, erhob sich etwas Riesengroßes. Es schien braun zu sein, obwohl auf diese Entfernung die Farbe nur schwer zu erkennen war, und ragte schlank und doch klobig aus der Ebene auf. Mit offenem Mund stand das Mädchen da und starrte es an. Es wusste nicht, was das war, vielleicht ein Berg oder etwas ganz anderes, doch vor sich erkannte sie eine Spur, die dorthin führte.

Da sind sicher Leute, sagte sie sich, *viele Leute*. Und unter vielen Leuten würde sie gewiss jemanden finden, der ihr helfen konnte.

Ob ich es wohl bis dorthin schaffe, bevor ich wieder Hunger oder Durst bekomme?

Mittlerweile hatte sie den Fluss aus den Augen verloren. Aber einen kleinen Vorrat an Beeren und Früchten konnte sie noch pflücken. Sie kehrte deshalb noch einmal in den Wald zurück und marschierte dann entschlossen los, auf diesen eigenartigen Berg zu.

Lesen Sie weiter:

Die Feuerkämpferin – IM BANN DER WÄCHTER

von Licia Troisi

ISBN 978-3-453-26617-9